프랑스 상징주의 시 강의

황현산

전위와 고전

黃鉉産

前衛.古典

HWANG Hyunsan

AVANT-GARDE and CLASSICS

Poetry Lectures on French Symbolism and Poets

suryusanbang

2021

● 아주까리 수첩 **3**

황현산 **전위와 고전**

黃鉉産 **前衛.古典**

HWANG Hyunsan **AVANT-GARDE and CLASSICS**

강의 ⓒ **황현산**

텍스트 ⓒ 김인환, 김정환, 윤희상, 이원, 송승환, 함돈균, 김민정,
　　　최은진, 김원식, 안치운, 성우제, **수류산방**

채록 정리, 편집, 주석 텍스트, 디자인 ⓒ **수류산방** [심세중, 전윤혜, 김나영, 박상일]

도움 [강훈구, 조연하]

● **Produced & Published by 수류산방 樹流山房 Suryusanbang**

초판 01쇄 2021년 08월 31일

　　02쇄 2021년 02월 04일

값 29,000원

ISBN 978-89-915-5585-3 03860

Printed in Korea, 2022.

● **수류산방 樹流山房 SuRyu SanBang**

등록 2004년 11월 5일 (제300-2004-173호)

[03054] **서울 종로구 팔판길 1-8** [팔판동 128]

T. 82.(0)2.735.1085 F. 82.(0)2.735.1083

프로듀서 **박상일**

발행인 및 편집장 **심세중**

크리에이티브 디렉터 **朴宰成 + 박상일**

이사 **김범수, 박승희, 최문석**

편집팀 **전윤혜**

디자인 · 연구팀 **김나영**

사진팀 **이지응**

인쇄 **효성문화** [T. 82.(0)2.2261.0006 박판열]

● 이 책의 표지와 면지, 본문은 오래오래 숲과 더불어 살 수 있도록, 환경에 해로운 물
질을 줄인 종이들을 사용했습니다.

프랑스 상징주의 시 강의

황현산

전위와 고전

★2021년〔한국에서 가장 아름다운 책 10〕선정작

프랑스 상징주의 시 강의
황현산
전위와 고전

黃鉉産

前衛. 古典

HWANG Hyunsan

AVANT-GARDE and CLASSICS

Poetry Lectures on French Symbolism and Poets

2022

'스펙타클 우주 쇼'와 지상의 횃불들
― 일러두기를 겸한 서문

[1.] 8월 8일의 밤하늘

이 글이 쓰인 날은, 2021년 8월 8일이다. 입추(立秋)에 들어섰고, 막 자정을 지났으니 음력으로는 신축년(辛丑年) 병신월(丙申月), 7월 초하루다. 날이 아니라 밤이라고 해도 옳겠다. 양력으로 헤아리면 황현산(黃鉉産, 1945~2018) 선생님이 돌아가신 지 3년이 되었다. 그 해 여름은 몹시 더웠다. 기상 관측 사상 가장 더운 해로 기록되었다고 했다. 기상청의 통계를 굳이 들여다볼 필요도 없었다. 안암동의 낮들은 눈을 뜨기 어렵게 새하얀 빛이었다. 가까운 사람들이 급작히 세상을 떴고, 노회찬(1956~2018) 의원도 그 여름 운명을 달리했다. 그 해 8월 7일 초저녁 서울은 괴이했다. 어둠이 내려앉던 동쪽 하늘에 별안간 흰 뭉게구름이 서울을 다 덮칠 듯 드높게 치솟아 오르더니, 벼락이 수없이 내리쳤다. 비도 없는 서울 하늘을 작살내며 가르듯이 번개가 쩍쩍 번쩍였다. 영문도 모르고 퇴근길 오가던 사람들이, 동쪽으로 나란히 서서 발을 잠시 멈추었다. | 2021년 8월 7일에서 8일로 넘어가는 밤하늘은 벌써 가을을 연다. 백악(白岳)에서 밤이 첫 찬 바람을 몰고 얼른 내려온다. 방송에서는 관측된 온도를 따져 절기가 맞지 않다고 따지지만, 그들은 자기네들이 어제와 똑같이 잠든 줄 아는 이 밤에, 풀벌레와 매미들이 일제히 울었다는 것을 까맣게 모를 것이다. 옛 사람들이 말한 입추의 후[候(기후)]는 찬 바람이 닿고, 이슬이 투명해지며, 밤 매미가 우는 것이었다. 그만큼 얇고 잔잔해진 구름 사이로 목성이 하늘의 가장 높은 자리에 횃불처럼 밝다. 길한 별 목성이 밝으니 마음이 부푼다. 눈에는 보이지 않지만, 그 뒤로 하늘의 바다, 물병자리가 병풍처럼 펼쳐져 있고, 거기에 여름의 별똥별들이 떨어지고

있을 것이다. 또한 보이지 않지만 목성의 왼쪽과 오른쪽에는 각각 해왕성과 토성이 줄을 선 듯 가지런하다. 서쪽 하늘에는 북십자성, 백조자리가 은하수의 강 위로 환하게 날개를 뻗고, 북쪽 낮은 하늘에는 백악의 시커먼 봉우리에 북두칠성이 반쯤 잠겨 있다. 황현산 선생님이 어디에서든 자신을 대체하는 이름으로 걸어 두셨던 '셉튀오르(septuor)', 칠중주가 "환유"하는 별이다. 시인 말라르메(Stéphane Mallarmé)의 소네트에 등장하는 이 단어를 황현산 선생님은 『시집』의 주석에서 이렇게 설명해 놓았다. "수정이 발가벗은 몸으로 죽고, 빛을 잃은 액틀이 거울을 어둠 속에 담아 놓고 있을 때, 마침내 저 북쪽 하늘의 일곱 개 별이 거울 속에 붙박인다. 시의 문맥을 따진다면, 이 북두칠성의 7중주는 '한밤'에 고뇌하는 한 정신이 그 손톱에 불을 붙여 하늘로 받들어 올렸던 그 횃불이다."[말라르메, 『시집』(2005), 302쪽.] 그 무렵 밤마다 전기와 빛으로 섬멸하는 전자 기기의 화면―거울 속 이메일에서, 소셜 미디어에서, 포털의 댓글창에서, '셉튀오르(septuor1)'라는 이름의 7중주는 붙박은 별자리였을지도 모르겠다. 폭언과 잡담이 난무하는 컴컴한 액틀 속에서 고뇌하여 횃불을 올리던 정신이었을지도 모르겠다. 그리고 보면 말라르메가 다시 창조한 7중주―북두칠성은 황현산 선생님에게 와서 "은유"가 아니라 "환유"가 되었다고 말할 수 있지도 않을까. 불문학자였고 교육자였고 문학 평론가였던 황현산 선생님이 친구의 행성이었다거나 일곱 몸으로 분신하지는 않았을지라도, 어느 시인이 정신의 하늘을 묘사하기 위해 다시 창조한 그 낱말 '셉튀오르(septuor)'의 속성은 밤을 선생으로 삼았고 스스로 밤의 선생이기도 했던 황현산 선생님에게 인접되어 있는 것이 아닐까. 환유의 방법으로 세계에 쩍쩍 균열을 내고 있지 않았을까.

[2.] 2016년이 시작되던 겨울의 시간 여행

수류산방의 [아주까리 수첩] 세 번째로 나오는 이 책 『전위와 고전』은 황현산 선생님의 '프랑스 상징주의 시 강의'를 채록하여 엮은 것이다. 2016년 1월 21일부터 2월 18일까지 실천적 인문학을 표방한 '시민행성'에서 기획한 강의로, 황현산 선생님께서 말씀하신 바에 따르면 프랑스 상징주의와 초현실주의 시 세계를 이렇게 여러 차례로 엮어 학교 밖에서

열린 강의를 마련한 것은 처음이었는데, 그것이 마지막이 되었다. 황현산 선생님이 시민을 상대로 이런 강의를 하게 된 것이나 수류산방과 인연이 닿은 것은 '시민행성'을 이끌던 시인 이원, 평론가 함돈균 두 분의 덕이 컸다. 수류산방은 '시민행성'의 시작부터 지켜보며 함께 많은 일들을 도모했는데, 그 또한 '시민행성' 두 분의 응원과 신뢰로 가능했던 것이다. 기후 온난화의 시대답게 그 해 겨울도 미적지근했지만, 강의가 시작하던 2016년 1월 말에는 기록적인 한파가 북반구를 덮쳤다. 동남 아시아에서 사람들이 얼어 죽는다는 뉴스가 들려왔다. 그것이 북극에 갇혀 있어야 마땅했던 한기가 남하해서이며, 온난화 때문에 덥기는커녕 더 추워진다는 기후 변화를 몸으로 배운 해였다. | '시민행성'이 있던 서울 광화문의 동십자각 (사간동 126-3 란스튜디오 3층)은 살을 아리게 스산했다. 인적이 드문 길에는 세월호의 노란 깃발들이 펄럭였다. 촛불 시위가 있기 전이었다. 광화문을 매일 오가던 이들은, 촛불을 들 엄두도 내지 못할 만큼 삼엄함 속을 조심스럽게 걸어야 했던 무렵이다. 어디에나 전경들이 빽빽했고 차벽은 일상의 경관이었다. 청와대 앞을 지나 서촌으로 넘어가려면 매일같이 가방과 신분증 검사를 받고 얼굴을 채증(採證)당해야 했다. 우리는 모두 불법의 혐의를 의심받는 신세였다. 1970년대가 그렇게 되돌아와 있었다. 그 컴컴하고 차가운 길을 걸어 '시민행성'에 도착하면 의자를 더 놓을 데도 없이 사람들이 빼곡했다. 이름난 불문학자와 시인도 있었다 하고, 황현산 선생님의 열성 팬들도 있었다고 하고, 직장인이나 학생도 많아 보였다. (수류산방은 랭보처럼은 아니어도 불량한 학생처럼 맨 뒷자리를—가장 멀리 들리는 자리들을 차지했다.) 선생님은 담도암 선고를 받고 한 차례 투병한 후였다. 완치라고 했지만, 기력이 쇠한 상태였다. 양모들과 깃털들과 사람의 머리카락들을 관통해 선생님의 목소리는 자주 희미하고 발음이 사라졌다. 어떤 날은 많은 시간을 훌쩍 넘겼지만, 어떤 날은 짧게 끝내시기도 했다. 강의를 마친 후에는 늘상의 뒷풀이를 하지도 못한 채 택시에 몸을 접듯이 실으셨다. 이튿날 아침을 기다리는 연재글들이 줄지어 있다고 했다. | 황현산 선생님은 프랑스 시를 제대로 번역하는 것으로 이름나다고 숱하게 들었지만, 그 번역본을 읽어도 딱히 무엇이 멋있는지 알지 못하겠다는 기분은 크게 다르지 않았다. (우리만 그렇지 않았다는 것

도 강의 중에 알게 되었다.) 그 강의의 특별함은 거기에 있지 않았다. 선생님은 흐린 발음과 약한 목소리로 말씀하실 때조차, 문어체의 장문을 구사하셨는데, 안긴 구절(종속절)이 일곱 번이나 여덟 번쯤 이어지다가도 결국 이미 과거로 한참 흘러가 버린 주어와 정확하게 호응하는 목적어와 서술어를 가진 긴 문장으로, 단락의 끝을 맺으셨다. 생각을 얼마나 정교하게 구사하면서 던져 놓아야 저 문장이 발화로 가능하단 말인가. 논문을 미리 써서 앞에 놓고 읽어 간다고 해도 실수할 법한 문장들이 쉼없이 이어졌다. 그런데 그 복잡한 문장들은 음보에 척척 맞아 떨어졌다. 프랑스 시의 연구자도, 시인 지망생도 아니었지만, 그러나 그 강의실 안에서만큼은, 그 밤들에는 한 번도 이해하지 못했던 불시들이, 소네트(sonnet, 14행으로 이루어진 짧은 시)와 알렉상드랭(alexandrin, 12음절 또는 13음절시)이 이해되는 것 같았다. 해설을 채 듣기 전에 선생님이 고요하지만 단호하게 행과 연을 나누어 낭독하기만 해도, 이미 다 알게 된 것 같기도 했다. 거리의 마차와 성당의 창문과 지중해의 항구가 눈 앞에 펼쳐지는 것 같았다. 그 시인들은 아무도 어려운 말을 하는 자들이 아니었다. 상징과 환유와 은유와 초현실이 열쇠처럼 스르르 풀리고 나자, 거기에는 미끈거리는 공허 대신 역사와 현실이 선연했다. 불어라고는 한 마디도 할 줄 모르는데, 우리는 백 년 전 파리에 가 있었다. 하나도 어렵거나 두렵지 않아 보였다. 저주받았다는 시인들은 냉혹하거나 아니면 절규하는데 황현산 선생님의 목소리가 그려 보이는 장면들은 참혹하거나 스산하지 않았다. 따뜻하고 기품 있고 설레었다. 신비한 일이었다.

〔3.〕『전위와 고전 ─ 프랑스 상징주의 시 강의』가 나오기까지

처음 강의가 시작될 때부터 수류산방과 '시민행성'은 이 강의를 책으로 엮기로 했다. 강의의 조교를 맡았던 강훈구가 녹음하고 녹취를 시작했다. 고려대를 졸업하고 '시민행성' 간사를 하던 강훈구는 그 해 여름 인권연극제에 작·연출로 공연을 올리며 연극 극작과 연출 분야로 나갔다. 이후 녹취는 수류산방에 새로 합류한 전윤혜가 도맡아 마무리했다. 이 강의를 끝으로 '시민행성'은 사간동 공간의 문을 닫고 사회 디자인 학교 '미지행'으로 발전했다. 황현산 선생님도 얼마 후 연재글을 모은 『밤이

선생이다』(난다)와 몇 권의 번역서를 내셨고 이듬해에는 더 많은 책을 냈다. 2016년, 그 해 여름이 지나면서 광화문은 주말마다 촛불이었고, 대한민국의 시계는 반 세기의 역행 또는 지체를 소급하듯 밀도 높게 움직였다. 황현산 선생님이 밤마다 너무 많은 댓글에 답한다는 사실이 먼발치서 걱정되었다. (하지만 그것은 필요치도 않고 허락되지도 않을 걱정이었다.) | 수류산방에서 녹취한 강의 원고를 편집한 교정지를, 그것도 부분만 들고 선생님을 찾아뵌 곳은 이미 고려대 병원이었다. 선생님은 흡족해 하며 표지에 빨간 색을 넣어 달라고 하셨다. 하지만 교정을 모두 보실 수는 없었다. 발음이 불분명한 곳이 있어 여러 사람이 다시 듣고 보완했지만, 여전히 오류가 남아 있을 것이다. 그 때 그 자리에서는 얼추 다 이해했다고 생각했는데, 다시 돌아가니 거진 모를 뿐임을 알게 되었다. 어둠에 눈이 익고 나면 두려운 덩어리들이 조금씩 보이기 시작하는 것이다. | 살아 계셨다면 직접 여쭈었을 텐데, 선생님께서 보들레르부터 아폴리네르까지, 밤마다 공부하고 일일이 해제를 작성하셨을 그 책과 산문집 들이 이제 더듬는 길잡이가 되어 주었다. 강의의 긴 문장을 호흡에 따라 나누기는 했어도, 없는 내용을 꾸미거나 집어넣지는 않았다. 그 대신 불분명한 부분은 해제와 논문들을 참고해 정했고, 행간의 이해를 돕도록 일부 구절을 발췌해 (어깨 문자로) 수록했다. 시의 번역과 원문은 황현산 선생님이 직접 강의를 위해 준비하셨다. 4강 로트레아몽과 5강 발레리는 녹음의 앞 부분이 조금씩 유실되었다. 수소문해서 녹음 파일을 구했으나 얻지 못한 부분이 있다. 이 점은 양해를 부탁 드린다. 앞으로 온전한 녹음을 얻게 되면 보완하겠다. 녹취와 교정, 주석, 도판과 캡션은 모두 수류산방에서 작업했다. 전윤혜, 김나영, 심세중, 박상일이 작성하고 다듬었다. 우리는 늘 그렇듯이 전문가가 아니라 초심자로서 더듬어 나갔다. 프랑스어 고유 명사와 사실 관계, 특히 잡지나 책 제목의 우리말 표현이나 사건이 발생한 시기 등이 출처에 따라 달라 애를 먹었다. 한글과 불어 발음, 그리고 알파벳을 여러 차례 거듭 수록한 것은 그 때문이다. 시인들의 생애 약력은 짧지만 사실에 기반해서 작성하고자 했고, 시 작품들은 첫 발표한 해와 매체를 병기했다. 연극 평론가 안치운 선생께서 최초의 독자로서 프랑스어 표기를 교정해 주셨다. 황현산 선생님의 책과 논문을 바탕에 두고 작업했지만, 뜻

을 헤아리지 못한 부분이 수많을 것이다. 돌이키면 점점 늘어나기만 한다. 온전히 수류산방의 탓이다.

[4.] 프랑스 상징주의 시인들의 아주까리 수첩

뒤늦게 100년이나 150년 전 그 사람들이 하려고 한 것이 무엇인가, 황현산 선생님께서 말씀하시려 한 것이 무엇인가를 궁리하는 3년이 되었다. 오래 전 닫힌 것 같았던 강의의 문이 다시 열렸으니 어떤 사람은 번역을 문제삼을 수도 있고, 뉘앙스나 철학을 문제삼을 수도 있다. 그렇게 해서 공부는 이어지고 열려 갈 것이다. 그런데 황현산 선생님이 시민들을 데리고 가려고 했던 곳이 프랑스 상징주의 시를 프랑스 사람처럼 잘 이해하는 지점만은 아니었을 것이다. 선생님의 책들을 다시 모아 읽고 한 마디 한 마디 귀를 기울이며 그 폭넓으면서도 통하고 이어지는 지점들을 짜맞추려 했다. 그렇게 짜맞추었을 때 아마도 닿을 만한 지점을 책의 제목, '전위(前衛)'와 '고전(古典)'으로 삼았다. 상징주의로부터 초현실주의, 다다이즘, 미래파…… 이름으로만 배웠던 '전위'는 고전의 반댓말만이 아니다. 그들은 고전을 부정하는 것이 아니라 고전의 껍데기를 뒤집어 쓴 가짜를 부정하는 자들이다. 스탕달이 말한 바도 그럴 것이다. 시공을 초월해 고전이 내장해 온 정수에 가 닿지 못하는 예술, 그 숨겨진 것을 찾으려는 모험심을 자극하지 못하는 예술, 그런 것은 존재하지 않는다고 의식을 망각시키는 예술을 부정한다. 전위는, 지금 세상에 생명을 잃은 채 널려 있는 것들과 전혀 다른 방법으로 감각을 건드려 3천 년 전에 죽은 자들을 단숨에 여기 살려 내는 신통을 부리고 이 도시에서 저주받은 영혼들을 모으는 영매가 된다. 지구 반대편에 있을지라도, 프랑스어를 할 줄 모르더라도. 얼굴과 나이와 성별과 성격이 모두 다르더라도, 실은 다를 수밖에 없으며 그 다름을 간직한 채 각자의 방법으로 그 세계의 문지방을 흘끔 볼 수 있다는 믿음을, 우리는 다시 우리의 '고전'으로 이름해야 할 것이다. 이것은 19세기 서양 건축과 미술을 전공한 평론가 김원식 선생께 얻은 배움이기도 하다. | 황현산 선생님의 프랑스 상징주의 시 강의는 수류산방이 [아주까리 수첩] 총서를 시작하게 된 큰 축 가운데 하나였다. 총서의 3번이 늘 비어 있었는데 이제야 메꾸어지게 되었다. 총서의 첫 세 필자가

된 조성룡, 김인환, 황현산 선생님이 수류산방과 함께 만났던 2012년으로부터 10년이 지났고, 황현산 선생님만 먼저 돌아가신 지 3년 만의 일이다.

[5.] 셉튀오르(septuor) — '스펙타클' 우주 쇼!

이 글이 쓰인 2021년 8월 8일, 음력 7월 초하루, 태양에 거의 근접한 초하루 달은 밤 내내 보이지 않는다. 코로나19의 4단계가 이어지는 도시는 불빛을 거두니, 별을 보기에 참 좋은 밤이다. 말라르메의 7중주, '셉튀오르(septuor)'가 세실 성녀의 음악이라면, 태양계의 7행성들과도 이어질 것이다. 피타고라스의 행성들은 황도의 악보 여기저기를 짚으며 끝없이 다른 풍경을 소리〔納音〕로, 숫자로 펼친다. 만 년쯤 전에도 사람들은 밤이면 이 텅 빈 천공에 가득히 조화로운 소리를 보았을 것이다. 조상의 영혼들이 어두운 하늘 반대편에서 공명할 것이다. 우리는 꿈에서도 깨어 있을 것이다. 황현산 선생님이 쓰셨던 글을 다시 따라가면 "7중주는 '한밤'에 고뇌하는 한 정신이 그 손톱에 불을 붙여 하늘로 받들어 올렸던 그 햇불이다. 시인은 지상적인 모든 것을 부정한 뒤에도 마지막 남는 빛인 제 의지를 본다." 이 말을 뒤집어, 지상적인 모든 것을 부정한 뒤에 제 의지의 빛을 끝까지 보면서 가는 존재가 모두 시인이라고 할 수는 없을지도 모른다. 시인은 그렇게 시를 써야 한다는 언명일 것이다. 그러나 우리 모두 죽음의 순간까지 인간이고자 할 때, 인간의 알아차림을 유지하고자 할 때 저마다의 방식으로 시인이 보려고 했던 '제 의지'의 빛을 볼 수 있을 것이라고 믿는다. 황현산 선생님은 그것을 글 쓰는 사람, 또는 문학에 인생을 건 사람이라고도 말하신다. 적어도 돌아가시기 직전까지도 원고와 책과 만남을 놓지 않았던, '긍지'(송승환)와 '명랑'(함돈균)의 빛을 높이 받들어 올렸던 그 분의 육신은 그랬을 것이다.

[6.] 지상의 햇불들

당초에는 6차례의 상징주의 시 강의만으로 책을 계획했으나, 3주기에 맞추어 황현산 선생님을 기억하는 목소리와 마음을 모았다. 평생의 벗이었던 국문학자 김인환 선생님이 원고의 교정과 함께 긴 해제를 보내셨다. 시인 김정환, 이원, 윤희상, 송승환, 연극 평론가 안치운, 건축 사

학자 김원식, 가수 최은진, 캐나다의 제자 성우제, '시민행성' 강의를 기획했던 문학 평론가 함돈균.(호칭 생략) 모든 분들이 힘든 시기 급한 시간 중에 어렵게 돌이키는 마음을 내어 주신 데에 말할 수 없는 감사를 드린다. 더구나 시인이자 황현산 선생님의 책 대부분을 편집하고 출간한 난다의 김민정 대표는 부모님의 병 간호 중에 틈을 내었다. 저마다의 방식으로 눈물을 흘리며 애도하는 날과 밤들이었을 것이다. 그 애도의 마음들을 따라가다가 이 책의 마지막은, 황현산 선생님의 스승 강성욱(康星旭, 1931~2005) 선생님까지 닿게 되었다. 정신 속에 횃불처럼 드높은 별들은 우리 인간들을 별자리처럼 엮어 경이롭게도 알 수 없는 곳으로 안내한다! 이렇게 든든한 분들이 함께 교정을 보아 주고, 읽어 주셔서 책이 여기까지 올 수 있었다. 그리고 또 숱한 마음들이 보이게 보이지 않게 응원해 주셨다. 3주기에 맞추려고 했던 것이 늦어져 3주기를 지나 인쇄를 넘기게 되었다. 책이 판매될 날짜를 맞추는 것보다 여기 살아 있는 우리가 마음을 모아 화음을 이루는 것이 더 귀하다고 여겼다. 그 소리를 황현산 선생님께, 그리고 선생님의 육성을 읽고 그 깨어 있음에 가 닿으려는 고마운 독자들께 전하는 것이 수류산방의 몫일 것이다. 유족 강혜숙 선생님께서 넓은 마음으로 기쁘게 격려해 주셨다. 지금 이 책이 세상에 모습을 드러내게 된 것은 무슨 인연인가. 보들레르의 「길 떠나는 집시」에서 집시들은 하늘의 별자리와 땅의 귀뚜라미 소리를 따라 "컴컴한 미래의 낯익은 왕국"을 향해 떠난다. 황현산 선생님은 보들레르의 시 선집 『악의 꽃』에서 이 시를 해제하며 "'낯익다'는 말에는 그들의 기다림이 내내 결실을 보지 못했다는 뜻이 들어 있지만, 그들의 본향이 거기 있다는 뜻도 숨어 있다. 세상에 컴컴한 것이 아직 남아 있다는 것이 그들의 재산이다."라고 쓰셨다. 그 시의 다른 한 구절은 이미 황현산 선생님이 꺼내어 쓰신 적이 있었다. 2016년 1월 강의 첫날 마음에 접어 두었던 글로 아직 컴컴함이 남은 새벽에 모든 분께 감사하는 마음을 맺는다. "우정에는 우리가 사막을 헤맬 때도 '바위에서 샘물 솟고 모래땅에서 꽃피게 하는' 극단적인 어떤 것이 있다."(황현산, 『우물에서 하늘 보기』, 삼인.) ★ 〔수류산방〕| 초판 출간 후 여러 분들이 보완해 주셨다. 특히 강원대 불문과 정승옥 명예 교수의 꼼꼼한 교정에 감사 드린다. ★ 〔2쇄에 부쳐〕

황현산의 유품들(2019.08.08. 서교동 디어라이프, 〈황현산의 방, 황현산의 밤〉 전시장에서).

황현산 黃鉉産 **Hwang Hyunsan** | 1945년 6월 17일 전남 목포에서 태어났다. 6.25 전쟁 중 아버지의 고향인 신안의 비금도로 피난 가 비금초등학교를 졸업했다. 목포로 돌아와 문태중학교, 문태고등학교를 거쳐 1965년 고려대학교 불어불문학과에 입학했다. 졸업 후 잠시 편집자로 일하다가 같은 대학원에 진학해 아폴리네르 연구로 석사(1979), 박사(1989) 학위를 취득하는데, 이는 각각 국내 첫 아폴리네르 학위 논문이 되었다. 이를 바탕으로『얼굴 없는 희망―아폴리네르 시집 '알콜' 연구』(문학과지성사, 1990)를 펴냈다. 1980년부터 경남대 불어불문학과와 강원대 불어불문학과 교수를 거쳐 1993년부터 고려대 불어불문학과 교수로 재직했다. 2007년 한국번역비평학회를 창립해 초대 회장을 맡았고, 2010년부터 고려대 불어불문학과 명예 교수였다. 프랑스 상징주의와 초현실주의 시를 연구하며 번역가로서 생텍쥐페리의『어린 왕자』(열화당, 1982 : 열린책들, 2015)를, 현대시 평론가로서『말과 시간의 깊이』(문학과지성사, 2002)를 출간한 바 있다. 퇴임 후 왕성한 출판 활동을 펼쳐, 2012년 비평집『잘 표현된 불행』(문예중앙 : 난다, 2019)으로 팔봉비평문학상, 대산문학상, 아름다운작가상을 수상했다. 말라르메의『시집』(2005), 드니 디드로의『라모의 조카』(2006), 발터 벤야민의『보들레르의 작품에 나타난 제2제정기의 파리』(2010), 아폴리네르의『알코올』(열린책들, 2010), 앙드레 브르통의『초현실주의 선언』(미메시스, 2012), 보들레르의『파리의 우울』(문학동네, 2015)과『악의 꽃』(민음사, 2016), 로트레아몽의『말도로르의 노래』(문학동네, 2018) 등을 번역하며 한국 현대시에 새로운 영감을 불어넣었다. 대중 매체에 다수의 산문을 연재하며 문학을 넘어선 사유를 펼쳤다.『우물에서 하늘 보기』(삼인, 2015),『밤이 선생이다』(난다, 2016),『황현산의 사소한 부탁』(난다, 2018) 등의 산문집으로 많은 사랑을 받았으며,『13인의 아해가 도로로 질주하오』(수류산방, 2013) 외 여러 권의 공저를 남겼다. 2017년 한국문화예술위원회 제6대 위원장을 맡았다. 담낭암으로 투병하다가 2018년 8월 8일 향년 73세로 세상을 떠났다. 유고로『내가 모르는 것이 참 많다』(난다, 2019),『황현산의 현대시 산고』(난다, 2020)가 출간되었다.

프랑스 상징주의 시 강의

황현산
전위와 고전

1862년경의 보들레르(Charles-Pierre Baudelaire, 1821~1867).
에티엔 카르자(Étienne Carjat, 1828~1906) 사진.

샤를 피에르 보들레르(Charles Pierre Baudelaire, 1821년 4월 9일~1867년 8월 31일)는 파리 6구의 오트푀유가(Rue Hautefeuille) 13번지에서 태어났다. 그가 태어날 때 이미 62살이었던 아버지(Joseph-François Baudelaire, 1759~1827)는 보들레르가 6살이 되던 해에 죽고, 젊은 어머니 카롤린(Caroline Dufaÿs, 1794~1871)은 1828년에 군인 자크 오피크(Jacques Aupick, 1789~1857)와 재혼해 오피크 부인이 된다. 1829년 파리의 한 기숙 학교에 다니다가 1831년 샤를마뉴 콜레주(Collège Charlemagne, 현재의 Petit Lycée)로 옮겼다. 1832년 의붓아버지를 따라 리옹(Lyon)으로 가 왕립 콜레주(Royal Collège, 현재의 Collège-lycée Ampère)에서 4년간 공부하고 1836년 파리의 명문 왕립 학교인 리세 루이-르-그랑(Lycée Louis-le-Grand)에 들어간다. 1839년 마지막 학년에 태도 불량으로 쫓겨난 보들레르는 파리 5구 학교 인근의 기숙사(Pension Lévêque et Bailly)에 머물며 생 루이 콜레주(Collège Saint-Louis)에 편입해 남은 수업을 끝내고 그 해 8월 학위를 받는다. 이 시기 보들레르는 예술가들과 교류하며 사치스러운 삶을 살았다. 이를 걱정한 의붓아버지가 1841년 그를 인도로 보내려 하지만, 그는 모리셔스(Mauritius) [마다가스카르 동쪽의 작은 섬으로 네덜란드와 프랑스를 거쳐 당시에는 영국의 식민지였다.]와 그 옆의 레위니옹 섬(Réunion)[현재까지 프랑스령이다.]까지 갔다가 돌아온다. 파리로 돌아온 보들레르는 1842년부터 빅토르 위고(Victor-Marie Hugo), 테오필 고티에(Théophile Gautier) 등의 문우와 알게 되고, 배우 잔느 뒤발(Jeanne Duval)을 만나 연애를 시작한다. 약 2년 만에 친아버지 유산의 절반 이상을 탕진해 가족들의 요청으로 1844년 금치산자 선고를 받는다. 이후 그는 평생 재정적 어려움에 시달리며 어머니에게 도움을 요청하곤 한다. 보들레르의 첫 작품은 1845년에 '보들레르 뒤파이(Baudelaire Dufaÿs)'[뒤파이는 어머니의 결혼 전 성이다.]라는 필명으로 낸 평문 『1845년 살롱전(Salon de 1845)』이다. 1846년 외젠 들라크루아(Eugène Delacroix)를 지지하는 두 번째 살롱 비평을 쓰고, 이듬해에는 중편 소설 『라 팡파를로(La Fanfarlo)』를 발표했다. 낭만주의의 옹호자로 이름을 얻기 시작한 보들레르는 1848년 혁명에 참여했다. 그 외에도 예술 비평을 쓰고 에드거 앨런 포(Adgar Allen Poe)의 작품을 번역하는 등 다양한 문학 활동을 이어 갔다. 1857년 풀레-말라시와 드 브루아즈(Poulet-Malassis et de broise) 출판사에서 『악의 꽃(Les fleurs du mal)』 초판을 출간하나 풍속 문란을 이유로 벌금과 일부 시 삭제를 언도받는다. 이 무렵 파리 문화계의 이름난 매춘부이자 뮤즈이던 사바티에 부인(Apollonie Sabatier)과 연인이 된다. 마약과 빈곤에 시달리던 보들레르는 1858년부터 채널 제도(Channel Islands, îles Anglo-Normandes)를 바라보는 항구 도시 옹플뢰르(Honfleur)의 어머니 집에 머물며「항해」,「백조」등을 쓴다. 1860년에 중독과 시 창작에 관한 에세이『인공 낙원(Les paradis artificiels)』이, 1861년에는 6개의 시를 삭제하고 35편의 시를 더하며 6개 부로 편성한 두 번째『악의 꽃』이 출간된다. 이 또한 재정적으로 실패하고 그의 모든 책을 냈던 출판사마저 파산하자 그는 크게 상심했다. 이 무렵에도 예술 평론을 계속 썼는데, 1863년에 집필한「현대 생활의 화가(Le Peintre de la Vie moderne)」도 그 중 하나다. 뒤발과 결별 후 1864년 작품을 팔고 강의를 얻을 희망으로, 또 빚 독촉을 피해 브뤼셀로 떠난다. 그러나 브뤼셀에서 냉대받으면서 아편 중독은 더욱 심해졌고, 말라르메와 베를렌이 그를 상징주의의 아버지로 칭송했으나 보들레르에게 기쁨이 되지는 못했다. 성병과 빈곤에 시달리며 훗날『파리의 우울(Le spleen de Paris : Petits poèmes en prose)』에 수록될 산문시들을 집필해 나갔으나, 1866년 들어 뇌졸중과 중풍, 실어증까지 덮치면서 브뤼셀과 파리의 요양원을 전전했다. 보들레르는 1867년 8월 31일 46세의 나이로 사망해 파리 14구의 몽파르나스 공동묘지(Cimetière du Montparnasse)에 안치됐다. 1869년, 산문 시집『파리의 우울』이 출판되었고, 2년 후인 1871년 8월 18일 그의 평생의 후원자이자 우상, 벗이었던 어머니가 세상을 떠났다. 프랑스 상징주의 시인들은 물론 현대시에 지대한 영향을 미친 보들레르의『악의 꽃』이 프랑스에서 해금된 것은 출간 후 거의 100년이 지난 1949년이었다.

☞ 〔황현산은 보들레르의『파리의 우울』(문학동네, 2015)을 완역했고『악의 꽃』(민음사, 2016) 일부를 번역 출간했으며, 관련해 발터 벤야민의『보들레르의 작품에 나타난 제2제정기의 파리 : 보를레르의 몇 가지 모티브에 관하여 외』(길, 2010)를 공역했다. 2018년에『악의 꽃』을 모두 새로이 번역했으나 생전에 주석 집필을 완결하지 못했다.〕

1. 샤를 피에르 보들레르

Charles-Pierre Baudelaire

1821~1867

〔이 사람들은 대체 무슨 일을 했는가〕
〔보들레르가 운이 좋았던 이유, 하나〕
〔보들레르가 운이 좋았던 이유, 둘〕
〔보들레르와 현대성〕

▶「**만물 조응**(IV. Correspondances)」
　　　〔상징주의 다시 이해하기〕
▶「**저녁의 해조**(諧調)(XLVII. Harmonie du soir)」
　　　〔감각의 깊이〕
▶「**지나가는 여인에게**(XCIII. A une passante)」
　　　〔도시와 시간〕〔도시와 상처〕
▶「**백조—빅토르 위고에게**(LXXXIX. Le cygne—a Victor Hugo)」
　　　〔고전주의에 대한 두 가지 반응〕
▶「**넝마주이의 술**(CV. Le vin des chiffonniers)」
　　　〔우리 시대에서 위대함을 찾는 현대성의 미학〕
▶「**가난뱅이들의 죽음**(CXXII. La Mort des pauvres)」
　　　〔죽음이라는 필터〕

〔강성욱 선생님〕
〔팡튬(pantoum)〕
〔산문시의 핵심〕

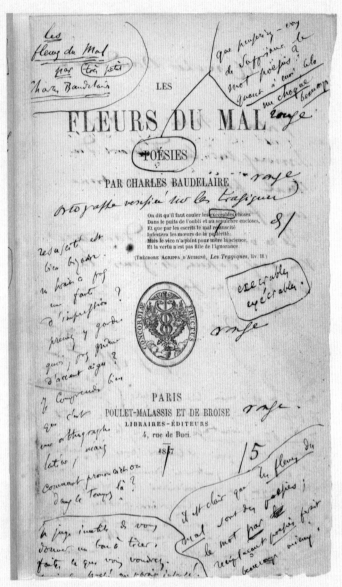

보들레르의 자필 노트로 가득 채워진 『악의 꽃(Les fleurs du mal)』
초판본(Paris : Poulet-Malassis et de Broise, 1857) 속표지.
프랑스 국립 도서관(Bibliothèque nationale de France) 소장.

⌐ 〔**이 사람들은 대체 무슨 일을 했는가**〕 안녕하십니까. 날도 춥고 한데, 그리고 특별한 이야기도 못할 텐데 많이 와 주셔서 고맙기도 하고 미안하기도 하고 그렇습니다. 여섯 번에 걸쳐 강의를 할 텐데, 내용은 보들레르(Charles-Pierre Baudelaire, 1821~1867)로부터, 보들레르의 제자뻘이 되는 상징주의 시인들, 그리고 끝으로 초현실주의 시인 두 사람 정도 해서, 이 사람들이 무슨 일을 했는가를 이야기하려 합니다. 관련된 유명한 책 중에『프랑스 현대 시사―보들레르에서 초현실주의까지(De Baudelaire au surréalisme)』(초판 1933년 : 재발간 1940년)〔한글판 : 김화영 옮김, 문학과 지성사, 1983 : 현대문학, 2007〕라는 마르셀 레몽(Marcel Raymond, 1897~1981)의 책도 있습니다만, 보들레르의『악의 꽃 (Les fleurs du mal)』(1857, 1861)〔보들레르의『악의 꽃』은 1857년 발간되자마자 풍속 문란의 혐의로 압수당하고, 300프랑의 벌금과 시 6편의 삭제를 언도받는다. 1861년 보들레르는 삭제된 6편의 시 대신에 35편의 시를 더한 재판본을 출판했다. 사후인 1868년 다른 시편이 증보된 판본이 간행되는데 이는 보들레르의 의도가 아니라고 한다.〕이 나오고, 초현실주의가 선언되고,〔超現實主義 宣言, Manifeste du Surréalisme. 앙드레 브르통(André Breton, 1896~1966)이 작성한『초현실주의 선언(Manifeste du surréalisme)』은 1924년,『초현실주의 제2선언(Second manifeste du surréalisme)』은 1930년 발표되었다. 황현산 번역『초현실주의 선언』(열린책들, 2012)은 1962년에 프랑스의 출판인 장 자크 포베르(Jean-Jacques Pauvert)가 편집, 출간한 판본을 대본으로 삼았다.〕그 초현실주의 활동이 1950년대까지 있었습니다. 그 동안에 현대 시는 거대한 지각 변동을 하게 됩니다. 그 과정을 간결하게 살펴보겠습니다. 깊은 이야기는 못하더라도, 이 사람들이 무슨 일을 했는가, 그 정도는 할 수 있을 것 같습니다.

⌐ 〔**보들레르가 운이 좋았던 이유, 하나**〕 보들레르는 보통 현대 시

1876년의 빅토르 위고(Victor-Marie Hugo, 1802~1885), 에티엔 카르자(Étienne Carjat, 1828~1906) 사진.

의 아버지라고 이야기합니다. 보들레르가 없었더라도, 보들레르 대신 누가 그 일을 했을 것입니다만, 아무튼 보들레르가 딱 그 시기에 그 자리에 있음으로써, 시의 개념 자체를 바꾸고 시가 할 수 있는 일 자체를 바꾸고, 시의 임무를 바꿔 놓다시피 했습니다. 보들레르는 문학사적으로 운이 좋았다고 할 수 있습니다.

│ 우선 하나는, 낭만주의 문학이 궁지에 몰려 있을 때, 보들레르의 활동이 시작되었다는 것입니다. 낭만주의는 아시다시피 불란서 [佛蘭西 : 프랑스(France)의 한자 표기. 강연에서는 '프랑스'를 '불란서'로, '프랑스어'를 '불어'로 표현했다.] 에서 19세기에 일어났던 여러 소요, 혁명 활동과 관련이 있습니다. 빅토르 위고(Victor-Marie Hugo, 1802~1885)가 쓴 『레 미제라블(Les misérables)』(1845~1862)은 한국에서도 영화로 상영이 되었고, 뮤지컬로도 상연이 되었으니 잘 알고 계실 것입니다. 『레 미제라블』 이야말로 낭만주의 소설의 전형이라고 할 수 있습니다. 빅토르 위고 자신이 낭만주의 문학이었다고, 그렇게 말을 합니다. 낭만주의가 시작할 때부터 빅토르 위고가 활동을 했고, 빅토르 위고가 죽을 때 낭만주의도 끝이 납니다. 빅토르 위고가 정치적으로 망명하고 늙어 가면서 낭만주의도 헐떡거리기 시작했어요. 바로 그 때 보들레르가 나옵니다. 낭만주의는 정말 낭만적입니다. 낭만주의가 지닌 거대한 정치적 전망이라고 해야 할까, 희망 같은 것이 있습니다. 그것은 『레 미제라블』에 잘 나타납니다. 거기에는 순결한 사랑, 완전한 정의, 인간이 살아야 할 건강한 사회, 이런 것들이 다 나타납니다. 장 발장(Jean Valjean)이라는 영웅적 인간이 낭만주의의 전형이지요. 그런데 이 낭만주의가 헐떡거릴 때, 낭만주의의 문학적 한계로도 헐떡거렸습니다만, 낭만주의가 가

진 정치적 이상, 그것 자체가 무너져 버렸어요. 1848년 혁명〔1848년
에 보수적 빈 체제에 반발해 전 유럽을 뒤흔든 혁명. 프랑스에서 오를레앙 왕가가 쫓겨난 '2월 혁명'과 독일과
오스트리아에서 일어난 '3월 혁명'으로 알려져 있다. 혁명의 결과는 엇갈려 프랑스에서는 공화정이 수립되었
으나 그 외의 지역에서는 실패한다.〕, 마르크스(Karl Heinrich Marx, 1818~1883)는 이 때부
터를 '모던의 시대'라 규정합니다. 이 1848년 혁명이 일어났을 때
가 낭만주의의 절정기입니다. 그런데 불란서에서 1848년 혁명 후
대통령 선거에서 나폴레옹 3세(Napoleon III ; Charles Louis Napoléon Bonaparte,
1808~1873)라는 사기꾼이 당선되고, 대통령이 되자마자 친위 쿠데타
를 일으켜 스스로 황제가 됩니다.〔나폴레옹 3세의 아버지는 나폴레옹의 동생 루이 보나
파르트(Louis Napoléon Bonaparte), 어머니는 나폴레옹의 비 조제핀이 전남편과의 사이에서 낳은 딸 오르탕
스 드 보아르네(Hortense de Beauharnais)다. 나폴레옹의 조카로 적자가 아니었으나. 1832년 나폴레옹 2세가
요절한 후 스스로 3세라고 칭했다. 당시부터 그를 "소인배 나폴레옹(Napoléon le Petit)"이라 칭하던 빅토르
위고 등은 그의 혈통이 가짜라는 설을 제기했고, 21세기 들어 DNA 분석에서 부계가 나폴레옹 가문이 아님을 시
사하는 결과가 나왔다. 나폴레옹 3세는 별다른 활동도 없이 나폴레옹의 영광스런 추억을 이미지로 내세우며 초
대 대통령에 당선되었고 곧이어 최초의 근대적 독재자가 되었다.〕그리고 20여 년을 통치합
니다. 보불 전쟁〔普佛戰爭 : 프로이센-프랑스 전쟁(Deutsch-Französischer Krieg, Guerre franco-
allemande de 1870)을 말한다. 보(普)는 보로서〔普魯西, 프로이센(Preussen)의 한자 표기〕, 불(佛)은 불란서
〔佛蘭西, 프랑스〕의 약자다. 1870~1871년에 프로이센을 중심으로 한 독일계 여러 나라와 프랑스 사이에 일어
난 전쟁이어서 독불 전쟁(獨佛戰爭)이라고도 하는데, 비스마르크(Otto von Bismarck, 1815~1898)와 몰트케
(Helmuth von Moltke, 1848~1916)가 주도한 프로이센이 승리했다. 이 전쟁으로 프랑스의 나폴레옹 3세 제
정이 무너졌고, 프로이센은 1871년 도이칠란트 제국을 건설한다.〕에서 패할 때까지요. 당시
는, 소설가건 시 쓰는 사람이건 간에, 문학자라고 하는 사람들은
낭만주의자였는데, 나폴레옹 3세의 권력 찬탈 이후에 그들의 낭
만주의적 이상, 희망이 무너진 겁니다. 그리고 그 낭만주의 문학

이라고 하는 것이 얼마나 어처구니없는 것이었는가도 드러납니
다. 바로 이 때 보들레르의 문학 활동이 시작됩니다. | 1848년 이
후, 소설 분야에서는 사실주의 문학이 나타납니다. 그 전에도 사
실주의 경향의 작가들이 없었던 건 아닙니다. 스탕달^{(Stendhal ; Marie-}
^{Henri Beyle, 1783~1842)}, 발자크^(Honoré de Balzac, 1799~1850) 같은 대단한 작가들
이 있었습니다. 그 작가들은 현실 탐구, 역사 천착을 통해 지극히
사실주의적인 작업을 했지만, 정작 자신들은 그것을 낭만주의라
고 생각했습니다. 특히 스탕달은『라신과 셰익스피어(Racine et
Shakespeare)』^(1823~1825)라는 평론집에서 '모든 시대는 그 시대의
낭만주의를 가지고 있다'고 보는데〔고전주의에 대항한 낭만주의 선언의 성격이 강한
팸플릿이다. 1823년판의 제3부 "낭만주의란 무엇인가(Ce que c'est que le Romantisme)의 첫 문장은 다음과
같이 시작한다. "낭만주의는 민중에게 현 시대 그들의 관습과 믿음 속에서, 그들에게 가능한 더 즐거움을 줄 수
있는 문학 작품을 선보이는 예술이다. 고전주의는 그 반대로, 그들 할아버지의 할아버지들에게 최고의 기쁨이
었을 가능성이 있는 문학을 선보인다.")〕, 여기서 '그 시대의 낭만주의'라는 것은
실제로는 '그 시대의 사실주의'를 말합니다. '모던'이라는 표현
대신에 '낭만주의'라는 말을 썼고, 그래서 그 모던에 대한 의식
자체, 사실에 대한 의식 자체가 낭만성에서 벗어나기가 힘들었습
니다. 발자크도 마찬가지입니다. 마르크스^(Karl Marx, 1818~1883)와 엥
겔스^(Friedrich Engels, 1820~1895)가 가장 좋아했던 작가가 발자크입니다.
발자크에 관한 마르크스와 엥겔스의 글을 읽어 보면, 낭만주의적
측면과 사실주의적 측면 사이에서 미묘한 태도를 취하고 있다는
것을 알 수 있습니다. 발자크는 그 사람이 지닌 사상 자체로는 마
르크스나 엥겔스 같은 사람이 좋아할 부류는 아닙니다. 발자크는
정통 왕조주의자였습니다. 그렇기에 자본주의에 대한 증오감 같

스탕달(Stendhal, 1783~1842).
쇠데르마르크(Olof Johan Södermark, 1790~1848) 그림. 1840년.

발자크(Honoré de Balzac, 1799~1850).
비종(Louis-Auguste Bisson, 1814~1876) 사진. 1842년.

플로베르(Gustave Flaubert, 1821~1880).
에티엔 카르자(Étienne Carjat, 1828~1906) 사진. 1860년경.

졸라(Émile François Zola, 1840~1902).
1900년경.

은 것이 있었습니다. 자본주의가 극성기에 이를 때가 1830~1840
년대입니다. 발자크에게는 자본주의와 근대 대중 사회에 대한 증
오감이 있었고, 또 한편으로는 동시에 자본주의적 욕망이 가득
했습니다. 그래서 자본주의 사회에 대한 날카로운 비판을 지극
히 사실주의적으로 할 수 있었던 겁니다. 바로 그 때문에 마르크
스와 엥겔스가 발자크를 좋아하게 되었죠.〔"발자크가 자신의 계급적 공감과 정
치적 편견에 역행할 수밖에 없었다는 점. 자신이 애착을 가진 귀족들의 몰락의 필연성을 그가 실제로 보았고 그
들을 몰락해 마땅한 족속으로 그렸다는 점. 그리고 진정한 미래의 인간들을 당시로서는 유일하게 그들이 존재
했던 그러한 곳에서 그가 실제로 보았다는 점—이것이야말로 나는 리얼리즘의 가장 위대한 승리 가운데 하나
이며 우리 발자크 선생의 가장 멋들어진 특징의 하나라고 생각합니다."〕〔엥겔스가 1888년 영국 문필가 하크
네스(Margaret Harkness)에게 보낸 편지 중에서. 백낙청,「민족 문학과 리얼리즘론」,『한국 근대 문학사의 쟁
점』(창비, 1990) 310쪽에서 재인용.〕그러나 그 정치적 이상은 낭만주의적인 데
에서 더 나가지를 못했습니다. │ 1848년 혁명 이후 나폴레옹 3세
의 쿠데타에 의해 낭만주의적 세계관이 무너지고 낭만주의의 정
치적 이상도 무너지게 되자, 소설 쪽에서는 사실주의 움직임이
나타납니다. 왜 현실이 우리가 원하던 것과 다른가, 왜 현실은 우
리의 열망에 대답해 주지 않는가, 왜 우리의 정치적 이상들이 실
패했는가, 이것을 현실 속에서 따져 보려는 움직임, 실천이 나타
납니다. 발자크에서 플로베르(Gustave Flaubert, 1821~1880), 졸라(Émile François
Zola : Émile Édouard Charles Antoine Zola, 1840~1902)에 이르면서 여러 가지 핑계,
여러 가지 실험, 여러 가지 문학적 시스템을 동원하여 깊은 곳까
지 현실 탐구를 해 나갑니다. 그 때 시에서는 보들레르가 나타납
니다. 보통 우리가 문학사를 배울 때에 상징주의라는 것은 사실
주의와 자연주의에 대한 반동으로 나타났다고 말합니다. 그러

나 그 표현은 그리 적절한 것이 아닙니다. 상징주의 자체가 사실주의 · 자연주의와 거의 같이 일어났습니다. 그리고 그 이상 자체도 사실주의 · 자연주의와 별반 다르지 않습니다. 다만 상징주의가 상정한 사실 · 현실에 대한 개념과, 사실주의가 상정한 사실 · 현실 · 역사에 대한 개념이 조금 다른 것뿐입니다. 실제로 보들레르는 냉혹한 사실주의자입니다. 1848년 혁명에도 보들레르는 잠시 참가했어요. 그러나 혁명이 끝나자 표면적으로는 다시는 정치 운동을 하지 않습니다. 그리고 모든 낙관적 정치 사상, 민중주의, 민중주의적 민주주의자들을 경멸했습니다. 바보들이라고. 그리고 이 때, 보들레르가 문학에 끌어들인 생각이 원죄 의식입니다. "인간이라고 하는 것은 바뀌지 않는다. 인간이라고 하는 것은 그 옛날 밀림에서 돌 들고 짐승 잡으러 돌아다닐 때나, 문명의 도시에서 속여 먹을 사람 찾으러 돌아다니는 지금이나 똑같은 야수다."라고 보들레르는 생각합니다. 진정한 진보라는 것이 있다면, 그것은 인간이 가지고 있는 '생물로서의 죄, 동물로서의 죄'〔이게 바로 원죄입니다.〕에서 한 걸음이라도 나아가는 것인데, 정작 인간은 그 원죄에서 벗어날 길이 없다고 생각합니다. 그러면서 어떤 다른 세계, 예감할 수 있는 세계에 대한 탐구 같은 것을 하게 됩니다. 보들레르는 스스로에게 상징주의자라는 말을 쓰지 않았습니다마는, 보들레르의 문학은 흔히 말하는 초자연주의, 상징에 대한 의지, 이런 것들로 나타난다고 할 수 있습니다.

〔**보들레르가 운이 좋았던 이유, 둘**〕 또 하나 보들레르가 운이 좋았던 것을 꼽자면 영어를 할 줄 알았다는 것입니다. 19세기에 불

란서는 영어를 잘 못했습니다. 20세기 초까지도, 불란서 사람들은 불어에 대한 일종의 자부심이 있어서, 과학적 활동을 할 수 있는 언어는 라틴어와 불어밖에 없다고 생각했습니다. 그리고 노력하면 독일어 정도가 가능하고, 영어로 공부를 하는 것은 가짜다, 그렇게 보았습니다. 그래서 영어 공부를 등한히 했습니다. 그런데 보들레르는 어떤 인연인지 영어를 잘했어요. 19세기 불란서에서 시 혁명을 일으킨 사람들은—영어를 잘하든지, 독일어를 잘하든지—2개 언어를 사용한 사람들이었습니다. 보들레르가 그렇고, 말라르메(Stephane Mallarmé, 1842~1898)도 그렇고, 베를렌(Paul-Marie Verlaine, 1844~1896), 랭보(Jean Nicolas Arthur Rimbaud, 1854~1891)도 마찬가지입니다. 그리고 번역을 많이 했습니다. 보들레르는 에드거 앨런 포(Edgar Allan Poe, 1809~1849)를 다 번역했습니다. 외국어를 알기만 한 것이 아니라 번역을 한다는 것은, 언어에 대해서 매우 특별한 체험 하나를 하게 되는 겁니다. 생각은 언어로 나타나고 인간은 서로 공통점이 있으니까, 어떤 문명, 어떤 인종이건 인간 언어에도 공통점이 있습니다. 그러나 문화 풍속에 따라서 언어에 나타나는 다른 점도 있습니다. 이 언어와 저 언어가 가지고 있는 공통점과 차이점 사이에 미학적 · 사상적인 어떤 틈새가 있습니다. 이 틈새를 잘 이용하면 문학 예술에서는 굉장히 창조적인 사고를 할 수 있습니다. 〔다음을 참조.〕〔"자국어를 강제하여 영어의, 라틴어의, 그리스어의 몸과 얼굴을 갖게 할 때, 자국어가 깨어지는 자리에 내 주체가 아닌 다른 것이 말할 자리가 만들어진다. 이 노동을 통해서 낱말들을 낡은 습관과 기억들을 벗어 버리고 서로 '직접적으로 연결되는 새로운 얼굴을 들고' 나타나며, 그 주체의 '정신은 완전히 새롭게 생각'한다. 입과 귀에 익은 말들을 순열 조합하는 하이퍼텍스트적 글쓰기에서 저를 해방시킨 주체는 이제 그 외국어로 된 모국어와 함께 벌써 다른 것이 되어 일어서는 것이다. 그런데 제발! 시를 잘 쓰기 위해서는

에드거 앨런 포(Edgar Allan Poe, 1809~1849). 1849년. →

말라르메(Stephane Mallarmé, 1842~1898).
폴 나다르(Paul Nadar, 1856~1939) 사진. 1895년.

젊은 시절의 베를렌
(Paul-Marie Verlaine, 1844~1896).
장 카펠(Jean Capel, ?~?) 사진.
1860~1870년 사이.

17살 때의 랭보
(Jean Nicolas Arthur Rimbaud, 1854~1891).
에티엔 카르자(Étienne Carjat, 1828~1906)
사진으로 1871년 12월에 찍은 것으로 추정된다.

한국어가 영어나 그리스어가 되어야 한다거나, 모든 시인이 순수시를 써야 한다는 말로 내 말을 이해하지 말기 바란다. 여기서 영어나 라틴어나 그리스어는 타자의 말에 대한 환유이자 우리말의 새롭고 강렬한 전망에 대한 암시일 뿐이며, 순수의 자리는 주체가 그 마음을 비워 타자가 들어서게 하는 자리일 뿐이다.") 〔황현산, 「누가 말을 하는가」, 『잘 표현된 불행』 (서울 : 난다, 2020) 139~140쪽.〕 | 보들레르가 바로 그것을 했습니다. 말라르메도 마찬가지입니다. 20세기에 들어서는 베케트 (Samuel Barclay Beckett, 1906~1989) 같은 사람이 그렇습니다. 베케트의 글을 보면, 영어로 쓴 글은 불어로 쓴 것 같고, 불어로 쓴 글은 영어로 쓴 것 같습니다. 그런 글을 쓰게 되죠.〔사뮈엘 베케트는 프랑스 위그노 혈통으로 아일랜드 더블린에서 태어났다. 더블린 대학을 졸업하고 프랑스에 유학하여 프랑스에서는 영어를 가르치고, 아일랜드에서는 프랑스어를 가르치며 생활하기도 했다. 이름 '사뮈엘 베케트' 또한 '새뮤얼 베켓'(영어 발음) 이라는 이름을 프랑스 발음으로 읽은 것이다. 1937년 파리에 정착했으며, 프랑스어와 영어를 번갈아 가며 사용 하여 집필하고, 스스로 자신의 작품 대부분을 반대 언어로 번역했다.〕 주변에 아무 것도 아닌 일로 문장을 잘 쓰는 사람들을 보면, 다는 아니지만 상당수가 외국어 번역을 해 본 경험이 있는 사람일 겁니다. 보들레르가 그 경험을 했고, 그 경험을 보들레르만큼 적절하게 사용한 사람도 없을 겁니다. 그의 시를 보면, 시에다 쓰면 안 될 것 같은 말들을 낼름낼름 써서 시가 되게 만들어 놓습니다. 바로 이 독특한 언어 사용 기술〔재능〕은 영어 번역으로부터 체득한 것이라 할 수 있습니다. 〔다음을 참조.〕〔"벤야민은 번역어에 시어의 성격이 있다는 점을 강조한다. 그는 「번역가의 과제」에서 번역가의 과제를 '외국어 속에 마법으로 묶여 있는 저 순수 언어를 자기 언어를 통해 풀어내고, 작품 속에 갇혀 있는 저 순수 언어를 작품의 재창조를 통해 해방한다는 것'이라고 정의〔…〕 보들레르 이후 현대 시의 미학적 효과는 '낯설게 하기(dépaysement)'의 그것으로 자주 설명된다. 이는 일반적으로 시가 언어의 물질과 존재감을 예외적으로 드러내는 방식으로 운용하고 있기 때문이기도 하지만, 다른 한편으로는 현대 시가 전통적으로 자연과 인간 사이에서 감지되었던 조응 관계의 파괴를 알레고리화하기 때문이기도 하다. 시는 언어에서 그 친숙감

귀스타프 쿠르베(Gustave Courbet, 1819~1877), 〈샤를 보들레르의 초상(Portrait de Charles Baudelaire)〉, 1847~1848년경, 몽펠리에 파브르 미술관(Musée Fabre Montpellier Agglomération) 소장. 쿠르베 스스로 이 그림의 제작 시기를 1840년이라고 했으나, 쿠르베가 보들레르와 가까워진 것은 1846년경이다. 이후 두 사람은 생각과 삶을 거의 함께 했다.

귀스타프 쿠르베, 〈화가의 작업실. 내 예술적 윤리적 삶의 7년을 요약한 진정한 사실적 우위(L'atelier du peintre. Allégorie réelle déterminant une phase de sept années de ma vie artistique et morale)〉, 1854~1855년, 파리 오르세 미술관(Musée d'Orsay) 소장. 가로 6m, 세로 4m에 이르는 대작으로, 가운데 쿠르베 자신을 두고 왼쪽에는 자신이 그렸던 노동자 계층을, 오른쪽에는 그를 지지하는 평론가와 후원자 계층을 그렸다. 맨 오른쪽 끝에 위의 그림과 비슷한 포즈의 보들레르가 보인다.

을 박탈하여 사물과 언어 사이의 거짓된 관계를 고발하고 '레디메이드'의 말들, 인습적인 말들을 자연스런 말과 혼돈하는 의식에 충격을 준다. 외국어 시를 자국어로 옮기는 번역자는 이중의 낯섦과 대면하게 된다. 번역은 사물과 자연 만물 사이에 깊은 조응 관계를 담보해 주는 매체로서의 모국어의 힘을 의심하는 가운데 결행될 수밖에 없으며, 이 점에서 번역의 기획은 현대 시의 언어적 모험과 상통한다.") 〔황현산, 「번역과 시」, 『잘 표현된 불행』(서울 : 난다, 2020) 110~128쪽.〕

〔**보들레르와 현대성**〕 보들레르는 자기 문학을 통해 현대적이라고 하는 개념, 현대 문학이라고 하는 개념을 만들어 냅니다. 오늘날 우리가 현대 예술, 현대성이라고 하는 것들을 이해하려면 그림으로 이해하는 것이 가장 빠릅니다. 먼저 옷이 회화에 어떻게 나타나는지 볼까요? 서양 사람들은 옛날부터 해부학을 조각에도 이용하고 회화에도 이용했습니다. 사람을 얼마나 정확하게 그립니까? 눈 앞의 모델을 겉모습만 보는 게 아니라, 근육의 구조, 골격의 구조까지 따져서 그립니다. 그리고서는 어떤 옷을 입히느냐? 그리스 로마 시대의 옷을 입힙니다. 쿠르베(Jean-Désiré Gustave Courbet, 1819~1877) 같은 사실주의자가 나오기 전까지, 19세기까지 그렇게 했어요. 한국도 마찬가지입니다. 의재(毅齋) 허백련(許百鍊, 1891~1977) 선생의 그림을 보면, 한국의 산야를 그려 놓고도, 거기에 도복을 입고 있는 사람을 그립니다. 도복 입은 사람이어야만 그림이 된 겁니다. 김은호(金殷鎬, 1892~1979) 화백 같은 경우에는 사실주의적으로 그린다고 해서 농부도 그리고, 대장장이도 그리고, 일하는 사람들을 그렸어요. 하지만 김은호 화백이 가장 늦게 그린 그림에도, 지금 우리 같은 옷을 입은 사람은 없습니다. 기껏해야 한복 입고 상투 틀고 있어요. 그렇지 않으면 그림이 안 됩니

1863년 11월 26일자 『피가로(Le Figaro)』지에 실린 보들레르의 「현대 생활의 화가(Le Peintre de la Vie moderne)」 첫 번째 글.

콩스탕탱 기(Constantin Guys, 1802~1892).
나다르(Nadar : Gaspard-Félix Tournachon, 1820~1910) 사진.

콩스탕탱 기, 〈쾌락의 시장(Bazar de la volupté)〉, 1870년.

콩스탕탱 기, 〈숲속의 황실 마차(La daumont impériale au bois)〉, 1855년.

다. 하이칼라를 하고 우리 같은 머리를 가진 사람들은 그림에 들어가지 못하는 겁니다. 19세기 프랑스도 마찬가지였어요. | 당시 신문을 볼까요. 사진술이 발달하기는 했지만 아직 원시적이어서 사진 한 장 찍으려면 한 시간이 걸리던 때입니다. 지금의 보도 사진 같은 것은 못 찍을 상황이었던 거죠. 그래서 신문에다가는 그림을 그려 게재했습니다. 컷을 그려서 동판으로 떠 가지고 신문을 찍었습니다. 신문에 나오는 삽화들, 시사용으로 그린 그림들, 그 그림들에 불란서가 최초로 당시 의상을 입은 사람들을 등장시켰습니다. 그게 보들레르의 「현대 생활의 화가(Le Peintre de la Vie moderne)」[보들레르가 1863년 『피가로(Le Figaro)』지에 3회에 걸쳐 연재한 글로 '무슈 제(Monsieur G)'라는 화가에 대한 평전 형식으로 되어 있다. 보들레르를 얘기할 때 빠지지 않고 등장하는 현대성(modernité), 산보자(flâneur), 댄디(dandy)라는 세 키워드가 모두 나오는 글이다.]라고 하는 에세이에 등장하는 콩스탕탱 기스(콩스탕탱 기, Constantin Guys, 1802~1892)의 그림인데, 바로 신문 삽화입니다. 보들레르는 콩스탕탱 기스의 이야기를 하면서, "봐라, 현대적인 옷을 입는 사람들, 현대의 마차를 타고 있는 사람들, 현대적인 군장을 하고 있는 사람들, 현대 건물에 있는 사람들도 그림이 된다."고 말을 합니다. 그 그림 속에 나타나는 사람들이 가지고 있는 고전주의적 위대성이라고 하는 것을 분석해 낸 글이 「현대 생활의 화가」 같은 글입니다. 말하자면, 자기 시대가 드러내는 사실적인 모습 속에서도 고전주의가 지니는 위대성이 훈련될 수 있다고 보들레르는 생각한 것이죠. 그런 생각의 배경에는 오늘 우리가 읽으려고 하는 시에서 나타나는 사고 방식, 시를 통해서 개발된 사고들이 있습니다. ↓

만물 조응

[I] 자연은 하나의 신전, 거기 살아 있는 기둥들은
간혹 혼란스런 말을 흘려보내니,
인간은 정다운 눈길로 그를 지켜보는
상징의 숲을 건너 거길 지나간다.

[II] 밤처럼 낮빛처럼 광막한,
어둡고 그윽한 통일 속에
멀리서 뒤섞이는 긴 메아리처럼,
향과 색과 음이 서로 화답한다.

[III] 어린이 살결처럼 신선한 향기, 오보에처럼
부드러운 향기, 초원처럼 푸른 향기들에
—썩고, 풍성하고, 진동하는, 또 다른 향기들이 있어,

[IV] 호박향, 사향, 안식향, 훈향처럼,
무한한 것들의 확산력을 지니고,
정신과 감각의 앙양을 노래한다.

IV. CORRESPONDANCES

[I]

La Nature est un temple où de vivants piliers

Laissent parfois sortir de confuses paroles ;

L'homme y passe à travers des forêts de symboles

Qui l'observent avec des regards familiers.

[II]

Comme de longs échos qui de loin se confondent

Dans une ténébreuse et profonde unité,

Vaste comme la nuit et comme la clarté,

Les parfums, les couleurs et les sons se répondent.

[III]

Il est des parfums frais comme des chairs d'enfants,

Doux comme les hautbois, verts comme les prairies,

— Et d'autres, corrompus, riches et triomphants,

[IV]

Ayant l'expansion des choses infinies,

Comme l'ambre, le musc, le benjoin et l'encens,

Qui chantent les transports de l'esprit et des sens.

「제가 가지고 온 자료에는 번역과 원문을 같이 수록했는데 번역은 제 번역입니다. 먼저 「만물 조응(萬物照應, Correspondances)」부터 읽겠습니다. 〔1857년 『악의 꽃』에 수록되었다. "제작 시기에 관해서는, 시인이 20대였던 1845~46년으로 추정하는 의견과 30대의 시인이 『악의 꽃』의 출간을 준비하고 있던 1955년경으로 추정하는 의견이 있다."〕 〔황현산, 「현대시의 출발」, 보들레르, 『악의 꽃』(민음사, 2016) 166쪽.〕 '만물 조응'은 불어로 하면 '코레스퐁당스(correspondances)'인데, 영어의 '코레스폰드(correspond)'와 같은 말입니다. 'correspond'는 영어로 편지한다는 말로 쓰이죠. 소통한다는 뜻입니다. 만물들이 서로 교류하고, 화응한다는 말입니다. 그것을 '만물 조응'이라고 옮겼는데, 이 말은 옛날 김붕구(金鵬九, 1922~1991) 선생이 쓰시던 번역어입니다. 그대로 썼습니다. 〔김붕구는 1941년부터 일본 와세다 대학에 유학해 정치 경제학을 전공했고, 이후 서울대학교에서 불문학을 전공했다. 1953년부터 서울대 불문과 교수를 지냈다. 1974년에 『악의 꽃』(민음사)을 번역했고, 1977년에 평전 『보들레에르』(문학과지성사)을 냈다. 보들레르는 일본에서 1900년대 초부터 여러 사람에 의해 번역이 시도되었는데, 그 중 1936년에 출간되어 널리 퍼진 무라카미 키쿠이치로(村上菊一郎, 1910~1982)의 번역본〔카와데서방(河出書房), 현 카도가와문고)〕에서 'correspondances'를 '만물 조응'으로 옮긴 바 있다. 이후 1950~1960년대 이와나미문고(岩波文庫), 슈에이샤(集英社) 번역본 등이 두루 이 제목을 따랐다. 무라카미 키쿠이치로는 1935년 와세다 대학 불문학과를 졸업하고 패전 후 모교에 교수로 취임했으며, 보들레르 번역의 권위자로 이름을 날렸다. 이 시의 제목은 '조화' '상응' 등으로도 번역된다.〕

[1] 〔**자연은 하나의 신전**, 거기 살아 있는 기둥들은 / 간혹 혼란스런 말을 흘려보내니, / 인간은 정다운 눈길로 그를 지켜보는 / 상징의 숲을 건너 거길 지나간다.〕 ☞ "자연은 하나의 신전"이라는 표현은 '자연이라고 하는 것은 신이 만들었기 때문에 자연 속에 신의 얼굴이 있고 신의 계획이 있고, 신의 생각이 자연 속에 있으

니까 자연 그 자체가 신을 모시는 것이다.'라는 뜻입니다. "거기(자연에) 살아 있는 기둥들"은 나무들을 말합니다. 이 나무는 옛날 그리스 신화를 생각하면 떡갈나무〔떡갈나무, 또는 로부르참나무는 제우스의 신목이다.〕라 할 수 있습니다. 그리스 사람들은 도도나〔Dodona, 그리스 북서부 에페이로스(Epeiros)에 있는 제우스의 신전. 제우스는 거신족 아버지에게 잡아먹히지 않으려고 도도나로 피신해 참나무 속에서 자란다. 그리스인들은 나무가 나뭇잎을 바스락거리거나 그밖의 다른 소리를 내어 신탁을 전한다고 믿었고, 도도나의 사제들이 그 의미를 풀어 주었다.〕 숲에 가서 떡갈나무에 스치는 바람 소리를 듣는데, 그러면 신관이 신이 뭐라고 한다고 신탁을 해석해 줍니다. 이런 배경을 생각하면 이 구절을 쉽게 이해할 수 있습니다. | "간혹"이라고 하는 건 항상 그런 건 아니고 어떤 특별한 순간에 그렇다는 것이죠. "혼란스런 말을 흘려보"낸다는 것은 똑똑히 알아들을 수 있는 말이 아니라, '이니시에이션(initation)—선택'된 사람, 즉 신관처럼 특별한 능력을 가진 사람만이 해석할 수 있는 말을 흘려보낸다는 것이죠.〔이니시에이션은 종교적 의식을 처러서 어떤 단계에 들어선 것을 말한다. 이 들어섬은 초심자의 입문이나 입회가 아니라 신내림 등에 가까워서, 육체적 수련을 마치고 영적으로 새로 태어남을 말한다.〕 여기서는 시인들이겠습니다. | "정다운 눈길로 그를 지켜"본다는 것은 숲에 있는 나무들이 인간은 불쌍하다 뭐다 말해 주는 분위기에요. 다음에 인간이 그를 지켜보는 "상징의 숲을 건너 거길 지나간다" 부분을 봅시다. 불어로는 지나간다는 말이 'passe à'입니다. 영어로는 'pass to'인데, 이걸 어떻게 번역하느냐를 두고 상당히 논란이 많았어요. 거길 '지나간다'로 번역할 것이냐, 아니면 거기로 '들어간다'로 번역할 것이냐. 김붕구 선생은 '들어간다'라고 했습니다. 바로 그 신전으로 들어간다. 그런데 저희 선생님〔강성욱(康星旭, 1931~2005)〕

같은 경우에는 '지나간다, 통과한다'로 해석합니다. 즉 신전 안으로 들어가는 것이 아니라, 어떤 깨달음의 숲을 지나간다는 것으로 이해하는 것이 낫다고 말씀하셨습니다.

[11] 〔**밤처럼 날빛처럼 광막한,** / 어둡고 그윽한 통일 속에 / 멀리서 뒤섞이는 긴 메아리처럼, / 향과 색과 음이 서로 화답한다.〕 ☞ 밤은 불어로 'nuit', 날빛은 'clarté'입니다. "밤처럼 날빛처럼 광막한"은 밤의 어둠처럼, 한낮의(대낮의) 빛처럼, 완벽하게 까맣거나 완벽하게 하얀, 즉 세상이 완전히 어둠이나 빛으로 가득해서 세상의 경계가 없어져 버린 상태를 말합니다. 끝이 없이. | 다음 "어둡고 그윽한 통일"이라는 구절을 봅시다. 통일은 불어로 'unité'입니다. 그윽한 이 통일 속에, 하나로 통합되는 세계, 어떤 지점이 있다는 말이에요. 『노자(老子)』에 '현빈(玄牝)'이라는 말이 나옵니다. '검을 현'은 깜깜하고 그윽하다는 말이고, 빈은 '암컷 빈'입니다. 그윽한 암컷, 어떤 골짜기인데, 암컷 골짜기, 거기서부터 만물이 소생합니다. 원래 통일되어 있는 지점입니다.〔谷神不死 是謂玄牝 玄牝之門 是謂天地根(곡신불사 시위현빈 현빈지문 시위천지근)': 김용옥(金容沃, 1948~)은 '곡신이 죽지 않으니 이것이 현묘한 어머니이며, 현빈의 문, 즉 여성의 음문이 천지의 뿌리'라고 풀이하며, 이경숙(李敬淑, 1960~)은 '신이 죽지 않는 골짜기가 있으니 이를 현빈, 즉 가물한 골짜기'라고 풀이한다.〕 | "멀리서 뒤섞이는 긴 메아리처럼, / 향과 색과 음이 서로 화답한다."는 우리가 잘 아는 공감각 현상을 생각하면 되겠습니다. 인간에게는 향을 느끼는 감각, 색을 느끼는 감각, 음을 느끼는 감각 등이 있는데, 인간이 지닌 이런 감각의 구획, 감각의 체계가 무너져서 하나로 혼합·통합(unité)되어 화답하는 상태를 말합니다. 공감각 현

상이라는 말은 중·고등학교 때 많이 들었지요? 흔히 드는 예로 '푸른 종소리'라는 표현이 있습니다만, 공감각 현상은 그런 식의 기교에 그치는 것은 아닙니다. 감각의 영역이 무너지면서 어떤 통합된 세계에 대한 예감으로 감각 너머의 세계, 그것을 본다는 것입니다. 그 다음 구절에서는 공감각 현상을 후각, 즉 냄새를 중심으로 해서 구체적인 예를 듭니다.

[III] 〔**어린이 살결처럼 신선한 향기**, 오보에처럼 / 부드러운 향기, 초원처럼 푸른 향기들에 / —썩고, 풍성하고, 진동하는, 또 다른 향[IV]기들이 있어, // 호박향, 사향, 안식향, 훈향처럼, / 무한한 것들의 확산력을 지니고, / 정신과 감각의 앙양을 노래한다.〕☞ "오보에처럼"은 '오보에 소리처럼'이란 말이죠. 촉각과 후각, 청각과 후각, 시각과 후각이 화답하는 공감각 현상입니다. 신선하고 부드럽고 푸른 향기들, 이것은 식물성입니다. 이 향기들보다 더 나아가서 "썩고, 풍성하고, 진동하는, 또 다른 향기들이 있"는데, "호박향, 사향, 안식향, 훈향"입니다. 이것들은 동물성인데다 침실에서, 아니면 종교 집회에서 사용하는 향기들입니다. 인간에게 가장 깊은 감각을 요구하는 것이 침대하고 교회거든요. | "무한한 것" 하면 신을 생각할 수도 있고, 우주 전체를 생각할 수도 있을 겁니다. 그 무한한 것들이 품은 것과 같은 확산력, 그게 빅뱅입니다. 그리고 그런 향기들처럼 "무한한 것들의 확산력을 지니고, 정신과 감각의 앙양을 노래"합니다. 앙양(昂揚)이라고 번역한 불어는 'transports'로 영어로는 'transport'입니다. 우리의 정신과 감각을 '트랜스포트', 확 들어 올린다는 것이지요.

⌐〔보들레르가 발명한 것은……〕 그런데 이 시에 나오는 '자연은 하나의 신전'이고 '자연이 우리에게 어쩌구저쩌구한다'는 얘기는 보들레르의 발명이 아닙니다. 보들레르 이전에 무수하게 이런 말을 했고, 낭만주의자들은 거의 날마다 이런 말을 했습니다. 고대부터 이런 말을 해 왔어요. 제가 앞에서 두 번째 연의 공감각 현상을 이야기할 때 '현빈'이라는 용어를 언급한 것도, 동서를 막론하고 그런 생각을 해 왔다는 것을 드러내기 위한 것이었습니다.

⌐| 이 시에서 보들레르의 발명이라고 할 만한 것이 있다면 이런 것입니다. 옛날에 자연이 어떻다는 둥 자연의 근원성을 말할 때는 대개는 명상에 의해서, 명상을 통한 깨달음에 의해서였습니다. 그런데 보들레르는 명상이 아니라 인간 육체의 감각, 즉 관능을 통해서 그것을 체험하고 있다는 것입니다. 이게 이 시가 가지고 있는 새로움이고, 또 보들레르의 발명이기도 합니다. 자연은 하나의 신전이고 그래서 어쩌구저쩌구할 때는 천상 세계와 지상 세계에 대한 조응을 말하고, 다음에 감각과 감각 사이에 교감 현상이 있고 그로부터 무한한 것들이 확산되면서 정신과 감각이 앙양된다고 말합니다. 그러니까 이 시 속에는 우리가 지닌 내적 풍경과 외적 풍경 사이의 상호 교류 같은 것이 들어 있습니다. 이런 만물 조응을, 명상이나 어떤 우주론적 상상력에 의해서 드러낸다는 것이 아닙니다. 우리의 감각에 의해서, 우리의 관능을 통해서, 우리의 육체적 체험을 통해서 바로 거기에 있는 것을 파악한다는 것입니다. 이게 새로움이고, 이게 보들레르가 가지고 있는 시적 사실주의라고 말할 수도 있습니다.

〔상징주의 다시 이해하기〕'상징주의가 뭐냐'라는 설명을 할 때 보통은 이 시를 먼저 끄집어 냅니다. 그러면서 '세상은 어떤 기호나 숫자(chiffre)로 되어 있다. 그 숫자와 기호를 해석해서 다른 세계를 본다.' 이런 방식으로 설명하고 이걸 상징이라고 합니다. 그런데 그건 옛날부터 그렇게 해 온 것입니다. 그렇게 하지 않았다면 그 많은 문학이 있을 수가 없겠죠. | 문제는 감각입니다. 우리가 감각으로 느낄 수 있는 세계, 감각이 육체에 남겨 놓는 인상(impression), 감각이 우리 육체에 찍어 놓은 모든 흔적을 통해서 감각 너머의 세계를 본다는 것입니다. 이 감각이라는 것은 지극히 복잡합니다. 그것은 감각 너머의 세계를 은폐하면서 동시의 감각 너머의 세계를 펼쳐 보입니다. 말하자면, 감각 너머의 세계를 보기 위해서 점쟁이 같은 경우에는 제 눈을 찔러 버리고, 눈을 찌름으로써 다른 감각을 가진다고 하지 않습니까. 그것도 감각을 부정하는 것이 아니라 역시 감각을 통해서 감각 너머의 세계를 보는 방법이겠죠. 눈을 찔러서 다른 감각을 극대화시키는 방법이니까요. 바로 그게 중요합니다. | 상징주의라고 하는 말을 이 지점에서 다시 이해해야 합니다. 감각으로 느끼는 것, 그게 이 세상의 현실이죠. 이 세상의 현실을 가장 세밀하고 가장 깊이 있게 느끼게 되면 거기서부터 다른 세계를 볼 수 있는 어떤 능력을 갖게 됩니다. '이 세계에서 내가 느끼는 모든 감각, 훈련, 내가 느끼는 모든 육체적인 현상들, 이것은 다른 세계의 표상이 될 수 있다.'라는 생각을 밑에 깔고 있는 문학을 우리는 상징주의라고 부를 수가 있을 것입니다. ↓

저녁의 해조(諧調)

[I]   이제 그 시간이 오네, 꽃대 위에서 바들거리며
     꽃은 송이송이 향로처럼 피어오르고
     소리와 향기 저녁 하늘에 감돌고.
     우울한 왈츠에 나른한 어질머리!

[II] 꽃은 송이송이 향로처럼 피어오르고,
     아픈 마음 하나 떨리듯 바이올린은 흐느끼고,
     우울한 왈츠에 나른한 어질머리!
     하늘은 거대한 제단처럼 슬프고도 아름답네.

[III] 아픈 마음 하나 떨리듯 바이올린은 흐느끼고,
     막막하고 어두운 허무가 싫어, 애절한 마음 하나!
     하늘은 거대한 제단처럼 슬프고 아름답네.
     태양은 얼어붙는 제 피 속에 빠져들고.

[IV] 막막하고 어두운 허무가 싫어, 애절한 마음 하나,
     저 빛나는 과거의 자취를 모두 긁어모으네,
     태양은 얼어붙는 제 피 속에 빠져들고……
     그대의 추억이 내 안에서 성광(聖光)처럼 빛나네!

XLVII. HARMONIE DU SOIR

[I]
Voici venir les temps où vibrant sur sa tige

Chaque fleur s'évapore ainsi qu'un encensoir ;

Les sons et les parfums tournent dans l'air du soir ;

Valse mélancolique et langoureux vertige !

[II]
Chaque fleur s'évapore ainsi qu'un encensoir ;

Le violon frémit comme un coeur qu'on afflige ;

Valse mélancolique et langoureux vertige !

Le ciel est triste et beau comme un grand reposoir.

[III]
Le violon frémit comme un coeur qu'on afflige,

Un coeur tendre, qui hait le néant vaste et noir !

Le ciel est triste et beau comme un grand reposoir ;

Le soleil s'est noyé dans son sang qui se fige.

[IV]
Un coeur tendre, qui hait le néant vaste et noir,

Du passé lumineux recueille tout vestige !

Le soleil s'est noyé dans son sang qui se fige...

Ton souvenir en moi luit comme un ostensoir !

플랑드르 화파(École flamande)의 데생, 〈**그리스도의 모노그램이 위에 있는 성체 현시대**(Un ostensoir surmonté du monogramme du Christ)〉, 17세기, 파리 루브르 미술관(Musée du Louvre) 소장.

오귀스트 클레쟁제(Auguste Clésinger, 1814~1883), 〈**뱀에 물린 여인**(Femme piquée par un serpent)〉, 1847년, 파리 오르세 미술관(Musée d'Orsay) 소장. 아폴로니 사바티에를 모델로 파리 살롱에 출품해 큰 화제를 모았다.

「저녁의 해조(諧調, Harmonie du soir)」⋯⋯, 참 잘 쓴 시입니다. 현대에 누가 썼어도 신춘문예에 당선될 시죠. 해조(諧調)는 서로 화(和)하여 잘 어울린다는, 즉 조화(調和)라는 뜻입니다. 〔「저녁의 해조」는 1857년 『프랑스 평론(Revue française)』에 발표되었고 『악의 꽃』 초판과 재판에 수록되었다. '사바티에 부인에게 헌정한 시편'들로 분류된다. 파리에서 살롱을 운영하던 사바티에 부인(Apollonie Sabatier, 1822~1890)은 수많은 예술가들과 어울렸으며 1857년부터 1862년까지 보들레르의 연인이자 뮤즈였다. 일본에서 이 시는 1905년 「박모의 곡(薄暮の曲, 쿠레가타노 쿄쿠)」 『해조음(海潮音)』]으로 처음 번역되었고, 호리구치 다이가쿠(堀口大學)는 「저녁의 조율(夕べのしらべ)」로 옮겼으며, 무라카미 키쿠이치로는 앞의 「만물 조응(萬物照應)」이 실린 1936년의 번역본에 「해질녘의 해조(夕暮の諧調)」로 번역했는데, 이후 「저녁의 해조(夕の諧調, 夕べの諧調)」로 굳었다. '해조'는 가락이 잘 조화됨을 뜻한다.〕

[I] 〔이제 그 시간이 오네, 꽃대 위에서 바들거리며 / 꽃은 송이송이 향로처럼 피어오르고 / 소리와 향기 저녁 하늘에 감돌고. / 우울한 왈츠에 나른한 어질머리!〕 ☞ 저녁 시간이 옵니다. 꽃에서는 향기가 솟아오르고, 꽃 송이송이마다 향로처럼 피어오르고. 누군가가 바이올린을 지금 켜고 있습니다. 감각이 어떤 공감각 속에 들어가는 순간입니다. 공감각의 체험 속에 들어가서는 소리와 향기의 영역—이게 문어체입니다—거기서 시각 현상이 튀어나오게 되죠. 〔다음을 참조.〕 〔"문어체로 말한다는 것은 보편 어법으로 말하는 것이고, 구어체로 말한다는 것은 한 개인이나 집단의 특수 어법으로 말하는 것이지만, 이렇듯 보편 어법이 가장 특수한 사안을 말할 때도 있다. 남들이 특수 어법으로 말할 때 보편 어법으로 말하고, 남들이 보편 어법으로 말할 때 특수 어법으로 말할 수 있는 것이 문학의 능력이자 권리이기도 하다."〕 〔황현산, 「딴 나라에서 온 사람처럼」, 2014.〕

[II] 〔꽃은 송이송이 향로처럼 피어오르고, / 아픈 마음 하나 떨리듯

바이올린은 흐느끼고, / 우울한 왈츠에 나른한 어질머리! / 하늘은 거대한 제단처럼 슬프고도 아름답네.〕☞ 하늘에 새빨갛게 저녁 황혼이 떠 있는 거죠. 여기서 '제단'이라고 번역한 말은 '르포즈와(reposoir)'라고 하는 불어인데, 성당에 다니는 분들은 아실 텐데, 미사 때 성체(聖體)로 쓰는 빵을 축성(祝聖)해서 잠시 놓아 두는 대(臺)를 말합니다. 보통은 '성체 현시대(聖體顯示臺)'로 번역합니다. 성체를 일시적으로 보이게 놔 두는 곳입니다. 성체라고 하는 것은 예수의 육체입니다. 예수는 십자가에 못 박혔습니다. 그러니까 저 새빨간 하늘, 핏빛 하늘을 보고 성체의 현시대를 생각한 것입니다. 성체의 현시대, 어떤 메타적 육체 하나가 노을 속에서 피 흘리고 있다는 생각을 떠올리게 되는 것, 바로 앞에서 말한 공감각적 체험이 있기 때문에 가능할 것입니다.

[III] 〔**아픈 마음 하나 떨리듯 바이올린은 흐느끼고**, / 막막하고 어두운 허무가 싫어, 애절한 마음 하나! / 하늘은 거대한 제단처럼 슬프고 아름답네. / 태양은 얼어붙는 제 피 속에 빠져들고.〕☞ 이때 아픈 마음은, 바로 이 공감각 현상 속에서 성체의 현시대를 보고 있는 화자의 마음이겠죠. 저녁 전에 꽃 피고, 바이올린 왈츠 연주하는 소리를 듣고 있다는 것이 이상한 종교적 우주론으로 발전을 합니다.

[IV] 〔**막막하고 어두운 허무가 싫어**, 애절한 마음 하나, / 저 빛나는 과거의 자취를 모두 긁어모으네, / 태양은 얼어붙는 제 피 속에 빠져들고…… / 그대의 추억이 내 안에서 성광(聖光)처럼 빛나네!〕☞ "그대의 추억"은 그대에 대한 추억이겠죠. 성광도 축성

한 성체를 넣어 두는 것과 관계가 있습니다. 보통 태양처럼 생긴 용기 안에 넣어 두는데, 우리 어머니 돌아가셨을 때 미사에서 보니까 요즘은 태양처럼 되어 있지 않고, 네모난 상자로 되어 있더라고요. 아, 저게 성광이구나. 그 때 처음 한 번 성광을 봤는데 유감스럽게도 고전적인 모습이 아니었습니다.

〔**감각의 깊이**〕 이 시는 저녁에 색과 향기와 음이 한꺼번에 하모니를 이뤄서 어우러지는 어떤 현기증 나는 시간을 묘사합니다. 그런데 이 시에서는 인간의 감각을 통해서 지극히 미묘한 세계, 지극히 비극적인, 그래서 매우 성스러운 자리에 들어가고 있다는 것을 알 수 있습니다. 그 핵심에 있는 것이 "그대"라고 하는 사람에 대한 추억입니다. "그대"라는 사람이 누구인지는 모릅니다. 어떤 완벽했던 순간일 것입니다. 특별했거나, 어떤 특이성을 가진 그런 시간에 대한 추억이, 성체처럼, 종교적인 어떤 상징처럼, 거기서 빛을 발하고 있다. 그러면 이것은 종교시가 아니라 차라리 연애시입니다. 연애시인데, 연애시를 통해서 보게 되는 어떤 감각의 깊이라고 하는 것이 있습니다. 감각의 깊이를 통해서 사물 속에 파고들어 가고, 이 사물이 일종의 우주론 같은 것을 형성한다고 말할 수 있습니다. ↓

지나가는 여인에게

[I] 거리는 내 주위에서 귀가 멍멍하게 아우성치고 있었다.
갖춘 상복, 장중한 고통에 싸여, 후리후리하고 날씬한
여인이 지나갔다, 화사한 한 쪽 손으로
꽃무늬 주름 장식 치맛자락을 살포시 들어 흔들며,

[II] 날렵하고 의젓하게, 조각 같은 그 다리로.
나는 마셨다, 얼빠진 사람처럼 경련하며,
태풍이 싹트는 창백한 하늘, 그녀의 눈에서,
얼을 빼는 감미로움과 애를 태우는 쾌락을.

[III] 한 줄기 번갯불…… 그리고는 어둠! — 그 눈길로 홀연
나를 되살렸던, 종적 없는 미인이여,
영원에서밖에는 나는 그대를 다시 보지 못하련가?

[IV] 저 세상에서, 아득히 먼! 너무 늦게! 아마도 **영영**!
그대 사라진 곳 내 모르고, 내 가는 곳 그대 알지 못하기에,
오 내가 사랑했었을 그대, 오 그것을 알고 있던 그대여!

XCIII. A UNE PASSANTE

[I]
La rue assourdissante autour de moi hurlait.

Longue, mince, en grand deuil, douleur majestueuse,

Une femme passa, d'une main fastueuse

Soulevant, balançant le feston et l'ourlet ;

[II]
Agile et noble, avec sa jambe de statue.

Moi, je buvais, crispé comme un extravagant,

Dans son œil, ciel livide où germe l'ouragan,

La douceur qui fascine et le plaisir qui tue.

[III]
Un éclair... puis la nuit ! — Fugitive beauté

Dont le regard m'a fait soudainement renaître,

Ne te verrai-je plus que dans l'éternité ?

[IV]
Ailleurs, bien loin d'ici ! trop tard ! *jamais* peut-être !

Car j'ignore où tu fuis, tu ne sais où je vais,

O toi que j'eusse aimée, ô toi qui le savais !

⌐ 현대성이나 도시 시(都市詩)에 대해 이야기할 때면 흔히 이「지
나가는 여인에게(A une passante)」를 예로 들어 설명합니다. [1860
년 10월 15일자 『예술가(L'artiste)』에 발표되고, 『악의 꽃』 재판에 수록되었다.] 벤야민(Walter
Benjamin, 1892~1940)은 '보들레르 론'(『보들레르의 작품에 나타난 제2제정기의 파리(Das Paris
des Second Empire bei Baudelaire)』)에서 파리 이야기를 할 때도 이 시를 가지
고 아주 멋지게 이야기합니다. [다음 구절을 말한다. "도시인의 사랑은 첫눈의 사랑이라
기보다 마지막 눈의 사랑이다."] 정말 보들레르처럼 이야기합니다. "너무 늦
⌐ 게! 죽은 다음에 만나서 무엇하겠어요." | 이 시는 복잡한 도시에
서, 사람들이 많이 왕래하는 근대 도시에서, 군중에 섞인 한 여인
을 잠깐 보는데, 그 여인이 군중 속으로 사라져서 다시 못 만나게
되는 그런 상황을 그리고 있습니다.

(1) [**거리는 내 주위에서 귀가 멍멍하게 아우성치고 있었다.** / 갖춘
상복, 장중한 고통에 싸여, 후리후리하고 날씬한 / 여인이 지나갔
다, 화사한 한 쪽 손으로 / 꽃무늬 주름 장식 치맛자락을 살포시
들어 흔들며.] ☞ 사람들이 많은 시장판 같은 곳입니다. "갖춘 상
복"이라는 것은, 불어로 'en grand deuil'인데, 위아래를 다 갖추
어 입고 검은 베일까지 쓴 상복 차림이라는 뜻입니다. 검은 상복
에도, 치맛단에다가, 물론 검은 꽃입니다마는, 꽃무늬 수를 놓습
니다. [페스통(feston)은 건축물 등의 벽면을 장식하기 위해 갈란드(garland) 형태로 늘어뜨린 꽃줄 조각을
덧붙이는 것을 말한다. 의복에서 페스통 단(ourlet feston)은 끝단을 마치 갈란드줄의 반원이 이어지듯 처리하
는 기법이다. 주름을 잡거나 레이스를 덧붙이거나 물결치게 재단해 풍성하게 한다.] 보통 상복을 입
으면 치마를 질질 끌고 가야 하는데, 복잡한 도시 거리여서 한 손
으로 치맛단을 들어올리고 걸어갑니다. 자연스레 다리가 살짝 보

이겠지요. 여자가 상복을 입었다는 사실도 상당히 중요합니다.

(II) 〔**날렵하고 의젓하게, 조각 같은 그 다리로.** / 나는 마셨다, 얼빠진 사람처럼 경련하며,〕☞ 온 몸에 전기가 온 겁니다. 〔태풍이 싹트는 창백한 하늘, 그녀의 눈에서,〕☞ 그 여자가 회색 눈을 가지고 있었나 봅니다. 〔얼을 빼는 감미로움과 애를 태우는 쾌락을.〕☞ 사람의 얼을 빼는 감미로움과 애를 태우는 뇌쇄적인 쾌락을 마셨단 말입니다.

(III) 〔**한 줄기 번갯불**…… 그리고는 어둠! — 그 눈길로 홀연 / 나를 되살렸던, 종적 없는 미인이여,〕☞ 눈이 마주친 순간 번갯불이 나고, 쓱 지나가니까 컴컴해졌단 말이에요. 거의 사이키 조명하고 같습니다. 홀연 나를 되살렸다는 말은, 내가 무기력에 있는 상태였는데 그 눈길을 보는 순간 어떤 생명이 솟구쳐 올랐다는 말입니다. 이게 바로 요즘 말로 '도시적 충격'입니다. 〔영원에서밖에는 나는 그대를 다시 보지 못하련가?〕☞ 그렇게 사라져 버립니다. 영원이라는 말은 이 세상 시간이 아닌 다른 세상의 시간, 곧, 저승의 시간을 가리킵니다.

(IV) 〔**저 세상에서, 아득히 먼**! 너무 늦게! 아마도 **영영**! / 그대 사라진 곳 내 모르고, 내 가는 곳 그대 알지 못하기에, / 오 내가 사랑했었을 그대, 오 그것을 알고 있던 그대여!〕☞ "내가 사랑했었을"이라고 하면 불어 문법으로는 '조건법 대과거'가 됩니다. '옛날에 사랑을 했었을 것이 분명한'이라는 말입니다. 옛날에 사랑을 언

제 했을까? 전생에서란 말이죠. 틀림없이 특별한 인연이 있었을 그대. 내가 사랑했었을 그대. 그것을 알고 있던 그대여. 그대도 그것을 눈치챘다는 말입니다. 그대 스스로. 그런데 군중 속으로 사라져서, 다른 데로 가 버려서 못 만나게 됩니다.

〔도시와 시간〕 눈이 마주쳤던 그 짧은 순간에 '현세, 내세, 전생' 삼생(三生)이 짧은 순간에 수직으로 내리꽂히고 있습니다. 이런 것을 우리가 '감각의 깊이'라고 말을 합니다. 이 시를 읽으며 우리는 '첫눈의 사랑'이라고 말을 할 텐데, 벤야민은 '마지막 눈의 사랑'이라고 표현합니다. 바로 이 사랑은 처음에 보고 반해서가 아니라, 사라져 버렸기 때문에, 순간 놓쳐 버렸기 때문에 느껴지는 사랑이라는 겁니다. 그래서 그 사랑은 도시적인……. | 우리가 도시에서 살 때는 시골에서 살 때와 다릅니다. 시골에 살 때는 대개 시간이 축적되고, 시간이 그 자리에 그대로 있습니다. 도시에서는 계속해서 초 단위로 물질화되어 우리를 한 번 공격하고 사라지고, 또 공격하고 사라지고, 또 공격하고 사라집니다. 도시의 시간이라고 하는 것이 그렇습니다. 도시의 시간은 어떤 기억조차도 남겨 놓지 않고 끌어서 가 버립니다. 무의식적으로 우리를 재촉하고, 마치 말의 박차처럼 우리를 자극하고 사라지고, 자극하고 사라집니다. 이 시간 속에서, 그래서 사람이 눈을 한 번 봤을 때, 첫눈에 반해서, 흔히 말하듯 전기가 오는 정도가 아니라, 완전히 얼빠진 사람처럼 경련한다고 표현하는데, 이것은 이 도시적 손실이 우리에게 입힌 상처 때문이라고 말합니다.

〔**도시와 상처**〕 현대에서 예술적 예민함이라고 하는 것은 상처의 예민함과 비슷합니다. 사람이 건강하면, 건강과 육체가 잘 조화되어 있을 때, 감각이 예민해집니다. 아주 예민한 감각입니다. 도시에서 예민한 감각이라고 하는 것은, 그런 것이 아닙니다. 건강해서 예민한 것이 아니라, 상처에 뭐가 닿으면 아파서 화들짝 놀라게 되는 것처럼, 상처 때문에 예민해진 감각이고, 도시인들은 그 도시적 상처로 입은 예민함을 과시하기도 하죠. 그러면서 (상처 입지 않은) 다른 사람들을 가리켜 둔하다고 하기도 합니다. 이 도시적 상처와, 더불어 도시가 지닌 시간성, 충격적 시간성에 관해서 벤야민은 말합니다. 그 도시적 충격 속에서, 초 단위로 분할된 충격적 시간 속에서, 초 단위에서 어떤 시간의 깊이 속으로 들어가고 있다고 말합니다. 이것은 도시적 삶이 아니면, 도시적 상처가 아니면, 가질 수 없는 감각입니다. 이 때 감각의 예민함과 깊이는 상처의 예민함이고 상처의 깊이라고 할 수 있습니다. 현대의 시인, 근대의 시인들이 지녔던 프롤레타리아성이라고 하는 것도 바로 이 상처에 의해 설명됩니다. 시인들의 자산이라고 하는 것은 사실상 육체밖에 없죠. 19세기 시인들은—요즘은 그러지 않습니다만—늘 술을 마시고 마약을 하곤 했습니다. 그런 게 상처를 주는 방식입니다. 상처에 어떤 깊이를 만들어 내는 방식입니다. 일종의 프롤레타리아들의 몸팔기하고 같은 것입니다. 어떻게 몸에 찍힌 감각을 통해 세계를 파악하게 되는가, 어떻게 몸에 찍힌 감각을 읽어서 하나의 시적 현실을 만들어 내는가, 하는 이야기도 이 시에서 읽어 낼 수 있습니다. ↓

백조

— 빅토르 위고에게

I

안드로마케여, 나는 그대를 생각한다! 그 작은 강,
과부의 몸으로 그대가 겪는 고뇌의 끝 모를 장엄함을
일찍이 비추었던 가엾고 슬픈 거울,
그대의 눈물로 불어난 그 가짜 시모이 강은,

내가 저 새로 난 카루젤 광장을 지나갈 때,
문득 내 풍요로운 기억력을 기름지게 해 주었다.
옛 파리의 모습은 이제 간 곳 없구나(도시의 모양은
아! 사람의 마음보다 더 빨리 변하는구나).

저 진을 쳤던 바라크들, 설깎은 대들보와 둥근 기둥들,
잡초들, 웅덩이의 물때 올라 퍼래진 육중한 돌덩이들,
유리창에 어지럽게 번쩍이던 골동품들을
이제는 모두 내 마음속에서만 볼 수 있다.

거기에는 예전에 동물 진열창이 늘어서 있었다.
거기에서 나는 보았다, 싸늘하고 맑은 하늘 아래
노동이 잠을 깨고, 쓰레기터가 고요한 허공에
검은 연기를 내뿜는 어느 아침에,

LXXXIX. LE CYGNE

—A VICTOR HUGO

I

[I] Andromaque, je pense à vous ! Ce petit fleuve,

Pauvre et triste miroir où jadis resplendit

L'immense majesté de vos douleurs de veuve,

Ce Simoïs menteur qui par vos pleurs grandit,

[II] A fécondé soudain ma mémoire fertile,

Comme je traversais le nouveau Carrousel.

Le vieux Paris n'est plus (la forme d'une ville

Change plus vite, hélas ! que le coeur d'un mortel) ;

[III] Je ne vois qu'en esprit tout ce camp de baraques,

Ces tas de chapiteaux ébauchés et de fûts,

Les herbes, les gros blocs verdis par l'eau des flaques,

Et, brillant aux carreaux, le bric-à-brac confus.

[IV] Là s'étalait jadis une ménagerie ;

Là je vis, un matin, à l'heure où sous les cieux

Froids et clairs le Travail s'éveille, où la voirie

Pousse un sombre ouragan dans l'air silencieux,

[V] 제 새장에서 벗어난 백조 한 마리,
바싹 마른 포도를 그 오리발로 문지르며
울퉁불퉁한 땅바닥 위에 그 하얀 깃을 끌고 있었다.
물 없는 도랑가에서 날짐승은 부리를 열고

[VI] 두 날개를 짜증스레 먼지 속에 적시며,
아름답던 고향 호수 가슴 속에 가득 안고, 하는 말이,
"물아, 언제 너는 비 되어 내리려나? 너는 언제나 울리려나, 우뢰야?"
나는 괴이하고 숙명적인 신화, 이 불행한 짐승이,

[VII] 이따금, 오비드의 인간처럼, 하늘을 향해,
잔인하게도 새파란 빛으로 빈정거리는 하늘을 향해,
경련하는 목 위에 허기진 머리를 쳐들고 있는 꼴을 보았으니,
마치 신에게 원망이라도 퍼붓는 것만 같더라!

II

[VIII] 파리는 변한다! 그러나 내 우울 속에선 어느 것 하나
움직이는 것이 없구나! 새 궁전도, 비계다리도, 돌덩이도,
성문 밖 낡은 거리도, 모두가 내게는 알레고리가 되고,
내 절절한 추억은 바위보다도 더 무겁다.

[IX] 그리하여 이 루브르 궁전 앞에서 심상 하나가 나를 짓누른다.
나는 생각한다, 나의 저 큰 백조를, 미친 듯이 몸부림하는,

[V] Un cygne qui s'était évadé de sa cage,

Et, de ses pieds palmés frottant le pavé sec,

Sur le sol raboteux traînait son blanc plumage.

Près d'un ruisseau sans eau la bête ouvrant le bec

[VI] Baignait nerveusement ses ailes dans la poudre,

Et disait, le coeur plein de son beau lac natal :

« Eau, quand donc pleuvras-tu ? quand tonneras-tu, foudre ? »

Je vois ce malheureux, mythe étrange et fatal,

[VII] Vers le ciel quelquefois, comme l'homme d'Ovide,

Vers le ciel ironique et cruellement bleu,

Sur son cou convulsif tendant sa tête avide,

Comme s'il adressait des reproches à Dieu !

II

[VIII] Paris change ! mais rien dans ma mélancolie

N'a bougé ! palais neufs, échafaudages, blocs,

Vieux faubourgs, tout pour moi devient allégorie,

Et mes chers souvenirs sont plus lourds que des rocs.

[IX] Aussi devant ce Louvre une image m'opprime :

Je pense à mon grand cygne, avec ses gestes fous,

추방당한 사람들처럼, 우스꽝스러우면서도 기개 높은,
쉴 새 없이 욕망에 시달리는 몰골을! 그리고 그대를,

[X]   안드로마케여, 위대한 낭군 팔에서,
천한 가축처럼, 거만한 피루스의 손에 떨어져,
빈 무덤 곁에 넋을 잃고 고개를 숙이고 있는 그대를,
헥토르의 과부여, 아! 헬레누스의 아내여!

[XI] 나는 생각한다, 여윈 몸에 폐병이 든 저 흑인 여자를,
진창에서 철떡거리며, 퀭한 눈으로,
막막한 안개의 벽 저 너머로 장려한 아프리카의
야자수 숲을 찾고 있던 그 몰골을,

[XII] 누구라도 다시는, 다시는! 되찾지 못할 것을
잃어버린 모든 사람을! 눈물을 마시고
어진 이리의 젖을 빨 듯, 고뇌의 젖을 빠는 사람을!
꽃처럼 시들어 가는 말라빠진 고아를!

[XIII] 이렇게 내 정신이 추방자로 살아가는 숲 속에
낡은 추억이 뿔피리처럼 한껏 울려 퍼진다!
나는 생각한다, 어느 섬에 잊힌 채 버려진 뱃사람들을,
포로들을, 패배자들을! …… 또 그밖에도 많은 사람들을!

Comme les exilés, ridicule et sublime,

Et rongé d'un désir sans trêve ! et puis à vous,

[X] Andromaque, des bras d'un grand époux tombée,

Vil bétail, sous la main du superbe Pyrrhus,

Auprès d'un tombeau vide en extase courbée ;

Veuve d'Hector, hélas ! et femme d'Hélénus !

[XI] Je pense à la négresse, amaigrie et phtisique,

Piétinant dans la boue, et cherchant, l'oeil hagard

Les cocotiers absents de la superbe Afrique

Derrière la muraille immense du brouillard ;

[XII] A quiconque a perdu ce qui ne se retrouve

Jamais, jamais ! à ceux qui s'abreuvent de pleurs

Et tettent la Douleur comme une bonne louve !

Aux maigres orphelins séchant comme des fleurs !

[XIII] Ainsi dans la forêt où mon esprit s'exile

Un vieux Souvenir sonne à plein souffle du cor !

Je pense aux matelots oubliés dans une île,

Aux captifs, aux vaincus !... à bien d'autres encor !

┌ 이 시 「백조—빅토르 위고에게(Le cygne— a Victor Hugo)」는 1859년에 처음 쓴 시입니다. [1859년 12월 7일 빅토르 위고에게 편지로 보냈으며, 1861년 『악의 꽃』 재판 중 제2부 '파리 풍경'에 수록되었다.] 빅토르 위고한테 보낸 시죠. 당시 빅토르 위고는 나폴레옹 3세에게 쫓겨 노르망디 지방에서 서쪽으로 48km 떨어진 건지 섬(Bailiwick of Guernsey, Bailliage de Guernesey)에 망명가 있었습니다. [빅토르 위고는 나폴레옹 3세의 1851년 쿠데타 이후 망명을 결행한다. 1851년 브뤼셀을 거쳐 채널 제도의 저지 섬(Bailiwick of Jersey, Bailliage de Jersey)에 있다가 1855년에 더 작은 건지 섬으로 옮겼다. 1859년에 나폴레옹 3세의 사면으로 돌아올 수 있게 되었지만 1870년 나폴레옹 3세가 스당(Seden) 전투에서 패해 실각할 때까지 머문다. 보들레르는 이 시를 노르망디 지방의 옹플레르에서 썼다.] 거기서 위고는 『징벌 시집(Les chatiments)』(1853) 같은 나폴레옹 3세를 저주하는 시를 쓰고, 『레 미제라블』(1845~1862)도 썼습니다. 또 한편에서는 뭘하고 있었느냐. 빅토르 위고는 민중주의자인데, 섬에 귀양을 가 있으니까 민중이 없잖아요. 민중이 없는데, 민중을 모아야 하니까 어떻게 모았느냐. 여러분 영화 〈반지의 제왕(The Lord of the Rings)〉 보셨죠? 거기에 군대가 없으니까 산 속에 가서 유령 군대 끌고 내려오는 장면 있죠? 건지 섬에서 빅토르 위고는 유령 군중들을 만나고 있었습니다. 당시 파리 상류 사회에서 유행하던 '영매술(靈媒術)' [〔회전 테이블을 이용한 사자(死者)와의 대화〕: 세 발 달린 둥글고 작은 테이블에 둘러앉아 정신을 집중하면 테이블의 한 다리나 두 다리가 마루를 두드리며 영의 메시지를 나타내는데 '한 번 두들기면 긍정' '몇 번 두들기면 몇 번째 알파벳 문자' 등의 약속을 통해 대화를 나누는 방법이다.]이 있었는데, 탁자 테이블을 돌리면 그 안에서 귀신들이 말을 한답니다. 그래서 온갖 조상들, 귀신 세계 사람들이 나타나서 말하고 그걸 빅토르 위고는 받아 적고 있었어요. 자기 딸 레오폴딘(Léopoldine Hugo, 1824~1843)이 19살 때 약혼자와 함께 센 강에 배 타고 나

가서 죽었어요.〔빅토르 위고는 1822년 아델레 푸셔와 결혼하여 이듬해 첫 아들 레오폴을 보았으나

바로 잃었다. 1824년에 얻은 맏딸이 레오폴딘 위고다. 레오폴딘이 1843년에 결혼하고 몇 달 되지 않아 센 강에

서 배를 타다가 배가 뒤집어진다. 레오폴딘은 물을 먹어 무거워진 옷자락으로 인해 빠져나오지 못했고, 남편도

그녀를 구하려다가 함께 죽는다. 위고는 남불 여행 중 신문에서 딸의 부고를 접하고 우울증으로 수 년간 집필을

하지 못했고, 평생 많은 작품을 딸에게 바친다.〕 그 딸이 나와서 말을 하고, 자기 조상

들이 나와서 말을 하고, 나중에 알렉산더 대왕(Alexandros the Great, 기원전

356~323), 이런 사람들도 나옵니다. 그걸 또 다 적었어요. 빅토르 위

고가 건장한 사람입니다. 그렇게 귀신들을 긁어 모으면서『레 미

제라블』같은 소설을 무지막지하게 쓰고 있을 정도였으니까요.

그 빅토르 위고에게 보들레르가 보내는 시입니다.

⑴ I〔**안드로마케여, 나는 그대를 생각한다!** 그 작은 강, / 과부의 몸

으로 그대가 겪는 고뇌의 끝 모를 장엄함을 / 일찍이 비추었던 가

엾고 슬픈 거울, / 그대의 눈물로 불어난 그 가짜 시모이 강은,〕

☞ 호머(Homer, Homeros, 기원전 9~8세기경)의 『일리아드(Iliad)』에 트로이

(Troy)의 맹자(猛者), 헥토르(Hector)가 나옵니다. 불굴의 장군인데,

아킬레스(Achilles, 아킬레우스)에게 죽습니다. 아킬레스에게 죽은 헥토

르의 아내가 안드로마케(Andromache)입니다. 안드로마케는 트로이

가 그리스에 함락당한 다음에 (아킬레스는 나중에 화살을 맞고

죽고) 아킬레스의 아들인 피루스〔Pyrrhus, Pyrrhos, 네오프톨레모스(Neoptolemus)

의 다른 이름.〕의 포로가 되어 그리스로 끌려옵니다. 안드로마케는 피

루스의 첩이 됩니다. 『앙드로마크(Andromaque)』(1667)라는 라

신(Jean-Baptiste Racine, 1639~1699)의 희곡이 있지요. 오레스테스(Orestes)는

에르미온느〔Ermione, 헤르미오네(Hermione)〕를 사랑하고, 에르미온느는 피

〈파리 카루젤 광장(Place du Carrousel)의 주택 철거〉, 1852년 사진. 뒤쪽이 튈르리 궁
(Palais des Tuileries)이다. 튈르리 궁은 1848년 혁명 때 불에 탄 이후 폐허로 방치되어
있었다.

〈레셀 거리(Rue de l'Échelle)와 생 오귀스탱 거리(Rue Saint Augustin) 사이 : 철거〉,
샤를 마빌(Charles Marville, 1813~1879) 사진, 1877년.

〈튈르리 궁의 정원과 루브르 궁이 연결된 이후의 카루젤 광장과 개선문〉, 에두아르 발
뒤(Édouard Baldus, 1813~1889) 사진, 1850년대.

루스를 사랑하고, 피루스는 안드로마케를 사랑하고, 안드로마
케는 죽은 남편을 못 잊는 복잡한 연애 사슬이 나옵니다. 바로
그 안드로마케입니다. 안드로마케는 그리스에 와서 '세노타프
(cénotaphe)'〔위령비(慰靈碑)〕라고, 시체 없는 가짜 무덤을 만듭니다.
거기에다가 강물을 끌어다 강을 하나 파고서는, 옛날 트로이에
있던 시모이(Simoïs) 강〔시모이스 강(Simoeis). 시모이스 강의 신은 오세아누스(Oceanus)
와 테티스(Thetis) 사이에서 난 아들이며, 그의 두 딸은 트로이의 왕족과 결혼했다.〕이라고 합니다.
'가짜 시모이 강'은 이것을 말합니다. 그 앞에서 날마다 눈물 흘
리고 있습니다.

[II] 〔내가 저 새로 난 카루젤 광장을 지나갈 때, / 문득 내 풍요로운 기
억력을 기름지게 해 주었다. / 옛 파리의 모습은 이제 간 곳 없구
나(도시의 모양은 / 아! 사람의 마음보다 더 빨리 변하는구나).〕
☞ 이 시를 쓴 1850년대 파리에는 오스만(Baron Georges-Eugène Haussmann,
1809~1891)이라는 시장이 있었는데, 이 사람이 파리를 대대적으로
재개발을 했어요.〔조르주-외젠 오스만 남작은 1853년부터 1870년까지 파리를 관할하는 센의 지
사(le préfet de la Seine)로 재임했다.〕나폴레옹 3세가 주도한 파리 개조 사업이
었습니다. 길도 넓히고, 큰 하수도도 넣고, 가난한 동네를 전부
허물어뜨리고 거기다 큰 건물을 세우는 등 도시를 완전히 탈바꿈
시켰습니다. 요즘은 트랙터(tractor)나 페이로더(payloader)〔대
형 블레이더나 동력 삽을 앞에 단 굴착기〕등 여러 가지 중기(重機)가 있습니다만,
당시에는 삽과 괭이를 들고 파서 재개발을 했습니다. 옛 파리의
골목도 없애 버리고 새롭게 만들었습니다. 19세기에 파리가 경
험했던 것을 지금은 우리가, 즉 백 년 후에 겪고 있는 것이죠. | 보

들레르는 도시 사람입니다. 시골 사람이 아니에요. 고향이 서울
이라고 하면 조금 웃긴다고 그러죠? 그런데 서울을 고향으로 느
끼는 사람들이 있습니다. 서울이 고향인 사람들은 경복궁도 안
가고, 창경궁도 안 가고 남산도 안 올라가지만 서울에 있는 골목
들은 잘 압니다. 보들레르도 그런 사람입니다. 그런데 바로 그 세
계, 그 고향이 없어진 것입니다.

[III] 〔**저 진을 쳤던 바라크들**, 설깎은 대들보와 둥근 기둥들, / 잡초
들, 웅덩이의 물때 올라 퍼래진 육중한 돌덩이들, / 유리창에 어
지럽게 번쩍이던 골동품들을 / 이제는 모두 내 마음속에서만 볼
[IV] 수 있다. // 거기에는 예전에 동물 진열창이 늘어서 있었다. / 거
기에서 나는 보았다, 싸늘하고 맑은 하늘 아래 / 노동이 잠을 깨
고, 쓰레기터가 고요한 허공에 / 검은 연기를 내뿜는 어느 아침
에.〕 ☞ 옛날에는 서커스단이 동물들 끌고 돌아다니면서 구경시
키고 그랬습니다. 불란서에서도 서커스단이나 흥행하는 사람들
이 동물 흥행을 하면서 이동 동물원을 차려 놨는데, '동물 진열창
(ménagerie)'이라고 하는 것은 그걸 말합니다.〔유럽에서 근세에 병사들의
마장술과 사냥술을 키우기 위한 시합을 카루젤〔carrousel, 영어 캐러셀(carousel)〕이라 했다. 중세의 마상 창
시합을 대신해 회전 장치에 병사를 태우고 목표를 맞추는 훈련이 17세기에 프랑스에서 볼거리로 유행하기 시
작했다. 파리의 카루젤 광장(Place du Carrousel)은 원래 1662년에 루이 14세가 이 곳에서 카루젤 마장술을 시
연한 데서 그 이름이 유래했으며, 18세기에는 어린이를 위한 초기의 회전 목마가 설치되어 있었다. 메나즈리
(ménagerie)는 17세기 프랑스에서 시작된, 바로크 정원에서 맹수며 야생 동물을 모아 둔 사치스런 동물원을
뜻했다. 혁명 이후 상류 사회의 메나즈리는 동물원으로 바뀌었고, 카루젤 광장과 이어지는 튈르리 공원에도 메
나즈리가 있었다. 한편 프랑스에서는 겨울철에 가내 수공업으로 다양한 동물을 조각하고 회전 장치를 만들어

수레에 끌고 돌아다니는 큰 회전 목마가 성업했는데, 이를 메나즈리 카루젤(ménagerie carrousel, menagerie carousel)이라고 했다. 말뿐만 아니라 호랑이, 사슴, 닭, 토끼, 백조 등을 탈것으로 조각한다. (파리 카루젤 광장의 회전 목마는 트로이 전쟁의 목마와 대응될 수도 있겠다.)〕

[V] 〔제 새장에서 벗어난 백조 한 마리, / 바싹 마른 포도를 그 오리발로 문지르며 / 울퉁불퉁한 땅바닥 위에 그 하얀 깃을 끌고 있었다. / 물 없는 도랑가에서 날짐승은 부리를 열고〕 ☞ 데리고 다니던 동물들이죠.

[VI] 〔두 날개를 짜증스레 먼지 속에 적시며, / 아름답던 고향 호수 가슴 속에 가득 안고, 하는 말이, / "물아, 언제 너는 비 되어 내리려나? 너는 언제나 울리려나, 우뢰야?" / 나는 괴이하고 숙명적

[VII] 인 신화, 이 불행한 짐승이, // 이따금, 오비드의 인간처럼, 하늘을 향해, / 잔인하게도 새파란 빛으로 빈정거리는 하늘을 향해, / 경련하는 목 위에 허기진 머리를 쳐들고 있는 꼴을 보았으니, / 마치 신에게 원망이라도 퍼붓는 것만 같더라!〕 ☞ "오비드의 인간"은 오비드〔Ovid, 푸블리우스 오비디우스 나소(Publius Ovidius Naso), 기원전 43~기원후 17〕의 서사시 『변신 이야기(Metamorphoses)』(기원후 8)에서 나왔습니다.〔오비디우스의 『변신 이야기』에는 백조(cygnus)로 변하는 인물이 셋 등장한다. 그 중 콜로나이의 키크노스(Cycnos, Cygnus)는 바다의 신 넵투누스(Neptunus, Poseidon)의 아들로 트로이의 무적의 전사였는데, 아킬레우스가 키크노스의 목을 졸라 죽이려 하자 넵투누스는 아들을 백조로 변신시킨다. 넵투누스를 대신해 아킬레우스에게 복수한 것은 트로이의 왕자 파리스(Paris)다. 또 다른 이야기는 리구리아의 백조로, 헬리오스(Helios)의 아들이자 파에톤(Phaëthon)의 인척인 키크노스가 파에톤의 죽음을 슬퍼하다 백조로 변했다는 것이다.〕

독일의 판화가 바우어(Johann Whilhelm Baur, 1600~1640)가『변신 이야기(Metamorphoses)』를 위해 제작한 판화 151장 중 표지. 1703년 판본.

파에톤(Phaeton)의 죽음을 보고 포플러(Poplar) 나무로 변하는 누이들과, 애도를 표하러 왔다가 백조가 되는 퀴크노스(Cycnos, Cygnus). 네덜란드 판화가 홀치우스 (Hendrick Goltzius, 1558~1617)의 동판화. 1590년경.

라신(Jean-Baptiste Racine, 1639~1699)의 희곡『앙드로마크 (Andromaque)』(1667)의 1668년판 표지.

[VIII] II 〔**파리는 변한다**! 그러나 내 우울 속에선 어느 것 하나 / 움직이는 것이 없구나! 새 궁전도, 비계다리도, 돌덩이도, / 성문 밖 낡은 거리도, 모두가 내게는 알레고리가 되고, / 내 절절한 추억은 [IX] 바위보다도 더 무겁다. // 그리하여 이 루브르 궁전 앞에서 심상 하나가 나를 짓누른다. / 나는 생각한다, 나의 저 큰 백조를, 미친 듯이 몸부림하는, / 추방당한 사람들처럼, 우스꽝스러우면서도 기개 높은, / 쉴 새 없이 욕망에 시달리는 몰골을! 그리고 그대를, [X] // 안드로마케여, 위대한 낭군 팔에서, / 천한 가축처럼, 거만한 피루스의 손에 떨어져, / 빈 무덤 곁에 넋을 잃고 고개를 숙이고 있는 그대를, / 헥토르의 과부여, 아! 헬레누스의 아내여!〕☞ 안드로마케는 나중에 피루스에게서 해방되고, 헬레누스(Helenus)라고 하는, 헥토르의 인척이 되는 사람과 다시 결혼을 합니다.

[XI] 〔**나는 생각한다**, 여윈 몸에 폐병이 든 저 흑인 여자를, / 진창에서 철떡거리며, 퀭한 눈으로, / 막막한 안개의 벽 저 너머로 장려한 [XII] 아프리카의 / 야자수 숲을 찾고 있던 그 몰골을, // 누구라도 다시는, 다시는! 되찾지 못할 것을 / 잃어버린 모든 사람을! 눈물을 마시고 / 어진 이리의 젖을 빨 듯, 고뇌의 젖을 빠는 사람을! / 꽃처 [XIII] 럼 시들어가는 말라빠진 고아를! // 이렇게 내 정신이 추방자로 살아가는 숲 속에 / 낡은 추억이 뿔피리처럼 한껏 울려 퍼진다! / 나는 생각한다, 어느 섬에 잊힌 채 버려진 뱃사람들을, / 포로들을, 패배자들을! …… 또 그밖에도 많은 사람들을!〕☞ 여기서 "추방자"라고 한 것은 빅토르 위고를 생각하면서 쓴 말일 것입니다.〔고아가 되어 이리의 젖을 빨고 살아난 로마의 시조 로믈루스(Romulus)와 레무스(Remus)는 어머니 레

아 실비아(Rhea Silvia)의 혈통을 따라 트로이 사람 아이네이아스(Aeneas)의 자손이 된다. 아이네이아스는 안

드로마케의 첫 남편 헥토르, 재혼한 헬레누스와 사촌 간이다. 헬레누스는 아이네이아스에게 로마의 건국을 예

언한 바 있다.〕

〔**고전주의에 대한 두 가지 반응**〕긴 시이고, 참 슬픈 시죠. 정말
슬프게 번역을 했어야 했는데 솜씨가 이것밖에 안 되네요……
(웃음). 파리가 근대 도시로 바뀌어 가던 시점에 쓴 시입니다. 그
리고 파리의 변화에 빅토르 위고를 등장시킴으로써 정치적 사건
과 결부시킵니다. 보들레르는 지금 파리에 있고, 파리에서 파리
가 없어져 버리는 광경을 보고 있습니다. 빅토르 위고는 더 황당
할 것입니다. 그 섬에서 다시 돌아오면 옛날에 활동하던 파리는
지금 없어졌다는 이야기를 빅토르 위고한테 해야 할 겁니다. | 우
리는 이 시에 나오는 '옛날 고향 잃어버린 사람', '아프리카에서
쫓겨난 흑인', '호숫가에서 잡혀와 도시 뒷골목에 있는 백조', 이
런 것들에 주목합니다. | 고전주의 문학이라고 하는 것은 변하는
세계가 아닙니다. 거기서는 항상 안정되어 있는 세계, 항상 균형
과 조화를 이룬 세계를 그리고, 또 그런 세계가 있다고 생각했습
니다. 이것은 우리 한문 고전을 읽어도 금방 느낄 수 있습니다. 한
문 고전을 보면, 선은 선이고 악은 악, 아름다운 것은 아름다운
것이고 추한 것은 추한 것, 정상은 정상이고 비정상은 비정상임
이 분명한 세계가 있습니다. 그게 고전의 세계입니다. 서양에서
나 동양에서나 인간이 어떤 잘못을 저지르면, 그것을 현실이라
고 받아들이기보다는 현실에 고장이 난 상태라고 생각합니다. 비
정상적인 일이 일어났다면 바로잡아야 합니다. 그런데 보들레르

가 경험하고 있는 19세기라는 시대는, 정상이라고 생각하는 것이
다 허물어져 버리고 있는 그런 세계입니다. | 루소(Jean-Jacques Rousseau,
1712~1778)는 그 많은 논설, 그 많은 소설을 쓰면서 결국은 '자연으
로 돌아가자'고 주장하는데, 아무튼 '자연 상태(État de nature)'
라고 하는 작업 가설〔作業假說, working hypotheses : 충분히 성립될 만한 이론적 정합성(整合
性)은 갖추어지지 않았으나, 연구나 실험을 진행하는 데 유효한 수단으로서 내세울 수 있는 가설〕을 만듭
니다. 나중에 마르크스와 엥겔스도 원시 공산 사회를 말할 때 이
런 작업 가설을 이용합니다. 흔히 낭만주의가 루소로부터 시작했
다고 하는데, 낭만주의에도 역시 고전주의가 가지고 있던 '정상
세계'라고 하는 것, '본래 세계'라고 하는 것, '처음에 그렇게 되
어 있던 세계'라고 하는 것에 대한 천착, 그래서 결국엔 인간의 본
질이니 삶의 본질이니 하는 것에 대한 천착이 있습니다. '자연 상
태로 돌아가자'고 하는 것은 '본질 상태로 돌아가자'는 말입니다.
현대 문명 자체가 자연 상태를 훼손하고 만들어진 것이라고 생각
하는 겁니다. 언젠가는 그 자연 상태가 다시 회복될 것이라는 생
각도 하고요. | 보들레르는 그 상태가 영영 회복되지 못한다는 것
을 예감하는 자리에 있습니다. 그리고 이 자연 상태가 아닌 것을
노래해도 시가 되는, 자연 상태가 아닌 것을 노래해도 어떤 미학
적 성취를 이룰 수 있는 시를, 지금 생각해 내고 있고, 거기에 맞
는 시를 쓰고 있습니다. 그런 시의 예가 바로「백조」입니다. ↓

넝마주이의 술

[I] 바람이 불꽃을 때리고 유리 등피 흔들어대는
가로등 붉은 불빛 아래, 종종 보인다,
폭풍의 누룩처럼 인간들 우글거리는
진창의 미로, 낡은 성문 밖 거리 한복판에,

[II] 머리 주악거리며, 비틀비틀, 시인처럼
담벼락에 부딪치며 오는 넝마주이 한 사람,
밀정 따윈 제 신하 놈일 뿐 아랑곳도 하지 않고
제 온갖 포부를 영광스런 계획으로 털어 놓는다.

[III] 선서를 하고, 숭고한 법률을 공포하고,
악인들을 타도하고, 희생자를 들어 일으키고,
옥좌에 드리운 닫집 같은 하늘 아래서
제 자신의 찬란한 덕행에 도취한다.

[IV] 그렇다, 살림살이 고달픔에 쪼들린 이 사람들,
노동에 골병들고 나이에 시달리고,
거대한 파리의 난잡한 토사물,
그 쓰레기 더미에 깔려 기진맥진 꼬부라져서,

[V] 술통 냄새 풍기며 집으로 돌아가는 길,

CV. LE VIN DES CHIFFONNIERS

(I)

Souvent, à la clarté rouge d'un réverbère

Dont le vent bat la flamme et tourmente le verre,

Au cour d'un vieux faubourg, labyrinthe fangeux

Où l'humanité grouille en ferments orageux,

(II)

On voit un chiffonnier qui vient, hochant la tête,

Buttant, et se cognant aux murs comme un poète,

Et, sans prendre souci des mouchards, ses sujets,

Épanche tout son coeur en glorieux projets.

(III)

Il prête des serments, dicte des lois sublimes,

Terrasse les méchants, relève les victimes,

Et sous le firmament comme un dais suspendu

S'enivre des splendeurs de sa propre vertu.

(IV)

Oui, ces gens harcelés de chagrins de ménage,

Moulus par le travail et tourmentés par l'âge,

Éreintés et pliant sous un tas de débris,

Vomissement confus de l'énorme Paris,

(V)

Reviennent, parfumés d'une odeur de futailles,

싸움터에서 백발이 된 동지들이,
낡아빠진 군기처럼 콧수염을 늘어뜨리고 뒤따르니.
깃발들이, 꽃다발들이, 개선문들이

[VI] 저들 앞에 일어서는구나, 장엄한 마술이여!
그리하여 나팔과 태양, 함성과 북소리의
멍멍하고 휘황한 법석 속에서
사랑에 취한 민중에게 저들은 영광을 안겨 준다!

[VII] 이렇듯 하찮은 인성을 가로질러,
눈부신 팍토로스 강, 술은 황금을 굴린다,
사람의 목구멍을 빌려 술은 제 공훈을 노래하고,
갖가지 선물을 베풀어 진정한 왕들처럼 군림한다.

[VIII] 침묵 속에 죽어가는 이 모든 저주받은 늙은이들의
원한을 묽게 하고 무기력을 달래려고,
신은, 회한에 차서, 잠을 만드셨으니,
인간은 술을 덧붙였다, 태양의 거룩한 아들을!

Suivis de compagnons, blanchis dans les batailles,

Dont la moustache pend comme les vieux drapeaux.

Les bannières, les fleurs et les arcs triomphaux

(VI) Se dressent devant eux, solennelle magie !

Et dans l'étourdissante et lumineuse orgie

Des clairons, du soleil, des cris et du tambour,

Ils apportent la gloire au peuple ivre d'amour !

(VII) C'est ainsi qu'à travers l'Humanité frivole

Le vin roule de l'or, éblouissant Pactole ;

Par le gosier de l'homme il chante ses exploits

Et règne par ses dons ainsi que les vrais rois.

(VIII) Pour noyer la rancoeur et bercer l'indolence

De tous ces vieux maudits qui meurent en silence,

Dieu, touché de remords, avait fait le sommeil ;

L'Homme ajouta le Vin, fils sacré du Soleil !

[I] 〔**바람이 불꽃을 때리고** 유리 등피 흔들어대는 / 가로등 붉은 불빛 아래, 종종 보인다. / 폭풍의 누룩처럼 인간들 우글거리는 / 진창
[II] 의 미로, 낡은 성문 밖 거리 한복판에. // 머리 주억거리며, 비틀 비틀, 시인처럼 / 담벼락에 부딪치며 오는 넝마주이 한 사람.〕 ☞ 시인들은 그 때부터 그랬던 모양이죠(웃음). 〔밀정 따윈 제 신하 놈일 뿐 아랑곳도 하지 않고 / 제 온갖 포부를 영광스런 계획으로
[III] 털어 놓는다. // 선서를 하고, 숭고한 법률을 공포하고, / 악인들 을 타도하고, 희생자를 들어 일으키고, / 옥좌에 드리운 닫집 같 은 하늘 아래서 / 제 자신의 찬란한 덕행에 도취한다.〕 ☞ 이 넝마 주이가 술을 마신 거죠. 〔「넝마주이의 술(Le vin des chiffonniers)」은 1843년경 초고가 쓰인 이 후 여러 차례의 개작과 발표를 거쳐 『악의 꽃』 초판과 재판에 수록되었다.〕

[IV] 〔**그렇다, 살림살이 고달픔에 쪼들린 이 사람들**, / 노동에 골병들 고 나이에 시달리고, / 거대한 파리의 난잡한 토사물, / 그 쓰레
[V] 기 더미에 깔려 기진맥진 꼬부라져서, // 술통 냄새 풍기며 집으 로 돌아가는 길, / 싸움터에서 백발이 된 동지들이, / 낡아빠진 군 기처럼 콧수염을 늘어뜨리고 뒤따르니. / 깃발들이, 꽃다발들이,
[VI] 개선문들이 // 저들 앞에 일어서는구나, 장엄한 마술이여! / 그 리하여 나팔과 태양, 함성과 북소리의 / 멍멍하고 휘황한 법석 속
[VII] 에서 / 사랑에 취한 민중에게 저들은 영광을 안겨 준다! // 이렇 듯 하찮은 인성을 가로질러, / 눈부신 팍토로스 강, 술은 황금을 굴린다. / 사람의 목구멍을 빌려 술은 제 공훈을 노래하고, / 갖가
[VIII] 지 선물을 베풀어 진정한 왕들처럼 군림한다. // 침묵 속에 죽어 가는 이 모든 저주받은 늙은이들의 / 원한을 묽게 하고 무기력을

달래려고. / 신은, 회한에 차서, 잠을 만드셨으니, / 인간은 술을 덧붙였다, 태양의 거룩한 아들을!〕 ☞ 팍토로스(Pactolus, Pactole)는, 만지면 모든 걸 황금으로 변화시키는 마이더스의 손을 원래 상태로 되돌려 준 강 이름입니다.

〔**우리 시대에서 위대함을 찾는 현대성의 미학**〕 술 취한 넝마주이 한 사람 이야기를 하는데 지극히 장엄하게 시를 씁니다. 이게 현대성 시입니다. 현대 시는 현대라고 하는 개념, 자기 시대가 가진 어떤 에너지에 대한 성찰, 이게 없으면 불가능합니다. 헛소리하고 있는 술 취한 가난한 넝마주이를 역사적 장면 속에다가 끌어놓고서는 고전적인, 말하자면 헤라클레스(Heracles)나 아킬레스 같은 고전의 영웅들이 했을 법한 일을 이 사람한테 하게 만들어 줍니다. 이게 현대성입니다. | 보들레르의 현대성이라고 하는 것에서 예술은, 반은 불멸하는 것, 영원한 것, 본질적인 것 등 고전주의 예술에서 보았을 법한 것으로 이루어지고, 나머지 반은 일시적인 것, 그 시대적인 것, 덧없는 것들로 이뤄집니다. 이 두 개가 서로 짬뽕되어 있다는 것이 아니라, 자기 시대의 시대적인 것 · 덧없는 것 · 일시적인 것을 가지고, 거기에서부터 저 고전적인 것 · 영원한 것 · 초역사적인 것 · 본질적으로 위대한 것을 다시 이룩해 낸다는 뜻으로 이해를 해야 합니다. 자기 시대의 이 보잘것없는 인간들, 하찮고 경박한 남자들, 그저 뽐내기만 하는 남자들, 이런 사람들을 고전적 영웅으로 만들어 내고, 고전적 영웅들이 품었던 정열, 힘, 에너지를 거기서 발견합니다. | 보들레르가 1848년 혁명에 잠시 발을 들여놓았을 때, 그 때 보들레르는 친구와 타블로

보들레르가 화가 쿠르베, 미술 평론가 샹플뢰리(Champfleury, 1821~1889), 언어학자 투뱅(Charles Toubin, 1820~1891)과 함께 리옹(Lyon)에서 만든 신문 『르 살뤼 퓌블리크(Le salut public)』 제1호(1848년 3월 13일자) 1면.

『르 살뤼 퓌블리크(Le salut public)』 제2호에 실린 쿠르베의 그림. 1970년 복각판에서.

이드판 4면짜리 신문을 제작합니다. 그 신문에는 보들레르 서명이 아니라 다른 사람 서명으로 들어간 글이 있습니다. 거기에 보면, "우리 시대 사람들은 로마 시대의 브루투스(Marcus Junius Brutus, 기원전 85~42)보다 위대하다. 브루투스보다 훨씬 악조건 속에서 자기의 과업을 수행하고 있다. 우리 시대에서는 정말 별것 아닌 것처럼 보이지만, 그것이야말로 훨씬 더 위대한 과업을 수행하고 있는 것이다."라는 대목이 있습니다. 바로 이런 관점에서 「넝마주이의 술(Le vin des chiffonniers)」 같은 시를 이해해야 하고, 바로 이렇게 현대의 미학, 현대성, 현대 문학의 미학이 성립됩니다.〔다음을 참조.〕〔"이 시가 쓰인 1850년대에 프랑스는 인구 4천 이상의 모든 도시로 반입되는 포도주에 높은 관세를 물리는 주세 제도를 시행하였다. 술 소비의 감소로 우선 농민들이 고통을 당했지만, 도시 빈민들의 고통도 그에 못지 않았다. 도시의 노동자들은 값싼 술을 찾아 성문 밖의 술 창고를 드나들었다. 거기서는 세금 없는 술, 이른바 '문 밖의 술'을 마실 수 있었다. 일요일이면 여자들도 남편을 따라 아이들을 데리고 교외로 나갔다. 노동자 가족들은 월요일 저녁에야 도취된 상태로, 게다가 그 취기를 실제 이상으로 과시하며 집에 돌아오곤 했다. 아이들이고 어른들이고 간에 정부 권력을 따돌리고 '값싼' 술을 마셨다는 것은 자랑스러운 일이었다. 술을 충분히 마셨다는 것은 가난과 고통에 대한 망각만을 말하는 것이 아니라, 압제와 천대에 대해 당연히 가져야 할 반응의 표시였고, 새로 건설되어야 할 삶에 대한 예행 연습이었기 때문이다. 문밖 술을 마시고 돌아오는 그들은 마음 속에 영원하게 적혀 있는 저 고대 세계의 위대한 전사였다. 시에서 넝마주이로 대표되는 도시의 빈민 노동자들은 기회만 닿으면, 또는 기회가 완전히 박탈된 날까지도, 시가지에 바리케이드를 치고, 총과 깃발을 들고, 제가 예행 연습했던 세계의 도래를 앞당기려 했다. 술은 도시 지옥의 아들들을 영웅으로 만들고, 시대적인 것, 우연한 것에 영원한 것의 품위를 얻어 주었다."〕〔황현산, 「술 마셔야 할 의무」, 『대산문화』 2006년 겨울호.〕 ↓

가난뱅이들의 죽음

[I]   죽음이 우리를 위로하고, 슬프다, 살게 하니,
그것은 인생의 목적이요, 유일한 희망.
선약처럼 들어 올리고 우리를 취하게 하고,
우리에게 저녁때까지 걸어갈 용기를 준다.

[II]   폭풍을 건너서, 눈을, 서리를 건너서,
그것은 우리네 캄캄한 지평선에서 깜박이는 불빛.
그것은 책에도 적혀 있는 이름난 주막,
거기서는 먹고 자고 앉을 수 있으리라.

[III]   그것은 천사, 그 자력를 띤 손가락에
잠과 황홀한 꿈의 선물을 쥐고,
가난하고 헐벗은 사람들의 잠자리를 마련한다.

[IV]   그것은 신들의 영광, 그것은 신비로운 다락방,
그것은 가난뱅이의 지갑이자 그의 옛 고향,
그것은 미지의 하늘을 향해 열린 회랑!

CXXII. LA MORT DES PAUVRES

(I) C'est la Mort qui console, hélas ! et qui fait vivre;

C'est le but de la vie, et c'est le seul espoir

Qui, comme un élixir, nous monte et nous enivre,

Et nous donne le coeur de marcher jusqu'au soir ;

(II) A travers la tempête, et la neige, et le givre,

C'est la clarté vibrante à notre horizon noir ;

C'est l'auberge fameuse inscrite sur le livre,

Où l'on pourra manger, et dormir, et s'asseoir ;

(III) C'est un Ange qui tient dans ses doigts magnétiques

Le sommeil et le don des rêves extatiques,

Et qui refait le lit des gens pauvres et nus ;

(IV) C'est la gloire des Dieux, c'est le grenier mystique,

C'est la bourse du pauvre et sa patrie antique,

C'est le portique ouvert sur les Cieux inconnus !

⌐ 오늘 소개할 마지막 시는 「가난뱅이들의 죽음(La Mort des pau-
vres)」이라는 시입니다.〔『악의 꽃』 초판과 재판에 수록되었다.〕 이 시는 제 선생
님〔강성욱〕이 아주 좋아했던 시입니다. 이 시를 번역해 놓은 줄 알았
는데, 찾아 보니까 없어요(웃음). 그래서 어젯밤에 부랴부랴 번
⌐ 역을 했습니다. | 우리를 위로해 주는 것이 다른 것이면 좋겠습니
다마는, 위로해 주는 것이 고작 죽음이니 슬프고, 그 죽음이 우리
를 살게 한다는 말입니다. 낭만주의식으로 말한다면, 인간을 근
본적으로 바꾸는 것은 세 가지가 있다고 합니다. 하나는 사랑입
니다. 어떤 사람이 누구를 사랑하기 전과 후는 완전히 다릅니다.
누군가를 사랑하면 세계관이 바뀝니다. 두 번째는 혁명입니다.
혁명 전의 세계와 혁명 후의 세계, 세상의 질서가 달라지죠. 그리
고 하나는 죽음입니다. 죽음 전은 우리가 알아요. 그러나 죽음 후
는 모르죠. 그것은 완전히 다른 세상일 것입니다. 그 세상이 있는
지 없는지조차 모릅니다. 그러나 가난뱅이들이 희망을 걸 수 있
는 건 바로 그 죽음에 있단 말입니다. 다른 말로 하면 그 죽음이,
앞에서 말한 사랑과 혁명을 가져다 준다고 이해해야 할 것입니
다.

[I] 〔**죽음이 우리를 위로하고**, 슬프다, 살게 하니, / 그것은 인생의
목적이요, 유일한 희망. / 선약처럼 들어 올리고 우리를 취하게
하고, / 우리에게 저녁때까지 걸어갈 용기를 준다.〕 ☞ 포기하지
않고 가게 하는 꾀를 줍니다.

[II] 〔**폭풍을 건너서**, 눈을, 서리를 건너서, / 그것은 우리네 캄캄한

지평선에서 깜박이는 불빛.〕☞ 이 광경은 동화책에도 나오죠. 나그네가 밤중에 숲길을 가는데 저 먼 오두막집에서 깜빡깜빡 불이 흘러나오는 바로 그런 풍경이라는 말이에요. 〔그것은 책에도 적혀 있는 이름난 주막.〕☞ 책에 적혀 있는 것이 아니라, 삶의 이야기 속에 적혀 있겠죠. 〔거기서는 먹고 자고 앉을 수 있으리라.〕☞ '먹고 자고 쉴 수 있으리라'라고 하면 될 텐데 굳이 "앉을 수 있으리라"라고 한 데는 이유가 있습니다. 도시의 프롤레타리아 노동자들이 제일 하고 싶은 것이 앉는 것입니다. 계속 서서 작업하니까요.

[III]
[IV] 〔**그것은 천사**, 그 자력를 띤 손가락에 / 잠과 황홀한 꿈의 선물을 쥐고, / 가난하고 헐벗은 사람들의 잠자리를 마련한다. // **그것은 신들의 영광**, 그것은 신비로운 다락방, / 그것은 가난뱅이의 지갑이자 그의 옛 고향.〕☞ 최초의 자리로 가는 것이죠. 〔그것은 미지의 하늘을 향해 열린 회랑!〕☞ 무슨 세계가 열릴지 모르는 것이 죽음이라는 말입니다. 죽음 속에다가 삶의 모든 것을 걸어 놓고 그 에너지로 이 삶을 살아간다는 말입니다.

〔**죽음이라는 필터**〕죽음은, 보들레르의 많은 시에서, 늘 유일한 희망으로 나타납니다. 완벽하게 질변(質變 : 질적 변화, qualitative change)하는 어떤 세계죠. 보들레르 식으로 말하면 우리가 한 걸음이라도 원죄에서 벗어나는 시간입니다. 보들레르가 늘 말하는 전생의 시간이 다시 회복되는 시간입니다. 그런데 묘하게도 이 죽음 뒤의 세계라고 하는 것이, 보들레르에서는 지극히 현대적인 감성과 현대

(왼쪽부터) 정병규, 강성욱, 황현산, 김인환. 1996년 8월 고려대 불문과 출신의 북디자이너 정병규의 전시(서울 청담동 지현갤러리) 때 함께 찍은 사진이다.

강성욱(康星旭, 1931~2005)은 1931년 일본 오사카에서 태어나 규슈대학 불어불문학과를 졸업하고 도쿄대학 대학원에서 연구했다. 1966년부터 1996년까지 고려대학교 불어불문학과 교수로 재직했다. 프랑스 정부 초청 교수로 파리–소르본 대학에서 연구했고, 한국불어불문학회장을 역임했다. 프랑스 19세기 문학과 초현실주의, 보들레르를 평생 연구했다. 번역서로 엘뤼아르의 『예술론집 1·2』(공역, 1955~1958)가 있다. 생전에 『악의 꽃』 초판본을 포함한 방대한 장서를 수집해, 그 다수가 고려대 도서관에 기증되었다. 또 1980년대 고려대 출판부에서 출간한 『프랑스 19세기 문학』(이준섭, 황현산 공역)과 『프랑스 19세기 시』(황현산 공역)는 2021년에 개정판이 출간되었다. 황현산 선생은 "강성욱 선생님", "스승"에 대해 여러 자리와 글에서 회고한 바 있는데 그 중 한 대목을 인용한다. "내 스승은 일본에서 제주도 출신 한국인 아버지와 일본인 어머니 사이에서 태어나 일본에서 성장하고 일본에서 교육을 받았다. *대학원을 졸업하고 일본에서 교수 생활을 하기 위해서는 국적을 바꿔야 했기 때문에 한국으로 들어왔다. 한국어도 그 때부터 배우기 시작했다. 한국에서 10년쯤 살고 난 후 한국어를 능숙하게 사용하고, 가장 고급한 한국어로 글을 쓸 수 있게 되었지만, 일기는 여전히 일본어로 썼다. 당신이 타계한 후 장서를 정리하다 발견한 길고 짧은 메모들도 모두 일본어였다. 스승이 지닌 지식의 깊이와 절차탁마의 수행력은 범인이 흉내내기 어려웠다. 교실 밖에서건 안에서건 공부와 관련되지 않은 이야기는 한 번도 한 적이 없었다. 세상을 떠나기 일주일 전까지, 하루에 열 시간 이상을 책상 앞에 앉아 있는 것을 원칙으로 삼았고, 그 원칙을 지켰다. 잡무를 처리할 때는 다른 책상을 썼고 그 시간은 공부하는 시간으로 치지 않았다. 나는 스승의 교훈과 학구적 태도를 본받으려고 하였으나, 시늉으로만 그럴 수 있었다. 나로서는 그나마 그것이 스승을 배반하지 않는 길이었다."〔황현산, 「'과거의 적'과 현재의 적」, 『경향신문』 2015년 3월 6일자.〕〔*강성욱 선생의 생모는 한국인이고, 일본인 어머니는 이후의 양모였음을 이 책의 출간 후에 제자인 정승옥 강원대 불문과 명예 교수가 밝혀 주었다.〕

적인 상상력 속에 있습니다. 바로 이 죽음을 말함으로써, 보들레르는 현실의 모든 가능성, 우리의 의지와 의식에 비추어지는 모든 가능성을 넘어선 곳에 대한 상상력을 말합니다.〔다음을 참조.〕〔"우리의 영혼은 시를 통해서 무덤 너머에 있는 모든 찬란한 것들을 엿볼 수 있다고 보들레르는 말했다. 이 때 '무덤 너머'라는 말은 물론 '죽음 이후에'라는 말인데, 이를 풀어서 말하자면 '우리의 정신이 이 세상에서 어쩔 수 없이 견뎌 내야 하는 모든 물질적인 제약을 벗어 버린 후에'라는 뜻이 된다. 사후 세계를 전혀 믿지 않는 사람이라 하더라도, 보들레르가 생각했을 한 점 티끌도 없이 완전히 찬란한 어떤 빛을 이해할 수 없는 것은 아니다. 보들레르는 가난한 노동자들이 죽음 뒤에 얻게 될 휴식처를 상상했고, 동반 자살한 연인들이 죽음 뒤에 이루게 될 완전한 사랑을 꿈꾸기도 했다. 죽음 속에서만 새로운 것을 찾을 수 있다고도 했다. 그러나 그가 스스로 목숨을 끊으려 한 적은 없다. 이 세상에서 그 빛을 볼 수는 없지만, 죽는 날까지 내내 시를 씀으로써 저 빛 속의 삶과 가능한 가장 가까운 삶을 이 땅의 우여곡절 안에서 실천하려고 했다. 이 열정은 현대시의 윤리가 되었다."〕〔황현산, 「그의 패배와 우리의 패배」, 『사소한 부탁』(문학동네, 2018) 32쪽.〕 근대 인문학을 보면 그것을 설명하는 말이 많이 나옵니다. '무의식'을 비롯한 여러 다른 말들…… 우리의 삶, 현상 뒤에 있는 무수한 인자들, 그 인자들의 색다른 조합들, 그것들이 행하는 특이한 작용에 대한 예감― 이것이 현대의 사소함 속에서 고전적인 위대함에 이르는, 용렬함 속에서 고전적인 영웅의 삶에 이르는 길이라고, 그렇게 생각을 해야 하겠습니다. | 시간이 있으면 보들레르의 산문시 이야기도 할 텐데, 오늘은 여기서 그치겠습니다. 질문 받겠습니다. ↓

⸢ Ⓠ **강성욱 선생님**이 「가난뱅이들의 죽음」을 왜 그렇게 좋아하셨습니까? Ⓐ 강성욱 선생님, 참 특이한 사람입니다. 잘 때 불을 안 끄고 자는 사람입니다. 항상 다시 일어나서, 다시 일어나서 공부를 할 수 있도록, 불을 안 끄고 자는 겁니다. 현실에서의 삶, 현실

에서의 모든 기쁨을 포기한 것 같은, 굉장히 특이한 개성을 가진 분입니다. 그러니 우리 같은 제자들이 눈에 안 들어오죠. 저 바보 들(웃음), 저 물렁한 것들, 늘 이렇게 부르셨습니다. 선생님을 지 배하고 있는 것이 '죽음에 대한 의식과 끝까지 갔다'는 생각과 겹 쳐 있는 것이 아닌가 하는 생각이 듭니다. 바로 그것 때문에 이 시 를 좋아했던 것 같습니다. 흉내낼 수 없는 사람이었습니다.

⌐ ⓠ 보들레르가 내용뿐만 아니라 형식에서 어떤 시험을 했는지가 궁금합니다. 예를 들면 「저녁의 해조」에서 흥미로웠던 것은 왈 츠 애기가 나오기도 하지만, 왈츠적 반복 같은 느낌이 들어서요. ⓐ 「저녁의 해조」는 같은 시구를 이상한 자리에 다시 한 번 배치 하고, 다음에는 다른 시구를 반복시키고 하면서 새로운 시구들하 고 어울리게 구성되어 있죠. 이것을 '팡툼'〔pantoum : 각 절의 둘째 줄이 다음절 의 첫째 줄이 되고, 넷째줄은 셋째줄이 되는 시 형식. 말레이 반도의 토착 형식인 판툰(Pantun)에서 유래했다.

그 중 일부가 19세기에 푸이네(Ernest Fouinet, 1799~1845)라는 시인에 의해 프랑스에 소개되었다.〕이라 고 부르는데, 원래 서구의 시 형식이 아니라 말레이시아의 시 형 식입니다. 동남아를 식민지화하면서, 말레이시아에서 이 형식을 빌려 왔는데, 불란서에서 이 형식을 처음 썼던 것은 빅토르 위고 라고 합니다. 보들레르의 운문시에는 개혁이라는 게 별로 없습니 다. 본래는 워낙 정형시를 잘 썼어요. 특히 소네트(14행시)를 귀 신 같이 썼습니다. 정형시, 소네트를 잘 썼기 때문에 시 형식을 개 혁할 필요를 느끼지 않았을 것 같아요. 그러나 산문시 같은 새로 운 장르를 만들어 냄으로써, 시에 거의 폭발적인, 혁명적인 변혁 을 일으킵니다.

Q 산문시라고 하는 것에 대해서 핵심적인 것을 조금 더 설명해 주실 수 있나요? **A** 제가 산문시를 번역했으니까, 핵심적인 것을 규정을 해야 하는데……(웃음). 보통, 시에는 시적인 것이 들어 있습니다. 시가 되게 하는 것, 이런 것이 들어 있는데, 시와 시적인 것을 분리해 냈다는 점에서 산문시가 가지고 있는 특이점이 있습니다. 옛날의 시라고 하는 것은 시의 형식을 빌려 주면, 아무 소리나 해도 반쯤은 벌써 시가 됩니다. 늘 농담처럼 하는 말이 있는데, 옛날 우리 초등학교 다닐 때, 서울에서 피란 온 애들과 싸우게 되면, 서울에서 온 애들 놀릴 때, 말하자면 동네 애들 캐치프레이즈가 뭐냐면 '서울내기 다마네기 맛좋은 고래고기' 이럽니다. '기'자 돌림이잖아요. 이러면 서울 애들이 꼼짝을 못해요. 아무 논리도 없는 말이지만, 이 '기'자 돌림 하나 때문에, 꼼짝을 못하는 겁니다. 시도 마찬가지로 시라는 형식만 빌려도 반 이상 시가 되는 겁니다. 그런데 이것을 포기하고, 시라고 하는 형식으로부터 시적인 것—우리의 의식을 소스라치게 한다든지, 몽상 속에 들어가게 한다든지, 감정에 파동을 일으킨다든지 하는 어떤 시적인 힘—을 따로 분리해 낸 것이 바로 산문시라고 말할 수 있을 것 같습니다. 보들레르의 산문시는, 시가 아니라 거의 단편 소설 같습니다. 그런데 거기에 시적인 울림이 있습니다. 여기서 오늘 강의 그치겠습니다. 고맙습니다. 🏛 [제1강 2016년 01월 21일]

1890년경의 말라르메(Stéphane Mallarmé, 1842~1898).
폴 나다르(Paul Nadar, 1856~1939) 사진.

스테판 말라르메(Stéphane Mallarmé, 1842년 3월 18일~1898년 9월 9일)의 본명은 에티엔 말라르메(Étienne Mallarmé)로 1842년 파리 2구의 라페리에르가(Rue Laferrière) 12번지에서 태어났다. 그의 아버지는 프랑스 국유지 관리국 공무원이었다. 2년 후 여동생 마리아가 태어난다. 1847년 어머니가 류머티즘으로 죽고 이듬해 아버지가 재혼하며 말라르메와 여동생은 외조부에게 맡겨진다. 1850년 말라르메는 오퇴유(Auteuil)의 상류층 기숙 학교에 들어간다. 이후 파리 안에서 몇 차례 학교를 옮기다가 1856년 상스(Sens)의 리세(Lycée impérial)에 입학한다. 1857년 아끼던 여동생 마리아가 어머니와 같은 병으로 세상을 떠나 크게 상심한다. 보들레르의 시를 필사하고 습작하는 한편, 1860년 파리에서 바칼로레아(대학 입학 자격 시험) 합격 후 상스의 국유지 관리국에서 일을 시작했다. 1862년 훗날 결혼하게 되는 독일 여성 마리아 게르하르트(Maria Gerhard)를 만나 사랑에 빠진다. 곧이어 국유지 관리국을 그만두고 마리아와 런던으로 떠나는데, 이 시기부터 본격적으로 글을 발표하기 시작하며 카잘리스(Henri Cazalis), 르페뷔르(Eugène Lefébure) 등의 친구를 만나 평생 교유한다. 1863년 아버지마저 죽고 몇 달 뒤 마리아와 결혼한다. 영어 교육 자격증을 취득한 말라르메는 투르농(Tournon)의 학교에서 3년, 브장송(Besançon)의 학교에서 1년, 아비뇽(Avignon)의 학교에서 4년을 보낸 뒤 1871년 파리의 리세 콩도르세(Lycée Condorcet)에 자리를 잡는다. 1864년 투르농에서 첫 딸 주느비에브(Geneviève)가, 1871년 파리에서 아들 아나톨레(Anatole)가 태어났다. 아들 아나톨레는 1879년 세상을 떠난다. 1866년 알퐁스 르메르(Alphonse Lemerre)가 발행한 첫 번째『르 파르나스 콩탱포랭(Le Parnasse contemporain, 현대 고답파 시집)』에 처음으로 시 10편을 발표했고, 1871년 두 번째『르 파르나스 콩탱포랭』에 끝내 미완성되는 장시「에로디아드(Hérodiade)」를 발표했다. 1870년대를 파리에서 보내며 그는 에드거 앨런 포의 시를 번역하는 한편 시작에 더욱 몰두해 조금씩 문단의 인정을 받게 된다. 정규직 교사가 되지 못해 잡지사에 취재 기사를 대행하거나 번역, 영어 강습으로 생계를 유지하던 이 시기에 마네(Édouard Manet), 졸라(Émile Zola) 등을 만난다. 1876년 여러 매체의 거절 끝에 발행인 알퐁스 드렌느(Alphonse Derenne)에 의해 마네가 삽화를 그린『목신의 오후(L'après-midi d'un faune)』가 출간되었고,「에드거 포의 무덤(Le tombeau d'Edgar Poe)」도 이 해에 발표되었다. 1880년 무렵부터 파리의 로마가(Rue de Rome) 87번지에 있는 자신의 아파트에서 매주 화요일 저녁 예술가들의 모임을 주최하기 시작했다. 1884년 같은 거리 89번지로 이사한다. 말라르메가 사망한 해인 1898년까지 문인은 물론이고 당대의 저명한 예술가들이 그의 집에 드나들었다. 이 모임은 후일 '화요회(Les mardistes)'라 불리게 된다. 1890년까지는 그와 가까운 베를렌 같은 문인과 마네, 드가, 휘슬러, 르동 등의 화가들이 모여 담소를 나누는 시간에 가까웠으나 1890년대부터는 드뷔시나 프루스트, 발레리, 릴케처럼 그를 스승으로 모시는 젊은 작가들이 모임의 주축이 되었다. 1883년 절친한 사이였던 화가 마네가 죽고 이를 계기로 마네의 모델이었던 메리 로랑(Méry Laurent)과 친밀한 관계가 된다. 연극, 예술 평론 등을 집필하거나 번역하는 한편, 1887년에는 본인이 창간한 『라 레뷰 앵데팡당(La Revue indépendante, 독립 잡지)』에서 『시집(Poésies)』 초판을 출간한다. 1893년 교사직을 그만두고 가족과 함께 파리 외곽의 발뱅(Valvins)으로 거처를 옮긴다. 그는 이전에도 류머티즘으로 몇 차례 발뱅에서 휴양한 적이 있다. 1897년 자신의 문학론에 관한 글과 산문을 함께 엮은 책 『디바가시옹(Divagations, 방랑, 소요유, 횡설수설)』를 발간한다. 같은 해에 전통 활판 인쇄 방식을 파괴하고 조형적 배치를 실험하는 「주사위 던지기(Un coup de dés jamais n'abolira le hasard)」라는 시를 기획한다. 1898년 9월 9일 56세의 나이로 급사한다. 자신의 유고 원고들을 태워 달라는 당부를 남겼으나 지켜지지 않았다. 이듬해 에드몽 드맹(Edmond Deman)에 의해 『시집(Poésies)』이 재출간된다.

☞ [황현산은 스테판 말라르메의 『시집(Poésies)』(문학과지성사, 2005)을 완역해 출간했고, 『디바가시옹(Divagations)』에 수록된 글 일부를 번역했으나 출간되지는 못했다.]

2. 스테판 말라르메

Stéphane Mallarmé

1842~1898

〔보들레르의 유산〕
〔말라르메의 시학, 순수〕
〔신이 없는 세계〕
〔모국어적 직관과 한계〕
〔말라르메의 시가 매혹적인 이유〕
〔시법(詩法)①비일상적 통사 구조〕
〔시법(詩法)②비일상적 의미〕
〔하늘에 떠 있는 별〕

▶「**인사**(Salut)」
　　　　〔유일한 시집『시집』〕〔우리에게 건네는 첫인사〕
▶「**에로디아드**(Hérodiade)」
　　　　〔무기질의 여자〕〔반신(半神)적인 인간〕
▶「**성녀**(Sainte)」
　　　　〔저녁에 보는 음악의 성녀〕〔침묵만이 남는다〕
▶「**순결하고, 강인하고, 아름다운**……(Le vierge, le vivace...)」
　　　　〔얼음 속 백조〕〔그래도 백조〕
▶「**제 순결한 손톱들이 그들 줄마노를**……(Ses purs ongles très haut)」
　　　　〔압운의 미〕〔부정(不定)의 방법, 부정(不定)의 시학〕
▶「**에드거 포의 무덤**(Le tombeau d'Edgar Poe)」
　　　　〔메이드 인 프렌치, 에드거 포〕
▶「**레이스가 한 겹 사라진다**(Une dentelle s'abolit)」
　　　　〔침묵에 이르려 하는……〕
▶「**내 낡은 책들이 파포스의 이름 위에**(Mes bouquins refermés sur le nom de Paphos)」〔아주 아름다운 연애시〕

〔「에로디아드」의 형식〕
〔순수에 천착하는 삶〕

(왼쪽) 말라르메. 오귀스트 르누아르(Pierre-Auguste Renoir, 1841~1919) 그림, 1892
년. (오른쪽) 말라르메. 에두아르 마네(Édouard Manet, 1832~1883) 그림, 1876년. 말
라르메는 마네를 위시한 인상파 예술가들의 옹호자였다.

(왼쪽) 말라르메. 제임스 휘슬러(James Whistler, 1824~1909) 그림, 1892년.
(오른쪽) 말라르메. 에티엔 카르자(Étienne Carjat, 1828~1906) 사진, 1877년.

〔보들레르의 유산〕 오늘은 말라르메(Stéphane Mallarmé, 1842~1898) 이야기를 할 텐데요. 수업 자료를 준비하다 보니까, 지금 너무 무모한 일을 하고 있다는 생각이 들었습니다. 강의를 보들레르만 여섯 번 하든지, 말라르메나 베를렌 한 사람만 다루면서 다른 사람 이야기를 곁들였더라면 좋았을 텐데, 이걸 다 하겠다는 게 말이 되는가 하는…… 아무튼 하는 데까지 해 봅시다. | 말라르메는 1842년에 태어났습니다. 그러니까 19세기 한중간이지요. 말라르메가 베를렌(Paul-Marie Verlaine, 1844~1896)보다 한 살인가 두 살인가 많아요. 베를렌이 1844년에 태어났으니 동년배나 같습니다. 말라르메와 베를렌의 선배 세대가 보들레르(Charles-Pierre Baudelaire, 1821~1867)와 플로베르(Gustave Flaubert, 1821~1880) 세대입니다. 20살 정도 차이가 나죠. 보들레르에서 대략 그만큼 윗선배가 생트뵈브(Charles Augustin Sainte-Beuve, 1804~1869)입니다. 생트뵈브는 고전주의 지식에 굉장히 뛰어난 사람이었고, 그 지식을 낭만주의로 옮겼던 인물입니다. 20년쯤 후에 보들레르가 태어났고, 또 그 20년쯤 후에 태어난 사람들이 말라르메와 베를렌인 겁니다. 그런데 그 한 세대 차이라는 게 참 무섭습니다. 지식에서 많은 변화가 그 사이에 있었지요. 말라르메와 베를렌, 두 사람은 앞 세대가 가지고 있는 경험을 정말 잘 써먹었어요. 보들레르의 유산이죠. 보들레르가 20년 전에 개발해 놓았던 것, 여러 방면에 걸쳐서 했던 일들을 말라르메와 베를렌, 그 다음에 랭보(Jean Nicolas Arthur Rimbaud, 1854~1891)가 어떤 지점에서 전문화시켰다고 할 수 있습니다. 발레리(Paul Valéry, 1871~1945)는, 보들레르의 직계 제자가 셋 있는데 그들이 말라르메와 베를렌과 랭보라고 했습니다. 보들레르에게서, 말라르메는 순수라는 개념을 배웠고, 베

생트뵈브. 베르탈(Bertall, 1820~1882) 사진, 1860년.

플로베르. 펠릭스 나다르(Félix Nadar, 1820~1910) 사진, 1865~1869년경.

를렌은 감정을 어떻게 언어로 표현하는가를 배웠으며, 랭보는 보들레르의 감각 사용법, 감각의 깊이를 자기 전공 분야로 택했다고 말합니다. | 우리가 문학을 할 때 순수 문학이니 순문학이니, '순수'라는 개념과 늘 연결짓게 된 것은 선배 세대인 보들레르, 생트뵈브, 소설에서 플로베르, 시에서 후배 세대인 말라르메 같은 사람들 때문이라고 할 것입니다.

〔**말라르메의 시학, 순수**〕 문학의 가장 큰 특질을 '순수'라고 생각하는 것은, 말라르메 같은 사람들이 만들어 놓은 미신, 어떤 신앙이라고 할 수 있습니다. 보들레르보다 20년 후에 태어난 말라르메는, 젊었을 때 정치적으로 우여곡절을 덜 겪었습니다. 정치적으로 행복했단 말이 아닙니다. 워낙 피폐해서 정치적으로 더 이상 희망이 없는 상태로 활동을 시작했다는 뜻입니다. 정치나 이 세상에 대해 아무 희망을 걸지 않고, 대신 어떤 다른 것에 모든 희망과 기대를 걸었지요. 말라르메는 그런 세대 사람입니다. 말라르메가 주로 활동했던 시대에는 나폴레옹 3세[재위 1848~1870]가 정권을 잡고 있었습니다. 반동의 시대죠. 권력과 자본이 결탁해서 온갖 군데에 진보의 신앙을 뿌렸지만, 실제로는 아무 진보도 없었습니다. 그러니까 오히려 작품에서 현실을 몰아낼 수 있었어요. 작품에서 현실, 특히 정치 현실을 몰아내기 시작하니까, 다른 모든 것도 몰아낼 수 있게 됩니다. 말라르메의 시를 읽을 때 한 가지 키워드가 있다면, '빼기'입니다. 말라르메의 시학 자체가 '빼기의 시학'입니다. 이것도 없애고, 저것도 없애고, 다 없애고 나니까 결국은 순수만 남았습니다. [다음을 참조.] [*1847년 혁명의 실패를 경험한 후기 낭만

파들은 사회 변화의 추세와 시의 도정이 다르다는 생각을 떨쳐버릴 수 없었다. 그렇다고 진보에 대한 기대와 그

에 따른 정치적 이상이 완전히 사라진 것은 아니었다. 그들의 실망은 몰이해한 시대에서 입은 상처와 같았고,

따라서 그들의 환멸은 비극적인 성격을 띠었다. 그들은 고결한 이상을 품고 비천한 사회에 등을 돌리도록 '저주

받은 시인들'이었다. 그들은 세상을 향해 말하지 않았고, 세상은 그들의 말에 귀기울이지 않았다. 시는 현실을

부정하는 독백이 되었다. 말라르메는 이 환멸의 부정적 효과에서 언어 소통의 새로운 힘을 발견해 내고, 독백과

그 표현법인 은유를 시의 운명이자 사명으로 여기는 가운데 새로운 시어를 창출했다고 흔히 평가된다.") 〔황현

산, 「말라르메의 언어와 시」, 말라르메, 『시집』(문학과 지성사, 2005년).〕

〔**신이 없는 세계**〕 말라르메는 젊었을 때 두 가지 의혹을 가졌어
요. 편지에 보면 나옵니다. 그 하나는 세상에 신이 없다, '신은 인
간이 만든 것이다'라는 겁니다. 이전까지는 시인들이 시를 쓸 때
면 늘 신이 어떤 말을 해 주고, 이것이 어떤 영감(inspiration)
이 되어서 마음에 들어와 시인이 일종의 받아쓰기 하듯 시를 썼
는데, 신이 없다면 무엇이 어떻게 시를 쓰게 해 줄 것인가, 이것
이 두 번째 의문입니다. 말라르메는 현대적으로 생각을 했어요.
세계는 신이 아니라 물리학 원리가 지배한다고요. 그러면 신 대
신에 물리학적 원리가 우리에게 무엇인가 말을 해 줄 수 있을 것
입니다. 그런데 신은 인격적입니다. 하나님은 분노도 하고, 정의
를 실천해라, 이런 소리도 하고. 하나님은 어쩌구저쩌구 하라, 늘
그러잖아요. 물리학적 원리는 그런 말 안 하죠. 그러니 시를 쓸
수 있는 영감을 불어 넣어 줄 일도 없습니다. 물리학이 시를 쓰라
고 하겠어요? | 말라르메는 젊었을 때 『부처 생애』라는 책을 읽
었습니다. 독일 사람이 쓴 책으로 불어 번역본이었습니다.〔말라르메
가 읽은 책이 무엇인가에 대해서 여러 가설이 있다. 우선 앙드레 페르디낭 에롤드(André Ferdinand Hérold,

1865~1940)가 프랑스어로 『붓다의 일생(La vie du Bouddha)』을 집필한 바 있음이 언급된다. 페르디낭 에롤드 는 이 책의 서문에서 자신이 참조한 책으로 『방광대장엄경(方廣大莊嚴, Lalita-Vistara)』, 1세기 인도의 사상가 아슈바고사(Asvaghosa, 100~160, 마명(馬鳴))의 『붓다차리타(Buddhacarita)』, '본생담(本生譚, Jakata, 부처 의 전생 이야기)' 이외에 독일 인도학자 헤르만 올덴베르크(Hermann Oldenberg)가 써서 여러 언어로 번역된 『붓다(Buddha : Sein Leben, seine Lehre, seine Gemeinde)』(1881)의 프랑스어판(trans. Alfred Foucher, 『Le Bouddha, sa vie, sa doctrine et sa communauté』, 1894), 네덜란드의 동양학자 케른(Hndrik Kern)의 대표 작으로 꼽히는 『인도 불교사(Geschiedenis van het Buddhisme in Indië)』(1881~1883)의 프랑스어판(trans. Gédéon Busken Huet, 『Histoire du bouddhisme dans l'Inde』, 1901)를 활용했다고 밝혔다. 말라르메는 평소 앙드레 페르디낭 에롤드를 존경해 여러 차례 편지를 보냈다고 한다. 다만, 에롤드가 이 책을 쓴 것은 1922년으 로, 말라르메의 시작(詩作) 시기와는 큰 차이가 있다. 또한 이 책에 영향을 미친 독일 저자의 불어 번역본들 또 한 1890년대 이전에 번역된 바 없다. 말라르메는 1866년에 친구인 앙리 카잘리스(Henri Cazalis, 1840~1909) 에게 보낸 편지에서 "나는 불교를 잘 모르면서도 무(néant)에 도달했다."는 내용을 쓴 바 있다. 장 라호르(Jean Lahor)라는 필명으로 활동한 카잘리스는 쇼펜하우어의 글을 통해 불교에 심취했으며 『무의 영광(La Gloire du Néant)』이라는 책을 1896년에 출간했다.〕 제가 읽어 봤더니 너무나 시시한 불교 책이에요. 우리에게는 초등학생도 다 알 만한, 아주 엉성한 이야 기인데 말라르메는 그걸 읽고 영감을 받았습니다. '공(空)'이라 는 개념을 알게 된 겁니다. 말라르메의 '무(無, le Néant)'가 실은 불교의 '공'과 이어집니다. 〔19세기 서구인들이 이해하고 번역한 불교 개념들은 실상 불교 의 무(無) 또는 공(空)과 거리가 멀었다는 바탕 위에 다음을 참조.〕〔"말라르메가 말하는 'néant'은 말들이 떨 어져 있는 허무의 구렁텅이인 동시에 그 말들이 스스로를 부정함으로써만 도달할 수 있는 어떤 근원적인 형식 이 된다. 말라르메는 그 형식을 불교적 개념의 공(空)으로 이해한 것이다."〕〔황현산, 「말라르메의 언어와 시」, 말라르메, 『시집』(문학과 지성사, 2005년).〕 요즘 불교 선사들이 물리학을 통해서 불교 교리를 설명하고, 증명하려는 시도를 많이 합니다. 성철 스 님(性徹, 1912~1993)도 그런 말을 했지요. 그런데 말라르메 안에서 일어

낳던 생각은 불교 승려들과는 반대였습니다. 저 우주를 지배하는 물리학적 원리에다가 불교의 공 개념을 거꾸로 대입하면, 저 우주의 원리가, 신이 우리에게 주던 영감을 대신 줄 것 같은 생각이 듭니다. 공이라는 개념 자체가 우주의 형식이고, 그 우주의 형식이 공이 됨으로써 영감의 주체가 될 수 있다는 생각을 하게 된 것입니다. 이것은 말라르메에게 혁명적인 사고였지요. 이 개념을 가지고 말라르메는 평생 동안 시를 썼습니다.

〔모국어적 직관과 한계〕 말라르메의 시를 읽으면 처음에 무슨 말인지 모르게 되어 있습니다. 한국 사람이라서가 아니라 불란서 사람은 더 몰라요. 말라르메의 의도와 뜻이 무엇인지 처음 이야기하기 시작한 것은 불란서 사람이 아니고 영국 사람들입니다. 영국에서 말라르메에 대해 이야기하려면 영어로 번역을 해야 되잖아요. 이거 번역이 참 문제입니다. 불란서 사람들은 그냥 읽으면 돼요. 불란서에서는 "아, 리듬 좋다", 이러고 "어, 멋있는데?" 하면서 그냥 자연스럽게 읽으면 되지만, 일단 도버 해협 하나 넘어가서 언어의 국경이 바뀌면 이걸 번역해야 됩니다. 좋다, 그러고만 있을 수는 없지요. 번역을 하려는 노력이 시의 갈피를 잡아주고, 무슨 말을 하는지 알게 도와 줍니다. | 같은 외국 사람이라도 러시아권, 동구권 지식인들은 불어로 말하고, 글도 쓰고, 학문도 하고 그랬습니다. 톨스토이(Lev Nikolayevich Tolstoy, 1828~1910)는 말라르메의 시에 대해 굉장히 불평을 했어요. 이것도 시라고 쓰느냐, 사람이 알아 먹어야 시지, 이게 시가 되겠느냐고 욕을 한 글〔『예술이란 무엇인가?(What is Art?)』(1897)〕이 있습니다. 그러면서 말라르메의 시를 인용

했는데 그 인용도 틀리게 했어요. 단어 두 개를 잘못 썼습니다. 더욱 이해가 안 되는 거죠. 어차피 이해가 안 되는 것을 읽고 있으니까 단어조차 잘못 읽은 거예요. 당시 러시아만 하더라도 불어를 번역해 읽지 않고 그대로 읽었기 때문에 그랬을 거라고 생각할 수 있습니다. 당시 톨스토이가 말라르메를 읽는 수준이 불란서 사람들이 읽는 수준하고 같았을 것이라고 가정한다 해도, 불란서 사람은 불어가 모국어인데 톨스토이의 경우는 모국어가 아닙니다. 불란서 사람들의 경우에는 말라르메의 시를 읽고 있으면, 내용을 다 이해하지는 못하더라도 어떤 낭랑함이나, 전체적으로 떠오르지는 않지만 흩어져 있는 이미지, 또 말들이 가진 사람을 끌어당기는 이상한 매혹적인 갈고리 같은 것을 모국어적 직관으로 느끼겠죠. 그러나 러시아 사람들이 아무리 불어를 잘해도 그건 안 됩니다. 결국 무슨 소리인 줄도 모르고, 그런 매혹도 못 느끼고 짜증만 나게 되는 것이죠.

[말라르메의 시가 매혹적인 이유] 다시 공(空)으로 돌아와서 이야기하면, 이렇게 시 속에 뭐가 뭔지 모르게 쓰는 것이야말로 우주가 가진 무한함, 저 파악할 수 없는 실체에 대한 표현에 가까워진 것이라고 생각한 것입니다. 그러니까 시를 읽으면 무슨 소리인지는 모릅니다만 매혹은 있고, 무언가를 알 것만 같습니다. 우리들이 밤하늘의 별을 보고 저 하늘에는 뭐가 있을까, 저 우주는 얼마나 넓을까, 그 끝은 어디일까 하는 상념 같은 것을 시 앞에서 하는 것이나 같죠. 어떻게 말라르메의 시가 계속해서 그런 매혹을 가질 수 있었을까요? 처음부터 끝까지 모르기 때문입니

다. 그러나 아무 것도 아닌 소리를, 흔히 말하듯 언어를 마블링 (Marbling)하는 방법으로 쓴 것이 아닙니다. 처음에는 언어를 마블링한 것처럼 보일 수 있지만 분명하게 문법에 다 맞고 의미가 다 있습니다. 그것이 드러나지 않도록 온갖 문법적 조치를 취하고, 단어들도 그런 식으로 동원을 한 거죠. 말라르메가 사용한 방법은 크게 두 가지로 나뉩니다.

〔**시법**(詩法) ① **비일상적 통사 구조**〕 서양의 문법은 정말 방정식처럼 되어 있지 않습니까? 방정식처럼 딱 떨어진 문법 구조, 통사 구조가 있습니다. '학교 간다.' '밥 먹는다.' '꽃은 파랗다.' '나는 무엇 무엇을 어떻게 한다.' 이런 게 일상적인 구조인데, 말라르메는 문장을 쓸 때, 이러한 구조에서 아주 멀리 떨어져 씁니다. 그러니까 주어와 동사를 도치시키는 것은 기본이고, 그 안에다가 삽입구도 집어넣고, 관계절도 집어넣으면서 수많은 다른 구조를 만듭니다. 예를 들어 관계절은 선행사 뒤에 놓아야 원칙인데, 뒤가 아니라 전혀 다른 위치에다가 관계사를 넣는 식입니다. 문법적으로 틀리지는 않게요. 아슬아슬하게 그렇게 씁니다.〔다음을 참조.〕〔"의미 전달의 차원에서 주절과 종속절과 관계절의 관계가 역전되어, 거의 해체 상태에 이른 통사법으로, 그는 문(文)을 깨트리고 분해하여 마침내 문 속의 낱말 하나하나가 그 독립성과 연대성을 동시에 과시할 자기 고유의 자리를 발견하게 한다. 게다가 이 낱말들은 은유적인 힘을 간직하거나 극히 비일상적인 의미를 환기하는 방식으로 그 때마다 새로운 의미를 획득하도록 '재창조된' 언어이다."〕〔황현산, 「말라르메 송욱 김춘수」, 『잘 표현된 불행』(문예중앙, 2012) 348쪽.〕

〔**시법**(詩法) ② **비일상적 의미**〕 말라르메는 단어도 독특하게 씁

니다. 예를 들어 '아버지'란 말에도 온갖 뜻이 있잖습니까. 우리가 일반적으로 쓰는 아버지의 뜻 말고도, '하나님 아버지' 할 때 아버지가 달라지고, '무엇무엇의 아버지다' 이럴 때 아버지가 다릅니다. 그런데 여기서 가장 비일상적인 아버지를 가져옵니다. 문법적으로는 아까 말한 그 이상한 통사법에다가 단어적으로는 이상한 의미들을 전부 모아 놓는 거지요. 그러니 읽어도 무슨 말인지 모를 수밖에 없습니다. 말라르메의 시를 읽을 때는 제일 첫 번째로, 주어가 뭐고 동사가 뭔지만 찾아 내면 시를 거진 반 읽은 것이나 같습니다. 옛날 숭실대학교에 있던 이준오 선생^{(李準五,} _{1938~)} 이름으로 『말라르메 시집』^(숭실대학교출판부, 1999)이 번역돼서 나온 적이 있어요. 그런데 아마 이준오 선생이 전부를 직접 번역하지 않았을 거예요. 불란서에서 박사 받고 들어와서 강사 생활하던 사람들, 대학교에 취직해야 될 필요성이 있는 사람들과 함께 번역한 게 아닌가 합니다. 내가 볼 땐 여기 조재룡^(趙在龍, 1967~) 선생도 한 편쯤 했을 거야(웃음)〔―조재룡 : 두 편 했습니다(웃음)〕. 그런데 번역을 보다 보면, 주어 동사를 잘못 찾아 번역한 것이 많아요〔―조재룡 : 제가 한 건 아니에요(웃음)〕. 조재룡 선생 것 한두 개만 빼놓곤(웃음)……

〔**하늘에 떠 있는 별**〕 말라르메는 말하자면 말들만 있는 것, 어떤 문장처럼 보이지 않고, 단어 하나하나를 하늘에 떠 있는 별처럼 썼습니다. 그런데 하늘에 떠 있는 별들도 실제로는 연관성을 갖습니다. 서로 간에 인력도 있고, 뭐도 있고, 뭐도 있고, 우주도 다 체계가 있지만 그 체계는 감춰져 있는 겁니다. 말라르메

말라르메가 만든 원고 조판 모델. 1897년에 시 「주사위 던지기(Un coup de dés jamais n'abolira le hasard)」를 위해 친필로 작성한 이 모델은 펼침면, 자간, 행간, 여백, 오프셋과 정렬에 대한 정확한 기준을 제시한다. 화상 볼라르(Ambroise Vollard)가 시화집 형태로 만들어 보고자 디도 인쇄소(L'imprimerie Firmin-Didot)에 의뢰했으나 작업이 난해하다고 인쇄소에서 거절하여 출간되지 못했다.

도 이런 방식으로 썼습니다. 그런데 이렇게 의미가 드러나지 않도록 시를 쓸 때 말라르메는 (우리가 보들레르의 「코레스퐁당스(Correspondances)」를 읽으면서 느꼈듯) 보들레르의 공감각 시에서 늘 나타나는 감각의 경계를 무너트린 세계, 그럼으로써 어떤 다른 환경이 창출된 세계, 다른 환경이란 게 지구의 어디가 아니라 거의 지구를 떠난 것 같은, 이 세상 삶에서 떠난 듯한 환경이 창출된 세계로부터 아이디어를 얻었다고 할 수 있습니다. 보들레르로부터 직접 얻었다기보단 그 이후 문학에서 만들어진 하나의 아이디어입니다. 그 아이디어를 통해서 이른바 순수시들을 쓰게 된 것이죠. | 말라르메는 그렇게 말합니다. "시에서 단어들을 동원하면, 단어 하나하나가 지닌 어떤 그 빛들이 서로 조응해 전혀 다른 빛이 되는 결과, 그 효과. 이것이 우리의 시를 만든다."〔황현산 선생은 이를 다음과 같이 번역한 바 있다.〕〔"내가 '꽃!'이라고 말하면 내 목소리에 따라 여하한 윤곽도 남김없이 사라진 망각의 밖에서, 모든 꽃다발에 부재하는 꽃송이가, 알려진 꽃송이들과는 다른 어떤 것으로, 음악적으로, 관념 그 자체가 되어 그윽하게, 솟아오른다."(Mallarmé, *Œuvres complètes II*, Gallimard, 2003, p.679.)〕

말라르메는 굉장히 교묘한 사람이어서 직접 내 시를 그렇게 쓴다고 말하지 않았습니다. 다른 사람이 자기한테 시집을 보내면, 그 사람에게 편지를 씁니다. '당신 시를 읽었다. 근데 당신 시를 보니까 단어들이 모여서 빛을 발하고, 그 빛이 서로 조응해 또 다른 빛을 만들어 내더라.' 이렇게요. 그 사람 시가 그렇단 말이 아니라 자기가 그렇게 쓴다는 말을, 마치 그 사람 칭찬하는 것처럼 씁니다. 불란서 시인들을 보면, 보들레르부터 전부 악질들입니다(웃음). 시를 읽어 가면서 이야기를 하겠습니다. ↓

인사

^[I] 없음이라, 이 거품, 처녀 시는
술잔을 가리킬 뿐이라,
그처럼 저 멀리 세이렌의 떼들
여럿이 뒤집혀 물에 빠진다.

^[II] 우리는 항해한다, 오 나의 가지가지
친구들아, 나는 벌써 뒷전에서,
그대들은 벼락과 겨울의 물살을
가르는 화사한 뱃머리에서,

^[III] 아름다운 취기 하나 나를 부추겨
그 키질도 두려워 말고
서서 이 축배를 바치게 한다

^[IV] 고독에, 암초에, 별에,
우리 돛의 하얀 심려를
불러들이는 것이면 어느 것에든.

SALUT

[I]
Rien, cette écume, vierge vers

À ne désigner que la coupe ;

Telle loin se noie une troupe

De sirènes mainte à l'envers.

[II]
Nous naviguons, ô mes divers

Amis, moi déjà sur la poupe

Vous l'avant fastueux qui coupe

Le flot de foudres et d'hivers ;

[III]
Une ivresse belle m'engage

Sans craindre même son tangage

De porter debout ce salut

[IV]
Solitude, récif, étoile

À n'importe ce qui valut

Le blanc souci de notre toile.

(왼쪽) 1887년 '라 레뷔 앵데팡당'에서 출판된 말라르메의『시집(Poésies)』초판본 표지. (오른쪽)「인사(Salut)」를 쓴 말라르메의 친필 노트. 당시 말라르메가 붙인 제목은 '토스트(Toast)'였다. 'Toast'는 건배, 축배, 건배사 등을 뜻한다.

〔유일한 시집『시집』〕 말라르메는 죽을 때까지 본격적인 시집이라고 할 수 있는 것은 딱 한 권을 냈어요. 그가 얼마나 지독한 사람이었냐면, 날마다 시를 썼습니다. 하루도 안 빼놓고 책상 앞에 몇 시간을 밤새워 앉아 있었어요. 그런데도 어떤 시는 7년 만에 완성하기도 하고…… 뭐하고 있었는지 모를 일이죠. 이 시집도 생전에 쓴 시들을 시집 만든다고 묶어 놓고, 뒤에다가 발문 비슷한 것까지도 써 놓고선 나오기 전에 죽었어요. 죽기 전에 가족들한테는 그걸 다 태워 버리라고 그랬습니다. 당연히 가족들이 안 태웠지요. 그렇게 남은 것이 이『시집(Poésies)』입니다.〔『포에지

(Poésies)』. 1887년에 상징주의 잡지인『라 레뷔 앵데팡당(La Revue indépendante, 독립 평론)』에서 초판이 출

간된 바 있다. 말라르메가 급서한 이듬해인 1899년에 말라르메가 시의 배경에 대해 쓴 글을 더해서 브뤼셀의 고

서적상 에드몽 드맹(Edmond Deman)에 의해 재출간되었다. 에드몽 드맹은 일찍이 1888년에 말라르메가 번역

한 『에드거 엘런 포 시집(Les poèmes d'Edgar Poe)』을 출간한 바 있다. 말라르메가 시인으로서 1862년부터 세

상을 떠날 때까지 36년 동안 완성한 시는 통틀어 70편을 넘지 못한다.〕 제목도 없이 『시집』, 이

렇게 냈어요. 오만함이 이루 말할 수 없어요.

〔**우리에게 건네는 첫인사**〕『시집』에 첫 번째로 들어간 시가 「인

사(Salut)」입니다. 말라르메 시 가운데에서는 비교적 쉬운 시입

니다. 독자들에게 건네는 첫머리, 바로 인사죠. 그래서 『시집』의

다른 시들과는 달리 이탤릭체로 썼습니다. 실제로도 첫인사로 쓰

였습니다. 젊은 사람들이 몇몇 모여서 말라르메를 기리는 회식을

했는데, 말라르메에게 같이 저녁도 먹고 시도 한 편 낭독해 주십

사 초대했지요. 〔1893년 2월 9일 프랑스 격월간 문학 및 예술 잡지 『라 플륌(La Plume, 펜)』의 기념

모임에서 말라르메가 이 시를 낭독했다. 『라 플륌』은 1889년에 창간되어 1914년 폐간했다.〕 모임의 첫

순서로 인사 대신 낭독한 시입니다. 일종의 행사시죠. 그런 이유

때문에 시를 쉽게 썼죠. 그리고 역시 늙어서 쓴 시일수록 쉽습니

다. 「인사」는 말라르메가 쓴 시 중에서도 나이가 상당히 들어서

쓴 시예요. 사람은 좀 늙을 필요가 있습니다(웃음).

[1] 〔**없음이라**, 이 거품, 처녀 시는 / 술잔을 가리킬 뿐이라,〕 ☞ "없

음이라," 그러니까 이제 인사를 하는데 '할 말 없잖아', 이 말하고

거의 같습니다. 불어로 "Rien"은 'Nothing'이란 말이에요. 다만

지금 술잔을 들고 하는데, 잔에 샴페인을 따르면 거품이 올라와

서 술잔 가에 붙지요. "이 거품, 처녀 시는"―지금 읽으려고 하는

이 시는, "술잔을 가리킬 뿐이"다……. 술잔 바닥의 거품들이 계속 올라와서 위에서 꺼집니다.

[그처럼 저 멀리 세이렌의 떼들 / 여럿이 뒤집혀 물에 빠진다.] ☞ "세이렌"(Seiren, Sirèn, Siren, 상반신은 여자, 하반신은 새 모양을 한 바다의 요정)이라는 것은 희랍 신화에 나오는, 선원들을 노래로 유혹해 물에 빠뜨려 죽이는 새, 새 사람입니다. 그 세이렌의 떼가 "여럿이 뒤집혀 물에 빠진다"는 것은 자살한다는 건데, 세이렌들이 언제 자살했습니까? 이아손(Iason, Jason, 테살리아(Thessaly) 이올코스(Iolcos)의 왕자. 콜키스에서 금으로 된 양모피를 얻기 위해, 아르고 호 원정대(Argonautai)를 이끌고 모험의 항해를 한다.)이 황금 양모[黃金羊毛, 금양모피(金羊毛皮), 날개 달린 황금빛 양의 털가죽]를 얻기 위해 능력 있는 선원들을 모았을 때 그 배에 오르페우스(Orpheus)가 타고 있었습니다. 세이렌이 노래를 불러서 이아손의 선원들을 유혹하니까 오르페우스가 리라를 켜면서 같이 노래를 부릅니다. 그런데 오르페우스의 노래가 세이렌의 노래보다 훨씬 아름다워서 사람들이 오르페우스 것만 들었어요. 그렇게 배는 무사히 지나갔습니다. 그러니까 세이렌들이 억울해서 스스로 죽어 버렸지요. 즉 말라르메 자신을 비롯해서 자기 제자급 시인들은 세이렌들을 이긴 사람들이란 말입니다. 세이렌의 유혹을 물리치고, 신화를 이기고, 인간의 문화를 이긴 사람들이란 것이죠.

[11] [우리는 항해한다, 오 나의 가지가지 / 친구들아, 나는 벌써 뒷전에서, / 그대들은 벼락과 겨울의 물살을 / 가르는 화사한 뱃머리에서,] ☞ 앞에 바다가 나오니까 항해 이야기가 이어지게 마련이

「죠. 나는 늙었으니까 배의 뒷전에 앉아 있고요. | "벼락과 겨울의 물살을 / 가르는 화사한 뱃머리에서" 네, 이런 구절들! 시 전체의 내용은 몰라도 이런 구절은 사람들의 눈에 딱 들어가거든요. 전체적으로 무슨 말인지 몰라도 얼마나 아름답습니까. 얼마나 이미지가 선명합니까.

[III] 〔**아름다운 취기** 하나 나를 부추겨 / 그 키질도 두려워 말고 / 서서 이 축배를 바치게 한다〕 ☞ 항해할 때 배가 위아래로 가는 게 '키질'이고, 배가 옆으로 노는 것을 '옆질'이라고 하죠. 그러니까 멀미 같은 걸 두려워하지 않고, 이 문학적 항해를 하는데, 당연히 멀미도 하고, 토하기도 하고, 온갖 것을 다 하겠죠? 그걸 두려워 않고 축배를 바치는데, 어디에?

[IV] 〔**고독에, 암초에, 별에,** / 우리 돛의 하얀 심려를 / 불러들이는 것이면 어느 것에든.〕 ☞ "우리 돛의 하얀 심려"는 어떤 순결함에 대한 염려이면서, 동시에 글 쓰는 사람들이 '하얀'이라고 하면 겁내는 것이 무엇입니까? 하얀 원고지. 요즘은 컴퓨터로 하니까 좀 낫긴 합니다만, 옛날엔 책상 앞에 앉아 있으면 원고지가 정말 철창처럼 보인다고 그러죠. 그 "하얀 심려"는 '좋은 글을 쓰겠다.'는 의지와 '글을 못 쓰면 어떡하지?' 하는 걱정이 합쳐진 심려입니다. 열망과 초조가 한꺼번에 들어 있죠. 첫 번째 시「인사」만 들어도, 말라르메가 이 시집에서 무슨 소리를 하려는지 어느 정도 짐작할 수 있겠습니다. ↓

에로디아드

장경

유모 — 에로디아드

[I]
                    유.
살아 있구나! 아니면 내 여기서 한 왕녀의 망령을 보는 것인가?
그 손가락과 반지에 이 입술로 입 맞추게 하고, 이제 그만
미지의 시대 속으로 걸어 들어가는 일일랑은……

[II]
                    에.
                    물러서시오.
무결한 내 머리칼의 금빛 격류가,
내 고독한 몸을 떡 감기며 공포로
얼어붙게 하니, 빛이 감아 도는 내 머리칼은
불멸하다. 오 여인아, 한 번의 입맞춤으로도 나는 죽으리라,
아름다움이 곧 죽음이 아니라면……
                    어떤 매혹에
내 이끌렸는지, 선지자들도 잊어버린 어떤 아침이
죽어가는 저 먼 땅에 그 슬픈 축제를 퍼붓는지
난들 알겠는가? 오 겨울의 유모여, 그대는 내가
늙은 내 사자들 그 야수의 세기(世紀)가 어슬렁거리는

HÉRODIADE

Scène

La Nourrice — Hérodiade

[I]

N.

Tu vis ! ou vois-je ici l'ombre d'une princesse ?

À mes lèvres tes doigts et leurs bagues et cesse

De marcher dans un âge ignoré..

[II]

H.

Reculez.

Le blond torrent de mes cheveux immaculés,

Quand il baigne mon corps solitaire le glace

D'horreur, et mes cheveux que la lumière enlace

Sont immortels. Ô femme, un baiser me tûrait

Si la beauté n'était la mort..

Par quel attrait

Menée et quel matin oublié des prophètes

Verse, sur les lointains mourants, ses tristes fêtes,

Le sais-je ? tu m'as vue, ô nourrice d'hiver,

Sous la lourde prison de pierres et de fer

돌담과 쇠창살의 육중한 감옥 속에

들었음을 보았으니, 숙명의 여자, 나는 무사한 손으로

저 옛날 왕들의 황량한 냄새 속으로 걸어갔더니라.

그러나 또한 그대는 보았는가, 내 공포가 무엇이었는지를?

나는 망명지에 꿈꾸며 멈춰 서서, 분수를 뿜어

나를 맞이하는 못가에라도 서 있는 양,

내 안에 피어 있는 창백한 백합의 꽃잎을 따는데,

내 몽상을 가로질러, 적막 속으로 내려가는

그 가녀린 꽃 이파리들을 시선으로 뒤쫓느라 얼이 빠진

사자들은 내 옷자락의 나른함을 헤치고,

바다라도 가라앉힐 내 발을 바라보았지.

그대는 그 늙은 육체의 전율을 가라앉히고,

이리 와서, 내 머리칼이 너희들을 두렵게 하는

저 사자 갈기의 너무나 사나운 꼴을 닮았으니,

나를 도와라, 이대로는 거울 속에서 하염없이 빗질하는

내 모습을 그대는 감히 쳐다볼 수도 없을 것인즉.

유.

마개 덮인 병 속의 상쾌한 몰약은 아니라도,

장미의 노쇠에서 뽑아낸 향유의

불길한 효험을, 아기씨여, 시험해 보심이

어떨지?

Où de mes vieux lions traînent les siècles fauves

Entrer, et je marchais, fatale, les mains sauves,

Dans le parfum désert de ces anciens rois :

Mais encore as-tu vu quels furent mes effrois ?

Je m'arrête rêvant aux exils, et j'effeuille,

Comme près d'un bassin dont le jet d'eau m'accueille,

Les pâles lys qui sont en moi, tandis qu'épris

De suivre du regard les languides débris

Descendre, à travers ma rêverie, en silence,

Les lions, de ma robe écartent l'indolence

Et regardent mes pieds qui calmeraient la mer.

Calme, toi, les frissons de ta sénile chair,

Viens et ma chevelure imitant les manières

Trop farouches qui font votre peur des crinières,

Aide-moi, puisqu'ainsi tu n'oses plus me voir,

A me peigner nonchalamment dans un miroir.

N.

Sinon la myrrhe gaie en ses bouteilles closes,

De l'essence ravie aux vieillesses de roses,

Voulez-vous, mon enfant, essayer la vertu

Funèbre ?

[IV]   에.

              그런 향수 따윈 치워라! 그게 내가 혐오하는

것임을 모르는가, 그래 내 머리에 나른하게

적셔드는 그 도취의 냄새를 맡으라는 말인가?

내가 바라는 바는, 인간적인 고뇌의

망각을 퍼뜨리는 꽃이 아니라, 향료로부터

영원히 순결한 황금인 내 머리칼이,

잔혹한 광채를 띨 때도, 윤기 없이 하얗게 바랠 때도,

금속의 그 삭막한 차가움을 끝내 간직하는 것이니,

내 고독한 어린 날부터, 고향 성벽의 보석들아,

무기들아, 화병들아, 너희들을 그렇게 비추어 왔듯이.

[V]   유.

용서하소서! 여왕마마, 나이가 드니 낡은 책처럼 희미해진

아니 까매진 쇤네의 정신에서 아기씨의 금지령이 지워져서……

[VI]   에.

그만 됐다! 내 앞에 이 거울을 들고 있어라.

              오 거울이여!

네 틀 속에 권태로 얼어붙은 차가운 물이여

얼마나 여러 번을, 그것도 몇 시간씩, 꿈에

시달리며, 네 얼음 아래 네 깊은 구멍 속에서

나뭇잎과도 같은 내 추억을 찾으며

IV

H.

Laisse là ces parfums ! ne sais-tu

Que je les hais, nourrice, et veux-tu que je sente

Leur ivresse noyer ma tête languissante ?

Je veux que mes cheveux qui ne sont pas des fleurs

A répandre l'oubli des humaines douleurs,

Mais de l'or, à jamais vierge des aromates,

Dans leurs éclairs cruels et dans leurs pâleurs mates,

Observent la froideur stérile du métal,

Vous ayant reflétés, joyaux du mur natal,

Armes, vases depuis ma solitaire enfance.

N.

Pardon ! l'âge effaçait, reine, votre défense

De mon esprit pâli comme un vieux livre ou noir..

H.

Assez ! Tiens devant moi ce miroir.

O miroir !

Eau froide par l'ennui dans ton cadre gelée

Que de fois et pendant des heures, désolée

Des songes et cherchant mes souvenirs qui sont

Comme des feuilles sous ta glace au trou profond,

나는 네 안에 먼 그림자처럼 나타났던가.

그러나, 무서워라! 저녁이면, 네 엄혹한 우물 속에서,

나는 내 흘어진 꿈의 나신을 알아보았다.

유모, 내가 아름다운가?

〔VII〕
유.

한 개 별이지요, 진실로

그런데 이 머리타래가 흘러내려서……

〔VIII〕
에.

멈춰라, 내 피를

그 근원에서 다시 얼어붙게 하는 그대의 범죄를, 그리고 그 거동,

그 지독한 불경을 응징하라 : 아! 이야기해 보라

어느 든든한 마귀가 그대를 그 을씨년스런 홍분 속에 빠뜨리는지,

내게 제안한 그 입맞춤, 그 향수, 그리고, 내가 그 말을 할까?

오 내 가슴이여, 그대가 필경 날 만지려 하였으니

또한 불경한 그 손, 그것들은 망루 위에서

불행 없이는 끝나지 않을 어느 날……

오 에로디아드가 두려운 눈으로 바라보는 날이여!

〔IX〕
유.

괴이한 시간으로부터, 진정, 하늘이 그대를 보호하시옵길!

Je m'apparus en toi comme une ombre lointaine,

Mais, horreur ! des soirs, dans ta sévère fontaine,

J'ai de mon rêve épars connu la nudité !

Nourrice, suis-je belle ?

[VII]
                         N.

                         Un astre, en vérité

Mais cette tresse tombe..

[VIII]
                         H.

                         Arrête dans ton crime

Qui refroidit mon sang vers sa source, et réprime

Ce geste, impiété fameuse : ah ! conte-moi

Quel sûr démon te jette en le sinistre émoi,

Ce baiser, ces parfums offerts et, le dirai-je ?

O mon coeur, cette main encore sacrilège,

Car tu voulais, je crois, me toucher, sont un jour

Qui ne finira pas sans malheur sur la tour..

O jour qu'Hérodiade avec effroi regarde !

[IX]
                         N.

Temps bizarre, en effet, de quoi le ciel vous garde !

그대는 고독한 그림자가 되고 새로운 분노가 되어 배회하며,

그 마음속을 때 이르게 공포에 떨며 바라보시지만,

하오나 불사의 여신에 버금하리만큼 경애로우시며,

오 나의 아기씨, 끔찍하도록 그렇게도

아름다우셔서……

[X]   에.

                  그러나 나를 만지려 하지 않았더냐?

[XI]   유.

                       저는 운명의 신이

아가씨의 비밀을 맡기는 그 사람이고 싶습니다.

[XII]   에.

오! 닥치거라!

[XIII]   유.

                     때로는 그 분이 오실까요?

[XIV]   에.

                      순결한 별들이여,

듣지 말아다오!

Vous errez, ombre seule et nouvelle fureur,

Et regardant en vous précoce avec terreur ;

Mais toujours adorable autant qu'une immortelle,

O mon enfant, et belle affreusement et telle

Que..

(X)

H.

Mais n'allais-tu pas me toucher ?

(XI)

N.

J'aimerais

Etre à qui le Destin réserve vos secrets.

(XII)

H.

Oh ! tais-toi !

(XIII)

N.

Viendra-t-il parfois ?

(XIV)

H.

Etoiles pures,

N'entendez pas !

[XV]   유.

            음침한 공포들 속에 빠져든 것이

아니라면 어찌 갈수록 더 요지부동으로 꿈꿀 수 있으랴

저 어여쁨의 보석더미가 기다리는 그 신에게

간청이라도 하시는가! 그런데 누구를 위해 고뇌로

애를 태우며 지키시는가요, 그대 존재의

남모르는 광채와 헛된 신비를?

[XVI]   에.

                     나를 위함이다.

[XVII]   유.

슬픈 꽃이여, 홀로 자라며 마음 설레게 하는 상대라곤

오직 물속에 무력하게 보이는 제 그림자뿐.

[XVIII]   에

가거라. 그대의 연민과 빈정거림을 흘리지 말라.

[XIX]   유.

하오나 가르쳐 주소서 : 오! 아닙니다, 순진한 아기씨여,

어느 날엔가는, 그 기고만장한 멸시도 수그러들겠지요.

XV

N.

Comment, sinon parmi d'obscures

Epouvantes, songer plus implacable encor

Et comme suppliant le dieu que le trésor

De votre grâce attend ! et pour qui, dévorée

D'angoisses, gardez-vous la splendeur ignorée

Et le mystère vain de votre être ?

H.

Pour moi.

N.

Triste fleur qui croît seule et n'a pas d'autre émoi

Que son ombre dans l'eau vue avec atonie.

H.

Va, garde ta pitié comme ton ironie.

N.

Toutefois expliquez : oh ! non, naïve enfant,

Décroîtra, quelque jour, ce dédain triomphant..

에.

그러나 누가 날 건드릴 것이냐, 사자들도 범접하지 못하는 나를?

그뿐이랴, 난 인간적인 것은 아무것도 원하지 않으며, 조각상이 되어,

낙원에 시선을 파묻고 있는 내 모습이 그대 눈에 비친다면,

그것은 내가 옛날에 빨았던 그대의 젖을 회상하는 때.

유.

제 자신의 운명에 바쳐진 애절한 희생이여!

에.

그렇다, 나를, 나를 위함이다, 내가 꽃피는 것은, 고독하게!

너희들은 알겠지, 난해하게 지은 눈부신 심연 속에

끝없이 파묻히는 자수정의 정원들이여,

태고의 빛을 간직한 채, 알려지지 않은 황금들이여,

시원(始原)의 대지 그 어두운 잠 아래 묻힌

너희들, 맑은 보석 같은 내 눈에 그 선율도 아름다운

광택을 빌려주는 돌들이여, 그리고 너희들,

내 젊은 머리칼에 숙명의 광채와

순일한 자태를 가져오는 금속들이여!

그대를 말한다면, 무녀들의 소굴에서 벌어지는 악행에나 어울리게

못된 세기(世紀)에 태어난 여인이여,

죽게 마련인 한 인간을 이야기하다니! 그 자를 위해 내 옷자락의

꽃 시울에서, 사나운 환락에 젖은 향기처럼,

[XX]

H.

Mais qui me toucherait, des lions respectée ?

Du reste, je ne veux rien d'humain et, sculptée,

Si tu me vois les yeux perdus au paradis,

C'est quand je me souviens de ton lait bu jadis.

[XXI]

N.

Victime lamentable à son destin offerte !

H.

[XXII]

Oui, c'est pour moi, pour moi, que je fleuris, déserte !

Vous le savez, jardins d'améthyste, enfouis

Sans fin dans de savants abîmes éblouis,

Ors ignorés, gardant votre antique lumière

Sous le sombre sommeil d'une terre première,

Vous, pierres où mes yeux comme de purs bijoux

Empruntent leur clarté mélodieuse, et vous

Métaux qui donnez à ma jeune chevelure

Une splendeur fatale et sa massive allure !

Quant à toi, femme née en des siècles malins

Pour la méchanceté des antres sibyllins,

Qui parles d'un mortel ! selon qui, des calices

De mes robes, arôme aux farouches délices,

내 나신(裸身)의 하얀 떨림이 솟아 나와야 한다는 말인가,
예언하라. 여름날의 따뜻한 창공이,
여자는 천성적으로 하늘을 향해 저를 드러내지,
별처럼 벌벌 떨며 부끄러워하는 나를 본다면,
나는 죽으리라고!

[XXIII]   나는 사랑한다, 처녀로 있음의 끔직함을, 나는 바란다
내 머리칼이 내게 안겨 주는 공포 속에 살기를,
밤이면, 내 잠자리로 물러나, 아무도 범하지 않는
파충류, 쓸모없는 내 육체 속에서,
네 창백한 빛의 그 차가운 반짝거림을 느끼기 위해,
스러지는 너, 정결함으로 타오르는 너,
얼음과 잔인한 눈의 하얀 밤이여!

[XXIV] 그리고 네 고독한 누이는, 오 내 영원한 누이여,
내 꿈은 너를 향해 솟아오르리라 : 벌써 그렇노라고,
그것을 꿈꾸는 한 마음의 희귀한 맑음인
나는 내 단조로운 조국에 나 홀로라고 생각한다,
그리고 모두가, 내 주위에서, 우러러 받들며 산다,
다이아몬드 맑은 시선의 에로디아드가
그 잠든 정적 속에 비쳐 있는 거울 하나를……
오 마지막 매혹이여, 그렇다! 나는 그것을 느낀다, 나는 고독하다.

Sortirait le frisson blanc de ma nudité,

Prophétise que si le tiède azur d'été,

Vers lui nativement la femme se dévoile,

Me voit dans ma pudeur grelottante d'étoile,

Je meurs !

(XXIII)   J'aime l'horreur d'être vierge et je veux

Vivre parmi l'effroi que me font mes cheveux

Pour, le soir, retirée en ma couche, reptile

Inviolé sentir en la chair inutile

Le froid scintillement de ta pâle clarté

Toi qui te meurs, toi qui brûles de chasteté,

Nuit blanche de glaçons et de neige cruelle !

(XXIV) Et ta soeur solitaire, ô ma soeur éternelle

Mon rêve montera vers toi : telle déjà,

Rare limpidité d'un coeur qui le songea,

Je me crois seule en ma monotone patrie

Et tout, autour de moi, vit dans l'idolâtrie

D'un miroir qui reflète en son calme dormant

Hérodiade au clair regard de diamant..

Ô charme dernier, oui ! je le sens, je suis seule.

유.

마님, 그렇다면 죽으려 하십니까?

에.

아니다, 가련한 할머니여

조용하라, 그리고 물러가며, 이 냉혹한 마음을 용서하라,

그러나 먼저, 괜찮다면, 덧문을 닫아라 : 세라핀 같은

창공이 그윽한 유리창에서 미소 짓는데,

나는 증오한다, 나는, 저 아름다운 창공을!

물결들은

흔들리고, 저기, 한 나라를 그대는 알지 못하는가,

저녁마다 우거진 나뭇가지에서 타오르는 비너스의

미움을 받는 시선들이 불길한 하늘에 박혀 있는 나라를 :

나는 그리 떠나리라.

다시 불을 켜라, 어린애 같다고

그대는 말하는가, 불꽃 가볍게 타오르는 밀납이

빈 황금 속에서 무언가 낯선 눈물을 흘리는

저 촛대에……

유.

지금?

N.

Madame, allez-vous donc mourir ?

H.

Non, pauvre aïeule,

Sois calme et, t'éloignant, pardonne à ce coeur dur,

Mais avant, si tu veux, clos les volets, l'azur

Séraphique sourit dans les vitres profondes,

Et je déteste, moi, le bel azur !

Des ondes

Se bercent et, là-bas, sais-tu pas un pays

Où le sinistre ciel ait les regards haïs

De Vénus qui, le soir, brûle dans le feuillage :

J'y partirais.

Allume encore, enfantillage

Dis-tu, ces flambeaux où la cire au feu léger

Pleure parmi l'or vain quelque pleur étranger

Et..

N.

XXVII

Maintenant ?

　　　　　　　　　　에.

　　안녕히.

　　　　　　그대는 거짓말을 하는구나, 내 입술의

벌거벗은 꽃이여!

　　　　나는 알지 못하는 것을 기다리고 있다,

아니 어쩌면, 신비와 그대의 외침을 알지 못한 채,

그대는 터트리는가, 드높고 상처 입은 오열을,

몽상에 잠겨 있다가 제 차가운 보석들이

마침내 흩어지는 것을 느끼는 한 아이처럼.

H.

Adieu.

                          Vous mentez, ô fleur nue

De mes lèvres !

           J'attends une chose inconnue

Ou peut-être, ignorant le mystère et vos cris,

Jetez-vous les sanglots suprêmes et meurtris

D'une enfance sentant parmi les rêveries

Se séparer enfin ses froides pierreries.

〈에로디아드(Hérodiade)〉. 앙리-레오폴드 레비(Henri-Léopold Lévy, 1840~1904) 그림, 1872년, 브레스트 미술관(Musée des Beaux-Arts de Brest) 소장. 왼쪽에 앉은 사람이 헤로디아. 요한의 목이 담긴 쟁반을 바치는 사람이 그 딸 살로메다. (오른쪽)〈**살로메**(Salomé)〉. 앙리 르뇨(Henri Regnault, 1843~1871) 그림, 1870년, 뉴욕 메트로폴리탄 미술관(Metropolitan Museum of Art) 소장.

〈에로디아드〉. 앙리 마티스(Henri Matisse, 1869~1954) 그림. 마티스의 시화집『말라르메 시집(Poésies de Stéphane Mallarmé)』연작 중 일부, 1932년.

〔말라르메의 에로디아드〕 말라르메는 에로디아드(Hérodiade)
에 관한 시를 여러 편 쓰려고 했습니다. 그 중 몇 편을 성공하긴
했습니다만 『시집』에다가 넣은 시는 이 한 편입니다. 말라르메는
이 시를 극장에서 상연할 생각까지 했습니다. 그런데 극장에서
도 받아 주질 않아서 친구들끼리 소인극(素人劇)〔전문 배우가 아닌 사람들
이 하는 연극.〕 비슷하게 낭독을 했다고 그래요.〔1871년 『현대 고답파 시집』 제2집에 처
음 발표되었다. 말라르메는 1864년 겨울부터 일생 동안 에로디아드에 대해 7편 정도의 텍스트를 구상했고 그
가운데 적어도 6편은 '에로디아드의 혼례(Les Noces d'Hérodiade)'라는 장편 극시의 각 장이었다. 완성된 것
은, 「에로디아드─장경」과 「성 요한의 찬가」 2편이었고, 그 중 '장경' 편만을 발표, 『시집』에 수록했다.〕 │ 성
서에서 세례자 요한이 감옥에 잡혀 있을 때 에로디아〔헤로디아(Herodia,
기원전 15~기원후 39). 로마 시대 헤로데 왕조의 공주〕의 딸 가운데 하나, 여기서 에로
디아드라고 부르는 그 딸〔헤로디아와 헤로데 2세의 딸. 흔히 살로메(Salome, 기원후 14~62)
라고 하며, 성경에는 그 이름이 나오지 않는다.〕인데, 헤롯〔헤로데 안티파스(Herod Antipas). 헤로데
2세의 이복 형제.〕의 조카도 되지요, 얘가 헤롯 앞에서 춤을 잘 추니까 헤
롯이 기뻐서 소원이 뭐냐고 묻습니다. 어머니의 사주를 받은 에
로디아드가 요한의 목을 달라고 해서 헤롯이 요한의 목을 치게
되죠. 바로 그 여자가 에로디아드입니다.〔에로디아드는 헤로데 집안의 여자라는
뜻과 에로디아스(헤로디아)의 딸이라는 두 가지 뜻으로 풀이될 수 있으며, 말라르메가 살로메를 대신해서 사
용한 이름이다.〕 │ '장경(場景, Scène)〔한 장면(場)의 광경(光景)〕편은 무대편이라
는 말입니다. 이 시는 유모와 에로디아드 두 사람의 대화로 되어
있습니다.

〔무기질의 여자〕 이 시의 에로디아드는 말라르메가 창조한 여자
입니다.〔"내 여주인공은 살로메라고 불려왔지만 어두운, 그러면서도 열린 석류처럼 붉은, 이 에로디아드

라는 낱말은 내가 창안한 것이라고 생각하오. 게다가 나는 그녀를 순전히 몽상적이며 역사에서 완전히 독립된

존재로 만들 작정이오."(황현산 옮김. 1865년 2월 18일 말라르메가 르페뷔르에게 보낸 편지 중에서.)) 자기

몸 전체를 자기 머리칼처럼 만들고 싶어 하는 여자. 그러니까 우

리 몸에서 가장 무기질적인 성격을 가진 부위가, 물론 단백질도

포함되어 있습니다만, 머리칼입니다. 자기에게서 온갖 동물적인

것들을 다 내쫓고 일종의 강철이나 얼음이나 물이나 이런 것이

되고 싶어 하는 여자. 그래서 유모의 "살아 있구나!" 이 말로 이

장경─무대를 시작하는 겁니다. | 이 여자가 왕궁 동물원의 사

자굴 속으로 들어갔는데, 사자가 하도 같잖아서 안 덤비고 놔뒀

던 모양이에요. 무사히 사자 우리에서 나왔어요. 그리곤 '사자도

나를 범접하지 못한다'고 말을 하죠. 이러면서 유모가 향수를 발

라 준다니까 향수 같은 걸 어떻게 바르겠느냐, 그러죠. 자기는 거

의 무기질의 여자고 어떤 면에서는 신인데 말입니다. 일종의 파

라노이아(paranoia)─편집증에 걸린 사람들은 대개 자신을 비

생명적인 반신(半神)으로 여깁니다. 에로디아드도 그런 사람이

죠.〔다음을 참조.〕〔"물론 에로디아드가 기도하는 것은 육체의 방부 처리가 아니라 그것의 정신화이며 관

념화이다. 스스로에 의해서 스스로를 위해 존재하는 이 관념은 오직 거울을 통해서만 자기를 확인할 수 있다."

"에로디아드의 거울은 지상에의 혐오와 창공에의 증오라고 하는 두 딜레마 속에 갇혀 그 순결의 추억을 반추

하는 감옥이지만, 다른 한편으로는 그 절대적인 순결의 관념이 유지될 수 있는 단 하나의 장소이다."〕〔황현산,

『주석』, 스테판 말라르메, 『시집』(문학과지성사, 2005) 244쪽.〕 | 또 유모가 어떤 남자가 결

혼하겠다고 찾아오느냐고 물으니까, 그런 신성 모독적인 말을 하

다니, 하고 난리를 칩니다. 유모를 쫓아 보낸 다음 혼자 촛불을 켜

놓고 신세 한탄 비슷한 말을 하죠. 이 때 한탄하는 것은 내가 무기

질, 얼음 같은 여자, 물 같은 여자, 쇠 같은 여자가 될 수 없구나,

[XXVIII] 하는 것입니다. 마지막 말은 그런 말이기도 합니다. | 〔**벌거벗은 꽃이여!** / 나는 알지 못하는 것을 기다리고 있다, / 아니 어쩌면, 신비와 그대의 외침을 알지 못한 채, / 그대는 터트리는가 드높고 상처 입은 오열을, / 몽상에 잠겨 있다가 제 차가운 보석들이 / 마침내 흩어지는 것을 느끼는 한 아이처럼.〕 ☞ "그대"라 함은 자기 자신입니다. 요즘 말로 속되게 바꾸면 마치 중2병에 걸린 것 같은 말이죠(웃음).

〔**반신**(半神)**적인 인간**〕 이토록 긴 「에로디아드」를 오늘 저녁에 무리해서 읽으려는 이유는, 말라르메가 이런 무기질의 시를 씀으로써 자신이 그렇게 되려고 했다는 것을 보려고 한 것입니다. 자기 자신을 무기질적 인간, 반신적인 인간으로 만들기 위해 파라노이아에 걸린 사람과 같았다는 이야기를 하는 거지요.〔「에로디아드」 의 시작(詩作)과 관련해 말라르메는 다음과 같이 쓴 바 있다. "나는 마침내 「에로디아드」를 시작했다오. 무서운 생각이 드는데, 이는 아주 새로운 시학에서 솟아나오는 것이 틀림없는 어떤 언어를 창안하고 있기 때문이지요. 이 시학을 두 마디 말로 정의할 수 있을 것 같습니다. : 그래라, 사물이 아니라, 사물에서 산출되는 효과를. 시구는 따라서 낱말들이 아니라 의도들로 이루어져야 하며, 모든 말은 지각(sensation) 앞에서 지워져야 합니다." 황현산은 '화자 시인 소멸론'이라는 말을 쓴다. 다음을 참조.〕 ["언어에서 그 일상적 의미와 용법을 배제할 때 일상 세계의 언어를 사용하는 자로서의 시인도 당연히 소멸된다. 그가 장시 「에로디아드」와 「목신의 오후」를 쓰던 20대 초반부터 자신이 '완전히 죽었'으며 '비인칭'으로, '과거의 나였던 것을 통하여 정신적인 우주가 스스로를 보고 스스로를 전개해 간다는 하나의 대응 능력'으로만 남았다고 말하게 되는 것은 이 때문이다."]〔황현산, 「말라르메 송욱 김춘수」, 『잘 표현된 불행』(난다, 2020) 397~398쪽.〕 말라르메가 한참 남았는데, 잠깐 쉬었다가 다시 합시다. ↓

성녀

(I)
플루트나 만돌린과 더불어 옛날
반짝이던 그녀의 비올라의
금박이 벗겨지는 낡은 백단목을
감추고 있는 유리창에,

(II)
저녁 성무와 밤 기도에 맞추어 옛날
넘쳐흐르던 성모 찬가의
책장이 풀려나가는 낡은 책을
열어 놓고, 창백한 성녀가 있다.

(III)
섬세한 손가락뼈를 위해
천사가 제 저녁 비상으로
만드는 하프에 스쳐
성광(聖光)처럼 빛나는 그 창유리에,

(IV)
낡은 백단목도 없이, 낡은 책도 없이,
악기의 날개 위로,
그녀가 손가락을 넘놀린다
침묵의 악사.

SAINTE

[I]

À la fenêtre recélant

Le santal vieux qui se dédore

De sa viole étincelant

Jadis avec flûte ou mandore,

[II]

Est la Sainte pâle, étalant

Le livre vieux qui se déplie

Du Magnificat ruisselant

Jadis selon vêpre et complie :

[III]

À ce vitrage d'ostensoir

Que frôle une harpe par l'Ange

Formée avec son vol du soir

Pour la délicate phalange

[IV]

Du doigt, que, sans le vieux santal

Ni le vieux livre, elle balance

Sur le plumage instrumental,

Musicienne du silence.

* 세실 성녀(Saint Cécile) : 3세기경 로마 시대에 살았던 순교 성녀. 명문가의 딸로 태어나 결혼 후에도 처녀성을 지켰고, 이교도 남편을 개종시켜 순결 서약을 한 날 천사로부터 장미와 백합관을 받았다고 한다. 로마 제국의 이교 신전에 절하기를 거부해 남편이 참수당하고 자신도 증기탕에 갇혔다가 순교했다. 후에 음악의 성인으로 추대되어 주로 작은 현악기나 오르간을 연주하는 모습으로 묘사된다.

(왼쪽) 커도 레니(Guido Reni, 1575~1642)가 그린 〈성녀 체칠리아(St. Cecilia)〉, 1606년. 패서디나 노턴 사이먼 미술관(Norton Simon Museum) 소장. 성녀는 비올라를 들고 있고, 뒤로 오르간이 보인다. (오른쪽) 로렌초 파시넬리(Lorenzo Pasinelli, 1629~1700)가 그린 〈찬송하는 성녀 체칠리아(Sainte Cécile chantant)〉, 17세기. 파리 루브르 박물관(Musée du Louvre) 소장. 천사와 오르간이 뒤에 있고 성녀는 악보책만 들고 있다.

(왼쪽) 장 브뤼네(Jean Brunet, 1822~1894), 1854년. 아비뇽의 색유리 공예가이자 사라져 가는 남부 프로방스어를 보존하는 시인이었다. (가운데) 장 라호르(Jean Lahor)라는 필명으로 활동한 시인 앙리 카잘리스(Henri Cazalis, 1840~1909), 1906년경. (오른쪽) 주느비에브 말라르메(Geneviève Mallarmé, 1864~1919), 1869년.

〔저녁에 보는 음악의 성녀〕「성녀(Sainte)」는 저녁 해가 비칠 무렵 교회 색유리에 그려진 **세실 성녀***—가톨릭에서는 음악 담당 성녀라고 그러죠. 색색의 유리로 그려진 성녀 그림이 오래되어 빛이 바래고, 그 사이로 저녁 햇빛이 비쳐 더욱 흐릿합니다. 그 상황을 쓰고 있습니다.〔이 시는 원래 1865년에 장 브뤼네(Jean Brunet, 1822~1894)의 부인 세실 (Cécile)의 청을 받아 세실리아 성녀 축일(11월 22일)을 위해 쓴 것이다. 당시 남불 투르농과 아비뇽에서 영어를 가르치던 말라르메는 이들 부부와 친해졌다. 세실 부인은 1865년 말라르메의 딸 주느비에브(Geneviève)의 대모를 섰고, 말라르메는 그 해 축일로부터 보름 정도 지난 12월 초에 앙리 카잘리스에게 「게루빔 천사의 날개를 연주하는 세실리아 성녀(옛 노래와 그림)〔Sainte Cécile jouant sur l'aile d'un chérubin (chanson et image anciennes)〕」이라는 시를 보냈다. 거의 20년 후 일부를 수정하고 제목을 「성녀」로 바꾸어 『저주받은 시인들』(1883 ; 1884)에 발표했다. 1896년에 모리스 라벨(Maurice Ravel, 1875~1937)이 이 시에 곡을 붙였다.〕 | 어제와 오늘 이어서 별로 흔하게 쓰지도 않는 성광(聖光, ostensoir)이라는 단어를 유독 듣게 됩니다.

⑴ 〔**플루트나 만돌린과 더불어 옛날** / 반짝이던 그녀의 비올라의 /
⑾ 금박이 벗겨지는 낡은 백단목을 / 감추고 있는 유리창에, // 저녁 성무와 밤 기도에 맞추어 옛날 / 넘쳐흐르던 성모 찬가의 / 책장이 풀려나가는 낡은 책을 / 열어 놓고, 창백한 성녀가 있다.〕☞ 옛날에 유리창에다가 세실 성녀를 그리고, 세실 성녀가 비올라를 연주하는 그림도 같이 그렸을 것입니다. 그 비올라는 백단목〔白檀 木 : 인도, 인도네시아 등지에서 자생하는 상록수. 성서에서 솔로몬이 이 나무로 예루살렘 성전과 악기를 만들었다고 한다. 원문의 '상탈(santal)'은 백단(Santal blanc)이 아니라 단향목(檀香木)을 총칭한다. 그 이름이 산스크리트어로 불, 빛을 뜻하는 'candrah'에서 파생했듯, 향불을 피우던 나무다. 지금도 향수 재료로 널리 이용된다. 유럽에는 아랍을 통해 15세기 무렵 알려졌는데, 주로 인도의 백단이 수입되었으므로, '상탈(santal)'이 곧

백단으로 통용된다. 반면 악기의 재료로 쓰는 나무는 자단(紫檀)이며, 비파, 쇄납(날라리), 아쟁, 해금 등을 만
든다. 비올라는 15세기에 유럽에서 그 원형이 생겨났으며, 대개 단풍목으로 만든다.〕으로 만들었던
가 봅니다. 색유리를 만든 지 오래돼 그림이 점점 희미해지고 잘
안 보입니다. 백단목을 감추고 있는 유리창이란 게 다 낡아서 안
보이는 유리창이라는 말이죠. 창백하다는 말 역시 지워져서 창백
하다는 것입니다.

[III] 〔**섬세한 손가락뼈를 위해** / 천사가 제 저녁 비상으로 / 만드는 하
[IV] 프에 스쳐 / 성광(聖光)처럼 빛나는 그 창유리에, // 낡은 백단목
도 없이, 낡은 책도 없이, / 악기의 날개 위로, / 그녀가 손가락을
넘놀린다 / 침묵의 악사.〕☞ 그 창유리에 저녁 햇빛이 비쳤단 말
입니다. 낡은 그림 위에다 저녁 햇살이 가득하니까, 그림이 잘 안
보여서 손가락으로 비올라를 켜는 성녀가 저기 있었구나 생각만
하게 되는 겁니다. 침묵의 악사. 물론 그림이니까 처음부터 침묵
이겠습니다마는 그것이 전부 낡아지고 햇빛을 반사해서 안 보이
니까 침묵이 두 배, 세 배가 된 것이겠습니다.

〔**침묵만이 남는다**〕 모든 것이 없어지고 색 바래고 낡아집니다.
그렇게 최초의 없는 상태로 다시 돌아가고 있습니다. 결국 침묵
만 남습니다. 번역할 때 "침묵의 악사"라고 해서 "침묵"이란 단
어가 제일 끝에 오지 않았지만, 원래 시에서는 "Musicienne du
silence." 즉 "침묵"이 시의 마지막에 오도록 돼 있습니다.〔번역에 대
해서는 다음을 참조.〕〔"시의 곳곳에 성좌처럼 박혀 제각기 제 빛을 뿌리는 낱말들은 말하면서 동시에 입을 다
문다. 그리고 마침내 침묵에 이른다. 우리의 번역도 프랑스어의 통사법보다는 말라르메가 말을 침묵으로 만들

어가는 이 순서를 더 존중했다. 그러나 프랑스어와 한국어는 통사 구조가 서로 다르기 때문에 프랑스어의 통사

법을 존중하여 옮기면 제3연과 제4연의 순서가 바뀌게 된다.") 〔황현산, 「주석」, 스테판 말라르메, 『시집』(문

학과지성사, 2005) 262쪽.〕 옛날에는 플루트도 있고 만돌린도 있고, 성모 찬

가도 나오다가, 점점 더 낡아지고, 마지막에는 아무 것도 없이 침

묵만 남게 되는 것이죠. 말라르메 시는 이렇게 모든 의미들이 마

치 색이 바래듯 시에서 날아갑니다. 의미에 해당하는 것이 그 뒤

에 있긴 한데, 완전히 색이 바래 가지고 침묵만 남게 되는 것입니

다. 제가 말라르메의 시학을 '뺄셈의 시학'이라고 말하곤 합니다.

그 뺄셈이 아주 적나라하게 나타난 시가 이런 시입니다. 이 시만

하더라도 초기 시입니다. 좀 쉽게 쓴 시입니다. ↓

순결하고, 강인하고, 아름다운……
〔소네트 몇 편〕

(I)   순결하고, 강인하고, 아름다운 자는 오늘

달아난 적 없는 비상의 투명한 빙하가

서릿발 아래 들려 있는 이 망각의 단단한 호수를

취한 날갯짓 한 번으로 찢어 줄 것인가

(II)   지난날의 백조는 회상한다, 모습은 장려하나

불모의 겨울 권태가 번쩍이며 빛났을 때

살아야 할 영역을 노래하지 않은 까닭으로

희망도 없이 스스로를 해방하는 제 신세를.

(III)   공간을 부인하는 새에게 공간이 내려 준

그 하얀 단말마는 제 목을 한껏 흔들어 떨쳐 버린다 해도,

그러나 아니다, 날개깃이 붙잡혀 있는 이 땅의 공포는.

(IV)   제 순수한 빛이 이 자리에 지정하는 허깨비,

그는 무익한 유적의 삶에서 백조가 걸쳐 입는

모멸의 차가운 꿈에 스스로를 붙박는다.

LE VIERGE, LE VIVACE...

[PLUSIEURS SONNETS]

(I) Le vierge, le vivace et le bel aujourd'hui
     Va-t-il nous déchirer avec un coup d'aile ivre
     Ce lac dur oublié que hante sous le givre
     Le transparent glacier des vols qui n'ont pas fui !

(II) Un cygne d'autrefois se souvient que c'est lui
     Magnifique mais qui sans espoir se délivre
     Pour n'avoir pas chanté la région où vivre
     Quand du stérile hiver a resplendi l'ennui.

(III) Tout son col secouera cette blanche agonie
     Par l'espace infligée à l'oiseau qui le nie,
     Mais non l'horreur du sol où le plumage est pris.

(IV) Fantôme qu'à ce lieu son pur éclat assigne,
     Il s'immobilise au songe froid de mépris
     Que vêt parmi l'exil inutile le Cygne.

〔**얼음 속 백조**〕이 시는 제목 없는 소네트입니다. 「순결하고, 강 인하고, 아름다운······(Le vierge, le vivace...)」은 첫 줄에서 따 온 것인데, 제목 대신 써 놓았습니다. 〔제목 없이 1885년 3월 『라 레뷰 앵데팡당트』에 처음 발표되었다. 대개 연구자들은 그 "투명한 빙하" 같은 아름다움을 「에로디아드」와 연결해서 해석한다.〕

호수에 한 마리 백조가 있습니다. 우리 유행가에도 〈길 잃은 철 새〉〔작사 유호, 작곡 최창권, 노래 최희준, 1966년 발매 추정, 신세기레코드.〕라고, 날아가야 할 때 못 날아간 철새 이야기가 있는데, 백조도 철새입니다. 철새는 추울 때는 좀 더 따뜻한 곳으로 내려갑니다. 보통 러시아에 살던 고니들이 겨울이 되면 이쪽으로 내려오지요. 그런데 이 이상한 백조는 안 날아가고 그 자리, 그 호수에 있다가 그대로 얼어붙어 버렸습니다. 하얀 얼음 속에 백조가 갇힌 것입니다. 그래서 날마 다 얼음을 깨고 날아가는 시늉만 하고 있습니다.

[1] 〔**순결하고, 강인하고, 아름다운 자**는 오늘 / 달아난 적 없는 비상 의 투명한 빙하가 / 서릿발 아래 들려 있는 이 망각의 단단한 호수 를 / 취한 날갯짓 한 번으로 찢어 줄 것인가〕 ☞ 이 "순결하고, 강 인하고, 아름다운 자"는 백조를 말합니다. 이 아름다운 자는 오 늘, 얼음 속에 갇힌 날개로 날갯짓을 하고 있습니다. "비상의 투 명한 빙하"는 얼음 속에 갇힌 날개입니다. 더 정확하게 말하자면 그 날개를 가지고 일종의 의념(意念)으로 날고 있죠. 그 비상의 의념, 그 의념의 날개짓, 날겠다는 의지 자체가 저기 얼어붙어 있 는 것입니다. "취한 날갯짓"은 '뜻밖의 어떤 힘을 얻어서 치는 날 갯짓'이 되겠죠. "취한 날갯짓 한 번으로" 오늘은 딱 찢고 나갈 수 있을 것인가.

[II] 〔**지난날의 백조는 회상한다**, 모습은 장려하나 / 불모의 겨울 권태가 번쩍이며 빛났을 때 / 살아야 할 영역을 노래하지 않은 까닭으로 / 희망도 없이 스스로를 해방하는 제 신세를.〕 ☞ 날아야 백조겠죠. "지난날의 백조"라고 하는 것은 '왕년에나 백조였지', 이 말입니다. "불모의 권태가 번쩍이며 빛났을 때"는 백조의 신세로 말하자면 겨울이 찾아와 호수가 얼어붙기 시작할 때이고, 시인으로서는 자기 처지를 말하는 것입니다. 시는 안 써지는데, 계속해서 백지만 앞에 놓고 뭘 쓴다고 끙끙거리고 있을 그 때란 말이겠습니다. 지난날의 백조는 하얗고, 지금은 그럴 듯하게 백조의 모습을 하고 있으나 "살아야 할 영역을 노래하지 않은 까닭으로"―시인으로서는 그 때 시를 잘 쓰고, 백조로서는 어디로 가면 된다고 결단을 내리고 날아갔어야 했는데, 그렇게 못한 죄로―"희망도 없이 스스로를 해방하는 제 신세"가 된 겁니다. 날아가지도 못하면서 계속해서 의지로만 날갯짓을 하고 있는 신세겠죠. "희망도 없이 스스로를 해방하는 제 신세를"―이 시에서 아마 가장 좋은 구절일 것입니다.

[III] 〔**공간을 부인하는 새에게** 공간이 내려 준 / 그 하얀 단말마는 제 목을 한껏 흔들어 떨쳐 버린다 해도, / 그러나 아니다, 날개깃이 붙잡혀 있는 이 땅의 공포는.〕 ☞ "공간을 부인"한다…… 어떤 영역으로 날아가야 하는데, 그 영역을 발견하지 못하고 날아가길 포기합니다. 여기 있으나 거기 있으나 비슷하다고 생각하는 것입니다. 하늘이 있다지만 내가 날아 봤자 어디까지 가겠는가. 하늘 자체를 부인하는 세계, 그 공간이 내려 준 "하얀 단말마"〔斷末摩 : 숨

이 끊어질 때의 마지막 고통. '말마(末魔)'는 산스크리트어 '마르만(marman)'의 음역인데 사혈(死穴)을 가리킨다. 죽음의 혈(穴)이니, 이 혈을 막거나 끊어 버리면 죽게 된다.〕. 백조의 처지에서 보면 이게 바로 신입니다. 얼어붙은 하늘에서 눈까지 내리는 거죠. 시인으로서 그 안간힘―다시 말하면 저 다른 세계가 있다는, 저 이상을 찾아가야 한다는 '순수에 대한 이상'―이 시인을 현실에서 제대로 활동하지 못하도록 옥죄고 있습니다. 이것이 "하얀 단말마"에 해당하겠습니다. 그 "하얀 단말마"가 "제 목을 한껏 흔들어 떨쳐 버린"다면―머리 위에 내린 눈을 백조가 흔들어 떨쳐 버린다면―시인도 이상의 세계, 내가 반드시 가야 할 어떤 공간, 어떤 하늘, 순수의 마지막 지경 같은 것은 없다고 부인해 버릴 수 있겠죠. 그렇지만, 내가 찾아가려는 순결한 세계가 없다고 부정할 순 있지만, "그러나 아니다, 날개깃이 붙잡혀 있는 이 땅의 공포"―이 세상에 대한 혐오로 나를 아무 것도 못하게 만드는, 이 추악함, 이 무능함―은 어떻게 할 수 없다는 말이 되겠습니다.

[IV] 〔제 순수한 빛이 이 자리에 지정하는 허깨비, / 그는 무익한 유적의 삶에서 백조가 걸쳐 입는 / 모멸의 차가운 꿈에 스스로를 붙박는다.〕 ☞ 백조는 순결에 대한 열망, 완벽하게 순결한 어떤 것을 만들어 내고자 하는 열망 때문에 날아가지 못합니다. 시인이 하얀 백지를 놓고 계속해서 애쓰는 것처럼 백조도 호수 얼음 속에 갇혀서 의념(意念)으로만 날갯짓을 하고 있는 것이죠. 이 "허깨비"는 "무익한 유적(流謫)〔죄인을 귀양 보내던 일〕의 삶에서"―제가 살 땅에 살지 못하고 여기 귀양살이하고 있는 삶에서― "백조가 걸쳐 입는 모멸의 차가운 꿈"―순수라고 말하면 '순수 좋아하시네'라

고 다른 사람도 말하고 저도 말해 버리는— "모멸의 차가운 꿈에 스스로를 붙박"습니다. 그럼 어떻게 하느냐 말이죠. 그 자리에서 얼어붙었으니 그 자리에서 그대로 해야죠. 여기 바친 세월이 얼만데, 그걸 버리고 다른 걸 할 수도 없단 말이에요. 해결되든지 안되든지 간에 붙잡고 있을 수밖에 없다는 겁니다.

〔**그래도 백조**〕사르트르^(Jean Paul Sartre, 1905~1980)가 이런 시를 두고 말라르메를 비난합니다. 자기가 못 쓰는 걸 가지고 변명하고 있다, 뭐 이렇게요. 그러면서도 사실은 존경도 하죠.^{[다음을 참조.]〔"그의 시는 완}

전한 것이 되기 위하여 실패작이 되었다. 시가 언어와 세계를 소멸시키는 것으로도, 심지어 시 스스로 폐기되는 것으로도 충분하지 않았으며, 우연한 죽음에 의해 시작할 수도 없게 된 전대미문의 불가능한 작품의 헛된 초안으로 될 필요가 있었다. 우연한 사고사에 비추어 이 상징적인 죽음을, 무에 비추어 존재를 고찰할 때, 모든 것은 질서 속에 들어간다. 의외의 역전에 의해, 이 혹독한 난파는 실현된 시들 하나하나에 절대적 필연성을 부여한다. 그것들의 가장 통렬한 의미는 그것들이 우리를 열광시킨다는 점과 더불어 그 저자가 그것들을 아무것도 아닌 것으로 여겼다는 점에서 기인한다."(Sartre, *Mallermé-La Luciditée et sa face d'ombre*, Gallimard, 1986. pp.166~167)〕〔황현산, 「말라르메의 언어와 시」, 말라르메, 『시집』(문학과 지성사, 2005년)에서 재인용.〕 말

라르메의 시적 처지란 무엇인가를 이 시를 통해 알 수 있습니다. 그런데 이 시의 마지막 줄 "제 순수한 빛이 이 자리에 지정하는 허깨비, / 그는 무익한 유적의 삶에서 백조가 걸쳐 입는"을 보면— 번역에는 "백조"가 어중간한 위치에 나와 버렸습니다만—원문 ("Que vêt parmi l'exil inutile le Cygne.")에서는 제일 끝에 대문자 "백조(Cygne)"가 나옵니다. 결국 말라르메가 하고 싶은 말은 '백조는 이렇게 해도 백조가 된다.'가 되겠습니다. ↓

제 순결한 손톱들이 그들 줄마노를……

[소네트 몇 편]

[I] 제 순결한 손톱들이 그들 줄마노를 드높이 봉정하는

이 한밤, 햇불 주자, 고뇌가 받들어 올리는 것은

불사조에 의해 불태워진 수많은 저녁 꿈,

어느 유골(遺骨) 항아리도 그를 거두어들임이 없고

[II] 빈 객실의, 장식장 위에는, 공허하게 울리는

폐기된 골동품, 소라 껍질도 없다

(무(無)가 자랑하는 이 물건만 가지고

주인이 지옥의 강으로 눈물을 길러 갔기에).

[III] 그러나 비어 있는 북쪽 십자창 가까이, 한 황금이,

필경 한 수정(水精)에게 불꽃을 걷어차는

일각수들의 장식을 따름인가, 모진 숨을 거두고,

[IV] 그녀, 거울 속에 나신(裸身)으로 죽었건만,

액틀로 닫힌 망각 속에는 붙박인다

이윽고 반짝임들의 칠중주(七重奏)가.

SES PURS ONGLES TRÈS HAUT

[PLUSIEURS SONNETS]

[I] Ses purs ongles très haut dédiant leur onyx,

L'Angoisse ce minuit, soutient, lampadophore,

Maint rêve vespéral brûlé par le Phénix

Que ne recueille pas de cinéraire amphore

[II] Sur les crédences, au salon vide : nul ptyx,

Aboli bibelot d'inanité sonore,

(Car le Maître est allé puiser des pleurs au Styx

Avec ce seul objet dont le Néant s'honore.)

[III] Mais proche la croisée au nord vacante, un or

Agonise selon peut-être le décor

Des licornes ruant du feu contre une nixe,

[IV] Elle, défunte nue en le miroir, encor

Que, dans l'oubli fermé par le cadre, se fixe

De scintillations sitôt le septuor.

〔**압운의 미**〕이 시 「제 순결한 손톱들이 그들 줄마노를……(Ses purs ongles très haut)」의 상황을 한번 떠올려 볼까요. 저녁에 해가 집니다. 어두워지자 방 밖 하늘에 별이 떠오르고, 방 안은 점점 캄캄해져서 사람이 있는지 없는지도 모르는데 거울만 반짝입니다. 처음엔 거울의 황금 테두리만 반짝이다가 그 반짝임도 사라진 다음에는 거울 속에 비친 밤하늘 북두칠성의 일곱 별만 남습니다. 매 행의 끝 부분을 읽어 볼까요.

onyx

lampadophore

Phénix

amphore

ptyx

sonore

Styx

s'honore

un or

déco

nixe

encor

fixe

septuor

압운(押韻) 구조가 어떻게 되어 있는지 짐작할 수 있을 겁니다. onyx, ptyx, styx는 'yx'로 끝나지요. 말라르메 시대에 'yx'로 끝나는 불어 단어는 여기 나오는 onyx, ptyx, styx가 다입니다. 그 단어들에 'ixe'로 끝나는 단어까지 동원해서 '익스'로 끝나는 압운을 만든 것입니다.〔말라르메는 앙리 카잘리스로부터 르메르(Lemerre) 출판사에서 기획하는 시화집 소네트와 동판화에 게재할 시를 청탁받고 1868년 7월 18일에 「저 자신을 우의하는 소네트(Sonnet allégorique de lui-même)」라는 제목의 시를 보냈으나 결국 수록되지 못했다. 제목을 삭제하고 크게 수정해 1887년 자신의 석판 인쇄본 『시집』에 수록한다. 후대에 그 특징적인 각운을 따서 제목 대신 흔히 'yx(익스)의 소네트(Sonnet en -yx)'라고 부른다.〕

[1] 〔**제 순결한 손톱들이** 그들 줄마노를 드높이 봉정하는 / 이 한밤, 횃불 주자, 고뇌가 받들어 올리는 것은 / 불사조에 의해 불태워진 수많은 저녁 꿈, / 어느 유골(遺骨) 항아리도 그를 거두어들임이 없고〕 ☞ "횃불 주자"가 바로 "고뇌"입니다. 이 "고뇌"는 실은 '죽은 태양의 정신' 즉 저녁이 되어 지평선에서 사라져 죽어 버린 태양의 정신입니다. 태양이 낮 동안 계속해서 달리다 잠시 죽었습니다. 고뇌가 잠시 그 횃불을 이어받아서 이 밤을 달리는데, 이것도 결국 시 쓰는 시인이 한밤에 애쓰고 있는 것이죠. 고뇌가 횃불을 받들어 올리는데, 그 고뇌의 순결한 손톱들—손톱에 있는, 손톱 그 자체인 줄마노〔줄-瑪瑙, onyx. 화산암의 구멍 안에 석영(石英)과 단백석(蛋白石), 옥수(玉髓) 등이 겹겹이 쌓여 줄무늬를 이룬 석영질의 광물. 교차하는 반투명의 유백색과 불투명한 여러 빛깔이 아름답고 경도 또한 높아 예로부터 보석이나 장식품에 쓰여 왔다.〕 보석들—을 하늘에다 높이 띄워 올린다는 말이에요. 그게 바로 별입니다. '태양은 죽고 시인이 시 쓰고 있는데 별만 가득한 밤에'—이 말을 이렇게 표현하고 앉았습니다(웃음). | 불사조는 죽었다가 자기 재로부터 다시 살아나는 새입니다. 태양이지요. "불사조에 의해 불태워진 수많은 저녁 꿈"—유골로부터 다시 새가 태어남으로 인해, 그 유골을, 그 재를, 불탄 수많은 저녁 꿈—들은 "어느 유골 항아리도

오딜롱 르동(Odilon Redon, 1840~1916), 앙브로아즈 볼라르가 말라르메의「주사위 던지기」를 위해 의뢰한 리도그래프 판화 연작 중 한 점(A Trial Plate for Mallarmé's 「Un coup de dés jamais n'abolira le hasard」), 1897년경.

그를 거두어들임이 없"다―그러니까 시체로 매장되지는 않는다―는 거죠. 낮의 꿈이 사라졌다고 해도 그 꿈이 시체로 매장되지 않음은 '말라르메, 저 같은 시인이 있기 때문이다'…….

[III] 〔**빈 객실의, 장식장 위에는,** 공허하게 울리는 / 폐기된 골동품, 소라 껍질도 없다 / (무(無)가 자랑하는 이 물건만 가지고 / 주인이 지옥의 강으로 눈물을 길러 갔기에).〕 ☞ 말라르메가 시를 쓰던 19세기 후반부터 20세기 초까지 불란서 예술가들의 취미는 밤에 소라 껍질을 귀에 대고 듣는 것이었습니다. 소라 껍질을 귀에다 한 번 대어 보세요. 웅― 소리가 납니다. 작은 소리들이 소라 껍질 안에 모여서 웅― 거리는 소리로 반향되어 들리죠. 그 소라 껍질을 생각하면 됩니다. "폐기된 골동품, 소라 껍질"―그러니까 가장 고요한 데서 듣는 소리. "무가 자랑하는" 없는 소리를 듣게 하는 게 소라 껍질인데 이제는 그 소라 껍질조차도 없어졌단 말이에요. 〔프틱스(ptyx)는 프랑스어에서 오직 말라르메의 시에서만 한 번 등장한다. 말라르메는 1868년 외젠 르페뷔르에게 보내는 편지에서 "프랑스어에서 -ix 각운을 셋밖에 얻지 못했으니, 형들이 의논해서 ptyx의 진짜 뜻을 내게 알려 주든지 아니면 어떤 언어에도 이 낱말이 존재하지 않는다는 것을 확인해 주세요. 존재하지 않는 편이 훨씬 더 나을 것 같은데."라고 쓴다. 즉 의미를 비워 둔 채 ptyx를 썼다는 뜻이다. 후대 연구자들이 여러 가설을 제시하던 중 1940년에 벨기에의 평론가 에밀리에 눌레(Émilie Noulet)가 소라 껍질을 지시하며, 귀에 대면 바다 소리가 들린다고 풀이한다. 그 논거로 제시한 것은 고대 그리스어에서 굴의 판막을 부르는 단어의 일부분이 비슷하다는 것이었는데, 굴과 소라는 다를 뿐더러 ptyx의 독립적인 용례도 없었다. 하지만 이 주장은 20세기에 영향력을 발휘했다. 그밖에도 실제 고대 그리스어에서 '접는다(fold)'는 뜻임을 말라르메가 알았다는 주장도 있다. 다수의 연구자들은 고대 그리스어를 연상케 하는 어미를 지녔으되 순수하게 운을 맞추기 위한 소리, 또는 외국어로 사용했다고 본다. 프틱스와 함께 오닉스, 스틱스, 피닉스는 번역할 때도 외국어 발음인 채

로 남겨 두어야 한다는 것이다. 오늘날 영어권에서는 이 단어를 풀이하지 않고 "no ptyx"라고 번역한다. 다음을 참조.〕〔"번역에서는 이를 '소라 껍질'로 옮겨 놓고 있지만, 그것은 '이 한밤'에 덧문을 열어젖힌 그 '빈 객실의 장식장 위에' 없는 물건이며, 오직 '무가 자랑하는' 물건이며, '주인'과 함께 지옥의 강으로 내려가 삶과 죽음의 경계에서만 기능하는 어떤 물건의 이름이다. 그것은 옛날에 폐기되었으며 존재하더라도 공허한 소리로만 울린다. 그것은 애초부터 존재하지 않는 어떤 것의 이름이다. 그러나 부재하는 것은 'ptyx'에 그치지 않는다. 이 시에 이름을 드러내는 모든 것들은 존재와 부재 사이에 어렵게만 그 위치를 유지하고 있다."〕〔황현산, 「주석」, 스테판 말라르메, 『시집』(문학과지성사, 2005) 301쪽.〕 **"주인"**은 시인입니다. 이 시인이 소라 껍질에서 들은 것 같은 아무 의미 없는 어떤 무의 반향 소리를 찾으려고 지옥에 이르기까지, 이 세상의 끝까지 갔단 말이에요. 지옥의 스틱스 강(styx)〔그리스 신화에서 명계〔冥界, 저승, 저세상(underworld)〕를 일곱 번 휘감아 도는 강으로 지상과 저승, 산 자와 죽은 자의 경계다.〕에서 물을 길어 오는데 이 **"눈물"**이라는 건 '오늘 저녁도 한 줄도 못 썼구나' 하는…….

[III] 〔**그러나 비어 있는 북쪽 십자창 가까이**, 한 황금이, / 필경 한 수정(水精)에게 불꽃을 걸어차는 / 일각수들의 장식을 따름인가, 모진 숨을 거두고,〕 ☞ **"북쪽 십자창 가까이"** 있는 **"한 황금"**은 거울의 가장자리 장식입니다. 요즘은 거울 가에 금 테두리 같은 것을 두르진 않습니다만, 그 때만 하더라도 이런 걸 많이들 했습니다. 또 동서양을 막론하고 늘 여자들이 거울과 함께 본 것은, 순결을 강조하기 위해서 거울 테에다가 새긴 어떤 순결의 상징입니다. 어떤 것들을 새겼을까요? 이 시에는 수정(nixe)이 나오고 일각수(licorne)가 나오지요. 다들 〈해리 포터〉를 봤을 테니 일각수는 원없이 봤을 겁니다(웃음). 원래 일각수는 뿔이 하나뿐인 하얀 말로, 순결을 나타냅니다. 이 일각수를 잡고 싶을 땐 동정인

여자가 가슴을 열고 기다리면 그 가슴 속으로 일각수가 뛰어든다고 해요. 수정은 물(水)의 요정(精)입니다. 물의 요정이 아마 일각수를 잡겠다고 가슴을 벌리고 있는데 오히려 일각수가 불꽃을 걷어차서 오히려 그 수정이 죽는 것처럼, 저녁이 되니 황금빛 거울 테두리 장식까지도 빛을 잃습니다. 제 아무리 황금이 빛난다곤 하지만 다른 빛이 있어야 반사를 하니까요.

[IV] [그녀, 거울 속에 나신(裸身)으로 죽었건만, / 액틀로 닫힌 망각 속에는 붙박인다 / 이윽고 반짝임들의 칠중주(七重奏)가.] ☞ "그녀는 거울 속에 나신으로 죽"고 거울만 남았는데, 그 거울 속에 "반짝임들의 칠중주가."—여기서 칠중주라고 번역한 단어가 'septuor'입니다. 제가 여러 군데에서 아이디(ID)로 쓰는 단어입니다. [다음을 참조.] ["북두칠성의 7중주는 '한밤'에 고뇌하는 한 정신이 그 손톱에 불을 붙여 하늘로 받들어 올렸던 그 횃불이다. 시인은 지상적인 모든 것을 부정한 뒤에도 마지막 남는 빛인 제 의지를 본다. 마찬가지로 그의 시는 모든 지상적인 빛의 간섭이 사라진 자리에서 제 자신의 반영을 본다."] [황현산, 「주석」, 스테판 말라르메, 『시집』(문학과지성사, 2005) 302쪽.] '모든 것이 어둠 속에 들어가 버리니 비로소 하늘의 북두칠성이 거울에 와서 비친다.' '모든 빛을 빼고 공에 이를 때, 모든 것이 어둠과 고요 속에 들어가고 침묵을 지킬 때, 우주 전체가 드러난다.' '진실은 모든 걸 부정한 다음에만 파악이 된다.'—이런 말이 될 것입니다.

[부정(不定)의 방법, 부정(不定)의 시학] 상징주의 계열의 시인들에게 가장 많은 영감을 준 고대의 철학자는 신플라톤 학파[Neo-Platonism. 3~5세기 동지중해와 아테네를 거점으로 퍼졌던 사상. 플라톤의 이데아설을 바탕으로 한 이원

오딜롱 르동, 앙브로아즈 볼라르가 말라르메의 「주사위 던지기」를 위해 의뢰한 리도
그래프 판화 연작 중 한 점(A Trial Plate for Mallarmé's 「Un coup de dés jamais
n'abolira le hasard」), 1897년경.

론(본질/현실)을 계승하면서 아리스토텔레스 및 스토아 학파의 관념도 절충했다. 신적 존재와 현실 세계 사이의 초월적 실체(일자)를 주장한 데서 플라톤주의와 차이를 보인다.〕의 플로티노스(Plotinus, 204?~270, 이집트 출신 철학자. 신플라톤주의를 주창했다.〕입니다. 〔다음을 참조.〕 〔"상징주의자들은, 예술이란 감각적 형태를 이용하여 초감각적인 이데아를 구체화하는 것이라고 보았던 것이다. 그러나 초감각적인 것은 결코 감각적으로 구현될 수 없으므로 이제 예술은 상징이라는 방법을 사용할 수밖에 없다. 이에 따라 예술 작품이란 원상을 모방하거나 재현하는 것이 아니라 암시하는 것이 된다. 〔…〕 두 세계는 조응하고 있으며 그 한쪽 짝이 되는 현상 세계는 초월적인 실재의 상징이 된다."는 것이 '플로티노스의 우주론으로서 조응 개념'이며 이것이 보들레르의 만물 조응과 연결되었다. "말라르메 역시 마찬가지였으며 이렇게 상징주의자들은 만물 조응 사상을 적극 수용하였고 이를 예술 작품에 적용하였다."〕 〔노영덕, 『플로티노스의 미학과 예술의 존재론적 지위』(한국학술정보, 2008)〕 플로티노스는 우주를 지배하는 것이 일자(一者)—The One, L'un—라고 합니다. 나중에 랭보는 여성형인 'L'une'로 표현합니다. 일자를 어떻게 설명하느냐, 이건 못합니다. 우주 근원의 전체이니까. 그렇다면 어떤 방법으로 접근하느냐. 부정(不定)의 방법으로 나아갑니다. '일자는 무엇'이라고 설명하는 것이 아니라, '일자는 무엇이 아니다.'라고 해명합니다. 이것도 아니고 저것도 아니고, 우주 전체냐, 아니다. 우주 전체에 하나 덧붙인 거냐, 그것도 아니다. 우주를 감싸는 어떤 것이냐, 아니다. 우주의 힘이냐, 그것도 아니다. 모든 것을 다 해도, 아니다, 아니다. '아니다'라는 말로써 그 일자를 설명하는데, 부정의 방법으로 설명한다고 하죠. 말라르메는 바로 그 방법으로 시를 쓰고 있습니다. 〔다음을 참조.〕 〔"시의 순결한 말이란, 그것이 발음되는 순간 공기 속에 스스로 소멸됨과 동시에 그 말로 지시되는 사물에 대한 구체적이고 일상적인 기억을 소멸시키고, 그 사물의 절대성을 부정의 형태로, 다시 말해서 그 사물에 대한 우리의 단편적 상대적 경험이 제거된 모습으로 솟아오르게 하는 말이다."〕 〔황현산, 「장송의 건배」의 주석, 말라르메, 『시집』(문학과지성사, 2005) 267쪽.〕 ↓

에드거 포의 무덤

(I) 마침내 영원이 그를 그 자신으로 바꿔놓는 그런
시인이 한 자루 벌거벗은 칼을 들어 선동한다
이 낯선 목소리 속에서 죽음이 승리하였음을
알지 못하여 놀라는 자신의 세기를.

(II) 그자들은, 히드라의 비열한 소스라침처럼, 옛날 종족의
말에 더욱 순수한 의미를 주는 천사의 목소리 들으며
이 마술이 어떤 검은 혼합의 영광 없는 물결에
취했다고 소리 높여 주장하였다.

(III) 대적하는 땅과 구름의 오 다툼이여!
우리들의 사상이 그것으로 얕은 부조(浮彫)를 새겨
포의 무덤 눈부시게 장식할 수 없기에,

(IV) 어느 알 수 없는 재난으로부터 여기 떨어진 조용한 돌덩이
이 화강암만이라도 끝끝내 제 경계를 보여 주어야 하리
미래에 흩어져 있는 저 모독(冒瀆)의 검은 비행(飛行)들에게.

LE TOMBEAU D'EDGAR POE

[I]   Tel qu'en Lui-même enfin l'éternité le change,

Le Poëte suscite avec un glaive nu

Son siècle épouvanté de n'avoir pas connu

Que la mort triomphait dans cette voix étrange !

[II]   Eux, comme un vil sursaut d'hydre oyant jadis l'ange

Donner un sens plus pur aux mots de la tribu

Proclamèrent très haut le sortilège bu

Dans le flot sans honneur de quelque noir mélange.

[III]   Du sol et de la nue hostiles, ô grief !

Si notre idée avec ne sculpte un bas-relief

Dont la tombe de Poe éblouissante s'orne,

[IV]   Calme bloc ici-bas chu d'un désastre obscur,

Que ce granit du moins montre à jamais sa borne

Aux noirs vols du Blasphème épars dans le futur.

pour l'exemplaire d'Edmund Gosse

Tel qu'en lui-même enfin l'éternité le change,
Le Poète suscite avec un glaive nu
Son siècle épouvanté de n'avoir pas connu
Que la mort triomphait dans cette voix étrange!

Eux, comme un vil sursaut d'hydre oyant jadis l'ange
Donner un sens plus pur aux mots de la tribu
Proclamèrent tout haut le sortilège bu
Dans le flot sans honneur de quelque noir mélange.

Du sol et de la nue hostiles ô grief!
Si notre idée avec ne sculpte un bas relief
Dont la tombe de Poe éblouissante s'orne

Calme bloc ici-bas chu d'un désastre obscur
Que ce granit du moins montre à jamais sa borne
Aux noirs vols du Blasphème épars dans le futur.

말라르메가 쓴 「에드가 포의 무덤(Le tombeau d'Edgar Poe)」 친필 원고. 영국의 문학
평론가 에드먼드 고시(Edmund Gosse, 1849~1928)가 말라르메에게 원고를 요청했고
그 답변으로 받은 친필 원고들 중 하나다. 작성 시기는 1892~1893년으로 추정된다.

〔메이드 인 프렌치, 에드거 포〕말라르메의 시에 '통보(tombeau, 무덤)'라는 제목이 붙은 시가 여러 편 있습니다. 대부분 자기보다 먼저 죽은 선배 시인에게 바친 것인데, 자기보다 나이가 적은 베를렌에게 바친 '통보'도 있습니다. 베를렌에게 바친 '통보'가 참 슬프고 재미있는데, 오늘 저녁에 할 수 없어서 참 유감입니다. 이제 살펴볼 것은 에드가 포[에드거 포(Edgar Allan Poe, 1809~1849). 강의의 발음을 존중했다.]의 '통보'입니다.[에드거 앨런 포 사후 25년이 지난 1874~1875년 미국 볼티모어에 기념비를 건립하려는 움직임이 일어났다. 기념비 건립 위원회에서 말라르메에서 청탁해 작성된 시 「에드거 포의 무덤」은, 1876년 볼티모어에서 발간된 포 추모 문집에 처음 발표되었다.] 에드가 포는 미국 사람이지 않습니까? 당시 미국이나 영국에서는 별 볼일 없는 작가로 여겨졌어요. 시도 웃긴다고 생각했습니다. 에드가 포의 탐정 소설들을 보면 착상이 참 좋거든요. 아이디어가 좋죠. 시도 참 아이디어가 좋은데 영국이나 미국 사람들은 뭔가 좀 이상하고, 꺽꺽거린다고 생각한 것 같아요. 그런데 보들레르는 에드가 포의 작품들을 전부 다 번역했습니다. 말라르메도 번역했고요. 보들레르, 말라르메 같은 대가들이 번역을 해 놓으니까 프랑스에서는 아주 빛나게 된 것이죠. 불란서의 상징파 시인들은 거의가 에드가 포의 영향을 받았습니다. 다들 그를 예찬했지요. 미국 사람들이나 영국 사람들은 에드가 포를 '메이드 인 프렌치'라고 그럽니다. '불란서제 에드가 포'라고, 말하자면 번역 덕에 본모습을 찾았죠. 이 시에도 그런 상황들이 좀 나타나요.[다음을 참조.] ["포와 관련하여 프랑스인들에게 숭고한 은유적 암시라고 평가되는 것이 영국에서는 단지 괴이한 것일 뿐이며, 프랑스인들이 시의 현대성과 완벽하게 화음을 이룬다고 찬양하는 것에서 미국인들은 틀린 음을 들을 뿐이다. 시와 수학을 결합시킨 탁월한 심리학자, 신화와 과학에 다리를 놓은 이 엄정한 분석가 포는 영어권의 눈으로 볼 때 '에드거 포 메이드 인 프랑스'

에 불과하다. 사실 프랑스가 예찬하는 포 안에는 보들레르와 말라르메의 뛰어난 번역에 의해, 그들이 꿈꾼 새로운 문학관의 투사에 의해 가공된 포가 들어 있음을 부인할 수 없다."〕〔황현산,「위반으로서의 모국어 그리고 세계화」,『잘 표현된 불행』(난다, 2020) 231쪽.〕

[I] 〔**마침내 영원이 그를 그 자신으로 바꿔놓는 그런** / 시인이 한 자루 벌거벗은 칼을 들어 선동한다 / 이 낯선 목소리 속에서 죽음이 승리하였음을 / 알지 못하여 놀라는 자신의 세기를.〕 ☞에드가 포가 살아 있을 땐 인간적인 여러 우여곡절, 성격도 나쁘고 마약도 하고 술도 마시고, 문제가 지독하게도 많았습니다. 죽고 나니 그런 것은 없어지고 시인으로서 자질이나 업적—에드가 포가 개척한 시, 시적인 경지 그 자체만 남았단 말이죠. "마침내 영원이"—바로 죽음입니다. 마침내 죽음이 "그를 그 자신으로 바꿔놓는 그런 / 시인이 한 자루 벌거벗은 칼을 들어 선동한다." 이제 에드가 포의 시대가 왔다. 이 말 속에는 '에드가 포가 살던 나라의 언어를 넘어서 다른 나라의 언어가 됐을 때, 에드가 포는 정말 에드가 포가 됐다.'라는 뜻도 포함됩니다. "이 낯선 목소리"는 에드가 포의 목소리인데 "죽음이 승리"했다는 말은, 죽음 뒤에 살아남은 목소리—낯선 목소리가 죽음 뒤를 상상하지 못하는 사람들을 놀라게 만들었다는 얘기죠. "자신의 세기"는 '영어 쓰는 사람들'이라는 뜻으로도 볼 수 있겠습니다.

[II] 〔**그자들은, 히드라의 비열한 소스라침처럼**, 옛날 종족의 / 말에 더욱 순수한 의미를 주는 천사의 목소리 들으며 / 이 마술이 어떤 검은 혼합의 영광 없는 물결에 / 취했다고 소리 높여 주장하였

다〕 ☞ 히드라(hydre)는 머리가 여러 개 달린 뱀입니다. 뿐만 아니라 목을 베면 또 그 자리에 목이 여러 개가 나오고, 베면 또 여러 개가 나오고 그럽니다. 세속에서 어쩌구 저쩌구 뒷담화하는 모든 사람들의 행태를 말라르메는 "히드라의 비열한 소스라침"에 견줍니다. "옛날 종족의 / 말에 더욱 순수한 의미를 주는 천사의 목소리"—우리가 쓰는 일상의 언어는 관용어와 불순함으로 가득 차 있는데, 그 언어를 바벨탑 이전, 나아가 아담의 언어 수준으로 복구해 놓은, 그래서 "더욱 순수한 의미를 주는 천사의 목소리"는 에드가 포의 작품을 말하겠죠. 유종호 선생(柳宗鎬, 1935~)이 서정주 선생(徐廷柱, 1915~2000) 보고 '종족 언어의 마술사'라고 했던 것은 아마 이 구절에서 힌트를 얻었을 겁니다. 말라르메는 에드가 포가 종족 언어의 마술사가 아니라 "천사"라고 말합니다. 본래의 순수한 의미를 회복시켰단 것이죠. "그 자들은 / 〔…〕이 마술이 어떤 검은 혼합의 영광 없는 물결에 / 취했다고 소리 높여 주장하였다"는 마약과 술에 취해서 하는 헛소리라고 저 비열한 세상의 히드라들이 주장하고 있다는 말입니다.

[III] 〔**대적하는 땅과 구름의 오 다툼이여**! / 우리들의 사상이 그것으로 얕은 부조(浮彫)를 새겨 / 포의 무덤 눈부시게 장식할 수 없기에,〕 ☞ "땅과 구름의 다툼"은 '땅과 하늘의 다툼'이라는 말이죠. 포의 무덤에다가 순수를 위한 포의 노력, 그가 당했던 저 갈등을 비석 하나에 부조라도 새겨서 포의 무덤을 눈부시게 장식할 수 있었다면 좋으련만, 그럴 수 없기에.

1874년에 건축가 조지 프레드릭(George Aloysius Frederick, 1842~1924)이 디자인한 에드거 앨런 포의 기념비.

에두아르 마네가 그린 에드거 앨런 포의 『갈까마귀(The Raven)』의 삽화, 1875년. 말라르메의 불어 번역본(『갈까마귀(Le Corbeau)』)을 위해 그렸다.

[IV] 〔**어느 알 수 없는 재난으로부터** 여기 떨어진 조용한 돌덩이 / 이
화강암만이라도 끝끝내 제 경계를 보여 주어야 하리 / 미래에 흩
어져 있는 저 모독(冒瀆)의 검은 비행(飛行)들에게.〕 ☞ 포의 무
덤에 대해서 이야기해 볼까요. 볼티모어(Baltimore)에 있는 포
의 무덤 앞에 큰 돌덩이가 하나 세워져 있다고 그래요. 그런데 그
무덤이 진짜 포의 것인지 아닌지도 모른답니다. 포가 죽어서 무
덤에다 묻었는데 나중에야 포가 유명해진 겁니다. 그러니 무덤을
찾아서 무얼 해야 할 것 아니에요? 여러 증언을 받아서 이름 없는
무덤 중에 하나를 골랐습니다. 그걸 포의 무덤이라고 하고선 큰
돌덩어리 하나를 갖다 놨단 말이에요.〔포는 1849년 사망 후 할아버지가 구매한 가족
부지에 표시 없이 매장되었는데, 교회 관리인이 그의 무덤에 사암 비석을 세운다. 이후 사람들의 요청으로 포의
사촌이 대리석 비석을 주문했으나 열차 사고로 파괴되어 설치하지 못한다. 1874년에 다시 한 번 공론화되어 사
람들이 모금해 기념비를 설치한다. 그 때는 1849년과 다르게 근처에 건물이 들어서 포의 무덤이 가려져 있었기
에, 더 잘 보이는 모퉁이로 이장하고 그 곳에 기념비를 올린다. 1913년에 최초의 매장 장소를 표시하기 위한 표
지석을 놓았으나 잘못된 장소에 놓아 1921년 표지석의 위치를 옮긴다. 이 과정에서 현재 무덤이 포의 무덤이 아
니라는 소문이 퍼진다. 1874년 이장 당시 포의 친척, 친구들이 참석했다고 하니 현재의 무덤이 포의 무덤이 아
닐 가능성은 낮다.〕 그 얘기입니다. "제 경계"는 성스러운 영역과 성스럽
지 않은 영역을 가르는 경계—돌덩이가 그 경계라고 알면 된다는
말이죠. "미래에 흩어져 있는 저 모독(冒瀆)의 검은 비행(飛行)
들에게."는 계속 뒷담화하는 소리들에게 '헛소리하지 마라!' 던
지는 거죠. 참 잘 쓰죠? ↓

레이스가 한 겹 사라진다

[I]   레이스가 한 겹 사라진다
        드높은 유희의 의혹 속에서,
        침대의 영원한 부재만을
        신성 모독이나 저지르듯 설핏 열어 보이고.

[II]   꽃무늬 장식 하나가 같은 것과 벌이는
        이 한결 같은 하얀 갈등은
        희부연 창에 부딪혀 꺼지나
        제가 가려 감추는 것보다 더 많이 떠오른다.

[III]   그러나 그 꿈이 금빛으로 무르익는 자에게선
        음악가 그 텅 빈 허무의
        만돌린이 서럽게도 잠들어 있다

[IV]   어떤 창(窓)을 향하여
        어느 배도 아닌 제 자신의 배에서
        아들로 태어날 수도 있었을 그런.

UNE DENTELLE S'ABOLIT

[I]
Une dentelle s'abolit

Dans le doute du Jeu suprême

À n'entr'ouvrir comme un blasphème

Qu'absence éternelle de lit.

[II]
Cet unanime blanc conflit

D'une guirlande avec la même,

Enfui contre la vitre blême

Flotte plus qu'il n'ensevelit.

[III]
Mais, chez qui du rêve se dore

Tristement dort une mandore

Au creux néant musicien

[IV]
Telle que vers quelque fenêtre

Selon nul ventre que le sein,

Filial on aurait pu naître.

￢ 창문을 가리고 있는 레이스가 하나 있습니다. 어떤 산들바람 부
는 날 레이스가 한 겹 사라져서 창문이 보이려다가 그만 또 레이
스가 도로 내려와서 쳐져 있고 또 안을 들여다보려고 하면 다시
또 레이스가 내려오는 상황입니다. [이 시는 1887년 2월 『라 레뷰 앵데팡당』에 제목 없
이 발표한 3편의 소네트 중 세 번째 시로. 석판본 『시집』에도 수정 없이 수록됐다.]

[I] 〔**레이스가 한 겹 사라진다** / 드높은 유희의 의혹 속에서, / 침대의
영원한 부재만을 / 신성 모독이나 저지르듯 설핏 열어 보이고.〕
☞ "침대의 영원한 부재만을"— 레이스가 없으면 저 침대를 볼 텐
데, (창조가) 탄생하는 침대를 끝내 못 보고 있습니다. "신성 모
독이나 저지르듯 설핏 열어 보이고."— 레이스가 살짝 날린 순간,
침대가 보일 듯 말 듯 하다가 다시 안 보인다는 말이죠.

[II] 〔**꽃무늬 장식 하나가** 같은 것과 벌이는 / 이 한결 같은 하얀 갈등
은 / 희부연 창에 부딪혀 꺼지나 / 제가 가려 감추는 것보다 더 많
이 떠오른다.〕 ☞ "꽃무늬 장식 하나"도 또 다른 레이스입니다.
흰 것과 흰 것이 싸우는 "하얀 갈등"은 "제가 가려 감추는 것보다
더 많이 떠오른다."— 이 말은 하나가 감춰져 사라지면 또 하나가
내려오고, 하나가 감춰졌다 싶으면 또 하나가 내려오고 그런단
말이에요. 간단하게 말하면 순수에 이르려 해도 우리가 다 알듯
이, 못 이르잖아요. 순수에 이르려 할 때면 항상 무엇인가가 있습
니다. 언어를 통해야 하고, 이미지를 통해야 하고. 그러나 이미지
도 언어도 절대 순수는 아닙니다. 항상 무엇이 한 가지 더 있는 거
지요. 그러니까 결국 우리가 보는 것은 뭘까요? 마지막 커튼 앞만

을 보게 됩니다. 커튼 하나를 걷고 나면 또 한 겹 커튼이 있고, 그 다음 커튼이 있고⋯⋯. 그러니까 항상 마지막의 두 번째 커튼 앞에 서 있게 된다는 말이죠. 순수의 커튼 앞에 그것을 가리고 또 가리고 있는, 그 상황 속에 서 있게 됩니다.〔다음을 참조.〕〔"물론 이 싸움은 시인의 시 쓰기에 대한 우의이다." "시인은 자신이 자주 '한 권의 책'이라는 말로 표현했던 그 도달할 수 없는 절대의 목표를 현실 언어의 한계 안에 가두려 하기보다는, 가리개일 뿐인 언어들을 끝없이 벗겨 내어 사라지게 함으로써, '그것'이 아닌 것을 아니라고 끝없이 부정하는 방법을 택한다."〕〔황현산, 「주석」, 스테판 말라르메, 『시집』(문학과지성사, 2005) 322쪽.〕

[III] 〔그러나 그 꿈이 금빛으로 무르익는 자에게선 / 음악가 그 텅 빈
[IV] 허무의 / 만돌린이 서럽게도 잠들어 있다 // 어떤 창(窓)을 향하여 / 어느 배도 아닌 제 자신의 배에서 / 아들로 태어날 수도 있었을 그런.〕 ☞ "그 꿈이 금빛으로 무르익는 자"―그 순수를 실현시키지는 못해도, 그러나, 생각은 할 수 있다는 말이죠. 꿈에서 보이는 겁니다. 마지막 연은 성모 마리아의 무염시태(無染始胎)를 생각하게 합니다. 무엇에 의해 배태된 것이 아니라 "제 자신의 배" 안에서 다른 외부적 개입 없이 순수 상태로 실현되는 것, 그것이 바로 "텅 빈 허무의 만돌린은, 서럽게도" 한 사람 안에 "잠들어 있다"⋯⋯, 그 말이겠죠.

〔침묵에 이르려 하는⋯⋯〕 계속해서 말라르메 시는 같습니다. 앞에서 본 시들이나 이 시가 하는 말은 결국엔 같은 것입니다. 침묵 속에 이르려고 하는데 못 이릅니다. 그러나 계속해서 침묵을 지향한다는 말이에요. ↓

내 낡은 책들이 파포스의 이름 위에

(I) 내 낡은 책들이 파포스의 이름 위에 접혔으니,
저 승승장구하던 날의 자수정빛 아래, 멀리,
일천 개 거품으로 축복받은 한 폐허를
하나뿐인 재능으로 뽑아냄이 즐겁구나.

(II) 추위여 낮의 침묵을 휘두르며 달릴 테면 달려라
나는 헛된 조곡으로 울부짖지 않으리라
비록 땅바닥의 아주 하얀 저 장난질이
모든 자리마다 그 거짓 풍경의 영화를 거부한다 할지라도.

(III) 여기서는 어느 과일도 즐기지 않는 내 배고픔은
그 유식한 결여에서 똑같은 맛을 발견한다 :
하나쯤은 향기로운 인간의 육체로 터져 나와 빛나거라 !

(IV) 우리들의 사랑이 불씨를 뒤적이는 어떤 날개 달린 뱀을 밟고 서서,
내가 더 오랫동안 어쩌면 더 열렬히 생각하는 것은
다른 것, 옛날 아마존 여인의 타 버린 그 젖가슴.

MES BOUQUINS REFERMÉS SUR LE NOM DE PAPHOS

[I]
Mes bouquins refermés sur le nom de Paphos

Il m'amuse d'élire avec le seul génie

Une ruine, par mille écumes bénie

Sous l'hyacinthe, au loin, de ses jours triomphaux.

[II]
Coure le froid avec ses silences de faulx,

Je n'y hululerai pas de vide nénie

Si ce très blanc ébat au ras du sol dénie

À tout site l'honneur du paysage faux.

[III]
Ma faim qui d'aucuns fruits ici ne se régale

Trouve dans leur docte manque une saveur égale :

Qu'un éclate de chair humain et parfumant !

[IV]
Le pied sur quelque guivre où notre amour tisonne,

Je pense plus longtemps peut-être éperdument

À l'autre, au sein brûlé d'une antique amazone.

에두아르 마네의 그림, 〈**검은 모자를 쓴 메리 로랑**(Méry Laurent au chapeau noir)〉, 1882년.

메리 로랑의 초상, 펠릭스 나다르 사진, 연도 미상.

〔**아주 아름다운 연애시**〕마지막 시는, 시간이 없어도 읽읍시다. 아주 아름다운 연애시니까요. 말라르메가 마네(Édouard Manet, 1832~1883)의 화실에 갔다가 한 여자〔메리 로랑(Mery Laurent, 1849~1900)〕를 만났습니다. 그 여자는 자기 살롱을 운영하면서 화가들의 모델도 서곤 했지요. 그리고 황제 나폴레옹 3세의 주치의였던 미국인 치과 의사〔토머스 에번스(Thomas Evans, 1823~1897)〕의 첩이었다고 합니다.〔메리 로랑은 말라르메 외에 앙리 드 레니에, 마르셀 프루스트, 에밀 졸라 등 많은 예술가들의 뮤즈 역할을 했다.〕그 여자를 좋아해 가지고 많은 시를 바칩니다. 말라르메 학자들은 그 여자와 말라르메가 같이 잤는가를 탐구했어요. 논문도 있습니다. 그런데 자지도 못했다고 그래요.〔이 시는 1887년 1월 3일 『라 레뷰 앵데팡당』에 처음 발표되었고, 거의 수정 없이 『시집』에 마지막 시로 수록되었다.〕

[I] 〔**내 낡은 책들이 파포스의 이름 위에 접혔으니, / 저 승승장구하던 날의 자수정빛 아래, 멀리, / 일천 개 거품으로 축복받은 한 폐허를 / 하나뿐인 재능으로 뽑아냄이 즐겁구나.**〕☞ 파포스(Paphos)〔키프로스 남서부의 해안 도시.〕는 비너스가 태어났던 바닷가의 도시입니다. 낡은 책을 읽다가 파포스라는 이름이 나오니 책을 덮고 그 파포스를 상상하고 있습니다. 비너스는 그 "일천 개 거품"에서 태어났다고 그러죠. "하나뿐인 재능(le seul génie)"이란 게 파포스라는 이름으로부터 비롯된 상상〔"파포스(Paphos)는 마지막 철자 s를 발음하지 않는다면(파포), 프랑스어의 pas faux(파포, 거짓이 아닌)와 동음어가 된다."〕, 책을 덮고 이렇게 상상하고 있는 처지를 생각하니 그 다음 연을 쓰게 됩니다.

[II] 〔**추위여 낫의 침묵을 휘두르며 달릴 테면 달려라** / 나는 헛된 조

메리 로랑의 별장(Le Talus) **사진.** 왼쪽 아래에 말라르메가 쓴 짧은 시와 서명이 보인다. 1890년.

(왼쪽) **1898년 2월 25일 말라르메가 메리 로랑에게 쓴 연애 편지.** (오른쪽) **말라르메와 메리 로랑의 사진.** 왼쪽이 말라르메, 오른쪽이 메리 로랑, 가운데는 메리 로랑의 하녀 엘리사. 1895년경.

곡으로 울부짖지 않으리라 / 비록 땅바닥의 아주 하얀 저 장난질
이 / 모든 자리마다 그 거짓 풍경의 영화를 거부한다 할지라도.〕
☞ 봄, 여름, 가을 다 지나고 겨울이 옵니다. "추위여, 낮의 침묵
을 휘두르며 달릴 테면 달려라"—낫(faulx)은 죽음의 신 또는 시
간의 신의 상징이지요, 이들이 낫을 들고 세상을 베러 달려갑니
다. 세상이 늙고, 내가 늙고, 춥고 폐허가 된다고 해서 "나는 헛된
조곡(弔曲, nénie)으로 울부짖지 않으리라"—눈이 내린 땅 위로
하얗게 눈이 굴러가더라도, 눈이 굴러가서 "모든 자리마다 그 거
짓 풍경(paysage faux)의 영화를 거부한다 할지라도", 파포스처
럼 한때 영화로웠던 풍경에 눈이 쌓여서 폐허처럼 보인다 할지라
도, 나는 슬픈 노래를 부르며 울고 있지 않겠다는 말입니다.

[III] 〔**여기서는 어느 과일도 즐기지 않는 내 배고픔은** / 그 유식한 결
여에서 똑같은 맛을 발견한다 / 하나쯤은 향기로운 인간의 육체
로 터져 나와 빛나거라!〕 ☞ 이 처지에서는 실제로 과일이 있어
도 그것으로 내 배를 부르게 하진 않는다는 말입니다. "유식한 결
여"—지성인의 결여죠, 있어도 안 먹는 결여. "유식한 결여에서
똑같은 맛을 발견한다"는 말은 안 먹어도 배부르단 말이에요. [『시
집』의 해제(2005)에서는 "마음껏 상상할 수 있으나 현실에서는 그것들이 전혀 주어지지 않는 처지"로 풀이한
다.〕 그 상상의 과일, 실현되지 않는 과일 중에 "하나쯤은 향기로
운 인간의 육체로 터져 나와 빛나거라!"—애인에게 옷 벗고 가슴
을 보여 달라 그 말입니다. 이렇게 써서 연애가 되겠어요?(웃음)

[IV] 〔**우리들의 사랑이 불씨를 뒤적이는 어떤 날개 달린 뱀을 밟고 서**

서, / 내가 더 오랫동안 어쩌면 더 열렬히 생각하는 것은 / 다른 것, 옛날 아마존 여인의 타 버린 그 젖가슴.〕☞ "우리들의 사랑이 불씨를 뒤적이는 어떤 날개 달린 뱀을 밟고 서서"—성애에 대한 상상을 하고 서서, "내가 더 오랫동안 어쩌면 더 열렬히 생각하는 것은" 아마존 여인의 가슴입니다. 아마존 여인은 활을 더 잘 쏘려고 한쪽 젖가슴을 불태워 버렸지요. 말라르메는, 없는 가슴, 없을 뿐만 아니라 실현되지도 않을 그 가슴을 실은 더 열렬히 생각합니다. 없는 가슴이야말로 세상의 모든 아름다운 가슴을 대신할 수 있다는 말이 되겠습니다. 그러니까 말라르메의 연애에 대해 논문을 쓴 사람이 옳은 것 같습니다(웃음). 여기서도 역시 마찬가지입니다. 연애 편지에서조차 결국 '없음'에 이릅니다.〔다음을 참조.〕〔"티보데(Albert Thibaudet)는 이 시에 관해, 말라르메가 다루는 사물과 주제가 '존재하기를 그치고, 부재가 되고 향수가 되는 지점, 그것들이 스스로의 결여에서 몽상의 높은 가치를 획득하는 한계점까지 이동하는 그런 감성'(Thibaudet, *La Poésie de Stéphane Mallarmé—étude litteraire*, Gallimard, 1912, pp. 138~139)을 놀랄 만큼 순순하게 압축하고 있다고 말한다. 파스칼 뒤랑(Pascal Durand)은 『시집』의 첫 시 「인사」에서 시인이 물러나 있던 배의 뒷자리가 이 시에서는 '낡은 책'을 독서하는 자리로 나타난다고 말하여(Durant, *Poésies de Stéphane Mallarmé*, Gallimard, 1998, pp. 53) 『시집』의 첫 시와 마지막 시를 연결시킨다. 말라르메의 『시집』은 '유식한 결여'의 시집이다.〕〔황현산, 「주석」, 스테판 말라르메, 『시집』(문학과지성사, 2005) 332쪽.〕

질문을 받겠습니다. ↓

Q 「에로디아드」를 보면, 일괄적으로, 정형적으로 쓰여 있지 않고 들여쓰기와 내어쓰기가 섞여 있는데, 원래 그렇게 쓴 건가요?
A 원문이 그렇게 되어 있습니다. 이게 번역하면서 딜레마인데요. 원래 이 시는 한 행이 열두 음절로 된 정형시입니다. 그러나

대사가 바뀔 때 한 사람 대사가 열두 음절로 끝나지 않으면, 나머지 음절 못 채운 부분을 다른 사람이 채웁니다. 그러면 꺾습니다. 문장이 그렇게 안 되는 부분에서도 가끔 꺾어야 할 때가 있습니다. 이걸 층계지게 쓴다고 그럽니다. 시행은 안 끝났는데 의미 구분을 해야 한다든지, 시행이 열두 음절로 딱 안 끝나면 그 다음 사람 부분에서 이어 씁니다. 그런데 일부러 그렇게 하기도 합니다. 한 사람이 시구 반을 읊고, 다른 사람이 시구 반을 읊게 하는 방식이죠. 어떤 연극은 열두 음절을 네 개씩 나눠서 네 사람이 시구 하나씩을 읊습니다. 우리말로 번역을 할 때는 그게 의미가 없어요. 우리가 열두 음절로 쓰는 것도 아니고……. 그래도 원문을 무시할 수는 없지요. 원래 시에서 한 행이었다, 한 시구다, 이런 걸 표시할 필요는 있습니다. 번역할 때는 어쩔 수 없이 꺾어 쓰면서 속으로는 '지랄하고 있네' 합니다(웃음).

ⓠ 선생님이 언급하신 **마르셀 레몽**(Marcel Raymond, 1897~1981)의 『**프랑스 현대 시사**―보들레르에서 초현실주의까지(De Baudelaire au surréalisme)』(초판 1933년 ; 재발간 1940년)〔한글판 : 김화영 옮김, 문학과 지성사, 1983. ; 현대문학, 2007.〕를 잠깐 읽어 보았습니다. 거기서 "시를 위해서 자신의 삶을 희생했다, 라고 표현하고 싶다."는 구절을 봤는데 정말 말라르메의 시작 행위를 보면 희생이라는 표현이 적절하다는 생각이 듭니다. 말라르메가 왜 그렇게 **순수에 천착하는 삶**을 살았는지를 이해하는 데 참조가 되는 전기적인 사실이 있을까요? ⓐ 어떤 설명도 정확할 수는 없습니다. 얘가 그랬으니까 그런 거지, 라고 할 수밖에 없는데요. 대게 말라르메에 있어서 '죽음'을 말하는 사람

(위) 말라르메가 1870년대 중반 이후 주로 머물었던 **발뱅 집**, 1910년대.
(아래) **오귀스트 르누아르**(Auguste Renoir, 1841~1919)**와 스테판 말라르메**. 에드
가 드가(Edgar Degas, 1834~1917) 사진, 1895년 12월 16일. 이 사진을 찍은 한 달 후인
1896년 1월, 말라르메는 '시인의 왕자(Prince des poètes)'로 선출된다.

들이 있습니다. 말라르메 생의 중요한 순간마다 가족들이 죽었어요. 자기 어머니도 뼈저린 순간에 죽었고, 자기 아들도 어려서 죽습니다.〔말라르메는 5세 때 어머니를 여의고, 기숙사에 맡겨져 내성적으로 자란다. 15세 때 2살 아래이던 여동생이 죽었고, 21세 때 아버지도 별세한다. 1879년에는 8세의 어린 아들이 소아 류머티즘으로 병사하면서 정신적 위기에 처한다. 아들을 위한 '통보(tombeau)'도 썼으나 완성하지 못했다.〕 이런 사실들을 두고 말라르메의 순수 지향에 대해 이야기하긴 합니다. 또 한 가지는 처음에 제가 말했던 말라르메가 처한 정치적 상황─인간의 미래에 대해서 아무것도 기대할 수 없다고 생각되는 그런 상황입니다. 불란서 사람들은 늘 불란서의 미래를 인류의 미래라고 생각합니다. 신기한 사람들이에요. 인류의 미래에 아무런 희망이 없다고 생각했기 때문에〔'백조' 같은 시(「순결하고, 강인하고, 아름다운……(Le vierge, le vivace…)」)가 그런 상황을 잘 말해 주지요.〕 이 자리에서 아무 쓸모없는 일, 아무 보람 없는 일에 자신을 다 바쳐 버리는 그런 식의 정열이 나타났다고 설명할 수 있고요. 또 젊었을 때 '무를 통해서 전체를 다 말할 수 있다.'는 생각을 하고 나서 이걸 자기가 거의 특허를 낼 생각처럼 했을 겁니다. 이 특별한 생각을 위해서 내가 나를 바쳐야겠다는 결심도 했을 거라 짐작할 수 있겠습니다. ⚱

〔제2강 2016년 01월 22일〕

폴 베를렌(Paul-Marie Verlaine, 1844~1896)과
아르뛰르 랭보(Jean Nicolas Arthur Rimbaud, 1854~1891).
1873년.

3-1. 폴 베를렌

Paul-Marie Verlaine ⊕ **Jean Nicolas Arthur Rimbaud**

1844~1896

3-2. 아르튀르 랭보

1854~1891

20대의 폴 베를렌(Paul-Marie Verlaine, 1844~1896).
장 카펠(Jean Capel, ?~?) 사진.
1860~1870년 사이.

폴 베를렌(Paul-Marie Verlaine, 1844년 3월 30일~1896년 1월 8일)은 1844년 로렌(Lorraine)의 메스(Metz)에서 태어났다. 아버지는 군인이었고, 어머니는 부농의 딸인 소부르주아 가족이었다. 1851년 아버지가 은퇴하며 그의 가족들은 메스를 떠나 파리 7구와 프티-에쿠리에가(Rue des Petites-Écuries, 파리 10구)를 거쳐 바티뇰(Batignolles, 파리 11구) 8구역에 정착했다. 베를렌은 샤프탈가(Rue Chaptal) 32번지의 랑드리 기숙사(Pension à l'institution Landry)에서 지내며 파리의 보나파르트 제국 리세(Lycée impérial Bonaparte, 현재의 Lycée Condorcet)를 다닌다. 1862년 리세 졸업 후 법과 대학에 진학했으나 말라르메를 추종하며 문학 서클에 참여하느라 학업을 등한시한다. 1863년 루이자비에 드 리카르도(Louis-Xavier de Ricard)가 창간한 『레뷰 뒤 프로그레(Revue du progrès, 진보 잡지)』에 그의 첫 시 「프루동 씨(Monsieur Prudhomme)」를 발표했다. 1864년 아버지의 강요로 보험 회사(L'aigle et le soleil)에서 일을 시작했지만 금세 비교적 시간이 여유로운 파리 9구청 직원으로, 다시 시청사의 사무직으로 옮기고 시 쓰기를 계속한다. 1866년 『르 파르나스 콩탱포랭(Le Parnasse contemporain, 현대 고답파 시집)』 창간호에 말라르메와 나란히 8편의 글을 기고한다. 이 잡지 발행인인 알퐁스 르메르가 같은 해 그의 첫 번째 시집인 『포엠 사튀르니앙(Poèmes saturniens, 토성인 시집)』를 발간한다. 1869년 6살 어린 마틸드 모테(Mathilde Mauté)를 만나고 이듬해 결혼한다. 1871년 3월 파리 코뮌이 수립되었을 때 지지를 표했던 베를렌은 두 달 만에 코뮌이 제압되자 파리를 탈출해 아내의 가족들이 있는 프랑스 북부를 전전하며 은신하다 9월에야 파리로 돌아온다. 이 즈음 랭보가 베를렌에게 자신의 소개와 자작시를 편지로 보내고 그것을 읽은 베를렌이 파리로 랭보를 초대한다. 아들 조르주(Georges)가 태어난 그 해에 랭보와 사랑에 빠진 베를렌은 그와 함께 브뤼셀이며 런던으로 여행을 떠난다. 그러나 마틸드와 랭보 사이에서 만남과 헤어짐을 반복하다 1873년 브뤼셀에서 랭보에게 총을 쏘아 둘의 관계는 끝이 난다. 베를렌은 동성애자라는 죄목으로 2년형을 선고받고 1874년 마틸드와 공식적으로 별거한다. 감옥에서 가톨릭으로 개종했다. 『말 없는 연가(Romances sans paroles)』는 1872~1873년 사이 이러한 경험을 바탕으로 쓴 글들로, 그가 감옥에 있는 동안 그의 친구들이 출판했다. 출소 후 베를렌은 영국에서 교사 생활을 하다가 1877년 프랑스로 돌아와 계속 학생을 가르치는데 르텔(Rethel)의 학교(Collège Notre-Dame de Rethel)에서 만난 제자 뤼시앵 레티누아(Lucien Létinois)와 사랑에 빠진다. 제자와의 연애로 학교에서 쫓겨나 영국과 프랑스를 오가던 와중인 1883년 레티누아가 발진 티푸스로 사망한다. 1884년 레옹 바니에(Léon Vanier)가 베를렌의 에세이 『저주받은 시인들(Les poètes maudits)』과 시집 『옛날과 요즘(Jadis et naguère)』를 출간한다. 1885년 마틸드와 이혼한다. 1886년 독일 슈투트가르트(Stuttgart)에서 랭보를 만나 『일뤼미나시옹(Les Illuminations, 착색 판화집)』 원고를 받는다. 말년의 베를렌은 어머니를 살해하려 했다는 죄목으로 감옥에 가기도 하고, 알콜 중독과 빈곤에 시달렸다. 이런 상황에도 그에 대한 칭송은 계속되어 1894년 르콩트 드 릴(Charles Leconte de Lisle)의 뒤를 이어 '시인의 왕자(Prince des poètes)' 칭호를 받는 영예를 누렸다. 빈민가와 공공 병원을 떠돌던 베를렌은 1896년 1월 8일 급성 폐렴으로 사망하고 가족이 살던 바티뇰의 묘지에 안장되었다. 원래 20구역에 묻혔으나 훗날 도로가 나면서 11구역으로 이장되었다고 한다.

☞ 〔황현산은 베를렌 시집의 번역 출간을 목표로 강의가 이루어지던 2016년 전후 번역을 계속 했으나 생전에 실현되지 못했다.〕

3-1. 폴 베를렌

Paul-Marie Verlaine

1844~1896

〔반항적이지만 지극히 순종적인〕
〔음악적 상징주의〕
〔보이지 않는 의미, 남아 있는 노래〕

▶「**가을의 노래**(Chanson d'automne)」
　　　〔한국 현대 시어의 근간〕〔선율로 사라지는 말들〕
▶「**잊어버린 아리에타**(Ariettes oubliées)」
　　　〔일상을 꿈으로〕〔기수각을 택하라〕
▶「**무기력**(Langueur)」
　　　〔베를렌의 퇴폐주의〕〔베를렌의 인상〕

⌐〔**반항적이지만 순종적인**〕오늘 베를렌은 자료를 만들었으니까 〔강의가 진행되던 당시 베를렌과 랭보의 시를 번역하고 있었다.〕다는 못 하더라도 한번 이야기를 해 보겠습니다. 베를렌(Paul-Marie Verlaine, 1844~1896)은 프랑스 시사, 특히 상징주의 시사에서 굉장히 특이한 사람입니다. 우선 성적으로 호모(homosexual)이면서 동시에 헤테로(heterosexual)이고요. 즉, 이성애자이면서도 동성애자죠.〔폴 베를렌은 1869년 5살 아래인 마틸드 모테(Mathilde Mauté)와 만나 1870년에 결혼했으며, 1871년에 랭보를 만나 임신한 아내를 두고 떠난다. 이후 16살 어린 제자였던 뤼시엥 레티누아(Lucien Létinois)와도 사귀었다.〕성향도 복잡합니다. 지극히 반항적이면서 동시에 아주 순응적입니다. 당시 기준으로 보면 매우 부도덕한 일을 하고 돌아다니면서도, 뭐랄까 순종적인 면이 있어요. 그래서 베를렌의 시를 읽어 보면 그 복잡함, 사람이 줏대가 있는 것도 아니고, 없는 것도 아니고, 말하자면 '줏대 없는 것의 일관성'이 있어요. 어떻게 보면 그 일관성이 고릅니다.

⌐〔**음악적 상징주의**〕베를렌의 시도 '음악적 상징주의'라고 하죠, 예전에는 그런 말로 설명했습니다. 음악적 상징주의라는 게, 음악 속에다 모든 것을 묻어 버린다는 거죠. 무슨 소리를 해도 괜찮게 들릴 뿐 설명할 수 없는 싯구를, 선율에 싣습니다. 예를 들어 벌겋게 술 취해서 노래를 부르면 누구나 잘 부릅니다. 잘 못 불러도 괜찮고, 잘 불러도 괜찮고, 무슨 소리를 해도 괜찮은 분위기에 몰입해 버리거든요. 그런 종류의 시라고 생각하면 베를렌을 이해 ⌐ 하기 쉽습니다. | '음악적'이라는 말은 시에서 여러 가지 의미로 사용되지요. 베를린의 시를 음악적이라고 할 때에 그 의미는 지

극히 원시적으로 바뀝니다. 그런 음악이고, 그것도 상당히 비천하게 음악적입니다. 그런데 그 점이 베를렌이 가진 장점이라고 말할 수 있습니다. 가락 속에다 자기를 실어 버리는 겁니다. 그렇게 해서 의미가 잘 드러나지 않고, 어떤 시도 괜찮아 보이게 만듭니다.〔다음을 참조〕〔"베를렌은 랭보처럼 '미지' 속에 훌쩍 뛰어들기를 주저하지 않는 자아의 엉뚱한 체험을 통해 시의 새로움을 세우려 하지는 않는다. 〔…〕 차라리 이 세계의 수많은 현실들―존재, 사물, 풍경―이 자기를 스치고, 때로는 자기 속에 파고드는 대로 내버려 둠으로써, 중얼거림이건 속삭임이건 하나의 언어를 발한다. 그 언어는 의미보다도 억양 속에 가치를, 강렬함보다도 멜로디 속에 힘을 지닌다."〕〔도미니크 랭세, 강성욱·황현산 옮김, 『프랑스 19세기 시』(고려대학교 출판문화원, 1985, 2021) 175쪽.〕

〔**보이지 않는 의미, 남아 있는 노래**〕 의미를 감춘다든지, 숨기는 것은 말라르메(Stéphane Mallarmé, 1842~1898)도 마찬가지였습니다. 그러나 말라르메가 의미가 드러나지 않게 하는 방법은 지극히 조직적입니다. 말라르메의 조직은 계산, 그 계산에 의한 에크리튀르(écriture, 문자, 글 쓰는 행위)가 중요한데〔다음을 참조〕〔"놀라운 '상징적 계산법', 이것이 바로 말라르메의 시가 지닌 이중의 특징이다. '상징적'이라는 것은 그의 시가 보들레르의 그것처럼 현실의 외양을 넘어서서 그 본질의 탐구에까지 나아가 그것을 복원하려고 노력하기 때문이며, '계산법'이라는 것은 그의 시가 하나의 논리 전체, 아니 이렇게 말할 수 있다면 하나의 수학 전체를 통해 엄밀하고 동시에 '우연한' 언어 탐색에 나서려 하기 때문이다."〕〔도미니크 랭세, 강성욱·황현산 옮김, 『프랑스 19세기 시』(고려대학교 출판문화원, 1985, 2021) 184쪽.〕, 베를렌은 이런 것이 하나도 중요하지 않게 만들어 버립니다. 오히려 시니까 이렇게 말해도 된다는, 시를 핑계로 만들어 버리는 기술이 베를렌한테는 있습니다. 이렇게 함으로써 말이 가진 한계를 베를렌은 베를렌 나름으로 극복하려 한 겁니다. 말라르메의 경우는 말을 문법의 한계에까지 밀어

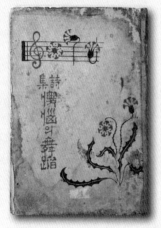

(왼쪽) 김억이 번역한 『오뇌(懊惱)의 무도(舞蹈)』 초판본, 1921년. (오른쪽) 『오뇌의 무도』 재판본, 1923년. 베를렌, 구르몽, 사맹, 보들레르, 예이츠 등의 시가 수록되었다. 후술될 베를렌의 시 「시법(Art poétique)」을 「작시론」으로 번역했다.

---

*『오뇌의 무도』는 제1부에 베를렌의 시 21편을 소개했으며, 그 첫머리에 베를렌의 『시법』 중 "아아 음조(音調)! 음조만이 맺어 주리라! / 꿈을 꿈에, 적(笛)을 종적(從笛)으로"라는 구절을 인용했다. 이 시집에 수록된 「가을의 노래」는 다음과 같다.

가을의 날
삐오론의
느린 오열(嗚咽)의
단조(單調)롭은
애닯음에
내 가슴 압하라.

우리 종(鍾)소리에
가슴은 막키며
낮빗은 희멀금,
지나간 날은
눈압해 돌아
아아 나는 우노라.

설어라, 나의 영(靈)은
모진 바람결에
흐터져 도는
여긔에 저에
갈 길도 몰으는
낙엽(落葉)이러라.

일본에서는 1905년에 평론가이자 시인이던 우에 다 빈(上田敏, 1874～1916)이 프랑스 상징주의 시를 중심으로 엮은 번역 시집 『해조음(海潮音, 카이쬬온)』에서 「낙엽(落葉)」이라는 제목으로 소개해 크게 유행했다. 아래는 일본어 번역문이다.

秋の日の
ギオロンの
ためいきの
ひたぶるに
身にしみて
うら悲し。

鐘のおとに
胸ふたぎ
色かへて
涙ぐむ
過ぎし日の
おもひでや。

げにわれは
うらぶれて
ここかしこ
さだめなく
とび散らふ
落葉かな。

붙이고, 어휘가 가진 의미의 한계에까지 밀어붙이는데 베를렌은 전혀 그런 일을 하지 않습니다. 차라리 아무렇게나 말해 버리지요. 아무렇게나 말해 버림으로써, 계산을 하지 않음으로써 의미가 돋보이지 않고 노래만 남게 하는 방식으로 시를 만듭니다. 직접 읽어 보면 금방 그 틀을 알게 됩니다. 「가을의 노래(Chanson d'automne)」[1866년에 출간된 베를렌의 첫 시집 『포엠 사튀르니앙(Poèmes saturniens, 토성인 시집)』의 '슬픈 풍경(Paysages tristes)' 편에 수록되었다. 이 시집 제목은 '사튀르니앙 시집', '토성 시집', 그리고 점성술에서 토성은 멜랑콜리(mélancholie), 침울함의 속성을 관장하는 행성이기 때문에 한자로 '우울 시편'으로 옮겨지기도 한다.]를 누가 읽어 볼까요? ↓

가을의 노래

[I]
가을날
바이올린의
긴 흐느낌은
단조로운
우수로
내 가슴을 에이네.

[II]
종소리 울릴 때,
숨 막히고
창백해져,
지난날을
떠올리며
눈물 짓네.

[III]
나는 가네,
나를 실어가는
모진 바람에,
여기로,
저기로,
죽은 잎처럼.

CHANSON D'AUTOMNE

[I]
Les sanglots longs

Des violons

De l'automne

Blessent mon coeur

D'une langueur

Monotone.

[II]
Tout suffocant

Et blême, quand

Sonne l'heure,

Je me souviens

Des jours anciens

Et je pleure

[III]
Et je m'en vais

Au vent mauvais

Qui m'emporte

Deçà, delà,

Pareil à la

Feuille morte.

〔**한국 현대 시어의 근간**〕 "푀이유 모르트(Feuille morte)"!
두 번째 행의 바이올린은 '바이올린(violin)'이 아니라, 옛날
에 우리가 번역할 때는, 옛날 일본 사람이 번역했던 것처럼 불
어 느낌으로 '비올롱(violon)'이라고 했는데, 그렇게 해야 느
낌이, 운이 맞게 되어 있어요. | 사실 이 「가을의 노래(Chanson
d'automne)」는 아무 소리도 아닌 '노래'예요. 아무 소리도 아닌
노래인데도, 읽으면 그렇게 낭랑하고, 결코 이 시가 엉터리라는
느낌이 들지는 않습니다. 일각에서는 이 시가 번역되면서 한국
현대 시어가 성립됐다고 말하기도 합니다. 1920년대쯤입니다.
그 때 『**오뇌**(懊惱)**의 무도**(舞蹈)』*(1921)〔김억(金億, 1896~?)이 번역한 시 85편을 모
아 펴낸, 우리 나라 최초의 번역 시집이자 현대 시집이다.〕에 베를렌 작품들이 실렸습니
다. 김인환(金仁煥, 1946~)은 뭐라고 하느냐면, 『오뇌의 무도』가 나온
시점, 그러니까 베를렌이 번역되기 전의 한국의 시어와 베를렌
이 번역된 이후의 한국의 시어가 달라졌다고 말을 합니다.〔다음을 참
조.〕〔"김억은 베를렌(10편), 사맹(8편), 보들레르(7편), 예이츠(6편), 기타 시인들(33편)의 시를 모아서 1921
년에 광익서관에서 번역 시집 『오뇌의 무도』를 간행했고, 타고르의 시를 번역하여 세 권의 번역 시집 『기탄잘
리』(1923), 『신월』(1924), 『원정』(1924)을 간행하였다. 김억의 번역시들은 독자들에게 정형의 율격을 벗어나
되 운율을 중요하게 다루며 사실을 서술하는 대신에 분위기를 묘사하는 현대 자유시의 실례를 보여 주었다."〕
〔김인환, 『새한국문학사』(세창, 2021) 498~499쪽.〕 소월(素月)〔김정식(金廷湜, 1902~1934)〕의
시도 베를렌의 시어에서 상당한 영향을 입었다고 하고요. 그런데
그것은 한국어로 번역된 베를렌이 아니었을 겁니다. 일본어로 번
역된 베를렌의 시가 영향을 줬을 것이라고 생각합니다.

〔**선율로 사라지는 말들**〕 이 시는 지극히 시행이 짧기 때문에 뒤에

반복되는 압운을 금방 느낄 수 있습니다. 듣다 보면 무슨 소리를 하는지는 잊어 먹고 낭랑하게 울리는 압운 소리만 탁탁 듣게 되지요. 전체적으로 말들이 선율 속으로 들어가 버립니다. 사라져 버려요. 보통 베를렌을 이야기할 때 음성 체계, 박자, 선율, 압운 같은 것들을 이야기합니다. 그런데 그것이 음성 체계만의 문제가 아니고요. 이 음성 체계가 동시에 기후라든지, 풍경이라든지 하는 것과 어울려서 다른 것들을 한꺼번에 녹여 버립니다. 불어로 'Il', 즉 영어에서 'It'으로 표시하는 천기(天氣), 거리, 기후와 같은 비인칭의 세계 속에 들어가게 하지요. 실제로 시를 그렇게 썼어요. 그것을 다음 「잊어버린 아리에타(Ariettes oubliées)」라는 연작시에서 계속 봅시다. ↓

잊어버린 아리에타

III

[0]
> 거리에 포근하게 비가 내리네.
> —아르튀르 랭보

[I]
거리에 비 내리듯
내 가슴에 눈물 내리네
이 울적함 무엇이기에
내 가슴 깊이 스며드나?

[II]
땅에 지붕 위에
오 포근한 빗소리여!
울울한 마음을 위한
오 비의 노래여!

[III]
내키는 것 없는 이 가슴에
까닭 없이 눈물 내리네
무어라고! 돌아선 것은 없다고?……
이 슬픔은 까닭이 없네.

[IV]
가장 몹쓸 아픔은
웬일인지 모른다는 것

ARIETTES OUBLIÉES

III

Il pleut doucement sur la ville.

—Arthur Rimbaud

Il pleure dans mon cœur
Comme il pleut sur la ville ;
Quelle est cette langueur
Qui pénètre mon cœur ?

Ô bruit doux de la pluie
Par terre et sur les toits !
Pour un cœur qui s'ennuie
Ô le chant de la pluie !

Il pleure sans raison
Dans ce cœur qui s'écœure.
Quoi ! nulle trahison ?...
Ce deuil est sans raison.

C'est bien la pire peine
De ne savoir pourquoi

3 폴 베를렌 + 아르튀르 랭보   201 Paul-Marie Verlaine + Jean Nicolas Arthur Rimbaud

사랑도 미움도 없이
내 가슴이 그리도 아프네!

[「잊어버린 아리에타」는 1874년 베를렌이 랭보에게 총을 쏜 다음 감옥에 수감되어 있는 동안 친구들이 출판해 준 시집『말없는 연가(Romances sans paroles)』에 수록되었다. 이후 1885~1887년에 클로드 드뷔시(Claude-Achille Debussy, 1862~1918)가 이 시를 가사로 같은 제목의 연가곡을 작곡한다. 노래는 우리 나라에 〈잊힌 노래들〉, 또는 〈잊어진 아리에타〉로 소개되었다. '아리에타'는 이탈리아어로 '짧은 아리아'라는 뜻으로 18세기 오페라에서 나타났다. 대개 두 사람이 주고받는 경쾌한 노래, 또는 본극이 아니라 막간에 삽입되는 민요나 가요풍 곡조였으며, 이후 오페라에서 독립해 몇 명이 등장해 나눠 부르는 노래, 또는 그런 느낌의 연주곡을 가리키기도 했다. 19세기 시인 트리스탕 코르비에르(Tristan Corbière, 1845~1875)의 작시 형식과도 관련이 있다. 코르비에르는 요절한 무명 시인이었으나 사후에 베를렌이 '저주받은 시인들(Poètes maudit)'의 한 사람으로 소개하면서 비로소 데카당스(Décadence, 퇴폐주의)와 상징주의의 선구적 인물로서 문단의 관심을 얻었다. 1873년에 출간된 코르비에르의 시집에 수록된 「부재의 시인(Le poète contumace)」에는 "Il pleut dans mon foyer, il pleut dans mon cœur feu."라는 구절이 등장하는데, 한 해 뒤에 발표된 베를렌의 「잊어버린 아리에타」 III의 앞 부분 구절과 일치한다.]

Sans amour et sans haine

Mon cœur a tant de peine !

[0] 「잊어버린 아리에타(Ariettes oubliées)」라는 연작시에서 III편만 번역해 보았습니다. 〔거리에 포근하게 비가 내리네. / ─아르튀르 랭보〕 ☞ 현재 우리한테 남아 있는 랭보(Jean Nicolas Arthur Rimbaud, 1854~1891) 시에는 이런 구절이 없습니다. 두 사람이 함께 연애하면서 싸돌아다닐 때 읊었던 한 구절인 것 같아요.

[1] 〔거리에 비 내리듯 / 내 가슴에 눈물 내리네 / 이 울적함 무엇이
[II] 기에 / 내 가슴 깊이 스며드나? // 땅에 지붕 위에 / 오 포근한 빗소리여! / 울울한 마음을 위한 / 오 비의 노래여!〕 ☞ "Il pleut doucement sur la ville." 여기서 'Il'이 영어의 'It'과 같습니다. 'pleut'는 'pleuvoir'라는 비인칭 동사입니다. 즉 'Il pleut'는 '비 내린다'는 뜻입니다. 그런데 밑에는 'Il pleure'라고 나오죠. 'pleure'는 비인칭 동사가 아닙니다. 일반 인칭 동사죠. 인칭 동사를 비인칭 동사처럼 쓰고 있습니다. 그러니까 "거리에 비 내리듯 내 가슴에 눈물 내리네"─이 때 "눈물 내리네"는 '나는 눈물 흘리네'가 아닙니다. '내 가슴에 눈물 내리네'입니다. 인칭 동사를 마치 비인칭 동사처럼 쓴 것입니다. 〔황현산은 김소월의 「왕십리」를 「잊어버린 아리에타(Ariettes oubliées)」와 연결해 다음과 같이 풀이한 바 있다.〕 〔"우는 것은 그가 아니며 비가 내리는 자연 현상처럼 눈물이 그의 가슴에 흐를 뿐이다. 비 오는 날의 우울함과 그의 슬픔은 같은 것이며, 그의 가슴에 흐르는 눈물은 땅과 지붕 위에 떨어지는 비와 구분되지 않는다. 비와 눈물은 그렇게 '포근하게(doucement)' 서로 적신다. 시인은 가슴이 아프지만 그의 아픔은 세상과 자연의 아픔 속에 아련히 녹아든다. 자연 현실과 마음의 현실이 틈없이 연결되어 만들어 낸 회색 배경 속으로 한 자아의 동일성이 그와 같이 삼투한다. 그런데 이 '포근한' 슬픔은 저 「왕십리(往十里)」에서 '나른해서' 우는 벌새, '촉촉히 저젓서' 늘어진 실버들, 산마루에 걸려 늘어진 구름의 그것과 다르지 않다. 그것들은 슬픔이면서 동시에 슬픔의 배경이다. 그것들은 아픈 개체로서 인

청인 동시에 그 아픔의 보편적 풍토로서 비인칭이다. 소월은 하늘과 땅을 가득 채우고 모든 마음들 속에 안온하

게 파고들어가는 이 비애를 말함으로써 현대시의 한 감수성에 대한 그의 이해를 표현하였다.")〔황현산, 「『往十

里』를 어떻게 읽어야 할까」, 『잘 표현된 불행』(난다, 2020) 773쪽.〕

[III] 〔**내키는 것 없는 이 가슴에 / 까닭 없이 눈물 내리네 / 무어라고! 돌아선 것은 없다고?······ / 이 슬픔은 까닭이 없네.**〕 ☞ "nulle trahison"(돌아선 것은 없다)라는 표현은 일본에 베를렌이 들어올 때부터 지금까지 사람들이 무슨 소린지 몰라서 '배반은 없다'느니 랭보와의 사이에 뭐가 있었다느니 해석했는데, 이것도 별말 아닙니다. 이 세상에 나한테 해코지하는 것도 없고, 누가 나한테 뭐라고 하는 것도 없고, 누가 나를 배반하는 것도 없습니다. 그래서 "이 슬픔은 까닭이 없네."―까닭이 있으면 참 좋을 텐데 까닭이 없으니까 치유할 길도 없는 거죠.

[IV] 〔**가장 몹쓸 아픔은 / 웬일인지 모른다는 것 / 사랑도 미움도 없이 / 내 가슴이 그리도 아프네!**〕 ☞ 베를렌은 자기 안에 있는 감정 상태와 자기 밖에 있는 풍경, 기후, 이런 것들을 서로 분간이 안 되게 버무려 버렸습니다. 이런 어울려 버림, 이른바 외적 풍경과 내적 풍경이 하나로 혼합되는 상태, 이 상태가 베를렌 시가 가진 음조와 딱 어울려 떨어지는 것입니다. 어떤 의미를 통해 세계의 일부를 말하기보다, 아무 소리도 하지 않음으로써 세계의 현상을 한 구석이라도 드러낸다는 생각과 일치합니다. 이른바 음악적 상징주의가 지향하는 바가 그것입니다. 이 세계가 가진 '모호함'을 드러내는 것이죠. 그럼으로써 우리 안에 있는 어떤 통렬함, 진정

함을 보호한다고 해야 할까요? 이런 것들을 말로 표현할 때는 손 상이 되잖습니까. 그래서 베를렌의 시는 전체적으로 언어 선택이 꿈결같이 되어 있습니다.

〔일상을 꿈으로〕제가 자주 설명하는 말입니다만 우리가 꿈을 꿀 때면 꿈의 논리 안에 있습니다. 그 안에서 벌어지는 온갖 일들은

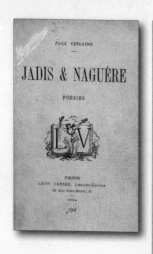

1884년 레옹 바니에(Léon Vanier, 1847~1896)가 출판한 폴 베를렌의 시선집 『**옛날과 요즘**(Jadis et naguère)』. 「**시법**」을 포함해 총 42편의 시가 수록되었다.

꿈의 논리에 따릅니다. 그러다 잠을 깨면 이성 세계로 나옵니다. 그러면 우리는 방금 꿨던 꿈을 이성의 언어로 바꾸려고 합니다. 어디에 갔는데, 바위가 굴러내려서, 어떻게 됐는데……, 한단 말이죠. 현실의 언어로, 일상의 언어로 꿈을 바꾸려는 겁니다. 딱 바꾸고 나면 어떻게 됩니까? 그 순간에 꿈은 혹 없어집니다. 그리고 꿈을 표현하려 했던 말만 남아 버립니다. 베를렌이 하려 한 일은 바로 이 반대 작업이었습니다. 일상에서 일어나는 일을 시로 꿈결같이 표현하는 겁니다. 우리처럼 꿈꾼 뒤에 일상 언어로 바꾸는 것이 아니라, 일상적 사건들을 꿈속 언어로 바꾸는 것이죠. 이런 것이 이른바 '음악적 상징주의'라는 작업이 하는 바입니다.

〔**기수각을 택하라**〕 그럼 베를렌은 어떻게 그런 언어를 만들까요. 「시법(Art poétique)」[1874]이 그 지침서입니다. 앞부분을 잠시 살펴 봅시다.〔**무엇보다 먼저 음악을, / 그러려면 기수각**(奇數脚)**을 택하라**(De la musique avant toute chose, / Et pour cela préfère l'Impair)〕☞ 보통 불란서 시는 한 행이 짝수 음절로 끝납니다. 8음절, 10음절, 많이 쓰이는 것은 12음절이거나 그렇지요. 그렇게 하지 말고 7음절, 9음절, 11음절처럼, 뒤가 빈 것 같은 음절을 써서 말을 흐지부지 끝내라는 겁니다. 그래야 모든 것이 어렴풋하고, 대기 속에 녹아 버리고, 무거움도 억눌림도, 의미의 억압이라는 것이 없어져 버린다는 것이죠.〔그 뒷구절은 다음과 같이 번역된다. "한결 어렴풋하고 대기 속에 용해되기 쉬워. / 무거움이나 위압감이 전혀 없는"〕 이렇게만 하고 바로 넘어가겠습니다. ↓

무기력

[I] 나는 퇴폐기 말기에 든 제국,
키 큰 백인 야만족들 지나가는 꼴을 바라보며,
무기력한 태양이 춤추는 황금 양식으로
태평한 이합체시나 짓고 있다.

[II] 외떨어진 혼은 짙은 권태로 가슴 아프고,
저 아랜 피 흘리는 길고 긴 전투가 있다는데,
오, 이리 더딘 소망에 이리 허약하니, 꽃피울 수 없어라,
이 삶을 조금이라도, 꽃피우고 싶지 않아라!

[III] 오 조금이라도 죽고 싶지 않아라, 죽을 수 없어라!
아! 다 마셨구나! 바틸레야, 웃음을 끝냈느냐?
아! 다 마셨구나, 다 먹었구나, 말할 것이 더는 없구나!

[IV] 오직, 불 속에 던질 조금 어리석은 시 하나,
오직, 그대에게 등한한 조금 설치는 노예 하나,
오직, 그대를 아프게 하는 무언지 모를 권태 하나!

LANGUEUR

[I] Je suis l'Empire à la fin de la décadence,

Qui regarde passer les grands Barbares blancs

En composant des acrostiches indolents

D'un style d'or où la langueur du soleil danse.

[II] L'âme seulette a mal au coeur d'un ennui dense.

Là-bas on dit qu'il est de longs combats sanglants.

O n'y pouvoir, étant si faible aux voeux si lents,

O n'y vouloir fleurir un peu cette existence !

[III] O n'y vouloir, ô n'y pouvoir mourir un peu !

Ah ! tout est bu ! Bathylle, as-tu fini de rire ?

Ah ! tout est bu, tout est mangé ! Plus rien à dire !

[IV] Seul, un poème un peu niais qu'on jette au feu,

Seul, un esclave un peu coureur qui vous néglige,

Seul, un ennui d'on ne sait quoi qui vous afflige !

파리 5구 생-미셸 거리(Boulevard Saint-Michel) 69번지에 있었던 카페 프랑수아 프르미에르[Café François 1er(Première)]에서 압생트를 마시는 **폴 베를렌**. 도르낙〔Dornac(Paul Cardon), 1858~1941〕사진, 1890~1896년 사이.

〔**베를렌의 퇴폐주의**〕마지막으로 음악적 상징주의와 퇴폐주의가 긴밀히 연결된, 그래서 베를렌의 퇴폐주의가 가장 적나라하게 드러난 시입니다.「무기력(Langueur)」을 보겠습니다.〔이 시는 1883년 5월 26일 파리 몽마르트 언덕의 카바레 '르 샤 누아르(Le Chat Noir, 검은 고양이)'에서 발행하던 브로슈어에 처음 실리고 이듬해 시집 『옛날과 요즘(Jadis et naguère)』에 수록되었다.〕제목을 '무기력'이라고 번역했습니다만, 랑게르(Langueur)는 더 나른한 무기력입니다.〔앞의「잊어버린 아리에타」에서 이 낱말은 '울적함'으로 번역되었다.〕

[I] 〔**나는 퇴폐기 말기에 든 제국**, / 키 큰 백인 야만족들 지나가는 꼴을 바라보며, / 무기력한 태양이 춤추는 황금 양식으로 / 태평한 이합체시나 짓고 있다.〕☞ "퇴폐기 말기에 든 제국"은 로마 제국 말기를 생각하면 됩니다. "황금 양식"에서 양식(style)은 문체로 봐도 괜찮습니다. "이합체시(離合體詩, acrostic)"는 시행의 첫 문자만 모으면 또 다른 말이 되는 그런 시를 말합니다. 우리가 삼행시를 지을 때 김, 철, 수, 앞의 세 글자가 이름이 되는 방식이지요. 우리는 한 음절씩 따지만, 서양말에서는 알파벳 한 자씩 모아 어떤 낱말이 되게 하지요. 이합체시는 그다지 진귀한 시가 아닙니다. 그렇지만 지을 때는 얼마나 어렵습니까. 온갖 기교를 떨고 교묘한 장치를 해야 겨우 성공하는 것입니다. 참 쓸데없는 짓하는 것이죠. 지금 백인 야만족들이 들어와서 나라를 다 집어 삼킬 판인데, 그들이 지나가는 꼴을 보면서 "무기력한 태양이 춤추는 황금 양식으로 / 태평한 이합체시나 짓고 있다."는 겁니다.

[III] 〔**오 조금이라도 죽고 싶지 않아라, 죽을 수 없어라!** / 아! 다 마셨

〈포즈를 취한 바틸로스(Bathyllus Posturing)〉, 오브리 비어즐리(Aubrey Beardsley, 1872~1898)의 판화, 1895년경. 고대 로마의 시인 유베날리스(Iuvenalis, 55~140)의 『여섯 번째 풍자시(The Sixth Satire of Juvenal)』를, 역시 데카당(décadent, 퇴폐주의자)에 속했던 영국의 비어즐리가 그림으로 옮겼다.

스웨덴 출신 인물 사진가 오토 베게너(Otto Wegener, 1849~1922)가 촬영한 만년의 폴 베를렌의 모습들. 1893년.

구나! 바틸레야, 웃음을 끝냈느냐? / 아! 다 마셨구나, 다 먹었구나, 말할 것이 더는 없구나!〕☞ **바틸레**[Bathylle, 바틸로스(Bathyllus). 기원전후 살았던 로마의 희극인. 이집트 알렉산드리아 출신으로 마임에 능했다고 한다.]는 로마 아우구스투스 황제(Caesar Augustus, 기원전 63~14) 시대에 궁정에서 일하던 유명한 광대라고 합니다.

[IV] 〔**오직, 불 속에 던질 조금 어리석은 시 하나, / 오직, 그대에게 등한한 조금 설치는 노예 하나, / 오직, 그대를 아프게 하는 무언지 모를 권태 하나!**〕☞ **여기서 이 시의 퇴폐적 사고, 퇴폐적 분위기, 퇴폐적 상상력의 전형을 보는 것 같습니다.** [19세기 말 데카당스(Décadence, 쇠락, 퇴폐주의)를 표방했던 프랑스 예술가들에 대해서는 다음을 참고.] [“로마 제국의 몰락이라는 사건이 아니라 몰락에 이르기 전 로마 제국이 향유했던 화려한 문화와 호사의 극치라는 의미를 데카당스 개념에 부여했던 것이다. 상징주의 시인인 폴 베를렌의 다음 문장은 이러한 의미 전환이 어떻게 이루어졌는지 특징적으로 보여준다. '난 자줏빛과 금빛으로 영롱하게 빛나는 데카당스라는 말을 좋아한다. 물론 나는 이 단어에 담긴 모든 모욕적 비난과 쇠약의 개념을 부정한다. 반대로 이 말은 극에 달한 문명의 세련된 사상들과 드높은 문학적 교양, 강렬한 관능을 감당할 영혼을 전제한다.'(Marqueze-Pouey, *Le mouvement décadent en France*, 1986, p.186) 베를렌이 강조한 것은 완숙에 도달한 문명만이 누릴 수 있는 극히 예외적 순간으로서 데카당스다. 게다가 이 예외적 순간은 그것을 알아볼 수 있는 역량을 지닌 소수의 엘리트에게만 모습을 드러낸다. 요컨대 19세기 말 데카당스 개념은 붕괴와 몰락에 대한 강박 관념에서 완성과 절정에 도달한 문화가 발산하는 나른한 아름다움에 대한 동경 어린 시선, 나아가 그러한 아름다움을 향유할 수 있는 선민 의식으로 변모했던 것이다.”] [유진현, 『가브리엘 타르드』(커뮤니케이션북스, 2018).] **이 나른한 무기력 속에 잠긴 세계를 또한 베를렌의 음악적 상징주의 세계라고 이해해도 되겠습니다.**

〔**베를렌의 인상**〕 베를렌은 젊었을 때 멋있었다고 해요. 특히 랭

〈테이블 주변의 사람들(Un coin de table)〉. 앙리 팡탱-라투르(Henri Fantin-Latour, 1836~1904)의 유화, 1872년, 파리 오르세 미술관(Musée d'Orsay) 소장. 제일 왼쪽에 앉아 있는 사람이 폴 베를렌, 그 옆에 랭보가 턱을 괴고 있다.

(왼쪽) 젊은 시절의 베를렌. 프레데리크 바지유(Frédéric Bazille, 1841~1870)의 유화, 1867년. (오른쪽) 말년의 베를렌. 안데르스 소른(Anders Zorn, 1860~1920)의 에칭, 1895년.

보하고 연애할 때 굉장한 미남이었다고 합니다. 그러나 남겨진 사진 대부분을 보면 나이 들어 머리가 벗겨지고 조금 험상궂은 인상이 많습니다. 우리는 보통 베를렌을 그 사진으로 접합니다. 베를렌이 랭보하고 연애할 때 여자 역을 맡았다고 합니다. 랭보는 독하잖아!(웃음) 베를렌은 모든 것이 여성스러웠다는데, 그렇게만 보아서는 베를렌의 성향을 설명하기 어려워요. 차라리 여자도 남자도 아니었다고 하는 것이 베를렌을 설명할 때 훨씬 더 좋은 말이 될 겁니다.〔다음을 참고.〕〔"문학사를 쓰는 사람들은 베를렌의 의지 박약에 대해서 종종 이야기한다. 따지고 보면 베를렌의 의지 박약은 일종의 실천이었다. 랭보는 젊은 육체가 지니는 관능의 힘으로, 말라르메는 오랜 의지적 글쓰기를 통해 도달하게 된 '말하는 주체의 부정'으로, 각기 다른 목소리에 도달했다. 반면에 베를렌은 자신을 무기력하게 방기함으로써 객체와 주체의 경계를 없애고 비인칭적 감정 상태에 도달한다."〕〔황현산,「김종삼의 베르가마스크와 라산스카 2」,『황현산의 현대시 산고』(난다, 2020), 176~177쪽.〕│ 베를렌 이야기는 이만하고 랭보로 넘어갑시다. 시간이 너무 빨리 가네요. ↓

17살 때의 랭보(Jean Nicolas Arthur Rimbaud, 1854~1891).
에티엔 카르자(Étienne Carjat, 1828~1906)
사진으로 1871년 12월에 찍은 것으로 추정된다.

아르튀르 랭보(Jean Nicolas Arthur Rimbaud, 1856년 10월 31일~1891년 11월 30일)는 1856년 벨기에와 접한 프랑스 북동부 아르덴(Ardennes)의 샤를빌(Charleville)에서 태어났다. 랭보에게는 위로 형이 하나, 아래로 태어난 지 몇 달 되지 않아 죽은 아이를 포함해 세 명의 여동생이 있었다. 그의 아버지는 주로 해외에서 근무하는 군인으로 막내 동생이 태어난 1860년부터는 완전히 관계가 끊어졌다. 그의 어머니는 1861년 자신이 과부임을 선언하며 아이들을 데리고 샤를빌의 노동자 지역인 부르봉가(Rue Bourbon) 73번지의 오텔(Hôtel du lion d'argent)로 이사했다. 랭보는 샤를빌의 명문 학교인 로사 사감 학교(L'institution Rossat)에 입학해 우수한 성적을 거두었다. 그는 모범생이었으나 어머니와 학교의 엄격한 교육 방식에 답답해 했다고 한다. 1862년 그의 가족들은 샤를빌 내의 "멋진 동네"(클로드 장콜라)인 오를레앙가 13번지(13, Cours d'Orléans)으로 갔다가 1865년 포레스트가(Rue Forest)로 옮긴다. 학교도 인근의 공립 콜레주(Collège de Charleville)로 옮긴 랭보는 에르네스트 들라에(Ernest Jean Delahaye)를 만나 평생 가까이 연락하며 지내는 사이가 된다. 또한 1870년 교사로 온 조르주 이장바르(Georges Izambard)를 만나 시에 눈을 뜬다. 그의 가족은 1869년부터 1875년까지 뫼즈 강변의 한 아파트에 자리를 잡는다. 랭보 시의 대부분이 이 시기에 쓰여졌으며 이 집은 현재 '다른 곳의 집(Maison des ailleurs)'이라는 이름으로 랭보 박물관(Musée Arthur Rimbaud)과 연계해 사용되고 있다. 1870년 보불전쟁으로 학교는 군 병원이 되었고 이렇게 혼란한 틈을 타 랭보는 몇 번의 가출을 감행한다. 그 과정에서 이장바르가 랭보의 보호자 구실을 하며 몇몇 시인들을 소개시켜 준다. 1871년 랭보는 폴 베를렌에게 편지를 보내고 편지를 본 베를렌이 랭보를 파리로 초대한다. 당시 베를렌은 기혼자였으나 두 사람은 1872년 함께 브뤼셀과 런던으로 떠난다. 하지만 생활고에 시달리던 베를렌이 랭보와 아내 사이에 방황하며 갈등이 일어나고, 결국 1873년 브뤼셀에서 베를렌이 랭보에게 총을 쏜다. 베를렌은 구속되고 랭보는 샤를빌로 돌아온다. 그 해에 「지옥에서 보낸 한철(Une saison en enfer)」을 완성한다. 다음 해인 1874년에는 파리에 머물며 『일뤼미나시옹(Les Illuminations, 착색 판화집)』의 대부분을 완성한다. 『일뤼미나시옹』 원고는 1875년 랭보의 손을 떠나 1886년에야 파리의 문학 평론지 『라 보그(La Vogue)』에서 펠릭스 페네옹(Felix Fénéon)의 편집을 거친 일부가 출간된다. 1875년 유럽 곳곳을 떠돌던 그는 문학과 결별한다. 1876년 네덜란드 식민지 군대에 입대해 인도네시아로 갔다가 탈영하기도 하고, 1878년 지중해 키프로스의 채석장에서 일하기도 했다. 1880년 한 무역 회사와 계약해 에티오피아 하라르(Harar)로 떠나고 이후 직접 커피와 총을 거래하는 회사를 설립해 운영한다. 그는 자신의 시인이었던 과거에 대해 함구했다고 한다. 1891년 랭보는 무릎 통증 때문에 프랑스로 돌아와 마르세유(Marseille)의 한 병원에서 오른쪽 다리 절단 수술을 받는다. 골육종암이 전신에 전이된 상태였다고 한다. 1891년 11월 10일 수술의 후유증으로 사망한다. 당시 랭보의 나이는 37세였다. 임종을 지킨 여동생 이사벨(Isabelle)이 시신과 유해를 수습해 고향인 샤를빌에 안장했다. 1895년에 폴 베를렌이 편집한 『전집(Poésies complètes)』이 출판되었다.

☞ 〔황현산은 김현이 1974년에 번역한 선집 『지옥에서 보낸 한철』(민음사)의 2016년 개정판에 해설을 집필한 바 있다. 그와 별도로 랭보 『전집』 번역을 마쳤으나 생전에 해제를 완성하지 못했다.〕

3-2. 아르튀르 랭보

Jean Nicolas Arthur Rimbaud

1854∼1891

〔천재, 괴물, 전설〕
〔좀 이상한 아이〕
〔파리서 온 선생〕
〔나는 타자다〕
〔공감각 상태〕

▶「**초록 주막에서—저녁 다섯 시**(Au cabaret-vert—cinq heures du soir)」
　　　〔충만한 에로티즘, 생명력〕
▶「**취한 배**(Le bateau ivre)」
　　　〔저 마음대로 출렁거리는 도취한 배〕〔바다 안 가 본 이의 바다 이야기〕
　　　〔「취한 배」 살펴보기〕〔열정은 지속 가능한가〕
▶「**대홍수 뒤에**(Après le Déluge)」
　　　〔『일뤼미나시옹』의 첫 번째 시〕〔랭보와 파리 코뮌〕
▶「**노동자들**(Ouvriers)」
　　　〔'중력으로부터 떠난 세계'가 아니다〕〔잘 표현된 불행〕
▶「**새벽**(Aube)」
　　　〔섹시한 여신, 새벽(Aube, 오브)〕〔실패담으로서의 시〕
▶「**바텀**(Bottom)」
　　　〔의외로 현실적인〕〔가장 핍진한 체험들로부터〕

〔소중한 이미지 하나〕
〔랭보의 거대한 침묵〕
〔문학에 운명을 걸고 있는 사람들〕
〔랭보의 1871년 이전의 시와 이후의 시〕
〔단수에서 복수로〕

(왼쪽) 1864년, 샤를빌의 학교(L'institution Rossat)에 다닐 때. 첫 번째 줄 왼쪽에서 세 번째가 랭보. (오른쪽) 어린 시절(12살)의 랭보. 1866년 첫 영성체를 받던 날.

베를렌이 그린 랭보, 1872년.

베를렌이 교정을 본 랭보『전집(Poésies complètes)』, 1895년.

〔**천재, 괴물, 전설**〕 랭보는, 괴물 같은 앱니다. 1854년에 태어나서 1891년에 죽었습니다. 서른일곱 살 때입니다. 시는 열다섯 살부터 썼어요. 마지막 시를 열아홉에 썼는지 스무살인지 스물두 살인지 정확하지는 않습니다. 가장 늦게 잡아야 스물두 살입니다. 많이 써 봤자 7년인데, 제가 생각하기에는 그 정도까지도 아니고 열아홉 무렵에 끝내지 않았을까 싶습니다. 불란서나 영국 사람들이 워낙 자료를 많이 가지고 있어서 우리 같은 바깥 사람은 거기에 무슨 의견을 내기가 어렵지만, 내 나름의 생각으로 보면 열아홉 살일 것 같아요. | 랭보에 관해서는 온갖 신화와 전설이 많이 있습니다. 그걸 랭보 자신이 듣기도 했는데, '기다, 아니다' 밝히지 않고 넘어 갔고요. 거기에다 베를렌이 조작한 측면도 있습니다. 베를렌은 랭보의 초기 시들을 줄줄줄 외웠어요. 그 가운데 어떤 것은 자신이 고치기도 했습니다. 우리가 아까 읽었듯 베를렌은 운율에 있어서 대가입니다. 단어 한두 개만 고쳐도 달라지죠. 더구나 원고는 없지만 베를렌이 외워서 남아 있는 시들이 여러 편 있거든요. 그 경우에는 베를렌이 자기 언어로 고친 부분도 있으리라 생각합니다.

〔**좀 이상한 아이**〕 랭보는 머리가 굉장히 좋았습니다. 어려서부터, 학교 다닐 때 내내 천재 소리를 들었어요. 랭보가 이상한 책을 읽으니까 학교에서 못 읽게 했더니, 선생들이 '얘는 좀 이상한 애니까 읽어도 괜찮지 않겠어요?' 말할 정도였습니다. 교장이 데려다가 교장실에서 따로 시험을 쳤어요. 정말로 대단한 애니까, 너는 읽어도 괜찮다, 이런 이야기가 있습니다. 이것도 전설인지 진

랭보가 그린 만화. 1864~1865년.

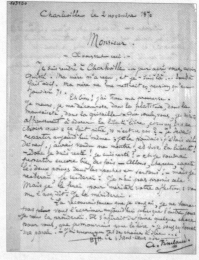

(왼쪽) 랭보의 선생이었던 이장바르(Georges Izambard, 1848~1931)의 사진. 1870년 경. (오른쪽) 랭보가 이장바르에게 쓴 편지. 1870년.

짠지는 모릅니다(웃음). 그렇게 일찍부터 시를 썼어요. 애가 어떻게 저러냐 싶을 정도로 참 잘 썼습니다.

[**파리서 온 선생**] 우리 나라로 치면 고등학교 2학년쯤에 랭보가 선생을 한 사람을 만납니다. 이장바르^(Georges Izambard, 1848~1931)라는 사람입니다. 선생이라고 하지만 랭보보다 여섯 살 더 먹었을 뿐이에요. 스무 살 갓 넘은 선생인 거예요. 여전히 애지. 그런데 파리에서 지금 막 온 이장바르가 애한테 바람을 넣은 겁니다. 지금 저기에는 위고^(Victor-Marie Hugo, 1802~1885)도 있고, 보들레르^(Charles-Pierre Baudelaire, 1821~1867)도 있고 여러 사람들이 있다고요. 마치 학교에서 소월 시, 미당^[未堂, 서정주(徐廷柱, 1915~2000)] 시나 가르치고 있는데, 갑자기 김수영^(金洙暎, 1921~1968) 시를 읽어 준 것과 비슷한 거예요. 거기다가 이상한 말까지 하나 가르쳐 줬지요. 그게 무엇이냐, 'Poésie objective'—'객관적 시'입니다. 이장바르가 이 말을 누구한테 어디서 들었는지는 또 연구를 해 봐야 되는데, 아무튼 '객관적 시'라고 하는 것은 낭만주의적으로 자기의 주관적 감정을 퍼붓는 시가 아니라, 이장바르가 랭보에게 말할 때는 아마 영국에서 주지주의자^[주지주의(主知主義, intellectualism)는 지성이나 이성이 행동이나 감정보다 우위에 있다고 보는 철학적 입장. 영국의 주지주의자로 데이비드 흄, T. S. 엘리엇 등이 있다.]들이 하는 말하고 비슷한 말을 했을 것 같다는 생각이 듭니다.^[엘리엇(Thomas Stearns Eliot, 1888~1965년)의 객관적 상관물(objective correlative)을 말한다. 엘리엇은 예술의 형식 속에서 주관적 감정을 표현하는 유일한 방법은 객관적 상관물을 찾아내는 일이라고 보았다. 주관적 감정을 직설적으로 나열하면 감정 이입이 될지는 몰라도 진정한 감동에 이르지는 못한다. 객관적 상관물은 시인이 표현하고자 하는 주관적 정서를 객관화함으로써 등가의 정서를 독자들에게 유발할 수 있는 사물, 상황, 사건 등을 말한다.] '객

관적 시'라는 말을 듣는 순간, 이 머리 좋고 상상력 뛰어나고 깊은 감성을 가진 애는 온갖 상상을 다 했어요. | 이장바르가 랭보의 선생을 오래 한 것도 아닙니다. 2학년 2학기에 6개월밖에 안했어요. 보통 이장바르 이야기를 하면 랭보 선생이었다는 것, 이때 랭보는 시를 쓰면 이장바르에게 여러 편 가져다 줬고 이장바르는 이 초창기 작품들을 간직하고 있었습니다. 랭보는 나중에도 이장바르한테 편지로 시를 보냈어요. 흔히 이장바르는 랭보가 바람 나서 파리에 가 있을 때 쓴 이른바 '투시자의 편지(Lettre du voyant)'―우리는 '견자(見者)의 편지'라고도 부르죠―를 수신한 사람으로서만 유명합니다. 그 인연으로 나중에 『우리 주위의 랭보(Rimbaud tel que je l'ai connu)〔내가 아는 랭보〕』(1946)〔1927년에 조르주 이장바르가 모은 자료들로 『두에와 샤를빌에서 : 미출판 편지와 저술들(À Douai et à Charleville : Lettres et écrits inédits 〔d'Arthur Rimbaud〕 commentés par Georges Izambard)』이 출간되었고, 이를 바탕으로 이장바르 사후에 그의 아들과 랭보 연구자 부이앙드 라코스테(Henry de Bouillane de Lacoste, 1894~1956)가 편집해 1946년 출판했다.〕라는 책도 나오는데, 이장바르가 받았던 편지와 시들, 랭보가 어떤 아이였는지를 본 대로 기술한 책이 한 권 있어요. 그 책을 읽어 보면 고등학교 2학년 때쯤 랭보가 바람이 나서 시를 쓰고, 또 나중에는 파리에서 베를렌이 부추기기도 하지만, 베를렌하고 어울리기 전부터도 몇 차례 가출을 합니다. 그러다 국경 근처에서 군인들한테 붙잡혀서 감옥에 들어갔는데 이 때 이장바르한테 편지를 보내요. 이장바르가 직접 가서 랭보를 빼 와서는 우선 자기 집으로 데려갔다가 샤를빌(Charleville)〔랭보의 고향. 프랑스 북동부 그랑테스트(Grand Est) 지역〔레지옹(région)〕의 작은 마을로 벨기에 국경과 맞닿아 있다. 랭보가 지낼 때는 샤를빌이 독립된 마을이었으나 1966년 주변 마을과 합쳐져 지금은 샤를빌 메지에르(Charleville-

Mézières)가 되었다. 파리와는 235km 떨어져 있다.〕로 돌아갈 수 있도록 돈도 주고 했
어요. 이장바르가 그런 심부름도 맡아 준 거죠.

┌ 〔**나는 타자다**〕 나중에 파리에 가서는 랭보의 그 유명한 '투시자
(견자)의 편지'를 씁니다.〔열일곱 살 되던 1871년 5월에 시인 드므니(Paul Demeny)와 이
장바르에게 각각 보낸 편지들로, 다음의 인용구는 이장바르가 아닌 드므니에게 쓴 편지에 등장한다.〕이
편지에 그렇게 썼지요. "투시자가 되어야 한다. 투시자가 되려
면 우리의 모든 감각을 전면적이고 장기적으로 그리고 합리적
(raisonné)으로, 그러니까 이성적으로, 이치에 맞게 착란을 시
켜야 된다. 그래야 우리가 투시, 즉 현상을 넘어서 다른 것을 보
게 된다."며 이어서 "나는 타자다(Je est un autre)."라고 합니
다. 그러니까 나는 다른 것이 됐다는 말이에요. 구리가 나팔이 된
다든지, 목재가 바이올린이 된다든지 하는 것처럼 "나는 일종의
질적 변화를 했다."는 것입니다.〔다음을 참고.〕〔"이렇게 썼다. '시인은 모든 감각의 길
고 엄청나고 이치에 맞는 착란을 통해 투시자가 되는 것입니다. 온갖 형식의 사랑, 괴로움, 광기. 그는 스스로
를 찾고, 자기 자신 속의 모든 독을 다 써서 그 정수만을 간직하는 것입니다. 그가 신념을 다하고, 초인적인 능력
을 다해야 하는, 그가 무엇보다도 위대한 병자, 위대한 범죄자, 위대한 저주받은 자. ―그리고 지고한 학자로 되
는 형언할 수 없는 고통! ―그는 미지에 도달하는 것이니까요!' 그리고 또 이렇게 썼다. '나는 타자이니까요. 구
리가 나팔이 되어 깨어난다면, 전혀 구리의 잘못이 아닙니다. 나한테는 분명합니다. 나는 내 사색의 개화를 참
관하고 있습니다. 나는 바라보고, 듣습니다. 나는 활을 한 번 튕깁니다. 교향악이 저 깊은 곳에서 꿈틀거리거나,
한달음에 무대로 올라갑니다.' 랭보에게 투시자의 기획은 '객관적 시'를 쓰겠다는 야망의 표현이었다. 투시자,
곧 시인이 되는 것은 모든 육체적 감각의 전면적이고 장기적인 착란을 통해서 가능한 일인데, 이 착란은 '이치
에 맞'아야 한다. 다시 말해서 객관적이어야 한다. 주체는 중요하게 여겨지지 않지만, 그 자신이 다른 것으로 변
화하게 될 하나의 장소로서 의미가 있다. 〔…〕 랭보가 '나는 타자'라고 말할 때의 프랑스어 'Je est un autre'에

서 'Je(나)'와 'un autre(타자)'를 연결하는 계사 'est'는 3인칭 단수 동사이다. 주체가 소멸된 자리라기보다는

주체와 대상이 분리되지 않았던 최초의 상태가 복원된 자리, 내적이면서 동시에 객관적인 육체의 '저 깊은 곳

에서'만 무대 위에 솟아오를 '교향악'이 준비되는 것이다."〕〔황현산, 「시 쓰는 몸과 시의 말」, 『잘 표현된 불행』

(난다, 2020) 19~21쪽〕 그러면서 "선생은 내가 한 말을 못 알아들을 것이

다, 그래도 괜찮다." 이렇게 건방을 떨면서 자기 선생을 완전히

바보 취급을 합니다. 이장바르가 참 대단한 것이, 그런 편지를 고

대로 다 간직하고 있다가 발표를 했어요.

〔공감각 상태의 장기적 착란〕 랭보의 시법을 이야기할 때, 다

른 할 말이 없으니까, 흔히들 랭보가 '투시자의 편지'에서 했던

말을 빌어 "모든 감각을 전면적으로 장기적으로 그리고 이치

에 맞게 착란해야 된다."고 합니다. 이런 말은 시법이라기보다

는 하나의 '체험'이죠. 자기 체험에 대한 묘사라고 말을 해야 옳

을 것입니다. 그리고 이런 "착란 상태", 그것도 "감각의, 전면

적으로 이치에 맞는"— 여기에서 이치에 맞다는 것은 작위적

인 것은 아닙니다—"착란 상태"라는 것은, 이미 우리가 첫 번

째 시간에 보들레르(Charles-Pierre Baudelaire, 1821~1867)의 「코레스퐁당스

(Correspondances)」라는 시를 읽으면서 생각해 보았지요. 바로

공감각입니다. 공감각 상태야말로 우리 감각의 경계가 무너진 것

입니다. 그럼으로써 감각의 착란이 온 상태가 공감각 상태로, 이

상태가 우리가 감각으로 느끼는 세계 너머로 갈 수 있는 어떤 통

로가 될 거라는 것입니다. 그것이 "감각의, 전면적으로 이치에

맞게 착란된 상태"인데, 거기에 더해서 랭보는 장기적 착란을 해

야 된다고 이야기하는 거예요. 공감각 현상은 굉장히 짧은 체험

이지 긴 체험은 아닙니다. 랭보도 역시 짧게 체험했겠지요. 감각이 무너지는 짧은 체험을 했을 텐데, 그 때 랭보는, 이게 장기화되면 정말로 내 안의 내가 아닌 타자가 말을 하게 된다, 내가 아닌 다른 어떤 존재가, 다른 어떤 주체가 말을 하게 된다는 생각을 했을 것입니다. 그리고 상당히 오랫동안 그 상태의 착란을 장기적으로 유지하는 것과, 그래서 그것을 이치에 맞는 글로 옮기고자 하는 강박 관념—옵세시옹(obsession)에 사로잡혀 있었을 것으로 짐작됩니다.(잠시 침묵) | 이것을, 이제 시를 읽어 가면서 이야기해 봅시다. ↓

초록 주막에서
저녁 다섯 시

[I] 여드레 전부터, 내 반장화를 짓찧고 다녔지,
길바닥의 자갈로. 샤를루아로 들어가던 길.
— 초록 주막에서, 버터 바른 빵과
반쯤은 식어 있을 햄을 나는 주문했네.

[II] 마음은 더할 수 없이 아늑하여, 푸른 식탁 아래
다리를 뻗고, 벽걸이의 매우 순진한 주제들을 나는
바라보았네. — 그리고 정말 멋졌지,
터무니없이 유방이 큰 처녀가 그 때, 눈빛도 생생하게,

[III] — 저 가시네, 입맞춤 정도로는 놀라지도 않겠네! —
웃음 지으며, 버터 바른 빵에 미지근한 햄을,
색깔 칠한 접시에 담아 왔네,

[IV] 마늘쪽 냄새 향긋한 장미색과 흰색의
햄을, — 그리고는 커다란 맥주 조끼를 채워 주었네,
지다 남은 햇살에 금빛으로 물드는 거품으로.

1870년 10월

AU CABARET-VERT

Cinq heures du soir

_[I]
Depuis huit jours, j'avais déchiré mes bottines

Aux cailloux des chemins. J'entrais à Charleroi.

— Au Cabaret-Vert : je demandai des tartines

De beurre et du jambon qui fût à moitié froid.

_[II]
Bienheureux, j'allongeai les jambes sous la table

Verte : je contemplai les sujets très naïfs

De la tapisserie. — Et ce fut adorable,

Quand la fille aux tétons énormes, aux yeux vifs,

_[III]
— Celle-là, ce n'est pas un baiser qui l'épeure ! —

Rieuse, m'apporta des tartines de beurre,

Du jambon tiède, dans un plat colorié,

_[IV]
Du jambon rose et blanc parfumé d'une gousse

D'ail, — et m'emplit la chope immense, avec sa mousse

Que dorait un rayon de soleil arriéré.

Octobre 1870.

［충만한 에로티즘, 생명력］ 랭보의 초기 시는 대부분 가출 소년으로서 쓴 것입니다.「초록 주막에서(Au cabaret-vert)」도 그 가운데 하나입니다. 〔1870년 10월 7일 랭보가 두 번째 가출했을 때 걸어서 샤를빌에서 퓌메, 샤를루아, 브뤼셀을 거쳐 두에까지 가는데 이 길 위에서 여러 편의 시를 써서 폴 드므니(Paul Demeny)에게 보냈다.

「초록 주막에서―저녁 다섯 시(Au cabaret-vert)」도 그 중 하나로, 자필 원고는 영국 도서관에 소장되어 있다.

1890년 3월『레뷔 도주르디(Revue d'aujourd'hui, 오늘 잡지)』에 발표되었고, 1895년『전집』에 수록되었다.〕

〔II〕 ［마음은 더할 수 없이 아늑하여, 푸른 식탁 아래, / 다리를 뻗고, 벽걸이의 매우 순진한 주제들을 나는 / 바라보았네. — 그리고 정말 멋졌지, / 터무니없이 유방이 큰 처녀가 그 때, 눈빛도 생생하게,］ ☞ "순진한 주제들"은 이발소 그림 같은 주제들이란 말입니다. 이발소 그림 같은 주제들이라는 게, 참 이발소 그림 같지요 (웃음). 그런데 그것만이 가진 어떤 미학이 있습니다. 매혹이 있죠.〔황현산은 그것을 "분석된 치졸한 것들의 매혹"이라고 쓴 바 있다. 다음을 참조.〕〔"지난 시절 우리의 이발소에 걸렸던, 이제는 민화라고 불러도 좋을 이상한 풍경화, 질푸른 숲과 깊은 강이 있고, 지붕에 박넝쿨을 올린 초가와 물레방아가 있고, 하늘에 구름과 갈매기가 떠 있는 그런 그림 앞에 서 있는 랭보를 연상해 볼 수 있다. 랭보는 그것이 치졸하다는 것을 알지만 서푼짜리 예술가가 애초에 거기 담으려 했던 꿈과 소박한 사람들이 그것을 바라보며 잠기게 될 몽상을 다시 느끼지 않을 수는 없다. 야담과 전설로만 남은 원정과 탐험과 낙원의 전설과 민족의 유랑은 근거가 없거나 빈약할 것이 분명하지만, 그런 허구를 만들던 사람들과 그 일을 부추긴 사람들이 거기 바쳤던 정열은 낡고 닳아져서, 먼지를 뒤집어쓴 목판과 책장 위에, 문법에도 안 맞는 민요의 가사 속에 남아 있다. 인간이 삶을 영위해 온 이래 이제까지 아직 찾지 못한 유현한 공간과 아직 도달하지 못한 미지의 시간에, 비록 치졸한 솜씨로나마, 바쳐 온 희망이 그와 같다. 명석한 랭보 앞에 이미 그 비밀을 드러내 버린 민중 예술품들은 날카로운 기운을 잃고 더는 누구도 매혹시킬 수 없을 것처럼 보이나, 그것들을 낡게 한 시간과 함께 그 치졸함도 사라졌기에, 말하자면 그 치졸함이 고졸함으로 바뀌었기에, 뜻밖에 얻게 된 또 하나의 아련한 얼굴

로 젊은 감수성을 매혹한다. 이 낡고 순진한 것들은 그 자체가 어떤 유토피아가 되고, 목숨이 남아 있는 한 거기

도달해야 한다는 어떤 모험의 지령서가 된다. 랭보는 이 지령을 실천했다."〕〔황현산,「형해로 남은 것들」,『잘

표현된 불행』(난다, 2020), 183쪽.〕

[IV] 4연의 "몰드는 거품"에서 거품은 불어로 무스(mousse)인데 이
것이 한편으론 맥주라는 뜻도 있습니다. 맥주라고 번역하긴 그렇
고……, 거품으로 하면 이 처녀가 사기쳤단 말로 들릴까 좀 염려
스러운데(웃음), 그런 말은 아닙니다. | 굉장히 행복한 순간입니
다, 랭보로서는. 가출해서 막 돌아다니다가, 저녁에 초록 주막이
라고 하는 주막에 들어가서 햄하고 먹을 것들에 맥주 한 잔을 합
니다. 저녁 햇살이 맥주 잔에 비치고, 거기다가 가슴이 큰 여자가
옆에서 서빙해 주고요. |『랭보론(Rimbaud par lui-même)』(1961)
를 쓴 본푸아(Yves Bonnefoy, 1923~2016)는 랭보의 작품 가운데「초록 주막
에서」가 에로티슴(erotism)이 가장 잘 드러나고 활달하게 나타
난다고 했습니다. 이 때 랭보의 에로티슴도 실제로 가장 충만해
있었을 것이라고요. 이후로는 이상하게 랭보의 에로티슴이 사그
라들고……, 본푸아는 에로티슴이 약화된 증상이 베를렌과 동성
관계로 나타났다고 봅니다. | 이 시가 가진 행복함, 따뜻함, 이 충
만한 에로티슴, 생명력 이런 것들이 있습니다. 이런 체험을 하기
위해서 랭보는 가출을 했다고도 할 수 있습니다.「나의 방랑(Ma
Bohème)」같은 시도 이렇게 돌아다니면서 쓴 시입니다.〔1870년 11월
에 썼다. 1889년『라 레뷰 앵데팡당(La Revue indépendante, 독립 평론)』에 처음 발표되었고, 1895년 전집에
수록되었다.〕 그리고 방랑하던 그 랭보를 집대성한 시가「취한 배(Le
bateau ivre)」입니다. 길지만 함돈균 선생이 한번 읽어 보죠. ↓

취한 배

[I]
초연한 강을 따라 내려갈 때,
나는 이미 배 끄는 인부들의 인도를 느끼지 못했다.
떠들썩한 붉은 피부 인디언들이 울긋불긋한 기둥에
놈들을 발가벗겨 못 박아 과녁으로 삼아 버린 것.

[II]
플랑드르의 밀 또는 영국의 목화를 실어 나르는 배,
나는 선원들 따위야 아랑곳하지 않았다.
나를 끄는 자들 없어지고 그 소동이 끝나자,
강은 내 마음대로 흘러가도록 날 내버려 두었다.

[III]
조수의 성난 너울 속으로, 지난 겨울,
어린애들의 두뇌보다 더 막무가내인 나는
뛰어들었다! 밧줄 풀린 반도(半島)들도
이보다 더 의기양양한 소란을 겪지는 않았다.

[IV]
폭풍이 내 해상(海上)의 깨어남을 축복해 주었다.
바다의 희생자들을 싣고 영원히 굴러간다는 파도 위에서
코르크 마개보다 더 가볍게 나는 춤을 추었다,
열흘 밤을, 항구의 등불 그 어리석은 눈동자를 아쉬워하지도
않으며!

LE BATEAU IVRE

(I)

Comme je descendais des Fleuves impassibles,

Je ne me sentis plus guidé par les haleurs :

Des Peaux-Rouges criards les avaient pris pour cibles

Les ayant cloués nus aux poteaux de couleurs.

(II)

J'étais insoucieux de tous les équipages,

Porteur de blés flamands ou de cotons anglais.

Quand avec mes haleurs ont fini ces tapages

Les Fleuves m'ont laissé descendre où je voulais.

(III)

Dans les clapotements furieux des marées

Moi l'autre hiver plus sourd que les cerveaux d'enfants,

Je courus ! Et les Péninsules démarrées

N'ont pas subi tohu-bohus plus triomphants.

(IV)

La tempête a béni mes éveils maritimes.

Plus léger qu'un bouchon j'ai dansé sur les flots

Qu'on appelle rouleurs éternels de victimes,

Dix nuits, sans regretter l'oeil niais des falots !

[V] 아이들에게는 새콤한 사과의 과육보다 더 맛있는
      초록빛 물이 내 전나무 선체에 스며들어
      싸구려 푸른 포도주 얼룩과 토사물들을 내게서
      씻어냈다, 키와 닻을 떠내려 보내며.

[VI] 이 때부터 나는, 별이 쏟아져, 젖빛으로 빛나는,
      푸른 하늘을 집어삼키는, 바다의 시에
      몸을 담갔다, 거기 창백하고 넋을 잃는 부유물(浮遊物),
      사념에 잠긴 익사자 하나가 이따금 가라앉고,

[VII] 거기, 햇빛의 붉은 번쩍거림 아래서 착란과
      느린 리듬이 푸름을 갑자기 물들이며,
      알코올보다 더 강하고 우리네 리라보다 더 망망한
      애욕의 쓰디쓴 적갈색을 발효시킨다!

[VIII] 나는 안다, 번개처럼 찢어지는 하늘을, 소용돌이와
      삼각 파도과 해류를. 나는 안다, 저녁을,
      비둘기 떼처럼 솟구치는 새벽을, 그리고
      나는 때때로 보았다, 인간이 보았다고 믿어 온 것을!

[IX] 나는 보았다, 신비로운 공포로 얼룩진, 낮은 태양이,
      까마득한 고대의 연극 배우들을 닮은,
      보랏빛 기다란 응어리들을 비추고,

[V] Plus douce qu'aux enfants la chair des pommes sures,

L'eau verte pénétra ma coque de sapin

Et des taches de vins bleus et des vomissures

Me lava, dispersant gouvernail et grappin

[VI] Et dès lors, je me suis baigné dans le Poème

De la Mer, infusé d'astres, et lactescent,

Dévorant les azurs verts ; où, flottaison blême

Et ravie, un noyé pensif parfois descend ;

[VII] Où, teignant tout à coup les bleuités, délires

Et rythmes lents sous les rutilements du jour,

Plus fortes que l'alcool, plus vastes que nos lyres,

Fermentent les rousseurs amères de l'amour !

[VIII] Je sais les cieux crevant en éclairs, et les trombes

Et les ressacs et les courants : Je sais le soir,

L'aube exaltée ainsi qu'un peuple de colombes,

Et j'ai vu quelque fois ce que l'homme a cru voir !

[IX] J'ai vu le soleil bas, taché d'horreurs mystiques,

Illuminant de longs figements violets,

Pareils à des acteurs de drames très-antiques

파도가 멀리멀리 굴려갔다, 그들 빗살창의 떨림을!

[X] 나는 꿈꾸었다, 바다의 눈으로 서서히 올라오는 입맞춤,
눈부시게 눈 내리는 초록의 밤을,
들어 보지도 못한 정기(精氣)의 순환을,
노래하는 인광(燐光)들의 노란 그리고 푸른 눈뜸을!

[XI] 나는 따라갔다, 몇 달을 고스란히, 히스테릭한
암소 떼처럼, 암초 습격에 나서서 넘실대는 물이랑을!
마리아들의 빛나는 발이 숨 가쁜 난바다에
콧등을 몰아붙일 수 있다고는 꿈에도 생각하지 않고!

[XII] 나는 부딪쳤다, 아시겠지만, 믿을 수 없는 플로리다에,
피부가 사람 같은 표범들의 눈알과 꽃들이
뒤섞여 있는 그 반도에! 바다의 수평선 밑,
청록의 양떼에 굴레처럼 걸려 있는 무지개에!

[XIII] 나는 보았다, 한 마리 레비아탄이 온통 등심초에 싸여
썩어 가는 통발, 그 거대한 늪이 발효하는 것을!
잔잔한 바다 가운데로 떨어지는 물의 무너짐을,
그리고 심연을 향해 폭포 져 내리는 먼 바다를!

[XIV] 빙하들, 은빛 태양들, 자개 빛 파도들, 잉걸불의 하늘들을!

Les flots roulant au loin leurs frissons de volets !

(X) J'ai rêvé la nuit verte aux neiges éblouies,

Baiser montant aux yeux des mers avec lenteurs,

La circulation des sèves inouïes,

Et l'éveil jaune et bleu des phosphores chanteurs !

(XI) J'ai suivi, des mois pleins, pareille aux vacheries

Hystériques, la houle à l'assaut des récifs,

Sans songer que les pieds lumineux des Maries

Pussent forcer le mufle aux Océans poussifs !

(XII) J'ai heurté, savez-vous, d'incroyables Florides

Mêlant aux fleurs des yeux de panthères à peaux

D'hommes ! Des arcs-en-ciel tendus comme des brides

Sous l'horizon des mers, à de glauques troupeaux !

(XIII) J'ai vu fermenter les marais énormes, nasses

Où pourrit dans les joncs tout un Léviathan !

Des écroulement d'eau au milieu des bonaces,

Et les lointains vers les gouffres cataractant !

(XIV) Glaciers, soleils d'argent, flots nacreux, cieux de braises !

갈색의 만(灣) 깊은 구비에 배들이 좌초하는 흉악한 자리,
빈대 떼에 파먹힌 거대한 뱀들이, 뒤틀린 나무 등걸에서,
악취를 뿜으며 떨어지는 그 구비를!

[XV]　나는 어린이들에게 보여 주고 싶었다. 이 푸른 물결의 만새기 떼,
이 황금빛 물고기 떼, 이 노래하는 물고기 떼를.
— 꽃 피어난 포말들이 흔들흔들 날 떠내려 보내고,
형언할 수 없는 바람이 내게 가끔 날개를 달아 주었다.

[XVI]　때때로, 극 지대와 다른 지대에 지친 순교자 나를 향해,
바다는, 그 흐느낌으로 내 옆질을 감미롭게 하며,
노란 흡반이 달린 그 어둠의 꽃들을 치켜들었고,
나는 그대로 있었다, 무릎 꿇은 여자처럼……

[XVII]　마치 섬이라도 된 듯, 갈색 눈의 험담쟁이 새들의
불평과 새똥을 내 뱃전에 실어 뒤흔들며,
나는 항해하였다. 내 연약한 밧줄들 사이로
익사자들이 잠자러 내려갈 때, 거꾸로!

[XVIII]　그런데 나, 작은 만(灣)들의 머리칼 아래 길 잃고,
하리케인에 날려 새도 없는 하늘로 던져진 배,
모니토르 군함들과 한자(Hansa, Hanse)의 범선들이라 해도
물에 취한 내 해골 건져 올리지 않았을 그 지경의 나,

Échouages hideux au fond des golfes bruns

Où les serpents géants dévorés de punaises

Choient, des arbres tordus, avec de noirs parfums !

[XV] J'aurais voulu montrer aux enfants ces dorades

Du flot bleu, ces poissons d'or, ces poissons chantants.

— Des écumes de fleurs ont bercé mes dérades

Et d'ineffables vents m'ont ailé par instants.

[XVI] Parfois, martyr lassé des pôles et des zones,

La mer dont le sanglot faisait mon roulis doux

Montait vers moi ses fleurs d'ombre aux ventouses jaunes

Et je restais, ainsi qu'une femme à genoux...

[XVII] Presque île, balottant sur mes bords les querelles

Et les fientes d'oiseaux clabaudeurs aux yeux blonds

Et je voguais, lorsqu'à travers mes liens frêles

Des noyés descendaient dormir, à reculons !

[XVIII] Or moi, bateau perdu sous les cheveux des anses,

Jeté par l'ouragan dans l'éther sans oiseau,

Moi dont les Monitors et les voiliers des Hanses

N'auraient pas repêché la carcasse ivre d'eau ;

[XVIV]   자유롭게, 연기를 뿜으며, 보랏빛 안개를 타고,
          마음씨 좋은 시인들에게 맛 좋은 잼,
          태양의 이끼와 창공의 콧물 붙은 벽을 뚫듯
          붉은 빛 도는 하늘에 구멍을 뚫으며 나아갔던 나,

[XX]   타오르는 깔때기 군청 빛 하늘을
          7월이 몽둥이질로 무너뜨릴 때,
          초승달 같은 전기 섬광을 점점이 두르고, 검은 해마들의
          호위를 받으며, 미친 널판자가 되어 달려가던,

[XXI]   베헤모트의 발정과 두터운 소용돌이가 50해리 밖에서
          신음하는 소리를 느끼며, 떨던 나,
          부동의 푸른 대양을 영원히 실 잣는 배,
          나는 낡은 흉벽(胸壁)들의 땅 유럽이 그립다!

[XXII]   나는 보았다, 항성의 군도(群島)를! 또한 항해자에게
          착란의 하늘을 열어 주는 섬들을.
          — 바로 이들 바닥 없는 밤 속에 너는 잠을 자고 숨어 있는가,
          백만 마리 황금의 새들, 오오 미래의 생기야,

[XXIII]   그러나 정말이지, 나는 너무 울었다! 새벽은 가슴을 엔다.
          달은 모두 잔혹하고 태양은 모두 쓰라리다.
          가혹한 사랑이 도취시키는 마비로 나를 부풀렸다.

Libre, fumant, monté de brumes violettes,

Moi qui trouais le ciel rougeoyant comme un mur

Qui porte, confiture exquise aux bons poètes,

Des lichens de soleil et des morves d'azur,

XX

Qui courais, taché de lunules électriques,

Planche folle, escorté des hippocampes noirs,

Quand les juillets faisaient crouler à coups de triques

Les cieux ultramarins aux ardents entonnoirs ;

Moi qui tremblais, sentant geindre à cinquante lieues

Le rut des Béhémots et les Maelstroms épais,

Fileur éternel des immobilités bleues,

Je regrette l'Europe aux anciens parapets !

J'ai vu des archipels sidéraux ! et des îles

Dont les cieux délirants sont ouverts au vogueur :

— Est-ce en ces nuits sans fond que tu dors et t'exiles,

Million d'oiseaux d'or, ô future Vigueur ? —

XXIII

Mais, vrai, j'ai trop pleuré ! Les Aubes sont navrantes.

Toute lune est atroce et tout soleil amer :

L'âcre amour m'a gonflé de torpeurs enivrantes.

오오 내 용골이여 부서져라! 오오 내 바다 속에 잠기리라!

[XXIV]   만일 내가 유럽의 물을 원한다면, 그것은
검고 차가운 늪, 향기로운 황혼 녘,
슬픔에 겨운 어린애가 웅크려 앉아
5월의 나비처럼 여린 배를 띄우는 숲속의 늪.

[XXV]   나는 그대들의 권태에 젖어, 오 파도여,
이제는 목화 운반선을 뒤쫓아 달릴 수도,
군기와 삼각기의 오만함을 가로질러 갈 수도,
감옥선(監獄船)의 무서운 눈 아래 노 저을 수도 없구나.

Ô que ma quille éclate ! Ô que j'aille à la mer !

[XXIV]

Si je désire une eau d'Europe, c'est la flache

Noire et froide où vers le crépuscule embaumé

Un enfant accroupi plein de tristesses, lâche

Un bateau frêle comme un papillon de mai.

[XXV]

Je ne puis plus, baigné de vos langueurs, ô lames,

Enlever leur sillage aux porteurs de cotons,

Ni traverser l'orgueil des drapeaux et des flammes,

Ni nager sous les yeux horribles des pontons.

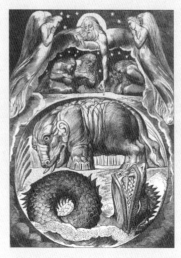

영국의 화가이자 시인 **윌리엄 블레이크**(William Blake, 1757~1827)의 〈**베헤모스와 레**
비아탄(Behemoth and Leviathan)〉, 1810년 이전에 그린 원화를 바탕으로 1825년에 판
화로 제작. 윌리엄 블레이크는 두 괴수를 각각 육지전과 해전의 상징으로 여겼다.

쥘 베른(Jules Verne, 1828~1905)의 모험 소설들. (왼쪽)『**그란트 선장의 아이들**(Les
Enfants du capitaine Grant)』, 에두아르 리우(Édouard Riou)가 그린 초판본 속표
지 삽화, 1868년. 1865년부터 1867년까지 연재되었고, 1868년에 출판되었다. (오른쪽)
『**바다 밑 2만리**(Vingt mille lieues sous les mers)』의 속표지 삽화, 1871년. 1869년부
터 1870년까지 연재되었고 1871년의 단행본 삽화는 에두아르 리우와 알퐁스 드 누빌
(Alphonse de Neuville)이 맡았다.

〔**저 마음대로 출렁거리는 도취한 배**〕 수고했습니다. 이 시는 길게 설명할 것도 없습니다. 서부 영화를 보면 가끔 선원들이 강에서 육지로 배를 끌고 올라가지요? 양쪽에서 줄을 끌면서요. 그러다가 이 때 배를 끌던 사람들은 전부 인디언들에게 죽임당하고 그 배만 강의 하류로, 대서양으로 떠내려갑니다. 그런 배가 대서양에서 저 마음대로 출렁거리고 돌아다니는 이야기를 쓴 시입니다. | 학교, 교회, 감옥, 때론 국가에서도 해방된 랭보가 지금 유럽 천지에, 나중에는 아프리카까지 갑니다. 동남아시아의 자바섬까지 왔다고 그러지요. 이렇게 돌아다니는 모습하고 비슷합니다. 도취한 배지요. [다음을 참조. ("시인이 그 배의 목소리로 말한다. […] 그는 대양에서 가장 자유로운 척의 배가 당할 수 있는 일을 다 당하고 할 수 있는 일을 다 했다." 〔황현산,「작은, 더 작은 현실」, 『황현산의 사소한 부탁』(난다, 2018) 247쪽.〕

〔**바다 안 가 본 이의 바다 이야기**〕「취한 배(Le bateau ivre)」에서 우리는 바다에 관한 온갖 모습들, 특히 19세기에 바다를 배경으로 한 모험 소설에 나오는 이야기들을 대부분 만날 수 있습니다. 이 시를 쓸 때까지 랭보는 바다를 한 번도 구경한 적이 없었답니다. [열여섯 살이던 1870년 여름에 샤를빌 고향 집에서 쓰고, 같은 해 9월 폴 베를렌에게 보낸 자신의 소개 편지에 동봉했다. 이후 파리에서 베를렌을 만나 곧 연인이 되었다. 1883년에 베를렌이 잡지 『뤼테스(Lutèce)』에 '저주받은 시인들'이라는 연재를 할 때 발표되었고, 이듬해 같은 제목의 선집에 수록되었다. 김현 번역, 황현산 해설의 『지옥에서 보낸 한철』(민음사, 1974 : 2016)에서는 이 시가 '제3부 일뤼미나시옹'에 수록되어 있으나, 실제로 랭보의 산문 시집 『일뤼미나시옹(Les Illuminations)』에 수록되었던 것은 아니다.] 그 당시의 모험 소설과 『바다 밑 2만리(Vingt mille lieues sous les mers)』 (1869~1870)를 쓴 쥘 베른(Jules Verne, 1828~1905)의 작품들을 읽고 쓴 이야

기지요. | 내 경우에는 어렸을 때 학원사에서 나온 『마경천리(魔境千里)』〔학원사, 1957〕〔영국의 프랭크 배럿(Frank Barrett, 1848~1926)의 모험 소설 『훌륭한 비디 페인 양(The Admirable Lady Biddy Fane)』(1888)을 번안한 것이다. 일본에서 1948년에 노무라 아이세이(野村愛正)라는 소설가가 번안하면서 원작자를 '파렛트'로 밝혔고, 한국에서는 1950년대에 일본어판과 같은 저자 이름과 제목으로 중역되었다.〕를 읽었습니다. 태평양, 대서양에서 항해하고 모험하는 이야기입니다. 주인공은 영국 사람들이고요. 그 책에서 읽었던 이야기를 다시 읽고 싶은데, 대조해 보려고 해도 책을 잘 못 찾겠어요. 어려서는 참 감동하면서 읽었는데, 지금도 그럴지는 모르겠어요. | 랭보는 이 시에 위고의 『바다의 노동자(Les travailleurs de la mer)』(1866)이라는 소설에 나오는 구절들도 몇 구절 집어넣었다고 합니다. 이 소설에서 가져온 구절들은 랭보의 다른 시에도 어쩌다 한두 개씩 나오는 수가 있습니다.

〔「**취한 배**」 **살펴보기**〕 "마리아들의 빛나는 발이 숨 가쁜 난바다〔육지에서 멀리 떨어진 바다〕에"에서 '마리아'는 뱃머리의 선두상을 뜻합니다. 옛날 서양 사람들이 항해할 때 지켜 달라는 의미로 뱃머리에 마리아 형상을 새겼다고 합니다. "옆질"이란 말은, 지난 번 말라르메 읽을 때 이야기했죠. 배가 우아래로 흔들리는 것을 우리말로 '키질', 양옆으로 흔들리면 '옆질'이라고 합니다. 우리 동네에서 쓰던 말들인데 사전을 찾아보니 있더라고요. | "모니토르 군함들과 한자의 범선들"에서 '한자(Hansa)'는 한자 동맹〔Han, Hanse : 13~15세기에 독일 북부와 발트해 연안의 여러 도시 사이에 이루어진 도시 연맹〕할 때 그 한자입니다. 〔'모니토르' 군함은 미국의 '모니터(Monitor)' 함을 말한다. 1862년 남북전쟁 때 진수한 강철 군함 'USS 모니터(USS Monitor)'가 그 시초다. 북군이 USS 모니터함으로 남군과의 해전에서 승전을 거두면서 유

명해졌다. 몸체는 낮고 큰 포탑을 탑재했기 때문에, 대양 항해 능력은 부족해 그 해(1862년)에 바로 침몰했다.〕

[XI] 마지막에서 두 번째 연을 봅시다. 〔"만일 내가 유럽의 물을 원한다면, 그것은 / 검고 차가운 늪, 향기로운 황혼 녘, / 슬픔에 겨운 어린애가 웅크려 앉아 / 5월의 나비처럼 여린 배를 띄우는 숲속의 늪."〕 ☞ 이 '유럽의 물'이 이 시를 쓸 때까지 랭보의 물에 대한 체험의 전부였을 것이라 생각합니다. 책에서 얻은 이미지로 나머지 부분을 쓴 것이죠. 뭘 모르니까 겁 없이 쓰기도 했을 테고요. 대개는 이렇게 겁 없이 쓸 필요가 있죠. 〔다음을 참조.〕 〔"그 때까지 바다를 한 번도 본 적이 없던 랭보는 무엇으로 이 찬란하고 위태롭고 단 한 순간도 쉬지 않고 변전하는 저 난바다를 만들었을까. 〔…〕 숲속의 늪에 웅크리고 띄우는 작은 배 그 자체가 아니라 그 '5월의 나비처럼 여린' 종이배에 실어 보내는 간절함이 낡은 세계의 웅덩이를 지우고 저 대서양의 허리케인과 물기둥을 마침내 초래하고 만다."〕〔황현산, 「작은, 더 작은 현실」, 『황현산의 사소한 부탁』(난다, 2018) 248쪽.〕

〔**열정은 지속 가능한가**〕 이렇게 해서 우리는 초창기 랭보의 모습을 알 수가 있습니다. 굉장한 활력과 상상력을 가지고, 생명력으로 충만해 있고, 자기를 자유로운 세계에다 내팽겨쳐 버리는―놔두는 것이 아니라―내팽개쳐 버리려 하는 열정이 있었습니다. 그런데 열정은, 열정의 추억은 계속 간직되겠지만, 그 열정 자체가 충만한 상태로 오래 유지되진 않습니다. 그 다음에 어떻게 할 것이냐? 그래서 랭보의 후기가 시작되는데요. 랭보는 전부 해 봐야 사춘기의 7년 동안 시를 썼지만, 그 안에서도 전기―중기―후기가 있습니다. 랭보가 젊은 날 짧은 시간에 시를 다 썼다는 건, 다른 말로 하면 그만큼 발전의 속도도 빨랐다는 말입니다. ↓

대홍수 뒤에

[1] 대홍수의 관념이 다시 가라앉자마자,

토끼 한 마리가 잠두풀과 물결치는 방울꽃들 속에 멈추어 거미줄 사이로 무지개에 기도를 올렸다.

오! 몸을 숨기던 보석들, — 벌써 눈길을 던지던 꽃들.

불결한 대로에는 푸줏간들이 서고, 판화에서처럼 저 높이 층을 이룬 바다 쪽으로 사람들은 배들을 끌어갔다.

피가 흘렀다, 푸른수염의 집에서, — 도살장에서, — 투기장에서, 신의 각인을 받아 그 창들이 희붐했다. 피와 젖이 흘렀다.

비버들이 집을 지었다. "마자글랑" 커피들은 선술집에서 김을 냈다.

아직도 물이 흐르는 큰 유리 집에서는 상복을 입은 아이들이 신기한 그림들을 바라보았다.

문 하나가 삐걱거렸으며, 동네 공터에서, 아이가 팔을 휘둘렀다, 도처의 바람개비 풍향계들과 종루의 닭들에게 이해를 얻으며, 요란하게 떨어지는 진눈깨비 아래서.

*** 부인은 알프스 산중에 피아노를 설치했다. 미사와 첫 성체배령이 성당의 수십만 제단에서 거행되었다.

대상들은 길을 떠났다. 그리고 장엄 호텔이 극지의 그 얼음과 암야(暗夜)의 혼돈 속에 건립되었다.

그 때부터, 달은 들었다, 백리향의 사막에서 자칼들이 울어대

APRÈS LE DÉLUGE

Aussitôt après que l'idée du Déluge se fut rassise,

Un lièvre s'arrêta dans les sainfoins et les clochettes mouvantes et dit sa prière à l'arc-en-ciel à travers la toile de l'araignée.

Oh les pierres précieuses qui se cachaient, — les fleurs qui regardaient déjà.

Dans la grande rue sale les étals se dressèrent, et l'on tira les barques vers la mer étagée là-haut comme sur les gravures.

Le sang coula, chez Barbe-Bleue, — aux abattoirs, — dans les cirques, où le sceau de Dieu blêmit les fenêtres. Le sang et le lait coulèrent.

Les castors bâtirent. Les "mazagrans" fumèrent dans les estaminets.

Dans la grande maison de vitres encore ruisselante les enfants en deuil regardèrent les merveilleuses images.

Une porte claqua, et sur la place du hameau, l'enfant tourna ses bras, compris des girouettes et des coqs des clochers de partout, sous l'éclatante giboulée.

Madame *** établit un piano dans les Alpes. La messe et les premières communions se célébrèrent aux cent mille autels de la

고. — 과수원에서 나막신을 신은 목가(牧歌)들이 두런거리는 소리를. 그러자, 보랏빛 수림에서, 싹이 돋고, 유카리스가 나에게 이제 봄이라고 말했다.

[II]   — 솟구쳐라, 연못이여, — 거품을 뿜어라, 굴러라, 다리 위로, 숲을 넘어, — 검은 홑청이어, 파이프 오르간이여, — 번개여, 천둥이여, 높아져라, 굴러라, — 물이여, 슬픔이여, 높아져라, 대홍수들을 다시 일으켜라.

[III]   대홍수가 가라앉은 이후, — 오 묻혀 있는 보석들, 그리고 피어 있는 꽃들! — 그것은 권태일 뿐이기에! 그런데 여왕은, 질그릇 단지 속에 잉걸불을 불어일으키는 마녀는, 그녀가 알고 있고, 우리가 모르는 것을 결코 우리에게 이야기하려 하지 않으리라.

cathédrale.

Les caravanes partirent. Et le Splendide Hôtel fut bâti dans le chaos de glaces et de nuit du pôle.

Depuis lors, la Lune entendit les chacals piaulant par les déserts de thym, — et les églogues en sabots grognant dans le verger. Puis, dans la futaie violette, bourgeonnante, Eucharis me dit que c'était le printemps.

[II] — Sourds, étang, — Ecume, roule sur le pont, et par-dessus les bois; — draps noirs et orgues, — éclairs et tonnerre, — montez et roulez; — Eaux et tristesses, montez et relevez les Déluges.

[III] Car depuis qu'ils se sont dissipés, — oh les pierres précieuses s'enfouissant, et les fleurs ouvertes ! — c'est un ennui ! et la Reine, la Sorcière qui allume sa braise dans le pot de terre, ne voudra jamais nous raconter ce qu'elle sait, et que nous ignorons.

〔『일뤼미나시옹』의 첫 번째 시〕지금부터 읽게 될「대홍수 뒤에(Après le Déluge)」부터「노동자들(Ouvriers)」,「새벽(Aube)」,「바텀(Bottom)」까지는 랭보의 시집『일뤼미나시옹(Les Illuminations)』[(1872~1875년 작시, 1886년 일부 출판(42개 작품 중 35개), 1895년 전체 출판)〔서문에서 베를렌은 '일뤼미나시옹'이라는 제목이, '채색 삽화(彩色揷畵)' 또는 '장식 그림'이라는 뜻의 영어 단어 '일루미네이션스(illuminations)'와 랭보가 이미 붙인 부제에서 따왔다고 설명한다.]에서 가져온 것입니다.〔파리 코뮌을 경험한 이후에 창작된「대홍수 뒤에」는『일뤼미나시옹』의 첫 번째 시다.〕| 대홍수! 다들 알지요. 구약 성경에서 노아가 방주 타고 살아났던 그 홍수입니다. 대홍수는 인간에 대한 징벌이고, 그와 동시에 세상에 대한 정화의 의미를 가집니다. 온갖 악을 다 쓸어 버리고 정말로 새로운 세상이 오게 됐죠. 방주에 탔던 생명들만 살아남았습니다. 그 대홍수 뒤에 무슨 일이 일어났는가 봅시다.

[1]〔대홍수의 관념이 다시 가라앉자마자, / 토끼 한 마리가 잠두풀과 물결치는 방울꽃들 속에 멈추어 / 거미줄 사이로 무지개에 기도를 올렸다.〕☞ "대홍수의 관념(l'idée du Déluge)"이란 말은 실제로 대홍수가 있었는지 없었는지 모르지만, 우리가 대홍수라고 생각했던 것을 의미합니다. 대홍수 자체에 대한 의혹을 담고 있는 것이죠. | "무지개"도 여러분들이 기억하지요. 대홍수가 끝나고서 하나님이 다시는 대홍수로 인간들을 벌하지 않겠다는 약속으로 바로 이 무지개를 만들어 준 것입니다. 그 무지개에다가 기도를 올렸는데, 토끼 한 마리가 어디로 올렸나요? 거미줄 사이입니다. 대홍수가 가라앉고 무지개가 뜰 그 짧은 사이에 벌써 거미가 거미줄을 쳤습니다. 세상 참 무섭습니다(웃음). | 〔오! 몸을

숨기던 보석들, / — 벌써 눈길을 던지던 꽃들.〕☞ 대홍수 때 세상의 보석들이 땅에 묻히고 그랬었는데, 대홍수의 관념이 끝났을 때 바로 벌써 꽃들은 피고 이렇게 됐단 말이에요. | 〔**불길한 대로에는 푸줏간들이 서고** / 판화에서처럼 저 높이 층을 이룬 바다 쪽으로 사람들은 배들을 끌어갔다.〕☞ 대홍수가 끝났어도 푸줏간을 짓고 먹고 살아야 해요. 배를 끌어다 놓는다는 것을 보니 이제 더는 홍수가 안 온다고 조금 안심한 모습입니다. | 〔**피가 흘렀다,** 푸른수염의 집에서, / — 도살장에서, / — 투기장에서, / 신의 각인을 받아 그 창들이 희붐했다. / 피와 젖이 흘렀다.〕☞ 네, 벌써 인간들은 또 다시 먹고 살고 죽이고 살육하고 해야 됩니다. 인간은 살육 없이는 생명 자체를 부지하지 못하죠. "피와 젖이 흘렀다"는 말은 「출애굽기」에 나오는 젖과 꿀이 흐르는 가나안 땅— 그 젖과 꿀을 피와 젖이 흘렀다고 바꾼 거죠. | 〔**비버들이 집을 지었다.** / "마자글랑" 커피들은 선술집에서 김을 냈다.〕☞ 홍수가 다 쓸어갔으니까 이제 사람들은 온갖 종류의 재주를 부려 가면서 집을 짓겠죠. 개울에다가 집 짓는 비버들처럼. | "마자글랑"은 당시에 유행하던 커피입니다. 긴 잔에다 긴 숟가락으로 저어서 먹는데, 알제리를 식민지로 만들기 위해 프랑스가 전쟁을 일으켰던 당시에 마시게 된 커피입니다. 이 커피는 유행하던 커피일 뿐만 아니라 자체로 전쟁하고 연결됩니다. 〔마자그란(mazagran)은 얼음과 레몬즙,

민트나 럼을 타서 달고 시원하게 마시는 커피로, 알제리의 지명에서 이름을 따왔다. 알제리는 1830년대 프랑스

식민지가 되었고, 독립 전쟁을 진압하고자 프랑스군이 마자그란을 봉쇄했는데 그 주둔 군인들이 본국으로 돌

아오면서 퍼졌다. 당시 프랑스에서는 레시피에 상관 없이 긴 유리잔에 차게 마시는 커피를 마자그란으로 통칭

했다.〕| 〔**아직도 물이 흐르는 큰 유리 집에서는** / 상복을 입은 아이

LES ILLUMINATIONS

APRÈS LE DÉLUGE

Aussitôt que l'idée du Déluge se fut rassise,
Un lièvre s'arrêta dans les sainfoins et les clochettes mouvantes, et dit sa prière à l'arc-en-ciel, à travers la toile de l'araignée.
Oh! les pierres précieuses qui se cachaient, — les fleurs qui regardaient déjà.
Dans la grande rue sale, les étals se dressèrent, et l'on tira les barques vers la mer étagée là-haut comme sur les gravures.
Le sang coula, chez Barbe-Bleue, aux abattoirs, dans les cirques, où le sceau de Dieu blêmit les fenêtres. Le sang et le lait coulèrent.

1

OUVRIERS

O cette chaude matinée de février! Le Sud inopportun vint relever nos souvenirs d'indigents absurdes, notre jeune misère.

Henrika avait une jupe de coton à carreaux blanc et brun, qui a dû être porté au siècle dernier, un bonnet à rubans, et un foulard de soie. C'était bien plus triste qu'un deuil. Nous faisions un tour dans la banlieue. Le temps était couvert et ce vent du Sud excitait toutes les vilaines odeurs des jardins ravagés et des prés dessechés.

Cela ne devait pas fatiguer une femme au même point que moi. Dans une flache laissée par l'inondation du mois précédent à un sentier assez haut, elle me fit remarquer de tres petits poissons.

La ville avec sa fumée et ses bruits de métiers, nous suivait très loin dans les chemins. O l'autre monde, l'habitation bénie par le ciel, et les ombrages!

AUBE

J'ai embrassé l'aube d'été.

Rien ne bougeait encore au front des palais. L'eau était morte. Les camps d'ombres ne quittaient pas la route de bois. J'ai marché, réveillant les haleines vives et tièdes, et les pierreries regardèrent, et les ailes se levèrent sans bruit.

La première entreprise fut, dans le sentier déjà empli de frais et blêmes éclats, une fleur qui me dit son nom.

Je ris au wasserfall qui s'échevela à travers les sapins : à la cime argentée je reconnus la déesse.

Alors je levai un à un les voiles. Dans l'allée, en agitant les bras. Par la plaine, où je l'ai dénoncée

---

Les castors bâtirent. Les « mazagrans » fumèrent dans les estaminets.

Dans la grande maison de vitres encore ruisselante, les enfants en deuil regardèrent les merveilleuses images.

Une porte claqua, et, sur la place du hameau, l'enfant tourna ses bras, compris des girouettes et des coqs des clochers de partout, sous l'éclatante giboulée.

Madame *** établit un piano dans les Alpes. La messe et les premières communions se célébrèrent aux cent mille autels de la cathédrale.

Les caravanes partirent. Et le Splendide-Hôtel fut bâti dans le chaos de glaces et de nuit du pôle.

Depuis lors, la Lune entendit les chacals piaulant par les déserts de thym, — et les églogues en sabots grognant dans le verger. Puis, dans la futaie violette, bourgeonnante, Eucharis me dit que c'était le printemps.

Sourds, étang; — écume, roule sur le pont et passe par-dessus les bois; — draps noirs et orgues, éclairs et tonnerre, montez et roulez; — eaux et tristesses, montez et relevez les déluges.

Car depuis qu'ils se sont dissipés, — oh, les pierres

---

précieuses s'enfouissant, et les fleurs ouvertes! — c'est un ennui! et la Reine, la Sorcière qui allume sa braise dans le pot de terre, ne voudra jamais nous raconter ce qu'elle sait, et que nous ignorons!

BOTTOM

La réalité étant trop épineuse pour mon grand caractère, — je me trouvai néanmoins chez ma dame, en gros oiseau gris bleu s'essorant vers les moulures du plafond et traînant l'aile dans les ombres de la soirée.

Je fus au pied du baldaquin supportant ses bijoux adorés et ses chefs-d'œuvre physiques, un gros ours aux gencives violettes et au poil chenu de chagrin, les yeux aux cristaux et aux argents des consoles.

Tout se fit ombre et aquarium ardent. Au matin, — aube de juin batailleuse, — je courus aux champs, âne, claironnant et brandissant mon grief, jusqu'à ce que les Sabines de la banlieue vinrent se jeter à mon poitrail.

시집 『일뤼미나시옹(Les Illuminations)』의 1892년판 본문 페이지들. (왼쪽)「대홍수 뒤에(Après le déluge)」. (오른쪽 위에서 아래로)「노동자들(Ouvriers)」,「새벽(Aube)」,「바텀(Bottom)」.

들이 신기한 그림들을 바라보았다. / 문 하나가 삐걱거렸으며, / 동네 공터에서, 아이가 팔을 휘둘렀다, 도처의 바람개비 풍향계들과 종루의 닭들에게 이해를 얻으며, / 요란하게 떨어지는 진눈깨비 아래서.〕☞ 대홍수 이후에 살아남은 아이들이 있겠죠. 새로운 세계에 왔다고 하는 이 소식을 애들은 아마 그대로 믿고 있을 것입니다. | 어떤 애가 동네 공터에 나와서 팔을 휘둘렀단 말이에요. 이 아이가 바로 랭보일 것입니다. 다른 애들하고 같이 있지 않고 밖에 나와서 '또 홍수가 나라!' '바람 불고 태풍 오고 비 내려라!' 하면서 팔을 휘둘렀는데, 세상에 있는 모든 바람개비와 풍향계가 이 아이의 행동을 이해하는 겁니다. "종루의 닭"이란 표현은, 불란서에서 '골의 수탉(coq gaulois)'〔프랑스의 조상인 갈리아 부족과 수탉을 일컫는 라틴어 단어의 발음이 같은 데(gallus)서 유래했다. 프랑스 혁명 이후 프랑스 민족의 비공식적 상징으로 건물이나 비석, 문의 꼭대기에 세우며 때로 풍향계를 겸한다.〕이라고 해서, 풍향계를 닭 모양으로 만드는 데서 나왔습니다. 닭 모양의 풍향계와 풍속계들이 '야, 우리도 뺑 돌아야겠다.' 하고 돌아가는 겁니다. "요란하게 떨어지는 진눈깨비"라는 건 애가 팔을 휘두르니까 대홍수까지는 못 일으키더라도 진눈깨비 정도는 내리는 겁니다. 그런데 랭보는 시사(詩史)에 이런 대홍수를 일으킨 사람하고 비슷합니다. |〔*** 부인은 알프스 산중에 피아노를 설치했다. / 미사와 첫 성체배령〔聖體拜領, '영성체'의 이전 표현〕이 성당의 수십만 제단에서 거행되었다. // 대상들은 길을 떠났다. / 그리고 장엄 호텔이 극지의 그 얼음과 암야(暗夜)의 혼돈 속에 건립되었다.〕☞ 부르주아의 삶과 종교가 다시 돌아왔습니다. 벌써 다국적 기업도 생긴 모양입니다 (웃음). |〔그 때부터, 달은 들었다, 백리향의 사막에서 자칼들이

울어대고, / ― 과수원에서 나막신을 신은 목가(牧歌)들이 두런
거리는 소리를. / 그러자, 보랏빛 수림에서, 싹이 돋고, 유카리스
[Eucharis. 수선화과 유카리스속 식물의 통칭. 아메리카 열대가 원산지로, '아마존 백합(Amazon lily)'이라고
도 부른다.]가 나에게 이제 봄이라고 말했다.] ☞ "자칼이 울어대는"
것은 원한과 증오의 시간들입니다. "목가"가 "나막신을 신"었다
는 것은 농부라는 뜻입니다. 농투사니[농투성이]들, 그리고 그들의
촌스런 노래소리도 나고요. 그렇게 봄으로, 옛날로 다 돌아간 겁
니다.

[II] 〔― **숫구쳐라, 연못이여**, ― 거품을 뿜어라, 굴러라, 다리 위로,
숲을 넘어, / ― 검은 홑청이여, 파이프 오르간이여, ― 번개여,
천둥이여, 높아져라, 굴러라, / ― 물이여, 슬픔이여, 높아져라,
대홍수들을 다시 일으켜라.〕 ☞ 홑청은 침대 시트입니다. "검은
홑청"이라면 먹구름을 말합니다. "파이프 오르간"은 천둥이죠.

[III] 〔**대홍수가 가라앉은 이후**, / ― 오 묻혀 있는 보석들, 그리고 피
어 있는 꽃들! / ― 그것은 권태일 뿐이기에! / 그런데 여왕은, 질
그릇 단지 속에 잉걸불을 불어일으키는 마녀는, / 그녀가 알고 있
고, 우리가 모르는 것을 결코 우리에게 이야기하려 하지 않으리
라.〕 ☞ "묻혀 있는 보석들, 그리고 피어 있는 꽃들!"은 좋았던 때
지요. "여왕"은 세계를 주도하는 어떤 '혼'을 대신해서 쓰는 말입
니다. "이야기하지 않으리라"는 것은 거기에 하나의 희망은 있다
는 거죠. 이야기할 수 없고 이성으로 짚을 수도 없지만, 무슨 일이
일어난다는 거죠. 또 대홍수가 일어날 거야. 근데 언제인지 모르

고 기약할 수도 없다는 거지요.

〔**랭보와 파리 코뮌**〕 랭보로서는 파리 코뮌[1871년 3~5월]의 체험이 이 시로 나타났을 것이라고 생각합니다. 말하자면 랭보의 혁명적 사상이「대홍수 뒤에」같은 시로 나타난 거지요. 이것은 랭보의 혁명적 의욕[이 대목의 발음이 불분명하여 '기억', 또는 '역(役)'이었을 수도 있다.]하고 같을 것입니다. ↓

노동자들

[i] 오 2월의 이 더운 아침. 때도 아닌 남풍이 불어와 우리 터무니
없는 극빈자들의 기억을, 우리 젊은 날의 가난을 다시 들추어 냈
다.

[ii] 헨리카는 지난 세기에나 입었어야 할 흰색과 갈색의 작은 체크
무늬 면 치마에, 리본 달린 모자를 쓰고 비단 스카프를 두르고 있
었다. 그건 상복보다 훨씬 더 슬펐다. 우리는 교외를 한 바퀴 돌
았다. 날은 흐리고, 남녘 바람이 황폐한 정원과 말라 버린 초원에
서 온갖 역겨운 냄새들을 들쑤셔 댔다.

[iii] 그래도 아내는 나만큼은 지치지 않았던 것 같다. 지난 달 홍수
가 제법 높은 오솔길에 남겨 놓은 물웅덩이 속의 아주 작은 물고
기들을 가리키며 나더러 보라고 했다.

[iv] 도시는, 그 연기와 작업장의 소음으로, 아주 멀리까지 길을 따
라 우리를 쫓아왔다. 오 다른 세상이여, 하늘과 나무 그늘로 축복
받은 주거지여! 남녘은 내 유년 시절의 비참한 사건들을, 내 여
름날의 절망을, 운명이 늘 나에게서 떼어 놓는 힘과 지식의 그 무
시무시하게 거대한 더미를 생각나게 했다. 아니다! 우리가 언제
까지나 약혼한 고아들일 뿐인 이 인색한 나라에서 우리는 여름을
보내지 않으리라. 이 굳어진 팔이 소중한 이미지 하나를 더 이상
끌고 다니게 하고 싶지 않다.

OUVRIERS

O cette chaude matinée de février. Le Sud inopportun vint relever nos souvenirs d'indigents absurdes, notre jeune misère.

Henrika avait une jupe de coton à carreau blanc et brun, qui a dû être portée au siècle dernier, un bonnet à rubans, et un foulard de soie. C'était bien plus triste qu'un deuil. Nous faisions un tour dans la banlieue. Le temps était couvert, et ce vent du Sud excitait toutes les vilaines odeurs des jardins ravagés et des prés desséchés.

Cela ne devait pas fatiguer ma femme au même point que moi. Dans une flache laissée par l'inondation du mois précédent à un sentier assez haut elle me fit remarquer de très petits poissons.

La ville, avec sa fumée et ses bruits de métiers, nous suivait très loin dans les chemins. O l'autre monde, l'habitation bénie par le ciel et les ombrages ! Le sud me rappelait les misérables incidents de mon enfance, mes désespoirs d'été, l'horrible quantité de force et de science que le sort a toujours éloignée de moi. Non ! nous ne passerons pas l'été dans cet avare pays où nous ne serons jamais que des orphelins fiancés. Je veux que ce bras durci ne traîne plus une chère image.

〔'**중력으로부터 떠난 세계**'가 아니다〕 불란서 사람들은『일뤼미나시옹』에 관해 이야기할 때 굉장히 호들갑을 떱니다. '일뤼미나시옹'은 영어로 일루미네이션(Illumination)입니다. 당시에는 컬러 인쇄 대신에 판화에다 색칠을 했죠. 착색 판화들을 모아 놓은 책을 그리 불렀답니다. 그래서 김현 선생(金炫, 1942~1990)이『착색 판화집〔채색 판화집〕』이라 번역하기도 했지요. | 랭보가 죽은 다음 베를렌도 그게 있는지 몰랐는데, 어떤 출판사 서랍에서 산문 시집 원고 뭉치가 발견됩니다. 후에『일뤼미나시옹』으로 묶어 시집을 내는데, 베를렌이 거기다 서문을 썼어요. 해설 같은 것을 쓰면서 '일뤼미나시옹'이 '착색 판화집'이라는 뜻이다, 자기가 좀 알고 있다는 식으로 말했습니다. 그런데 불란서 사람들은 그렇게 이해하려고 하지 않습니다. '일뤼미네(illuminé)' 하면 계시받은 사람이라는 뜻입니다. '일뤼미나시옹(illumination)' 자체가 계시, 계시와 같은 형상, 계시가 아니더라도 특별한 종류의 상상력 정도로 이해되길 바라죠. 실제로『일뤼미나시옹』안에는 이렇게 해석할 만한 시가 많습니다. | 그런데 우리가 랭보의 시를 자세히 읽어 보면, 상당히 사실주의적이라는 사실을 알게 됩니다. 불란서 사람들은 특히『일뤼미나시옹』에 대해서 "중력으로부터 떠난 세계를 그렸다."라고들 하지만, 랭보는, 특히 후기 시들에서도 그렇고,『지옥에서의 한 철』도 그렇고, 먹고 사는 문제, 현실 속에서 어떻게 시인이 되는가, 현실 속에서 어떻게 자기가 가진 문학적 재능을 펼칠 수 있는가 하는 데 대한 관심이 굉장히 높았습니다. 그 관심이 내내 랭보를 어떤 강박증 속으로 몰아 넣습니다.「노동자들(Ouvriers)」이라고 하는 이 시를 읽어 보면, 거의 한국의 노동자

문학을 읽는 것과 비슷합니다. 〔1872년 이후에 썼을 것으로 여겨진다. 1886년 『일뤼미나시옹』에 수록되었다.〕

┌ 「노동자들」은 실제로 우리 나라에서도 공단 근처에서 살고 있는 젊은 노동자 부부, 그런 이들의 목소리로 이야기하고 있습니다.
[i] │〔**오 2월의 이 더운 아침**. 때도 아닌 남풍이 불어와 우리 터무니없는 극빈자들의 기억을, 우리 젊은 날의 가난을 다시 들추어 냈다.〕☞ 2월이면 추울 때지요. 그런데 불란서의 2월은 우기이기
[ii] 도 합니다. │〔**헨리카**는 지난 세기에나 입었어야 할 흰색과 갈색의 작은 체크무늬 면 치마에, 리본 달린 모자를 쓰고 비단 스카프를 두르고 있었다. 그건 상복보다 훨씬 더 슬펐다.〕☞ '헨리카(Henrika)'는 북구(북유럽)식 이름입니다. 그 땐 북구에서 불란서로 이민 온 사람들이 많았습니다. 이민 노동자 중의 한 사람일 것 같아요. 우리로 치면 조선족이나 필리핀에서 온 사람 정도겠지요. 그런데 왜 이렇게 울긋불긋한 옷을 입느냐. 옷이 없으니까 옛날에 한 벌 장만해 놓은 좋은 옷을 입고 있는 거예요. 입을 옷이
└ 충분하면 그걸 안 입었을 텐데. 상복보다 더 슬픈 겁니다. │ 문득 생각나는 것이 있습니다. '참치마'라는 말 들어 본 적 없지요. 옛날에 우리 동네 말로 비단 치마를 참치마라고 그럽니다. 그 가난한 시골에서는 비단 치마를 못합니다. 어떤 신부가 결혼할 때 숙수〔인견 외올실을 써서 무늬 없이 짠 천. 흔히 안감으로 쓴다.〕라고 해서 인조견〔인견. 레이온. 누에가 뽑은 실이 아니라 20세기 초 이후 사람이 무명 부스러기 등의 섬유소를 화학적으로 처리해 비단 비슷한 광택이 나게 만든 천이라는 뜻이다.〕 치마를 가져왔는데, 텃밭에서 그 치마를 입고 일을 했던 모양이에요. 그러니까 시어머니가 동네에다 큰소

리로 하소연을 합니다. '동네 사람들 다 들어 보소. 우리 며느리는 참치마를 입고 일합디다'고. 무슨 말인지 알겠어요(웃음)? 딱 그 경우입니다. | 〔**우리는** 교외를 한 바퀴 돌았다. 날은 흐리고, 남녘 바람이 황폐한 정원과 말라 버린 초원에서 온갖 역겨운 냄새들을 들쑤셔댔다.〕☞ 겨울에 따뜻한 바람이 혹 불어올 때 갑자기 이렇게 냄새가 올라오는 경우가 있죠. | 〔**그래도 아내는** 나만큼은 지치지 않았던 것 같다. 지난 달 홍수가 제법 높은 오솔길에 남겨 놓은 물웅덩이 속의 아주 작은 물고기들을 가리키며 나더러 보라고 했다.〕☞ '물웅덩이 속의 물고기들' 이야기는 『장자(莊子)』에도 나오는 이야기입니다.〔그 이야기는 이렇다 : 장주〔莊周(장자)〕는 집이 가난하여 감하후〔監河侯, 위(魏)나라 문후(文侯)〕에게 양식을 꾸러 갔는데 감하후가 말했다. "좋습니다. 내가 머잖아 소작료를 받게 될 텐데 그 때 선생에게 삼백 금을 빌려 드리겠습니다. 그러면 되겠지요?" 장자가 화난 얼굴로 말했다. "제가 어제 여기로 올 때, 길에서 나를 부르는 자가 있었습니다. 제가 돌아보니 수레바퀴 자국 속에 붕어가 한 마리 있었기에, 제가 물었습니다. '붕어야! 도대체 무슨 일이냐?' 붕어가 대답했습니다. '나는 동해의 파도를 담당하는 신하입니다. 선생께서 물을 한 바가지 가져와 저를 살려 주지 않으시겠습니까?' 내가 말했지요. '좋다. 나는 남쪽의 오나라와 월나라 왕에게 가는 길인데, 서쪽 강의 물길을 돌려서 너에게 보내도록 하겠다. 그러면 되겠느냐?' 붕어가 발끈해서 화난 얼굴로 말했습니다. '나는 늘 나와 함께 있는 물을 잃어 처할 곳이 없소. 지금 한 되나 한 말의 물이면 살아날 수 있소. 당신이 그렇게 말하니, 건어물 가게에 가서 나를 찾는 것이 더 나을 것이오!'" 다급한 위기를 비유하는 '학철부어(涸轍鮒魚)'가 이 이야기에서 유래했으며, 핵심은 '때늦은 베풂은 베풂이 아니다'라는 것이다.〕 | 〔**도시는**, 그 연기와 작업장의 소음으로, 아주 멀리까지 길을 따라 우리를 쫓아왔다. 오 다른 세상이여, 하늘과 나무 그늘로 축복받은 주거지여! 남녘은 내 유년 시절의 비참한 사건들을, 내 여름날의 절망을, 운명이 늘 나에게서 떼어놓는 힘과 지식의 그 무시무시하게 거대한 더미를 생각나게 했다.〕☞

말하자면 가방끈도 짧고 말이죠. │〔**아니다!** 우리가 언제까지나 약혼한 고아들일 뿐인 이 인색한 나라에서 우리는 여름을 보내지 않으리라. 굳어진 팔이 소중한 이미지 하나를 더 이상 끌고 다니게 하고 싶지 않다.〕☞ 희망을 잊고 사는 "이 인색한 나라"에서 이렇게 살지 않겠다는 다짐입니다. 이 "소중한 이미지"를 깨부수든지 아니면 실현시키든지 양단간에 결단을 내리겠다는 마음이겠죠.

〔**잘 표현된 불행**〕 흔히 사람들이 말하는 랭보의 중력이 사라진 세계는, 실제로는 가장 깊은 중력과 연결된 세계입니다. 랭보에게는 중력에 대한 뼈저린 체험이 있습니다. 어떻게 오늘 하루 어디서 잘 것인가, 어디서 뭘 얻어먹고 살 것인가. 이런 시들이 『일뤼미나시옹』 속에 들어 있습니다. 그 불행을 날렵한 말로 정말 잘 표현합니다. 워낙 뛰어나게 표현하니까 중력이 없는 것처럼 보이는 것이죠. ↓

새벽

[i]   나는 여름의 새벽을 끌어안았다.

[ii]   궁전의 정면에 움직이는 것은 아직 아무 것도 없었다. 물은 죽어 있었다. 그림자들의 야영은 숲길을 떠나지 않았다. 생생하고 따뜻한 숨결들을 깨우며, 나는 걸었다. 돌들이 쳐다보았으며, 날개들이 소리 없이 일어났다.

[iii]   첫 번째 유혹은, 상쾌하고 뽀얀 빛이 벌써 가득한 오솔길에서, 내게 제 이름을 말한 한 송이 꽃이었다.

[iv]   나는 전나무 사이로 어지럽게 날리는 금발의 폭포에게 웃음을 지었다. 은빛 꼭대기에서 나는 여신을 알아보았다.

[v]   그래서 나는 한 겹 한 겹 베일을 들춰 올렸다. 가로수길에서, 팔을 흔들며. 들판을 가로지르며, 나는 수탉에게 그녀를 알렸다. 대도시에서 그녀는 종루와 돔 사이로 도망쳤으며, 나는 대리석이 깔린 강둑길을 거지처럼 달려, 그녀를 뒤쫓았다.

[vi]   길 위쪽, 월계나무숲 가까이에서, 나는 베일이 어지럽게 헝클어진 그녀를 껴안았다. 그리고 조금은 그녀의 거대한 육체를 느꼈다. 새벽과 아이는 숲 기슭에 넘어졌다.

[vii]   깨어 보니 한낮이었다.

AUBE

(i)   J'ai embrassé l'aube d'été.

(ii)   Rien ne bougeait encore au front des palais. L'eau était morte. Les camps d'ombres ne quittaient pas la route du bois. J'ai marché, réveillant les haleines vives et tièdes, et les pierreries regardèrent, et les ailes se levèrent sans bruit.

(iii)   La première entreprise fut, dans le sentier déjà empli de frais et blêmes éclats, une fleur qui me dit son nom.

(iv)   Je ris au wasserfall blond qui s'échevela à travers les sapins: à la cime argentée je reconnus la déesse.

(v)   Alors je levai un à un les voiles. Dans l'allée, en agitant les bras. Par la plaine, où je l'ai dénoncée au coq. A la grand'ville elle fuyait parmi les clochers et les dômes, et courant comme un mendiant sur les quais de marbre, je la chassais.

(vi)   En haut de la route, près d'un bois de lauriers, je l'ai entourée avec ses voiles amassés, et j'ai senti un peu son immense corps. L'aube et l'enfant tombèrent au bas du bois.

(vii)   Au réveil il était midi.

[새벽(Aube오브)의 여신을 좇아] 참 서정적 어조를 가진 시죠. 그러나 따지고 보면, 정치적인 시입니다. [『새벽(Aube)』을 포함한 『일뤼미나시옹』의 일부 시들은 1886년 문예지 『라 보그(La Vogue)』에 처음 소개되고, 그 해 10월에 출판된 『일뤼미나시옹』(42개 작품 중 35개)에 수록되었다.] | "여름의 새벽(Aube)을 끌어안았다"—'오브'라는 이름의 '새벽의 여신'이 있습니다. [그리스 신화의 에오스(Eos), 로마 신화의 아우로라(Aurora)를 말한다. 거신족 히페리온과 테이아는 자식을 셋 두었는데 태양신 헬리오스, 달신 셀레네, 새벽신 에오스다. 그는 매일 해가 뜨도록 천상의 문을 분홍빛 손가락으로 여는 임무를 맡는다. 에오스와 사랑을 나누는 모든 인간 남성은 아프로디테의 저주를 받아 불행한 종말을 맺는다.] 이 여신을 알레고리로 씁니다. 서양의 그림에서 새벽의 여신을 보면 보통 꾕

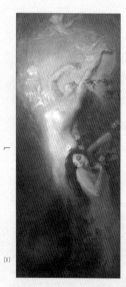

(왼쪽) 빅토르 프루베(Victor Prouvé, 1858~1943)의 〈새벽(L'Aube, Dawn)〉, 1900년. (오른쪽) 영국의 신고전주의 화가 허버트 제임스 드레이퍼(Herbert James Draper, 1864~1920)의 〈낮과 샛별(Day and the Dawnstar, Le jour et l'aube)〉, 1906년.

장히 섹시하게 그려집니다. 그 여신을 끌어안았단 말이에요. 아
직 어둠이 물러가지 않은 상태에서 숲길로 가면서 새벽들을 깨우
고, 꽃송이를 만나서 이야기를 하고, 그리고 폭포에게 소식을 듣
고 하다가 여신을 보게 됩니다. | 한 겹 한 겹 여신의 베일을 걷어
올리고, 가로수길에서 팔 흔들며 들판을 가로지르고, 수탉에게
그녀를 알리고, 대도시로 그녀를 따라 뛰어가다가 월계나무 숲에
서 그녀를 붙듭니다. 베일은 자기가 들춰 올렸으니까 헝클어졌겠
죠. 그렇게 그녀를 조금 느끼기도 했단 말이에요. 그대로 숲 기슭
에 넘어집니다. 이 때까지는 성공한 것 같아 보입니다.

〔**실패담으로서의 시**〕 이 알레고리 구조를 이해하시겠죠? 밤은
몽상의 시간입니다. 어둠 속에서 밝음이 오고 있는 지금 이걸 끌
어안아야 합니다. 밝아 버리면 어떻게 되겠어요, 새벽이 없어져
버리죠. 몽상과 현실, 이성이 만나는 순간, 바로 그 몽상이라는
'착란'을 현실 이성이라고 하는 '합리적인 것'으로 파악해서 나타
내야 되는 겁니다. 그런데 새벽을 끌어안았다고, 즉 꿈을 파악했
다고 생각하는 순간 꿈은 사라지고, 완벽한 이성, 일상의 언어 세
^[vii] 계 속으로 다시 돌아옵니다. | "깨어 보니 한낮이었다." 실패한
겁니다. 『지옥에서의 한철^(지옥에서 보낸 한철)(Une saison en enfer)』
⁽¹⁸⁷³⁾도 이 『일뤼미나시옹』^(1886 : 1895)도 그렇고, 잘 쓴 시들은 거의
대부분 실패담의 형식을 가지고 있습니다.^{〔다음을 참조.〕}〔"결국 애가 쓴 시일
뿐인 랭보의 시가 왜 중요하냐고 누가 방금 물었다. 좋은 시는 늘 실패담이다. 그런데 아주 비장하고 순결한 실
패담이 랭보의 시다. 그래서 중요하다."] 〔2016년 9월 4일자 트윗. 황현산, 『내가 모르는 것이 참 많다』(난다,
2019) 484쪽. 〕 ↓

바텀

(i)   현실은 내 지독한 성격으로 견뎌 내기엔 너무나 가혹한 가시밭
이었지만, — 그럼에도 나는 부인(夫人)의 집에서, 천장의 구석
장식을 향해 날아가며 저녁의 어둠 속에 날개를 끄는 잿빛 푸른
빛 커다란 새가 되어 있었다.

(ii)   나는 그녀가 사랑하는 보석들과 그녀의 육체적 걸작들을 떠받
들고 있는 닫집의 발치에서, 이빨이 보랏빛이고, 슬픔으로 털이
하얗게 샌, 장식장의 수정 그릇과 은그릇에서 두 눈을 뗄 줄 모르
는 한 마리 큰 곰이었다.

(iii)   모든 것은 그림자가 되고 타오르는 수족관이 되었다.

(iv)   아침에, — 전투적인 유월의 새벽에, — 나는 당나귀, 들판을
달리며, 교외의 사빈들이 내 가슴팍에 몸을 던지러 올 때까지, 내
불만을 나팔 불어 퍼뜨리고 휘둘렀다.

BOTTOM

[i] La réalité étant trop épineuse pour mon grand caractère, — je me trouvai néanmoins chez ma dame, en gros oiseau gris bleu s'essorant vers les moulures du plafond et traînant l'aile dans les ombres de la soirée.

[ii] Je fus, au pied du baldaquin supportant ses bijoux adorés et ses chefs-d'oeuvre physiques, un gros ours aux gencives violettes et au poil chenu de chagrin, les yeux aux cristaux et aux argents des consoles.

[iii] Tout se fit ombre et aquarium ardent.

[iv] Au matin, — aube de juin batailleuse, — je courus aux champs, âne, claironnant et brandissant mon grief, jusqu'à ce que les Sabines de la banlieue vinrent se jeter à mon poitrail.

‘바텀’은 요즘 동성애 용어로도 쓰이지요, 여자 역할을 하는 남자를 바텀이라 부릅니다. 한국 사람이 쓴 어떤 논문에 랭보의 「바텀(Bottom)」을 그렇게 해석하려고 시도는 했는데요, 그러나 전혀 근거가 없습니다. 〔「바텀(Bottom)」은 1886년 문예지 『라 보그』에 처음 소개되고, 그 해 10월에 출판된 『일뤼미나시옹』에 수록되었다.〕

[i] 〔**현실은 내 지독한 성격으로 견뎌내기엔 너무나 가혹한 가시밭이었지만, ─ 그럼에도 나는 부인(夫人)의 집에서, 천장의 구석 장식을 향해 날아가며 저녁의 어둠 속에 날개를 끄는 잿빛 푸른 빛 커다란 새가 되어 있었다.**〕 ☞ 랭보의 산문시 성격의 글에 나오는 여자들은 보통 시, 미, 예술의 알레고리입니다. 랭보의 성격으로 견디기엔 현실이 너무나 가혹했지만 ‘예술, 미라는 개념이 내가 의지할 수 있고, 나를 감싸 줬다’는 말입니다. 새가 향해 날아가는 원문의 물뤼르(moulures)를 “구석 장식”이라고 번역했습니다. 영어로 코니스 (cornice, 처마 돌림띠. 모서리가 아니더라도 벽면이나 천장면을 구획해 쇠시리 장식을 돌리는 기법을 통칭한다.)에 해당합니다. 구석에 장식하는 것. ‘코니스’로 할까 ‘구석 장식’으로 할까 오늘 아침 내내 망설이다가 (웃음) 구석 장식으로 했습니다. | 한 마리 새가 되면 현실은 견딜 만한 것이 되죠.

[ii] 〔**나는 그녀가 사랑하는 보석들과 그녀의 육체적 걸작들을 떠받들고 있는 닫집의 발치에서, 이빨이 보랏빛이고, 슬픔으로 털이 하얗게 센, 장식장의 수정 그릇과 은그릇에서 두 눈을 뗄 줄 모르는 한 마리 큰 곰이었다.**〕 ☞ “닫집”은 절 법당에 들어가면 법당

안에다 불상 위에 따로 만들어 놓은 지붕이 있잖습니까. 뭐, 절까지 갈 필요 없이 일식집 주방만 가도 그렇게 만들어 놓은 곳들 많지요. 침대 위에다가도 닫집을 올려 놓고요. | "장식장의 수정 그릇과 은그릇에서 두 눈을 뗄 줄 모르는 한 마리 큰 곰"은 그녀의 흔적들, 미의 흔적들만 보고 있지요. 보석들, 육체적 걸작들, 수정 그릇, 은그릇. '미'라고 하는 것이 있다는 사실에 대한 물질적 증거들이죠. 그런데 이것만 보고 미 그 자체는 못 보고 있습니다.

[iii] 〔**모든 것은 그림자가 되고 타오르는 수족관이 되었다.**〕 ☞ 위고가 쓴 『바다의 노동자들』[(1866)]에 이런 문장이 있어요. "꿈이라고 하는 것은, 꿈은 하나의 수족관이다."〔"Le rêve est l'aquarium de la nuit." 앞 문장부터 인용하면 다음과 같다. "잠자는 이는 확실히 지켜보는 것도 아니고, 그렇다고 아주 의식이 없는 것도 아닌 채로, 기묘한 동물, 기이한 식물, 끔찍하거나 눈부시게 창백한 유령, 가면, 형상, 히드라, 혼란, 빛 없는 달빛, 기적의 수상한 변형, 심연 속의 커짐과 사라짐, 어둠 속을 부유하는 형태들을 언뜻 본다. 그 모든 신비를 우리는 '꿈꾸기'라고 부르는데, 그것은 보이지 않는 실재에 접근하는 통로에 다름 아니다. 꿈은 밤의 수족관이다."〕

이 구절로 이 문장을 설명하려고들 합니다. 랭보가 이 글 쓸 무렵 『바다의 노동자들』을 읽었으리라는 여러 증거들이 있습니다. 요 구절도 그 증거 중 하나입니다. 그러니까 모든 것은 그림자가 되고 꿈이 타오르는 도취의 이야기인데, 아침에 깨어 보니 사라집니다. 아까 읽은 「새벽」과 비슷하죠. 이상한 실낙원의 구조를 가지고 있습니다.

[iv] 〔**아침에, — 전투적인 유월의 새벽에, —** 나는 당나귀, 들판을 달리며, 교외의 사빈들이 내 가슴팍에 몸을 던지러 올 때까지, 내 불

〈사비나들(Les Sabines)〉, 자크-루이 다비드(Jacques-Louis David, 1748~1825), 17 98년, 파리 루브르 미술관 소장. 또는〈사비니 여인들의 중재〉라고도 한다.

만을 나팔 불어 퍼뜨리고 휘둘렀다.〕☞ 나는 한 마리 당나귀가 되었어요. "사빈"이란 표현은 다비드(Jacques-Louis David, 1748~1825)가 그린 〈사비나들(Les Sabines)〉(1799)에서 왔습니다. 사비나는 이태리의 한 지역입니다. 이태리 원주민들이 사는 사비나 마을에 로마 사람들이 들어옵니다. 그러다 여자들이 부족하니까 사비나 여자들을 유괴한 거예요. 몇 년이 지난 뒤에 여자를 빼앗긴 사비나 남자들이 힘을 모아 로마 사람들을 습격하러 옵니다. 로마 남자와 사비나 남자들이 싸우는데 사비나 여자들은 옛날에 거기 살았지만 여기서 살다 애도 낳고 그랬으니 참 막막하잖아요. 아기를 안고 나가서 '그만 싸우라' 말리는 장면입니다. | "교외의 사빈들이 내 가슴팍에 몸을 던지러 올 때까지, 내 불만을 나팔 불어 퍼뜨리고 휘둘렀다." 랭보는 여기서 현실 세계로 돌아와서, 저 거대한 저택에서 은그릇, 수정 그릇 놓고 사는 귀부인이 아니라 사비나들! 여기서 유괴당하고 저기서 어쩔 수 없이 애를 낳은, 정말 현실 속 여자들을 이야기합니다. 이 현실 속의 여자들을 만날 때까지, 자기가 생각해 온 저 미(美)라는 것 대신으로 현실의 여자들을 겨우 안을 수 있게 될 때까지 계속 풀밭 속 당나귀가 되고, 그러면서 분투했단 말입니다. | 첫 행의 "잿빛 푸른 빛 거대한 새"에서, 두 번째 행의 "털이 하얗게 센, 〔…〕 한 마리 큰 곰"을 거쳐 셋째 행의 "당나귀"로 추락하는 과정, 그러면서 동시에 자기 자리를 찾게 되는 이 과정을 기억할 필요가 있을 것 같습니다.

〔**의외로 현실적인**〕 랭보를 이야기할 때는 랭보의 사실성, 랭보에 관련된 이 이상한 리얼리즘을 이해해야 됩니다. 보통 상징주의

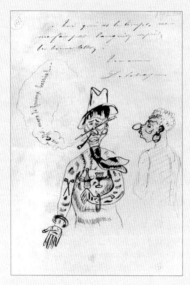

에르네스트 들라에(Ernest Delahaye, 1853~1930)가 그린, 아프리카를 여행하는 **랭보**. 1880~1891년.

랭보의 스케치. 1873년 에르네스트 들라에에게 보낸 편지에서.

안에서 랭보를 현실과 가장 동떨어진 사람으로 이해를 합니다만 실제로는 보들레르 이후로 가장 현실과 밀착된 이가 랭보였습니다. 랭보는, 우선 촌애입니다. 시골 아이입니다. 보들레르 시를 보면 풀 이름, 나무 이름 하나가 나오지 않습니다. 그런데 랭보한테 오면 무수하게 나옵니다.(밖에서 사이렌 소리) 그리고 다른 이들은 주로 도시에 근거지가 있었습니다. 랭보는 도시에 근거지가 없었어요. 길지 않은 생애를 살펴보면 스무 살 되기 전, 아프리카로 떠나기 전에 파리에 가서 돌아다니다 춥고 도저히 안 되면 샤를빌에 있는 자기 집으로 와서 보통 이 주일 정도 머물렀다고 해요. 그러다가, 또 파리로 갑니다. 갈 데가 없으면 다시 샤를빌에서 한 달을 지내고, 영국에 가서 난리치며 다니다가도 집에 돌아와 머무릅니다.

[가장 핍진한 체험들로부터] 그러나 랭보는 샤를빌에 들어가 버리면 영영 끝이라고 생각한 것입니다. 어떻게 해서든지 떠나 있으려 했습니다. 파리에, 런던에, 아니면 브뤼셀 같은 곳에 자리를 잡아야 뭐라도 하지, 시골 내려가면 끝이다, 이렇게 생각한 것입니다. 그런 랭보의 현실은 우리 현실하고 똑같아요. 그렇게 애쓰다가 파리에도 못 있고 시골에도 못 있게 되니까 결국 아프리카로, 더 먼 어디로 간 것입니다. 이렇듯 랭보가 현실에서 겪었던 가장 핍진한 체험들, 이것이 바로 '투시자[견자(見者)]들'의 시학으로 나타났다고 이야기하는 것이 좋을 것 같습니다. 오늘 제 이야기는 여기까지 하고 질문 받겠습니다. ↓

베를렌(Paul-Marie Verlaine)이 그린 랭보(Jean Nicolas Arthur Rimbaud), 1872년.

Ⓠ 강의 중에 읽은 시는 아니지만 「가장 높은 탑의 노래(Chanson de la plus haute tour)」[『지옥에서 보낸 한 철』 중 「착란 II — 언어의 연금술(Délires II — Alchimie du verbe)」을 이루는 7편의 시 중 하나다. 1872년경 작시.]에서, 마지막 연을 보면 "시간이여 오라"고 하는데, 저는 처음에 부정적인 느낌으로 읽었거든요, 그런 것인가요? Ⓐ 네 그렇죠. 번역을 잘못한 탓도 있습니다. 거기 "s'éprennent"를 뭐라고 번역해야 할지 몰라서 "마음이 들뜬다, 열에 뜬다"고도 해 보았는데, 번역자로서 참 불만입니다. "마음이 반한 시간"이라고 할 수도 없고…… | (조재룡) 저 같으면 "홀딱 빠진"이라고 번역을 할 것 같습니다. 원래 그런 뜻이잖아요. Ⓐ 내가 그래서 의성어, 의태어를 안 씁니다. "빠진"은 좋은데 "홀딱"은 내가 참 싫어해, 흐헛헛! "홀라당"은 더구나! (모두 웃음)

Ⓠ 「노동자들(Ouvriers)」 마지막 행에서 **"소중한 이미지 하나"** 를 어떻게 해석해야 할까요? Ⓐ 아무도 모릅니다 (웃음). 그러나 랭보가 늘 강박적으로 가지고 있는 어떤 것, 예를 들어 「바텀」에서 여자로 표현되는 미, 「새벽」에서의 새벽 같은 것, 시의 완성, 완벽한 종류의 어떤 시, 이런 것으로 이해를 하면 되지 않을까요.

Ⓠ 선생님! Ⓐ 네! Ⓠ **랭보의 시 창작 기간**이 7년 정도라고 하셨는데, 그 이후로는 왜 시를 그만둔 건가요? 말년으로 갈수록 시를 쓸 수 없었던 건가요? Ⓐ 거기에 관해서는 7년인지 4~5년 정도인지 정확하지가 않은데요. 보통 불란서에서 이름난 비평가들은, 그 선두에 이브 본느푸아[본푸아] 같은 사람이 있습니다만, 이

에티오피아 동부의 하라르(Harar)에서 찍은 랭보의 사진, 1883년경.

를 '랭보의 거대한 침묵'이라고 표현하기도 하는데, 허어…… 그러나 랭보가 어떤 결단을 내렸기에 그 이후로 시를 쓰지 않았는가, 아니면 그냥 쓸 수 없어서 안 썼는가를 알기는 참 어렵습니다. │ 그런데 그 질문보다 랭보의 시가 가진 중요성을 먼저 이야기할 필요가 있는데요. 우리 때 한국에서 불란서 상징주의, 그러니까 곧 불란서 현대시를 공부하는 사람이라면 전부 다 읽었던 책이 한 권 있습니다. 송욱 선생(宋稶, 1925~1980)의 『시학평전(詩學評傳)』(1963)이라고 하는 책입니다. 나는 그 책을 읽다가 무슨 소리인 줄을 몰라 가지고 결국 다 못 읽었어요. 나중에 보니까 문장이 그렇게 엉터리더라고……. 거기에 보들레르, 말라르메, 발레리 이야기가 다 나옵니다. 그런데 랭보는 이름조차 안 나와요. 왜 그렇느냐, 애라고 생각한 겁니다. 〔다음을 참고.〕〔"송욱의 『시학평전』은 보들레르 이후 프랑스의 현대 상징주의를 대거 소개하면서 이른바 '발레리의 불꽃 같은 지성'을 한국 시의 나아갈 길로 추천하고 있지만, 랭보의 시에 대해서는 침묵하였으며 그 이름조차 언급하지 않았다. 그는 랭보의 반항과 모험, 그리고 그 동력이 되었던 육체적 감각의 혼란을 불편하게 여겼을 뿐만 아니라 두려워했던 것이다. 이 두려움이 여전히 한국 시에 남아 있다는 것은 각종 문학상의 수상작이나 공모의 당선작을 보면 알 수 있다."〕〔황현산, 「김수영의 현대성 혹은 현재성」, 『잘 표현된 불행』(난다. 2020) 358쪽.〕 내가 이 이야기를 자주 하는데, 그럴 때면 김정환 선생이 옆에 있다가 〔김정환 선생에게는 송욱 선생이 자기 선생(서울대 영어영문학과)이 되기도 하잖아요?〕 "송욱 선생은 랭보 안 넣어 가지고 욕을 그렇게 바가지로 얻어 먹는다"고, 탄식을 합니다.(웃음)! │ 불란서에서도 랭보를 천시한 사람들이 있어요. 어리다는 거죠. 발레리 같은 사람도 그랬습니다. 발레리는 머리가 좋은 사람이라서, 랭보를 천시하는 말을 하진 않지만 '그 아이는 우연히 그렇게 된 것'이라는 뉘앙스로 이야기를

합니다.〔다음을 참조.〕(〝20세기 최고의 지성이라고 불리는 발레리는 랭보에 대해 '무엇인지 모르나 전

대미문의 방사선을 창안한 사람'이라고 말했다.〟)〔황현산, 「전대미문의 이상한 광선」, 『고대투데이』2003년

봄호.〕 그런데 랭보는 바로 이 어린아이기 때문에 그 시가 가진 독

특함이 있습니다. | 여기 있는 여러분은 **문학에 운명을 걸고 있는**

사람들이지요. 문학에다가 운명을 걸 때 분명 여러분을 사로잡는

이미지가 있을 것입니다. 문학이 가진, 설명할 수 없는 어떤 것이

있습니다. 그게 가장 순결하게 남아 있는, 그러니까 모든 시적 열

정을 한데 모으는, 시 쓰는 사람들에게 모든 시적 열정을 다시 발

견하게 해 주는 힘이 랭보의 시에는 있습니다. 랭보가 거기서 말

을 딱 끊었다, 거대한 침묵 속으로 들어간 이유는 그것을 간직하

고 싶어서, 그 힘을 더럽히지 않기 위해서라고들 설명을 합니다.

그런데 한편으로 과연 그랬을까?(웃음) 되묻게도 됩니다. 아마

아니었을 것 같다는 생각도 들거든요. 『지옥에서의 한 철^{(지옥에서 보}

^{낸 한 철)}(Une saison en enfer)』⁽¹⁸⁷³⁾을 읽어 보면, 문학에 걸었던 희

망을 포기한 듯한 느낌입니다. 랭보는 문학에다 너무나도 많은

희망을 걸었고, 자신의 온갖 창조적 힘, 시적 힘을 한꺼번에 불태

워 버리고 힘을 소진했고, 그렇게 그 힘을 소진하면서 거기에 대

한 희망까지 잃어 버렸을 것이라 짐작합니다. 그랬다고 하더라도

앞서 말한 문학에 대한 모든 희망을 다시금 확인하게 하는 그 힘

은, 여전히 남아 있다고 생각합니다. 실제로도 그렇습니다. 문학

하는 사람들이 랭보를 읽으면 거기서 다시 그 힘을 발견하고 자

기가 문학에 걸었던 온갖 기대를 되살리게 됩니다.〔다음을 참조.〕(〝고등

학교 2학년이었던 나를 훌륭한 학생이라고는 할 수 없었다. 최상위의 성적으로 고등학교에 입학은 했지만 문학

의 열병을 앓느라고 수업을 등한히 했다. 교과서는 거들떠보지도 않은 채 동아, 정음, 을유문화사에서 갓 출판

된 세계 문학 전집을 마구잡이로 읽고 있었다. 도서반장이라는 직책을 핑계로 수업 시간에도 도서실 구석에 쭈 그리고 앉아 반쯤은 이해되지도 않는 책을 더듬으며, 그것이 문학의 특권이라도 되는 듯이 여겨졌다. 당연히 학 교 성적은 바닥을 헤매었다. 마음 속 깊은 곳에는 물론 불안이 없지 않았다. 대학 입시를 생각하면 암담할 뿐이 었다. 문학은 순결하고 숭고하며, 자유롭고 정의로운 삶이 무엇인지 알려 주었으나, 그 아름다운 세계를 암담 한 현실과 연결해 줄 다리는 없었다. 그 때 먼지 낀 책장에서 찾아낸 랭보의 『시집』은 문학에 대한 내 열정을 더 욱 깊게 만들기도 했지만 젊은 날의 방황에서 갈피를 잡을 수 있는 계기가 되기도 했다." "나는 랭보를 더 잘 알 기 위해, 그를 머리끝에서 발끝까지 속속들이 다 알기 위해, 불문학과에 입학하기로 결심했다. 목표가 확실하게 설정되니 갑자기 희망이 생기고 앞길이 훤해지는 것만 같았다. 고3 한 해 동안 나는 열심히 공부했으며, 무난히 불문학과에 입학했다. 내가 읽었던 랭보의 시집은 한국동란 직후 이수식(李樹植)이라는 분이 『알쭐·랭보오 시집』이라는 제목으로 대지사에서 출간한 것이었다. 제대로 된 번역보다는 오역이 더 많은, 일본어판을 중역한 번역 시집이라는 것을 나는 나중에 알게 되었지만 그 감동은 아직까지 사라지지 않고 있다." 〔황현산, 「전대미 문의 이상한 광선」, 『고대투데이』 2003년 봄호.〕

⑦ (조재룡) 제가 끼어들 자리는 아닙니다만, 저는 그 말씀에 절 대 동의할 수가 없어요. (일동 웃음) 랭보는 너무 똑똑하고 돈을 밝혀서 간 거고요. 문학에 희망을 걸었다가 더 이상 그게 안 된다 고 생각한 거죠. 굉장히 머리가 좋은 애이기 때문에, 상아 잘라 다 팔고, 무기 밀매하고, 온갖 나쁜 짓 다했다고요. 선생님, 랭보 의 운문시는 번역 이렇게 하시면 안 될 것 같아요. 왜냐하면 불어 어휘가 애 어휘예요. 선생님이 번역을 너무 잘해 주시는 거예요. 「가장 높은 탑의 노래(Chanson de la plus haute tour)」도 보면 몇 가지 어휘만 쓴단 말이죠. 사실 「대홍수 뒤에」라든지 파리 코 뮌 뒤의 시들, 복잡한 산문시들은 그렇지 않지만, 초기 운문 시를 보면, 「고아들의 노래(Les étrennes des orphelins)」〔「고아들의 새해 선

물」, 1869년에 집필한 것으로 추정되며 1870년 1월에 발표되었고 훗날 수정하여 『일뤼미나시옹』에 수록되었
다.)도 마찬가지고, 똑똑한 고등학생이 쓴 시라는 게 드러나잖아
요. 그런데 번역을 이렇게 잘해 주시면 마치 대가가 된 것 같다는
생각이 들어요. Ⓐ 그렇지만 **랭보의 1871년 이전의 시와 이후의
시**는 다릅니다. Ⓙ 제가 말씀 드리는 게 그겁니다. 이후로는 엄청
이상한 세계로 들어가 버렸고요. Ⓐ 여기서는 두 언어의 차이를
약간 드러나게 번역을 했습니다. Ⓙ 너무 번역을 잘하셨으니까
이렇게……(일동 웃음). Ⓐ 너무 잘 쓴 시니까 그렇죠(웃음). Ⓙ
말라르메나 보들레르의 어휘랑은 비교가 안 될 정도로 단순한 시
인데……. Ⓐ 그렇긴 한데, 아까 말한 대로 랭보는 돈을 많이 벌
겠다는 생각 이전에 '시골에 쳐박히지 않겠다, 시골에 쳐박혀 버
리면 끝이다'라는 공포가 있었습니다. 어떻게 돈을 벌든지 거기
서 나와야 한다는 생각이 있었습니다. 아프리카에서의 모험, 상
아 장사하고, 그것도 제대로 못했어요. 자기가 우선 시골로 안 들
어가고 싶어서, 그런 일 하고 있는 것이죠. 사람들이 그렇잖아요,
급한 일이 있고 꼭 해야 할 일이 있는데, 그 일을 못하게 되면 엉
뚱한 딴 일을 마구 열심히 하는 사람들이 있잖아요? 그런 겁니다.
아프리카에서 굉장히 고생합니다. 왜 그렇게 고생하느냐, 실제
로 자기가 할 일을 할 수 없으니까 괜히 다른 일을 고생스럽게 하
면서 자기를 속이는 것이죠.〔다음을 참고.〕〔"랭보가 문학과 결별하고 북아프리카의 모험
가가 되었을 때 그가 끌어안은 것은 현실도 초현실도 아닌 현실의 과잉이었다."〕〔황현산,「실패담의 미학」,『지
옥에서 보낸 한 철』(민음사, 2016), 138쪽.〕 나쁜 애가 아니라 불쌍한 애입니다(웃
음). Ⓙ 제가 보기엔 최고의 악질입니다. 농담이 아니라, 정말 정
신성 자체가 너무 강해요. 열여섯 살짜리가 프랑스 문단을 비웃

고 완전 박살을 냈잖아요. 제정신인 애가 아닌 거죠.

Ⓠ「대홍수 뒤에(Après le Déluge)」에 관해 질문이 있습니다. 처음 "대홍수의 관념이 다시 가라앉자마자"에서 대홍수는 단수형의 대문자(Déluge)로 써 놨어요. 근데 마지막으로 가면 "대홍수들을 다시 일으켜라"며 복수형으로 '대홍수들(les Déluges)'을 씁니다. 이것은 대홍수가 여러 번 혹은 계속 반복될 것이라는 뉘앙스로 얘기하는 건지요. 그리고 이 시가 파리 코뮌에 대한 체험과 연결된다고 하셨는데, 19세기 프랑스가 혁명 이후에 다시 제정이 들어서고 역사적으로 격동이 많았던 시기잖아요. 대홍수를 단수에서 복수형으로 바꾼 것이 어떤 체험, 경험과 연결되는지요? Ⓐ 이 시는 우선 대홍수 자체에 대한 의혹으로부터 시작됩니다. '관념이 가라앉자마자'—대홍수를 실제가 아니라 관념으로 표현한 것을 우리는 보았지요. '한 번의 현상이 전부 새 세상을 만들 수는 없다. 그러나 할 수 있는 일은 끝없이 대홍수를 일으키고 또 대홍수를 일으키고 또 대홍수를 일으키는 것만이 인간 세상에서 가능하다'는 생각이 **단수에서 복수로** 가는 데 있었을 것입니다. Ⓠ 진보에 대한 생각이 어떤 형태로 나타난 거라고 생각해도 될까요? Ⓐ 그렇죠. 그러니까 우리가 작심삼일이라는 말을 하는데, 작심삼일도 사흘마다 다시 하면 된다고 그러잖아요. 처음 대홍수 때엔 개판이지만 계속 일어나다 보면요……. 단 한 번의 유일함으로 세상을 정화시키는 것과 같아집니다. 더 질문 없으면 여기까지 하십시다. 🏛 [제3강 2016년 01월 29일]

로트레아몽 백작(Comte de Lautréamont : Isidore Lucien Ducasse, 1846~1870).
장-자크 르프레르(Jean-Jacques Lefrère, 1954~2015)가 1977년 이지도르 뒤카스의
선생이었던 장 다제(Jean Dazet)의 후손에게 구하여 『로트레아몽의 얼굴(Le visage de
Lautréamont)』(1977)에서 '로트레아몽 백삭(이지도르 뒤카스)'이라 제시한 사진.
1867년 모부르게(Maubourguet)의 블랑샤(Blanchard) 스튜디오에서 찍었다.

로트레아몽 백작(Comte de Lautréamont, 1846년 4월 4일~1870년 11월 24일)은 1846년 우루과이의 몬테비데오(Montevideo)에서 프랑스 영사의 아들로 태어났다. 출생 당시 본명은 이지도르 뤼시엥 뒤카스(Isidore Lucien Ducasse)였다. 2살 무렵 어머니가 세상을 떠나고 13살에 홀로 프랑스로 향한다. 일각에서는 어머니의 사인이 자살이라고도 한다. 당시 우루과이는 에스파냐로부터 독립한 지 20년도 채 지나지 않아 정치적으로 혼란을 겪고 있는 상태였다. 1859년 프랑스 남서부 타르브(Tarbes)의 리세에, 1863년 포(Pau)의 리세에 들어가 수사학과 철학을 공부한다. 1865년 리세 졸업 후에 보르도(Bordeaux) 바칼로레아에 합격했으나 대학교에 들어가지 않고 타르브에 머물며 시를 공부한 것으로 추정된다. 간간히 몬테비데오에 오가던 그는 1867년 파리 2구(Rue Notre-Dame-des-Victoires)의 한 호텔(L'union des nations)에 자리잡고 파리에서의 활동을 시작한다. 그의 파리 생활에 대해서는 알려진 것이 많지 않으나 일설에는 에콜 폴리테크니크〔École polytechnique, 기술 학교. 1794년 육군 사관 학교로 개교했으며 현재는 공학 계열 그랑제콜(Grandes Écoles) 중 하나다.〕입학이 구실이었다고 한다. 부친으로부터 재정 지원을 받아 학교 대신에 근처의 도서관을 오가며 다독하던 그는 1868년『말도로르의 노래(Les chants de Maldoror)』중「첫 번째 노래」를 자신의 이름 대신 별 세 개로 표시해 자비 출판의 형태로 파리의 인쇄업자 커스타브 발리투(Gustave Balitout, Questroy et Cie)에게 맡겨 출간하는데, 이듬해 이 시가 카랑스(Évariste Carrance)가 편집한『영혼의 향기(Les parfums de l'âme)』라는 선집에 수록된다. 이 선집에서 처음으로 '로트레아몽 백작(Comte de Lautréamont)'이라는 필명을 사용한다.〔필명 '로트레아몽 백작'은 프랑스 소설가 외젠 쉬(Marie-Joseph Eugène Sue, 1804~1857)의『라트레아몽(Latréaumont)』(1837)이란 소설에서 따와 백작(comte) 칭호를 붙인 것이라 한다. 흔히 줄여서 '로트레아몽'이라고 쓴다.〕같은 해에 총 여섯 편의 노래를 담은『말도로르의 노래』를 브뤼셀의 출판인 라크루아(Albert Lacroix)를 통해 출간한다. 그러나 라크루아가 검열이 두려워 판매를 거부하자 실망한 로트레아몽 백작은 보들레르의『악의 꽃』을 출판한 풀레-말라시(Auguste Poulet-Malassis, 1825~1878)에게 책을 보내며 비평을 요청한다. 이렇게 해서 풀레-말라시가 출간하는 계간지(『Bulletin trimestriel des publications défendues en France imprimées à l'étranger(해외에서 출판되는 프랑스 금서)』)에 이 시를 소개한다. 1870년『데바(Journal des Débats politiques et littéraires, 정치 문예 토론 신문)』에 『시법(Poésies)』1, 2를 본명으로 발표한다. 그 해에 프랑스와 프로이센 사이에 보불전쟁이 일어나 파리가 봉쇄된다. 로트레아몽 백작이 파리 안에서 몇 차례 이사를 하다 포부르-몽마르트르가(Rue de Faubourg-Montmartre) 7번지의 호텔에 머물던 시기였다. 로트레아몽 백작은 1870년 11월 24일 24세의 나이로 사망한다. 공식적인 사인은 밝혀지지 않았고 여러 설이 있지만 학자들은 결핵으로 추정한다. 호텔 주인이 심한 고열 증세를 보였다고 증언했다는 설도 있으나 사망 증명서에는 '추가 정보 없음'으로 기입되었다. 봉쇄된 파리에서 유행병에 대한 두려움으로 바로 다음날 몽마르트르 묘지(Cimetière du Nord à Paris)에 임시 매장된 것으로 추정된다. 종전 후에 다른 곳으로 이장되었으나 종적을 찾을 수 없다.

☞ 〔황현산이 번역하고 해설을 더한 『말도로르의 노래』는 2018년 문학동네에서 출간되었다.〕

4. 로트레아몽 백작

Comte de Lautréamont

1846~1870

▶『말도로르의 노래』「첫 번째 노래(Chant premier)」중에서
　　　〔육화(肉化), 로트레아몽의 패러디〕
　　　〔동물성 글쓰기, 기회를 노리는 맹수처럼〕〔로트레아몽 문체와 번역〕
　　　〔이상한 천재〕〔악마는 불란서에서 탄생했다〕
　　　〔쥐스코 부(jusqu'au bout)─끝까지 가기〕
▶『말도로르의 노래』「여섯 번째 노래(Chant sixième)」중에서
　　　〔가장 유명한 구절〕〔현기증〕
▶ 모리스 블랑쇼의『로트레아몽과 사드(Lautréamont et Sade)』중에서
　　　〔새로운 현기증에 끌려드는 순간〕

〔현대시와 알레고리〕
〔은유와 환유, 서정주와 김수영〕
〔한국 시와 초현실주의〕
〔데카르트와 문체〕
〔시 안에서 소설화되는 과정〕
〔시법으로서의 '찰나적 순간'〕
〔산문시가 정착되는 과정〕

*「4강 로트레아몽 백작」강의의 일부가 녹음되지 않아, 앞 부분이 빠져 있음을 알려 드립니다.

『말도로르의 노래』
「첫 번째 노래」

[1]　〔…〕그 때, 개들이 발광을 하며, 사슬을 끊고, 먼 농가에서 도망쳐나온다. 놈들은 광기에 사로잡혀 이리저리 벌판을 내달린다. 갑자기, 놈들은 멈춰 서서, 불덩이 같은 눈으로, 사납게 파고드는 불안에 싸여, 사방을 둘러보고는, 마치 코끼리들이 죽기 전에 사막에서 그 긴 코를 절망적으로 들어올리고, 무기력한 귀를 내려뜨리며, 마지막 시선을 하늘에 던지듯이, 그와 마찬가지로 개들은 무기력한 귀를 내려뜨리고, 고개를 쳐들고, 무서운 목구멍을 부풀리어, 때로는 배고파 울어대는 아이처럼, 때로는 배에 상처 입은 지붕 위의 고양이처럼, 때로는 아이를 낳으려는 여인처럼, 때로는 페스트에 걸려 병원에서 죽어가는 환자처럼, 때로는 숭고한 곡조를 노래하는 처녀처럼, 번갈아가며 짖기 시작한다. 북쪽의 별들을 향하여, 동쪽의 별들을 향하여, 남쪽의 별들을 향하여, 서쪽의 별들을 향하여, 달을 향하여, 멀리서 보면 거대한 바위들과 비슷한, 어둠 속에 누워 있는 산들을 향하여, 저희들이 폐부 가득 들이마시는, 저희들의 콧구멍 내부를 붉게 타오르게 하는 차가운 대기를 향하여, 밤의 정적을 향하여, 부리에 쥐나 개구리를, 새끼들에게 줄 맛있는 산 먹이를 물고, 비스듬히 날아 저희들의 콧등을 스치는 올빼미들을 향하여, 눈 깜짝할 사이에 사라지는 산토끼들을 향하여, 범죄를 저지르고 말을 달려 달아나는 도둑을 향하여, 히스 덤불을 휘저으며, 저희들의 피부를 떨게 하고 이빨을 갈게 하는 뱀들

『LES CHANTS DE MALDOROR』
「CHANT PREMIER」

[···] Alors, les chiens, rendus furieux, brisent leurs chaînes, s'échappent des fermes lointaines ; ils courent dans la campagne, çà et là, en proie à la folie. Tout à coup, ils s'arrêtent, regardent de tous les côtés avec une inquiétude farouche, l'œil en feu ; et, de même que les éléphants, avant de mourir, jettent dans le désert un dernier regard au ciel, élevant désespérément leur trompe, laissant leurs oreilles inertes, de même les chiens laissent leurs oreilles inertes, élèvent la tête, gonflent le cou terrible, et se mettent à aboyer, tour à tour, soit comme un enfant qui crie de faim, soit comme un chat blessé au ventre au-dessus d'un toit, soit comme une femme qui va enfanter, soit comme un moribond atteint de la peste à l'hôpital, soit comme une jeune fille qui chante un air sublime, contre les étoiles au nord, contre les étoiles au sud, contre les étoiles à l'ouest ; contre la lune ; contre les montagnes, semblables au loin à des roches géantes, gisantes dans l'obscurité ; contre l'air froid qu'ils aspirent à pleins poumons, qui rend l'intérieur de leur narine, rouge, brûlant ; contre le silence de la nuit ; contre les chouettes, dont le vol oblique leur rase le museau, emportant un rat ou une grenouille dans le bec, nourriture vivante, douce pour les petits ; contre les lièvres, qui disparaissent en un clin d'œil ; contre le voleur, qui

을 향하여, 저희들 자신마저 두렵게 하는 저희들의 짖음 소리를 향하여, 저희들이 턱을 한 번 거칠게 놀려 으스러뜨리는 두꺼비들을 향하여 (왜 두꺼비들은 늪에서 멀리 나왔을까?), 부드럽게 흔들리는 이파리 하나하나가 모두 저희들로서는 이해하지 못할, 그 영리한 눈을 고정시켜 알아내고 싶은 신비일 뿐인 나무들을 향하여, 그 긴 다리 사이의 줄에 매달린, 달아나려고 나무 위로 기어오르는 거미들을 향하여, 낮 동안 먹을 것을 찾아내지 못하고, 지친 날개로 둥지로 돌아오는 까마귀들을 향하여, 바닷가의 바위들을 향하여, 보이지 않는 선박들의 돛대에서 비치는 불빛을 향하여, 어렴풋한 파도소리를 향하여, 헤엄을 치며 그 검은 등을 보이고는 이내 심연 속으로 가라앉는 커다란 물고기들을 향하여, 그리고 저희들을 노예로 만드는 인간을 향하여. 그러고 나서, 놈들은 저희들의 피투성이 다리로, 도랑을, 길을, 밭을, 풀과 가파른 돌무더기를 뛰어넘어, 다시 벌판을 달리기 시작한다. 마치 공수병에 걸려, 그 목마름을 가라앉히려고 드넓은 못을 찾는 것만 같다. 놈들의 길어지는 울부짖음은 자연을 무섭게 한다. 지체된 여행자에게 불행이 있으리라! 묘지의 친구들이 그에게 달려들어, 그를 찢고, 피가 흘러내리는 그 입으로 그를 먹을 것이다. 왜냐하면 놈들은 이빨이 망가지지 않았으니까. 〔…〕

s'enfuit au galop de son cheval après avoir commis un crime ; contre les serpents, remuant les bruyères, qui leur font trembler la peau, grincer les dents ; contre leurs propres aboiements, qui leur font peur à eux-mêmes ; contre les crapauds, qu'ils broient d'un coup sec de mâchoire (pourquoi se sont-ils éloignés du marais ?) ; contre les arbres, dont les feuilles, mollement bercées, sont autant de mystères qu'ils ne comprennent pas, qu'ils veulent découvrir avec leurs yeux fixes, intelligents ; contre les araignées, suspendues entre leurs longues pattes, qui grimpent sur les arbres pour se sauver ; contre les corbeaux, qui n'ont pas trouvé de quoi manger pendant la journée, et qui s'en reviennent au gîte l'aile fatiguée ; contre les rochers du rivage ; contre les feux, qui paraissent aux mâts des navires invisibles ; contre le bruit sourd des vagues ; contre les grands poissons, qui, nageant, montrent leur dos noir, puis s'enfoncent dans l'abîme ; et contre l'homme qui les rend esclaves. Après quoi, ils se mettent de nouveau à courir la campagne, en sautant, de leurs pattes sanglantes par dessus les fossés, les chemins, les champs, les herbes et les pierres escarpées. On les dirait atteints de la rage, cherchant un vaste étang pour apaiser leur soif. Leurs hurlements prolongés épouvantent la nature. Malheur au voyageur attardé ! Les amis des cimetières se jetteront sur lui, le déchireront, le mangeront avec leur bouche d'où tombe du sang ; car, ils n'ont pas les dents gâtées. [···]

이지도르 뒤카스(Isidore Lucien Ducasse, 1846∼1870)의 1865년(19세) 바칼로레아(대학 입학 자격 시험) 문과 합격증(Académie de Bordeaux, Faculté des lettres de Bordeaux, Certificat d'aptitude au grade de bachelier ès lettres).

〔**육화**(肉化), **로트레아몽의 패러디**〕『**말도로르의 노래**(Les cha-
nts de Maldoror)』(1868, 1874) 〔이지도르 뤼시앵 뒤카스(Isidore Lucien Ducasse)는 22세가 되
던 1868년『말도로르의 노래』「첫 번째 노래」를 저자 이름 대신 '별 3개'를 달아 냈다. 이 때는 자비 출판의 형태
로 파리(Gustave Balitout, Questroy et Cie)에서 출간해 판매했다. 이듬해에 첫 번째 노래가 카랑스(Évariste
Carrance)라는 이가 편집한『영혼의 향기(Les Parfums de l'âme)』라는 제목의 시선집에 수록되어 보르도에
서 출간된다. 이지도르 뒤카스는 같은 해인 1869년 브뤼셀의 출판인 라크루아(Albert Lacroix)를 통해 '로트
레아몽 백작(Le Comte de Lautréamont)'이라는 필명으로『말도로르의 노래』전체를 출간했다. 그러나 검열
로 인해 판매하지는 못했고, 1874년에 벨기에의 또 다른 출판사(Jean-Baptiste Rozez)가 재고를 회수해 표지
만 바꾸어 재출판한다.〕는 어쩌면 아무것도 아닌 이야기라고 할 수도 있습
니다. 그런데 그 아무것도 아닌 이야기가 아주 지적으로 긴장되
어 있어요. 지적으로 긴장되어 있을 뿐만 아니라 그 안에 수많은
지식이 들어가 있습니다. 어떤 구절들은 문장이 굉장히 논리적인
것처럼 보이는데, 이 논리가 착란을 만들죠. 어찌 보면 말장난 같
은데, 이 장난 뒤의 질량을 생각하면 소름이 끼치기도 합니다. 마
치 교사가 하나하나 뜯어서 작동 원리를 가르쳐 주는 것처럼 말
하는 말투를 패러디한 것 같은 부분도 있습니다. 로트레아몽〔Comte
de Lautréamont, 본명 : 이지도르 뒤카스(Isidore Lucien Ducasse), 1846~1870〕〔강의에서는 줄여서 '로트
레아몽'이라고 쓴다.〕 글쓰기의 제일 큰 특징은 '패러디'입니다. 누구의
한 작품을 패러디하는 것이 아니라, 그리스 로마의 고전으로부
터 라신(Jean Baptiste Racine, 1639~1699), 셰익스피어(William Shakespeare, 1564~1616),
가깝게는 보들레르(Charles Pierre Baudelaire, 1821~ 1867)와 위고(Victor Marie Hugo,
1802~1885)까지 패러디하지요. 일반적으로는 대상 작품을 비웃거나
희화(戲化)하려고 패러디하는데, 로트레아몽은 자기 자신의 문
체를 육화(肉化)시키는 방법으로 패러디를 합니다. 우리가 어떤

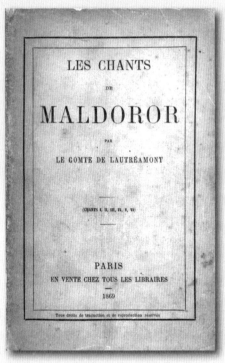

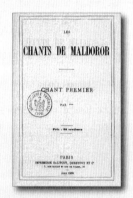

(위, 아래 왼쪽)『말도로르의 노래(Les chants de Maldoror)』의 표지와 속표지. 1869년
초판본. (아래 맨오른쪽)「첫 번째 노래(Chant premier)」1868년 초판본. 이지도르 뤼
시엥 뒤카스는 22세가 되던 1868년『말도로르의 노래』「첫 번째 노래」를 저자 이름 대신
별 3개(***)를 달아 냈다. 이 때는 자비 출판의 형태로 파리(Gustave Balitout, Questroy
et Cie)에서 출간해 판매했다.

영양분을 섭취하면 몸 속에서 소화되어 흡수될 것 아닙니까? 옛날 사람들은 예컨대 임산부가 털 많은 짐승을 잡아 먹으면 털 많은 아기가 나온다고 생각했어요. 제 고향에서는 바닷가니까 상어 고기를 먹으면 아기 피부가 거칠어진다고 믿었고요. 상어 고기의 일부가 몸에 그대로 남아 영향을 미친다는 겁니다. 이와 유사한 방식입니다. 우리가 글을 읽으면 그 내용이 대개 우리 몸 안에 녹아서 무의식화, 내면화됩니다. 무의식화되지 않는 부분은 인용으로 분명하게 처리를 하거나 눈에 띄는 패러디를 만들어서 쓰지요. 로트레아몽의 글쓰기를 보면 독서에 의한 섭취가 마치 돼지고기는 돼지고기로, 상어는 상어로, 배추는 배추로, 일부의 성질이 남아서 그대로 글쓰기에 나온 듯한 느낌을 줍니다. 또 이 대목의 개 이야기, 도둑 이야기 같은 것은 남미 사람이 아니면 쓸 수 없는 이야기들입니다.[다음을 참조.] ["뒤카스가 어린 시절을 보낸 남미의 우루과이와 아르헨티나에는 당시 떠돌아다니는 개떼들이 많았다고 한다. 말 탄 도둑들 역시 우루과이의 추억과 연결될 것이다. '가우초 몬테로(gaucho montero)'라고 불리는, 원래 산악 지대의 목동들이었던 이 도둑들은 미국의 서부극에도 자주 등장한다."] [황현산, 「해설」, 『말도로르의 노래』(문학동네, 2018) 22~23쪽.]

[동물성 글쓰기, 기회를 노리는 맹수처럼] 그렇다고 어떤 책의 한 구절이 분명하게 나오는 것은 아닙니다. 로트레아몽의 패러디는 '조각'으로 나타납니다. 셰익스피어의 조각들, 보들레르의 조각들…… 글 안에 전혀 의도치 않은 몽타주 현상이 나오는 거지요. 언뜻 보면 만연체(蔓衍體) 글쓰기처럼 보입니다. 그런데 거꾸로 생각하면, 바슐라르(Gaston Bachelard, 1884~1962)는 이것을 동물들이 숨죽이고 호시탐탐 기다리다가 어떤 순간 자기도 모르게 튀어나가서 먹이를 잡는 것과 같다고 말합니다. 앞의 구절에서 그런 맹

말년의 **바슐라르** 사진. 1960년대.

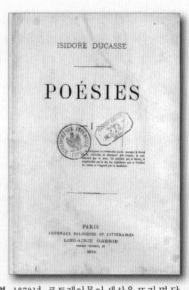

이지도로 뒤카스의 『**시법**(Poésies)』 **초판본**, 1870년. 로트레아몽이 세상을 뜨기 몇 달 전에 '이지도르 뒤카스'라는 본명으로 파리의 리브라리에 가브리에(Librairie Gabrie) 에서 출판했다.

수의 즉각성을 확인할 수 있습니다. 두꺼비가 파리를 잡을 때 '내가 파리를 채야겠다'고 생각할까요? 혀가 먼저 나오겠죠. 이것을 바슐라르는 '동물성 글쓰기'라고 말하는 겁니다. 로트레아몽은 온갖 너스레를 떨다가 어느 순간 용수철처럼 뭐가 튀어나와서 공격할지 모르는, 그런 방식의 글쓰기를 했던 사람입니다. | 바슐라르의 『로트레아몽(Lautréamont)』(1939)^(1985, 청하)이라고—『말도로르의 노래』^(1987, 청하)를 번역했던—윤인선^(1955~, 전주대 불문과 교수를 지냈다.) 선생의 번역본이 있습니다. 헌책방에 찾아 보면 있을 겁니다. 윤인선 선생이 『말도로르의 노래』는 무슨 소리인지 반쯤은 모르고 번역을 했어요. 그래도 바슐라르의 『로트레아몽』은 비교적 맞게 번역했어요. 읽어 볼 만합니다.

〔**로트레아몽 문체와 번역**〕 로트레아몽의 글에는 정말 많은 책들이 들어가 있습니다. '로트레아몽의 독서'를 주제로 그가 무엇을 읽었는지 찾아 내는 논문까지 있을 정도입니다. 작품 안에 당시 19세기가 중요하게 여겼던 역사적 저작들을 다 읽거나 반쯤 읽거나, 어떤 방식으로든 접했다는 것을 알 수 있습니다. 그 모든 책들이 가진 어투를 전부 자기 작품 안에 쏟아 넣어서 씁니다. 어떨 때는 굉장히 장엄한 웅변조의 글들이 나옵니다. 예를 들어 수학을 인칭으로 부릅니다. "수학이여!" "대양이여!" 처럼 옛 낭만주의 정치가들이 연설할 때마냥 웅변하는 듯 쓰거나, 어떨 때는 옛날 기하학 선생들이 하는 말투—가정하고 증명한다거나 또는 3단 논법에 의해서 정리할 때 쓰는 말투가 그대로 들어 있습니다. 또 어떨 때는 고딕 소설, 유령이 나오는 소설의 문체로 되어 있는

글도 있지요. 아주 서정적인 글도 있고요. 알레고리인 글도 있고, 은유도 있고, 온갖 종류의 글의 형식이 다 들어 있습니다. 그러니까 『말도로르의 노래』는 번역하는 사람을 죽이죠(웃음). 저도 어떨 때는 번역을 하다가 길을 잃어서……, 무슨 소린지 모르겠어요. 그럴 때는 정말 주어 동사 맞추어서 컴퓨터가 번역하듯 해 나갑니다. 그러고는 내가 알 때까지 다시 읽어 보고 읽어 보면서 고치고 또 고쳐 갑니다. 아, 이 소리겠구나……

〔**이상한 천재**〕 로트레아몽은 이상한 종류의 천재입니다. 이 천재가 가지고 있는 광기, 안에 있는 이상한 재능이 에너지가 되어 끓고 있으면, 그걸 어떤 방식으로든 겉으로 내놓아야 할 거 아니에요. 그게 『말도로르의 노래』에서 나타납니다. 처음 썼을 때가 1868년, 바로 그 다음해에 여섯 번째 노래까지 나옵니다. 어떤 면에서는 무의식 상태에서 썼다고 해야만 이야기가 되는 부분이 있습니다. 한번 볼까요. 『말도로르의 노래』는 번역 매수로 따지면 200자 원고지로 약 1,000매 정도 됩니다. 그 다음 출판한 『시법 (Poésies) 1·2』[1870]를 번역하면 약 400매 될 것입니다. 그리고 편지가 몇 개 있어요. 인쇄소 사장과 주고받은 몇 통, 변호사에게 쓴 편지 두어 통까지 전부 합치면 1,700매 정도로 기억합니다. 굉장히 짧은 시기, 2년 동안에 쓴 글들입니다. 거의 초현실주의자들이 자동 글쓰기를 할 때처럼 무의식적으로 쓴 것 같은데, 그 안에 든 자료들이 어마어마하게 많습니다. 로트레아몽이 무슨 소리를 하고 있었느냐도 수수께끼지만, 어떻게 이렇게 많이 썼느냐도 수수께끼입니다. | 로트레아몽은 얼마 지나지 않은 1870년 파리 코

뮌(Paris Commune)〔정확히 말하면 '파리 봉쇄(Siège de Paris)'다. 보불전쟁(普佛戰爭, 프랑

스-프로이센 전쟁, 독불전쟁, 1870~1871년)은 1870년 7월에 프랑스가 먼저 선포해서 발발했지만, 9월 1일 스

당 전투에서 패하면서 나폴레옹 3세는 항복하고 비스마르크의 포로로 잡힌다. 파리 시민들은 제정을 폐지하고

공화정을 선포하는 한편 국민 방위군을 조직해 항쟁하기로 하고, 패퇴한 의용군 등이 가담했다. 이에 프로이센

에서는 뜻하지 않게 종전하지 못하고 프랑스 영토 안으로 깊이 들어오게 되었다. 파리를 직접 공격하는 대신 봉

쇄해 물자 보급을 막음으로써 항복하도록 유도했다. 9월 19일부터 4개월간의 비참한 포위 생활을 견디지 못해

이듬해인 1871년 1월에 휴전 협정을 체결한다. '파리 코뮌'은 전쟁에서 항복한 공화정에 반대하며 항전을 주장

한 파리 시민들이 의용군의 병력을 바탕으로 1871년 3월부터 5월까지 파리에 수립한 자치 정부를 말한다.〕때

죽었습니다. 코뮌 군대는 포위된 상태였지요. 로트레아몽은 그

안에서 굶어 죽었을 것이라 추정됩니다. 그 때 포위된 사람들은

쥐도 잡아 먹고, 동물원의 코끼리도 잡아 먹었습니다. 동물은 뭐

든지 먹었습니다. 바퀴벌레까지요.〔훗날 파블로 네루다(Pablo Neruda, 1904~1973)

는 자신의 시 『의식의 노래(Cantos ceremoniales)』(1961)에서 로트레아몽이 사실은 1년 더 생존해 1871년 파

리 코뮌 편에서 모든 억압받은 자와 자유를 위해 싸웠다고 묘사한다.〕

〔**악마는 불란서에서 탄생했다**〕영국 사람들은 이런 말을 합니

다. "악마는 불란서에서 탄생했다." (웃음) 아마 나폴레옹 때문

에 생겼을 거라고 합니다. 영어로 유령들이나 초현실적인 존재

를 '디 아더(the other)'라고 그러지 않습니까. 불어로는 '로트르

(l'autre)'〔직역하면 다른 사람, 다른 것. 철학에서 타자(the other), 일상적으로는 거리감 있는 상대

를 부정적으로 지칭할 때 쓴다.〕라고 그러는데, 이는 우회적으로 악마를 가리

킵니다. 악마라는 말이 끔찍한 말이기 때문에 못 하고, '로트르―

그 놈' 그렇게 말하는데, 이 말을 산 사람한테도 붙인 적이 있습

니다. 누구냐면 나폴레옹입니다. 나폴레옹이 엘바 섬(Isola d'Elba)에

갇혀 있을 때 영국 사람들은 그를 '디 아더'라 불렀고, 보수파 왕정주의자들은 나폴레옹을 '로트르―그 놈'이라 불렀습니다. 악마는 불란서에서 탄생했다는 게 나폴레옹을 두고 한 말이긴 합니다만 그 전부터 불란서가 가진 사고 방식인 '쥐스코 부(jusqu'au bout)(until the end)'―즉 '끝까지 가기'주의의 영향도 있습니다. [과격 파. 극단주의. 또는 자신의 신념이나 이상을 끝내 고집하는 것을 쥐스코부티즘(jusqu'au-boutisme)이라고 한다.] | 데카르트(René Descartes, 1596~1650)의 '방법적 회의'(Doute cartésien)라는 게 그렇지 않습니까? '내가 생각하는 것이 다 틀렸을 수도 있다'―이 생각은 악마가 넣은 가짜 생각일 수도 있다고요. 내가 난로 앞에 앉아서 졸고 있지만, 알고 보면 침대 속에 있으면서 난로 앞에서 앉아 있다고 생각하는 것일 수도 있다. 내 감각도 생각도 다 믿을 수 없다, 하면서 내 모든 것을 다 회의하고 부정하는 것. 이걸 방법적 회의라고 합니다. 그 방법적 회의 끝에 "나는 생각한다, 고로 나는 존재한다."(Cogito, ergo sum)가 나왔잖습니까. 내가 존재하는 것만은 확실하단 거지요. | 어떤 생각을 가지고 그것을 체계에 따라 그대로 실행하는 방법, 컴퓨터처럼 사고의 절차를 밟아 나가는 방법. 이게 바로 프랑스식 방법입니다. 그야말로 악마의 방법이지요. 그것처럼 자기의 생각을 완전히 기계가 실행하는 것처럼 끝까지 밀고 나가는 태도. 우리가 지금까지 읽었던 말라르메(Stéphane Mallarmé, 1842~1898)나 랭보(Jean Nicolas Arthur Rimbaud, 1854~1891), 그리고 로트레아몽, 모두 그 방향으로 갑니다. 이게 바로 악마주의입니다. 이상한 종류의 악마들이죠. 『말도로르의 노래』에서는 주인공인 말도로르 자체가 악마입니다. [다음을 참고.] ("나는 말도로르가 어린 시절 얼마나 착했던가를 몇 줄에 걸쳐 밝히려 하는데, 그 시절 그는 행복하게 살았다. 그것은 끝난 일이다. 이윽고

그는 자신이 악하게 태어났음을 깨달았다. 이상야릇한 숙명이로다! 그는 아주 여러 해 동안, 가능한 한 자신의

성격을 숨겼지만, 그러나, 결국은 그에게 자연스럽지 않은 이 집중 때문에, 매일 피가 머리까지 오르곤 했으며,

그와 같은 삶을 더는 참을 수 없어서, 그는 끝내 악의 길에…… 그 감미로운 환경에 결정적으로 몸을 던졌던 것

이다!") (로트레아몽, 「첫 번째 노래 〈3〉」, 『말도로르의 노래』(황현산 옮김, 문학동네, 2018) 13~14쪽)

⌐ 〔쉬스코 부(jusqu'au bout)─끝까지 가기〕 말도로르가 가진 '동
물의 즉각성', 악마성─이것은 불란서가 가진 방법론적 사고투
와 매우 유사합니다. 이제까지의 모든 악마들이, 예를 들어 데카
르트도 '이것도 아니, 저것도 아니'라며 대결해 가지고 그 상태에
들어갑니다. 말라르메도 시를 쓸 때 부정으로써, 무에 이르게 하
는 방법으로 그 일을 수행하죠. 로트레아몽의 경우는 '혼합'입니
다. 모든 것을 끌어들이고 그것을 논리 또는 가짜 논리에 적용합
니다. 논리의 사기, 즉 유사(類似, pseudo) 논리를 가지고서, 게
다가 그것도 탄탄하게 묶습니다.〔다음을 참고.〕〔"고전주의와 결별한 낭만주의가 시

인 개인의 영감, 달리 말하면 독창성을 떠받들었던 반면, 『말도로르의 노래』는 뻔뻔스럽게 다른 작가들에 의

해 전범이 되다시피 한 테마, 상황 설정, 문체 등을 차용한다. 보들레르, 단테, 괴테, 위고, 라마르틴, 사드, 스콧

(Walter Scott), 셰익스피어, 쉬(Eugène Sue) 등의 텍스트가 누가 봐도 빤할 정도로 비쳐 있다. 게다가 로트레

아몽이 제공하는 상호 텍스트의 풍경은 엄밀한 의미의 문학 바깥까지 뻗어 나간다."〕〔황현산, 「동시에 또는 끝

없이 다 말하기」, 『말도로르의 노래』(문학동네, 2018) 292쪽.〕 그런 방식으로 악마의 노래
하나를, 악마의 이미지 하나를 완성한 거지요. 한국 사람보고 하
라면, 우리는 성질이 급해 가지고 못합니다(웃음). ↓

『말도로르의 노래』
「여섯 번째 노래」〈I〉중 일부

(1) 〔…〕 그는 아름답다, 맹금들의 발톱이 지닌 수축성처럼, 혹은 더 나아가서, 후두부의 연한 부분에 난 상처 속 근육 운동의 불확실함처럼, 혹은 차라리, 저 영원한 쥐덫, 동물이 잡힐 때마다 언제나 다시 놓여지고, 그것 하나만으로 설치류들을 수없이 잡을 수 있으며, 지푸라기 밑에 숨겨져서도 제 기능을 다하는 저 쥐덫처럼, 그리고 특히, 해부대 위에서의 재봉틀과 우산의 우연한 만남처럼 아름답다! 〔…〕

『LES CHANTS DE MALDOROR』

「CHANT SIXIÈME」〈 I 〉

〔⋯〕Il est beau comme la rétractilité des serres des oiseaux rapaces ; ou encore, comme l'incertitude des mouvements musculaires dans les plaies des parties molles de la région cervicale postérieure ; ou plutôt, comme ce piège à rats perpétuel, toujours retendu par l'animal pris, qui peut prendre seul des rongeurs indéfiniment, et fonctionner même caché sous la paille ; et surtout, comme la rencontre fortuite sur une table de dissection d'une machine à coudre et d'un parapluie ! 〔⋯〕

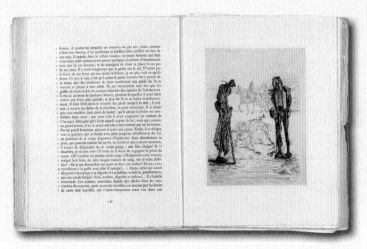

『말도로르의 노래(Les chants de Maldoror)』 1934년판의 펼침면. 삽화는 살바도르 달리(Salvador Dalí, 1904~1989)가 그렸다.

앙드레 브르통(Andre Breton, 1896~1966)의 초상. 앙리 마누엘(Henri Manuel, 1874~1947) 사진. 1927년.

〔**가장 유명한 구절**〕 미술사, 문학사, 미학, 모더니즘 등에 관한 글에서 반드시 인용되는 로트레아몽의 구절이 있습니다. 『말도로르의 노래』 여섯 개 장 가운데 여섯 번째입니다. 여섯 번째 노래는 특이합니다. 노래 안에 소설이 들어 있어요. 소설 서문에 해당하는 2개의 절이 앞에 나오고, 8개 장이 이어집니다. '지금까지 쓴 것들은 소설을 쓰려고 준비한 것이었다. 이제부터 소설을 쓰겠다.'고 하면서요.〔다음을 참고.〕("오늘, 나는 삼십 쪽짜리 짧은 소설을 지으려 한다. 이 분량은 이후에도 거의 그대로 늘지도 줄지도 않을 것이다. 내 여러 이론이 공인되어 어느 날이나 다른 날에 이런저런 문학 형식이 받아들여지는 것을 조속하게 볼 수 있기를 희망하면서, 나는 얼만큼 모색을 한 뒤 결정적인 표현 형식을 발견하였다고 믿는다. 최고의 형식이다. 소설이기 때문이다!")〔로트레아몽, 「여섯 번째 노래〈1〉」, 『말도로르의 노래』(황현산 옮김, 문학동네, 2018) 243쪽.〕 그 여섯 번째 노래의 제1장에 나오는 대목입니다.

⑴ 〔**그는 아름답다**, 맹금들의 발톱이 지닌 수축성처럼, 혹은 더 나아가서, 후두부의 연한 부분에 난 상처 속 근육 운동의 불확실함처럼, 혹은 차라리, 저 영원한 쥐덫, 동물이 잡힐 때마다 언제나 다시 놓여지고, 그것 하나만으로 설치류들을 수없이 잡을 수 있으며, 지푸라기 밑에 숨겨져서도 제 기능을 다하는 저 쥐덫처럼, 그리고 특히, 해부대 위에서의 재봉틀과 우산의 우연한 만남처럼 아름답다!〕 ☞ 이 구절은 이른바 소설 속에서 말도로르에게 희생당하는 '메르뱅(Mervyn)'〔영국 소년으로 설정되어, 번역본 『말도로르의 노래』에서는 '머빈'으로 표기했다.〕이라는 젊은이의 아름다움을 묘사하는 대목입니다. 여기서 "맹금들의 발톱이 지니는 수축성처럼"은 서두에서 말한 대로 동물이 가진 즉각성하고 연결될 것입니다. "후두부의 연

한 부분에 난 상처 속 근육 운동의 불확실함처럼"—이 구절은 오히려 맹금의 발톱에 차인 희생물들의 상처겠지요. 그 다음 여기서 말하는 "영원한 쥐덫"은 무엇이겠습니까? 저절로 설치가 되는 쥐덫은 무엇이겠습니까? 맹금들의 발톱이겠지요. 이해가 가요? 그 동물의 근육이 가지고 있는 즉각성과 연결되는 말입니다. | "해부대 위에서의 재봉틀과 우산의 우연한 만남처럼 아름답다!"—특히 유명한 이 마지막 구절……, 옛날에는 일본 번역을 옮겨 가지고, 이 우산을 박쥐 우산이라고들 했죠. 뒷날 '오브제 예술'[Objet d'art : 일상적인 물건이나 그 한 부분을 본래의 용도에서 분리해 배치함으로써 보는 사람에게 일상에서 체험하지 못했던 연상 작용이나 기묘한 환상을 불러일으키는 예술 방식. 물건, 객체 등을 의미하는 프랑스어 '오브제(objet)'에서 이름을 땄다.]을 이야기하면서 브르통(Andre Breton, 1896~1966)이 바로 이 구절을 끌어다가 썼습니다.[1924년 앙드레 브르통의 『초현실주의 선언(Manifeste du surréalisme)』에 등장하는 구절이다. 이 선언문도 황현산이 번역, 해설해 출간(미메시스, 2012)한 바 있다.] 현대 예술에서 오브제와 오브제의 미학을 설명하면서, 초현실주의 이후로 자주 나오는 구절이 되었습니다.

〔현기증〕 해부대는 병원에 있는 해부대입니다. 그 위에 어쩌다가 재봉틀이 올라왔나……. 거기다 우산도 어쩌다 올라와서 만났어요. 그렇게 만나지 말란 법도 없죠. 어쩌다 보니 만났겠지요. 우연이라고는 하지만 이야기를 거듭 추적하고 추적하면, 만날 수밖에 없는 사정이 있을 것입니다. 수많은 경우의 수가 있을 것이고요. 평행 우주를 이야기할 때면, 또 다른 우주 속에 똑같이 '시민행성'[이 강의가 이루어진 장소]에서 강의하는 황현산이 있을 거라고 합니다. 우주가 얼마나 넓고 광대합니까. 얼마나 많은 경우의 수가 있

겠습니까. 거기에 핸드폰 만지작거리는 내가 없을 거라고 어떻게 확신하겠습니까. 해부대 위에서 재봉틀과 우산이 우연히 만날 확률은, 거기에 비하면 훨씬 높을지도 모르지요. 이렇게 우연이 필연이 되는 과정, 필연을 인식하게 하는 창구, 이것들을 끊임없이 생각하다 보면 이것만으로도 현기증 하나가 창출됩니다. '오브제의 예술'이라는 것은, 특히『말도로르의 노래』가 말하는 오브제의 예술은 바로, 그 수많은 경우의 수가 우리에게 불러일으키는 현기증입니다. 그리고 이 현기증은 그 자체로서 초현실적이기도 합니다.〔황현산은 초현실주의를 현실 뒤에 연결된 잠재 현실, 현실을 초과한 현실로 풀이한다. 다음을 참고.〕〔"재봉틀이 해부대 위에 올라오게 된 사연, 거기에서 다시 우산을 만나게 된 내력을 모두 기술하기 위해서는, 형언할 수 없음을 형언할 수 있음으로 바꾸기 위해서는, 수많은 말, 어쩌면 두꺼운 책 한 권으로 적어야 할 말이 필요할 것이다. 우연을 필연으로 이해시키거나 바꾸어 쓸 잠재 현실의 크기가 그러하다. 현대시에서 어떤 종류의 것이건 '다소간 멀리 떨어진' 사물의 병치는 모두 현실 뒤에 또 하나의 현실이 있다는, 말하자면 현실을 초과하는 현실이 있다는 믿음에 기초를 둔다."〕〔황현산,「〈오감도〉의 독서를 위하여 — 이상과 초현실주의」,『13인의 아해가 도로로 질주하오 — 이상의〈오감도〉처음부터 끝까지 읽기』(수류산방, 2013) 57쪽.〕 |

마지막으로 짧은 글을 하나 더 읽겠습니다. ↓

『로트레아몽과 사드』

― 모리스 블랑쇼

[1]   〔…〕 언어가 새로운 현기증에 끌려드는 것도 바로 이 순간이다. 언어가 그렇게 되고자 노력하는 미궁, 낱말들의 장엄하고 끝없는 발걸음, 갈수록 더 완만해지는 통사법이 잠 속을 헤매는 듯한 바로 그 순간에 반대로 더욱 더 빠른 박자로 잇달아 나타나는 이미지들. 그러므로 우리는 더 이상 그 이미지들을 끝까지 체험할 시간을 갖지 못하고 미완성인 채로 남겨 두며, 그 이미지들 속에 그것들이 의미하는 것보다는 그것들의 움직임만을 알아보게 되는 것이다. 어떤 이미지들이 다른 이미지들로 변해 가는 끊임없는 이 이행, 언술의 강력한 일관성과 어떤 은밀한 공모에 의해 항상 연결되어 있기는 하나 그 이미지들이 서로 다르면 다를수록 더 격렬해지는 이행. 논리로 하여금 착란을 위해 봉사케 하고 말을 그 의미에서 약간 벗어나게 하려는 이러한 무질서, 이러한 질서, 이러한 노력은 어떤 변모가 닥쳐오고 있음을 가리킨다. 이 변모 이후 언어는 스스로 또 하나의 다른 삶 속에 들어가 있으리라. 〔…〕

LAUTRÉAMONT ET SADE

Maurice Blanchot

[1] 〔…〕C'est à cet instant aussi que le langage se laisse attirer par un vertige nouveau, et le labyrinthe qu'il cherche à être, le cheminement solennel et infini des mots, les images qui, au moment même où la syntaxe, toujours plus lente, semble s'égarer dans le sommeil, se succèdent au contraire à une cadence toujours plus rapide, de telle sorte que nous n'avons plus le temps de les éprouver jusqu'au bout et que nous les laissons inachevées, reconnaissant en elles moins ce qu'elles signifient que leur mouvement, le passage incessant des unes dans les autres, passage d'autant plus violent que ces images sont plus différentes, quoique toujours liées par la forte cohérence du discours et par une secrète connivence : un tel désordre, un tel ordre, un tel effort pour faire servir la logique à l'égarement et pour rendre la parole un peu extérieure à son sens indiquent l'imminence d'une transformation, après quoi le langage sera lui-même entré dans une existence autre. 〔…〕

(왼쪽) **모리스 블랑쇼**(Maurice Blanchot, 1907~2003). 모리스 블랑쇼에 대한 다큐멘터리 영화〈모리스 블랑쇼(Maurice Blanchot)〉(1998)의 한 장면. (오른쪽)『**로트레아몽과 사드**(Lautréamont et Sade)』(1949) 초판본 속표지.

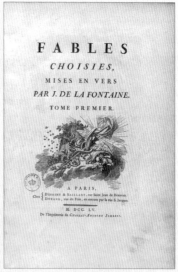

(왼쪽) 그림에서 맨 왼쪽이 **이솝**[Aesop, 아이소포스(Aísopos, 기원전 620~564)]이다.『이솝 우화와 그의 삶(Aesop's Fables with His Life)』(1687년판)에 실린 프랜시스 발로(Francis Barlow, 1626~1704)의 판화로 이솝의 노예로서의 삶을 그렸다.
(오른쪽) **장 드 라 퐁텐**(Jean de La Fontaine, 1621~1695)의『**라 퐁텐 우화**(Fables choisies)』초판본 속표지.

〔새로운 현기증에 끌려드는 순간〕☞ 이 글은 로트레아몽의 글이 아니라 블랑쇼^(Maurice Blanchot, 1907~2003)가 쓴 『로트레아몽과 사드(Lautréamont et Sade)』⁽¹⁹⁴⁹⁾에서 가져왔습니다. | "갈수록 더 완만해지는 통사법이 잠 속을 헤매는 듯한 바로 그 순간에 반대로 더욱 더 빠른 박자로 잇달아 나타나는 이미지들"―바슐라르가 한 것과 같은 말입니다. 가만히 있다가 확 덮치는 공격성의 순간이죠. | "그 이미지들 속에 그것들이 의미하는 것보다는 그것들의 움직임만을 알아보게 되는 것이다." 그 즉각성의 움직임을 의미하죠. "어떤 이미지들이 다른 이미지들로 변해 가는 끊임없는 이행(移行)." 『말도로르의 노래』에 나온 바오밥나무 대목에서 우리는 이것을 체험합니다.〔"바오바브나무로 오인하는 것이 어렵지도 않고 더 나아가선 불가능하지도 않은 두 개의 기둥이 골짜기에 두 개의 핀보다 더 크게 보였다. 사실은, 두 개의 거대한 탑이었다. 비록 두 그루 바오바브나무가 첫눈에 두 개의 핀과 닮지 않았으며, 두 개의 탑과도 닮지 않았지만, 조심성의 실을 능란하게 사용하면, 오류를 저지른다는 두려움이 없이 단언할 수 있는 바(이런 단언에 단 한 조각의 두려움이라도 따라붙으면, 비록 동일한 명사가, 가볍게라도 혼동될 수 없을 만큼 충분히 뚜렷하게 구별된 성질들을 나타내는 이 두 가지 영혼 현상을 표현한다 하더라도, 그것은 더 이상 단언이 아닐 것이기 때문이다). 바오바브나무가 기둥과 크게 다르지 않아, 이런 건축학적인…… 혹은 이런 기하적인 형태들 간의…… 혹은 양쪽 모두의…… 혹은 이쪽도 저쪽도 아닌 형태들 간의…… 아니, 차라리 크고 육중한 형태들 간의 비교가 금지된 것은 아니다. 나는 방금 기둥과 바오바브라는 실사(實辭)에 적합한 부가어를 발견하였으며, 그 반대를 말한다고 주장하지 않는다."〕〔로트레아몽, 「네 번째 노래 ⟨2⟩」, 『말도로르의 노래』(황현산 옮김, 문학동네, 2018) 163~164쪽.〕 "어떤 변모가 닥쳐오고 있음을 가리킨다. 이 변모 이후 언어는 스스로 또 하나의 다른 삶 속에 들어가 있으리라." 초현실주의에 대한 예고지요. | 블랑쇼의 이 글만 읽으면 무슨 소린지 모르겠지만, 오늘 읽은 것들을 떠올리면, 그 소리였구나, 연결될 겁니다.

〔**현대 시와 알레고리**〕 강의를 예상보다 빨리 끝냈으니 그 동안 미진했던 얘기들을 더 합시다. 첫 시간 보들레르 강의를 마치고 집에 가려고 차 문을 여는데 '아, 알레고리 이야기를 반드시 하고 싶었는데 못 했다.'는 생각이 떠올랐습니다. 그 때는 알레고리에 대해서 할 얘기가 잔뜩 있었습니다만 오늘 하려니까 또 잊어 먹었네요(웃음). | 알레고리, 우리는 잘 알죠.『이솝 우화(Aesop's Fables, Aesopica)』〔고대 그리스의 노예 아이소포스(Aisopos, 기원전 6세기 경)가 만든 동물 우화를 후대 사람들이 모아 낸 책이다. 1484년 윌리엄 캑스턴(William Caxton)이 최초의 인쇄본을 출간했다.〕니『라 퐁텐 우화(Fables choisies)』(1668~1695)〔17세기 프랑스의 장 드 라 퐁텐(Jean de La Fontaine, 1621~1695)이 엮은 우화 시집. 고대 인도 문학, 이솝 우화 등에 영향을 받아 시문 형식의 풍자 우화를 썼고, 그 중 124개를 뽑아 엮은 것이『우화 선집(Fables choisies)』이다. 루이 14세의 손자에게 헌정하는 형식을 띠었다.〕가 전부 알레고리로 되어 있지요. 예를 들어『이솝 우화』가운데「개미와 베짱이」는 개미 같은 사람들과 베짱이 같은 사람들 사이에서 일어날 만한 사건들을 이야기로 만든 것이죠.『라 퐁텐 우화』중에서는 매미가 와서 벌레 한 마리만 달라고 합니다. 실제로 매미는 벌레를 안 먹지요. 이런 알레고리 이야기에서 매미가 벌레를 먹느냐 안 먹느냐 따지면 바보입니다.『이솝 우화』속 두루미와 여우가 입이 좁든 넓든, 실제로 사람처럼 접시나 컵에 뭘 담아 먹는 법은 없죠. 또 여우와 신포도 이야기에서 '여우가 무슨 포도를 먹느냐?' 따지지 않습니다. 그렇다고 치는 겁니다. 알레고리는 알레고리 안에서만 논리가 성립됩니다. 그러니까 알레고리는 언어에서 일종의 섬과 같지요. 나도 섬 사람인데, 이러면 섬을 깔보는 것 같네요(웃음). 아무튼 그런데, 현대시의 알레고리는 섬처럼 계획된 알레고리가 아닙니다. 오히려 사실적인 사

건의 전달이나 현상 묘사가 알레고리 구실을 합니다. 본인이 알레고리라 생각지도 않고 기술한 어떤 것들이 알레고리로 쓰인다거나, 그저 자신이 본 것, 생각한 것, 자신의 체험을 썼을 뿐인데 그것이 어떤 거대한 현상, 흐름에 대해 하나의 맥을 짚어 내는 기능을 하는 경우도 있단 말이죠. | 그런 방식의 알레고리가 보들레르에서 흔히 나타납니다. 『악의 꽃(Les fleurs du mal)』[1857, 1861]에도 아주 많고, 산문시도 그렇습니다. 고전적 알레고리는, 즉 이솝이 알레고리를 썼을 때는, 일종의 연상에서 나타납니다. 어떤 현상을 보고서 거기에 맞는 적절한 이야기 하나를 꾸며 내지요. 그러나 현대시에서는 시인이 기민한 감각과 통찰력으로 어떤 장면에서 충격을 받고, 그 충격받은 장면을 그대로 써 낼 때, 그것이 알레고리로 기능하는 겁니다. | 보통 현대시가 은유(隱喩)보다는 환유(換喩)를 많이 쓴다고 할 때, 환유도 그런 기능을 갖습니다. 환유를 더 체계적으로 만든 것이 알레고리이고, 그 알레고리의 작은 요소들이 환유라고 생각하면 아마 이해가 빠를 겁니다. 또 뭘 이야기하려 했더라……(침묵). 우선 질문을 받겠습니다. 질문 받으면서 또 생각을 할 수 있으니까(웃음). ↓

〔은유와 환유, 서정주와 김수영〕 ⓠ (함돈균) 현대시에서는 환유가 많이 강조된다고 하셨습니다. 그렇다면 현대시에서 은유가 가진 미학적인, 철학적인 소명 같은 건 더 이상 기능을 하기 어렵다고 봐야 합니까? ⓐ 그렇게 이야기해도 괜찮을 것입니다. 환유가 가지는 즉각성을 은유가 못 따라간다고 말할 수 있을 것 같아요. 은유를 쓸 때는 항상 하나의 세계관이 있어요. 미리 있던 세계관

을 전제하게 됩니다. 그러나 환유는 그렇게 가지고 있던 세계가 깨어지는 순간을 가져옵니다. 지금도, 철학하는 사람들이 시를 이야기할 때는 늘 은유를 가지고 얘기하려고 하지요. 은유가 가지는 이론 체계 때문입니다. 은유는 이론이 없이 만들어지지 않습니다. 환유는 이론 없이, 또는 이론을 깨뜨리면서 만들어진다고 봐야 할 것 같습니다.〔다음을 참고〕〔"문학 공부 : 세월호 참사로 슬퍼하는 한국인에 대한 글을 쓰라는 숙제에서 초등학생이 '오빠와 나는 울었다'로 썼다. 오빠와 네가 한국을 대표하냐고 묻는 바보도 있다. 대표는 무슨 대표, 표본이라면 모를까. 시에서는 이런 표현을 뭉뚱그려 옛날에는 상징이라 했고, 오늘날에는 보통 환유라 한다. 부분으로 전체가 아니라, 단순한 사실의 서술로 거대하거나 복잡한 현상의 징후를 드러내는 장치. 가장 이해시키기 어려운 것은 은유가 아니라 환유다. 누가 가르쳐 주는 것이 아니라 남매와 함께 울어야 아는 것이라서. 은유는 의미를 내포한다. 환유에는 의미가 들어 있지 않다. 좋은 환유는 사실상 아무 것도 담지 않는다. 환유에서 의미에 해당하는 것을 찾는다면 그 환유를 둘러싸고 있는 현실 전제다. 그래서 환유를 읽기 위해서는 좋은 감각과 상상력이 필요하다."〕〔2014년 12월 6일자 트윗 3편. 황현산, 『내가 모르는 것이 참 많다』(난다, 2019) 49~50쪽.〕 | 미당(未堂) 서정주(徐廷柱, 1915~2000)과 김수영(金洙暎, 1921~1968)을 비교한다면 미당의 세계는 완전히 은유의 세계입니다. 그 세계는 거기에 늘 그렇게 있습니다. 어떠한 비밀을 품은 상태로…… 그 비밀이라는 것은 비밀도 아닌 비밀로서 있지요. 그런데 김수영에 오게 되면 그런 은유가 없어요. 발견만 있죠. 그 발견의 순간에 갑자기 세계가 깊이를 갖게 됩니다. 깊이가 있다고 생각하고 그 존재하는 깊이를 탐구하거나 그에 맞아떨어지는 것을 만들어 내는 게 은유라고 하면, 메마른 바닥 우(위)에서 갑자기 깊이가 창출되게 하는 방식이 환유라고 보면 될 것 같습니다.

〔한국 시와 초현실주의〕 Q (함돈균) 평소에 궁금했던 것 하나

질문 드리고 싶습니다. 한국 시에서 엄밀한 의미의 **"초현실주의는 없다"**─이렇게 자주 쓰셨고, 〔다음을 참고〕〔"단언컨대, 이상(李箱)의 시에는 '초현실주의적' 외양이 다소 있다고 하더라도 '초현실적'인 내용은 없다. 그가 괴이한 방식으로 시를 쓰고, 숫자와 도표와 그림들을 언술 속에 끌어들이고, 가능한 한 난삽한 작품을 만들겠다고 용심하게 된 데는 일본을 거쳐 들어온 초현실주의의 영향이 적지 않았겠지만, 사위가 적으로 가득 차 있고, 그래서 어떤 방식으로건 경계를 게을리 할 수 없는 식민지의 한 지식인이 합리적 추론의 끈을 불신하고, 계산의 보장이 없는 미지의 세계 속으로 깊이 잠입한다는 것은 사실상 불가능한 일이었다."〕〔황현산,「이상의 막 달아나기」,『잘 표현된 불행』(난다, 2019) 900쪽.〕 또 오래 전에 쓰신 글이긴 한데, 거기에 비해서 거의 유일한 사례로 정재학(鄭載學, 1974~)의 첫 번째 시집『어머니가 촛불로 밥을 지으신다』(2004)〕을 얘기하셨거든요. 〔다음을 참고〕〔"정재학의 시에 관해 말한다면, 무엇보다도 먼저 그 초현실성을 거론해야 한다. 자주 산문시의 형식을 지니는 정재학의 시는 그만큼 자주 하나 이상의 이야기를 끌어 안고 있거나 그 이야기를 물고 시작하지만, 그 시말을 종잡기는 어렵다."〕〔황현산,「상처 그리고 투명한 소통」(정재학의 두 번째 시집『광대 소녀의 거꾸로 도는 지구』의 해설), 2008.〕 오늘 말씀하신 초현실주의 얘기와 정재학을 말씀하셨던 그 논리를 보충 설명해 주실 수 있으신지요. Ⓐ 오래 전 일이라 가물가물합니다(웃음). 한국 시에서는, 그 얘기를 하면 좀 길어지는데…… 지난 랭보 시간에 송욱(宋稶, 1925~1980) 선생 이야기를 끄집어 냈습니다. 송욱 선생이 불란서 현대시 얘기를 하는데 거기에 랭보 이름도 안 나와요. 아폴리네르 이름이 한 번 나옵니다. 지난 번에 말했듯 애라서 우습게 여긴다는 측면도 있을 테지만 그보다는 역시 일본 책으로 먼저 접했기 때문입니다. 일본 사람들은 말라르메와 발레리(Paul Valéry, 1871~1945)를 그렇게 높이 평가합니다. 참 논리 정연하고, 정리돼 있단 말이지요. 일본인들은 발레리를 불란서 사람들보다 훨씬 좋아합니다. 송욱 선생 같은 분이 한국 현대시를 정립했어야 했을 텐

앙드레 브르통, 『초현실주의 제2선언(Second manifeste du surréalisme)』(1930), 파리 '에디시옹 KRA'에서 출판된 초판본. 살바도르 달리(Salvador Dalí, 1904~1989)가 속표지 삽화를 그렸다.

데, 가장 중요한 것은 의식과 논리라고 보았습니다. 송욱 선생은 결국 의식과 논리에 의해 현대적이 될 수 있다고 생각하셨죠. 그렇다면 랭보처럼 설명이 불가능한 시, 로트레아몽처럼 모든 것이 혼효(混淆)되어서 혼돈 그 자체인 시는 좋아할 턱이 없어요. 지금도 그렇게 생각하는 사람들이 굉장히 많습니다. 일제 시대 김기림(金起林, 1908~?) 선생이 쓴 시 중에 초현실주의를 욕한 시(["그에게는 생활(生活)이 없습니다. / 사람들이 모-다 생활을 가지는 때 / 우리들의 '피에로'도 쏠어집니다."] [김기림, 「슈르-레알리스트」, 1930.])가 있어요. 당대의 모더니스트 아닙니까. 그럼에도 초현실주의자들에 거의 분개하며, 초현실주의자들은 세상을 망각한 인간들이라는 식으로 이야기를 합니다. │ 식민지와 6.25 전쟁을 거친 탓도 있겠지만, 현대를 살아감에 있어 한국 사람들이 늘 하는 이야기가 '호랑이한테 물려 가도 정신만 차리면 산다' 아닙니까. 한국 사람은 항상 정신을 차려야 합니다(모두 웃음). 랭보라든지 로트레아몽처럼 하는 건 호랑이에 물려 죽는 첩경이라고요. 한국 사람들이 초현실주의라는 수법을 그렇게 많이도 썼지만 한편으로는 가장 두려워하고 그 함정에 빠지지 않아야겠다고 무서워하는 것이 또한 초현실주의입니다. 미국에서 의사 하다 온 사람 얘기를 들으니, 암에 걸려 곧 죽을 사람들에겐 마약 성분을 주는데 한국 사람들은 기필코 안 맞는답니다. 아편쟁이 되면 안 된다고요, 그렇게 아파도 견딘답니다. 지독합니다. 이런 사람들에게는 초현실이 있을 수가 없어요. 어떻게든 논리적 끈을 만듭니다.[다음을 참고] ["이상을 난해 시인이라고 말한다면, 그의 기법은 아폴리네르보다 말라르메에 더 가깝다. 그의 시에는 그 나름대로 숙고된 생각과 일관된 의미가 있다. [⋯] 앙드레 브르통은 『초현실주의 선언』에서, 초현실주의를 '이성이 행사하는 모든 통제가 부재하는 가운데, 미학적이거나 도덕적인 모든 배려에서 벗어난, 사고의 받아쓰기'라고 정의했으며, 오직 '사전 숙고의 흔적이 없는' 글쓰기만이 또 하나의 세계에 이르는 길

을 보장한다고 주장했다. 이상에게 '사전 숙고'는 사실상 그가 붙잡을 수 있는 유일한 밧줄이었다. 논리가 그를

놓아 주지 않았으며, 그는 논리를 놓아 버릴 수 없었다. 그는 논리의 끝에까지 가는 방식으로 논리를 속이려 했

으며, 적어도, 거기서 특별한 효과 하나를 얻어 냈다.") (황현산, 「〈오감도〉의 독서를 위하여—이상과 초현실주

의」, 『13인의 아해가 도로로 질주하오—이상의 〈오감도〉 처음부터 끝까지 읽기』(수류산방, 2013) 64쪽.) 정

재학을 평할 땐, 이 논리적 끈을 놓아 버린 순간이 있다는 말을 아

마 그렇게 했을 것입니다.

〔데카르트와 문체〕 Ⓠ 두 가지 질문입니다. 첫 번째로 **데카르트**
(René Descartes, 1596~1650) 얘기가 나왔는데, 프랑스적 사유, 글쓰기의 전
형이 데카르트에서 출발했다고 해도 될지 궁금합니다. 독일 철학
은 매우 체계적이고 그에 반해 프랑스는 약간 복잡하고 문학적
인 특징이 있다고 하지 않습니까. 그게 데카르트에서부터 시작
된 걸까요? | 두 번째는 황현산 선생님에 대해 얘기할 때 **독특한
문체** 얘기를 많이 하던데요(모두 웃음). 기본적으로 문체라 함은
작가만의 스타일, 세계관 정도로 생각할 수 있는데 아무렇게 막
쓴다고 문체가 되는 건 아니잖아요. 엄밀한 의미에서 구체적으로
'문체란 어떤 것이다' 정의할 수 있다면, 어떻게 얘기할 수 있을
까요. Ⓐ 불란서의 사고 방식은 아무래도 데카르트 이후라고 생
각하는 것이 옳을 것입니다. 불란서뿐 아니라 근대적 사고의 출
발이라고 해도 될 것입니다. 그런데, 데카르트가 공간이나 주체
성 등을 하나하나 정의해 나가는 방식은 굉장히 엄밀하게 느껴
지지만, 그렇다고 해도 칸트의 방식하고는 참 다릅니다. 칸트의 비
판서와 비교해서 읽어 보면 데카르트는 훨씬 구체적으로 누구나

다 알아들을 수 있게 설명합니다. 물론 데카르트는 17세기 사람, 칸트보다 더 옛날 사람이니까 그렇기도 하겠습니다만. 데카르트는 흔히들 관념론의 시작이라지만 어떤 면에서는 경험론처럼 보이기도 합니다. 그래서 데카르트가 경험론의 시작 아닌가, 생각하는 사람들도 있지요. 그건 불란서가 가진 '사고의 현장성'과 관계가 있을 것입니다. 불란서 사람들은 자신들이 최고 선진국이라는 자부심을 부립니다. 그리고 자기들의 경험을 첨단의 경험이라고 생각합니다. 그래서 늘 현장 경험 그 자체를 사고의 첨단에다 넣고 생각하지요. 그렇기 때문에 실험적인 경험을 체계화시킬 수 있습니다. 로트레아몽의 방식은 형식만 놓고 보면 데카르트와 완전히 반대되는 것처럼 보이지만 실제로는 똑같습니다. 어떤 지점을 만들어 놓고 그걸 끝까지, 바닥까지 밀고 나가는 방식으로 하지요. 이건 첫 번째 질문에 대한 대답이고요. | 두 번째, 문체가 무엇이냐. 제가 대답할 부분이 아닐 거란 생각이 드는데요. 제가 독특한 문체를 가지고 있다고 하는데……, 음…… 다만 이런 건 있을 것 같습니다. 저는 글 쓸 때 간명하게 씁니다(일동 웃음). 장식이 별로 없어요. 내 글에 장식이 많나요?(웃음) 그러나 한 가지는, 문장의 형식이나 통사적 구성, 단어 선택에서는 단 한 번도 생각 없이 쓴 적은 없어요. 단어마다 이 때가 적절한가 아닌가, 문장의 형태가 적절한가, 내 진술 순서가 적절한가 아닌가는 항상 의식적으로 점검합니다. 그게 어떤 독특함을 만들어 냈다고 한다면 그럴 수도 있겠습니다. 대개 사람들이 어떤 글을 보고 문체가 있다고 할 때, 그것은 쓰는 사람이 가진 강박 관념이 말이나 글로 표현된 것이 아닐까 생각하게 되네요.

ⓠ 로트레아몽에 대해 데카르트식, 프랑스적 방법론을 말씀해 주셨는데요, 오늘 읽으면서는 페르난두 페소아(Fernando Pessoa, 1888~1935) 같이 어떻게 보면 시가 소설화되는 과정도 생각했거든요. 페소아는 더반(Durban)[당시 나탈(Natal) 식민지의 수도, 현재 남아프리카 공화국의 도시]에서의 경험을 밀고 나가서 다른 차원으로 갔다고 생각합니다. 로트레아몽에겐 남미에서의 경험이라든지, 이중 언어자였다든지 등의 상황이 어떤 영향을 미쳤을지 궁금합니다. [로트레아몽의 아버지 프랑수아즈 뒤카스(François Ducasse)는 우루과이 몬테비데오에 있던 프랑스 대사관에서 서기관으로 일했다. 로트레아몽—이 지도로 뒤카스는 어린 시절 프랑스어, 에스파냐어, 영어를 모두 습득했으며, 13살이 되던 1859년에 프랑스의 남서부 타르브(Tarbes)에 있는 고등학교에 진학했다.] ⓐ 로트레아몽의 생애에 관해선 정말 알려진 것이 별로 없습니다. 일찍 유명해졌더라면 그 흔적들이 많이 보존됐을 텐데,『말도로르의 노래』를 쓴 이후로 나중에 초현실주의자들이 나타나기 전까지 로트레아몽은 거의 공백 상태에 놓여 있었습니다. 그러는 사이에 증인이나 증거가 없어진 겁니다. 정확히 알려진 것은 없습니다. 로트레아몽도 스페인어(에스파냐어)를 썼을 것입니다. 그런데 로트레아몽에게 예상 외로 스페인어의 영향은 그렇게 많지 않습니다, 오히려 말라르메의 경우는 영어의 영향이 굉장히 많거든요.『말도로르의 노래』에 나오는 이야기에는 남미의 경험이 녹아 있지만, 로트레아몽의 시적 어휘에서 스페인어로 인한 그런 정도의 영향은 없는 것 같습니다. 그리고 다음 질문이 무엇이었죠?

[시 안에서 소설화되는 과정] ⓠ 로트레아몽 시대부터 시 안에서 소설화되는 과정이 계속 나타난다고 생각했는데요, 단순히 장르

로서 소설이 아니라 언어 자체에 타인의 언어나, 적어도 두 개의 목소리가 그 안에 들어 있다고 느꼈습니다. 로트레아몽의 새로운 글쓰기는 분명히 말라르메나 그 전 사람들과 다르고, 왜 이런 현상들이 드러나는지 궁금합니다. Ⓐ 로트레아몽이 여섯 번째 이야기에다 소설 비슷한 것을 썼기 때문에 『말도로르의 노래』를 쓴 목표가 마지막의 소설마냥 보이는데, 실은 여섯 번째 노래에 이르기 전에도 소설들이 그 안에 많이 있습니다. 콩트들이 20개 이상이고, 어떻게 보면 모든 절들이 소설 하나씩이라고 볼 수 있을 정도로요. 실제로 우리가 생각하는 산문시 효과, 산문에 중점을 둬서 산문이 시적 기능을 자아 내는 글, 이런 글의 초기 모범이 『말도로르의 노래』 같습니다. 내가 보기에는 보들레르의 산문시보다도 더 그렇습니다. 보들레르의 경우에도 산문시가 거의 짧은 소설의 형식을 가지지만, 그것이 훨씬 진하게 나타나는 작품이 『말도로르의 노래』입니다. 소설화되고 있다고 하는 것, 정확한 생각입니다.

〔시법으로서의 '찰나적 순간'〕 Ⓠ 보들레르의 「코레스퐁당스 (Correspondances)」와 랭보의 시법을 빗대어 설명한 '찰나적 순간'이 지금 로트레아몽의 즉각성과 맞닿아 있다는 생각이 듭니다. 랭보에겐 찰나적 순간이 너무나 짧고 순간에 그치기 때문에 이를 지속시키는 데 실패하고, 그 실패로부터 비롯된 시 가운데 좋은 시가 많다고 설명하셨습니다. 그럼 로트레아몽의 길고 긴 시에서 드러나는, 선생님께서 연출이라고 말씀하신 것이 순간적으로 드러나는 어떤 찰나를 포착하는 것인지, 이미 찰나의 순

간을 드러내면서 계속 지속시키기 위한 기획인지요. Ⓐ 아마 로트레아몽이 기획하진 않았을 것이라고 생각합니다. 랭보의 경우는, 맹수가 무엇을 노리다가 어떤 순간에 즉각적 공격성을 발휘하는 듯한 그런〔로트레아몽의〕방식은 아닙니다. 그와 달리 오히려 자기가 가진 에너지를 한꺼번에 집중해서 스스로 태워 버리는 방식. 동물적 즉각성과는 조금 다릅니다. 한 번에 연료를 태우면 오래 지속될 수는 없지요. 그것이 가장 밝은 순간 소진되어 버리는 겁니다. 그런데 로트레아몽은 마치 고양이들이 한가롭게 노닐다가도 기척이 느껴지면 갑자기 발톱을 내밀고 할퀸다든지, 매들이 조는 것처럼 보이다가 한순간 공격을 하는 것 같은 느낌입니다. 황순원(黃順元, 1915~2000)의 소설「무서운 웃음」(1952)〔피난 체험을 바탕으로 한 콩트 분량의 짧은 글로, 작품집『곡예사』에 실렸다.〕을 보면 매가 홰 위에서 졸고 있으니까 그 아래 있던 고양이가 공격을 하는데, 이 때 졸던 매가 확 반격해서 고양이 눈을 빼는 장면이 나옵니다. 로트레아몽의 글은 졸고 있는 것처럼 내내 뜸을 들입니다. 그러다 갑자기 공격해 옵니다.

〔산문시가 정착되는 과정〕 초기의 **산문시가 정착되는 과정**에서 세 개의 텍스트가 중요하다고 생각합니다. 하나는 말할 것도 없이 보들레르의『**파리의 우울**(Le spleen de Paris)』(1869)입니다. 그리고 하나는 로트레아몽의『**말도로르의 노래**』, 나머지 하나가 랭보의『**일뤼미나시옹**(Les Illuminations)』(1886 일부 출판, 1895 전체 출판)입니다. 아, 그리고 **말라르메 산문시**들도 덧붙일 수 있겠습니다. 초기에 산문시를 실험하는 텍스트들입니다. 산문으로 시를 구현해

낸 것이죠. 그런데 랭보의 산문시는 완전히 시적 문체로 돼 있습니다. 『말도로르의 노래』도 많은 텍스트들이 시적 문체를 가집니다. 맨 앞에 본 첫 번째 노래의 개들 이야기만 해도 그렇지요. 보들레르도 일부는 이런 시적 문체를 구사하지만 그의 상당히 많은 산문시들은 거의 소설에서 쓰는 문체로, 그러니까 시적 문체를 완전히 배제하고 쓴 시들입니다. 오히려 시적 문체를 배제하고 쓴 시들에서 높은 시적인 힘을, 강한 시적 순간들을 창출해 냈죠. 〔다음을 참고〕〔"보들레르의 산문시는 '시적인 산문'이 아니다. 『파리의 우울』에서 […] 대부분의 산문시는 시적 선율이나 박자 같은 것은 염두에 두지 않은 거친 산문으로 씌었다. 시의 전개에서도 기승전결 같은 전통적인 구성을 따르는 경우는 매우 드물며, 수사법에서도 은유보다는 환유와 알레고리를 주로 사용한다. 그래서 보들레르의 산문시는 산문으로 시를 흉내내는 것이 아니라 산문적인 현실에서 시적인 것을 찾아 내어 그것을 산문으로 기술한 것이다. | '시적 산문'은 보들레르 이전에도 많았지만, '산문시'를 쓴 것은 보들레르가 처음이다. 거친 현실에서 시가 드러나는 곳은 바로 그 거칢이 가장 강렬한 지점이다."〕〔황현산, 「『파리의 우울』여록」, 『파리의 우울』(문학동네, 2018), 280~281쪽.〕 보들레르의 산문시들에서는 그 점이 매우 중요할 것입니다. 질문 없으면 오늘 이야기 여기서 마치도록 하겠습니다. 고맙습니다. 🔔 〔제4강 2016년 02월 04일〕

폴 발레리(Ambroise-Paul-Toussaint-Jules Valéry, 1871~1945).
1930년경.

폴 발레리(Ambroise Paul Toussaint Jules Valéry, 1871년 10월 30일~1945
년 7월 20일)는 1871년 프랑스 남부의 항구 도시인 세트(Sète)에서 태어났다.
1876년부터 세트의 콜레주(Collège de Sète, 현재 Collège de Paul-Valéry)
에 다니다 1884년 인근의 큰 도시인 몽펠리에(Montpellier)의 리세로 옮기
고, 1888년 졸업한다. 항구 도시에서 자라며 해군을 꿈꾸던 그는 여러 번의 좌
절 끝에 1889년 몽펠리에의 대학에서 법학 공부를 시작했다. 이 시기에 시를
쓰기 시작해 상징주의 잡지『르 에르미타주(L'Ermitage, 은둔처)』에 기고하
기도 하고, 피에르 루이(Pierre Louys)와 앙드레 지드(Andre Gide) 같은 동
년배의 젊은 시인들과 인연을 맺기도 한다. 1891년 피에르 루이의 소개로 파
리에서 스테판 말라르메를 만나 '화요회' 모임에 자주 참석하게 된다. 1888년
부터 1891년까지 왕성하게 시를 써 내던 그는 1892년 학위를 취득하고 정서적
위기로 괴로워하다 가족과 함께 제노바를 여행하던 어느 날 밤 깨달음을 얻
는다. 감정적인 집착을 버리고 과학적 방법론과 의식, 언어의 본질을 탐구하
기 시작한 것이다. 그는 죽을 때까지 매일 명상하며 그 내용을 써 나가기 시작
했다. 이 기록은 발레리 사후에『수첩(Cahiers)』라는 제목으로 출간된다. 스
스로 "제노바의 밤(La nuit de Gênes)"이라 지칭한 이 체험 이후 긴 시간 동
안「레오나르도 다 빈치의 방법론(Introduction à la méthode de Léonard de
Vinci)」(1895) 등 몇 개의 에세이를 제외하고는 글을 발표하지 않는다. 1892
년부터 국방부(Ministère de la Guerre)의 편집자로 일했으며 1894년 파리
에 정착했다. 1900년부터는 아바스 통신사(Agence Havas, AFP의 전신)의 대
표이자 프랑스 언론협회장인 에두아르 르베(Édouard Lebey)의 비서로 일하
게 된다. 이 때 그의 주 업무는 에두아르 르베에게 그 날의 핵심 사건들을 정리
해 보고하는 것이었다. 이 직업을 통해 시사 분석에 능해진 그는 저명한 작가
가 되었을 때 그 박식함으로도 사람들의 존경을 받게 된다. 같은 해에 화가 베
르트 모리조(Berthe Morisot)의 조카인 자니 고비야르(Jeannie Gobillard)
와 결혼한다. 1917년 발레리는 긴 침묵을 깨고 갈리마르(Gallimard) 출판사
에서「젊은 운명의 여신(La Jeune Parque, 젊은 파르크)」을 발표한다. 발레
리가 이 512행짜리 시를 쓰는 데 4년이라는 시간이 걸렸다. 1920년 출판사 에
밀-폴 프레르(Émile-Paul Frères)에서「해변의 묘지(Le cimetière marin)」
를 발표하고 1922년「해변의 묘지」를 포함한 시집『매혹(Charmes)』를 출간
한다. 시인으로 명성을 얻었으나 그는 다시 시작을 멈추고 평론에 주력했다.
1924년 국제 펜 클럽 프랑스 지부 회장이 되고 다음 해인 1925년 프랑스 아카

데미 회원으로 선출되었다. 그 외에도 여러 가지 명예로운 공직들을 맡아 활발하게 활동한다. 1937년에는 콜레주 드 프랑스(Collège de France)에서 시학 강의를 시작해 죽을 때까지 이어간다. 제2차 세계 대전 중 독일 점령 하에 있던 프랑스에서 유태인의 장례 추도사를 맡았다가 니스(Nice)의 대학에서 쫓겨나기도 한다. 발레리는 제2차 세계 대전이 끝난 지 얼마 되지 않은 1945년 7월 20일 파리에서 남서쪽으로 25km 떨어진 도시 빌쥐스트(Villejust)에서 사망했다. 드골 정부는 그의 장례식을 국장으로 치렀다. 그는 고향 세트 해변의 묘지에 안장되었다.

5. 폴 발레리

Ambroise-Paul-Toussaint-Jules Valéry

1871~1945

▶「잃어버린 포도주(Le vin perdu)」
  〔없다고도, 있다고도, 할 수 없는……〕
▶「발걸음(Les pas)」
  〔정신의 불을 밝히고 존재의 발걸음을 기다리는 시인……!〕
  〔나쁜 남자 발레리〕
▶「해변의 묘지(Le cimetière marin)」
  〔우주적 상상력과 시적 명상〕
  〔우리 나라의 번역본〕
  〔상징주의의 마지막〕

〔보들레르로부터 상징주의의 긴 변모〕
〔발레리와 아폴리네르〕
▶「석류들(Les grenades)」
〔꽉 짜인 시와 흐트러진 시〕
〔말라르메와 발레리의 관계〕
〔한국의 모더니즘 수용사〕
〔초현실주의 계열과 주지주의 계열〕

* 「5강 폴 발레리」는 앞 부분이 일부 녹음되지 않아, 「석류들」 부분이 빠져 있음을 알려 드립니다.

잃어버린 포도주

[I]   나는, 어느 날, 망망한 바다에,
       (그러나 어느 하늘 아래였던가)
       허무에 바치는 고수레인 양
       귀중한 포도주를 아주 조금 뿌렸다……

[II]   누가 너의 손실을 원했는가, 오 술이여!
       피를 생각하며, 포도주를 부으며,
       나는 어쩌면 점쟁이의 말에 따랐던가?
       어쩌면 내 마음의 열망에 따랐던가?

[III] 여느 때의 그 투명함을,
       장밋빛 안개 한 번 피어난 후,
       다름없이 순수하게 바다는 회복했고……

[IV]   잃어버린 이 포도주, 취한 파도!……
       나는 쓰라린 대기 속에 가장 그윽한
       형상들이 도약하는 것을 보았다……

LE VIN PERDU

[I] J'ai, quelque jour, dans l'Océan,

(Mais je ne sais plus sous quels cieux),

Jeté, comme offrande au néant,

Tout un peu de vin précieux...

[II] Qui voulut ta perte, ô liqueur ?

J'obéis peut-être au devin ?

Peut-être au souci de mon coeur,

Songeant au sang, versant le vin ?

[III] Sa transparence accoutumée

Après une rose fumée

Reprit aussi pure la mer...

[IV] Perdu ce vin, ivres les ondes !...

J'ai vu bondir dans l'air amer

Les figures les plus profondes...

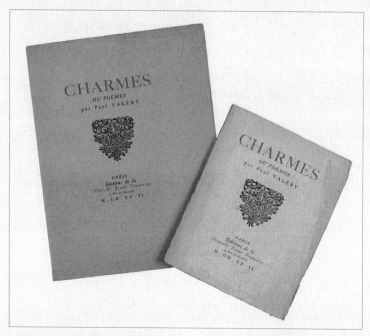

폴 발레리 시집 『매혹(Charmes)』. 1922년 출간. 「잃어버린 포도주(Le vin perdu)」와 「발걸음(Les pas)」, 「해변의 묘지(Le cimetière marin)」가 수록되었다.

〔**나는, 어느 날, 망망한 바다에** / (그러나 어느 하늘 아래였던가) / 허무에 바치는 고수레인 양 / 귀중한 포도주를 아주 조금 뿌렸다…… // 누가 너의 손실을 원했는가, 오 술이여! / 피를 생각하며, 포도주를 부으며, / 나는 어쩌면 점쟁이의 말에 따랐던가? / 어쩌면 내 마음의 열망에 따랐던가?〕 ☞ 어떤 열정, 그것이 이 포도주를 바다에다, 망망한 공중에다 뿌렸습니다. 나를 내세우며 내 정열을 저 우주에다 뿌렸던가. 그런데 포도주를 바다에 뿌리니 어떻게 됐나요.〔「잃어버린 포도주(Le vin perdu)」는 1922년 『레 푀유 리브르(Les feuilles libres)』 2월호에 발표됐고, 같은 해 시집 『매혹(Charmes)』에 수록되었다. 1929년에 프랑스의 작곡가 페로(Pierre-Octave Ferroud, 1900~1936)가 이 시를 가사로 삼아 음악을 작곡했다.〕

〔**여느 때의 그 투명함을**, / 장밋빛 안개 한 번 피어난 후, / 다름없이 순수하게 바다는 회복했고…… // 잃어버린 이 포도주, 취한 파도! / 나는 쓰라린 대기 속에 가장 그윽한 / 형상들이 도약하는 것을 보았다……〕 ☞ 뿌리나 마나겠지요. 그거 뿌렸다고 바다가 뭐가 어떻게 되겠어요? 포도주를 뿌리는 순간에는 바다에 피 한 방울 떨어진 듯 보일 것입니다. 그리고 금세 바닷물에 용해되어 흔적도 없이 사라지죠. 또 다시 바다는, 바다의 바다를 회복해 버리고 맙니다. 그러나 엄밀하게 바닷속에 포도주가 없다고는 할 수 없습니다. 어떻게든 남아 있겠지요. 인간이 세상에서 어떤 기획을 하면, 기획 자체는 언젠가 없어집니다. 우리가 했던 모든 일들은 흔적도 없이 사라집니다. 그런데 이 때 무언가 남아 있느냐 없느냐, 발레리에게는 이것이야말로 존재와 무존재의 경계에 있는 어떤 질문입니다. | 그것에 대한 답으로 "쓰라린 대기"—소금

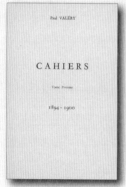

폴 발레리의『**수첩**(Cahiers) 1』. (왼쪽 위에서부터 시계 방향으로) 표지―본문에 수록된 수채화―첫 페이지(1쪽), 1957년. 프랑스 국립과학연구센터(Centre national de la recherche scientifique) 소장.

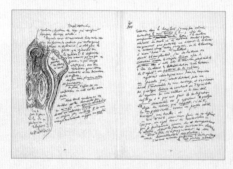

『**수첩**(Cahiers) 29』의 90~91, 911쪽. 발레리는 1894년(24세)부터 죽을 때(1945)까지 50년간 새벽에 떠오르는 과학적 방법론과 의식, 언어에 대한 단상을 노트에 적었다. 이 기록을 모아『**수첩**(Cahiers)』이라는 제목으로 29권, 30,000쪽에 달하는 책이 출간됐다.

기 품은 대기 속에, "가장 그윽한 형상들"— 있는 것도 아니고 없는 것도 아닌 그것, 하나의 상념들이 "도약하는 것을" 봅니다.

〔없다고도, 있다고도, 할 수 없는……〕이 마지막 구절에서 우리는 발레리의 '계산'이라는 것이 무엇인가를 이해하게 됩니다. 시적인 열정, 시적인 직관, 시적인 영감이라고 하는 것. 그것을 발레리는 지극히 미미하게만 인정합니다. 저 대양에 뿌린 포도주 한 방울 정도로만 인정을 합니다. 네, 그게 합리적이고 이성적인 사람의 생각이겠죠. 그것이 없느냐, 없다고도 할 수 없지만 그렇다고 있다고도 할 수 없죠. 그 상태에 대한 시적 생각과 산문적 생각이 한데서 만나는 순간의 형상이 이 모습과 같을 것입니다.〔다음을 참조.〕〔"이 없음이면서 동시에 있음인 것의 도취로 바다는 취했으며, 아무 일도 일어나지 않은 '쓰라린 대기 속에 가장 그윽한 형상들이 도약하는 것을' 시인들은 본다. 시인에게도 바다에게도 있음과 없음의 경계를 체험하는 것보다 더 큰 사건은 없으며, 있음과 없음을 동시에 드러내는 형상들보다 더 비밀스러운 형상은 없다."〕

〔황현산, 「발레리의 주지주의와 영검 없는 시」, 『현대시 산고』(난다, 2020) 191쪽.〕 그렇다고 완벽하게 녹아들지도 않는 것에 대한 그림입니다. ↓

발걸음

[I]
내 침묵의 아이들인 너의 발걸음들,
성스럽게 천천히 놓이며,
내 불면의 침대를 향해
말없이 냉정하게 전진하는구나.

[II]
순수 인칭, 거룩한 그림자,
너의 조심스런 발걸음, 그들은 얼마나 사랑스러운가!
희한하기도 해라!······ 내가 예감하는 모든 선물이
이 벗은 발을 타고 내게 오는구나!

[III]
만일, 네가 그 입술을 내밀어,
내 숱한 생각의 주민을 진정시키려,
그를 위한 양식으로
한 번의 입맞춤을 준비한다 하더라도,

[IV]
서둘지 마시라 그 사랑의 행위를,
있음과 있지 않음의 기쁨을,
나는 그대를 기다리며 살아 왔고,
내 심장은 그대의 발걸음일 뿐이기에.

LES PAS

Tes pas, enfants de mon silence,

Saintement, lentement placés,

Vers le lit de ma vigilance

Procèdent muets et glacés.

Personne pure, ombre divine,

Qu'ils sont doux, tes pas retenus !

Dieux !... tous les dons que je devine

Viennent à moi sur ces pieds nus !

Si, de tes lèvres avancées,

Tu prépares pour l'apaiser,

A l'habitant de mes pensées

La nourriture d'un baiser,

Ne hâte pas cet acte tendre,

Douceur d'être et de n'être pas

Car j'ai vécu de vous attendre,

Et mon cœur n'était que vos pas.

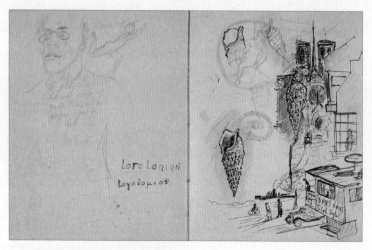

폴 발레리의 『수첩(Cahiers)』(1957년판) 중에서.

⌐ 〔정신의 불을 밝히고 존재의 발걸음을 기다리는 시인……!〕「발걸음(Les pas)」이라고 하는 시를 보면, 그것을 또 다른 측면에서 느낄 수 있습니다. 〔다음을 참조.〕〔"있음과 없음의 역설적 관계를 가장 명료하게, 어떤 점에서는 가장 난해하게 드러낸 시는 아마도 「발걸음」일 것이다."〕〔황현산, 「발레리의 주지주의와 영검 없는 시」, 『현대시 산고』(난다, 2020) 191쪽.〕〔발걸음(Les pas)은 1921년 『푀이에 다르(Feuillets d'art)』 11월호에 첫 발표, 이듬해 시집 『매혹』에 수록되었다.〕

[I] 〔내 침묵의 아이들인 너의 발걸음들, / 성스럽게 천천히 놓이며, / 내 불면의 침대를 향해 / 말없이 냉정하게 전진하는구나.〕 ☞ "내 침묵"으로부터 "너"라고 하는 존재의 발걸음이 나왔다고 합니다. "너"라고 하는 존재가 누구인지는 모르나 그 "발걸음"이 성스럽게 천천히 움직여서, 내가 잠자거나 꿈꾸고 몽상하는 침대가 아니라 맑은 정신과 냉철한 이성을 유지한 상태, 이런 "불면의 침대"를 향해서 "말없이 냉정하게" 그 발걸음이 다가오고 있습니다.

[II] 〔순수 인칭, 거룩한 그림자, / 너의 조심스런 발걸음, 그들은 얼마나 사랑스러운가! / 희한하기도 해라!…… 내가 예감하는 모든 선물이 / 이 벗은 발을 타고 내게 오는구나!〕 ☞ "순수 인칭"은 너, 나, 그도 아닌, 누구라고도 할 수 없는 것입니다. 영어 'It'에 해당하는 비인칭입니다. 천지, 기후, 거리 등을 나타내는 순수 인칭. 우주의 보편 그 자체와 같은 이치입니다.

[III] 〔만일, 네가 그 입술을 내밀어, / 내 숱한 생각의 주민을 진정시

키려, / 그를 위한 양식으로 / 한 번의 입맞춤을 준비한다 하더라
[IV] 도, // 서둘지 마시라 그 사랑의 행위를, / 있음과 있지 않음의 기
쁨을, / 나는 그대를 기다리며 살아 왔고, / 내 심장은 그대의 발
걸음일 뿐이기에.] ☞ "내 숱한 생각의 주민"이란 정신을 가리키
겠죠. 내 정신이 내게 걸어오는 발걸음의 주체와 결합하려는 순
간입니다. 그것을 준비하며 오고 있다 하더라도 | 빨리 오라는 것
이 아니라, "서둘지 마시라." 지금 한 여자가 침대로 옵니다. "그
사랑의 행위를" 서둘러서 베풀지 말아라. 기다리는 기쁨이지요.
"나는 그대를 기다리며 살아 왔고, 내 심장은 그대의 발걸음일
뿐"이니, 그대의 발걸음에 의해 내 심장이 울린다는 겁니다. 그
러려면 내내 오고만 있어야지, 와 버리면 안 됩니다. 줄곧 오고 있
어야 해요. 와 버리는 순간 끝난단 말이죠. 이 때 발레리가 기다리
는 그것은 있음으로서 존재하는 것이 아니라 있음이 되기 위해서
존재하는, 그래서 "있음과 있지 않음의 기쁨"입니다.

〔**나쁜 남자 발레리**〕 1연부터 3연까지 내내 그 존재를 '너(tes/
toi)'라 부르지요. 마지막에 와서야 서둘지 말라며 '그대(vous)'
라고 부릅니다. 지극히 친근히 '너'라고 부르다가 막상 다 오려고
하니 '그대'라며 거리감을 만듭니다. | 나쁜 남자죠. 농담으로 말
하곤 합니다만, 제가 발레리를 참 안 좋아합니다(웃음). 그 이유
중 하나가 '나쁜 남자'이기 때문에 그렇습니다. 발레리는 완벽하
게 씁니다. 「발걸음」 같은 시도 완벽한 시입니다. 시가 될 수 있는
온갖 장치를 만들어 놓았어요. 어느 구절을 가지고도 바보 같다
고 할 수 없게 만들어 놓았어요. 잘 썼다고 찬탄은 할 수 있어요.

그러나 감동은 안 됩니다. 와서 키스를 해야 감동이 되지, 하려는 걸 막으면 감동이 되겠어요? 계속 냉정한 자세를 취합니다. 몽상에 대해 말하면서 정작 자신은 한 번도 몽상 안으로 들어가지 않는, 그런 지성입니다.〔다음을 참조.〕〔"발레리의 시에서 지성은 모든 것이다. 그에게서는 꿈도 환상도 지성의 다른 작용일 뿐이며, 어둠도 몽롱함도 빛의 연출일 뿐이다. 그에게 타자는 없다. 조금 너그럽거나 약간 방심하는, 사실은 방심하는 척하는 주체가 있을 뿐이다. 일인 다역의 배우처럼, 주체의 지성은 주체와 타자의 역할을 동시에 하고, 빛과 어둠의 역할을 동시에 한다. 그 배역과 동작선은 이를 데 없이 섬세하다. 그 구도와 원근법은 나무랄 데 없이 잘 조직되어 있다. 그러나 지성은 우리를 감탄하게 하고 존경하게는 하지만 우리에게 감동을 주지는 않는다."〕〔황현산, 「발레리의 주지주의와 영검 없는 시」, 『현대시 산고』(난다, 2020) 193~194쪽.〕 | 송욱 선생(宋稶, 1925~1980)의 『시학평전』(1964, 일조각)에 보면 발레리 이야기가 가득합니다. '불꽃 같은 지성' '엄정한 비평 의식'이란 말을 내내 합니다.〔다음을 참조.〕〔"항상 한국의 시가 머릿속에 있고, 시가 역사적 현실과 어떤 방법으로든 결부되어야 한다고 믿어 온 송욱은 발레리의 순수시 개념에 다소 비판적인 태도를 보였지만, 시작에 임하는 자가 지녀야 할 엄정한 창조·비평 의식을 극한으로 실천하는 모범을 발레리로부터 발견하며, 인간의 지성이 도달할 수 있는 최고의 경지가 거기서 기약된다는 점에서 순수시의 실제적인 효용을 인정했다."〕〔황현산, 「역사 의식과 비평 의식」, 『잘 표현된 불행』(난다, 2020) 372쪽.〕 이 엄정한 비평 의식에 의해서 어떤 감정에 먹히지도 않고 내내 균형을 유지하며 시를 씁니다. 상당히 많은 시인들이, 특히 낭만주의 시인들의 경우에 시를 쓰다가 나중에는 자기가 뭘 쓰고 있는지 잊어 버리곤 합니다. 발레리 시에는 그런 순간이 한 순간도 없습니다. 항상 정신 차리고 있습니다. 정신을 차리는 데 그치지 않고 명료한 불꽃처럼 깨어 빛납니다. 그래서 발레리 시가 잘 만들어졌다고는 할 수 있지만, 발레리 시를 읽고 감동에 빠졌다고 한다면 그것은 거짓말입니다. 자, 이제 「해변의 묘지」를 봅시다. ↓

해변의 묘지

[0]
나의 혼이여, 불후의 생명을 찾으려 말고,
오직 가능성의 세계를 다 소진해라.
　　　핀다로스.「아폴로 축제 우승자에게 헌정하는 시, 제3장」

[1]
비둘기들 오가는 이 잔잔한 지붕은
소나무들 사이에서 파닥인다. 무덤들 사이에서,
공정한 자 정오가 여기서 불로 짓는 것은
바다. 바다, 늘 또 다시 시작하는
신들의 고요를 지켜보는 긴 시선,
오 한 차례 사색 뒤에 오는 보상이여!

[Ⅱ]
섬세한 섬광의 얼마나 순수한 노동이
감지할 수 없는 거품의 수많은 다이아몬드를 태우는가,
그러나 얼마나 깊은 평화가 잉태되는 것만 같은가!
심연 위에 태양이 쉴 때,
영원한 원리의 순수한 작품들,
시간은 반짝이고, 꿈은 앎이로다.

[Ⅲ]
안정된 보고(寶庫), 미네르바의 소박한 신전,
고요의 더미, 눈에 보이는 저장소,

LE CIMETIÈRE MARIN

[0]

Μή, φίλα ψυχά, βίον ἀθάνατον

σπεῦδε, τὰν δ' ἔμπρακτον ἄντλει μαχανάν.

    Pindare, Pythiques, III.

[I]

Ce toit tranquille, où marchent des colombes,

Entre les pins palpite, entre les tombes ;

Midi le juste y compose de feux

La mer, la mer, toujours recommencée !

Ô récompense après une pensée

Qu'un long regard sur le calme des dieux !

[II]

Quel pur travail de fins éclairs consume

Maint diamant d'imperceptible écume,

Et quelle paix semble se concevoir !

Quand sur l'abîme un soleil se repose,

Ouvrages purs d'une éternelle cause,

Le Temps scintille et le Songe est savoir.

[III]

Stable trésor, temple simple à Minerve,

Masse de calme, et visible réserve,

눈살 찌푸리는 물, 너의 내부에 한 겹 화염의 베일 아래

그토록 많은 잠을 간직한 눈,

오 나의 침묵!……혼(魂) 속의 건축,

그러나 수천 개 기와로 지은 황금의 정점, 지붕이여!

[IV] 단 하나의 숨결이 요약하는 시간의 신전,

이 순수점(純粹點)에 나는 오르며 익숙해진다,

바다를 향한 내 시선에 내 온통 둘러싸여.

그리고 신들에게 바치는 내 최고의 봉헌물인 듯

잔잔한 반짝임이

깊은 자리 높은 자리에 지고한 경멸을 뿌린다.

[V] 과일이 쾌락이 되어 녹듯이,

제 형태가 스러지는 입안에서

과일이 제 부재를 환희로 바꾸듯이,

나는 여기 내 미래의 연기를 들이마시고,

하늘은 노래한다, 불타 사라지는 영혼에게

수런거림으로 바뀌는 해안의 변모를.

[VI] 아름다운 하늘이여, 참된 하늘이여, 변화하는 나를 보라!

그 하 많은 긍지를 지나, 이상한

그러나 힘찬 그 하 많은 무위를 지나,

Eau sourcilleuse, Œil qui gardes en toi

Tant de sommeil sous un voile de flamme,

Ô mon silence !... Édifice dans l'âme,

Mais comble d'or aux mille tuiles, Toit !

[IV]
Temple du Temps, qu'un seul soupir résume,

À ce point pur je monte et m'accoutume,

Tout entouré de mon regard marin ;

Et comme aux dieux mon offrande suprême,

La scintillation sereine sème

Sur l'altitude un dédain souverain.

[V]
Comme le fruit se fond en jouissance,

Comme en délice il change son absence

Dans une bouche où sa forme se meurt,

Je hume ici ma future fumée,

Et le ciel chante à l'âme consumée

Le changement des rives en rumeur.

[VI]
Beau ciel, vrai ciel, regarde-moi qui change !

Après tant d'orgueil, après tant d'étrange

Oisiveté, mais pleine de pouvoir,

이 빛나는 공간에 나는 내 자신을 맡기니,

죽은 자들의 집 위로 내 그림자가

나를 그 가녀린 움직임에 길들이며 지나간다.

[VII]   하지의 횃불에 노출된 영혼,

나는 너를 견딘다, 화살도 무자비한

오 빛의 찬탄할 정의여!

나는 너를 순수하게 너의 첫 자리로 되돌린다,

너를 보라!……그러나 빛을 되돌린다는 것은

그림자의 음울한 절반을 가정하는 것.

[VIII]   오 나 혼자를 위하여, 나 혼자에게만, 내 자신 속에,

가슴 가까이, 시의 원천에서,

공허와 순수한 사건 사이에서, 나는 기다린다

미래의 공동(空洞)을 늘 혼(魂) 속에 울리는

쓰고 캄캄하고 낭랑한 수조(水槽),

내 내부 그 위대함의 메아리를!

[IX]   너는 아는가, 나뭇잎사귀의 가짜 포로여,

이 여윈 철책들을 삼키는 해만(海灣)이여,

내 감은 눈 위에 떨어지는, 눈부신 비밀이여,

어떤 육체가 제 게으른 종말로 나를 끌어가는지,

Je m'abandonne à ce brillant espace,

Sur les maisons des morts mon ombre passe

Qui m'apprivoise à son frêle mouvoir.

[VII]

L'âme exposée aux torches du solstice,

Je te soutiens, admirable justice

De la lumière aux armes sans pitié !

Je te rends pure à ta place première,

Regarde-toi !... Mais rendre la lumière

Suppose d'ombre une morne moitié.

[VIII]

Ô pour moi seul, à moi seul, en moi-même,

Auprès d'un cœur, aux sources du poème,

Entre le vide et l'événement pur,

J'attends l'écho de ma grandeur interne,

Amère, sombre, et sonore citerne,

Sonnant dans l'âme un creux toujours futur !

[IX]

Sais-tu, fausse captive des feuillages,

Golfe mangeur de ces maigres grillages,

Sur mes yeux clos, secrets éblouissants,

Quel corps me traîne à sa fin paresseuse,

어떤 이마가 뼈만 남은 이 땅에 그 육체를 잡아당기는지?
불꽃 하나가 거기서 나의 부재자들을 생각한다.

[X]   닫힌, 성스러운, 질료 없는 불로 가득 찬
        빛에 바쳐지는 땅의 한 조각,
        이 자리가 내 마음에 든다, 햇불에 지배되고,
        황금으로, 돌로, 어두운 나무들로 이루어진 이 자리에,
        수많은 대리석이 수많은 그늘 위에서 떨리고,
        충실한 바다는 내 무덤들 위에서 잠잔다!

[XI]   찬란한 암캐여, 우상 숭배자들을 내쳐라!
        목자의 미소를 띠고 고독하게
        내가 오래도록 신비로운 양들을,
        내 고요한 무덤들의 하얀 양떼를 풀 뜯길 때에,
        그들에게서 멀리 물리쳐라, 사려 깊은 비둘기들을,
        헛된 꿈들을, 호기심 많은 천사들을!

[XII]   여기 오게 되면, 미래는 안일이다.
        청결한 곤충이 건조를 긁어대고,
        모든 것이 타고, 해체되고, 공기 속에 흡수된다,
        내가 알지 못하는 어떤 가혹한 본질의……
        삶은 드넓어, 부재에 도취하고,

Quel front l'attire à cette terre osseuse ?

Une étincelle y pense à mes absents.

[X]   Fermé, sacré, plein d'un feu sans matière,

Fragment terrestre offert à la lumière,

Ce lieu me plaît, dominé de flambeaux,

Composé d'or, de pierre et d'arbres sombres,

Où tant de marbre est tremblant sur tant d'ombres ;

La mer fidèle y dort sur mes tombeaux !

[XI]   Chienne splendide, écarte l'idolâtre !

Quand solitaire au sourire de pâtre,

Je pais longtemps, moutons mystérieux,

Le blanc troupeau de mes tranquilles tombes,

Éloignes-en les prudentes colombes,

Les songes vains, les anges curieux !

[XII]   Ici venu, l'avenir est paresse.

L'insecte net gratte la sécheresse ;

Tout est brûlé, défait, reçu dans l'air

À je ne sais quelle sévère essence...

La vie est vaste, étant ivre d'absence,

쓴 것이 달고, 정신은 맑다.

[XIII]   그들을 다시 덮히고 그들의 신비를 말리는
이 대지 속에서, 감춰진 사자(死者)들은 편안하다.
저 높이 뜬 정오, 요지부동의 정오는
제 속에서 저를 사유하고 저 자신에게 흡족하고……
완전한 머리 완벽한 왕관이여,
나는 네 내부의 은밀한 변화로다.

[XIV]   너의 두려움을 간직하기 위해서는 나밖에 없구나!
나의 회오, 나의 회의, 나의 속박은
너의 거대한 다이아몬드의 결함!……
그러나 대리석 무거운 그들의 밤에,
나무 뿌리에 흩어진 어렴풋한 무리가
천천히 벌써 너의 편을 들었다.

[XV]   그들은 두터운 부재 속으로 용해되고,
붉은 진흙은 흰 종족을 마셨으니,
생명의 선물은 꽃 속으로 넘어갔구나!
어디 있는가, 사자(死者)들의 친밀한 어구들,
독자적 기예, 특이한 혼들은?
눈물이 생겼던 곳에는 구더기가 줄을 짓는다.

Et l'amertume est douce, et l'esprit clair.

[XIII]
Les morts cachés sont bien dans cette terre

Qui les réchauffe et sèche leur mystère.

Midi là-haut, Midi sans mouvement

En soi se pense et convient à soi-même...

Tête complète et parfait diadème,

Je suis en toi le secret changement.

[XIV]
Tu n'as que moi pour contenir tes craintes !

Mes repentirs, mes doutes, mes contraintes

Sont le défaut de ton grand diamant !...

Mais dans leur nuit toute lourde de marbres,

Un peuple vague aux racines des arbres

A pris déjà ton parti lentement.

[XV]
Ils ont fondu dans une absence épaisse,

L'argile rouge a bu la blanche espèce,

Le don de vivre a passé dans les fleurs !

Où sont des morts les phrases familières,

L'art personnel, les âmes singulières ?

La larve file où se formaient les pleurs.

[XVI] 간지럼을 못이기는 소녀들의 날카로운 비명,

눈, 이빨, 젖은 눈꺼풀,

불장난하는 매혹적인 젖가슴,

내 주는 입술에 빛나는 피,

마지막 선물들, 그것들을 지키는 손가락들,

이 모든 것이 땅 밑에 들고 유희로 되돌아가는구나!

[XVII] 그리고 그대, 위대한 혼이여, 여기서 육체의 눈에

파도와 황금이 만드는 거짓 색채를

더는 갖지 못할 한 자락 꿈을 그대는 바라는가?

그대가 증발해 버릴 때 그대는 노래하려는가?

가거라! 모든 것은 사라진다! 지상의 내 존재는 구멍투성이,

성스러운 초조도 또한 죽는다!

[XVIII] 검은 빛 황금빛 여읜 불멸이여,

월계수를 무섭게 두르고,

죽음을 어머니의 젖가슴으로 만드는 위안자여,

아름다운 거짓말이요 경건한 책략이로다!

누가 모를 것이며, 누가 거절하지 않으랴

이 텅 빈 두개골과 이 영원한 비웃음을!

[XIX] 깊은 조상들이여, 주민 없는 머리들이여,

XVI

Les cris aigus des filles chatouillées,

Les yeux, les dents, les paupières mouillées,

Le sein charmant qui joue avec le feu,

Le sang qui brille aux lèvres qui se rendent,

Les derniers dons, les doigts qui les défendent,

Tout va sous terre et rentre dans le jeu !

Et vous, grande âme, espérez-vous un songe

Qui n'aura plus ces couleurs de mensonge

Qu'aux yeux de chair l'onde et l'or font ici ?

Chanterez-vous quand serez vaporeuse ?

Allez ! Tout fuit ! Ma présence est poreuse,

La sainte impatience meurt aussi !

XVIII

Maigre immortalité noire et dorée,

Consolatrice affreusement laurée,

Qui de la mort fais un sein maternel,

Le beau mensonge et la pieuse ruse !

Qui ne connaît, et qui ne les refuse,

Ce crâne vide et ce rire éternel !

Pères profonds, têtes inhabitées,

수많은 삽질로 퍼부은 그 무게 아래서

흙이 되어 우리들의 발걸음을 알아보지 못하누나.

진정한 침식자, 부인할 길 없는 구더기는

돌판 아래 잠들어 있는 그대들을 노리지 않는다.

구더기는 생명을 먹고 사나니, 나를 떠나지 않도다!

[XX]   내 자신에 대한 사랑이라 할까, 어쩌면 증오라 할까?

구더기의 은밀한 이는 내게 그토록 가까이 있어

어떤 이름이라도 모두 합당하리라!

무슨 상관이랴! 구더기는 보고, 원하고, 꿈꾸고, 건드리지 않는가!

내 육체는 구더기를 기쁘게 하고, 나는 침대에서까지

이 생물에 목매여 살아가지 않는가!

[XXI]   제논이여, 잔인한 제논이여, 엘레아의 제논이여!

그대는 나를 꿰뚫었도다, 떨려 울며 날아가는,

그러면서 날지 않는, 저 날개 돋친 화살로!

그 소리 나를 낳고, 화살은 나를 죽이는구나!

아! 태양이여…… 혼을 주고 무슨 거북이의 그림자를 얻었는가,

그 너른 발걸음으로 옴짝도 않는 아킬레스여!

[XXII]   아니다, 아니다!…… 일어서라! 뒤따라오는 시대에!

부숴라, 나의 육체여, 사유하는 이 형체를!

Qui sous le poids de tant de pelletées,

Êtes la terre et confondez nos pas,

Le vrai rongeur, le ver irréfutable

N'est point pour vous qui dormez sous la table,

Il vit de vie, il ne me quitte pas !

[XX] Amour, peut-être, ou de moi-même haine ?

Sa dent secrète est de moi si prochaine

Que tous les noms lui peuvent convenir !

Qu'importe ! Il voit, il veut, il songe, il touche !

Ma chair lui plaît, et jusque sur ma couche,

À ce vivant je vis d'appartenir !

[XXI] Zénon ! Cruel Zénon ! Zénon d'Êlée !

M'as-tu percé de cette flèche ailée

Qui vibre, vole, et qui ne vole pas !

Le son m'enfante et la flèche me tue !

Ah ! le soleil... Quelle ombre de tortue

Pour l'âme, Achille immobile à grands pas !

[XXII] Non, non !... Debout ! Dans l'ère successive !

Brisez, mon corps, cette forme pensive !

마셔라, 내 가슴이여, 저 바람의 탄생을!

서늘함이, 바다에서 발산하여,

내게 혼을 되돌려 준다…… 오 소금기 어린 힘이여!

파도로 달려가서 우리 다시 살아 오르자!

(XXIII) 그렇다! 착란을 타고난 드넓은 바다여!

표범 가죽이여, 태양의 무수한 우상들로

구멍이 숭숭한 그리스식 망토여,

매인 데 없는 물이여, 네 푸른 살에 취해,

침묵을 닮은 소란 속에서

번쩍거리는 네 꼬리를 물어뜯는 히드라여,

(XXIV) 바람이 인다!…… 살려고 해야 한다!

망망한 대기가 내 책을 펼치고 다시 접고,

파도는 가루가 되어도 바위에서 감히 솟구치는구나!

날아가라, 온통 눈부신 책장들이여!

부숴라, 파도여! 흥겨운 물결로 부숴라,

삼각돛배들이 모이를 쪼던 이 잔잔한 지붕을!

Buvez, mon sein, la naissance du vent !

Une fraîcheur, de la mer exhalée,

Me rend mon âme... O puissance salée !

Courons à l'onde en rejaillir vivant !

(XXIII) Oui ! Grande mer de délires douée,

Peau de panthère et chlamyde trouée,

De mille et mille idoles du soleil,

Hydre absolue, ivre de ta chair bleue,

Qui te remords l'étincelante queue

Dans un tumulte au silence pareil,

(XXIV) Le vent se lève !... Il faut tenter de vivre !

L'air immense ouvre et referme mon livre,

La vague en poudre ose jaillir des rocs !

Envolez-vous, pages tout éblouies !

Rompez, vagues ! Rompez d'eaux réjouies

Ce toit tranquille où picoraient des focs !

(왼쪽 위) **지그문트 프로이트**(Sigmund Freud, 1856~1939), 1932년. 막스 할베르슈타트(Max Halberstadt) 사진. (왼쪽 아래) **앙드레 지드**(André Gide, 1869~1951), 1930년대. (오른쪽) **기욤 아폴리네르**(Guillaume Apollinaire, 1880~1918), 1911년.

* **다다이즘**(Dadaism) : 1915년부터 1924년경까지 유럽을 중심으로 일어났던 반문명, 반이성, 반도덕, 반합리성을 표방한 예술 운동이다. 제1차 세계 대전을 초래한 전통 서구 문명을 부정하고 기존의 사회적, 도덕적 속박에서 벗어나고자 했다. '다다'라는 이름의 유래에는 여러 가지 설이 있다. '다다'는 프랑스어로 '목마'를, 슬라브어로 '예, 예'를 뜻한다. 1916년에 스위스 취리히의 카바레 볼테르(Cabaret Voltaire)라는 카페에서, 프랑스어-독일어 사전에 끼워진 펜나이프가 우연히 '다다'라는 단어를 가리키고 있었는데, 이 때 모여 있던 예술가들이 이 단어가 자신들의 활동을 적절하게 표현한다고 생각해 이름으로 내걸었다는 설도 있다. | 다다이스트들의 시작은 스위스 취리히에서였다. 주변 국가에 비해 반정부주의 예술가들을 박해하는 일이 적었기 때문이다. 후고 볼(Hugo Ball, 1886~1927), 트리스탄 차라(Tristan Tzara, 1896~1960), 장 아르프(Jean Arp, 1886~1966) 등이 활동했으며, 트리스탄 차라는 1918년에 『다다 선언 1918(Manifeste Dada)』을 발표했다. 다다의 또 하나의 선구는 마르셀 뒤샹(Marcel Duchamp, 1887~1968)이다. | 다다이즘은 1920년대 초에 그 중심이 파리로 이동하고 기욤 아폴리네르(Guillaume Apollinaire) 등의 문학가들이 합류하며 전성기를 맞이했고, 1922년 파리에서 대규모 국제전이 개최되었다.

〔**우주적 상상력과 시적 명상**〕「해변의 묘지(Le cimetière mar‐in)」는 앞서 읽은 시들이 가진 생각을 죽음과 삶, 명상하는 우주적 상상력 속에 집어 넣고, 그 안에서 수많은―지금 읽은 것과 같은 시상―시적 명상을 계속 생산해 내는 그런 시입니다. | 발레리는 1920년에 이 시를 썼습니다. 〔「해변의 묘지(Le cimetière marin)」는 1920년 6월 1일자 『라 누벨 레뷰 프랑세즈(La Nouvelle Revue Française)』 81호에 처음 실렸다. 같은 해에 에밀‐폴 프레르(Émile‐Paul Frères) 출판사에서 소책자(plaquette)로 출판되었고, 1922년 『매혹(Charmes)』에 수록되었다. 1917년 장시 「젊은 운명의 여신(La Jeune Parque, 젊은 파르크)」를 창작할 무렵부터 쓰기 시작했다고 알려진다.〕 제1차 세계 대전이 끝난 게 1918년 말이니, 그 전후(戰後)입니다. 유럽 문화계에 **다다이즘***이 판을 칠 때이지요. 이 시는 다다이즘과 완벽한 대칭점에 서 있습니다. 그런데 묘하게도 다다이즘 운동을 발전시켜 **초현실주의를 선언****한 브르통(André Breton, 1896~1966)이 자문 역으로 생각한 사람 중 하나가 발레리입니다. 브르통은 1915년 무렵에 프로이트(Sigmund Freud, 1856~1939)의 글을 읽고 무의식이라는 개념을 알게 됩니다. 인간에게 무의식이라는 거대한 장치가 있다는 것을요. 그 이야기를 발레리에게 하니 재밌다며 웃었다고 그래요. 지드(André Gide, 1869~1951)는 '뭐 그럴 수 있겠지, 내 안에는 내가 모르는 게 있으니까.'라고 말했습니다. 아폴리네르(Guillaume Apollinaire, 1880~1918)는 무릎을 턱 치면서 이렇게 대답했답니다. '내가 말하려고 한 것이 바로 그것이다!'(웃음)

〔**우리 나라의 번역본**〕「해변의 묘지」 마지막 행인 "바람이 인다! …… 살려고 해야 한다!"―이 구절은 1960년대 김현 선생(金炫, 1942~1990) 번역["바람이 분다…… 살아야겠다!"]으로 알려졌죠. 굉장히 유명했

프랑스 세트(Sète)의 마랭 묘지. 20세기 중반. '폴 발레리의 마랭 묘지(Le cimetière marin de Paul Valéry)'라는 이름으로 제작된 사진 엽서. 묘지는 세트 항 위쪽에 지중해를 바라보는 방향으로로 조성되었다. 발레리가 시를 쓰던 당시에는 묘지 이름이 '생-샤를(Cimetière Saint-Charles)'이었으나, 시가 유명해지면서 1945년에 그 이름이 바뀌었다. 발레리도 이 묘지에 묻혔다.

** 『**초현실주의 선언**(Manifeste du surréalisme)』(1924, André Breton) : 초현실주의(超現實主義, Surréalisme, 쉬르레알리슴)는 1920년대 초에 다다이즘과 입체파에서 변화, 발전된 예술 사조다. 제1차 세계 대전 후 이성의 지배를 거부하고 전통과 질서를 파괴하고자 하는 점은 다다이즘과 공통되지만, 다다이즘은 파괴에 초점을 맞추고 초현실주의는 창조와 탐구에 주력한다. 초현실주의자들은 지그문트 프로이트(Sigmund Freud)의 영향을 받아, 현실 너머의 꿈이나 무의식의 세계를 표현하고자 했다. 1924년 앙드레 브르통이 『초현실주의 선언』(1924)을 발표했다. 같은 해에 입체파 계열인 이반 골(Yvan Goll, 1891~1950)이 잡지 『초현실주의』(1924)를 창간하여 별개의 초현실주의 선언을 발표했고, 앙드레 브르통은 루이 아라공(Louis Aragon, 1897~1982), 폴 엘뤼아르(Paul Eluard, 1895~1952) 등과 『초현실주의 혁명』지(1924~1929)를 간행했다. 1930년에 앙드레 브르통이 『초현실주의 제2선언(Second manifeste du surréalisme)』을 발표하면서 사회주의에 접근하는 파와 순수 예술을 표방하는 파로 분열됐다.

습니다. 이 시를 제일 먼저 번역, 소개했던 사람은 박은수 선생^{(朴}恩受, 1920~2004)</sup>입니다. 외대에 계시다 숙대 교수로 정년 퇴임하셨죠. 발레리 시선집^[『발레리 시선』(1975. 삼중당)]을 출간한 분입니다. | 한국에 많이 알려진 번역은 민음사 세계 시인선에서 『해변의 묘지』^{(1973.}민음사)</sup>라는 제목으로 책이 나오면서인데, 김현 선생 번역입니다. 오역이 굉장히 많았습니다. 1990년대에 재출간할 당시 표지도 바꾸고 이름도 없이 같은 김현 선생 번역으로 나갔지만, 누가 고쳤는지는 모르겠는데 상당히 많은 부분이 교정됐습니다. 지금 인터넷에 떠도는 김현 선생 번역은 이렇게 고친 버전입니다.

⑴ 〔**비둘기들 오가는 이 잔잔한 지붕은** / 소나무들 사이에서 파닥인다, 무덤들 사이에서, / 공정한 자 정오가 여기서 불로 짓는 것은 / 바다, 바다, 늘 또 다시 시작하는! / 신들의 고요를 지켜보는 긴 시선, / 오 한 차례 사색 뒤에 오는 보상이여!〕 ☞ 한 연이 6행으로 돼 있는데, 한 행 한 행 읽으며 가겠습니다. | 「해변의 묘지」는 프랑스 남부의 세트(Sète)〔발레리의 고향이다.〕라는 도시의 바닷가에 자리한 묘지^[마랭 묘지(Le cimetière marin)]에서 지중해를 바라보며 쓴 시입니다. 1920년 하지(夏至) 무렵, 가까이에는 무덤이 있고, 멀리로는 바다가 보이는 자리에서 시인은 명상을 하고 있습니다. 비석과 석관들이 늘어선 서양식 묘지, 그리고 그 사이로 보이는 호수처럼 잔잔한 바다 위에 돛단배들이 떠 있습니다. | "비둘기들 오가는 이 잔잔한 지붕"은 잔물결 이는 바다가 지붕 기와처럼 보이는 것입니다. 그 지붕 위를 오가는 비둘기들은 물론 돛단배들입니다. 태양이 가운데에서 만물을 비추니 이것이 바로 "공정한 자"

입니다. 일본은 나쁘니까 안 비추고 한국만 비추고, 이런 건 없는 거죠. 태양이 "불로 짓는 것"은 바다입니다. 바다는 불어로 메르 (mer)인데, "바다, 바다(La mer, la mer)……"는 음성으로 잔 잔한 물결 이미지를 만드는 거죠. | "고요를 지켜보는 긴 시선"— 자기가 지금 신들의 고요를 바라보는데 그것은 "한 차례 사색 뒤 에 오는 보상"이라는 말이죠. 신들의 고요를 지켜본다는 게, 기 독교의 신이 아니라 그리스 로마의 예전 신들 즉 이교도 신들이 겠습니다. 이 신들이 세상을 위해 끊임없이 작동을 하는데 그 방 식이 저 고요의 방식입니다. 요동치는 것이 아니라 그 자체들이 모두 시메트리(Symétrie), 균형을 이루고 있습니다. 그래서 저 물결의 잔잔한 반짝임으로만 나타난다는 것입니다. 그걸 지켜보 며 내가 쉬고 있습니다.

[11] 〔**섬세한 섬광의 얼마나 순수한 노동이** / 감지할 수 없는 거품 의 수많은 다이아몬드를 태우는가, / 그러나 얼마나 깊은 평화 가 잉태되는 것만 같은가! / 심연 위에 태양이 쉴 때, / 영원한 원 리의 순수한 작품들, / 시간은 반짝이고, 꿈은 앎이로다.〕 ☞ 태 양이 바다 위에 내려 쪼여 수많은 물결이 하나하나 칠 때마다 반 짝반짝 움직입니다. 그렇게 "다이아몬드를 태우"고 있습니다. 이 때 "바다"는 바다뿐 아니라 우주 전체 또는 태양계 전체일 것 입니다. 끊임없는 움직임들이 서로 균형 관계를 이루고 있기 때 문에 "깊은 평화가 잉태"됩니다. "심연"은 저 바다입니다. 삼라 만상(森羅萬象)의 깊이겠지요. "시간은 반짝이고, 꿈은 앎이로 다."—거꾸로 읽으면 더 잘 이해되겠습니다—앎은 꿈이로다. 우

리가 지식이라 여기는 것들은 저 시간의 깊이 위에서 반짝일 뿐입니다. 아래의 심연을 생각하면 우리가 아는 지식은 오히려 꿈을 통해서 이해하는 것만 같지 못하다. 몽상이 더 많이 본다. 이렇게 말하고 싶은 겁니다.

[III] 〔**안정된 보고**(寶庫), **미네르바의 소박한 신전**, / 고요의 더미, 눈에 보이는 저장소, / 눈살 찌푸리는 물, 너의 내부에 한 겹 화염의 베일 아래 / 그토록 많은 잠을 간직한 눈, / 오 나의 침묵!…… 혼(魂) 속의 건축, / 그러나 수천 개 기와로 지은 황금의 정점, 지붕이여!〕 ☞ 온갖 우주적 현상들이 저 안에 있으나, 끊임없이 사방에서 움직임으로써 서로가 서로를 균제(均齊)의 상태로 만드니까 세계는 "안정"이 됩니다. 그렇기 때문에 "미네르바의 소박한 신전"—그 운동이 하나의 우주적 이성에 이른다는 말이겠습니다. "눈에 보이는 저장소"—우주적 현상과 힘, 우주적 운명을 담고 있으면서도 표면을 눈에 드러나게 만든다는 말이죠. | "눈살을 찌푸리는 물"이 하나의 시선처럼, 눈알처럼 보입니다. 묘지에서 수평선까지가 눈썹의 형상을 하고, 바다 전체가 하나의 눈알인데 그 눈살을 찌푸리고 있단 말입니다. 우리가 햇빛 아래서 왜 눈을 찌푸립니까? 무언가를 주목하여 보려고 그럽니다. | "내부의 한 겹 화염"이란 햇빛이 비쳐서 반짝반짝하는 화염인데, 그 아래 "그토록 많은 잠을 간직한 눈"—수많은 잠재력을 가진, 바다라는 거대한 눈 하나가 있습니다. 바다의 시선은 내 시선이기도 합니다. | 바다와 그 아래 있는 수많은 잠재력을 말하면서 동시에 "오 나의 침묵, 혼 속의 건축"—내 눈, 내 두뇌 안에 있는 어떤 것

폴 발레리, 〈남자와 바다(L'homme et la mer)〉, 『노트(Cahiers)』(1957년판) 중에서.

에 관해서도 감지하고 있습니다. 바다가 감춘 것이 내 정신 속에도 감춰져 있다는 것이죠. 지금 바다가 일렁이기만 하고 어떤 행동을 하지 않듯 나도 침묵하고 있습니다. "혼 속의 건축"〔원어의 에디피스(édifice)는 건물 중에서도 신전, 사원, 궁전 등을 격식있게 칭하는 말이다. 주변의 일상적인 건물보다 더 '높이 솟게' 견고한 재료로 지은 대형 건물, 공공 교각, 개선문, 오벨리스크 등을 가리키며, 그 동사형 에디피에(édifier)는 (건물을) 구축하다, 세우다라는 의미 외에 (의식을) 고양시키다, (교양을) 높이다라는 뜻도 있다. 에디피스를 설계하는 기술이 건축이다.〕을 의식하듯이요. 그런데 그 침묵, 잠재력이 나타난 표면이 "수천 개의 기와", 저 연이어 반짝이는 작은 물결들입니다. 나 역시 침묵하고 있지만, 생각은 표면에서 그처럼 열심히 움직이고 있겠지요.

[IV] 〔단 하나의 숨결이 요약하는 시간의 신전.〕 ☞ 시간은 끊임없이 흘러가는데, 시간이 멈춰 있다는 말은 괴테(Johann Wolfgang von Goethe, 1749~1832)의 『파우스트(Faust)』(1790)에 나오는 말입니다. 〔"순간을 향하여. 내가 '아 멈추어라! 정말 아름답구나!'라고 말한다면 자네는 날 결박해도 좋다. 그러면 나는 기꺼이 파멸의 길을 걸으리라. 그 때는 조종(弔鐘)을 울려도 좋고, 자네는 내 종살이에서 해방일세. 시계가 멈추고 바늘이 떨어져 나가고, 내 시간은 그것으로 끝나게 되리라!"〕 시간이 멈춰 있다─신은 모든 것을 알고 있다고 하지요. 공간적으로도 시간적으로도 모든 것을 알고 있습니다. 태초로부터 아직 오지 않은 시간까지 신은 다 알고 있어요. 신에게는 과거, 현재, 미래의 구분이 없을 것입니다. 모든 것이 현재이겠지요. 그런데 인간들이 과거, 현재, 미래의 시간이 멈춰진 것 같은 체험을 하는 순간이 있습니다. 어떨 때냐? 살랑살랑하는 나뭇잎을 보고 있을 때, 바다나 냇가에서 잔잔한 물결들을 보고 있을 때 그렇습니다. 그 때 우리는 시간의 앞뒤를 압니

다. 계속해서 반짝반짝해 온 나뭇잎, 지금도, 조금 후에도 앞으로도 반짝반짝할, 현재의 시간이 계속해서 확장되는 것 같은 순간에 들어갑니다. "단 하나의 숨결이 요약하는 시간의 신전"이라는 것은 그런 순간의 의식을 이야기합니다. 계속되는 반짝임 속에, 작은 지붕의 기와들, 물결들이 움직이고 있습니다. 그럴 때 과거, 현재, 미래가 없어집니다. 현재만 계속 지속되는 것 같은 의식을 가지게 됩니다. | 〔이 순수점에 나는 오르며 익숙해진다. / 바다를 향한 내 시선에 내 온통 둘러싸여. / 그리고 신들에게 바치는 내 최고의 봉헌물인 듯 / 잔잔한 반짝임이 / 깊은 자리 높은 자리에 지고한 경멸을 뿌린다.〕 ☞ "깊은 자리 높은 자리"—불어로 알티튀드(altitude)는 영어로도 앨티튜드(altitude), 그러니까 고도(高度)입니다. 발레리는 불어를 종종 라틴어처럼 사용합니다. 'altitude'는 라틴어의 알티투도(altitudo)에서 유래합니다. 어원은 높은 것만 아니라 낮은 것, 고저 즉 높낮이를 뜻합니다. 발레리는 저 바다의 심연과 내가 올라 있는 언덕을 합쳐서 '알티튀드'로 씁니다. 처음에는 '깊은 자리, 높은 자리'로 번역했는데 다시 보니 '높낮이'나 아니면 '알티튀드'를 그대로 두어도 원 뜻과 실제 이미지를 잘 살릴 듯합니다. "잔잔한 반짝임이 / 높낮이에 지고한 경멸을 뿌린다." | 이 높낮이는 우주 전체이며 "경멸을 뿌린다"는 인간이 가진 희노애락과 근심 걱정의 감정 모두를 무(無)로 돌리면서 반짝거리겠다는 말입니다. 이럴 때는 노자^(老子, 기원전 6세기경)의 『도덕경(道德經)』과 비슷한 상상 속에 빠지게 됩니다.

^[V]〔**과일이 쾌락이 되어 녹듯이**, / 제 형태가 스러지는 입안에서 / 과

일이 제 부재를 환희로 바꾸듯이, / 나는 여기 내 미래의 연기를 들이마시고, / 하늘은 노래한다, 불타 사라지는 영혼에게 / 수런거림으로 바뀌는 해안의 변모를.〕 ☞ "과일"이라는 구체적인 물질이 "쾌락"이라는 감각으로 바뀝니다. "제 형태가 스러지는 입안에서 / 과일이 제 부재를 환희로 바꾸듯이"—어떻게 이런 표현을 할 생각을 다 하지요? "나는 여기 내 미래의 연기를 들이마시고"—내 몸이 기화(氣化)했다는 말입니다. "불타 사라지는 영혼"은 내 몸뚱아리가 기화되어 영혼이 된 상태를 말하겠죠. 거기서 "수런거림으로 바뀌는 해안의 변모"—해안은 하나의 물질 덩어리로 정의될 수 있습니다. 풍경이 물질 덩어리로 있는데, 그 자체가 저 잔잔한 물결이 움직이듯 우주의 맥박이 되고, 우주의 현상이 됩니다. 입안에 들어가는 과일이 맛으로 되듯이, 부재가 환희가 되듯이, 해안도 그렇게 기화하고 있다는 말입니다.

[VI] 〔**아름다운 하늘이여**, 참된 하늘이여, 변화하는 나를 보라! / 그 하 많은 긍지를 지나, 이상한 / 그러나 힘찬 그 하 많은 무위를 지나, / 이 빛나는 공간에 나는 내 자신을 맡기니, / 죽은 자들의 집 위로 내 그림자가 / 나를 그 가녀린 움직임에 길들이며 지나간다.〕 ☞ 이 순간에는 생사를 초월한 것 같습니다. "죽은 자들의 집"은 무덤이겠습니다. 그 곳을 내 가녀린 움직임, 영혼으로만 남은, 그림자 같은 유령—"옹브르(Ombre)"는 그림자니까 유령이란 말입니다—이, 물질로서의 작용이 최소한으로 남은 상태로 지나간단 말입니다.

^[VII]〔**하지의 햇불에 노출된 영혼**, / 나는 너를 견딘다, 화살도 무자비한 / 오 빛의 찬탄할 정의여! / 나는 너를 순수하게 너의 첫 자리로 되돌린다, / 너를 보라! 그러나 빛을 되돌린다는 것은 / 그림자의 음울한 절반을 가정하는 것.〕☞ 이 생사를 초월한 것 같은 순간에 햇볕이 따갑게 내리 비칩니다. 이 순간에도 햇볕은 내리쬐어야 하고, 육체는 이를 견뎌야 합니다. 이 때 햇볕은 완벽하게 깨어 작동하는 이성처럼 생각됩니다. "너를 순수하게 너의 첫 자리로 되돌린다"는 것은 그 이성을 회복한다는 말입니다. | 이성을 회복하면 어떻게 됩니까? 이성을 회복한다고는 하지만, 생각해 봅시다. 이성이라고 하는 것은 '1 더하기 1이 2'인 것처럼 누가 생각해도 똑같은 것이어야 하겠죠? 그런데 이 보편적 진리도 우주적 이성이 생각할 때와 인간 이성이 생각할 때가 정말 같을까? 우리는 의심하게 됩니다. 이성에 의해 생사를 초월한 것 같은 앎에 도달하지만, 인간은 또한 이성에 의해 생사를 초월할 수 없다는 것도 깨닫습니다. 이 미묘한 순간에 다시 돌아왔습니다. | 완벽한 이성을 갖는다는 것은, 즉 물질보다 더 높은 순수한 정신이 된다는 것은 인간으로서 운명을 생각하고, 보편적이고 무한한 것 속에서 상대적이고 협소하고 제한된 것을 생각하지 않을 수 없다는 뜻입니다. "빛을 되돌린다는 것"은 그래서 "그림자의 음울한 절반을 가정하는 것"입니다.

^[VIII]〔**오 나 혼자를 위하여**, 나 혼자에게만, 내 자신 속에, / 가슴 가까이, 시의 원천에서, / 공허와 순수한 사건 사이에서, 나는 기다린다 / 미래의 공동(空洞)을 늘 혼(魂) 속에 울리는 / 쓰고 캄캄하

고 낭랑한 수조(水槽), / 내 내부 그 위대함의 메아리를!〕☞ 인간적 정신의 완전히 환원될 수 없는 부분을 "그림자의 음울한 절반"이라 말했습니다. 그러나 이 연에서는 인간의 이성으로 실현되지 않는 부분에 기대를 거는 것처럼 보입니다. "혼 속에"―저 바다 반짝임 밑에 거대한 물이 있는 것처럼, 내 표면의 이성 밑에 "캄캄하고 낭랑한 수조"가 있습니다. 정신 밑에 저수지가, "내 내부 그 위대함의 메아리"가 바로 내 혼 아래 있다는 겁니다. 이때 캄캄한 수조니 내부의 위대한 메아리들을 프로이트의 무의식으로 환원하는 것은 정확하지 않습니다. 우리 시대에 와서 분석할 때는 이것이 무의식에 해당하겠구나, 짐작 가능하지만 정작 발레리에겐 무의식이 아니었을 것입니다. 언제나 이성적으로 의식으로 환원될 수 있는 에너지일 것입니다. 프로이트 식의 혼란한 무의식이 아니라 훨씬 더 캄캄하지만 '낭랑'하다고 발레리 자신이 말한 것처럼 노래나 생각으로 풀어 낼 수 있는, 아직 풀리지는 않았지만 한 끝을 잡고 당기면 풀려 나올 수 있을 것만 같은 실타래 같은 저장고로 생각했을 것입니다.

[IX] 〔**너는 아는가, 나뭇잎사귀의 가짜 포로여**, / 이 여윈 철책들을 삼키는 해만(海灣)이여, / 내 감은 눈 위에 떨어지는 눈부신 비밀이여, / 어떤 육체가 제 게으른 종말로 나를 끌어가는지, / 어떤 이마가 뼈만 남은 이 땅에 그 육체를 잡아당기는지? / 불꽃 하나가 거기서 나의 부재자들을 생각한다.〕☞ "가짜 포로"인 "너"는 잎사귀 사이로 보는 바다입니다. "여윈 철책들을 삼키는" 것은 멀리 있는 바다가 반짝반짝하니까 가까운 철책들이 희미하게만 보이

폴 발레리, 『해변의 묘지』 삽화, 1926년판. 발레리가 직접 에칭 판화로 삽화를 그리고 파리에서 호평받던 서적상이자 발행인이었던 영국인 로날드 데이비스(Ronald Davis, 1886~1931)에 의해 95점 한정 출판되었다.

지요. 빛 속에 철책이 녹은 듯 보입니다. 그렇게 눈이 부시도록 바다를 봅니다. | 어떤 것이 나를 죽음으로 끌어당기는지, "나의 부재자들"은 내 이전에 죽은 사람들, 보통 조상들이라 해석합니다. 한국 사람들은 제사 지내니까 조상 숭배를 강하게 하고, 서양 사람들은 아닌 것 같아 보이지요? 서양 사람들 시를 보면 조상의 혼령 이야기가 굉장히 많이 나옵니다. 위고만 해도 아주 많아요. 특히 낭만주의나 상징주의 시에서는 조상들의 혼령이 거의 하나님이라고 하는 지극히 관념적 존재의 구체적인 구성물처럼 등장하는 이미지도 많습니다. 서양의 기독교를 보면 성인들의 유해, 옷, 남긴 유품들에 대한 물신주의가 대체로 나타납니다. 조상 숭배 자체는 이교 신앙이기 때문에 용납이 안 되지만 성인들의 유골이나 유품에 대한 숭배는 용납되는 것입니다. 그런 방식으로 대신 표현하는 것 같습니다.

[X] 〔**닫힌, 성스러운, 질료 없는 불로 가득 찬** / 빛에 바쳐지는 땅의 한 조각, / 이 자리가 내 마음에 든다. 횃불에 지배되고, / 황금으로, 돌로, 어두운 나무들로 이루어진 이 자리에, / 수많은 대리석이 수많은 그늘 위에서 떨리고, / 충실한 바다는 내 무덤들 위에서 잠잔다!〕 ☞ 시각적으로 보면 근경에 무덤, 원경에 바다가 있으니, 바다가 위에 있습니다. 마음에 드는 "이 자리"는 무덤입니다. "충실한 바다는 내 무덤들 위에서 잠잔다"—내가 저 땅 속에 묻혀 힘의 에너지가 되면, 그 무덤 위에서 물결치는 바다와 같은 현실적 표현이 나타날 것이라는 뜻도 있겠죠.

[XI] 〔**찬란한 암캐여**, 우상 숭배자들을 내쳐라! / 목자의 미소를 띠고 고독하게 / 내가 오래도록 신비로운 양들을, / 내 고요한 무덤들의 하얀 양떼를 풀 뜯길 때에, / 그들에게서 멀리 물리쳐라, 사려 깊은 비둘기들을, / 헛된 꿈들을, 호기심 많은 천사들을!〕 ☞ 죽어서 대단한 무엇이 될 것이라는 생각을 물리치라는 말입니다. "찬란한 암캐"는 태양, 이성을 말합니다.

[XII] 〔**여기 오게 되면, 미래는 안일이다.** / 청결한 곤충이 건조를 긁어 대고,〕 ☞ 숨결을 약간 다듬습니다. 내가 이 무덤에 "오게 되면, 미래는 안일(安逸)이다."—죽을 때까지 기다리며 산단 말입니다. "청결한 곤충"은 매미입니다. 매미는 뒷다리로 날개를 긁어서 울지요. "건조를 긁어"댄다는 건 매미들이 운다는 말입니다. ⌐ │〔모든 것이 타고, 해체되고, 공기 속에 흡수된다. / 내가 알지 못하는 어떤 가혹한 본질의…… / 삶은 드넓어, 부재에 도취하고, / 쓴 것이 달고, 정신은 맑다.〕 ☞ 여기서부터 죽음과 삶의 관계에 대한 명상이 시작됩니다. 바람과 물, 불, 흙과 같은 옛 원소들, 이 "가혹"하고 무정한 원소들 위에 생명이라는 우연한 현상이 붙 ⌐ 어 있습니다. │ 그런데 매미가 "건조를 긁어댄다"고 할 때 매미의 '생명', '건조로부터 만든 노래'가 '생명'과 '무생명' 관계를 요약합니다. 삶은 드넓어서 생명이 없는 상태, 저 부재에까지 까지 도취를 한단 말입니다. 저 가혹한 곳까지…… 실제로 "쓴 것이 달고", 죽을 운명 자체가 잊어지고, 맑은 정신이 유지됩니다. 우리가 가혹함까지 도취하지 않으면 우리 생명, 이 정신은 착란 상태를 면치 못합니다. 죽음만이 내내 우리를 차지할 것입니다.

^[XIII] 〔**그들을 다시 덮히고 그들의 신비를 말리는** / 이 대지 속에서, 감춰진 사자(死者)들은 편안하다, / 저 높이 뜬 정오, 요지부동의 정오는 / 제 속에서 저를 사유하고 저 자신에게 흡족하고…… / 완전한 머리 완벽한 왕관이여, / 나는 네 내부의 은밀한 변화로다.〕☞ 태양은 그 자체로 완전합니다. 언젠간 사라진다고 합니다만, 지금으로선 태양으로 주재되는 우주의 힘은 완벽하죠. 완벽함이라는 것이 우주이니까 완벽할 수밖에 없습니다. 그런데 거기 인간의 의식이 있습니다. "나는 네(태양의) 내부에 있는 은밀한 변화로다"— 인간이 없으면 저 태양을 대상화하고 생각하는 이도 없습니다. 태양에 대해 말하는 사람이 없으면 태양이 아무 일도 없을 텐데, 우주에서 생각하는 정신이 있기 때문에 변화가 있다는 말입니다.

^[XIV] 〔**너의 두려움을 간직하기 위해서는 나밖에 없구나!** / 나의 회오, 나의 회의, 나의 속박은 / 너의 거대한 다이아몬드의 결함……〕☞ 우주 안에 "나"라는 생명이 있고, 내가 두려워하니까 우주에 "두려움"이 있습니다. "거대한 다이아몬드의 결함"— 드넓은 우주에서 나는 아무것도 아닌 존재입니다. 파스칼^(Blaise Pascal, 1623~1662)의 말을 빌리면 전기 하나, 물 한 방울로도 없앨 수 있습니다. 그러나 그 안에다 회의를 만들고 회오, 속박을 만드는 건 "나"입니다. 내 정신이 만드는 거죠.〔"인간은 자연 가운데에서 가장 연약한 한 개의 갈대에 불과하다. 그러나 그것은 생각하는 갈대다. 그를 부러뜨리기 위해 온 우주가 무장할 필요가 없다. 한 방울의 수증기, 한 방울의 물로도 그를 죽이기에 충분하다. 그러나 우주가 그를 부러뜨릴 경우라 할지라도, 인간은 그를 죽이는 우주보다 훨씬 더 고상할 것이다. 왜냐하면 그는 자기가 죽는다는 것과 우주가 자기보다 우월하다는 것을 알고 있

기 때문이다."〕〔파스칼,『팡세(Pensées)』, 1670. 한국어판 : 김형길 역 (서울대 출판부, 1996) 158쪽.〕 ┃〔그
러나 대리석 무거운 그들의 밤에, / 나무 뿌리에 흩어진 어렴풋한
무리가 / 천천히 벌써 너의 편을 들었다.〕 ☞ '네가 이렇게 두려워
하고, 불안해 하고, 회한의 마음과 슬픔을 가지는 것조차 너의 오
만일 뿐이다'라는 목소리가 저 죽은 자들로부터 들려올 것만 같
기도 하다는 말이죠.

[XV] 〔그들은 두터운 부재 속으로 용해되고, / 붉은 진흙은 흰 종족을
마셨으니, / 생명의 선물은 꽃 속으로 넘어갔구나! / 어디 있는가
사자(死者)들의 친밀한 어구들, / 독자적 기예, 특이한 혼들은? /
눈물이 생겼던 곳에는 구더기가 줄을 짓는다.〕 ☞ "흰 종족"은 인
간입니다. 황인, 흑인이 있다는 배려는 하지도 않은 거죠(웃음).

[XVI] 〔간지럼을 못이기는 소녀들의 날카로운 비명, / 눈, 이빨, 젖은
눈꺼풀, / 불장난하는 매혹적인 젖가슴, / 내주는 입술에 빛나는
피, / 마지막 선물들, 그것들을 지키는 손가락들, / 이 모든 것이
땅 밑에 들고 유희로 되돌아가는구나!〕

[XVII] 〔그리고 그대, **위대한 혼이여**, 여기서 육체의 눈에 / 파도와 황금
이 만드는 거짓 색채를 / 더는 갖지 못할 한 자락 꿈을 그대는 바
라는가? / 그대가 증발해 버릴 때 그대는 노래하려는가? / 가거
라! 모든 것은 사라진다! 지상의 내 존재는 구멍투성이, / 성스러
운 초조도 또한 죽는다!〕 ☞ "위대한 혼"은 우리가 흔히 말하는
우주의 순수 이성과 동일시해도 되겠습니다. "구멍투성이"란,

다른 것은 다 단단한데 인간의 정신만 구멍투성이라는 거죠.

[XVIII] 〔**검은 빛 황금빛 여윈 불멸이여,** / 월계수를 무섭게 두르고, / 죽음을 어머니의 젖가슴으로 만드는 위안자여, / 아름다운 거짓말이요 경건한 책략이로다! / 누가 모를 것이며, 누가 거절하지 않으랴 / 이 텅 빈 두개골과 이 영원한 비웃음을!〕 ☞ 죽으면 모든 것이 해결되리라는 생각은 삶의 축복처럼 들리지만 조소겠지요.

[XIX] 〔**깊은 조상들이여, 주민 없는 머리들이여,** / 수많은 삽질로 퍼부은 그 무게 아래서 / 흙이 되어 우리들의 발걸음을 알아보지 못하누나. / 진정한 침식자, 부인할 길 없는 구더기는 / 돌판 아래 잠들어 있는 그대들을 노리지 않는다. / 구더기는 생명을 먹고 사나니, 나를 떠나지 않도다!〕 ☞ "깊은 조상들이여"—땅속의 조상이란 말도 되고, 말 그대로 '그윽한, 유현한, 비밀을 가진 이'란 뜻도 되겠습니다. "주민 없는 머리들이여"—생각 없는 머리들입니다. | 다 죽어서 백골된 "그대들"에게 구더기가 가겠습니까? 구더기가 뜯어 먹는 것은 살아 있는 나입니다. 내 자신에 대한 사랑이랄까, 어쩌면 증오랄까요.

[XX] 〔**구더기의 은밀한 이는 내게 그토록 가까이 있어** / 어떤 이름이라도 모두 합당하리라! / 무슨 상관이랴! 구더기는 보고, 원하고, 꿈꾸고, 건드리지 않는가! / 내 육체는 구더기를 기쁘게 하고, 나는 침대에서까지 / 이 생물에 목매여 살아가지 않는가!〕 ☞ 구더기와의 관계가 없으면 내가 살지 못한단 말이죠. '건드린다

학생들에게 진실과 거짓의 문을 보여 주는 제논. 엘 에스코리알(El Escorial) 수도원 도서관의 프레스코 벽화, 마드리드, 16세기 말.

핀다로스(Πίνδαρος, Pindare, Pindaros, 기원전 517~438)의 조각상. 핀다로스의 〈축승가(祝勝歌)〉는 그리스의 4대 제전인 올림피아제, 피티아제, 이스트미아제, 네메아제의 승리자에게 바쳐졌다.

(touche)'고 했지만, 좀 더 강한 우리말이 있었으면 좋겠습니다.

[XXI] 〔제논이여, 잔인한 제논이여, 엘레아의 제논이여! / 그대는 나를 꿰뚫었도다, 떨려 울며 날아가는, / 그러면서 날지 않는, 저 날개 돋친 화살로! / 그 소리 나를 낳고, 화살은 나를 죽이는구나! / 아! 태양이여…… 혼을 주고 무슨 거북이의 그림자를 얻었는가, / 그 너른 발걸음으로 옴짝도 않는 아킬레스여!〕 ☞ 제논(Zenon of Elea, 기원전 490?~430?)의 첫 번째 역설은 '날아가는 화살은 날지 않는다.'입니다.〔날고 있는 화살은 어떤 한 순간에는 어느 특정한 장소에 있다. 어느 한 점에 그것이 존재한다면 정지하고 있는 것이며 따라서 '날아가는 화살은 정지해 있다'.〕 '뭐가 날아가지 않느냐'는 거죠. 그 화살이 날아가 나를 죽이는데. 앞에서 멈춰 있는 시간에 대해 말했었는데 멈춰 있는 시간 같은 건 없단 말이죠. '아킬레스는 거북이를 따라잡지 못한다.'는 게 제논의 두 번째 역설이지요.〔제 아무리 발 빠른 아킬레스라 하더라도 먼저 출발한 거북이를 따라잡지 못한다. 실제로 그렇지 않다는 것을 알고 있지만, 귀에 솔깃한 이야기.〕

[XXII] 〔아니다, 아니다!…… 일어서라! 뒤따라오는 시대에! / 부숴라, 나의 육체여, 사유하는 이 형체를!〕 ☞ '뒤따라오는'이라 번역한 말은 불어로 쉬세시브(successive)―'계승하는' '연달아 이어지는' 시간이란 뜻입니다. 아까 이야기한 멈춰진 시간, 과거, 현재, 미래가 완전히 현재화된 시간과 대조됩니다. '이 세상 시간이여'라는 말입니다. '이 계승한 시대에 일어서라'―과거, 현재, 미래가 없이 하나의 숨결로 요약되는 그 시간에서 영원한 생명을 얻으려 하지 말고, 이 현실의, 생명의 시간 속에서 일어나라.

〔마셔라, 내 가슴이여, 저 바람의 탄생을! / 서늘함이, 바다에서 발산하여, / 내게 혼을 되돌려 준다…… / 소금기 어린 힘이여! / 파도로 달려가서 우리 다시 살아 오르자!〕 ☞ 시 맨 앞 부분에 영문으로 제시한 핀다로스(Πίνδαρος, Pindare, Pindaros, 기원전 517~438)의 말, "나의 혼이여, 불후의 생명을 찾으려 말고, / 오직 가능성의 세계를 다 소진하라."—이 말을 계속해서 풀고 있습니다.

[XXIII] 〔그렇다! 착란을 타고난 드넓은 바다여! / 표범 가죽이여, 태양의 무수한 우상들로 / 구멍이 숭숭한 그리스식 망토여,〕 ☞ "착란을 타고난"다는 건 끊임없는 움직임이 서로를 상쇄하는 것입니다. 바다는 "표범 가죽"처럼 물결이 움직일 때마다 하나하나 반짝거리고, 태양은 그럴 때마다 황금 "우상"을 하나씩 "무수"히 만듭니다. | 〔매인 데 없는 물이여, 네 푸른 살에 취해, / 침묵을 닮은 소란 속에서 / 번쩍거리는 네 꼬리를 물어뜯는 히드라여,〕 ☞ "히드라(Hydre, Hydra)"는 그리스 말로 '물'입니다. 그리스 신화에서 헤라클레스가 퇴치한 머리 여럿 달린 뱀이기도 하지요. 여기서 "번쩍거리는 네 꼬리를 물어뜯는"다고 했는데, 제 꼬리를 물고 도는 뱀 있죠, 이름이 뭐죠? 아, 우로보로스(ουροβόρος, Ouroboros. 꼬리를 삼키는 자. 윤회의 상징이다.). 끊임없이 반짝이는 물결 형태로 꼬리를 물고 도는 뱀의 신화가 저기서 실현되고 있다는 말입니다.

[XXIV] 〔바람이 인다!…… 살려고 해야 한다! / 망망한 대기가 내 책을 펼치고 다시 접고, / 파도는 가루가 되어도 바위에서 감히 솟구치는구나! / 날아가라, 온통 눈부신 책장들이여! / 부숴라, 파도여!

흥겨운 물결로 부숴라, / 삼각돛배들이 모이를 쪼던 이 잔잔한 지붕을〕☞ 그 유명한 "바람이 인다!"입니다. 설명할 필요 없겠습니다.

〔**상징주의의 마지막**〕이 시는 앞서 얘기한 것처럼 핀다로스의 두 구절을 패러프레이즈〔paraphrase. 원래의 문장이나 구절을 같은 의미의 다른 말로 바꾸어 표현하는 것.〕한 것입니다. 전체적으로 내용이 무엇인지보다, 군데 군데의 과정, 하나의 숨결로 요약된 시간들, 시간의 순간, 지극히 낯익은 현상들이 그것의 감각과 관념으로 바뀌는 순간에 대한 표현들, 이런 짤막한 주제들이 수없이 겹칩니다. 그 작은 주제들이 이 시에서 더 중요할 것입니다. 그리고 그 주제들이 정말로 바다에서 순간순간 반짝이는 물결처럼 나타는 시입니다. | 그 순간들에 대한 명상, 그 순간을 표현하는 언어의 발견이 굉장히 놀랍습니다. 이들을 핀다로스의 두 구절의 내용 속에 맞추어 넣는 시적 방식도 우리가 염두해야 할 것입니다. 그런데 여러분, 이 시를 읽고 감동이 됩니까? 감동은 안 될 것입니다. '참 잘 썼다'는 생각은 들죠. 말하자면 이게 상징주의의 마지막입니다. ↓

폴 발레리, 『**해변의 묘지**』 **삽화**, 1926년판. 발레리가 직접 에칭 판화로 삽화를 그리고 파리에서 호평받던 서적상이자 발행인이었던 영국인 로날드 데이비스(Ronald Davis, 1886~1931)에 의해 95점 한정 출판되었다.

〔「**코레스퐁당스**」**로부터 상징주의의 긴 변모**〕 상징주의가 초기에 가지고 있던 감동들. 그 감동이라는 것은 첫 시간에 보들레르의 「코레스퐁당스(Correspondences)」를 읽으며 이야기했습니다만. 상징주의는 우리 내면에 풍경이 있고, 바깥 풍경이 있을 것이다. 저 다른 세상에서 일어난 일이 우리의 감각을 통해 다시 감지되고, 우리는 감각을 통해 다른 세계를 보고 살고, 그것을 건설해야 한다고 생각했지요. 그런 생각을 굉장히 감동적으로 표현한 게 보들레르고, 랭보입니다. 그것을 지극히 요란하고 확신과 회의를 한꺼번에 품게 하는 게 로트레아몽의 방식입니다. 로트레아몽은 그 세계를 언어로 지으려 했습니다. 온갖 잔혹하고 이상한 이야기, 말이 되는 듯 아닌 듯한 소리들이 나오는데, 로트레아몽 시의 요점은 그런 말들입니다. 말이 말을 새끼쳐서 번식하는 세계가 있죠. 보들레르가 「코레스퐁당스」에서 예견하려고 했던 세계를 말로 다 조직해 만들어 냅니다. | 발레리 같은 사람은 저 바다의 반짝임 현상 밑에 거대한 우주를 그렇게 만들고자 했습니다. 발레리에 오면 훨씬 더 이성적인 것이죠. 우리의 감각으로 다른 세계를 건설할 수 있다는 생각을 그다지 뜨겁게 믿지 않는 것입니다. 그러나 그 생각에 해당하는 것을 만들어 냅니다. '만일 다른 세계가 있다면 이렇게 표현할 수 있을 거야.' 하는 식으로 만들어 내죠. 「해변의 묘지」 같은 게 그 대표적인 작품입니다. 잘 읽어 보면, 그렇게 말은 하지만 저 자신은 하나도 믿지 않고 있다는 것을 알 수 있습니다. 저 자신이 계속해서 저를 비평하면서, 분석하면서 말하고 있는 겁니다.

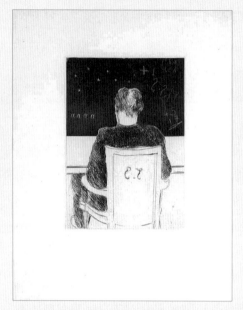

폴 발레리의 『테스트 씨 앨범(Album de monsieur Teste)』 속표지 삽화, 1945년. 발레리는 명석한 두뇌를 지닌 생각하는 청년의 이야기를 쓰고자 했으며, 그렇게 해서 자신의 이상형이라 할만한 '테스트 씨'를 창안했다.

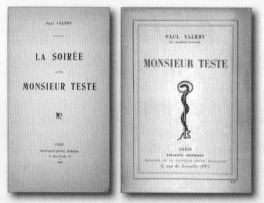

(왼쪽부터) 폴 발레리의 소설『테스트 씨와의 하룻밤(La soirée avec monsieur Teste)』의 표지(1906년판, 초판은 1896년)와, 증보한 『테스트 씨(Monsieur Teste)』의 표지(1927년).

〔**발레리와 아폴리네르**〕 여기, 발레리에서 상징주의는 끝에 다다르는 겁니다. 다음 주에는 아폴리네르(Guillaume Apollinaire, 1880~1918)를 읽을 겁니다. 아폴리네르는 일찍 죽었어요. 1918년 말, 이 시 「해변의 묘지」가 나오기 전에 죽었습니다. 아폴리네르는 살아서는 발레리와 같은 시기에 시작 활동을 했습니다. 둘 다 상징주의의 유산을 물려 받았지만 전혀 다른 방식으로 풀어 냅니다. 이 다음 시간에 읽으면 아시겠지만 아폴리네르는 발레리에 비해 아주 거칩니다. 때론 '뭐 이런 게 다 있어?' 싶기도 합니다(웃음). 그러나 아폴리네르 시를 읽고 나면 발레리가, 발레리를 읽고 나면 아폴리네르가 더 잘 이해됩니다. 질문 받겠습니다. ↓

석류들

[I]   너희 알맹이의 과잉에 못 이겨
반쯤 벌어진 단단한 석류들아,
제가 발견한 것들의 힘에 겨워 파열하는
고매한 이마를 보는 것만 같구나.

[II]   너희들이 받아들인 햇빛이,
오 반쯤 입을 벌린 석류들아,
긍지에 시달리는 너희더러
홍옥의 칸막이를 깨부수라 하여,

[III]   껍질의 마른 황금이
어떤 힘의 욕구에 밀려
과즙의 붉은 보석 되어 터질 때,

[IV]   이 빛나는 파열은
내가 지녔던 어떤 영혼더러
제 은밀한 구조를 몽상하라 한다.

LES GRENADES

Dures grenades entr'ouvertes

Cédant à l'excès de vos grains,

Je crois voir des fronts souverains

Eclatés de leurs découvertes !

Si les soleils par vous subis,

O grenades entrebâillées,

Vous ont fait d'orgueil travaillées

Craquer les cloisons de rubis,

Et que l'or sec de l'écorce

A la demande d'une force

Crève en gemmes rouges de jus,

Cette lumineuse rupture

Fait rêver une âme que j'eus

De sa secrète architecture.

(왼쪽부터) 에르네스트 루아르와 줄리 마네 부부, 폴 발레리와 자니 고비야르 부부. 더블 웨딩 기념 사진, 파리, 1900년 5월 31일.

줄리 마네(Julie Manet, 1878~1966)는 인상파 화가 부부인 외젠 마네(Eugène Manet, 1833 ~1892) 와 베르트 모리조(Berthe Morisot, 1841~1895)의 외동딸로, 10대에 양친을 모두 잃은 후 말라르메 (Stéphane Mallarmé, 1842~1898) 집안에 의탁했다. 자니 고비야르(Jeannie Gobillard, 1877 ~1970) 는 베르트 모리조의 조카였는데, 역시 일찍 부모를 여의고 그 자매가 모두 이모 베르트의 집에서 지냈 다. 폴 발레리는 1890년대에 말라르메의 제자가 되어 그 집을 드나들며 자니를 알게 되어 결혼했고, 같 은 날 줄리 마네는 인상파 화가이자 미술 수집가인 앙리 루아르(Henri Rouat, 1833~1912)의 아들 에 르네스트(Ernest Rouart, 1874~1942)와 결혼했다.

(왼쪽부터) 줄리 마네, 폴 발레리, 자니 고비야르, 에르네스트 루아르, 폴 고비야르.

결혼 후에도 두 부부와 자니의 언니이자 화가인 폴 고비야르(Paule Gobillard, 1867~1946)가 베르트 의 집에서 함께 살았다. 인상주의 화가들은 베르트의 집에서 자주 모임을 가지곤 했고, 말라르메는 외 젠 마네의 형인 에두아르 마네(Édouard Manet, 1832~1883)의 적극적인 지지자였다. 지금은 그 집이 위치한 길 이름이 '폴 발레리가(Rue Paul Valéry)'가 되었다.

⌐ ⓠ 감동적이지 않다고 하셨지만 저는「해변의 묘지」가 감동적이라고 느꼈습니다. 압도적인 자연에 숭고를 느끼듯 그렇게 압도되는 느낌이었습니다. 이것은 느낌을 말씀드린 것이고요. 질문은「석류들」이 '**의도적 알레고리의 시**'라고 말씀하셨습니다. 지난 번^[「4장 로트레아몽 백작」의〔현대 시와 알레고리〕부분 참조.]에는 은유와 환유를 대비하면서 환유와 알레고리의 세계를 연결시키셨는데, 이 부분에 관련해서 석류가 왜 의도적인 알레고리인지 설명해 주시면 감사하겠습니다. ⓐ「석류들」은 완벽한 지성으로 감탄을 자아내게 다듬은 소네트입니다. 여기서 사용한 대상은 석류, 자기 내부의 압력에 의해 깨지는 석류입니다. 자기 지성에 의해 깨지면서 어쩔 수 없이 발현되는 한 인간의 지성과는 곧 은유 관계가 되죠. 그런데 인간의 두뇌와 석류를 나란히 대비해 놓고 쭉 시를 이끌어 가는 서사, 그 서사는 알레고리 형식을 띱니다. 그러나 이 알레고리는 의도적으로 짜서 맞춘 겁니다. 발견의 알레고리가 아닙니다.

⌐ 〔꽉 짜인 시와 흐트러진 시〕 ⓠ 조금 우스운 질문입니다만, 시는 이렇게 꽉 짜서 쓰는 게 쉬울까요, 아니면 선생님이 감동하신다는 것처럼 흐트러뜨려서 쓰는 게 더 쉬울까요? ⓐ 사람마다 다를 겁니다. 발레리 같은 시인은 정말로 훈련된 지성입니다. 발레리더러 랭보처럼 쓰라 그러면 절대 못 쓸 겁니다. 그런데 랭보는 잘 훈련을 시키면 이렇게 쓸 것 같습니다. 발레리식으로 쓰는 시는 열심히 훈련시키면 쓸 수 있어요. 그러나 랭보처럼 쓰는 시는 훈련도 안 됩니다.

라이너 마리아 릴케(Rainer Maria Rilke, 1875~1926)**와 폴 발레리**, 1926년 9월 13일, 레만호(Lac Léman) 남쪽의 앙티(Anthy-sur-Léman)에서 찍은 사진. 발레리는 릴케가 동시대 생존한 시인 가운데 가장 존경하는 인물이었고, 「해변의 묘지」를 1921년에 독일어로 번역한 바 있다. 릴케는 이 사진을 찍고 석 달 후 세상을 떠났다. 발레리 뒤에 살짝 보이는 인물은 가운데 놓여 있는 발레리의 흉상을 제작한 스위스의 조각가 앙리 발레트(Henri Vallette, 1877~1962)다.

〔말라르메와 발레리의 관계〕 Ⓠ 얼마 전『말라르메를 만나다』 (2007, 문학과지성사)를 읽었습니다. **말라르메와 발레리의 관계**랄까, 서로 어떤 영향을 주고 받았는지 궁금합니다. Ⓐ 발레리는 말라르메의 제자입니다. 발레리가 쓴 글 중에『테스트 씨(M. Teste)』 (1896)〔무슈 테스트, 므시외 테스트〕라는 아주 재미 없는 책이 있습니다.〔테스트 씨의 한국어 판본은 두 가지가 있다. 박은수가 옮긴『발레리 선집』(을유문화사, 1999)에 들어 있고, 독립된 책으로 최성웅 옮김,『테스트 씨』(읻다, 2017)가 있다.〕 의무적으로 읽어야 하는 책인데요, 거기에 보면 시적 수학이라고 말해야 할까요, 시적인 수학 정신에 관해서 내내 이야기합니다. 어떤 관념이 하나의 인격이 되어서 이 세상에서 움직이는 것처럼 묘사하는 글이 있습니다. 여기서 발레리는 말라르메를 이야기하면서 사실 자기 자신을 그립니다. 지성으로 사물을 분석하고 종합해서 결론을 내는 능력으로 보자면 발레리가 자기 스승 말라르메보다 열 배는 탁월할 것입니다. 발레리는 자기가 가진 지성, 지적 능력을 말라르메에 투사해서 그렸다고 할 수도 있습니다. | 말라르메도 만들어서 시를 씁니다. 그런데 두 사람의 만드는 방식은 다릅니다. 말라르메의 방식, 그것을 무엇이라고 해야 할까요……?(침묵) 발레리는 언어의 세계, 수학의 세계, 계산과 논리의 세계에 들어가더라도 정밀한 지도를 가지고 들어갑니다. 그러나 말라르메는 그런 지도를 들지 않습니다. 거의 사물과 맨몸으로, 생짜로 부딪치다시피 해서 시를 만들지요. 발레리는 훨씬 자기 스승보다는 여유 있게 만들지요. 그러나 발레리의 작업은 정교하지만 감동은 없습니다. 말라르메 경우는 똑같이 계산해서 지은 시라도 감동과 몽상 같은 것을 느끼게 합니다.

〔한국의 모더니즘 수용사〕 ⓠ (함돈균) 우리 문학사에서 보면 **모더니즘**이라는 용어가 있잖습니까. 보통 일제 시대에 한국 시가 외국 시인들의 영향을 받아 성립된 면이 있다고 보는데, 이 때 시에서의 모더니즘은 어떻게 보면 랭보적인 면과 발레리적인 면이 있을 수 있을 것 같습니다. 한국에서 모더니즘이라고 불리는 시들은 영미의 주지주의(主知主義)라고 얘기하는데, 거슬러 올라가면 발레리적 영향 아래서 한국 모더니즘이 이해됐다, 이렇게 보아도 될까요. Ⓐ 그렇게 이해해도 됩니다. 한국에서 서양 현대시를 받아들이고 이론가로 활약했던 사람들은 대개 영문학을 했지요. 불란서 시를 최초로 한글로 번역했던 김억(金億, 1896~?)도 영문학자였고, 이후로도 해방 전 불란서 시들은 영문학자들이 주로 번역을 해 왔습니다. 해방 이후에도 한국 시 이론가들, 송욱 선생을 비롯해서 김종길(金宗吉, 1926~2017) 선생이라든지 유종호(柳宗鎬, 1935~) 선생, 전부 영문학자입니다. 한국 시에 가장 많은 영향을 미친 게 영국의 주지주의이고, 불란서 시도 주로 주지주의의 입장에서 소개를 해 왔습니다. | 보들레르 이후의 모더니즘은 두 계열로 나아갑니다. 하나는 베를렌과 랭보, 아폴리네르로 이어지는 **초현실주의 계열**이고, 다른 쪽은 말라르메, 발레리와 생-종 페르스(Saint-John Pers, 1887~1975) 같은 시인들과, 영국으로 넘어가서 주지주의로 발전하는 계열입니다. 이 **주지주의 계열**이 한국 시에 굉장한 영향—영향을 넘어 지배하다시피 했지요. 랭보의 영향은 한국 시에 1980년대 중반부터 나타납니다. 그러고선 1990년대, 2000년대 들어서 굉장히 강력해졌다고 이야기할 수 있을 것 같아요. 대충 크게 얘기한다면 그렇게 될 텐데, 정교한 얘기는 아닙니다.

〔**초현실주의 계열과 주지주의 계열**〕 ⓠ 영미권 시인 한 사람에게 '산문보다 시가 더 구조적인 이미지(structured imagination)다.'〔기존의 지식을 창조력의 길잡이로 이용하려는 경향. 이러한 종류의 상상력은 틀을 깨는 사고를 제한한다.〕라는 말을 들은 적이 있습니다. 당시에는 산문이 더 구조적으로 느껴져서 이 말을 이해할 수 없었거든요, 오늘 말씀하신 발레리나 말라르메 같은 사람들의 시를 구조적이라고 말해도 될까요? ⓐ 그럴 겁니다. 한국에서 독일 시인 가운데 횔덜린(Johann Christian Friedrich Hölderlin, 1770~1843) 보다 릴케(Rainer Maria Rilke, 1875~1926)가 그렇게 많이 읽힌 것 역시 주지주의의 탓입니다. │ ⓠ 시를 쓰는 사람으로서 산문을 쓰는 사람보다 뇌가 덜 구조적인 걸까, 그런 컴플렉스를 가지게 되곤 하거든요. │ ⓐ 말라르메나 발레리의 시에 영향을 받은 시들은 언어를 입체적으로 짭니다. 서술과 이미지의 관계도 입체적이지만 서술의 논리와 그 논리들의 짜임도 입체적이지요. 그런데 그 시가 좋은 시냐? 그건 따져 봐야지요. 다음 시간이 아폴리네르니까, 아폴리네르를 읽고 다시 또 이 문제를 생각해 보겠습니다. 오늘 여기서 끝내겠습니다. 감사합니다. 🏛 〔제5강 2016년 02월 11일〕

기욤 아폴리네르(Guillaume Apollinaire, 1880∼1918).
1910년 가을, 파리 클리시대로(Boulevard de Clichy) 11번지에 세들어 있었던
피카소(Pablo Ruiz Picasso, 1881∼1973)의 작업실에서.

기욤 아폴리네르(Guillaume Apollinaire, 1880년 8월 25일~1918년 11월 9일, 본명은 Guillaume Albert Vladimir Alexandre Apollinaire de Kostrowitzky)는 1880년 8월 25일 로마에서 태어났다. 폴란드인 어머니 밑에서 태어났으며 아버지는 나폴리 공국(현재의 이탈리아) 장교로 추정된다. 코스트로비츠키라는 성은 어머니를 따랐다. 1882년 이복 형제 알베르가 태어났다. 1885년부터 프랑스 남부의 모나코, 칸(Cannes), 니스로 옮겨 가며 학교를 다닌다. 1897년 니스의 리세에 다니던 그는 바칼로레아 시험에 불합격하고 1899년 파리에 정착할 때까지 여전히 프랑스 동남부지만 니스보다는 비교적 북쪽에 위치한 엑스-래-뱅(Aix-les-Bains)이나 리옹을 떠돌며 경제적으로 힘든 시기를 보낸다. 파리에서 그는 갖가지 일을 하며 생계를 꾸리고 시를 쓴다. 1901년에는 독일 귀족의 프랑스어 교사로 채용되어 독일로 떠났다가 그 곳에서 영어 교사 애니 플레이든을 만나 연인이 된다. 이 즈음 아폴리네르는 주간 풍자지에 기사를 쓰고,『라 그랑드 프랑스(La Grande France)』에 가명(Wilhelm Kostrowitzky)으로 시를 발표하기도 한다. 1902년『라 레뷔 블랑슈(La revue blanche, 백색 평론)』에 단편 소설「이교(異敎) 창시자(L'Hérésiarque)」를 발표하며 처음으로 '기욤 아폴리네르'라는 이름을 사용한다. 1903년에는 잡지『라 플륌(La Plume, 펜)』에서 열던 모임에 참석하며 문인들과 교류한다. 같은 해 12월 이 모임에서 만난 친구들과 월간지『르 페스탱 데조프(Le festin d'Ésope, 이솝의 향연)』을 창간해 1904년 8월까지 활동을 이어 갔다. 1905년 애니 플레이든은 미국으로 떠나고, 아폴리네르는 파리 몽파르나스에서 피카소를 만나며 전위적 화가들과 친분을 쌓게 된다. 1907년 피카소의 아틀리에에서 마리 로랑생을 만나 열렬한 연애와 함께 전업 작가 생활을 시작한다. 장 로이에(Jean Royère)가 발간하는 잡지『라 팔랑주(La Phalange, 결사)』를 비롯해 여러 신문과 잡지에 소설 비평, 미술 비평 등 다양한 글을 기고할 수 있게 되었기 때문이다. 에로 소설을 집필하거나 사드 후작 등의 금서를 재편찬해 생계비를 벌기도 했다. 1909년 5월『메르퀴르 드 프랑스(Le Mercure de France, 프랑스의 메르쿠리우스)』에「사랑받지 못한 사내의 노래(La chanson du mal-aimé)」를 발표했다. 1909년에 독일의 유명한 화상 다니엘 헨리 칸바일러(Daniel-Henry Kahnweiler)가 그의 첫 단행본『썩어 가는 마술사(L'Enchanteur pourrissant)』를 출판하고, 1911년에는 드플랑슈(Deplanche)에서 그의 첫 시집『동물 시집 또는 오르페우스의 행렬(Le Bestiaire ou Cortège d'Orphée)』을 출간한다. 정기 간행물『마르주(Les

Marges, 여백)』와 『메르쿠르 드 프랑스』의 고정란을 맡으며 성공적으로 경력을 이어가던 그는 루브르 박물관의 모나리자 도난 사건 혐의로 일주일간 구속되고 언론의 비난을 받는다. 이 일을 계기로 마리 로랑생과 결별한다. 1912년 『파리의 밤(Les Soirées de Paris)』에 「미라보 다리(Le pont Mirabeau)」, 「변두리(Zone)」, 최초의 상형시인 「대서양 편지(Lettre-Ocean)」를 발표한다. 1914년 8월 제1차 세계 대전이 발발하자 니스로 내려가 포병대에 입대한다. 이 시기에 루이즈 드 콜리니(Louise de Coligny-Châtillon)라는 여성을 만나지만 인연을 이어가지 못하고 친구로 남는다. 1915년 마들렌 파제스(Madeleine Pagès)를 만나 약혼한다. 그는 전선에 투입되어 전쟁을 치르면서도 시를 쓰고 글을 기고한다. 1916년 프랑스 국적을 얻은 지 몇 달 지나지 않아 머리 부상으로 후송되어 수술을 받는다. 이 부상으로 약혼을 포기했지만, 상처가 아물고 다시 문단에 나타나 활발히 활동한다. 1918년 아폴리네르는 생애 마지막 연인 자클린 콜브(Jacqueline Kolb)를 만나 결혼한다. 그 해에 『메르쿠르 드 프랑스』에서 그의 상형시를 담은 시집 『칼리그람(Calligrammes)』이 출간됐다. 부상 후 쇠약해졌던 아폴리네르는 종전 하루 전인 1918년 11월 9일 파리에서 스페인 독감으로 사망한다. 1921년 그의 무덤에 기념비를 세우기 위해 피카소가 동료를 모아 위원회를 만든다. 65명의 예술가들이 작품을 내놓아 자금을 마련하고 피카소가 두 가지 안을 제안했지만 세워지지는 못한다. 화가 세르주 페라(Serge Férat)가 칼리그람의 시구를 새겨 만든 기념비가 현재 남아 있다.

☞〔황현산은 1978년에 아폴리네르의 초기 시 연구로 석사 학위를 받았다. 1989년의 박사 학위 논문을 보완해 출간한 것이 『얼굴 없는 희망—아폴리네르의 '알콜' 연구』(문학과지성사, 1990)이다. 파스칼 피아(Pascal Pia)의 『아뽈리네르』(열화당, 1983), 『알코올』(열린책들, 2010)을 완역했고, 『아폴리네르—알코올의 시 세계』(건국대학교출판부, 1996)를 썼다. 『동물시집』(문학동네, 2016)를 번역했고, 그밖에 선집 『사랑받지 못한 사내의 노래』(민음사, 2016)를 펴냈다.〕

6. 기욤 아폴리네르

Guillaume Apollinaire

1880~1918

〔1970년대 한국과 아폴리네르는……〕
〔'아폴리네르는 자식이 참 많다'〕
〔몸 자체가 시인인 사람〕

▶「**미라보 다리**(Le pont Mirabeau)」
　　　〔인간의 호흡보다 더 좋은 구두점은 없다〕〔감정과 시간의 아라베스크〕
▶「**아니**(Annie)」
　　　〔결국은 깨진 사랑〕〔서정시에 콩트가 숨어 있다〕
▶「**넥타이와 시계**(La cravate et la montre)」
　　　〔그리고 나도 화가다〕〔그래서 칼리그람이란 무엇인가〕〔동시성의 시〕
▶「**앙드레 살몽의 결혼식에서 읊은 시**(Poème lu au mariage d'André Salmon)」
　　　〔상징주의에서 벗어난 순간〕
▶「**나그네—페르낭 플뢰레에게**(Le voyageur—à Fernand Fleuret)」
　　　〔결국 자신의 이야기, 우리 시대의 이야기〕

〔자유시와 환유(換喩)〕
〔우리 시대에 가장 가까운 시의 전통〕
〔아폴리네르의 자유시〕
〔아폴리네르와 민주주의〕

장 메쨍제(Jean Metzinger, 1883~1956), 〈**기욤 아폴리네르 초상 습작**(Étude pour le portrait de Guillaume Apollinaire)〉, 1911년, 퐁피두 미술관(Musée National d'Art Moderne, Centre Georges Pompidou) 소장.

아폴리네르의 초상들. (왼쪽) 프란시스 피카비아(Francis Picabia, 1897~1953), 1913 년. (가운데) 아메데오 모딜리아니(Amedeo Modigliani, 1884~1920), 1915년. (오른 쪽) 앙리 마티스(Henri Matisse, 1969~1954), 1944년.

함돈균 : 강의가 열리는 이 곳은 '시민행성'입니다. 인문학에 공공
성이 있으면 좋겠다는 생각, '학(學)'을 떼고 '인문'이라는 관점,
시선을 가지고 방향성 있는 인문 기획으로 나아가기 위해 만든 모
임입니다. 시 쓰시는 분들도 많이 오셨고, 처음 오신 분들도 있을
텐데 오늘 황현산 선생님이 하시는 강의가 이 공간[서울 종로구 율곡로 1 (사
간동 126–3번지) 3층, 2016년 2월 18일]에서 하는 마지막 행사가 됩니다. 다과 드
시면서 편하게 들어 주시면 감사하겠습니다.

〔1970년대 한국과 아폴리네르는……〕 학교 밖에서 하는 아폴리
네르 강의는 (이 '시민행성' 행사가) 제게 처음이지 않나 싶습니
다. 실은 아폴리네르가 제 전공입니다. 대학원에서 전공을 정했지
요. 제가 대학원에 들어간 게 1974년으로, 대학 졸업하고 10년이
다 되어 갔으니까 조금 늦게 진학한 셈입니다. 그 동안 군대 다녀
와서 잡지사, 출판사[홍성사] 생활도 좀 했고요. 당시 한국에선 '아폴
리네르' 하면 「미라보 다리(Le pont Mirabeau)」[1912]만 알려져 있
었습니다. 그 시 하나가 얼마나 유명했는지 고등학교 교지마다 실
리고, 이발소에도 액자로 걸리곤 했습니다. 그 때문에 수모도 상
당히 겪었습니다. 전공이 무어냐 묻는 이에게 아폴리네르 공부한
다고 하면 "불란서에 유명한 좋은 시인 많은데……." '좋은 시인'
이라는 게 지난 시간까지 읽었던 시인들입니다. 보들레르(Charles-
Pierre Baudelaire, 1821~1867), 말라르메(Stéphane Mallarmé, 1842~1898), 랭보(Jean Nicolas
Arthur Rimbaud, 1854~1891), 특히 발레리(Paule Valéry, 1871~1945). 일반인들의 인
식만 그랬던 것이 아닙니다. 대학원 갓 들어갔을 때가 김화영 선생
(金華榮, 1941~)이 불란서에서 박사 학위를 받고 고대 교수로 온 때입니

장만영 편역, 『불란서 시집(佛蘭西詩集)』,
정양사, 1953년.

기욤 아폴리네르, 『있다(Il y a)』, 1925년. 라몬 고메스 데 라 세르나(Ramón Gómez de la Serna, 1888~1963)가 쓴 에스파냐어 서문을 장 콕토(Jean Cocteau, 1889~1963)가 번역했고 피카소, 마티스 등의 코멘트도 실렸다. 편집인 알베르 메생(Albert Messein, 1873~1957)에 의해 파리에서 총 1,630권이 발행되었고, 그 가운데 1,500권에는 에디션 번호를 기입했다.

호리구치 다이가쿠(堀口大學) 편역, 『월하의 일군(月下の一群, 겟카노 이치군 : 譯詩集)』, 다이이치쇼보(第一書房), 1925년. 일본어로 「미라보 다리」를 처음 소개한 번역시 선집 『월하의 일군』은 호화로운 장정에 고가를 책정했으나 초판 1,200권이 몇 달만에 소진되었고, 이후 일본과 조선에 상당한 영향을 미쳤다. 프랑스 근대 시인 66명의 시 340편을 수록했는데 그 중 35편이 아폴리네르였다. 서정주도 이 시집이 '프랑스 상징주의 시 공부에 큰 보탬이 되었다.'고 밝힌 바 있다.

다. 대학원 들어가서 전공을 아폴리네르로 할 거라고 했더니 첫 마디에 "뭐,「미라보 다리」같은 거 좋아하는 사람도 있죠."(웃음) 그러시는 분도 있었어요. 반항할 수도 없고⋯⋯(웃음). 그럴 때였습니다.

〔**'아폴리네르는 자식이 참 많다'**〕 아폴리네르를 한국에 처음 소개한 분은 장만영 선생^(張萬榮, 1914~1975)입니다.〔『불란서 시집(佛蘭西詩集)』(정양사, 1953)과 『아뽀리내애르 시집(詩集)』(동국문화사, 1955)〕 물론 일본어판 아폴리네르 시집을 중역했어요. 그런데 그 일본어판이 언제 것이냐, 1930년대일 것입니다.〔일본에 아폴리네르를 소개한 것은 시인이자 불문학자인 호리구치 다이가쿠(堀口大學, 1892~1981)로, 외교관인 아버지를 따라 벨기에, 에스파냐 등에서 지냈다. 1915년에는 마드리드에서 마리 로랑생을 만난 적도 있었다. 1928년에 『아폴리네르 시초(アポリネエル詩抄)』를 다이이치쇼보(第一書房)에서 냈다. 『알코올』, 『동물 시집』, 소설 등을 모아 수록했다.〕 아폴리네르가 살아 있을 때 유명한 두 개의 시집—『알코올(Alcools, 1898-1913)』⁽¹⁹¹³⁾과 『상형 시집(Calligrammes, 1913-1916)』⁽¹⁹¹⁸⁾이 나왔고, 사후에 조그만 시집들이 나왔습니다. 그 중에서도 1920년대 다다 운동을 했던 사람들이 아폴리네르를 자기 스승이라 생각해서 선집^{〔『있다(Il y a)』(1925)〕}을 하나 낸 게 있는데, 그걸 일본 사람들이 번역했던 것 같아요. 장만영 선생님이 번역한 시집을 보면 1920년대 불란서에서 나왔던 그 시집에 있는 시들만 번역이 돼 있거든요. 그래서 1920년대 불란서 시집을 번역한 1930년대 일본어판을 봤을 거라 생각하는 겁니다.〔장만영은 1934~1936년 일본 도쿄에 머물며 영어를 공부한 바 있다. 호리구치 다이가쿠는 1925년 번역 시집 『월하의 일군(月下の一群)』을 냈고, 여기서 발췌한 시를 가지고 1932년 『주해 불란서 현대시 읽는 법(註と解 仏蘭西現代詩の読み方)』을 냈다.〕 장만영 선생은 아주 쉽고, 또 짧은 시들

호리구치 다이가쿠(堀口大學)가 『월하의 일군(月下の一群)』에 수록한 번역, 1925년.

장만영이 『불란서 시집(佛蘭西詩集)』에 수록한 번역, 1953년. 〔황현산, 『현대시 산고』 재수록본.〕

「ミラボー橋」

ミラボー橋の下をセーヌ河が流れ
　　われ等の恋が流れる
　　わたしは思い出す
悩みのあとには楽しみが来ると

　　　日も暮れよ　鐘も鳴れ
　　　月日は流れ　わたしは残る

手に手をつなぎ 顔と顔を向け合おう
　　こうしていると
　　二人の腕の橋の下を
疲れたまなざしの無窮の時が流れる

　　　日も暮れよ　鐘も鳴れ
　　　月日は流れ　わたしは残る

流れる水のように 恋もまた死んでいく
　　恋もまた死んでいく
　　生命ばかりが長く
希望ばかりが大きい

　　　日も暮れよ　鐘も鳴れ
　　　月日は流れ　わたしは残る

日が去り　月がゆき
　　過ぎた時も
　　昔の恋も　二度とまた帰ってこない
ミラボー橋の下をセーヌ河が流れる

　　　日も暮れよ　鐘も鳴れ
　　　月日は流れ　わたしは残る。

「미라보 다리」

미라보 다리 아래 세이느江(강)이 흐르고
우리들의 사랑도 흘러 내린다.
괴로움에 이어서 맞을 보람을
나는 또 꿈꾸며 기다리고 있다.

　　해도 저무렴, 鍾(종)도 울리렴.
　　세월은 흐르고 나는 醉(취)한다.

손과 손을 엮어 들고 얼굴 대하면
우리들의 팔 밑으로
흐르는 永遠(영원)이여
오오 피곤한 눈길이여

　　해도 저무렴, 鍾(종)도 울리렴.
　　세월은 흐르고 나는 醉(취)한다.

흐르는 물결이 실어 가는 사랑,
실어 가는 사랑에
목숨만이 길었구나
보람만이 뻗혔고나.

　　해야 저무렴, 鍾(종)도 울리렴.
　　세월은 흐르고 나는 醉(취)한다.

해가 가고 달이 가고 젊음도 가면
사랑은 옛날로 갈 수도 없고
미라보 다리 아래 세이느만 흐른다.

　　해야 저무렴, 鍾(종)도 울리렴.
　　세월은 흐르고 나는 醉(취)했다.

을 주로 번역했습니다. 그 가운데 「미라보 다리」도 들어 있었지요. | 「미라보 다리」. 제목만으로도 로망이 된 시입니다. 실패한 사랑 이야기이고요. 거기다 번역이 잘못되었고, 그렇기 때문에 더 유명해질 수 있었습니다. 일본어판부터 잘못됐고, 한국에서 아폴리네르 하면 주로 그런 시를 쓴 사람으로 알려지게 되었습니다. 그렇지만 실제의 아폴리네르는 예술의 모험가고, 시로 온갖 실험은 다 했고, 그래서 초현실주의 초기에 이르기까지 문학뿐 아니라 미술에 걸쳐서 그의 영향을 받지 않은 전위 작가란 없다시피 합니다. 저는 '아폴리네르는 자식이 참 많다.'라고 말하곤 합니다. 아폴리네르의 영향을 직접적으로 받은 사람이 많다는 이야깁니다.

〔**몸 자체가 시인인 사람**〕 제가 아폴리네르를 공부하게 된 동기 중 하나는, 대학교 3학년 때 들은 아폴리네르 강연입니다. 일본 문학을 전공한 불란서 사람이 서울사대에서 한 강연입니다. 박옥줄 선생(朴玉茁, 1928~2017. 서울대 불어교육과 교수)이 통역을 했고요. 그 때 아폴리네르에 관한 이야기를 듣고 처음 아폴리네르가 어떤 사람이구나, 알았습니다. 기억에 남는 것이 "몸 자체가 시인인 사람이었다." 란 말이었습니다. 몸 그 자체가 시인인 사람, 그런데 이건 자기(강연자)가 한 말이 아니라 아폴리네르 시대의 다른 시인이 아폴리네르가 면도하는 모습을 보고는 '저건 사람이 곧 시구나.' 그리 생각을 했다고 합니다. 그것이 뭔지는 잘 이해가 안 되는데(웃음), 기억에 참 남았고, 훌륭한 시인인가 보다 했습니다. | 아폴리네르 시 중에서 좋은 시들은 장시가 많아요. 오늘은 장시 몇 편과 짧은 시, 또 유명한 상형시 하나를 가져 왔습니다. 짧은 시부터 먼저 하겠습니다. 우선 그 운명의 「미라보 다리」, 제가 읽겠습니다. ↓

미라보 다리

[I]   미라보 다리 아래 센 강이 흐른다
            우리 사랑을 나는 다시
         되새겨야만 하는가
      기쁨은 언제나 슬픔 뒤에 왔었지

[II]   밤이 와도 종이 울려도
         세월은 가고 나는 남는다

[III]   손에 손 잡고 얼굴 오래 바라보자
            우리들의 팔로 엮은
         다리 밑으로
      끝없는 시선에 지친 물결이야 흐르건 말건

[IV]   밤이 와도 종이 울려도
         세월은 가고 나는 남는다

[V]   사랑은 가 버린다 흐르는 이 물처럼
            사랑은 가 버린다
         이처럼 삶은 느린 것이며
      이처럼 희망은 난폭한 것인가

LE PONT MIRABEAU

[I]

Sous le pont Mirabeau coule la Seine

        Et nos amours

      Faut-il qu'il m'en souvienne

La joie venait toujours après la peine

[II]

      Vienne la nuit sonne l'heure

      Les jours s'en vont je demeure

[III]

Les mains dans les mains restons face à face

        Tandis que sous

      Le pont de nos bras passe

Des éternels regards l'onde si lasse

[IV]

      Vienne la nuit sonne l'heure

      Les jours s'en vont je demeure

[V]

L'amour s'en va comme cette eau courante

        L'amour s'en va

      Comme la vie est lente

Et comme l'Espérance est violente

[VI]   밤이 와도 종이 울려도

           세월은 가고 나는 남는다

[VII]   나날이 지나가고 주일이 지나가고

           지나간 시간도

        사랑도 돌아오지 않는다

미라보 다리 아래 센 강이 흐른다

[VIII]   밤이 와도 종이 울려도

           세월은 가고 나는 남는다

Vienne la nuit sonne l'heure

Les jours s'en vont je demeure

Passent les jours et passent les semaines

Ni temps passé

Ni les amours reviennent

Sous le pont Mirabeau coule la Seine

Vienne la nuit sonne l'heure

Les jours s'en vont je demeure

le Pont Mirabeau.

Sous le pont Mirabeau coule la Seine
Et nos amours, faut-il qu'il m'en souvienne?
La joie venait toujours après la peine.

Vienne la nuit, sonne l'heure,
Les jours s'en vont, je demeure.

Les mains dans les mains, restons face à face
Tandis que sous le pont de nos bras passe
Des éternels regards l'onde si lasse.

Vienne la nuit, sonne l'heure,
Les jours s'en vont, je demeure.

L'amour s'en va comme cette eau courante,
L'amour s'en va; comme la vie est lente,
Et comme l'Espérance est violente!

Vienne la nuit, sonne l'heure,
Les jours s'en vont, je demeure.

Passent les jours et passent les semaines,
Ni temps passé, ni les amours reviennent;
Sous le pont Mirabeau coule la Seine

Vienne la nuit, sonne l'heure,
Les jours s'en vont, je demeure!

Guillaume Apollinaire

아폴리네르가 직접 쓰고 구두점을 표시한 「미라보 다리」 초고, 1912년경.

〔**인간의 호흡보다 더 좋은 구두점은 없다**〕「미라보 다리(Le pont Mirabeau)」—이건 제 번역입니다. 제 번역을 제 대학 동창인 어느 선생이 읽더니 굉장히 실망해 가지고 '전문가라도 번역 잘하는 거 아니네.' 얘기한 적이 있었습니다(웃음). 한국에 널리 알려진 버전은 장만영 버전입니다. "미라보 다리 아래 세느 강이 흐르고 우리의 사랑도 함께 흐른다.""Et nos amours"를 '함께'라고 한 문장으로 이어서 번역한 거죠. 번역할 때 그런 오해를 부를 수밖에 없는 것이, 이 시는 구두점이 없습니다. 〔「미라보 다리」는 1912년 2월에 아폴리네르가 창간한 잡지 『파리의 밤(Les Soirées de Paris)』에 처음 발표되었고, 구두점이 삭제된 상태로 이듬해 『알코올』에 수록, 출판되었다.〕 그런데 처음부터 구두점이 없이 쓰인 것이 아닙니다. 1912년쯤 시집 출판을 앞두고 출판사에서 편집을 할 때의 일입니다. 편집 전문가들이 구두점을 다른 곳에 찍어야 한다고 주장하자, 실랑이를 하다가 아폴리네르는 아예 찍지 않기로 합니다. 그 때 아폴리네르가 "인간의 호흡보다 더 좋은 구두점은 없다."란 말을 했어요. 어떻게 싸웠는가 짐작이 되지요. 아폴리네르는 자기 호흡법에 따라서 구두점을 찍고, 편집하는 사람은 문장 규칙에 따라 찍어야 한다고 싸우다가 아폴리네르가 자기 의견이 관철이 안 되니까 결국 없앤 겁니다. 물론 그 전에 말라르메가 구두점 없는 시를 쓰기도 했어요. 하지만 「미라보 다리」는 원래 있던 걸 없앤 시예요. 원래 초고를 보면 "센 강이 흐른다." 하고 마침표를 찍어 자르고, "우리 사랑을,"은 다음 문장이 됩니다. |『알코올』(1913)에 실린 시들 중 몇 편은, 편집하던 과정에 썼기 때문에 처음부터 구두점 없이 썼습니다. 이런 시들은 읽기가 쉬워요. 하지만 초기에 구두점이 있었다가 뺀 시들은 참으로 읽기 어려운 것들이 많습니다.

파리 풍경 엽서 시리즈 중 **미라보 다리**를 찍은 515번 엽서. 1910년대.

(왼쪽) 파리 동남쪽의 **불로뉴-비양쿠르**(Boulogne-Billancourt)에서 본 **파리와 센 강**, 1900년경. 멀리 미라보 다리와 에펠탑이 보인다. (오른쪽) **현재 미라보 다리**에는 「미라 보 다리」 첫 연을 각인한 **동판**이 설치되어 있다.

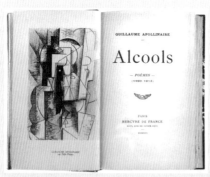

시집 『**알코올**(Alcools)』의 **1913년판 속표지**. 아폴리네르는 처음에 제목을 '화주(Eau-de-vie)'라고 하려고 했다가 '알코올'로 바꾸었다. 속표지 맞은쪽의 초상은 피카소의 그 림이다.

특히나 그 중에서도 괄호처럼 쓰는 줄표(―), 그걸 넣었다가 뺀 것들은 어떻게 읽으란 말입니까.

[i] **〔미라보 다리 아래 센 강이 흐른다** / 우리 사랑을 나는 다시 / 되새
[ii] 겨야만 하는가 / 기쁨은 언제나 슬픔 뒤에 왔었지 // 밤이 와도 종이 울려도 / 세월은 가고 나는 남는다〕 ☞ 「미라보 다리」는 아폴리네르가 마리 로랑생^(Marie Laurencin, 1883~1956)이라는 화가와 연애를 하다가 그 연애가 깨진 후에 쓴 시입니다. 미라보 다리는 센 강의 지극히 볼품없는 강철 다리입니다.〔길이 173m, 폭 20m에 네 개의 청동상으로 장식한 이 다리는 1897년 준공 당시 파리에서 가장 길고 높은 다리였다.〕 오퇴유(Auteuil)라는 곳을 가는 다리죠. 아폴리네르는 이 다리를 건너서 마리 로랑생을 만나러 가곤 했어요. 좌안 우안을 왔다갔다 한 거죠.〔마리 로랑생은 1908년경에 파리 16구〔파시(Passy)〕 근처의 라 퐁텐가(Rue la Fontaine)로 거처를 옮겼다. 파시는 피카소를 비롯한 예술가들이 다수 모인 부촌이었다. 아폴리네르는 강 건너편의 14구에 살았으며, 두 지역을 직선으로 잇는 길이 미라보 다리를 지났다. 아폴리네르는 1909년 10월에 로랑생의 집과 가까운 그로가(Rue Gros)로 이사한다.〕 이 시를 쓸 때만 해도 미라보 다리를 건널 일이 없어졌을 때입니다. 어느 날 무슨 일 때문에 이 다리를 건너가다가 강물을 본 거 같아요. 하염없이 강물을 내려다보고 있습니다. | 지난 시간 발레리의 「해변의 묘지(Le cimetière marin)」를 읽으면서 물결 이야기를 했지요. 잔잔한 물결들이 끊임없이 움직이고 연속되는 그런 시간은 마치 멈춘 시간과 같습니다. 현재의 전에도 이미 똑같은 일이 일어나 있고, 앞으로도 그럴 텐데 그런 시간의 한가운데 내가 서 있습니다. 이런 순간에 사람들은 보통 긴장이 풀리고, 정신을 놓지요. 강물을 보다가 그렇게 되는 겁니다. 위험한 것은 이럴 때 슬픈 생각,

이상한 생각, 나쁜 생각이 떠오르게 돼 있다는 것입니다. 보통 때
는 내 몸과 정신이 긴장을 하고 있기 때문에 그런 생각이 잘 안 듭
니다. 이 때 아폴리네르는 "우리 사랑을 나는 다시 / 되새겨야만 하
는가"—강물을 바라보며 헤어진 애인 생각이 난 겁니다. 그러고
선 기껏 한다는 소리가 "기쁨은 언제나 슬픔 뒤에 왔었지"—슬픔
이 다가오니 얼버무리려 하는 말이겠지요. "밤이 와도 종이 울려
도 / 세월은 가고 나는 남는다"는 물결을 보느라고 정신이 약간 나
가 있는, 바로 시간이 멈춰 버린 것 같은 그런 순간에 대한 묘사이
기도 하고, 왜 내가 과거에 묶여서 질척거리고 있는가 하는 상념이
기도 합니다.

[Ⅲ] [**손에 손 잡고 얼굴 오래 바라보자** / 우리들의 팔로 엮은 / 다리 밑
[Ⅳ] 으로 / 끝없는 시선에 지친 물결이야 흐르건 말건 // 밤이 와도 종
이 울려도 / 세월은 가고 나는 남는다] ☞ 지금 아폴리네르는 강철
다리 위에 있습니다. 강철 다리는 부동(不動), 움직이지 않고 그
자리에 있지요. 그런데 사람과 사람의 관계라는 것은 강철 다리 같
지 않죠. 아폴리네르는 강철 다리 위에서 추억 속의 여자와 함께
우리의 팔로 엮은 다리를 하나 더 만들고 있습니다. 그렇게 잇고
싶은 거죠. "끝없는 시선에 지친 물결이야 흐르건 말건" 그 다리
위에 인간들이 작은 다리를 만들자고 하는 것이고, 그러려면 가운
데 있어야겠죠. 우리는 여기서 아폴리네르가 (다리 밖에서 다리를
보는 것이 아니라) 다리 한가운데 있다는 사실을 알 수 있습니다.
| "밤이 와도 종이 울려도 / 세월은 가고 나는 남는다"는 똑같은 후
렴구인데, 두 번째로 읊을 때는 톤이 약간 다를 것입니다. 이 사랑

이 영원히 지속됐으면, 내가 만든 이 다리가 영원히 지속됐으면.

[V] 〔사랑은 가 버린다 흐르는 이 물처럼 / 사랑은 가 버린다 / 이처럼
[VI] 삶은 느린 것이며 / 이처럼 희망은 난폭한 것인가 // 밤이 와도 종
이 울려도 / 세월은 가고 나는 남는다〕 ☞ 바로 앞의 후렴구에서 한
말에 대한 자기 비판 같은 내용을 담고 있습니다. 내가 만든 이 다
리, 즉 내 추억 속의 여자와 만든 다리라는 것이 얼마나 어처구니
없는 것인가, 하는 뜻이 이 말 속에 담겨 있습니다. 그리고 다시 자
신을 질책하며 "밤이 와도 종이 울려도 / 세월은 가고 나는 남는
다"고 말합니다.

[VII] 〔나날이 지나가고 주일이 지나가고 / 지나간 시간도 / 사랑도 돌
[VIII] 아오지 않는다 / 미라보 다리 아래 센 강이 흐른다 // 밤이 와도 종
이 울려도 / 세월은 가고 나는 남는다〕 ☞ "나날이 지나가고 주일
이 지나가고"를 보통 옛날에는 '날이 가고 달이 가고' 이렇게 번역
했죠. 그런데 '날이 가고 달이 가고'는 농경 사회 사람의 시간관이
고, '나날이 지나고 주일이 지나는 것'은 도시 샐러리맨의 시간입
니다. 옛 번역이 멋지긴 한데, 사실과는 맞지 않지요. 〔다음을 참조.〕〔"이 두
환경에서는 시간에 대한 의식이 다르고, 시간의 고통과 기쁨이 다르다. 아폴리네르의 고통은 녹진한 시간 속의
녹진한 고통이 아니다. 언제 한 주가 끝나느냐고, 어떻게 한 주를 다시 사느냐고 물어야 하는 고통이다. 고통의
변질이건 다른 변질이건, 변질을 자연스러움이라 부를 수는 없다."〕 〔황현산, 「미라보 다리의 추억」, 『현대시
산고』(난다, 2020) 119쪽.〕 "지나간 시간도 / 사랑도 돌아오지 않는다"─체
념이라면 체념이고 다짐이라면 다짐입니다. "밤이 와도 종이 울려
도 / 세월은 가고 나는 남는다"는 결구가 됩니다.

(왼쪽) 젊은 시절의 마리 로랑생 사진.

(아래) 〈아폴리네르와 친구들(Apollinaire et ses amis)〉, 마리 로랑생 그림, 1909년, 피카소 미술관 소장. 왼쪽부터 미국 작가 거트루드 스타인(Gertrude Stein), 피카소의 연인이던 페르낭드 올리비에(Fernande Olivier), 뮤즈, 가운데가 기욤 아폴리네르와 그의 개 프리카, 오른쪽은 파블로 피카소, 여성 시인 마르게리트 지요(Marguerite Gillot)와 모리스 크렘니츠(Maurice Cremnitz), 제일 오른쪽 앞이 마리 로랑생이다.

마리 로랑생의 그림들. (왼쪽) 〈자화상〉, 1908년. (오른쪽) 〈아폴리네르의 초상〉, 1908~1909년, 파리 오랑주리 미술관(Musée de l'Orangerie) 소장.

〔**감정과 시간의 아라베스크**〕「미라보 다리」는 민요조 시입니다. 옛 사람들은 베를 짜면서 노래를 부르곤 했죠. 불란서에도 당연히 베틀 노래가 있습니다. 옛날 베틀 노래의 가사와 자수가 비슷합니다. 그 가락에 이 시를 읊으면 우리네 노인들이 흥얼거리는 듯한 투에 딱 알맞다고 그럽니다. | 강에서 바라보는 물결의 시간, 그 멈춰 버린 것 같은 시간, 그 시간을 물결화시킨 물결, 그리고 그것을 다시 인간의 말과 노래로 바꾼 베틀 노래 가락이 잘 어우러져서 감정과 시간의 아라베스크(arabesque)를 짜는 시입니다. | 이런 시가 있지만, 이것이 아폴리네르의 본격적인 시는 아닙니다. 다만, 아폴리네르는 이런 연애 시도 잘 썼습니다. 실제로 초현실주의자들은 괴상망측한 시들을 쓰면서 연시(戀詩)도 많이 썼습니다. 내가 읽은 연애 시 중에서 가장 아름다웠던 시들은 대개가 다 초현실주의자들이 쓴 시입니다. 넘어가서 또 다른 짧은 시를 봅시다. ↓

아니

[1] 모빌과 갈베스톤 사이
텍사스의 해안에
장미 가득한 큰 정원 하나 있다
정원에는 빌라 한 채도 들어 있으니
그것은 커다란 장미 한 송이

[11] 한 여자가 그 정원을 홀로
자주 거닐고
보리수 늘어선 한길로 내가 지나갈 때면
우리는 서로 눈이 마주친다

[111] 그 여자는 메논교도
그녀의 장미나무에도 그녀의 옷에도 단추가 없다
내 저고리에도 단추 두 개가 모자란다
그 부인과 나는 거의 같은 전례를 따른다

ANNIE

[I]

Sur la côte du Texas

Entre Mobile et Galveston il y a

Un grand jardin tout plein de roses

Il contient aussi une villa

Qui est une grande rose

[II]

Une femme se promène souvent

Dans le jardin toute seule

Et quand je passe sur la route bordée de tilleuls

Nous nous regardons

[III]

Comme cette femme est mennonite

Ses rosiers et ses vêtements n'ont pas de boutons

Il en manque deux à mon veston

La dame et moi suivons presque le même rite

〔결국은 깨진 사랑〕아폴리네르는 1880년에 태어났습니다. 20세기가 됐을 때 스무 살이 되었습니다. 19세기에 배운 것으로 20세기에 활약한 사람이지요. 사람은 언제 태어났느냐가 중요한 게 아니고 몇 년에 스무 살이 됐느냐가 중요합니다(웃음). | 아폴리네르의 생애 이야기를 하면 약간 기가 막힌 데가 있습니다. 아폴리네르는 사생아였습니다. 어머니〔안젤리카 코스트로비츠키(Angelika Kostrowicka, 1858~1919)〕는 교황청의 수녀원에서 도망친 여자로, 도망 후 사생아를 두 명 낳았는데 큰아들이 아폴리네르입니다. 아폴리네르의 외할아버지〔미하우 코스트로비츠키(Michał Apolinary Kostrowicki h. Prawdzic, 1819?~?)〕가 교황청의 기사(Cameriere Segreti di spada e cappa)였다고 하니 뿌리는 귀족입니다. 아폴리네르가 초등학교를 졸업할 때까지는 아버지〔나폴리의 귀족 프란체스코 플루지 다스페르몬트(Francesco Costantino Camillo Flugi d'Aspermont, 1835~?)라는 설이 유력하다.〕집안에서 돌봤습니다만 졸업 무렵에 친가에서 지원이 끊긴 것 같아요. 그럼 아폴리네르 어머니는 뭘 했느냐? 가족이 당시 모나코에 살았는데, 모나코는 도박장으로 유명하잖아요. 어머니는 귀족 마나님 행세를 하면서―행세가 아니라 실제로 귀족이죠.―도박장의 손님을 끌던 노릇을 했습니다. 예쁘기도 합니다. 아폴리네르가 리세(lycée : 고등학교)를 졸업할 무렵엔 파리로 옮겨 와 모나코 도박장에서 하던 일을 유럽 전체를 무대로 하게 되지요. 파리의 중산층으로 진입하고 싶어 했지만 결국은 못 했어요. 일가족이 재주는 좋았지만 사기꾼 비슷하게 살았어요. | 아폴리네르는 그러면서 몇 사람을 사귀었습니다. 엄마에게 사람의 호감을 사는 재주를 물려받은 모양입니다. 독일에 있는 부잣집 딸을 가르치는 피아노 교사를 만났습니다. 그 사람이 독일로 돌아갈 때 마침 불어 잘하는 사람을 소개

해 달라는 청을 받아 아폴리네르를 추천합니다. 그렇게 아폴리네르는 23살 때 라인란트(Rhineland)에 있는 귀족[엘리노르 휠터호프, 드 밀하우 자작 부인(Élinor Hölterhoff, vicomtesse de Milhau)] 집안에서 가정 교사로 1년을 지내게 됩니다. 그 집안엔 아폴리네르 말고도 영어를 가르치는 가정 교사가 있었어요. 애니 플레이든(Annie Playden, 1880~1967)이라는 런던 여자입니다. 아폴리네르가 애니한테 반했어요. 굉장히 적극적으로 구애를 했는데, 청교도 집안에서 자란 애니는 남자한테 그런 구애를 받아 본 적이 없어요. 아폴리네르가 또 얼마나 사람을 끄는 재능이 있습니까, 잘 했겠지요. 나중에 아폴리네르가 죽은 뒤에 누가 애니 플레이든을 찾아 인터뷰를 했는데, "왜 깨졌느냐?" 물으니, 자기도 좋아했다고 이야기를 합니다. 그런데 아폴리네르가 자기 자신을 시인이라 소개했는데 시인을 만나 본 적이 없어서, 이상한 종류의 사람일까 싶어 겁이 났다는 겁니다(웃음). 사람이 사람하고 연애해야 하는데, 유령하고 연애하려니 겁이 날 수밖에 없죠(웃음). 1년 동안 가정 교사로 같이 있었고 그 후에 아폴리네르가 세 번을 런던으로 찾아갑니다. 거의 약혼의 형식을 취하고 있었는데 홀연 애니가 사라져 버렸어요. 미국으로 가 버렸다는 겁니다. 난리를 쳤죠. 『알코올』에서 가장 긴 시가, 「사랑받지 못한 사내의 노래(La chanson du mal-aimé)」라고, 무려 305행짜리 시가 있습니다. 그 시가 애니 플레이든 때문에 쓴 시입니다. 다른 시들에도 이 연애 경험이 조금 보이는데[「콜히쿰(Les colchiques)」, 「랜더 로드의 이민(L'emigrant de Landor Road)」] 다른 여자 이야기들과 섞어 놓고 해서 구분이 잘 안 됩니다(웃음). 그 애니가 불어식으로 읽으면 '아니'지요.[「아니(Annie)」는 1912년 9월에 '파니(Fanny)'라는 제목으로 발표되었으며, 1913년에 바뀐 제목으로 『알코올』에 수록되었다.]

루이 마르쿠시(Louis Marcoussis, 1878~1941), 『알코올(Alcools)』을 위한 연작 판화
중 〈사랑받지 못한 사내의 노래(La chanson du mal-aimé)〉, 1934년, 에칭. 폴란드 출
신 미술가 루이 마르쿠시는 피카소, 브라크와 함께 입체파에 속했다. 그에게 본명 루드
비크 마르쿠스(Ludwik Kazimierz Władysław Markus) 대신 1912년 '루이 마르쿠시'라
는 이름을 붙여 준 이가 아폴리네르다. 『알코올』의 초판에 삽화를 그리고자 했으나 성사
되지 못했고, 아폴리네르 사후에 연작 판화를 제작했다.

[I] 〔**모빌과 갈베스톤 사이** / 텍사스의 해안에 / 장미 가득한 큰 정원 하나 있다 / 정원에는 빌라 한 채도 들어 있으니 / 그것은 커다란 장

[II] 미 한 송이 // 한 여자가 그 정원을 홀로 / 자주 거닐고 / 보리수 늘어선 한길로 내가 지나갈 때면 / 우리는 서로 눈이 마주친다〕 ☞ 나는 미국을 잘 몰라서 텍사스(Texas)〔미국 중남부에 위치한 주. 미국에서 알래스카 다음으로 크며 한반도 크기의 3배가 넘는다. 서쪽으로 멕시코만, 남쪽으로 리오그란데강을 두고 멕시코와 국경을 맞대고 있다. 전통적으로 광업과 농목축업이 발달했으며 미국 내 석유 생산량의 35% 이상을 얻는다.〕가 완전히 험한 산악 지대인 줄 알았어요. 텍사스에 웬 해안이 있네 하고 지도를 찾아보니까 텍사스가 생각보다 넓더라고요(웃음). 모빌(Mobile)〔텍사스가 아닌 앨라배마주에 속한다. 1702년 프랑스의 루이지애나 식민지의 최초의 수도였으며 앨라배마의 유일한 항구 도시다.〕과 갈베스톤(Galveston)〔갤버스턴. 1830년대 개발된 멕시코만의 항구 도시로 19세기 독일계 이민자들이 주로 이 항구로 들어왔다.〕도 그 해안에 있었습니다. | 아폴리네르는 미국을 한 번도 가 보지 못했습니다. 물론 애니 플레이든이 미국 어디에 있는지도 몰랐습니다.〔훗날 연구자 르로이 브뤼닉(LeRoy C. Breunig)이 애니 플레이든을 직접 찾아 인터뷰한 데 따르면, 처음에는 캘리포니아에 가정 교사로 갔다가 이후 결혼하여 뉴욕주 웨스트체스터(Westchester)에 살았다.〕 지도 보고 여기 있겠거니, 찍었을 거예요. 거대한 장미 정원이 있는 화려한 빌라, 헤어진 애인이지만 잘 살기를 바라는 겁니다. "한 여자가 그 정원을" "자주 거닐고" 나는 "보리수 늘어선 한길로" 지나다가 "눈이 마주치"는, 옛 애인일 수도 있지만 남 모르는 사이로 설정하고 있습니다.

[III] 〔**그 여자는 메논교도** / 그녀의 장미나무에도 그녀의 옷에도 단추가 없다 / 내 저고리에도 단추 두 개가 모자란다 / 그 부인과 나는 거의 같은 전례를 따른다〕 ☞ 애니가 청교도 집안이라 했지요. 청

교도 중에서도 옷에다 단추도 달지 않을 정도로 지극히 엄격한 교파입니다. 왜냐, 단추에 일종의 장식성이 있다는 겁니다. 덧없는 세상에 살면서 자기를 장식하는 자체가 신의 뜻에 어긋난다고 보고, 대신 후크나 핀만 답니다.〔메노파(Mennonite). 유럽의 종교 개혁기에 영아 세례를 인정하지 않고 각자 자발적으로 다시 세례를 받아야 한다고 주장한 재세례파(Anabaptist) 운동 중 네덜란드 사제 메노 시몬스(Menno Simons, 1496~1561)를 따른 이들이다. 개신교 중에서도 가장 급진적인 종파였던 이들은 16세기 말 이후 폴란드 북부에 큰 공동체를 형성했고, 스위스, 독일에도 다수 거주했으며, 이후 박해를 피해 우크라이나 또는 미국에 정착했다. 미국에서도 이들은 외부와 접촉을 피하고 주로 독일어만 사용하는 농촌 공동체를 형성했다. 미국의 아미시(Amish)도 그 분파다.〕│ 피기 전의 장미 봉오리를 불어로 '부통(bouton)'이라 그럽니다. 단추도 부통, 그러니까 "그녀의 장미나무에도 단추가 없다"는 것은 말장난이죠. 나는 방랑자니까 무소유, 내 저고리에도 단추가 없습니다. 떨어져서 없겠죠? 그러나 그 여자는 잘 사는데, 가혹한 청교도 계율을 따르느라 단추가 없습니다. │ 이 시를 보면 어떻습니까, 옛날에 사랑했던 여자니까 되도록이면 잘 살기를 바랍니다. 그러나 잘 살면 억울하잖아요?(웃음) 그래서 시에서라도 단추 없는 옷을 입게 만들어 놓은 겁니다.

〔서정시에 콩트가 숨어 있다〕제가 퇴임 강의에서도 이 시를 다루었어요. 이 시를 강의할 때면 이따금씩 강화도 전등사(傳燈寺)〔인천 강화도 정족산에 자리잡은 절로, 381년(고구려 소수림왕 11)에 진종사(眞宗寺)로 창건됐다는 설화가 전하며, 1282년(고려 충렬왕 8) 전등사로 이름을 바꾸었다. 대웅전은 조선 선조 때 불이 난 것을 다시 짓기 시작해 1621년(광해군 13)에 지금의 모습이 되었다.〕얘기를 합니다. 전등사에 가 보면 네 귀퉁이에 원숭이가 서까래를 받치고 있습니다. 그런데 사람들은 원숭이가 아니라 어떤 여자가 서까래를 둘러메고 있다고도 말합니

다.〔전등사 대웅전 나부상(裸婦像). 다른 설로는 석가모니 본생담에 등장하는 원숭이라고도 하며, 또는 불법을 수호하는 야차 또는 나찰이라고도 보는 견해도 있다.〕 이야기인즉슨 옛날에 전등사를 개축할 때 대목이 절 아래의 술집 주모하고 살림을 했다고 합니다. 돈을 받으면 주모한테 갖다 주곤 했고요. 그런데 주모가 그 돈을 가지고 도망을 가 버린 거예요. 그 복수를 하느라고 그 여자를 서까래 아래 새겨서 지붕을 이게 했다는 겁니다. 가만히 생각해 보니 자기를 배반하고 도망 간 여자니까 나름대로의 벌을 줬지만, 한편으로는 절의 대들보를 들고 있다는 게 얼마나 영광입니까. 도를 닦는 거죠. 절대 지옥은 안 갑니다. 어디서 재밌게 잘 살길 바라진 않지만 그렇다고 구렁텅이에 빠뜨리지도 않습니다. 다른 차원의 행복을 마련해 준 겁니다.〔『사랑받지 못한 사내의 노래』에 삽입된 액자시 '콘스탄티노플의 술탄에게 보내는 코자크 자포로그들의 대답'을 다룬 다음을 참고.〕〔"그것은 시인이 자신을 배반한 애인에게 느끼는 원망이기도 하고, 그녀를 못 잊는 자신에 대한 질책이기도 하며, 분열되어 있는 감정 속에서 갈피를 못 잡고 있는 자신의 시에 대한 분노이기도 하다. 그러나 이런 감정의 노출은 일면에서는 시를 깨뜨리면서, 또 한편으로는 그 감정의 에네르기를 이용하여 시적 서정의 강도를 예기치 못하게 높여 준다. 마치 설탕에 소금이 섞이면 그 단맛이 더욱 진하게 느껴지는 것이나 같은 이치이다. 더구나 이런 경우 '시'를 넘어서서 '한 사람'을 만나게 되는 독자는 시가 자신을 추스리지 못하고 흩어지는 것을 보고, 시인과 똑같이 안타까워하며 시인을 도와 주고 싶어지기도 한다. 아폴리네르는 자주 이런 방식으로 독자를 자기 시에 참여시킨다."〕〔황현산, 『아폴리네르 : 알코올의 시 세계』(전국대 출판부, 1996) 73~74쪽.〕 | 이 시도 그렇습니다. 아폴리네르의 작은 시들을 보면, 그저 서정시인 것 같은데도 읽다 보면 항상 거기에 하나씩 설화가, 콩트가 들어 있습니다. 그 서사를 이해하면 시가 다른 깊이를 얻도록 이끌어 줍니다. 이 시도 그런 시 중 하나입니다. ↓

넥타이와 시계

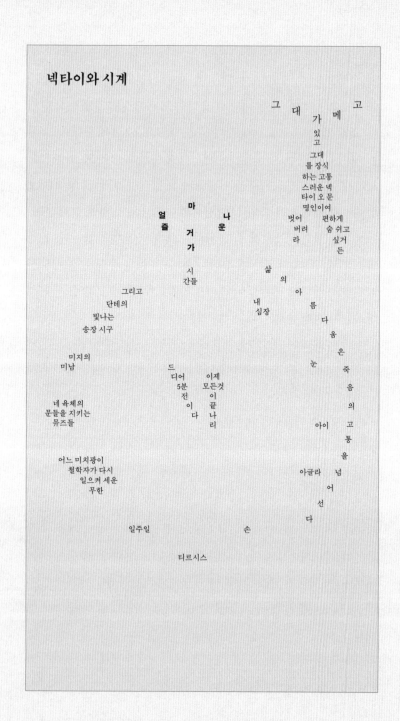

그 대 　가 메 　고
　　　　있
　　　　고
　　　　그대
　　　　를 장식
　　　　하는 고통
　　　　스러운 넥
　　　　타이 오 문
　　　　명인이여
　얼　마　　나　벗어　편하게
　줄　거　　운　버려　숨쉬고
　　　가　　　라　　싶거
　　　　　　　　　　든
　　　시
　　　간들　　　삶
　그리고　　　　의　아
　단테의　　　내　름
　빛나는　　　심장　다
　송장 시구　　　　움　은
　미지의　　　　　　　눈
　미남　　　　　　　　죽
　　　드어　이제　　　음
　　　5분　모든것　　의
　네 육체의　전　이　　고
　문들을 지키는　이　끝　통
　뮤즈들　　　다　나　을
　　　　　　　　리　아이
　어느 미치광이　　아글라 넘
　철학자가 다시　　　　어
　일으켜 세운　　　　선
　무한　　　　　　　다
　일주일　　　　손
　티르시스

LA CRAVATE ET LA MONTRE

LA CRAVATE

DOU
LOU
REUSE
QUE TU
PORTES
ET QUI T'
ORNE O CI
VILISÉ
OTE-   TU VEUX
LA   BIEN
SI   RESPI
RER

COMME L'ON
S'AMUSE
BI
EN

les   la
heures

et le   beau
vers   Mon
dantesque   cœur   té
luisant et
cadavérique   de

                            la
le bel   les
inconnu   Il   yeux   vie
        est   Et
        —   tout   pas
        5   se
les Muses   en   ra   se
aux portes de   fin   fi
ton corps   ni   l'enfant la

                            dou

l'infini   leur
    redressé   Agla   de
        pas un fou
        de philosophe   mou

                            rir

        semaine   la main

            Tircis

(왼쪽) 파리 몽마르트르 라비냥가(Rue Ravignan) 13번지의 하숙집 **세탁선**(Bateau-Lavoir) 전경, 1910년경. (오른쪽) 파리 몽마르트르의 세탁선 앞에 선 **파블로 피카소**, 1904년경. 이 낡은 하숙집엔 반 동겐(Kees van Dongen), 피카소, 후안 그리스(Juan Gris), 앙드레 살몽(André Salmon) 등이 거주했고, 마티스, 브라크, 드랭(André Derain), 뒤피(Raoul Dufy), 모딜리아니(Amedeo Modigliani), 로랑생, 위트릴로(Maurice Utrillo), 마르쿠시, 매챙제, 아폴리네르, 콕토, 차라(Tristan Tzara) 등이 드나들었다. 피카소의 〈아비뇽의 처녀〉도 여기서 그려졌으니 입체파의 탄생지였다고 할 만하다.

마리 로랑생, 〈예술가 그룹(Groupe d'artistes)〉, 1908년, 볼티모어 미술관(Baltimore Museum of Art) 소장.

〔그리고 나도 화가다〕 이상한 시가 하나 있지요? '칼리그람(calli-grammes)'입니다. 이 말은 아폴리네르가 남긴 것인데—캘리그라피(calligraphy)라는 단어가 우리에겐 익숙하죠?—그 단어를 약간 바꾼 것입니다. 처음에는 이데오그람(idéogrammes), 즉 상형(象形)에 그람을 붙였다가 〔표의 문자(ideogram)는 그리스어 이데아(idéa)와 그라프(grápho)가 합쳐진 것으로 관념을 표시한 기호, 뜻글자를 말한다. 상형 문자(Pictogram)는 이에 대해 사물의 모양이나 형상(picto)을 본뜬 것이다."상형의 원리로 만들어진 문자가 상형 문자이지 문자의 종류는 아니"며, "그림 문자든 상형 문자, 단어 문자든, 숫자나 수학 연산 기호든 모두 의미가 겉에 드러나면 표의 문자로 볼 수 있다."(연규동,「문자 연구에 관한 몇 가지 논점 : 문자의 종류와 개념에 대한 인식」, 2014.)〕 나중에는 칼리그람이라고 썼습니다. 〔아폴리네르는 처음에는 '서정적 이디오그램(idéogrammes lyriques)'이라고 칭했다가 1918년에 '칼리그람'으로 바꾸었다.〕 저는 '상형시'라고 번역했습니다. | '칼리그람'이라는 제목의 시집도 한 권 있습니다. 아폴리네르에게는 두 권의 시집이 있는데 하나가 거의 모든 시들이 들어 있는 『알코올』(1913), 다른 하나가 『칼리그람』(1918)입니다. 『칼리그람』에는 줄글로 된 시도 있어요. 거기 수록된 상형시 중 한 편이 「넥타이와 시계」입니다. 〔1914년 『파리의 밤』 종간호에 처음 발표되었다.〕 제가 번역했는데, 꽤 잘했지요?(웃음) 위의 형상은 넥타이고 아래는 옛날에 호주머니에 넣고 다니던 회중 시계입니다. | 아폴리네르는 화가 친구들이 참 많습니다. 파리에 처음 와서 가장 빨리 만났던 인물 중 한 사람이 피카소(Pablo Ruiz Picasso, 1881~1973)입니다. 그 때 피카소는 '청색 시대'(Período azul, 1901~1904년 중반)입니다. 〔피카소는 1904년 5월 하숙집 '세탁선'에 들어갔으며, 같은 해 여름 암스테르담가(Rue d'Amsterdam)에서 아폴리네르와 만났다고 한다.〕 굉장히 고생할 무렵의 피카소를 몽마르트르의 '세탁선(Bateau-Lavoir)'이라는 하숙집에서 만났어요. 자취방이지. 왜 하숙집 이름이 세탁

선이냐, 당시 파리 센 강에는 여자들이 타고 다니면서 세탁하는, 그런 배들이 있었습니다. 이 하숙집이 낡아서 마룻장을 밟으면 꼭 세탁선처럼 삐그덕 소리가 난다 해서 그 이름이 붙었습니다. 거기서 아폴리네르는 피카소에게 「미라보 다리」의 주인공인 마리 로랑생도 소개받았습니다. [1907] 잘 아시다시피 피카소가 애인이 여럿 있지 않습니까(웃음). 그 때가 첫 번째 애인 올리비에(Fernande Olivier, 1881~1966)를 만날 때입니다. [1904~1912] 마리 로랑생이 네 사람이 함께 있는 모습을 그린 그림도 있습니다. | 아폴리네르는 1916년에 시집 『칼리그람』을 출판했어요. 1차 대전이 한창 진행될 때인데, 1914년 무렵부터 화가 친구들은 돈을 벌기 시작합니다. 브라크(Georges Braque, 1882~1963)라든지 피카소라든지……. 그런데 시는 돈을 벌 수 없단 말이에요. 이 때 아폴리네르가 했던 시도 중에 하나가 'Et moi aussi je suis peintre — 나도 화가다'(웃음)였어요. 이런 칼리그람 시집을 내려고 하다가 못 냈어요. 원고는 있습니다.

〔그래서 칼리그람이란 무엇인가〕칼리그람, 즉 상형시를 "면 배열 원칙에서 나온 시〔un poème dont la disposition graphique sur la page forme un dessin〕"라고 소개합니다. 무슨 뜻이냐, 시간을 공간으로 바꾸었다, 한눈에 볼 수 있단 거예요. 보통 시는 앞에서부터 읽어 내려가야 합니다. 즉 시간성을 가지고 있지요. 이 시간성을 공간성으로 바꾸려 시도한 것이 상형시입니다. 아무데서나부터 보고 읽어도 되는 거죠. | 아폴리네르는 또 이 "상형시야말로 자유시의 이상이다."〔"Quant aux Calligrammes, ils sont une idéalisation de la poésie vers-libriste" —1918년 7월 29일 작가 앙드레 빌리(André Billy)에게 보낸 편지에서〕라고 말했습니다. 정형시들은 진실로 시간성에 얽

매여 있지 않습니까. 정형시는 리듬이 있어야 합니다. 리듬과 선율은 시간의 제약 속에 있습니다. 자유시는 말 그대로 자유, 시간의 협조를 안 받아도 된단 말이죠. 말이 가지는 선조성만 지키면 자유시가 되는데, 그 말이 가지는 선조성(線條性)으로부터마저 해방되려면 상형시로 가야 한다는 거죠.〔다음을 참조.〕〔"그는 입체파 회화에서 시간을 지속적으로가 아니라 동시적으로 살 수 있는 가능성을 발견한다. 그가 보기에 입체파 화가들은 한 사물의 여러 면을 하나의 화폭에 그려 넣음으로써 시간을 뛰어넘고 있기 때문이다. 여기서부터 아폴리네르는 시간이 과거와 현재와 미래 속에 구획지워진 것이 아니라고 생각하고, 겉으로는 불연속적으로 보이는 것들을 하나의 덩어리로 파악하여 자신의 시로 그 '덩어리 시간'의 인상을 만들어 내려고 한다."〕〔황현산, 「어디에나 있는 시, 끝나지 않는 시」, 기욤 아폴리네르, 『알코올』(열린책들, 2010) 33~34쪽.〕 | 상형시에서 말에 대한 해방이 이루어진다고 생각한 것인지, 우긴 것인지, 아무튼 그렇게 이야기했어요. 그런데 아무리 그림으로 했다 하더라도, 우리는 말로서 읽어야 합니다(웃음). 넥타이 부분부터 읽읍시다.

〔**넥타이 읽기**〕〔"그대가 메고 있고 그대를 장식하는 고통스러운 넥타이 오 문명인이여 벗어 버려라 편하게 숨 쉬고 싶거든"〕☞ 보는 사람에 따라서는 정형시가 가진 틀에서 벗어나란 이야기가 담겨 있다고 할 수 있고, 이 시를 그런 말로 설명하기도 하지만, 아폴리네르가 그렇게까지 생각하진 않았을 것 같습니다. 평범하게 목에 매는 넥타이가 가진 구속성을 떠올린 거지요. 넥타이의 구속성과 시계를 '찍—' 연결한 것이라고 봅니다.

〔**시계 읽기**〕자, 시계를 읽어 봅시다. 제일 처음 1시부터. "**내 심장**(Mon cœur)"—심장은 하나니까 1시에 뒀습니다. 2시는 "**눈**(les yeux)"—눈은 두 개지요. 3시에 "**아이**(l'enfant)"가 온 것은, 원래 심장(1시)은 사랑이죠, 사랑끼리 눈(2시)이 맞으면 아기가 태어납니다(웃음). 4시의 "**아글라**(Agla)"는 우리에게 생소한 말입니다. Atah gibbor l'olam Adonai.〔히브리어로 '주여 당신은 영원하고 강하십니다.' 유대교 기도문 「아미다(Amidah)」에서 나온 이 문장의 첫 글자를 따면 '아글라'가 된다.〕—'주를 찬양하라.' 이런 뜻인데 보통 첫 글자만 따서 '아글라'라고 합니다. 글자 수도 넷입니다. 아이가 태어나면 이 기도를 하게 된다고 하지요. 그래서 아기 다음, 4시 자리에 아글라가 왔습니다. 기도는 "**손**(la main)"을 모으고 합니다. 5시입니다. 여기까지는 참 점잖게 썼지요. | 6시의 "**티르시스**(Tircis)"는 목동 이름입니다. 로마 시인 베르길리우스(Publius Vergilius Maro, 기원전 70~19)의 「**뷔콜리크**(Bucoliques)」〔일명 '목가(牧歌, carmina bucolica)', '선집(Eclogae)'이라고도 한다. 기원전 50년경 집필된 베르길리우스의 대표작 중의 하나. 총 10편으로 목동이 이야기하는 형식으로 씌여 있다. 티르시스(Thyrsis, 또는 Tirci)는 제7편에 등장하는 목동인데, 이후 유럽에서 창작된 전원시에 전형적으로 등장하는 인물의 대명사가 되었다.〕라는 농경시 중 목동 이름 하나가 티르시스인데, 베를렌의 시〔「**만돌린**(Mandoline)」〕에도 나옵니다. 왜 6시에 티르시스를 두었느냐? 일단 글자가 여섯 자입니다. 그런데 그것 때문이라고만 하면 이상하잖아요? 아폴리네르 전공자에게 어떤 신부가 해 준 이야기가 있습니다. 수도원에서 공부하는 학생들이 쓰는 농담 중에 '티르 시스(Tir six)'가 있다고요. '6시를 쳐라'는 뜻으로 수도원에서 만종을 칠 때 하는 말인데, 이걸 신학생들이 '6번 쏴라'〔'섹스를 쏴라'란 뜻의 Tire sex를 겹친 말장난〕며 외설적으로 썼다는 겁니다. 아폴리네르는 재밌는 말이라고 생각해 뒀다가 여기에 쓴 거죠. | 7시, "**일주일**(semaine)"은 물론 7일입니다. 글자도 일곱 개고요. 8시는 "**어느 미치광이 과학자**

가 다시 일으켜 세운 무한(∞)"입니다. 여기서부터 일종의 신비 세계로 들어가기 시작합니다. 9시—"네 육체의 문을 지키는 뮤즈들". 원래 뮤즈는 7명이지요. 그런데 왜 9시에 두었을까요. 우리 몸의 구멍이 9개입니다. 여기서는 특히 여자의 육체를 말합니다. 이 육체의 문을 거쳐서 다른 세계로 들어갑니다. 10시는 그 다른 세계에서 만나는 미지의 미남입니다. 우리나 불란서나 미지수를 X로 쓰지요, 로마자로 10입니다. "미지의 미남"하면 아폴리네르의 다른 시「오만한 자(L'Orgueilleux)」에 등장하는 죽음을 앞둔 남성, 죽음 속에 있는 사람입니다. 11시 "그리고 단테의 빛나는 송장 시구". 단테 하면 일단『신곡(La Divina Commedia)』입니다. 지옥, 연옥, 천국 이야기가 나오죠. 죽음의 세계입니다. 시구는 불어로 베르(vers)입니다. 그러나 베르(ver)는 구더기란 말도 됩니다. 미지의 미남, 즉 죽어 만나게 되는 X(10시, 미지) 다음에 만나는 세계가 11이 되는 거죠. 12시는 "시간들"입니다. | 시침 분침을 읽어 봅시다. "드디어 5분 전이다 / 이제 모든 것이 끝나리"—죽음 뒤의 송장에까지 이르렀습니다. 12개의 시간이 끝나고 나니 얼마나 즐거운가. 한 생애가 끝났다는 말입니다. 시곗줄은 그 이야기를 하고 있습니다. "삶의 아름다움은 죽음의 고통을 넘어선다"…….
시간은 가고 결국은 모두 죽는 것이죠.

〔동시성의 시〕 이 시를 가지고 깊이가 있다 없다 따지기기에는 좀 그렇죠? 장난이죠. 그렇지만 우리가 언어로만 쓸 때는 표현하기 어려운 것들을 그럴 듯한 장난, 칼리그람이라는 형식을 빌려서 합니다. 입체파들이 사용하던 몽타주(montage) 기법도 이 안에 있

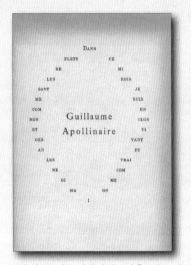

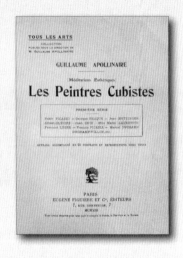

(위 왼쪽) 기욤 아폴리네르의 『그리고 나도 화가다(Et moi aussi je suis peintre)』 표지. 아폴리네르가 1914년에 입체파의 콜라주와 미래파 등에 자극을 받아 출간하고자 계획했던 시집이다. 당시에는 '서정적 이디오그람(Idéogrammes lyriques)'이라고 표현했다. 1914년 10월에 최종 교정까지 마쳤으나 확실치 않은 이유로 세간에 알려지지 못한 채 묻혔다가 1980년대에 발굴되었다. (위 오른쪽) 『입체주의 화가들(Les Peintres Cubistes, Méditations Esthétiques)』 표지, 1913년. (아래) 『상형 시집(Calligrammes : poèmes de la paix et de la guerre : 1913-1916)』, 1918년. 『상형 시집』의 본문 중 「그토록 창백한 부드러운 여름(Tendre été si pâle)」 부분.

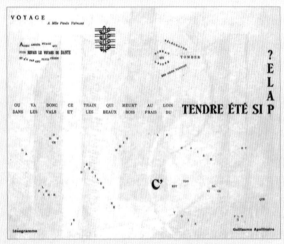

습니다. [몽타주는 원래 영화의 편집 기법이었고 이를 활용한 구성주의(constructivism)의 포토 몽타주를 말한다. 엄밀하게 말하면 입체파들이 창시한 것은 인쇄물 등을 붙이는 '파피에 콜레(Papier collé)', 여기에서 나아간 콜라주(collage) 기법이다. 이어 붙인다는 의미에서 두 용어는 거의 혼용되어 쓰이나 몽타주는 상이한 것들을 병치하거나 연결해 하나의 메시지나 맥락을 강화하려 한다면, 콜라주는 시각성을 우위에 두고 메시지를 소거해 버린다는 차이점이 있다.] 언어의 선조성을 넘어서려고 했던 하나의 시도를 여기서 보게 됩니다. 아폴리네르는 칼리그람을 쓰기 전에 '동시성(simultanéité)의 시'라고, 어떤 한 공간에서 듣게 되는 모든 소리를 무작위로 채집해서 모으는 시도도 했어요. [다음을 참조.] ["피카소와의 교류 이후, 아폴리네르가 시 형식의 실험에서 보인 특별한 진전은, 『상형 시집』의 제1부인 '파동' 편의 모든 시에 정도를 달리해 나타나지만, 특히 그 자신이 '대화시'라고 명명했던 두 편의 시, 「창들(Les fenêtre)」, 「월요일 크리스틴가(Lundi rue Christine)」에서 명확하게 드러난다. 이 대화시는, 상호 연결되지 않을 뿐만 아니라 어떤 직접적인 주제를 향해 집약되지도 않는 대화의 조각들을, 공공 장소에서 채집한 최초의 모습 그대로 나열하는 방식으로 구성된다. […] 여기에서 중요한 것은 만들어진 그대로의 예술 작품이 누리는 자율권이다."] [황현산, 「상형시의 번역」(한국비교문학회, 2007), 10~11쪽.] 그런 시들을 쓰면서 말이 가지는 시간성을 벗어나 그것을 공간적으로 이해하는 한 방식으로 동시성을 시도하려 했습니다. [다음을 참조.] ["아폴리네르가 자신의 미학 개념을 자주 동시성이라는 말로 요약하고 싶어 했던 것은 잘 알려진 사실이다. […] 아폴리네르의 동시성은, 우주의 본질과 인간 의식의 비밀을 드러내는 어떤 성격이기 전에, 시공의 단일한 계기 속에 충만하고 직접적인 지각의 연상을 한꺼번에 제시하는 예술적 구성의 한 형식이다."] [황현산, 「상형시의 번역」(한국비교문학회, 2007), 9쪽.]

그걸 다시 시각화(視覺化)한 것이 바로 칼리그람입니다. | 이어 「앙드레 살몽의 결혼식에서 읊은 시」를 읽겠습니다. 결혼 축시입니다. 이 자리에 팟캐스트 '소라소리'의 성우 윤소라 선생님 와 계시는데요, 실례가 안 된다면 낭독을 부탁드리겠습니다. ↓

앙드레 살몽의 결혼식에서 읊은 시

[1] *1909년 7월 13일*

오늘 아침 수많은 깃발을 보고 내가 혼자 뇌까린 말은

저기 가난한 사람들의 풍요로운 의상이 널려 있구나 가 아니다

민주주의 수줍음이 내게 그 고통을 감추려 하는구나 도 아니고

저 이름 높은 자유의 사주를 받아 이제 오 식물의 자유

오 지구상의 유일한 자유 나뭇잎을 흉내 내는구나 도 아니고

사람들이 떠나 다시 돌아오지 않을 것이기에 집들이 불타고 있구나 도 아니고

저 흔들리는 손들이 내일 우리 모두를 위해 일해 주겠지 도 아니고

삶을 이용할 줄 모르는 자들을 목 메달아 놓았구나 조차 아니고

바스티유를 다시 점령함으로써 세상을 다시 개혁하는 것이지 조차 아니다

시에 터를 잡은 자들만이 세상을 개혁함은 내가 익히 아는 바

파리가 깃발로 장식된 것은 내 친구 앙드레 살몽이 여기서 결혼하기 때문이다

[II] 우리는 어느 저주 받은 동굴에서 만났다

우리 젊은 날에

둘이 모두 담배를 피우며 엉망으로 옷을 입고 새벽을 기다리며

POÈME LU AU MARIAGE D'ANDRÉ SALMON

[I] *Le 13 juillet 1909*

En voyant des drapeaux ce matin je ne me suis pas dit

Voilà les riches vêtements des pauvres

Ni la pudeur démocratique veut me voiler sa douleur

Ni la liberté en honneur fait qu'on imite maintenant

Les feuilles ô liberté végétale ô seule liberté terrestre

Ni les maisons flambent parce qu'on partira pour ne plus

revenir

Ni ces mains agitées travailleront demain pour nous tous

Ni même on a pendu ceux qui ne savaient pas profiter de la vie

Ni même on renouvelle le monde en reprenant la Bastille

Je sais que seuls le renouvellent ceux qui sont fondés en poésie

On a pavoisé Paris parce que mon ami André Salmon s'y marie

[II] Nous nous sommes rencontrés dans un caveau maudit

Au temps de notre jeunesse

Fumant tous deux et mal vêtus attendant l'aube

Épris épris des mêmes paroles dont il faudra changer le sens

Trompés trompés pauvres petits et ne sachant pas encore rire

La table et les deux verres devinrent un mourant qui nous jeta le

의미를 바꾸어야 할 매양 똑같은 말들에 몰두하고 몰두하며

헛짚고 헛짚으며 불쌍한 어린 것들 아직 웃을 줄도 모르고

식탁과 술잔 두 개가 오르페우스의 마지막 시선을 우리에게 던지며 죽어 가는 자가 되었다

술잔은 떨어져 깨어졌다

그리고 우리는 웃음을 배웠다

우리는 그래서 상실의 순례자가 되어 떠났다

이 거리 저 거리를 가로질러 이 지방 저 지방을 가로질러 이성을 가로질러

오필리아 떠 있던 강가에서 나는 그를 다시 보았다

수련 사이에 그 여자 아직도 하얗게 떠 있다

광기의 곡조를 연주하는 피리 소리 따라

그는 창백한 햄릿들 속으로 가 버렸다

죽어 가는 러시아의 농부 곁에서 지복을 기다리며

나체의 여자들을 닮았노라 흰 눈을 예찬하는 그를 나는 다시 보았다

아이들의 표정을 바꿔 놓는 똑같은 말들의 성가를 드높이려

이것 저것을 만드는 그를 다시 보았으며 나는 이 모든 것들을

추억과 **미래**를 말하나니 내 친구 앙드레 살몽이 결혼하기 때문이다

[III]   우리 기뻐하자 우리의 우정이 우리를 살찌운 강이었고

물가의 땅 우리의 풍요로움은 모두가 소망하는 자양이어서가

dernier regard d'Orphée

Les verres tombèrent se brisèrent

Et nous apprîmes à rire

Nous partîmes alors pèlerins de la perdition

À travers les rues à travers les contrées à travers la raison

Je le revis au bord du fleuve sur lequel flottait Ophélie

Qui blanche flotte encore les nénuphars

Il s'en allait au milieu des Hamlets blafards

Sur la flûte jouant les airs de la folie

Je le revis près d'un moujik mourant compter les béatitudes

En admirant la neige semblable aux femmes nues

Je le revis faisant ceci ou cela en l'honneur des mêmes paroles

Qui changent la face des enfants et je dis toutes ces choses

Souvenir et Avenir parce que mon ami André Salmon se marie

(III)   Réjouissons-nous non pas parce que notre amitié a été le fleuve

qui nous a fertilisés

Terrains riverains dont l'abondance est la nourriture que tous

espèrent

Ni parce que nos verres nous jettent encore une fois le regard

d'Orphée mourant

Ni parce que nous avons tant grandi que beaucoup pourraient

confondre nos yeux et les étoiles

아니다

우리 술잔이 다시 한 번 죽어가는 오르페우스의 시선을 우리에게 던지기 때문도 아니다

수많은 사람들이 우리 눈과 별을 혼동할 만큼 우리가 컸기 때문이 아니다

백 년 전부터 지켜야 할 삶과 자질구레한 물건들을 가졌다고 흐뭇해하는 시민들의 창가에 깃발이 펄럭여서도 아니다

시에 터를 잡은 우리가 **우주**를 짓고 허무는 말들에 권리를 가졌다고 해서가 아니다

우리가 우습지 않게 울 수 있고 웃을 줄도 알기 때문이 아니다

우리가 옛날처럼 담배 피우고 술 마시기 때문이 아니다

우리 기뻐하자 불과 시인들의 지도자인 사랑

별들과 행성들 사이 단단한 공간을

빛처럼 가득 채우는 사랑

그 사랑이 오늘 내 친구 앙드레 살몽이 결혼하기를 바라 마지않기 때문이다

Ni parce que les drapeaux claquent aux fenêtres des citoyens
qui sont contents depuis cent ans d'avoir la vie et de menues
choses à défendre

Ni parce que fondés en poésie nous avons des droits sur les
paroles qui forment et défont l'Univers

Ni parce que nous pouvons pleurer sans ridicule et que nous
savons rire

Ni parce que nous fumons et buvons comme autrefois

Réjouissons-nous parce que directeur du feu et des poètes

L'amour qui emplit ainsi que la lumière

Tout le solide espace entre les étoiles et les planètes

L'amour veut qu'aujourd'hui mon ami André Salmon se marie

(위) 왼쪽부터 **모딜리아니, 피카소, 앙드레 살몽**. 몽파르나스에 위치한 예술가들의 카페, 라 로통드(Café de la Rotonde) 앞에서. 장 콕토 사진. 1916년. (아래 왼쪽) **아폴리네르가 앙드레 살몽에게 보낸 편지**. 이 글은 1905년 폴 포트(Paul Fort, 1872~1960)가 창간한 잡지 『**운문과 산문**(Vers et prose)』의 1908년 6~8월호에 실렸다. (아래 오른쪽) 모이즈 키슬링(Moïse Kisling, 1891~1953), 〈**앙드레 살몽의 초상**(Portrait d'Andre Salmon)〉, 1914년.

윤소라 선생님이 낭독을 하니 제가 번역을 엄청 잘한 것 같이 느껴지네요(웃음). 이 시의 날짜를 보면 1909년 7월 13일입니다.[「앙드레 살몽의 결혼식에서 읊은 시」는 1909년 7월 앙드레 살몽의 결혼식에서 낭독되었고, 1911년 『운문과 산문』에 게재되었다.] 프랑스 대혁명 기념일[7월 14일]의 하루 전날, 전야제 날입니다. 가난한 시인 앙드레 살몽(André Salmon, 1881~1969)이 결혼식 날짜를 정할 때 여러 궁리를 하다가 이 날 결혼식을 하고서 저녁에 길거리로 나오면 군악대가 연주를 하고, 사람들이 춤을 추고, 파리가 전부 삼색기로 덮이니 온 프랑스가 우리 두 사람을 축복하겠구나, 생각을 했습니다. 바로 이 이야기를 하고 있는 겁니다. 수많은 깃발이 나부끼는 건 다른 일이 아니고 "내 친구 앙드레 살몽이 결혼하기 때문이다."(웃음)

[1] 〔**오늘 아침 수많은 깃발을 보고** 내가 혼자 뇌까린 말은 / 저기 가난한 사람들의 풍요로운 의상이 널려 있구나 가 아니다 / 민주주의 수줍음이 내게 그 고통을 감추려 하는구나 도 아니고 / 저 이름 높은 자유의 사주를 받아 이제 오 식물의 자유 / 오 지구상의 유일한 자유 나뭇잎을 흉내 내는구나 도 아니고〕 ☞ 민주주의 속에서 가난한 사람은 여전히 가난하고, 험한 세상은 여전히 험한 고통을 감추고 있구나. 이 말을 하려는 것도 아니라고 해요. 계속 아니다, 아니다 하는데 그 안에 상당한 내용이 담겨 있죠. 자유라고 해 봤자 식물 정도의 자유밖에 없는데 그러려고 깃발 나부끼는 거 아니라는 거죠. | 〔**집들이 불타고 있구나** 도 아니고 / 저 흔들리는 손들이 내일 우리 모두를 위해 일해 주겠지 도 아니고 / 삶을 이용할 줄 모르는 자들을 목 메달아 놓았구나 조차 아니고 / 바스

티유를 다시 점령함으로써 세상을 다시 개혁하는 것이지 조차 아니다 / 시에 터를 잡은 자들만이 세상을 개혁함은 내가 익히 아는 바 / 파리가 깃발로 장식된 것은 내 친구 앙드레 살몽이 여기서 결혼하기 때문이다〕☞ "시에 터를 잡은 자들만이 세상을 개혁함은 내가 익히 아는 바" 우리는 시인이라는 말입니다. 그 언어로 세상을 개혁하려는 앙드레 살몽이 이 자리에서 결혼을 한단 말입니다. 그 다음부터 앙드레 살몽 시인에 관한 일종의 시론을 이야기합니다. 문학 공부를 할 무렵, 문학 청년이었던 앙드레 살몽을.

[II] 〔우리는 어느 저주 받은 동굴에서 만났다 / 우리 젊은 날에 / 둘이 모두 담배를 피우며 엉망으로 옷을 입고 새벽을 기다리며 / 의미를 바꾸어야 할 매양 똑같은 말들에 몰두하고 몰두하며〕☞ 젊은 날 밤을 새 가면서 시는 어떻게 써야 하느니 철학은 어떠니 인간의 존재는 어떠니 온갖 소리를 했겠지요. "우리는 어느 저주 받은 동굴에서 만났다"고 하는데, 당시 『백색 평론(La revue blanche)』〔1889년 나탕송 형제(les frère Natanson)가 창간한 문학 예술 잡지. 아방가르드의 선봉에서 예술가와 정치인, 지식인들의 교류의 장을 형성했다. 드레퓌스 사건, 아르메니아 학살 등 대내외 정세도 비판하며 담론을 만드는 데 기여했다. 1930년 237호를 끝으로 폐간되었다. 아폴리네르, 말라르메, 베를렌, 지드, 드뷔시 등 30명이 넘는 예술가가 공동 편집자로 활동했다. 강의에서 표현한 대로 '백색 평론'으로 표기했다.〕이라는 잡지가 있었습니다. 『백색 평론』 지하에는 시인이나 문인이 오면 아주 싸게 혹은 공으로 술을 주곤 하던 조그만 술집을 마련해 놓고 있었습니다.〔아폴리네르와 앙드레 살몽은 1903년 4월 18일 밤에 문예 잡지 『라 플륌(La Plume, 펜)』에서 개최한 저녁 모임(soirées de La Plume)에서 만났다고 한다. 이 모임은 파리 5구 생미셸 광장에 있던 '황금 태양(Caveau du Soleil d'or, 카보 뒤 솔레이유 도르)'이라는 카페 지하에서 매주 1번 열렸으며 술

한 예술가들이 드나들었다. 당시 아폴리네르가 『백색 평론』의 편집을 맡고, 앙드레 살몽은 러시아에서 갓 돌아와 시를 게재할 매체를 찾고 있었다. 같은 자리에는 지금도 르 데파르 생-미셸(Le Départ Saint-Michel)이라는 노천 카페가 있다. 황현산 선생이 작성한 아폴리네르 연보에도 '황금 태양'으로 나오므로, "백색 평론 지하"라는 설명은 단순한 실수인 것 같다.〕아폴리네르와 앙드레 살몽은 그 동굴에서 만난 거죠. 공으로 준대도 많이 마시겠어요? 한 조끼, 두 조끼 저녁내 그거 놓고서 온갖 심각한 이야기는 다 하고 있는 것입니다.

〔**헛짚고 헛짚으며 불쌍한 어린 것들** 아직 웃을 줄도 모르고〕☞ 진지해 빠져 가지고. 젊은 날에 이러고 있었다는 거죠. | 〔식탁과 술잔 두 개가 오르페우스의 마지막 시선을 우리에게 던지며 죽어가는 자가 되었다 / 술잔은 떨어져 깨어졌다 / 그리고 우리는 웃음을 배웠다〕☞ 오르페우스의 술잔이 깨지는 순간은 그 동굴로부터 해방되는 순간입니다. 술집에서 아무것도 건져 나오진 못했지만, 문학 청년의 티를 벗고 어느 정도는 다른 것으로 성장하는 계기가 있었다는 말입니다. 웃는 것도 배우고, 덜 진지하기도 하고요. 문학사적으로 보면 오르페우스의 술잔이 깨지고, 저주받은 동굴에서 나오는 순간, 곧 웃을 줄 알게 되는 이 순간이 상징주의의 마지막 순간이라고 말해도 될 것입니다.〔다음을 참조.〕〔"'라인 강 시편'의 하나인 「라인 강의 밤」이 좋은 예가 될지 모르겠다. […] 술잔이 깨어질 때 그의 상징 세계가 깨어지고, 너털웃음을 웃을 때 한낱 민요일 뿐인 그 주술의 세계가 깨어진다. 상징과 주술이 일상적인 해프닝으로 끝난다. […] 시는 깨어지면서 완성된다." 〕〔황현산, 「어디에나 있는 시, 끝나지 않는 시」, 기욤 아폴리네르, 『알코올』(열린책들, 2010) 20~21쪽.〕

〔**자유시의 세계로**〕우리가 지금껏 읽어 온 상징주의 시들을 생각

(왼쪽) 『라 레뷔 블랑슈(La revue blanche, 백색 평론)』 1902년 211호. 가운데 아폴리네르의 이름이 보인다. (오른쪽) 『르 페스탱 데조프(Le festin d'Ésope : revue des belles lettres, 이솝의 향연)』 창간호, 1903년 11월. 제호 아래 '편집 주간(rédacteur en chef) 기욤 아폴리네르'라고 적혀 있다. 앙드레 살몽 등과 의기 투합해 함께 만든 잡지다.

에드워드 커큐얼(Edward Cucuel), 〈황금 태양의 실내(The Interior of the Soleil D'or), 모로(W. C. Morrow)가 쓴 『오늘날의 파리 보헤미안(Bohemian Paris of Today)』, 1900년. 당시 파리 전위 예술에 주요한 거점이 되었던 이 카페에서 아폴리네르와 앙드레 살몽도 처음 만났다.

해 봅시다. 언어로 세상의 온갖 지위를 구현할 수 있을 것처럼 생각하고, 또한 그 언어를 가지고 이 세상 속에서 다른 세상을 세울 수 있을 것처럼 법석을 떨었던 시들이 상징주의 시들입니다. 지난 주엔 발레리의 시를 읽었지요. 저는 발레리가 얼마나 재미없는지를 이야기하려고 했는데 사람들은 발레리에 반해 가지고 수업한 목적과 완전히 반대로 가 버리고 말았습니다마는……(웃음). 발레리 시 같은 작품을 쓰려면 얼마나 어렵습니까.「해변의 묘지」같은 시를 쓰려면 얼마나 갈고 닦고 짜고 고쳐 쓰고 다시 쓰고 해야겠습니까. 그 긴 정형시가 한 군데도 결함이 없습니다. 선율은 물론 마지막 라임까지 그렇게 정확하게 들어맞을 수가 없어요. 불어로 읽으면 잘 느껴질 텐데……. 게다가 당시 서양 사상의 대부분이 집약돼 있기도 합니다. 당시 시인들이 다들, 고생은 발레리만큼이나 했습니다만 발레리만 그렇게 써 냈어요. 나머지는 다 못 썼죠(웃음). 그런 가운데「앙드레 살몽의 결혼식에서 읊은 시」같은 작품이 나왔으니 정말 해방입니다. 이 시야말로 자유시의 모범입니다. 이런 시가 없었으면 자유시가 정착을 못 했어요. 자유시를 가지고 성공한 초기 시에 바로 이런 시들이 들어갑니다. | 이 시는 발레리처럼 쓴 시가 아닙니다. 이 시를 따라다니는 전설이 있습니다. 축시를 부탁받은 아폴리네르가 결혼식 전날 술을 엉망으로 마시는 바람에 축시를 못 썼습니다. 당일 오전에 일부를 쓰고, 다 못 써서 합승 마차를 타고 결혼식장에 가면서 나머지를 썼다고 해요. 진실인지 알 수는 없지만, 이런 것이 자유시가 가진 장점입니다. 시를 읽으면 실제로 거리의 깃발을 보면서 썼을 것 같은 느낌이 듭니다.「해변의 묘지」같은 정형시는 결코 가

질 수 없는 직접성, 현장성. 감정이 날것 그대로 드러난 상태가 이 시 속에 있지요. | "술잔이 떨어져 깨어"진 순간은 상징주의의 감옥, 즉 상징주의의 모든 억압이 사라지는 순간이라고 해도 될 것입니다. 그리고 "웃음을 배웠다"─아폴리네르의 문학적 개인사에서는 문학 청년이 한 사람의 문인이 되는 순간이기도 합니다.

〔**우리는 그래서 상실의 순례자가 되어 떠났다** / 이 거리 저 거리를 가로질러 이 지방 저 지방을 가로질러 이성을 가로질러 / 오필리아 떠 있던 강가에서 나는 그를 다시 보았다 / 수련 사이에 그 여자 아직도 하얗게 떠 있다 / 광기의 곡조를 연주하는 피리 소리 따라 / 그는 창백한 햄릿들 속으로 가 버렸다〕☞ 이 때 "이성을 가로질러"는 '발레리 같은 시는 버리고'와 같은 뜻도 됩니다. 당시 앙드레 살몽은 아폴리네르와는 다른 길을 갔습니다. 아폴리네르는 말을 집어던지는 것과 같은 자유시로 갔지만, 앙드레 살몽은 동시 비슷한 아주 순결한 시를 썼어요. 그 나름대로 상징주의로부터 벗어난 시를 썼습니다. 여러분은 문학을 잘 아는 분들이니 이해가 될 겁니다. 앙드레 살몽은 뭐랄까, 순진한 사람입니다. 그 앙드레 살몽이 가진 순진성 이야기를 여기서 하고 있는 것입니다. | 〔죽어 가는 러시아의 농부 곁에서 지복을 기다리며 / 나체의 여자들을 닮았노라 흰 눈을 예찬하는 그를 나는 다시 보았다〕 ☞ 앙드레 살몽은 러시아도 갔다고 합니다.

[Ⅲ] 〔**우리 기뻐하자** 우리의 우정이 우리를 살찌운 강이었고 / 물가의 땅 우리의 풍요로움은 모두가 소망하는 자양이어서가 아니다 /

우리 술잔이 다시 한 번 죽어가는 오르페우스의 시선을 우리에게 던지기 때문도 아니다 / 수많은 사람들이 우리 눈과 별을 혼동할 만큼 우리가 컸기 때문이 아니다〕☞ 물론 우정과 풍요로움은 소망하는 자양이기도 하지만 그것 때문만도 아니라는 뜻이죠. "술잔"에서 또 다시 우리가 우리 생에서 한 고개를 넘어가고 있지만 그것 때문만도 아니죠. "우리가 컸"다고 했는데, 이 때만 해도 아폴리네르는 상당히 유명해져 있었습니다. 〔**백 년 전부터 지켜야 할 삶**과 자질구레한 물건들을 가졌다고 흐뭇해 하는 시민들의 창가에 깃발이 펄럭여서도 아니다 / 시에 터를 잡은 우리가 우주를 짓고 허무는 말들에 권리를 가졌다고 해서가 아니다 / 우리가 우습지 않게 울 수 있고 웃을 줄도 알기 때문이 아니다 / 우리가 옛날처럼 담배 피우고 술 마시기 때문이 아니다〕☞ 물론 "우주를 짓고 허무는 말들에 권리"도 가졌다는 말입니다. | 〔우리 기뻐하자 불과 시인들의 지도자인 사랑 / 별들과 행성들 사이 단단한 공간을 / 빛처럼 가득 채우는 사랑 / 그 사랑이 오늘 내 친구 앙드레 살몽이 결혼하기를 바라 마지않기 때문이다〕☞ "별과 행성들 사이"는 사랑으로 가득 차 있기 때문에 단단합니다. | 시인이 결혼하는데 축시를 이보다 더 잘 쓰기는 어렵겠죠. 축시로서 매우 훌륭한 시이며, 더불어서 자유시가 가진 장점들을 여실하게 드러내는 시입니다. 이 시는 하나의 행사시입니다. 행사시가 가지는 그 조건을, 옛날 정형시 구조 속에 맞췄다면 절대로 이렇게 쓸 수가 없습니다. 선율이 없는 시, 자유시로 썼기 때문에 가능한 것이지요. | 나머지 세 편이 남았는데 시간상 다 하지는 못 할 것 같습니다. 「나그네(Le voyageur)」부터 봅시다. ↓

나그네

페르낭 플뢰레에게

[I] 울며 두드리는 이 문을 열어 주오

[II] 인생은 에우리포스만큼이나 잘도 변하는 것

[III] 그대는 바라보았지 외로운 여객선과 함께
미래의 열기를 향해 내려가는 구름장을
그리고 이 모든 아쉬움 이 모든 회한을
　　　　　그대 기억하는가

[IV] 바다 물결 활처럼 구부러진 물고기들 해상의 꽃들
어느 날 밤 바다였지
강물이 그리 흘러들고 있었지

[V] 나는 그걸 기억한다네 아직도 기억한다네

[VI] 어느 날 저녁 나는 스산한 여인숙으로 내려갔다네
뢰상부르 근처
홀 안쪽에 그리스도 하나가 날고 있었지
누구는 족제비 한 마리를
또 누구는 고슴도치 한 마리를 가지고 있었지

LE VOYAGEUR

À Fernand Fleuret

[I] Ouvrez-moi cette porte où je frappe en pleurant

[II] La vie est variable aussi bien que l'Euripe

[III] Tu regardais un banc de nuages descendre

Avec le paquebot orphelin vers les fièvres futures

Et de tous ces regrets de tous ces repentirs

      Te souviens-tu

[IV] Vagues poissons arques fleurs surmarines

Une nuit c'était la mer

Et les fleuves s'y répandaient

[V] Je m'en souviens je m'en souviens encore

[VI] Un soir je descendis dans une auberge triste

Auprès de Luxembourg

Dans le fond de la salle il s'envolait un Christ

Quelqu'un avait un furet

Un autre un hérisson

카드 노름을 하고 있었지
그리고 그대는 그대는 나를 잊어버리고 있었네

[VII] 정거장과 정거장 그 긴 고아원을 기억하는가
우리는 지나갔지 하루 종일 빙빙 돌다가
밤마다 그 날의 태양을 게워내는 도시들을
오 뱃사람들이여 오 어두운 여자들과 여보게나 내 친구들이여
          그걸 기억해 주게

[VIII] 한 번도 헤어진 적이 없던 두 뱃사람
한 번도 말을 나누지 않았던 두 뱃사람
젊은 뱃사람은 죽어가며 옆으로 넘어졌다

[IX]   오 여보게나 다정한 친구들이여
정거장의 전기 벨 수확하는 여자들의 노래
푸주한의 썰매 일개 연대나 되는 헤아릴 수 없는 길들
일개 기병대나 되는 다리 알코올의 창백한 밤들
내가 보았던 도시는 미친 여자들처럼 살고 있었다네

[X] 그대는 기억하는가 교외와 탄식하는 풍경의 무리를

[XI] 사이프러스나무들이 달빛 아래 그림자를 드리고 있었지
여름이 저물어가던 그날 밤

L'on jouait aux cartes

Et toi tu m'avais oublié

VII

Te souviens-tu du long orphelinat des gares

Nous traversâmes des villes qui tout le jour tournaient

Et vomissaient la nuit le soleil des journées

Ô matelots ô femmes sombres et vous mes compagnons

        Souvenez-vous-en

Deux matelots qui ne s'étaient jamais quittés

Deux matelots qui ne s'étaient jamais parlé

Le plus jeune en mourant tomba sur le côté

        Ô vous chers compagnons

Sonneries électriques des gares chant des moissonneuses

Traîneau d'un boucher régiment des rues sans nombre

Cavalerie des ponts nuits livides de l'alcool

Les villes que j'ai vues vivaient comme des folles

Te souviens-tu des banlieues et du troupeau plaintif des paysages

Les cyprès projetaient sous la lune leurs ombres

J'écoutais cette nuit au déclin de l'été

생기 없고 항상 진정하지 못하는 한 마리 새와
드넓고 어두운 강의 영원한 소리에 나는 귀를 기울였지

[XII] 그러나 그때 모든 시선이 모든 눈의 모든 시선이
죽어가며 하구를 향해 굴러갔지
강변은 인적 없고 풀이 무성하고 적막한데
강 건너 산은 몹시도 밝았지

[XIII] 그때 소리도 없고 살아 있는 것 하나 보이지도 않는데
산을 끼고 생생한 그림자들이 지나갔지
옆얼굴만 보이는가 싶더니 갑자기 그 어렴풋한 얼굴 돌리며
그들의 미늘창 그림자를 앞으로 치켜들고

[XIV] 그림자들은 수직의 산을 끼고
커지기도 하고 때로는 갑자기 몸을 구부리기도 하며
그 수염 난 그림자들이 인정스레 울고 있었지
밝은 산비탈로 한 발짝 한 발짝 미끄러져 들어가며

[XV] 이들 낡은 사진에서 도대체 너는 누굴 알아보았느냐
한 마리 벌이 불 속에 떨어지던 날을 너는 기억하느냐
너는 기억한다 그것은 여름의 끝이었다

[XVI] 한 번도 헤어지지 않았던 두 뱃사람

Un oiseau langoureux et toujours irrité

Et le bruit éternel d'un fleuve large et sombre

[XII]

Mais tandis que mourants roulaient vers l'estuaire

Tous les regards tous les regards de tous les yeux

Les bords étaient déserts herbus silencieux

Et la montagne à l'autre rive était très claire

[XIII]

Alors sans bruit sans qu'on pût voir rien de vivant

Contre le mont passèrent des ombres vivaces

De profil ou soudain tournant leurs vagues faces

Et tenant l'ombre de leurs lances en avant

[XIV]

Les ombres contre le mont perpendiculaire

Grandissaient ou parfois s'abaissaient brusquement

Et ces ombres barbues pleuraient humainement

En glissant pas à pas sur la montagne claire

[XV]

Qui donc reconnais-tu sur ces vieilles photographies

Te souviens-tu du jour où une abeille tomba dans le feu

C'était tu t'en souviens à la fin de l'été

[XVI]

Deux matelots qui ne s'étaient jamais quittés

나이 든 뱃사람은 목에 쇠사슬을 걸고 있었다
젊은 뱃사람은 금발을 땋아내리고 있었다

(XVII)   울면서 두드리는 이 문을 열어 주오

(XVIII)   인생은 에우리포스만큼이나 잘도 변하는 것

L'aîné portait au cou une chaîne de fer

Le plus jeune mettait ses cheveux blonds en tresse

(XVII)   Ouvrez-moi cette porte où je frappe en pleurant

(XVIII)   La vie est variable aussi bien que l'Euripe

(왼쪽) 페르낭 플뢰레(Fernand Fleuret, 1883~1945). 1903년 이전. (오른쪽) 라울 뒤
피(Raoul Dufy, 1877~1953), 〈페르낭 플뢰레〉, 에칭, 1930년경.

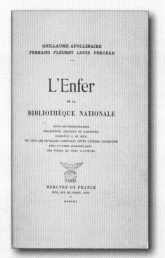

(왼쪽) 기욤 아폴리네르·페르낭 플뢰레·루이 페르소(Louis Perceau)의 『앙페르
(L'Enfer de la Bibliothèque nationale)』, 1913년. 프랑스 국립 도서관의 공식 협조 없
이 금서 854권을 기록한 목록이다. 메르퀴르 드 프랑스(Le Mercure de France)에서 초
판 1,500권을 발행했고, 1919년에 재판 2,000권을 찍을 정도로 성공을 거두었다. (오른
쪽) 사드 후작(Marquis de Sade, 1740~1814)의 『쥐스틴 또는 미덕의 패배(Justine ou
les Malheurs de la vertu)』(1791)의 확장판 초판본, 1799년.

〔페르낭 플뢰레에게〕 ☞ 페르낭 플뢰레(Fernand Fleuret, 1883~1945)는 젊었을 때 친구입니다. 젊은 시절 아폴리네르는 돈을 벌려고 포르노 소설을 쓰기도 했습니다. 제대로 된 원고료도 못 받고 썼습니다. 출판사 사장들에게 사기도 당하고, 포르노 소설 써서 가지고 가다가 기찻간에서 잃어 버리기도 하고요. 그 원고 발견되면 좋을 텐데요(웃음). | 또 원래 있던 포르노 소설들에 주석을 살짝 붙여 출판하기도 했습니다. 파리 국립 도서관의 '지옥(L'Enfer) 코너'〔지옥으로 번역되는 '랑페르'는 성애를 주제로 한 책과 원고를 압수, 보관하기 위해 1830~1844년경 설립된 프랑스 국립 도서관의 특별과이다.〕에 금지 서적들이 있습니다. 주로 포르노 소설인데 도서관 밖으로 못 가지고 나오니까 그걸 베껴 나오는 겁니다. 사드(Marquis de Sade, Donatien Alphonse François de Sade, 1740~1814)의 유명한 저작을 비롯해서 18세기의 여러 포르노 소설들이죠. 20세기 들어 규제가 느슨해지자 그런 책들을 초현실주의 세대들이 읽을 수 있도록 다리를 놓은 사람이 아폴리네르입니다.〔아폴리네르가 당시 집필한 「신성한 후작」이 국내에 번역 출간된 『사드 전집 1』(성귀수 옮김, 워크룸프레스, 2014)에 수록되어 있다.〕 이걸로 밥 벌어 먹고 사는 동아리들이 몇 명 있었어요. 그 중에 페르낭 플뢰레도 있습니다. | 페르낭의 증언에 의하면, 도서관에서 그 날도 작업하다 나오던 길에, 한밤중이죠, 아폴리네르가 길거리에서 즉흥적으로 이 시를 읊었다고 합니다.〔「나그네(Le voyageur)」는 1912년 9월 『파리의 밤』에 처음 발표되었다.〕〔"아폴리네르는 제1차 대전 참전 당시 그의 애인이었던 마들렌 파제스(Madeleine Pagès)에게 보낸 편지에서 시집 『알코올』의 시 가운데 가장 좋아하는 시로 「포도월(Vendémiaire)」과 함께 이 「나그네」를 꼽았다." 〔황현산, 『알코올』(열린책들, 2010) 240쪽. 포도월(葡萄月)은 포도의 달이라는 뜻이다.〕 페르낭은 시 전체를 읊었다고 말하는데, 이 시의 인상적인 구절에 대한 기억이 전체를 읊었던 것처럼 확대됐

살바도르 달리, 〈십자가 형(초입방체 인체)[Crucifixion(Corpus Hypercubus)]〉, 1954년.

기욤 아폴리네르와 그의 동생 알베르. 1885년 이탈리아 볼로냐에서 찍은 사진이다.

을 수도 있고, 어쩌면 아폴리네르가 미리 외웠다가 페르낭 앞에서 즉흥적인 척 연기했을 수도 있고요(웃음). 아폴리네르는 자기 재능을 돋보이게 하는 연출을 참 잘했거든요. 아니면 즉흥적으로 했다가 그 구절을 넣어서 나중에 쓴 것일 수도 있고요. 페르낭의 말을 믿을 수는 없지만 그런 즉흥적인 부분이 있다고 생각하고 읽는 것이 좋겠습니다.

[I][II][III] 〔**울며 두드리는 이 문을 열어 주오** // 인생은 에우리포스만큼이나 잘도 변하는 것 // 그대는 바라보았지 외로운 여객선과 함께 / 미래의 열기를 향해 내려가는 구름장을〕 ☞ "에우리포스(Euripus)"는 그리스의 소아시아 쪽 해협, 에우리포스 해협인데 하루에 물줄기의 방향이 16번 변한다고 합니다. "미래의 열기"는 저녁에 지는 해, 지고 있지만 다시 떠오를 거란 말이죠. "그대"가 누구인지는 모릅니다.

[VI] 〔**어느 날 저녁 나는** 스산한 여인숙으로 내려갔다네 / 뤽상부르 근처 / 홀 안쪽에 그리스도 하나가 날고 있었지 / 누구는 족제비 한 마리를 / 또 누구는 고슴도치 한 마리를 가지고 있었지 / 카드 노름을 하고 있었지 / 그리고 그대는 그대는 나를 잊어버리고 있었네〕 ☞ "홀 안쪽에 날고 있는 그리스도"는 아마 담배 연기 이야기일 것이라 생각합니다. 이 구절을 가지고 살바도르 달리(Salvador Dalí, 1904~1989)가 십자가에 붕 떠 있는 예수 그림을 그렸다고 합니다. | "족제비"와 "고슴도치"는 은유입니다. 불란서 농가에서는 토끼 사냥을 위해 족제비를 키웁니다. 그런데 고슴도치를 키우면 재수

가 있어 키운다고 해요. 그러니까 족제비는 확실한 이익이 있습니다. 고슴도치를 가진 사람과 족제비를 가진 사람은 다른 부류죠. "카드 노름"을 할 때도 족제비식, 고슴도치식이 있다고 해요. 고슴도치식이 늘 잃게 돼 있죠.

[VII] [**정거장과 정거장** 그 긴 고아원을 기억하는가 / 우리는 지나갔지 하루 종일 빙빙 돌다가 / 밤마다 그 날의 태양을 게워내는 도시들을 / 오 뱃사람들이여 오 어두운 여자들과 여보게나 내 친구들이여 / 그걸 기억해 주게] ☞ "고아원"이라, 철로로 여행하는 여행 자체가 고아원이란 말입니다. | "그 날의 태양을 게워"낸단 말은 술 마시고 게워내는 거죠. "뱃사람"은 갑자기 왜 나오느냐? 옛날 프랑스에서는 애들 교복으로 세라복[세일러복]을 입혔습니다. 수병들이 입는 세일러복이요. 한국의 여학생들은 1960년대 이후까지도 입었죠. 프랑스에서는 여학생뿐 아니라 남학생도 입었습니다. | 아폴리네르 엄마가 아폴리네르와 배다른 동생을 낳았다고 했지요. 어렸을 때 그 동생과 세일러복을 입고 찍은 사진이 있습니다. 그 사진이 이상하게 슬퍼 보여요. 아폴리네르 연구자들은 "뱃사람들"을 바로 이 세일러복을 입고 찍은 사진 이야기일 것이라고 말합니다. [다음을 참조.] ["이 시구는 스타블로에서 도망쳐 오던 날의 기억이 투영되어 있을 것이라고 생각할 수 있다."(황현산, 『알코올』(열린책들, 2010) 243쪽.) "이 해(1899년) 7월 드 코스트로비츠키 부인은 쥘 베유와 함께 횡재의 꿈에 젖어 벨기에의 아르덴느 지방 스파의 카지노에 머무르며, '러시아 귀족의 자제'인 두 아들을 그 곳에서 멀지 않은 스타블로의 한 호텔에 맡긴다. 기욤과 알베르는 8월, 9월 두 달 동안 즐거운 휴가를 가질 수 있었다. [⋯] 휴가의 끝은 불행했다. 가을, 카지노에서 행운을 붙잡지 못하고 먼저 파리로 돌아간 코스트로비츠키 부인의 지시에 따라, 두 소년은 숙박비를 지불하지 않은 채 '야반 도주'하여 파리행 기

〔VIII〕 차를 타야 했다."〕〔황현산,『아폴리네르 : 알코올의 시 세계』(건국대 출판부, 1996) 22~23쪽.〕**〔한 번도 헤어진 적이 없던 두 뱃사람** / 한 번도 말을 나누지 않았던 두 뱃사람 / 젊은 뱃사람은 죽어가며 옆으로 넘어졌다〕 ☞ 아폴리네르 동생은 남미로 갔다가 나중에 거기에서 죽었습니다.

〔XI〕 **〔사이프러스나무들이 달빛 아래 그림자를 드리고 있었지** / 여름이 저물어가던 그날 밤 / 생기 없고 항상 진정하지 못하는 한 마리 새와 / 드넓고 어두운 강의 영원한 소리에 나는 귀를 기울였지〕 ☞ 사이프러스(cypress)나무는 향나무하고 비슷하게 생긴 나무입니다. 우리에겐 감비^(가문비)나무와 가깝지요. 사이프러스나무로는 기타를 만듭니다. 결이 아주 좋아서요. 감비나무로도 기타를 만들고요. 그 결 좋은 나무 아래 한 마리 새 소리와 잔잔히 흘러가〔XII〕 는 강물 소리를 달빛 아래서 한번에 들었단 말입니다. **〔그러나 그 때 모든 시선이 모든 눈의 모든 시선이** / 죽어가며 하구를 향해 굴러갔지 / 강변은 인적 없고 풀이 무성하고 적막한데 / 강 건너 산은 몹시도 밝았지〕 ☞ 흘러가는 물결 위의 달빛의 하나하나가 시〔XIII〕 선처럼 보이는 거죠, 사람의 눈처럼. **〔그때 소리도 없고 살아 있는 것 하나 보이지도 않는데** / 산을 끼고 생생한 그림자들이 지나갔지 / 옆얼굴만 보이는가 싶더니 갑자기 그 어렴풋한 얼굴 돌리며 / 그들의 미늘창 그림자를 앞으로 치켜들고〕 ☞ 전나무 같은〔XIV〕 침엽수 그림자를 밤에 보고 하는 말입니다. **〔그림자들은 수직의 산을 끼고** / 커지기도 하고 때로는 갑자기 몸을 구부리기도 하며 / 그 수염 난 그림자들이 인정스레 울고 있었지 / 밝은 산비탈로 한 발짝 한 발짝 미끄러져 들어가며〕 ☞ 가난한 나그네처럼 살아

(왼쪽) **기욤 아폴리네르,『레스프리 누보 에 레 포에트**(L'esprit nouveau et les poètes, 신정신과 시인들)』, 표지 1946년. 아폴리네르는 시 형식의 선언문인「신정신과 시인들」을『메르퀴르 드 프랑스』1918년 12월호에 처음 발표했다. 1946년에 같은 제목의 단행본으로 출간되었다. (오른쪽) 르 코르뷔지에(Le Corbusier, 1887~1965)가 발행한 잡지『레스프리 누보(L'es-prit nouveau, 신정신)』, 1924년 기욤 아폴리네르 특집호.

(왼쪽) **아폴리네르와 마들렌 파제스**(Madeleine Pagès, 1892~1965). 알제리 오랑의 문학 교사던 파제스는 1915년 기차 안에서 아폴리네르를 만났다. 파제스의 어머니에게 허락까지 받았으나 아폴리네르의 부상으로 관계가 끊어진다. (오른쪽) **기욤과 자클린 아폴리네르 부부.** 파리 생 제르망 대로의 아파트에서, 1918년. 자클린 콜브(Jacqueline Kolb)와는 1917년에 만나 이듬해 5월에 결혼했다. 아폴리네르는 그로부터 6개월 후인 11월에 스페인 독감으로 죽음을 맞았다.

가는 한 시인이, 어느 날 밤 세상을 어떤 귀신들의 세계로 보고 있는 풍경입니다.(밖에 사이렌 소리)

[V] 〔**이들 낡은 사진에서 도대체 너는 누굴 알아보았느냐** / 한 마리 벌이 불 속에 떨어지던 날을 너는 기억하느냐 / 너는 기억한다 그 것은 여름의 끝이었다 / 한 번도 헤어지지 않았던 두 뱃사람 / 나 이 든 뱃사람은 목에 쇠사슬을 걸고 있었다 / 젊은 뱃사람은 금발을 땋아내리고 있었다〕☞ 사진에 이 모든 모습이 들어 있습니다. 큰 아이는 목걸이를 걸고 있고, 금발 머리를 한 작은 아이는 형 쪽 으로 몸을 숙이고 있고요.

〔**결국 자신의 이야기, 우리 시대의 이야기**〕이 무렵 아폴리네르 는 어떻게든 파리의 중산층 속에 들어가려고 그렇게 애썼는데 끝 내 못했습니다. 들어갈 즈음 죽어 버렸죠. 그 중산층 언저리에서 떠도는 생활을 하는데 그 떠돌이 생활이 시인 생활하고 하나로 만나는 것입니다. 아폴리네르의 이런 시를 읽으면 이것은 바로 우리 시대의 시와 똑같구나, 하게 됩니다. 오늘 서두에서 아폴리 네르는 참 자손들이 많다고 했는데, 우리도 바로 그 직계 자손이 라는 생각도 하게 됩니다. ↓

〔**자유시와 환유**(換喩)〕 우리가 지금까지 상징주의 시를 내내 읽어 왔습니다. 상징주의 시는 어떻게 써도 진지해지게 돼 있어요. 이 세계에서 나타난 현상 자체를 가지고 저 세상을 표현해 냅니다. 여기가 아닌 또 하나의 세계, 그 세계가 힘겨운 세계든 역사적인 미래, 아니면 플라톤이 말하는 것과 같은 이데아의 세계건 지상과 반대되는 천상 세계가 됐든 간에 이 세상에서 어떤 흔적을 통해서 다른 세계를 엿봅니다. 이 세상의 것을 다른 세계로 진입하는 입구로 삼는다는 것을 전제로 하는 상징주의 시라는 것은 늘 진지합니다. 사람을 초조하게 만들고, 자기 자신을 학대하게 하는 성격을 가질 수밖에 없습니다. | 그런데 이런 장애물 경기에서 장애물을 안 넘고 달려 버리는 것 같은 시가 아폴리네르의 시입니다. 이 시가 가지는 직접성, 현장성, 이것은 바로 우리 시대 시가 가진 직접성이자 현장성이고 현실성입니다. 그런데, 그렇기 때문에 이 세계 하나만 말하고 끝나느냐, 그렇지 않습니다. 그럼에도 모든 사물 하나하나가, 어떤 감정의 시적 명상적 효과가 언어 속에 살아 있어서 그 말 하나, 그 시가 묘사하는 세계 하나하나, 그 시가 이야기하려는 서사 하나하나가 그것이 본래 하려 했던 기능을 넘어서서 벌써 다른 세계를 지시하고, 그것이 가지고 있는 좁은 울타리를 벗어나서 더 큰 세계를 포괄하는 성격을 갖게 된 것입니다. 이게 바로 자유시가 가진 환유적 성격을 드러낸다고 할 수 있을 것입니다.

〔**우리 시대에 가장 가까운 시의 전통**〕 아폴리네르는 시를 가지고 은유를 만들거나 상징을 한다거나, 이런 식의 메타포 장치를 하

려고 하지 않습니다. 현실을 바로 그리고, 자기가 이야기하려는 감정 상태를 충실하게 기록하지요. 그런데 그것이 자기 감정 상태를 넘어서 다른 감정 상태를 건드리게 되고, 눈앞의 사물을 하나 그린다는 것이 그 사물뿐 아니라 세계관 전체를 나타내기도 하고요. 결국 눈앞이지만 그 눈앞을 얼마나 똑똑하게 잘 봐야겠습니까. 당시에 그것을, 사물하고 만날 때의 직접성이라고 말하는데, 그 직접성이 얼마나 핍진(逼眞)한 직접성일 것인가도 생각할 필요가 있겠습니다. 말하자면 상징주의적 방법론이 거꾸로 적용된 것 같은 시가 아폴리네르의 자유시입니다. 그리고, 우리 시대에 가장 가까운 시 전통이라고 생각하면 될 것 같습니다. 현대시의 선구자라면 주로 보들레르를 얘기하는데, 보들레르만 해도 좀 까마득합니다. 직접적으로 우리와 가장 가깝고 정말 현대적인 시를 생각했을 때, 보들레르가 아버지라면 아폴리네르는 형님 같은 사람, 이게 바로 아폴리네르입니다. 형님 같고 삼촌 같지요. 이번 강의는 여기서 마치겠습니다. 질문 받겠습니다. ↓

⌐ Ⓠ (함돈균) 처음에는 이 강의에서 퐁주⁽Francis Ponge, 1899~1988⁾의 시까지 읽고 싶었는데, 다루지 못하고 마치게 되었습니다. 그에 대해서 조금 말씀을 해 주실 수 있을지요. Ⓐ 퐁주 시는 간단하게 이야기할 수가 없습니다. 초현실주의보다는 초현실주의를 거쳐 온 현대 시인들이라고 해야 할 텐데, 그런 경우로 퐁주와 샤르⁽René Char, 1907~1988⁾를 이야기하려고 했습니다. 이 시인들 이야기는 다른 기회에 적극적으로 해야 할 것 같습니다.

⌐ Ⓠ **아폴리네르의 자유시**가 상징주의적 방법이 거꾸로 적용된 거란 말씀은, 상징주의가 이 세상의 흔적을 통해서, 세상을 초월하겠다는 의도 없이 이 세상을 실체화했는데, 거기에서 다른 세상이 생겨나는, 그런 의미에서 '거꾸로'라는 뜻인가요? Ⓐ 음……네, 그렇게 이해해도 되고요, 우선은 아폴리네르가 상징주의적 방법에 의해서 쓰지는 않지만 이미 그의 시적 경험이 상징주의를 통과해 왔습니다. 상징주의가 이 세상의 사물에다가 얹어 놓은 의미들이 많이 있습니다. 사물을 보는 방법도 상징주의가 가르쳐 주었고요. 사물에 대한 시선을 만들어 놓았는데, 그 시선을 통해서, 그러니까 상징주의가 심어 놓은 것을 거꾸로 거두어들인
⌐ 다고, 그렇게 이야기를 해도 좋습니다. │ 가령 말라르메나 발레리의 시를 읽으면서는 '아, 그런 뜻이 숨겨져 있구나' 하고 시 속의 의미 자체를 캐내며 읽어야 하는데 아폴리네르 시는 그럴 필요가 없어요. 시를 읽을 때에도 조금은 가볍게 시와 만나게 됩니다. 그런데 그렇게 가볍게 읽다 보면 그 시 안에 직접적으로 들어 있는 의미가 아닌데도 읽는 사람이 자기 안에 있던 슬픔, 상처 그

런 게 드러나게 되는 수가 있습니다. 아폴리네르의 「나그네(Le voyageur)」나 오늘 못 읽은 「변두리(Zone)」 같은 시를 읽다 보면, 아폴리네르가 의도하지도 않았는데 읽는 사람이 팬시리 갑자기 이상해지는 거죠. 분노에 사로잡히기도 하고, 슬픔을 느끼거나 묵은 상처가 드러나기도 하는 효과가 있습니다.

Ⓠ **아폴리네르**는 시작(詩作)이 **민주주의적**이라는 생각이 듭니다. 독자들을 참여시키고 빈 공간에서 뭔가 새로운 걸 만들어 내는 방법이요. 그렇게 보아도 괜찮을까요? Ⓐ 네! 오늘 내가 하려던 말이 바로 그겁니다. 민주주의적인 시. 아폴리네르로 오면서 시가 귀족 장르에서부터 벗어났습니다. 상징주의에서 벗어났다는 말은 귀족주의, 엘리트주의에서 벗어났다는 의미도 될 수 있습니다. 그런데, 어렵기는 여전히 어렵습니다. 질문 더 없으면 여기서 강의 끝내도록 하겠습니다. 고맙습니다. 🏛 〔제6강 2016년 02월 18일〕

황현산의 유품들(2019.08.08, 서교동 디어라이프, 〈황현산의 방, 황현산의 밤〉 전시장에서).

『강의』해설 : 현대시의 두 흐름

[0.] 현대의 상황들 : 자본주의를 견디는 두 가지 방향

『강의』〔황현산의 이 책『전위와 고전—프랑스 상징주의 시 강의』를 말한다.〕는 보들레르 이후의 프랑스 시를 프랑스 현대시라고 부른다. 19세기 후반기를 '현대'라고 부르는 이유는 프랑스에서 16세기 인문주의가 야기한 역사적 국면의 완성태로서 우리들의 시대까지 동일한 양상으로 작용하는 역사의 동력이 그 시기에 최초의 체계를 드러내었기 때문이다. 라블레(François Rabelais, 1483~1553)〔『가르강뷔아와 팡타그뤼엘』을 썼다.〕는 민중 문화의 시각에서 중세 문화 전체를 재구성하여 백과 사전식 지식의 향연을 벌였다. "너희들이 천 년 동안 떠든 게 이런 것 아니냐? 별것도 아닌 것들이 으스대었구나!"라는 민중의 자기 긍정은 중요한 역사적 사건이었다. 프랑스의 천주교와 개신교〔위그노(Huguenot)〕〔프랑스의 프로테스탄트를 비하해 부르던 말.〕는 1562년부터 36년 동안 여덟 차례의 내전을 치렀다. 1572년 8월 24일의 성 바돌로매(Saint-Barthélemy) 축일에는 나바르의 왕(Royaume de Navarre) 〔나바르는 현재의 바스크 지역이다.〕 앙리〔앙리 4세(Henri IV de France) 또는 바스크어로 헨리케 3세 나파로아 코아(Henrike III, a Nafarroakoa, 1553~1610). 프랑스와 나바르 왕국의 왕이자, 부르봉 왕가 최초의 왕이 된다. 위그노들의 수장이었다.〕와 발루아 왕조(La maison de Valois)의 마르그리트 공주(Marguerite de Valois, 1553~1615)〔앙리 4세 이전 프랑스 국왕들의 딸이자 누이 동생.〕의 결혼식에 참석하러 파리에 온 신교도 2백 명이 학살되었고 이어서 3일간 파리에서 이삼천 명, 지방에서 2만 명 가까운 사람들이 살해되었다. 몽테뉴(Michel Eyquem de Montaigne, 1533~1592)는 중세 문화 전체를 철저히 반성하면서 내전의 시대에 어느 편을 들지 않고 시대의 밑 흐름에 대하여 사유했다. 어떠한 권위에도 의존하지 않고 제 눈으로 본 것을 제 손으로 기록한 것이 몽테뉴의 『에세(Les Essais)』 (1580)〔『수상록(隨想錄)』〕였다. 라블레와 몽테뉴는 사유의 대상을 하늘에서 땅으로 끌어내렸다. 16세기의 인문주의가 없었으면 17세기의 과학 혁명이 불가능했을 것이며 과학 혁명이 없었으면 18세기의 산업 혁명도 불가능했을 것이며 산업 혁명이 없었으면 19세기의 자본주의도 불가능했을 것이다. 자본주의란 무엇인가? 자본주의는 어긋남의 체계이다. 자본주의 사회에는 영원한 진리도 없고 절대적인 가치도 없다. 해괴한 일이 일어나지 않는 한 평생토록 같은 집에서 살다가 죽으리라는 믿음은 완전히 사라진다. 자본주의를 대표하는 전형적 인간형은 모험하며 실험하는 기업가이다. 보편 존재보다 개별 존재가 우위에 있는 사업의 세계에서 하나의 시도는 하나의 유혹이다. 외로운 단독자로서 위험을 무릅쓰고 염려하고 계획하는 기업가에게 미래는 분쇄와 몰락과 자폭의 암호이다. 그는 부채와 파산, 불안과 공포, 우연과 유한의 염려 속에 갇혀 있다. 사업은 미완성의 진행형으로만 자신을 표현한다. 급격하게 변화하는 상황에서는 숙고하는 이성적 판단에 앞서 거의 반사적인 결단이 필요하다. 그는 선택을 위해 선택하며 결단을 위해 결단한다. 그의 가슴에 벌레처럼 도사린 부채와 고뇌, 결핍과 공포가 그에게 맹목적인 선택을 강요한다.『자본론(Das Kapital : Kritik der politischen Ökonomie)』[(1867, 1885, 1894)]은 간단한 도식으로 그 어긋남의 체계를 기술하였다.

- 중공업 : 4,000C + 1,000V + 1,000m
- 경공업 : 2,000C + 500V + 500m

중공업과 경공업이 기계(C)와 화폐〔임금(V) + 이윤(m)〕를 주고 받는 경우에, 중공업 부문은 경공업 부문에 기계를 팔고 경공업 부문은 중공업 부문에게서 기계를 산다. 경공업이 중공업으로부터 받은 기계값(2,000C)과 중공업이 경공업으로부터 받은 화폐〔1,000V +

1,000m]가 균형을 이루어야 산업 체계의 재생산 과정이 안정 상태를 형성한다. 그러나 이윤이 모두 소비되고 동일한 양의 생산 수단이 제조될 뿐인 단순 재생산의 경우에도 기술 수준의 변화 때문에 균형 조건은 유지되기 어렵다. 이윤이 발생하기 이전의 자본-노동 비율과 이윤이 발생한 이후의 자본-노동 비율이 동일한 시기에 섞이기 때문에 중공업 부문과 경공업 부문의 균형 조건에는 항상 어긋남이 발생하는 것이다. 중공업과 경공업의 임금과 이윤을 합한 것 [$1,000V+1,000m+500V+500m$]이 국민 소득이다. 경공업 부문이 $1,500C+750V+750m$이 되어 국민 소득이 3,000에서 3,500으로 커지면 이윤의 한 부분이 소비되지 않고 생산적인 목적에 사용되며 동시에 더 많은 양의 생산 수단이 제조되어 이윤이 생산의 확대로 이어지지만, 경공업의 $1,500C$가 중공업의 $1,000V+1,000m$보다 적어져서 균형 조건은 애초부터 어긋난다. 거기에 기술 수준의 변화까지 가세하므로 자본주의 사회는 위기와 동요의 연속이 될 수밖에 없다. 프랑스는 19세기 후반기에 중공업 중심 사회로 들어섰다. 이러한 위기와 동요의 시대에 의존심과 적개심에 흔들려 무너지지 않고 어긋남을 견디며 살아남는 길을 모색한 데에 19세기 프랑스 시의 의의가 있다. 『강의』는 그 길이 외길이 아니라 두 갈래 길이라고 말한다. →

[1.] 보들레르의 경우 : 상징과 알레고리

보들레르(Charles-Pierre Baudelaire, 1821~1867)는 『현대 생활의 화가(Le Peintre de la vie moderne)』(1863)에서 "현대성이란 일시적인 것, 사라지기 쉬운 것, 우발적인 것으로서, 이것이 예술의 절반을 차지하며, 예술의 나머지 반은 영원한 것과 불변의 것으로 되어 있다."고 했는데 보들레르의 「백조(Le Cygne)」가 바로 일시적인 것과 영원한 것으로 구성된 시의 한 전형이라고 할 수 있다. 이 시의 배경은 사람의 마음보다 더 빠르게 변모하는 도시 파리이다. 거리에는 건축 현장의 바라크들, 설깎은 들보와 기둥들, 물때로 퍼렇게 물든 돌덩이들, 유리창에 번쩍이는 잡동사니 골동품들이 늘어 놓여 있었고 서커스단의 이동식 동물 진열창도 전시되어 있었다. 시인은 새 궁전을 짓는 돌덩이와 비계다리, 도시 중심부와 대조되는 성문밖 변두리 낮은 거리가 모두 알레고리로 떠오르는 것을 느낀다. 루브르 궁전 앞에서 나폴레옹 3세(Napoleon III : Charles Louis Napoléon Bonaparte, 1808~1873)가 영국으로 추방한 빅토르 위고(Victor-Marie Hugo, 1802~1885)를 생각하던 시인은 쓰레기 터가 허공에 검은 연기를 내뿜는 어느 아침에 길에서 본 백조를 연상하고, 우스꽝스러우면서도 기개 높은 위고와 새장에서 벗어나 물갈퀴 발로 울퉁불퉁한 땅바닥을 걷는 백조를 병렬하고 오비드[Ovid, 푸블리우스 오비디우스 나소(Publius Ovidius Naso), 기원전 43~기원후 17]의 『변신 이야기(Metamorphoses)』(기원후 8)에 등장하는 백조로 변한 사람의 처지와 연결하여 일시적인 것을 영원한 것과 묶어 놓는다. 고향을 그리워하는 위고는 호수를 그리워하는 백조와 같고 그들은 하늘을 향해 머리를 쳐들고 신을 원망하는 오비드의 인간-백조와 같다. 위고뿐이랴. 세상에는 포로들, 패배자들, 외딴 섬에 버려진 채 잊힌 뱃사람들, 다시는 되찾지 못할 것을 잃어버린 사람들이 무수하고 시인은 파리에서 정신의 추방자로 살고 있는 자신을 그들 가운데 하나로 포함시킨다. 그들은 어진 늑대의 젖을 빨듯 고뇌의 젖을 빨고 있다. 로물루스와 레무스가 늑대의 젖을 먹고 로마라는 도시를 건설했듯이 이 패배자들과 추방자들은 고뇌의 젖을 먹고 파리라는 도시를 건설한다. 시인은 폐병으로 고통받는 흑인 여자를 보면서 막막한 안개의 벽 너머로 그녀의 시선이 향하는 아프리카의 야자수 숲을 머릿속으로 그림 그려 본다. 그리고 이 흑인 여자에 이어서 트로이의 용사 헥토르(Hector)의 아내 안드로마케(Andromache)가 등장한다. 남편이 아킬레스(Achilles, 아킬레우스)에게 패배하고 트로이가 함락된 후에 안드로마케는 그리스로 끌려가 아킬레스의 아들 피루스(Pyrrhus, Pyrrhos, 네오프톨레무스(Neoptolemus)의 다른 이름.)의 노예 첩이 되었다. 그녀는 헥토르의 빈 무덤을 만들고 강물을 끌어들여 무덤 앞으로 흐르게 하고 그것을 트로이의 시모이(Simoïs) 강(시모이스 강)이라고 불렀다. 날마다 헥토르의 빈 무덤 곁에 넋을 잃고 앉아서 고향을 그리워하다가 노예에서 해방된 그녀는 헥토르의 아우 헬레누스(Helenus)의 아내가 되어 안정을 되찾았다. 시인은 안드로마케가 노예에서 해방되듯이 흑인 여자가 폐병에서 치유되기를 기도한다. 이 기도는 육체의 추방자인 위고를 위한 기도이기도 하고 정신의 추방자인 시인 자신을 위한 기도이기도 하다.

　　발터 벤야민(Walter Benjamin, 1892~1940)은 고대 그리스 비극과 이탈리아 르네상스 연극의 특성을 상징이라고 하고, 17세기 독일 바로크 비애극(Trauerspie)의 특성을 알레고리라고 하였다. 그에 의하면 고대 비극의 대상은 신화이고 바로크 비애극의 대상은 역사다. 르네상스 화가들이 높은 하늘을 그렸다면 바로크 화가들은 하늘에야 햇빛이 나건

구름이 끼건 상관하지 않고 지상만 바라보았다. 17세기 독일 비애극
에서는 르네상스 드라마처럼 윤곽이 뚜렷한 행위를 볼 수 없다.

　"상징이 자연의 변용된 표정을 구원의 빛 속에서 순간적으로
드러낸다면 알레고리는 역사의 죽은 표정을 응고된 원풍경으로 눈앞
에 펼쳐놓는다. 때를 놓친 것, 고통으로 신음하는 것, 실패한 것에는
역사가 새겨져 있다. 이 모든 것들의 표정과 이 모든 것들의 잔해는 애
초부터 역사에 속하는 것이다. 표현의 상징적인 자유, 형태의 고전적
인 조화, 인간적인 이상 같은 것이 알레고리에는 결여되어 있다."[Walter
Benjamin, 『*Ursprung des deutschen Trauerspiels*(독일 비애극의 원천)』, 〈Gesammelte Schriften(전집)〉Bd.I/1
(Suhrkamp : Frankfurt a. M., 1974), 343쪽.]

　　르네상스 인문주의는 상징적 총체성을 숭배했고 바로크 비
애극은 알레고리의 파편성을 중시했다. 바로크 비애극은 부서진 잔
해로서, 그리고 조각난 파편으로서 구상되었다. 와해되어 버려져 있
는 폐허가 바로크적 창작의 가장 중요한 재료다. "인격적인 것보다는
사물적인 것이 우선하고, 총체적인 것보다는 단편적인 것이 우선한
다는 점에서 알레고리는 상징의 대극을 이룬다."[Walter Benjamin, 『*Ursprung des
deutschen Trauerspiels*(독일 비애극의 원천)』, 〈Gesammelte Schriften(전집)〉Bd.I/1 (Suhrkamp : Frankfurt a.
M., 1974), 362쪽.] 벤야민은 파리라는 폐허에서 파편 조각들을 넝마주이처
럼 긁어모은 보들레르의 시를 알레고리로 해석하였다. 그는 자기가
속한 사회에서 편안함을 느끼지 못한 거리 산보자였다. 그는 대도시
와 함께 변해 가는 매음의 얼굴을 그렸고, 기계 장치에 적응되어 단지
자동적으로만 자신을 표현하는 군중 속에서 경험하는 불안과 적의와
전율을 기록하였다. 벤야민은 1859년부터 시작한 오스만(Baron Georges-
Eugène Haussmann, 1809~1891)의 도시 정비 계획을 19세기 프랑스의 중요한 사

건으로 기술하였다. 1830년 7월 혁명기에 4천 개 이상의 바리케이드가 도시의 사방에 고랑을 형성했다. 바리케이드를 쌓을 수 없도록 길을 넓히고 빈민들의 가옥을 거리 뒤편으로 밀어 넣어 안 보이게 하는 것이 오스만 계획의 목표였다. 시장(市場)이라는 미로에서 상품과 도박과 매음의 흐름을 따라가면서 보들레르는 부르주아로부터 떨어져 나와 떠도는 대도시의 아파치들을 현대의 영웅으로 묘사하였다. 행인에 주목하면서 동시에 경찰의 감시도 살피는 보들레르의 창녀들은 대도시의 맹수들이다. 벤야민은 보들레르 자신에게서 제2제정의 무투론자(武鬪論者) 블랑키(Louis Auguste Blanqui, 1805~1881)와 통하는 영웅적인 마음가짐을 읽어 낸다.

"알레고리적 직관은 19세기에는 더 이상, 하나의 양식을 형성했던 17세기의 직관이 아니었다. 〔…〕 19세기의 알레고리가 양식으로 발전할 수 있는 힘을 지니지 못한 반면에 17세기의 알레고리는 상투적인 반복의 위험을 지니고 있었다. 상투적인 반복은 알레고리의 파괴적인 성격, 즉 파편적인 것을 강조하는 알레고리의 특성을 손상시킨다."〔Walter Benjamin, 『*Zentralpark*(중앙공원)』, 〈*Gesammelte Schriften*(전집)〉 Bd.I/2 (Suhrkamp: Frankfurt a. M., 1974), 690쪽.〕

상징이 관념과 철학과 영원한 것을 향하여 움직인다면 알레고리는 설화와 역사와 일시적인 것을 향하여 움직인다. 상징이 영원한 것을 인식할 수 있는 내면의 한 지점으로 침잠하려 한다면 알레고리는 일시적인 것들의 혼돈을 그대로 방치하고 혼돈의 바다에서 정처 없이 떠돈다. 『악의 꽃(Les Fleurs du mal)』(1857, 1861)의 시들은 모두 상징과 알레고리의 복합체다. 보들레르의 시를 읽는 것은 시 속에 얼크러져 있는 상징과 알레고리를 하나하나 뜯어 읽으면서 독자 스스로 관넘과 설화를 얽어 짜 보는 일이다. 보들레르 이후에 프랑스 시는 항구적인 만대(萬代)의 시를 추구하는 길과 일시적인 연대(年代)의 시를 추구하는 길로 갈라졌다. ↓

[2-1.] **말라르메의 경우 : 존재와 무**

말라르메(Stéphane Mallarmé, 1842~1898)의 「에로디아드(Hérodiade)」는 시에서 일시적인 것을 모두 빼냈을 때 무엇이 남는가를 잘 보여 주는 시이다.

『강의』에 의하면 '에로디아드'는 '헤로데(Herod, Herodes) 왕가의 여자'〔헤로디아(Herodias)〕라는 뜻이라고 한다. 그런데 이 시의 주인공이 헤로데 왕가의 여자들 가운데 어떤 사람을 가리키는지를 알아내는 것은 쉬운 일이 아니다. 헤로데 가문은 동명이인이 많은 데다 모두 결혼을 여러 번 하였고 사촌과 사촌 사이, 숙부와 질녀 사이, 이모와 조카 사이의 근친혼이 빈번했기 때문에 어떤 한 여자가 누구의 딸이고 누구의 아내인지 알아 내는 것이 여간 곤란한 일이 아니다. 로마는 유대인 지도자를 임명하여 유대 지역을 다스리게 하면서 동시에 팔레스틴〔팔레스타인(Palestine)〕 남부의 이두메아〔Idum(a)ea〕〔에돔(Edom), 이도메네아〕인 지도자를 통하여 그를 감시하게 하였다. 이두메아는 유대인과 이민족이 절반씩 섞여 사는 지역으로, 유대인은 그 지역 사람들을 이민족으로 취급했다. 이두메아 지도자 안티파티〔이두메아의 안티파터, 안티파트로스 1세(Antipater the Idumaean, 기원전 113?~기원전 43)〕가 로마 시민권을 얻고 유대 지역의 행정 장관이 되었고 아랍 족장의 딸〔나바테아 왕국 페트라에서 온 공주 키프로스(Cypros)〕과 결혼하여 헤로데[헤로데 대왕(Herodes Magnus). 기원전 73년경~기원전 4]를 낳았다. 로마는 유대인 대사제의 손녀[하슈모나이 왕국 마리암네(Mariamne the Hasmonean). 마지막 대제사장 히르카노스 2세(Hyrcanus II)의 외손녀.]와 결혼한 헤로데를 유대인의 왕으로 임명하였다. 순수한 유대인이 아닌 헤로데가 왕이 되는 것은 "동족이 아닌 외국인을 왕으로 세우면 안 된다."[「신명기(申命記, Deuteronomy)」 17:15]는 율법을 위반한 것이었다. 헤로데는 여러 여자에게서 많은 아들을 낳았으나 그 가운데 세 형제가 기록에 남아 있다. 기원전 4년부터 서기 39년까지 갈릴리 지방을 통치한 안티파스[헤로데 안티파스(Herod Antipas). 기원전 20~서기 39]는 나바테아의 공주[나바테아 왕 아레타스 4세(Aretas IV Philopatris)의 딸 파사엘리스(Phasaelis)]와 결혼했으나, 이복 동생 필리포(헤로데 2세)[기원전 26?~서기 34?]의 아내(이자 자신의 조카)였던 헤로디아[아버지는 헤로데 아리스토불로스 4세(Aristobulus IV, 헤로데 대왕과 마리암네 1세 사이의 아들). 어머니는 베레니케(Berenice, 헤로데 대왕의 여동생 살로메 1세의 딸).]와 다시 결혼하였고, 그로 인해 발생한 나바테아와의 전쟁에 패배하였다. 또 다른 형제, 기원전 4년에서 서기 34년까지 드라고닛(Trachonitis) 지방을 통치한 필리포(헤로데 필리포스 2세)[Herod Philip II, 기원전 26 이전~서기 34]는 그 헤로디아의 딸 살로메(Salome)와 결혼했다. 살로메의 남편 필리포(헤로데 필리포스 2세)는 살로메의 아버지 필리포(헤로데 2세)의 이복 형제였다. 위의 관계를 다시 풀면 헤로디아는 삼촌인 필리포(헤로데 2세)와 결혼하여 살로메를 낳았고, 그와 헤어진 후에 또 다른 삼촌 안티파스와 결혼했다는 말이다. 헤로디아의 남편 안티파스가 해임되고 그 딸 살로메의 남편 필리포(헤로데 필리포스 2세)가 자식 없이 죽은 후에 로마는 헤로디아의 오빠 아그리파[헤로데 아그리파 1세(Agrippa I). 기원전 10년?~44]를 유대인의 왕으로 임명[서기 37년. 헤로데 대왕 사후 유대인의 땅은 위의 세 아들과 여동생 살로메 1세가 나누어 통치했는데, 이를 합쳐 살로메 1세의 아들이 통치하도록 했다.]하였다. 주로 로마에 거주했던 아그리파 1세가 서기 44년에 죽은 후 로마는 대리 통치를 중지하고 팔레스틴⁽팔레스타인⁾을 단일 속주로 편입하였다. 「마태복음」(14:3~12)과 「마가복음」(6:17~29)에는 안티파스가 동생 필리포의 아내 헤로디아를 취하였고 그의 생일에 헤로디아의 딸이 춤 추는 것을 보고 흡족하여 원하는 것은 무엇이든 주겠다고 말했는데, 동생의 아내와 결혼하는 것이 옳지 않다고 비판한 세례 요한을 미워한 헤로디아가 딸에게 요한의 목을 달라고 하라고 시켜서 안티파스가 요한을 죽였다는 기록이 있다. 「레위기」(20:21)에 "누구나 자기 형제의 아내를 취하는 자는 패역한 짓을 하는 것이다."란 율법 조항이 있기는 하나 "어떤 사람의 형이 죽었는데 여자는 남기고 자녀를 남기지 않았다면 동생이 형의 여자를 받아들이고 형을 위해 자식을 낳아 주어야 한다."는 율법 조항이 「마태복음」(22:24)과 「마가복음」(12:19)과 「누가복음」(20:28)에 기록되어 있으니, 요한의 비판은 제수와의 결혼보다 헤로데 가문의 근친상간 전체를 향한 비판이었을 것이다. 이렇게 볼 때 「에로디아드」의 주인공으로 가장 적합한 여자는 세례 요한의 목을 달라고 요구한 살로메라고 해야 할 것이다.

시는 그녀를 보고 놀라는 유모의 말로 시작한다. 어느 날 아침에 산책하던 그녀는 사자 우리를 열고 들어가 사자들 옆에 서서 있다가 나와서 집으로 돌아왔다. 사자 우리에 들어갔다는 말을 듣고 죽었으리라고 생각했던 사람이 나타나니 놀랄 수밖에 없었을 것이다. 그녀는 유모가 가까이 오는 것을 막고 "한 번의 입맞춤으로도 나는 죽으리라"라고 말한다. 이것은 인간적인 것, 필멸의 것, 일시적인 것을 부정하겠다는 선언이다. 어떤 매혹에 이끌렸는지 그녀는 자기도 모르게 사자 우리의 문을 열었다. 사자 우리에서 그녀는 야수의 세기(卅

紀)가 어슬렁거리는 돌담과 쇠창살의 육중한 감옥을 보았다. "야수의 세기"는 아무래도 말라르메를 고통스럽게 짓누르는 19세기를 암시하는 것 같다. 그녀의 눈에는 사자가 아예 들어오지도 않는다. 그녀는 오직 자기 안에 피어 있는 창백한 백합 꽃잎을 따는 데 전념할 뿐이다. 추방된 자가 고향을 그리워하며 이역의 모든 것을 거북해 하듯이 그녀는 세상에 속한 것, 인간에 속한 것, 관습과 도덕과 종교에 속한 모든 것을 자기와 무관한 이물질로 여기고 한꺼번에 삭제해 버린다. 늙은 사자들도 "바다라도 가라앉힐" 그녀의 발을 보고 그녀의 몽상을 가로질러 적막으로 흘러가는 꽃잎들을 따라간다. 일시적인 것들에 대한 공포가 그녀를 고독 속에 얼어붙게 하고 자기의 존재에서 인간적인 것들을 하나하나 삭제하게 한다. 사자 우리에서 나온 그녀는 이미 인간이 아니다. 그러므로 향유로 단장하라는 유모의 권유를 그녀는 받아들일 수 없다. 산 사람을 꾸미는 향유와 죽은 사람을 꾸미는 몰약은 사람이 아닌 그녀에게 어울리는 것들이 아니다. 그녀에게 아름다움은 인간적인 것의 죽음을 통한 존재 자체의 변신이다. 그녀는 있음에 대해 말하는데, 유모는 계속해서 나타남에 대해서 말한다. 그녀가 바라는 것은 인간적인 고뇌를 잊게 하는 꽃이 아니라 그녀의 순결한 황금 머리카락이 금속의 삭막한 차가움을 영원히 간직하게 하는 불사(不死)이다. 그녀는 자신에게서 동물적인 모든 것을 빼내고 광물이 되고 싶어 한다. 그녀가 세례 요한의 목을 요구한 이유는 인간의 율법에 대한 그녀의 경멸에 있겠지만, 그것보다 그녀를 인간으로 바라본 요한의 시선에 대한 분노에 있다고 해야 할 것이다. 악과 마찬가지로 선도 그녀에게는 뺄셈의 대상일 뿐이다. 요한의 시선은 그녀를 만지려는 유모의 손길처럼 불경이고 범죄이다. 유모의 젖을 빨던 추억이 아무리 그리워도, 요한의 도덕이 아무리 고결해도 그것은 어디까지나 일시적이고 가변적인 것들이고 끝내는 먼지로 돌아갈 하찮은 심심풀이에 지나지 않는 것들이다. 그녀는 유모를 "무녀들의 소굴에서 벌어지는 악행에나 어울리게 못된 세기에 태어난 여인"이라고 꾸짖는다. 말라르메는 19세기 프랑스를 무당 놀음판이라고 본 것이다. 유모는 그녀가 괴이한 시간에서 걸어 나오기를 바라고 다른 여자들처럼 좋은 남자를 만나 결혼하기를 바란다. 그러나 그녀는 처녀로 있음의 끔찍함을 사랑하고 아무도 범하지 않는 파충류로 살겠다고 말한다. 그녀는 유리며 얼음인 거울처럼 냉혹함과 투명함을 영원히 간직하는 청동 조각상이 되고 싶어 한다. 거울은 하늘을 향해 열려 있는 창문이 아니다. 창문이 자기 개방의 외향성을 표상한다면 거울은 자기 응축의 내향성을 표상한다. 그녀가 꽃 피는 것은 오직 그녀 자신을 위해서일 따름이다. 그녀가 고뇌로 애를 태우며 지키려는 것은 그녀 자신이고 오직 그녀 자신을 위해서 존재하는 광채이다. "어느 날엔가는 그 기고만장한 멸시도 수그러들겠지요."라는 유모의 독백처럼 역사 속의 그녀는 실제로 후에 아버지 헤로데 2세의 형제이고 어머니 헤로디아의 삼촌인 필리포(헤로데 필리포스 2세)의 아내가 된다. 시의 끝에서 촛불을 들여다보며 그녀는 자신이 빈 황금 속에서 낯선 눈물을 흘리는 촛대와 같다고 생각한다. 어린아이가 몽상에서 깨어나 제 차가운 보석들이 흩어지는 것을 느끼듯이, 일시적이고 인간적인 존재가 그녀 자신의 영원하고 순수한 무에 침투하는 것을 보게 될지도 모른다고 스스로 두려워하는 것이다. "그대는 거짓말을 하는구나, 내 입술의 벌거벗은 꽃이여!" 일시적인 것을 모두 빼내고 남는 것은 무(無)이다. 말라르메에게 시는 존재를 무로 바꾸려는 전쟁이다. 무라는 알지 못하는 것을 기다리는 삶은 "상처 입은 오열"이 될 수밖에 없다. 말라르메가 무에의 의지와 무에의 욕망을 기록했다면 발레리는 서양 철학의 전통으로 회귀하여 존재와 무의 의미를 기록하였다. 우리는 24개의 연으로 구성된 「해변의 묘지(Le Cimetière marin)」를 한 편의 소설처럼 읽을 수 있다. ↓

[2-2.] 발레리의 경우 : "꿈은 앎이로다"

바닷가 산비탈에 무덤들이 층층이 배열되어 있다. 그는 묘지의 무덤들 사이를 거닐면서 바다와 하늘을 바라본다. [01] 시인의 눈에 바다의 표면은 신전의 지붕과 같이 보이고 바다에 떠 있는 돛단배들은 신전 지붕에 앉아 있는 비둘기들과 같이 보인다. 하루를 정확하게 반으로 가르는 한낮의 태양이 하늘 한복판에 서서 움직이지 않는다. 시인은 오랜 사색의 끝에 도달한 거룩한 고요에 침잠한다. [02] 태양이 물거품 하나하나를 남김없이 불태워 금강석처럼 빛나게 하는 이 고요와 평화는 영원한 원인의 순수한 작품들이다. 플라톤(Platon, 기원전 429?~기원전 347?)의 『티마이오스(Timaeus)』(기원전 360년경)에 의하면 '영원한 원인'이 만드는 우주의 겉은 '같은 것(tauton)'으로 구성되어 있고 '방황하는 원인(planomene aitia)'이 만드는 우주의 속은 '다른 것(heteron)'으로 구성되어 있다. [03] 황금색 기왓장처럼 빛나는 바다의 표면이 신전의 지붕이라면 그 밑에는 지혜의 보물들을 비축한 제단이 있다. 시인은 바다를 보고 바다는 우주를 본다. 바다는 우주를 보는 미네르바(Minerva(로마 신화), 그리스 신화의 아테나(Athena). 지혜(공예, 직업, 예술)와 전쟁의 여신.)의 커다란 눈이다. [04] 바다(물)와 하늘(불)과 대지(흙)가 형성하는 고요와 평화는 신들에게 바치는 최상의 봉헌물이다. 영원과 순간이 하나가 된 시간의 신전에서 그는 변하는 것, 무상한 것, 일시적인 것을 경멸한다. [05] 과일이 입속에서 쾌락을 선사하고 소멸하듯이 시인도 소멸을 통하여 영원으로 들어간다. 영혼에게는 소진되는 것이 변화에서 벗어나는 것이다. [06] 시인은 고요와 평화를 충만한 무위로 체험하고 소멸하는 해골들의 무위에 가까운 움직임에 적응한다. [07] 하지점의 태양은 한 해를 정확하게 반으로 가른다. 태양이 쏘는 정의의 화살 아래 모든 것은 불변체(순수한 본래의 자리)로 존재하는 듯하다. 그러나 그림자를 동반하지 않는 빛은 없다. 불변하는 빛은 변화하는 그림자를 동반한다. [08] 불변하는 세계는 시의 원천이 될 수 없다. 시는 인간의 작품이고 인간의 앞에는 미래의 공백이 놓여 있기 때문이다. 순수와 공백, 존재와 무가 섞여 있는 수조(水槽)라는 데 영혼의 위대함이 있다. [09] 이제 시인은 나뭇잎 사이로 바라보이는 바다를 묘지에 둘러친 빈약한 철책에 갇힌 포로라고 생각한다. [10] 나무들이 횃불들처럼 주위를 지키는 무덤들은 태양에 봉헌된 땅의 한 부분이다. 돌들은 망령들을 지키기 어려워 떨고 있고, 바다는 무덤들을 내버려 둔 채 자고 있다. [11] 무덤들 사이를 거니는 시인은 자신을 무덤을 돌보는 목동이라고 생각한다. 무덤들은 양떼가 되고 바다는 양떼를 지키는 개가 된다. 시인은 바다(양치는 개)에게 사려 깊은 비둘기들과 호기심 많은 천사들을 멀리하라고 지시한다. 비둘기와 천사는 사람을 하느님의 아들이라고 하였다. 천사의 유혹을 거절할 때 인간은 비로소 역사적 현재의 가능성을 실현할 수 있다. [12] 모든 것이 불타고 허물어져 대기 속에 흡수된다. 한여름의 곤충은 여름이 곧 간다는 것을 끊임없이 환기한다. 부재를 생각하는 것은 불변을 바라는 것이 아니라 쓰라림과 메마름까지 받아들여 변화를 풍요하게 하는 것이다. 〔13〕 태양은 "자신 속에서 자신을 생각하며, 자기 자신에 만족한다." 햇빛 속에서 땅은 무덤 속의 해골을 건조시킨다. 〔14〕 죽은 이들은 물과 불과 흙이 형성하는 평화의 일부가 될 수 있다. 그러나 살아 있는 시인은 뉘우침과 의심에서 해방될 수 없다. 〔15〕 주검은 붉은 찰흙에 흡수되어 꽃을 키우고 꽃나무에는 무덤에서 나온 구더기가 기어 다닌다. 〔16〕 처녀들의 웃음소리와 젖은 눈꺼풀과 매혹적인 젖가슴이 결국은 흙으로 돌아간다. 〔17〕 시인은 그의 현존에 나 있는 공백(구멍)을 느낀다. 영혼은 몽롱한 안개가 되어 육신에서 도주하며 영생의 희망(꿈)을 거짓이라고 말한다. 〔18〕 죽음을 어머니의 품이라고 말하는 것은 속임수에 지나지 않는다. 〔19〕 시체를 갉아먹는 구더기는 사실은 시인의 머리에 구멍을 내고 있는 것이다. 시체와 벌레는 하나가 되었으므로 시체와 벌레 사이에는 먹는다거나 먹힌다거나 하는 말이 통하지 않는다. 〔21〕 벌레는 자나 깨나 시인을 따라다니는 사랑과 증오와 후회와 의심이다. 〔22〕 시인은 사유의 형식을 파괴하는 육체의 힘을 깨닫는다. 소금기 담긴 바람을 일으키는 바다는 시인에게 공가능성(共可能性)의 추동자가 된다. 혼자서 생각하는 가능성은 추상적 가능성에 지나지 않는다. 타자들의 가능성과 공가능(compossible)한 것들만이 구체적 가능성이 될 수 있다. 〔23〕 꼬리를 물고 있는 뱀처럼 바다는 끝없이 순환하고 잘라도 다시 나오는 히드라의 머리들처럼 바다는 죽지 않지만, 바다는 불변하는 정신이 아니라 변화하는 물질에 지나지 않는다. 〔24〕 바람이 시인의 시집을 열었다가 다시 닫는다. 시인은 삶의 기록으로 자기 시집의 한 페이지 한 페이지를 채워 나가려고 결심한다. 시는 영원에서 나오는 것이 아니라 하루하루의 삶에서 나오는 것이다. "바람이 인다!…… 살려고 해야 한다."

　「해변의 묘지」에서 내가 가장 흥미롭게 여기는 부분은 파르메니데스(Parmenides, 기원전 515?~기원전 445?)의 제자 제논(Zenon of Elea, 기원전 495?~기원전 430?)이 등장하는 21연이다. 제논은 화살과 거북의 이야기로 유명한 엘레아 학파의 철학자이다. 화살이 날아가는 궤적을 아주 작은 순간으로 끊어 보면 그 순간에는 날아가지 않고 멈춰 있다. 멈춰 있는 순간을 아무리 더해도 멈춤밖에 나오지 않으므로 화살은 날아가지 않는다. 아킬레스가 거북이보다 천 배 빠른 속도로 달릴 수 있다고 하고 거북이가 천 미터 앞에서 출발하여 둘이 경주할 때 아킬레스가 거북이가 출발한 위치에 오면 거북이는 1미터 앞에 가 있을 것이고 아킬레스가 또 1미터를 따라잡으면 거북이는 천 분의 1미터 나아가 있을 것이고 다시 아킬레스가 천 분의 1미터를 따라잡으면 거북이는 다시 백만분의 1미터 나아가 있을 것이므로 아킬레스는 영원히 거북이를 따라잡을 수 없다. 제논의 주장을 반박하기는 아주 쉽다. 변수 x가 x+h로 증가하면 함수 x^2은 $(x+h)^2$으로 증가하고 변수 h에 대한 함수의 증분은 $(x+h)^2-x^2$이 된다. 따라서 x에서 x+h에 이르는 구간에 나타나는 변수의 단위 증분당 함수의 평균 증분은 $(x+h)^2-x^2$을 h로 나눈 2x+h가 된다. h를 점점 줄여 나가면 변수 x에서의 증가율을 얻을 수 있다. h가 한없이 줄어드는 극한에서 변수 x에서의 증가율은 2x이다. h의 값이 0의 근방에 있을 때 2x+h는 2x에 근사해지지만 h가 0이라면 x+h의 구간이 아예 0이 되므로 크기가 0인 구간은 개념상 성립되지 않는다. 그러므로 2x는 h가 0에 무한히 접근할 때의 2x+h의 극한이다. 속도는 이동한 거리의 증가율이고 가속도는 속도의 증가율이다. 시간은 무한하게 쪼갤 수 없다. 시간에는 더 쪼갤 수 없는 최소한의 크기가 존재하기 때문에 화살의 역설은 오류가 된다. 아무리 큰 숫자에서 시작하더라도 일정한 비율로 줄어드는 숫자들의 경우에는 무한히 더하더라도 유한한 값이 된다. 급수의 항이 유한하다면 유한한 개수의 항을 더하여 급수의 합을 얻는다. 급수의 항이 무한하다면 항들의 합을 구하는 과정이 끝없이 이어질 것이다. 그러나 무한 급수에도 합을 가지는 급수가 있고 합을 갖지 못하는 급수가 있다. $1 + x + x^2 + x^3 + x^4 + \cdots x^n \cdots$의 합은 x가 -1과 1을 제외한 그 내부 구간에 있으면 수렴하여 $\dfrac{1}{1+x}$ 가 되고 x가 -1과 1을 포함한 그 바깥 구간에 있으면 발산하여 합이 나오지 않는다. 아킬레스와 거북의 거리 차이를 무한히 더하면 $a + ar + ar^2 + \cdots\cdots = \dfrac{a}{1-r}$ 가 된다. 아킬레스가 따라잡아야 할 거리는 무한한 거리가 아니라 유한한 거리이다.

17년 동안 시를 쓰지 않고 수학만 공부한 발레리가 이런 쉬운 계산을 몰라서 제논의 말을 인용하지는 않았을 것이다. 발레리가 제논의 말을 중요하게 여긴 이유는 "있는 것은 있고 없는 것은 없다."는 엘레아 학파의 주장이 그리스 철학의 중심 사상을 형성하고 있기 때문일 것이다. 그리스 철학은 하나와 여럿, 가변〔同〕과 불변〔異〕을 네 기둥으로 하여 네 가지 학파로 나누어진다. 파르메니데스와 제논은 존재를 불변하는 하나로 보았고〔엘레아 학파〕, 아낙시만드로스(Anaximandros, 기원전 610~546/545)와 아낙시메네스(Anaximenes, 기원전 585~525)와 헤라클레이토스(Heraclitus of Ephesus, 기원전 535~475)는 존재를 변화하는 하나로 보았다〔밀레토스 학파〕. 엠페도클레스(Empedocles, 기원전 493년경~430년경)와 아낙사고라스(Anaxagoras, 기원전 500년경~428년경)와 레우키포스(Leukippos, 기원전 440년경~?)는 존재를 변화하는 여럿으로 보았고〔다원주의 학파〕, 피타고라스(Pythagoras, 기원전 570년경~495년경)는 존재를 불변하는 여럿으로 보았다〔피타고라스 학파〕. 현대 철학자 바디우(Alain

Badiou, 1937~)는 집합론을 사용하여 '일다동이(一多同異)'의 문제를 새롭게 사유하였다. 바디우는 존재자를 하나가 아니라 하나로 셈해진 여럿이라고 보았다. 여럿을 하나로 셈한 다수의 집합은 부분 집합으로 공집합을 포함하며 공집합이 만드는 공백 때문에 같은 것은 다른 것이 된다. 바디우에 의하면 참은 존재를 사건으로 바꾸는 힘이다. 그리스 사람들은 책을 보고 생각하지 않고 자기 머리로 생각하였다. 단순하고 근본적으로 생각하였다는 점에서 우리는 지금도 그들을 따라서 생각해 보아야 한다. 파르메니데스와 제논에 의하면, 없는 것은 없으므로 없는 것에 대해서는 생각할 수 없다. 있는 것만 있는 엘레아 학파의 세계에는 생성과 소멸이 없고 죄와 악이 없다. 플라톤은 불변하는 이데아의 영역을 우주 바깥에 설정하였다. 좋음의 이데아가 장미의 이데아, 사자의 이데아, 남자의 이데아, 용기의 이데아, 절제의 이데아, 삼각형의 이데아 등등 무한한 이데아들을 지배하는 이데아의 영역과 달리, 같은 것과 다른 것으로 구성된 우주에는 좋음의 결여태인 나쁜 것이 나타날 수 있다. 무가 없다면 있는 것은 무규정적인 것이 된다. 있는 것과 있는 것 사이에 무가 개입해야 무규정적인 존재를 인식 가능한 존재자들로 한정할 수 있다. 파르메니데스의 우주에는 존재만 있고 무는 없으나 플라톤의 우주에는 존재도 있고 무도 있다. 나는 이러한 사유의 진전에 비추어 둘째 연의 마지막 문장 "꿈은 앎이로다"를 해석해 보고 싶다. 앎은 사실에 맞고 앞뒤가 맞는 말의 체계이다. 앎은 앎을 바꾸지 못한다. 앎을 쇄신하는 동력은 꿈이다. ↓

〔3-1.〕 랭보의 경우 : 혼돈에의 의지와 혼돈에의 욕망

　　말라르메가 무에의 의지와 무에의 욕망을 기록했다면 랭보 ^(Jean Nicolas Arthur Rimbaud, 1854~1891)는 혼돈에의 의지와 혼돈에의 욕망을 기록하였다. 랭보의 시를 주도하는 것은 일시적이고 가변적인 것들이다. 랭보의 세계는 질서와 치안이 지배하는 표층과 혼돈과 아나키가 지배하는 심층으로 구성되어 있다.

　　열일곱 살이 되던 1871년에 랭보는 파리에서 베를렌^(Paul-Marie Verlaine, 1844~1896)에게 백 행이나 되는 시 「취한 배(Le bateau ivre)」⁽¹⁸⁷¹⁾를 적어 주었다. 이 시의 1인칭 화자는 사람이 아니라 배이다. 떠들썩한 붉은 피부 인디언들이 밀의 주인인 플랑드르인과 목화의 주인인 영국인을 발가벗겨 울긋불긋한 기둥에 못 박고 과녁으로 삼아 버렸다. 이 시에서 사람들은 첫 두 연 8행에서 이미 사라지고 강에서 바다에 이르는 92행의 긴 여정은 오직 배 혼자의 몫이다. 바다는 인간의 통제와 조작이 불가능한 혼돈 그 자체이다. 인간이 사는 육지는 인간의 계산을 무력하게 만드는 파도와 폭풍과 괴물들이 지배하는 바다에 둘러싸여 있다. 바다를 통제하려 드는 사람은 바다에게 파멸한다. 암초를 피하는 유일한 방법은 어린애의 두뇌처럼 막무가내로 자신을 바다에 맡기는 것이다. 바다의 희생자들을 싣고 영원히 굴러간다는 파도 위에서 인간의 조작에서 해방된 배는 코르크 마개보다도 더 가볍게 춤을 춘다. 배는 배가 배로서 겪을 수 있는 온갖 험한 일을 모두 당하고 혼돈의 바다에서 오히려 자유를 얻는다. 초록빛 물이 선체에 스며들어 싸구려 포도주 얼룩과 토사물들을 씻어 깨끗하게 새로 태어난 배는 별이 쏟아져 젖빛으로 빛나는 하늘을 바라보며 바다의 시에 몸을 담근다.

착란과 느린 리듬의 바다의 시는 알코올보다 더 강하고 리라보다 더 망망한 애욕의 쓰디쓴 적갈색을 보여 준다. 번개처럼 찢어지는 하늘 아래서 배는 바다의 눈으로 눈부시게 눈 내리는 초록의 밤을 보고 노래하는 인광(燐光)들의 노란 그리고 푸른 눈뜸을 본다. 뱃사람의 구호신인 마리아가 아무리 바쁘게 돌아다녀도 그녀의 발이 닿는 곳은 바다의 지극히 작은 구역들을 넘어서지 못한다. 바다는 인간의 종교가 통하지 않는 거친 세계다. 뱃머리에 마리아 상을 모시고도 암초의 습격을 피하지 못하는 배들은 시대의 혼돈에 직면하여 무력하게 된 19세기 유럽 종교의 알레고리다. 회오리 물기둥과 되밀려오는 파도, 베헤모트(Béhémot, Behemoth)와 레비아탄(Leviathan) 같은 바다의 괴물들, 비둘기처럼 솟구치는 새벽과 공포로 얼룩진 낮은 태양 가운데서 물에 취한 배는 용골이 부서진 채 미친 널빤지가 되어 착란의 하늘을 열어 주는 바닥없는 밤 속에서 백만 마리 황금의 새들을 본다. 목화를 나르는 운반선이 되지도 못하고 군기를 펄럭이는 함선이 되지도 못하고 죄수를 이송하는 감옥선도 되지 못하고 오직 가혹한 사랑에 도취되어 마비된 배는 비로소 더 이상 부정할 수 없는 최후의 진실을 만나게 된다. 배는 움직이지 않는 태양 아래 같은 일을 반복하는 유럽의 낡은 흉벽(胸壁)들을 생각하고 그 곳에도 오월의 나비처럼 여린 배를 걸고 차가운 늪에 띄우는 어린애가 있다는 것을 상기한다. 무의식 중에서라도 아이는 유럽의 질서와 치안 너머를 투시하고 늪에 배를 띄운 것이다. 이 여린 배는 끝내 혼돈과 아나키의 난바다를 떠도는 취한 배가 되고 말 것이다. 15세기의 일본 배우 제아미(世阿弥)[제아미다부쓰(世阿彌陀佛), 1363~1443]는 '가켄-노-켄(我見の見)'과 '리켄-노-켄(離見の見)'을 훈련해야 좋은 배우가 될 수 있다고 하였다. 흔히 '내 눈'과 '남의 눈'이라고 번역하지만, "눈은 눈을 보지 못한다"는 제아미의 말을 고려하면 제아미의 의도는 나귀가 우물을 보는 것과 우물이 나귀를 보는 것의 차이를 전하고 싶었던 데 있었던 듯하다. 그렇다면 이 시에서 배는 '리켄-노-켄'으로 보는 시인이고 어린 아이는 '가켄-노-켄'으로 본 시인이라고 할 수 있을 것이다.

16세의 랭보는 시인 드므니(Paul Demeny, 1844~1918)에게 보낸 편지에서 감각의 전면적이고 장기적이고 이치에 맞는 착란을 통해 투시자가 되어야 한다고 썼다. 레오나르도 다 빈치(Leonardo da Vinci, 1452~1519)도 '볼 줄 아는 것(saper vedere)'〔사페르 베데레 : 보는 법을 아는 것(knowing how to see)〕이 화가의 임무라고 하였다. 시인은 시대의 이데올로기가 구획해 놓은 감각의 경계를 무너뜨림으로써 시대를 지배하는 질서에 구멍을 내는 실험과 모험을 통과해야 감각의 착란을 경험할 수 있다. 예술의 창작은 과학의 발견과 마찬가지로 지배 질서에 구멍을 내는 모험이다. 시인은 질서와 치안의 표면 너머에 있는 혼돈과 아나키를 투시하는 사람이다. 질서의 편에서 보면 시인은 병자이고 범죄자이고 저주받은 자이다. 랭보의 "나는 타자다."라는 말은 "나는 질서가 아니고 혼돈이다."라는 의미이다. 랭보에게는 시대가 혼돈이라는 말이 이치에 맞는 참말이고 시대가 질서라는 말은 이치에 맞지 않는 거짓말이다. 평생토록 완강하게 현실의 바탕이 되는 혼돈을 투시하는 일에 몰두하는 것은 엄청난 힘을 소모할 수밖에 없는 노동이다. 인간의 기억은 조금 드러내고 많이 감추기 때문에 기억의 심층에 있는 혼돈을 투시하려는 의지는 보는 일을 일종의 유린 활동으로 만든다. 서로 가까이 닿아 있는 기억들은 무엇인가? 비슷한 기억들은 무엇인가? 어떠한 기억들이 잇달아 나오는가? 하나의 기억과 다른 기억은 어떻게 격리되어 자신을 폐쇄하고 있는가? 근접, 유사, 연속, 폐쇄는 기억들이 상호 작용하여 이미지를 만드는 방법이다. 익숙한 이미지들을 끊고 잇고 뒤집는 동안 사물들의 밀도와 깊이가 바뀌며 기억 속에 묻혀 있던 몽상들이 처음으로 얼굴을 들고 살아서 움직이기 시작한다. 새로운 이미지는 존재의 고유성에 침투하여 낱말들의 의미론적 깊이를 복원해 준다. 시의 숨은 재료는 기억이지만 시의 나타난 입자들은 기억에 대한 감각 경험들이고, 감각들이 그 전에는 예상하지 못했던 방식으로 결합하여 구성하는 이미지들이 바로 시가 된다. 시의 유일한 목적은 새로운 이미지인데 이미지의 창조는 혼돈을 투시할 수 있는 시인에게만 허용되는 특권이다. 구원이나 해방이 시와 연관될 수도 있겠으나 그런 것들은 구태여 말하자면 목적 건너편의 목적이 될 수 있을 뿐이다. 새로운 이미지가 아니라면 구원이나 해방은 시를 수사적 장식으로 타락시키게 될 것이다. 시는 이미지들의 융해이지 개념의 교환이 아니다. 생각에 빠져드는 것은 시 쓰기와 무관하다. 시 쓰기는 감각 활동이지 사유 활동이 아니다. 동시대 사람들의 '공동 세계(Mitwelt)'는 대부분의 경우에 감각 가치들을 일깨우지 못한다. 그것은 백과 사전의 지식이 통용되는 개념의 체계 위에서 의사를 소통하는 세계이다. 시대가 바뀌면 백과 사전의 내용도 달라지지만 개념의 물물 교환이라는 의사 소통의 근거는 달라지지 않는다. 공동 세계를 '고유 세계(Eigenwelt)'로 미분하거나 '보편 세계(Umwelt)'로 적분하거나 해야 감각 가치들이 살아난다. 공동 세계는 고유 세계의 자연스러운 몽상을 응고시키며 이미지의 우주적 의미를 사회적 의미로 축소한다. 새로운 이미지는 항상 공동 세계의 의미 작용을 넘어선다. 질서는 어떤 경우이건 전달 가능한 언어의 전달이므로 혼돈을 투시하는 시인은 질서를 넘어 전달 불가능한 언어를 창조할 수밖에 없다. 인간의 정신에는 새로운 이미지들에 대한 갈망이 내재한다. 시의 존재 이유는 이미지들의 예기치 않은 결합에 있다. 새롭고 싱싱하며 생동하는 이미지들에는 스스로 속일 수 없는 고유한 희망들과 제 기억의 깊은 자리에서 끌어낸 몽상들이 들어 있다. 『강의』는 "시골에 처박히지 않겠다"는 결심에 랭보 시의 동력이 있다고 하였다. 시골의 너무나 빤히 드러나는 질서가 싫어서 가출한 소년은 학교와 교회와 국가를 떠나 유럽을 헤매다가 아프리카로 갔다. 그는 어떻게든 질서의 바깥에 머무르려고 했다. 도시에 근거지가 없는 시골 아이가 고향인 샤를빌로 돌아가면 끝이라고 생각하고 근거지 없음을 자신의 운명으로 받아들인 것이다. 근거지 없음을 지키는 데도 돈이 필요하다. 노숙자처럼 돈이 절실하게 필요한 사람은 없다. 랭보는 열다섯 살에서 열아홉 살까지 시를 썼고 그 이후 아프리카에서 상아와 무기를 팔면서 시를 살다가 서른일곱 살에 죽었다. 『강의』는 랭보의 시가 실패담의 형식으로 구성되어 있다고 했는데, 세상의 질서를 따라 성공과 출세를 삶의 목표로 설정하고 사는 사람들의 눈으로 보면 혼돈을 투시하고 혼돈과 함께 살려고 하는 사람은 실패자가 아닐 수 없을 것이다. 그러나 세상에는 성공한 사람들이 말하는 질서를 견딜 수 없을 정도로 답답하게 여기는 사람들이 있고 그들에게는 혼돈과 아나키가 삶을 포기하지 않고 계속하게 하는 동력이 된다. →

〔3-2.〕 로트레아몽의 경우 : "나는 타자가 아니다"

랭보의 세계가 표층의 질서와 심층의 혼돈으로 구성되어 있는 데 반하여 로트레아몽[Comte de Lautréamont, 본명 : Isidore-Lucien Ducasse, 1846~1870]의 세계에는 질서가 아예 존재하지 않는다. "나는 타자다."라는 랭보의 말이 "나는 질서가 아니라 혼돈이다."라는 뜻이라면 "나는 타자가 아니다."라는 로트레아몽의 말은 "나는 신이 아니라 동물-인간이다."라는 뜻이다. 신의 세계에는 혼돈이 없을지 모르지만 인간의 세계에 있는 것은 혼돈뿐이라는 것이 로트레아몽의 생각이었다. 그에게 시인이 하는 일은 혼돈의 모습을 그려 내는 것 이외에 다른 것이 아니다. 『강의』에 나오는 『말도로르의 노래(Les chants de Maldoror)』(1868, 1874)의 「여섯번째 노래(Chant sixième)」는 로트레아몽이 그려낸 혼돈의 모습을 잘 드러내 보여 준다. 「여섯번째 노래」에서 독자를 이인칭 대명사로 부르는 일인칭 화자는 로트레아몽 자신이다. 화자는 인간과 창조주와 자기 자신을 장난치듯 모욕하는 사람이라고 자기를 독자에게 소개한 후에, 인간과 인간을 창조한 자를 공격하자고 독자에게 제안한다. 독자는 화자가 인류와 섭리에 대항해서 가혹한 비난을 퍼뜨리고 있다고 화자를 비난하고 화자는 직접 본 것만을 이야기하는 자신은 거짓말에서 어떤 이득도 찾지 않을 것이며 자신에게는 진실 이외에 다른 야심이 없다고 항변한다. 화자는 동물 자기 유체(動物磁氣流體)를 주입하여 독자를 몽유병자의 동작 불능 상태로 만들고 강제로 독자의 눈을 흐리게 하여 독자와 함께 그 숫자를 떠올리기도 어려울 만큼 모든 세대를 한 명씩 한 명씩 또는 집단적으로 밟아 짓이겼다. 화자는 모든 범죄를 독자와 공모한다. 화자는 독자에게 "너도 보다시피 내 입술 없는 입에서 승리의 나팔 소리가 울려 퍼진 것이 한두 번이 아니었다."고 그가 기획하고 독자가 조력해 준 범죄들을 자랑한다. 화자에게 연쇄 살인은 이 별에 있는 어느 것도 가소롭지 않다는 것을 입증하는 행위이다. 화자는 창조주와 자신이 서로 눈꺼풀 속의 속눈썹을 들여다보는 사이이고 일련의 영예로운 범죄를 저지르는 자기는 창조주를 부러워할 이유가 전혀 없다고 독자에게 말한다. 화자는 독자에게 이렇게 평가받고 싶어 한다. "그는 나를 아주 바보로 만들었다. 그는 내가 아는 한 가장 훌륭한 최면술 교사였다. 그가 더 오래 살 수 있었다면 무슨 짓인들 하지 않았으랴." 화자는 선천적이거나 후천적인 괴물성의 냉정한 관찰자이다. 화자는 거울을 보면서 자신이 이마 한가운데 달랑 눈 하나가 박혀 있을 뿐인 괴물인 것을 인식하고 인간이면서 괴물이라는 자신의 이중성을 흡족하게 생각한다. 그는 요도관이 음경 밑으로 노출된 성적 기관의 선척적 기형을 포탄이 설치된 장갑 코르벳(Corvette)함처럼 아름답다고 생각한다. 자연 법칙에 기초하는 것은 그를 만족시키지 못한다. 그에게 미학적 원리는 인류의 단계적 진보와 함께 변하는 것이고 또다시 변하게 될 것이다.

　　　　수십 개의 파리 지명이 나오는 「여섯 번째 노래」에는 사람〔말도로르(Maldoror), 머빈(Mervyn. 메르뱅), 아곤(Aghone)〕과 '신＝코뿔소'와 '천사＝대게'가 등장한다. 말도로르는 살인자이고 머빈은 살인 대상이고 아곤은 살인의 보조자이며 '신＝코뿔소'와 '천사＝대게'는 살인을 막으려다 실패하는 부차적 배역을 담당한다. 말도로르는 일개 사단이라고 해도 과언이 아닐 경찰과 밀정이 지속적으로 쫓고 있는 사람이다. 그에게는 숙련된 눈으로도 알아보기 어렵게 형태를 바꾸는 특수 능력이 있었다. 심지어 그는 검은 고니(black swan)로 변신하여 백조들과 함께 헤엄치며 그가 사람들 사이에 불신을 부추기듯이 백조들 사이에 불신을 부추기기도 한다. 평범한 인상의 허름한 차림새로 의심받지 않기에 더욱 위험한 인물인 그는 어제는 베이징, 오늘은 마드리드, 내일은 상트페테르부르크로 떠돌면서 유독성 유체로 동물 자기 최면술을 걸어서 도시를 마비 상태에 몰아넣는다. 한편으로 그는 파리의 하수구에서 한 마리 귀뚜라미의 기민한 섬세함을 눈여겨보는 심미가이기도 하다. 화자는 말도로르를 강도, 해적, 악당, 배교자, 도형자(徒刑者), 편집증 환자라고 부르며 천 리 밖에 있을 수 있지만 또 바로 옆에 있을 수 있다고 독자에게 경고한다. 카루젤 다리(Pont du Carrousel)에서 말도로르가 16년 4개월 된 영국 소년 머빈에게 다가간다. 말도로르가 가까이 있다는 것을 육감으로 느낀 소년은 두려움 때문에 생겨난 반수면 상태의 환각에 빠져 집에 돌아와 소파에 쓰러진다. 영국의 함대 사령관이었던 머빈의 아버지는 누가 아들을 해쳤다고 생각하고 외국인에게 불친절한 프랑스를 원망한다. 집에 상비하고 있는 테레빈유(turpentine oil) 에센스를 바르자 소년이 깨어났고 의사도 위기를 넘겼다고 진단한다. 그러나 그 날 이후 소년은 또렷하던 눈이 생기를 잃고 몽유병자처럼 몽상에 잠겨서 숙제를 소홀히 하고 공부를 하지 않는다. 소년을 따라간 말도로르는 길의 이름과 건물의 번지수를 적는다. 경험 없는 소년에게 닥칠 미래의 위험에서 보호해 주고 외국 여행도 시켜 주겠으니 모레 다섯 시에 카루젤 다리에서 만나자는 무서명 편지를 받고 머빈은 그 편지 내용에 삼단 논법의 냉정함과 마음을 흔드는 특이한 열정이 복합돼 있다는 느낌을 받는다. 말도로르는 팔레 루아얄(Palais Royal)의 왼편 연못 가까운 벤치에서 정신 착란자인 아곤을 발견하고 발작이 가라앉기를 기다려 말을 건넨다. 그의 아버지는 목수였는데 술집을 찾아다니다 취해서 집에 들어오면 아내와 자녀들을 광포하게 괴롭혔다. 친구들의 충고와 강요로 행동을 바꿨으나 그 후로는 아무하고도 말을 하지 않게 되었다. 아곤은 세 누이를 위해서 방울새 한 마리를 샀고 누이들은 방울새의 노랫소리를 좋아했다. 목수는 반대로 우아한 노랫소리에 모욕을 느꼈다. 어느날 목수는 새장을 밟아 뭉개어 방울새를 죽였다. 슬픔을 이기지 못한 세 누이들이 개집 안에 들어가 밀짚 위에 나란히 누워 숨을 거두었다. 어머니는 집을 나갔고 아곤은 광인이 되었다. 아곤의 사정을 들은 말도로르는 아곤을 생토노르가(Rue Saint-Honoré)의 4층 아파트에 살게 하고 금고의 돈을 마음대로 쓰게 한다. 더는 선악을 구분할 수 없게 된 아곤은 말도로르에게 무릎을 꿇고 하찮은 명령에도 완전히 복종하는 노예가 된다. 신은 머빈을 말도로르의 손에서 구출하기 위해 대게로 변신한 천사를 보낸다. 천사는 말도로르에게 그[말도로르]가 천사 가운데 가장 윗자리를 차지하던 때가 있었음을 상기시키고 항복하라고 권유한다. 말도로르는 몸소 오는 게 겁이 나서 부하를 보낸 신을 조롱하고 "거들먹거리는 그만큼 대단한지 어쩐지 어디 보자"며 곤봉으로 '대게 = 천사'의 머리를 쳐서 죽인다. 백조들 사이의 검은 고니처럼 말도로르는 인간들 사이에서도 혼자이고 하늘 주민들 사이에서도 혼자이다. 카루젤 다리로 가던 머빈은 루브르 강변 도로에서 자루 하나를 들고 자기가 가는 방향과 평행하게 걸어가는 사람을 본다. 그들은 서로 본 적이 없었지만 즉시 서로 알아본다. 말도로르는 자루를 펼치고 소년을 포대 속에 밀어 넣는다. 마침 짐수레에 고기를 잔뜩 싣고 가던 푸주한에게 포대를 건네며 말도로르는 옴 걸린 개를 묶어 놓은 것이니 죽여 달라고 부탁한다. 네 명의 푸주한이 칼을 들어 찌르려는데 네 번째 사내가 이상하니 멈추라고 말하며 포대를 풀어 머빈을 살려 준다. '대게＝천사'는 분해된 원자로부터 재생하는 능력을 가지고 있다. 물고기 꼬리에게 날개를 빌려 주어 신에게 전갈하라고 시킨다. 물고기 꼬리가 말도로르에게 고자질하려고 하니 대게가 독화살로 물고기 꼬리를 꿰뚫는다. 성관(城館) 지붕의 대들보가 내려와 말도로르를 막으려고 한다. 말도로르가 아곤에게 대들보를 불사르라고 명령한다. 대게는 순례자들의 도움을 받으려고 하지만 이번에는 '화자＝작가'가 얼음 같은 침묵으로 이야기를 중단하여 대게가 시간 맞춰 도달하지 못하게 한다. 말도로르는 어떤 중죄도 저지른 적이 없는 머빈의 두 손과 두 발을 묶어서 방돔 광장(Place Vendôme)의 육중한 전망대 위 지상 50미터도 넘는 정방형 난간에 매달아 놓는다. 머빈의 몸은 오벨리스크의 중간 높이에서 이리저리 흔들린다. 코뿔소로 변신한 신이 머빈에게로 가려 하자 원주 꼭대기에서 주변을 살펴보던 말도로르가 리볼버에 탄환을 장전하고 신중하게 겨냥해서 방아쇠를 당긴다. 머빈이 발작한 후 거리에서 구걸하며 생활하던 함대 사령관과 창백한 얼굴을 한 그의 아내가 '코뿔소＝신'을 지키기 위해 자기들의 가슴으로 총알을 막는다. 코뿔소는 슬픈 마음으로 물러선다. 후피 동물(厚皮動物) 코뿔소 안에는 신의 실체가 들어 있지만 신은 제 피조물들에게 동정적이지 않다. 말도로르는 갑자기 밧줄을 놓아 버린다. 머빈의 몸이 밧줄에 묶인 채 날아서 팡테온(Panthéon) 원형 천장 상부 벽에 걸린다. 못 믿겠으면 직접 가서 높이 매달려 있는 머빈의 해골을 보라고 독자에게 권유하는 화자의 말로「여섯 번째 노래」가 끝난다. ↓

[4.] 두 흐름을 다시 하나로 묶는 일

말라르메-발레리의 계보와 랭보-로트레아몽의 계보가 현대시의 두 흐름을 형성한다는 것이 『강의』의 주제이다. 강성욱(康星旭, 1931~2005) 선생님은 보들레르로 돌아가서 이 두 흐름을 다시 하나로 묶는 일이 현대시의 긴급한 과제라고 말씀하셨다. 이 『강의』의 출간을 계기로 강성욱 학파의 현대시 이해가 이 땅에 널리 확산되기를 희망한다. ★

김인환 | 1946년 서울에서 태어났다. 고려대학교 국어국문학과를 졸업하고 동양방송 PD부에 입사했으나 정한숙 선생의 권유로 같은 대학 대학원에 진학하여 석사 및 박사 학위를 받았다. 1972년『현대문학』에「박두진론」을 발표하며 문학 평론가의 길을 걷기 시작했다. 마르쿠제의『에로스와 문명』을 처음 우리말로 옮겼고, 1985년『세계의 문학』가을호에 라캉을 한국 최초로 소개한 논문「언어와 욕망」을 발표했다. 경상대학교 국어교육과 교수를 거쳐 1979년부터 2011년까지 32년 동안 고려대학교 국어국문학과 교수를 지냈다. 현재 고려대학교 명예 교수다. 고전 문학과 현대 문학, 정신 분석학과 경제학, 역사와 철학, 수학과 한학 등 여러 분야의 학문을 가로지르는 독자적인 사유를 현실 비평에 넓게 펼쳐 왔다. 쓴 책으로『문학과 문학 사상』,『문학 교육론』,『상상력과 원근법』(문학과지성사, 1993),『동학의 이해』(고려대학교출판부, 1994),『기억의 계단』(민음사, 2001),『다른 미래를 위하여』(문학과지성사, 2003),『의미의 위기』(문학동네, 2007),『한국 고대 시가론』(고려대학교출판부, 2007),『언어학과 문학』(작가, 2010),『현대시란 무엇인가』(현대문학, 2011),『고려 한시 삼백 수』(문학과지성사, 2014),『과학과 문학』(수류산방, 2018),『수운 선집 : 용담유사 동경대전』(고려대학교출판문화원, 2019),『타인의 자유』(난다, 2020),『주역(2판)』(고려대학교출판문화원, 2020),『새 한국 문학사』(세창출판사, 2021) 등이 있다. 김환태평론문학상(2001), 팔봉비평상(2003), 대산문학상(2008), 김준오시학상(2012) 등을 받았고 2021년 학술원 회원이 되었다. 고려대에 입학하여 동기인 황현산을 만나 평생 가장 가까운 학문과 삶의 벗으로 지냈다.

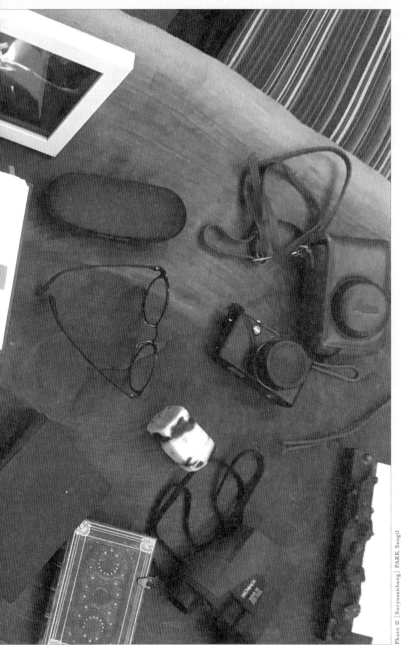

황현산의 유품들(2019.08.08. 서교동 디어라이프, 〈황현산의 방, 황현산의 밤〉 전시장에서).

황현산 黃鉉産 Hwang Hyunsan | 1945년 6월 17일 전남 목포에서 태어났다. 6.25 전쟁 중 아버지의 고향인 신안의 비금도로 피난 가 비금초등학교를 졸업했다. 목포로 돌아와 문태중학교, 문태고등학교를 거쳐 1965년 고려대학교 불어불문학과에 입학했다. 졸업 후 잠시 편집자로 일하다가 같은 대학원에 진학해 아폴리네르 연구로 석사(1979), 박사(1989) 학위를 취득하는데, 이는 각각 국내 첫 아폴리네르 학위 논문이 되었다. 이를 바탕으로『얼굴 없는 희망─아폴리네르 시집 '알콜' 연구』(문학과지성사, 1990)를 펴냈다. 1980년부터 경남대 불어불문학과와 강원대 불어불문학과 교수를 거쳐 1993년부터 고려대 불어불문학과 교수로 재직했다. 2007년 한국번역비평학회를 창립해 초대 회장을 맡았고, 2010년부터 고려대 불어불문학과 명예 교수였다. 프랑스 상징주의와 초현실주의 시를 연구하며 번역가로서 생텍쥐페리의『어린 왕자』(열화당, 1982 ; 열린책들, 2015)를, 현대시 평론가로서『말과 시간의 깊이』(문학과지성사, 2002)를 출간한 바 있다. 퇴임 후 왕성한 출판 활동을 펼쳐, 2012년 비평집『잘 표현된 불행』(문예중앙 ; 난다, 2019)으로 팔봉비평문학상, 대산문학상, 아름다운작가상을 수상했다. 말라르메의『시집』(2005), 드니 디드로의『라모의 조카』(2006), 발터 벤야민의『보들레르의 작품에 나타난 제2제정기의 파리』(2010), 아폴리네르의『알코올』(열린책들, 2010), 앙드레 브르통의『초현실주의 선언』(미메시스, 2012), 보들레르의『파리의 우울』(문학동네, 2015)과『악의 꽃』(민음사, 2016), 로트레아몽의『말도로르의 노래』(문학동네, 2018) 등을 번역하며 한국 현대시에 새로운 영감을 불어넣었다. 대중 매체에 다수의 산문을 연재하며 문학을 넘어선 사유를 펼쳤다.『우물에서 하늘 보기』(삼인, 2015),『밤이 선생이다』(난다, 2016),『황현산의 사소한 부탁』(난다, 2018) 등의 산문집으로 많은 사랑을 받았으며,『13인의 아해가 도로로 질주하오』(수류산방, 2013) 외 여러 권의 공저를 남겼다. 2017년 한국문화예술위원회 제6대 위원장을 맡았다. 담낭암으로 투병하다가 2018년 8월 8일 향년 73세로 세상을 떠났다. 유고로『내가 모르는 것이 참 많다』(난다, 2019),『황현산의 현대시 산고』(난다, 2020)가 출간되었다.

Portrait © Stone KIM / Photo © [Suryusanbang] PARK Sangil

2015.09.17. 삼청동에서. 황현산.

2015.01.15. 안국동 '아리랑'에서. 황현산, 이원, 김인환, 함돈균, 조성룡, 수류산방.

2016.02.18. 안국동 '아리랑'에서. 약 2달에 걸친 '프랑스 상징주의 시' 강의를 마치고.

심세중, 황진원, 조성룡, 이원, 황현산.   황현산   최정례   함돈균 고소미   최은진

2016.01.21~02.18, 동십자각 앞, 사간동 시민행성에서 강의 중인 황현산.   2018.07.18, 안암동 고대병원에서, 황현산, 수류산방.

Photo © [Suryusanbang] SHIM Sejoong

7 황현산 선생님과, 1주기 행사 등 여러 스냅들   511 Miscellany

2018.07.29. 안암동 고대병원에서. 황현산, 김민정.   2018.07.29. 안암동 고대병원에서. 강혜숙, 황현산, 오은.

2018.08.10. 안암동 고대병원 장례식장에서.

황현산 선생이 장례식장을 떠나가실 때 가수 최은진이, 생전 좋아하시던 〈아주까리 수첩〉를 불러 드렸다.

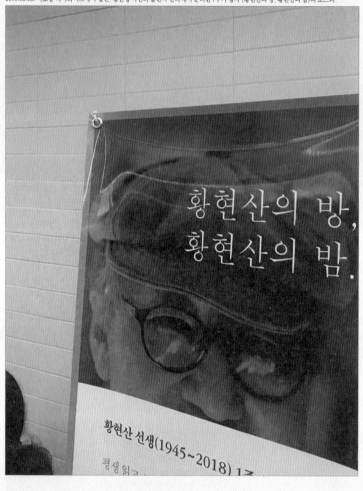

2019.08.08. 서교동 디어라이프 내외부.

2019.08.08. 서교동 디어라이프에서 열린 〈황현산의 방, 황현산의 밤〉에서 이영광(시인).

최정례(시인, 1955~2021).

전종환(MBC 아나운서).

2019.08.08. 서교동 디어라이프에서 열린 〈황현산의 방, 황현산의 밤〉에서 김인환.

황현산 선생의 장남 황일우.

정재학(시인).

이영광(시인).
윤희상(시인).

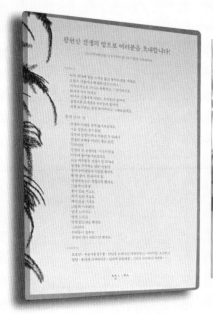

2019.08.08. 서교동 디어라이프에서 열린 〈황현산의 방, 황현산의 밤〉 전시장에 들어가는 김민정.

2019.08.08. 서교동 디어라이프에서 열린 〈황현산의 방, 황현산의 밤〉 전시장.

2019.08.08, 황현산의 책상(서교동 디어라이프, 〈황현산의 방, 황현산의 밤〉 전시장).

이수경(디자이너).   김인환.

2019.08.08. 황현산의 책상(서교동 디어라이프, 〈황현산의 방, 황현산의 밤〉 전시장)과 김정환, 김인환, 정병규.

2019.08.08. 황현산의 유품들(서교동 디어라이프, 〈황현산의 방, 황현산의 밤〉 전시장).

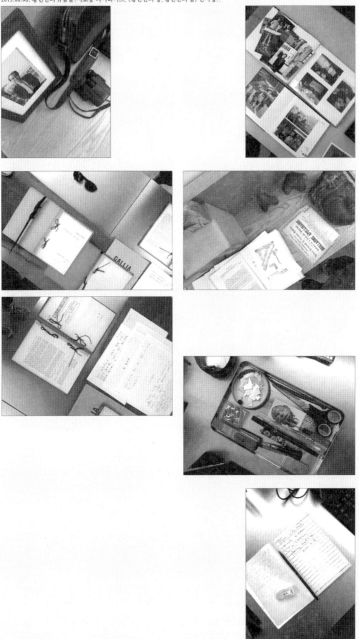

2019.08.08. 서교동 디어라이프. 황일우. 김인환.

김원기(고려대 출판문화원). 황일우.

2019.08.08. 서교동 디어라이프. 송승환.

오은.

강혜숙. 황일우. 원신재.

2019.08.08, 서교동 디어라이프, 김인환.

2015.09.17, 삼청동에서, 함돈균, 황현산, 이원.

2019.08.09, 동교동, 뒤풀이를 마치고, 김정환, 정재학, 이영광 | 심세중.

[8-2] 김정환(金正煥, 1954~) [시인]

봇물과 불꽃놀이
—황현산 생각

오랜만에 비 온다.

나를 적신다 구체의 처음으로.

강이 전설을 바다가 신화를 낳는다.

건물보다 더 낯익은 것이 건축이다.

오랜만에 비 온다.

땅 위에 평화. 똑같은 피살 전야가 없고

똑같지 않은 피살 그 후가 없다.

독재보다 더 가망 없는 것이 취재된 솔직한 불만들의 상투성이다.

오랜만에 비 온다.

낡은 문제가 해결되지 않은 너무나 커다랗고 긴박한 문제다.

카를 뵘의 지휘가 가장 주도면밀하지만 그의 나치 경력 탓에

희망 앞에서 소극적인 것일 수도 있다.

오랜만에 비 온다.

전업 창녀는 유혹만 농밀하다. 나머지는 경제라는

이야기. 옛날 그 시리즈가 그리 실(實)했었나? 그런

생각도 총체다, 옛날 아니라 지금의. 다 있는 충만 너머

이빨 빠진 결핍의. 앞장서는 사람이야말로

상투와 진부가 죄이지만 앞장서는 것이 거의 예외 없이

상투적이고 진부한 행동인 지 오래고 지금의 최선이

미래가 아닌 지 오래다.

오랜만에 비 온다.

미완의 혁명이란 게 없으니 모든 영구

혁명 이론이 개수작. '자발적' 자본주의 혁명의

성공에 환장한 모든 '의식적' 혁명이

실패할 줄 알면서 발발했고 예상대로 실패하였다.

역사 발전의 법칙이 관철된 것은 오로지 인간이

그것을 알기 전까지 역사에서다.

과거를 정리하다가 과거를 보는 행위의

반동(反動)이 과거만 본다. 그것이 역사의 수레바퀴.

자본주의 혁명의 성공만 보면서 법칙이

끝없이 영구히 완고해진다.

대칭이 달성할 어떤 완벽 아니라 완벽의

적대의 극복을 상징하는 것처럼 미완의 땜질이 있다.

모든 영구 땜통 이론이 가능하다. 아니 미래를 향하는

사회주의 원초(原初) 이상의 요체다. 성격이 실패와 반대인.

숱한 계기로 숱한 장소에서 만난 숱한 사람들의

기억의 체취가 다시 하나의 얼굴로 되는

'하나의 시간'을 우리가 미래라 부른다. 예술은

기나긴 광업적 종말의 시작, 결국은

대대(代代)를 포용하는 연민의 찰과상이 형식으로 남는.

그리고 형식은 내용의 징후. 생(生)이라는

거창한 망명이 잠시 중단된다. 미감(美感)이

사랑 노래다. 목관으로 씻어낼 수 있을까, 기쁨의

마지막 습기를? 왜냐면 습기 없는 베니스 자본주의

예찬의 금관이 브람스 대학 축전 서정의 절정 너머로

더 이상 진보하지 않는다. 고단한 목소리에서 율동 사라져

정의(正義)가 그대의 좌파가 더 이상 진보하지 않는다.

나의 고유한 고통을 그대가 더 이상 내게 주지 않는다.

절망을 극복하는 절망의 화장(化粧)과 우매의 황금을

주지 않는다. 눈물도 눈물에 비친 화려의 색의 모양인

육체를 벗고 갱생의 우아한 각도를 남길 것.

이전의 소리도 이후의 소리도 없이 들리는 소리 정물(靜物)을,

절대음감의 부재(不在)의 완벽을, 방(房)의 등장을,

검은 옻칠 상자인 책과 그 표지(表紙)인 레닌을 남길 것.

미노타우로스

후각은 곧장 그의 국부(局部)로 가고 그가 맡는

여자 냄새는 온통 자신의 사타구니에서 난다. 발가벗음도

벗김도 단계와 주객이 없다. 그렇게 냄새를 맡고픈 것도

사랑이었지만 이제 깨끗해지는 속옷의 생애가 필요하지

종말의 백년대계로.

유령 출몰 역사의 유령은 그대가 열리기를

기다리는 것이기에 나는 씨름하는 야곱이 누구와

왜 씨름 하는지보다 그런 제목이 나오는 경위가 더

궁금하다. 그런 제목이 나오는 씨름, 정신을 능가하며 태어나는

육체의 신성 과정 말이다.

내 왼쪽으로 너무 가까운 사전이 너무 낡아서 낡은 도서관보다 더 크다.

내 오른쪽으로 테두리가 광주리 같은 투명 하늘 파랑 유리사발에

쓸 수 없는 러시아 제국 필기 도구 하나, 지우개 셋, 편지 칼

넷, 예쁜 상표 딱지 책갈피 일곱, 지포 라이터 부싯돌, 0.5,

0.7, 1.0밀리 샤프심 기타 등등. 평생 다 쓸 수 없는

양(量)은 전략 아니다. 쇼크를 관통하려는 필사의 몸이

문체(文體)일 뿐, 아마도 자기파괴적인.

황사 꼈고, 대상포진 바이러스가 일찍 도로 들어갔다.

다 나오게 해서 몰살해야 했던 것인데.

벗어나는 법칙만 법칙 같다. 가장 고요한 탈인칭(脫人稱).

살아간다는 첫 감각을 향하여 죽어 가고

죽어간다는 마지막 의미를 향하여 살아 간다.

살아 있는 죽은, 죽은 살아 있는. 아니, 그게 아니라 … 여기 어디 있었는데,

근사하기보다 알맞게 무거운, 나침반 아니고 지남철 아니고

문진 아니고 용도 없는 누름, 그러니까 들림의

쇳덩어리 하나?

이용익의 러시아풍 화강암 위용이 가파른 고려대학교

병원 본관으로 황현산 문병 가는

언덕은 생활이 가파르다. 오른쪽 재활용품 쌓인 공터

웃음이 얼굴보다 크고 걸음이 언덕보다 가파른

장애인이 땅바닥에 켜놓은 몇 십 년 전 손바닥 크기

라디오에서 〈Unchained Melody〉

꼭 그만큼의 볼륨과 음질로 나왔다. 좋은데 … 지지직

소리 있지만 없는 듯이 비 오는 화면 없지만 있는 듯이

감동보다 감격에 더 가까워 바야흐로 슬퍼지는 음질과 볼륨 말이다.

그러나 가장 음악적인 말은 눈을 감다. 이고 눈을 감았다, 가

더 그럴 것 같은데 죽어 보지 않아서 알 수가 없다.

2호선 전철역 당산에서 6호선 안암 - 고대병원까지는

나 어릴 적 동네들이 고스란히 있고 동네 이름

역들도 심심찮게 있고 그 연결 모양이 나로서는

내용의 징후고, 전철이 가고 있으므로 내용은

지명이 아무리 오래 되어도 미래다.

시적인 계기가 모든 예술을 예술이게 하듯이, 온갖 기쁨과

탄식의 육체, 음악적 계기가 상스러운 것을 고상하게 만든다.

그리고 전대 아니라 당대를 뒤집어야 예술이 현대 예술이고

어느 시대든 당대 본질적인 류(類)의 현대 예술이 있을 것을

우리가 얼마든지 상상할 수 있다.

20세기가 21세기에 전혀 끝나지 않고 프랑스 르네상스

걸작 장편 라블레(1494~1553)『가르강튀아와 팡타그뤼엘』이

다섯 권 모두 정말 삽화적이다. 아무리 형편 없는 삽화도 그 글에

어울리지 않을 것이 없고 아무리 훌륭한 삽화도 그 글보다 더

삽화적이지 않다. 그리고 인간이 삽화들로 세운 건물 가운데

가장 부조리한 것 하나가 종합병원이다.

그것이 사람을 종합적으로 잡기 전에 스스로 자진해서

종합적으로 잡히며 환자복 인간들이 가까스로 비로소

떼로 경악한다. 인간 복지 정책의 짐승만도 못한 결과에,

배설에, 의식주의 아귀다툼이 최악의 질병인 사실에.

황현산은 그 와중 깨끗하게 닦인 도자기 접시 하나다.

일본 노리다케처럼 얌전하고 우아하다가 인도네시아

Royal Albert처럼 대책 없이, 그러나 끝내 품위 있고

아담하게 낙관적이다. 인문학이 바로 그럴 것처럼.

그가 불문-인문학자이니 우선 푸름이 미색의

투명으로 들어선 내복 같은 표지 책들의 프랑스

유리(琉璃) 대사관, 그리고 짙은 파랑의 튼튼 그 자체인 책들의

영국 아마포 대사관, 그리고 깨알과 노랑의 응축인 책들의

독일 종이 칼 대사관, 그리고 손바닥과 사각의, 직사각과

정사각의 편안한 혼동인 책들의 일본 미농지 대사관,

문 열기 전에 쏟아진다. 읽어도 계속 쏟아진다 말들이.

고대 병동 실내는 고사(古事)가 성어(成語)의 살을 찢는

참혹이고 성어가 고사의 근거 없는 멸망인, 빠진 이빨 없이

이빨 빠진 운명의 넝마고 그 와중 계속 쏟아지고 쏟아짐으로

이룩된다. 이 말 : 나 죽는 건가 싶었을 때

죽는 것은 죽은 것이라 두렵지 않았으나 몹시 흔들렸다.

왜냐면 내가 아는 가장 아름다운 사람들과 이제 헤어져야 할 것이었다,

그래도 내가 그들을 가장 많이 알고 있지 않나, 아름다움에

서열이 없고 가장 아름다운 사람들을 가장 많이 아는 것이

바로 인문학이다…. 죽지 않는 인문학을 그가 말했다.

정신병동에서는 '인문학을 살려 내라' 플래카드 들고

포즈를 취하는 자들이 인문학을 죽였고 이제 확인 사살 중.

하는 자들이다.

황이 수술을 무사히 마치면 우리는 그 참치횟집을 들르지.

그리고 보니 참치 장인(匠人)이 굳이 노려보지 않고도

본다 참치살의 맛보다 훨씬 더 매력적인 단면(斷面)을.

붉고, 붉음이 절벽보다 더 거대하게 가파른 단면이다.

그리고 자신의 이름보다 더 굵은 단면이 바로 붉음이다.

옛 생각 복잡하고 단일화가 바로

더 복잡하게 나아가는 시간이다.

출산이 사망인 악기의 소녀를 관통하며 구원하는

창작의 거울 속에서 끈질긴 전통의 근육을 찾아서 중고

미군 물품 수집가가 중고 미군 물품을 수집하지 않는다.

도대체 왜 전쟁이 제도가 아닌 날 올 수가 없지, 왜

죽기 전에 사는 보람을 찾는다는 말, 말이 안 되지?

그 질문을 최대한 가늘고 길게 늘이기 위해서다.

가장 소박한 피아노가 늘이는 공명(共鳴)으로 그의 수집

운동 자체가 가장 완벽한 언어에, 번역이 환생에

달할 수 있을지도. 그것이 키가 큰 바로 그만큼 어수룩한

초록 비단의 셰익스피어 여주인공일 수도. 전통 음식의

측정과 죽음의 명(銘)으로 새겨지는 고대가 나날이

넘어서는 안 될 선을 넘는다.

성산회관이 지금은 없어졌으니 옛날 성산회관 아니라 옛날

성산회관 자리라고 해야겠으나 없어진 옛날 성산회관이 자리를

차지했을 리 없어 그냥 옛날 성산회관으로 가는데 택시 기사가

못 찾은 적 없는 것도 인문학이고 서울 촌놈이 죽어도 알 수 없는

왕년의 이웃 처녀들도 인문학이다.

흑백 광경 아니라 광경 흑백 방송은 한꺼번에 스스로 어린이대공원을

탈출하는지도 모르고 탈출한 한 마리 사자다. 밤 하늘에 불꽃놀이는

총총 별들과 달리 폭발적으로 저질러지는데 그것을 우리가 보는 것이

저지르는 것인지 모르고 그래서 어린이대공원을 탈출한 사자, 심장이

자유의 환희로 마구 뛸 뿐 탈출한 줄을 몰라 어딘지도 왠지도 모르고
쓸쓸하다. 철새 수만 리의 시간과 거리 개념을 완전히 없애야 비로소
쉬는 것이 나는 것이고 나는 것이 쉬는 것인 와중 너무나 희귀하게
낯선 장소와 낯선 시간 정지한 자신의 낯선 개인을 아는
생의 진정을 우리가 조금이라도 짐작할 수 있을 것이다.
불꽃놀이는 아무리 화려해도 여전히 처음의 중국 중세풍이고 처음의
괴테풍이고 처음의 토스카니니 지휘 콘서트 미국 NBC TV 중계풍이다.
어이없이 젊은 죽음의 살기가 애도를 부르는 광경도, 그 애도가 너무
격하고 짧은 광경도, 그래서 여전히 살기가 남는 광경도 보인다.
고대 신화 근친상간과 인육 요리 보이지 않고 그 둘 사이 지금보다
훨씬 더 가까운 것 보이지 않고 사원의 창녀 영업, 야만의 야만적인
성(聖)과 속(俗) 보이지 않고 그 참혹과 쾌락이 언뜻 아련히 아름다움의
씨앗인 순간들 보인다. 별 다섯짜리 호텔 뒤 후미진 구석 러브 호텔과
모텔 옆 더 후미진 구석에 아크릴도 겨우 아크릴인 간판의 기적으로
여관이 있듯이 일본 역사 나라, 헤이안, 가마쿠라, 무로마치 시대 각각을
대표하는 맛 말들이 있다. 애잔, 성실, 세련, 유현 … 시대들이 한꺼번에 일본
불꽃놀이로 있다. 뒤늦게 아니라, 뒤늦음의 불꽃놀이로
사실은 늦게 도착하지 않은 불꽃놀이가 없다는 듯이 있다.
늦게 도착하지 않은 책이 없듯이, 민족과 영역 침탈이
가장 미개한 것의 가장 뒤늦게 도착한 행위-뜻이라는 듯이.
불꽃놀이는 그러니까 20세기가 그나마 그런 것들이 보이는 시대였다는
광경-뜻일까? 제목만 도착한 책들은 멸망과 멸망의 원인조차 사라져
별 총총보다 더 먼 곳에 있고 보이지 않고 보인다는 게 무엇인지 모른다.
너무 찬란하게 해가 진 것은 물론 자신들에게 제목이 있었다는 것조차 모른다.

우리가 아는 모든 것들이 전성기를 이미 지난 것들일 수 있다.

그러나 그 사실이 바로 충분히 멀리 떨어져 참으로 우리의

불꽃놀이인 불꽃놀이다.

알록달록한 의상에 잘 아는 clown, buffo, harlequin, pierrot, pulcinella보다

모르는 saltimbanque가 더 어울리는 느낌.

성악이 표나는 인간 목소리 음악이라서 성악가 저승이 그의 묘지와

박물관이고 그의 음반이 그의 사후 재생과 상관없이 그의 이승인

것과도 같다. 가족 묘지고 평화롭다. 비석에 새겨진 그의 이름이 그의

목소리이니 미아리 공동 묘지 귀곡성 없다. 파주 동화공원 이북 5도

실향민 묘지들이 북을 향해 너무 질서정연하여 살기등등한 조화(造花)들

없다. 자신의 박물관에서 자신의 박물관인 그가 홀로 박물관 관람객과

함께 있지만 그냥 멀다. 그가 연주회 청중 향해 느껴 본 적 없고, 청중이

그를 향하여 상상해 본 적 없는 거리다. 자료들 생경하다. 물론, 청중도.

공연장에서 노래를 부르면 그가 자신의 초상화고 어린 시절 추억의

앨범들이고 인터뷰, 신문 기사고 그 스크랩이었으니. 들고 다니는

가방이고 입은 옷이고 달린 주머니고 주머니 속 지갑이고 지갑에 든

돈이었다. 받은 훈장들도 무대 의상도 도움이 안 되지. 그것들이

무대화하는 것은 거리다, 그와 관람객 사이, 그리고 그와 그의 소속(所屬)들 사이.

극장 밖 인파는 벌써 과도한

흥분이 섹스 기쁨의 상위는커녕 미만 수준일 것이지만

그래서 봇물이 불꽃놀이를 위해 있을 뿐 아니라

불꽃놀이가 봇물을 위하여 있기도 했다. 몸이 살갗부터 굳기 시작,

살 속 어느 깊이까지 굳어 식물 인간 된 뒤에도 계속 내장까지

굳어 들어간 아내가 있고 누구보다 더 세상의 불꽃놀이를 위한

어둠에 헌신한 화가 남편이 있고 한 삼 년 지나서는 너무 무서워
10년 넘게 안부를 묻지 못하다 부고를 받은 내가 있다. 거기 있는
죽은 자 새하얀 가부키 분장의 딱딱하고 검고 야윈 골육(骨肉)
아니었다. 죽은 아내 치열하게 따스한 손바닥 표정과 산 남편
시커멓게 꺼칠한 얼굴이 문상객들의 봇물이자 불꽃놀이였다. ★

김정환 | 1954년 서울에서 태어났고 서울대학교 영문과를 졸업했다. 1980년『창작과 비평』에서 등단했
다.『지울 수 없는 노래』(창작과 비평, 1982),『황색예수전』(실천문학사, 1983)부터,『내 몸에 내려앉은
지명』(문학동네, 2016),『자수견본집』(아시아, 2019)까지 끊임없이 시를 써 왔으며 문학뿐만 아니라 역
사, 음악, 미술 등 다양한 분야를 넘나드는 '전방위적인' 글쓰기를 실천하고 있다. 자유실천문인협의회
사무국장, 민중문화운동연합 의장, 노동자문화운동연합회 의장을 지내며 한국의 문화 운동을 이끌었
다. 1995년부터 2006년까지 한국문화학교 교장을 지냈다. 시집『드러남과 드러냄』(강, 2007)으로 백석
문학상(2007)을, 이후 아름다운작가상(2009), 만해문학상(2017) 등을 받았다.

[8-3]　　**윤희상**(尹熙相, 1961~)〔시인〕

황현산 선생님 생각

바람이 불면, 비금도에 갈 생각입니다. 그곳에 선생님께서 계실 것만 같습니다. 선생님께서 잇따라 비금도에 부는 바람의 이름을 노랫말처럼 외워서 읊으셨습니다. 모두 스물세 가지라고 하셨습니다. 그렇게 기억합니다. 지금 그 바람의 이름을 다 알지 못합니다. 바람의 이름을 적어 두지 않은 것을 후회합니다. 우리 곁에서, 선생님께서 오래도록 비금도의 바람의 이름을 읊어 주실 줄로만 여겼습니다. 나는 바랍니다. 이제 선생님께서 읊어 주신 스물세 가지 비금도의 바람의 이름을 모으는 것입니다. 비금도에 가서 먼저 이장님을 만나고, 당산나무 아래에서 어르신을 만나고, 마을에서 아이들을 만나서 여쭤볼 겁니다. 바람이 부는 바닷가와 언덕과 뒷골목을 걷고, 숲속에도 들어가 볼 겁니다. 선생님의 비금도 소금이랑, 비금도 시금치 섬초 자랑을 들어 보셨지요. 비금도 소금을 만드는 염전의 바람에게, 비금도 시금치 섬초를 키우는 바람에게도 이름을 물어볼 겁니다. 모르겠습니다. 어쩌다가 우연히, 그곳에서 환하게 웃고 계시는 선생님을 정말 다시 뵐 수 있을지요. 바람이 불면, 목포항 부두에서 비금도로 가는 배를 기다리고 있는 나를 가끔 봅니다. ★

윤희상 | 시인. 1961년 전남 나주시 영산포에서 태어나 서울예술대학교 문예창작과를 졸업했다. 1989년 『세계의문학』에 시 「무거운 새의 발자국」 외 2편을 발표하면서 작품 활동을 시작했다. 시집으로 『고인돌 과 함께 놀았다』, 『소를 웃긴 꽃』, 『이미, 서로 알고 있었던 것처럼』이 있다.

무한대를 만나면 무한대를 증명해 보이는 사람, 황현산

선생님 몸 벗으시고 3년 동안 선생님 하고 부르지 않았다. 일부러 그랬다. 그런데 문득문득 선생님이 나타나셨다. 경의선 숲길에서 광화문 교보에서 또 처음 가 본 동네의 횡단 보도에서. 뒷모습이 영락없이 선생님이셨다. 조금 둥그렇게 구부린 등, 구름의 걸음걸이. 발견하면 나는 어김없이 멈췄다. 선생님은 가던 쪽으로 계속 가셨다. 그래도 나는 선생님인 줄 알았다. 선생님 뒷모습이라면, 나도 얼마쯤은 안다. | 선생님 뒷모습이 내게는 선생님 앞모습이다. 선생님 만날 때 내가 먼저 돌아서 본 기억은 없다. 내가 선생님한테 이긴 건 이거 딱 하나다. 댁에 모셔다 드리면 선생님은 먼저 가라고 하시고, 나는 선생님 뒷모습 다 보고 뒷모습 안 계신 자리까지 보았다. 빈 그 자리가 비어 있지 않았기 때문이다. 선생님은 늘 못 말린다는 듯이 손 한 번 흔드시고 돌아서서 동일한 리듬으로 걸어가셨다. | 선생님이 편찮으시고 나서, 무리하시면 안 돼요. 그런 얘기만 많이 했다. 나는 안 하셨으면 하는 마음이 컸는데 선생님은 거의 다 기꺼이 하시겠다고 했다. 생각해 보면 나는 언제나 하지 않으시면 안 돼요? 라고 말했고 선생님은 괜찮습니다 라고 하셨다. 그럼 선생님 조심하셔야 해요, 그랬고 선생님은 알겠습니다, 하셨다. 선생님이 ―습니다 체로 말씀하시면 이제 그만 말하라는 신호였다. | 성북구 문인사 기획전 때도 그랬다. 포천 작업실과 정릉 댁을 오가시며 사진도 찍히시고, 여러 준비를 하셨다. 내게도 주

최 측에서 도록에 들어가는 짧은 글을 써 달라고 했다. 나는 그걸 쓰고 싶었다. 맨날 걱정만 말씀드리니까 내가 선생님을 어떻게 생각하는지 선생님께 전하고 싶었다. 목소리 없는 말로 말이다. 담당했던 분에게 들으니 읽으셨다고 했다. 물론 선생님은 내게는 그 글에 대해 한 마디도 안 하셨다(선생님이 읽으신 글이라 나는 그 글을 여기에 함께 기록해 두고 싶다).

　　"어느 순간에도 속도가 빨라지지 않는 존재가 있다면, 순간을 겪은 사람이다. 순간을 낱낱이 통과한 사람이다. 지나치는 방식을 선택하지 않은 사람이다. 그런 존재는 놀라운 중력을 발휘한다. 글과 말과 삶, 모든 발화는 부드럽되 정확하고, 알맞되 예리하다. 허투루 넘어가는 순간이 없어, 시간과 자신을 정확하게 일치시킨다. │ 한밤에, 대낮에, 새벽에, 저물녘에, 선생님 책상 곁에서, 밥집에서, 글쟁이들 자리에서, 땅끝마을에서, 선생님을 뵈었다. 선생님은 간결하고 넘실거리고 유머러스하시다. 내가 아는 한, 선생님이 자주 반복하는 단어는 그렇습니다, 맞아, 그래, 이 셋이다. 그렇습니다, 라고 하실 때는, ─다의 끝을 길게 끈다. 건네 주시는 물결 모양의 그 바통을 받은 적이 다들 있다. 맞아, 그래, 라고 하실 때는 느낌표다. 그 한 마디와 동시에 손가락 몇 개로 테이블을 가볍게 치기도 하신다. 소리 없는 선생님의 음계를 받아 쓴 적이 다들 있다. 이 세 단어가 선생님에게서 나오는 순간은 어김없이 확장된 지평이 나타날 때다. 선생님이 쓰신 문장처럼 "감수성과 지성을 지닌 사람이라면 누구라도" 너머의 존재로 스스로 "만들 수 있는 힘"(『알코올』)이 있음을 선생님은 믿고, 알려 주고 계신 것이다. │ 2015년 2월 선생님과 함께 팽목항에 갔다. 선생님을 따라 등대까지 걸었다. 분향소에서 나왔는데 선생님이 보이지 않았다. 한참 찾았는데, 바다 가까이 가 계셨다. 선생님, 목소리로 불렀다. 뒤돌아보셨다. 그 순간의 얼굴. 온통 바다였다."〔『성북구 문인사 기획전 3 황현산』도록, 2017년〕

2017년 12월이었다. 선생님 한국문화예술위원회 위원장이셨고, 문인사 전시가 열렸다. 오프닝 날에 나는 장우산을 들고 조금 일찍 갔다. 선생님은 2층에 계셨다. 선생님이 보시던 오래된 책들도 와 있었다. 선생님, 불렀는데 오라고 손짓하셨다. 곁에 있던 노회찬 의원에게 나를 소개하셨다. 노회찬 의원은 끈 없는 심플한 디자인의 스니커즈를 신고 있었다. 노 의원은 목소리보다 먼저 빙그레 웃어 보였다. 노회찬 의원은 황 선생님을 좋아하고 있었고 선생님도 노회찬 의원을 좋아하고 있었는데, 나란히 있는 두 분은 '아무 무늬 없음'으로 닮아 있었다. 1층에서 선생님과 글쟁이들의 좌담이 있었다. 한 시간을 훌쩍 넘겼는데 좌담이 끝나기까지 노 의원은 한쪽에 앉아 있었다. 어느 순간 보니 조용히 안 보였다. │ 선생님이 '시민행성'에서 기획한 프랑스 상징주의 시 강의를 하시던 밤은 2016년이었고, 문인사 기획전이 열린 때는 2017년이었고, 2018년 7월 24일에 노 의원이 돌아가셨고 병상에서 부고를 들은 황 선생님은 슬퍼하셨다. 그리고 2018년 8월 8일에 선생님 돌아가셨다.

*

강의에는 고등학생, 대학생, 그리고 여러 연령층의 시민들이 모였다.

선생님이 시를 읽어 주셨고 시에 대해 얘기해 주셨다. 긴말 아니고 꼭 필요한 글자가 들어간 문장으로 말씀하셨다. 모래알을 세어 꿴 목걸이 같은 불가능한 섬세함이었다. 그래서 듣는 이들은 조심스럽게 유심하게 잘 느꼈고 잘 알게 되었다. '시민행성'의 일원이었던 나는 매주 커피와 물 이런 것을 챙겨 두었는데 드시지 않았다. 목마를 정도를 만들지 않으시는 듯 보였다. 넘치지 않음. 모자라지 않음. 당신 안에 저울이 있는 것이 분명했다. 강의가 끝나면 강의를 들은 분들이 다가와 사인을 받아 갔다. 책을 건네면서 고맙습니다, 상대의 눈을 보고 천천히 말씀하셨다. | 6월 25일이라는 날짜가 꿈에 크게 보였다고 얘기하신 적 있다. 그 날이 무슨 날이지, 아프셨을 때라 나는 마음이 졸아들었는데, 민정이에게(김민정 시인 말이다) 얘기하니 그 날이 『밤이 선생이다』가 출간된 날이라고 했다. 선생님 속에는 글이 1번이구나, 안심했다. | 선생님 돌아가시기 전날 병원에서 뵈었다. 누군가가 선생님 상태가 좋아지시고 있다고 해서 갔다. 다른 병실로 옮기셔서 오후의 복도를 한참 걸어갔는데, 문 가운데쯤에 작은 창이 있어 들어가기도 전에 선생님이 보였다. 문 열고 들어갔는데 안 좋으셨다. 목소리를 내면 울음이 들어 있을 것 같아서 선생님 팔 쓰다듬고 얼굴도 쓰다듬어 드렸다. 그리고 배에 힘을 주고 선생님 얼굴 편하시다, 이렇게, 선생님한테 그러나 허공에 대고 말했다. 선생님은 내가 무슨 말 하는 줄 아셨을 거다. 이원은 별걸 다 걱정해, 무심히 내게 건넨 선생님도, 내 뒷모습을 얼마쯤은 아시는 분이기 때문이다. | 선생님 가시기 전날 모습이 선명해서 더 쇼크가 왔다. 그래도 선생님한테 어울리는 방식으로 인사하고 싶었다. 유족 분들, 선생님 가까운 분들과 발인을 얘기했다. 그리고 강의를 들으며 선생님께 수줍게 사인을 받았던 디자이너에게

기별해서 선생님 영전에 올릴 식순지의 디자인을 급하게 받았다. 저녁에 을지로 인쇄소에 찾으러 가야 했는데, 황 선생님을 좋아하던 분들이 조문 후 불렀기 때문에, 그 자리부터 갔다. 노회찬 의원의 절친한 친구분은 붉은 와인 한 잔을 노회찬 의원을 위해, 또 한 잔은 황 선생님을 위해 따라 놓았다. 나는 멍하게 있었고 잠시 현실감이 들기도 했다. | 그 분들과 헤어지고 한 시 넘어 을지로에 갔다. 처음에는 다른 건물로 갔다. 맞은편 건물이라고 해서 갔더니 앞문은 잠겨 있었다. 캄캄한 뒤로 들어갔다. 2층에 갔더니 종이로 둘둘 말은 뭉치를 줬다. 열어 보지 않고 그냥 받았다. 안은 다 맞게 되어 있을 것 같았다. 따뜻했다. 을지로 뒷골목의 불 꺼진 밤, 겁 많기로 따지면 제일인 내게 그 순간 이상한 용기가 생겼다. 새 같은 것이다. 심장부터 만들어지고 있는, 심장만 만져지는. 그 한밤중은 선생님이 내게 주신 미션 같았다. 나에게 이 시간의 슬픔과 용기를 잊지 말라고. 또 선생님이 당신을 기억시키는 방식인 것 같았다.

*

수류산방에서 원고 파일을 보내왔다. 선생님이 강의하신 프랑스 상징주의 시의 녹취를 일일이 풀어 정교하게 앉혔다. 선생님의 육성이 복원되어 있었고 선생님 모습들, 박상일 방장님이 1주기에 찍은 사진들까지도 함께였다. 선생님 책에 곁들이는 우리의 글은 선생님 주위로 둥그렇게 한번 모여 보자, 그러고 싶었다, 라는 뜻이라고 했다. 전위와 클래식에 동시에 다다르는 수류산방이기에 가능한 도모였고 과정이었고 이뤄 냄이었다. 보들레르에서 아폴리네르까지 봤다. 선생

님 음성 들렸다. 선생님 나직한 목소리에서 울려 나오는 뜨거운 혁명, 간절해서 가장 순박했던 믿음, 그 어떤 수식이 필요 없는 "시"를 들었다. | 선생님 육성의 마지막은 "질문 더 없으면 여기서 강의 끝내도록 하겠습니다. 고맙습니다."였다. 맞다, 그 날 그러셨다. | 선생님 몸 벗으신 날은 8이 셋인 날. 8은 선생님에게 어울리는 숫자. 8. 누우면 무한대. 무한대를 만나면 무한대를 증명해 보이는 사람. 황현산. | 선생님. 이 책에 담긴 선생님 목소리 선생님 호흡으로 들을게요. 앞으로 질문 더 있어요. 대답할 준비하고 계세요. "장미나무도" 선생님도 노의원도 "아니"도 저도 그리고 이 책을 읽으실 독자분들도 "거의 같은 전례"를 따르고 있어요. "단추 두 개가 모자"(아폴리네르, 「아니」)라는.

★

이원 | 1992년 『세계의 문학』으로 데뷔했다. 6권의 시집과 3권의 산문집을 출간했다. 시집으로 『그들이 지구를 지배했을 때』(1996), 『야후!의 강물에 천 개의 달이 뜬다』(2001), 『세상에서 가장 가벼운 오토바이』(2007), 『불가능한 종이의 역사』(2012), 『사랑은 탄생하라』(2017), 『나는 나의 다정한 얼룩말』(2018)이 있다. 산문집으로 『산책 안에 담은 것들』(2016), 『최소의 발견』(2017), 『시를 위한 사전』(2020)이 있다. 현대시학 작품상(2002), 현대시 작품상(2005), 시작 작품상(2014), 시로 여는 세상 작품상(2014), 형평 문학상(2018) 시인동네 문학상(2018)을 수상했다. 서울예대 문예학부 교수로 있다.

〔8-5-1〕**송승환**(宋承桓, 1971~)〔시인, 문학 평론가〕

유물론자 황현산 긍지

"아직 존재하지 않는 것밖에는 아무것도 죽지 않는다"
—기욤 아폴리네르, 「행렬」부분

기욤 아폴리네르의 시 「행렬(Cortège)」은 첫 시집 『알코올
(Alcools)』(1913)에서 시 「변두리(Zone)」와 함께 시인으로서의 시적 사
유를 전개한 주요 시편이다. 시집 『알코올』에서 가장 늦게 씌었음에
도 불구하고 서시를 장식한 시 「변두리」는 세계 전체의 바깥, 변두리
가 아폴리네르 자신의 시가 계시(啓示)되는 출발점임을 선언한다. 시
「행렬」은 아폴리네르가 자신에게 '나는 누구인가'라는 정체성의 물음
을 제기하는 것이 아니라 곧장 자신이 시인임을 선언한다.

"어느 날 나는 내 자신을 기다렸다 / 나는 내게 말했다 기욤
이제 네가 올 시간이다"라는 반복구 음악 속에서 탄생하는 시간, 기욤
자신이 시인으로서 탄생하는 시간을 기다린다. 그 음악의 물결과 파
고가 오고 가는 태초의 바다와 같은 시간 속에서 그는 "해초에 덮인 거
인들"과 "해저의 도시"를 지나간다. 고대 "땅 위에 수천 백인 미개 부
족들"의 행렬까지 만난다. 그는 그들 속에 자신이 부재함을 자각한다.
그러나 그는 "그들이 도중에서 발명한 언어를 / 그들의 입이 전하는
대로 나는 배웠고 지금도 말하고 있다"는 시인의 긍지를 표명한다. 그
것은 '기욤'의 언어가 고대 백인 미개 부족들로부터 전승된 언어이며
"저마다 손에 장미 한 송이를 들고" 말하는 시의 언어임을 천명한 것

이다. 과거의 모든 언어들은 흩어지거나 사라지지 않는다. 과거의 언어들은 기욤이 발화하는 현재의 언어 속에서 장미 한 송이의 시로 개화하는 것임을 예지로 인지한다. 그는 자신의 언어가 낡은 기독교의 언어가 아니라 다신교적 상상력에서 발원한 '변두리' 언어임을 명시한다. 일상 언어에 갇혀 있지 않은 바깥의 언어임을 표지(標識)한다. 바깥의 언어는 해저에서 바다 수면을 향해 솟아오르며 자라나는 산호(珊瑚)와 다르지 않다.

산호는 군체(群體)의 집적물이다. 저 해저에서 솟아오른 산호초(珊瑚礁). 그 촉수의 끝은 산호가 탄생한 시원(始原)의 과거부터 현재까지 축적된 신체의 첨예한 지점이자 현재 시간의 첨단이다. 과거의 시간과 신체 없이 현재의 시간과 신체는 존재하지 않는다. 과거의 시간과 신체의 모든 물질 기억은 중단되거나 사라짐 없이 현재까지 지속된다. 산호의 촉수 끝은 과거부터 현재까지 생성되고 축적된 시간과 물질의 전위(前衛)다. 그런 점에서 시인 기욤은, 과거부터 현재까지 진화한 인류라는 유(類)적 존재의 산호초, 그 촉수의 끝이다. 그것을 감각적으로 인지한 시인은 인류의 모든 시간과 물질 기억이 축적되어 발명된 언어를 배웠다고 당당히 말할 수 있다. 지금 기욤은 시인의 긍지로서 그 언어의 발화자임을 선언한다.

현재의 나는 갑자기 출현한 것이 아니라 인류가 산호초 "탑 하나를 세우듯 조금씩 조금씩 나를 쌓아 올"리고 "민족들이 쌓이고 내 자신이 나타"난 결과이다. "모든 인간의 육체와 모든 인간사가 형성한 나"이다. '나'라는 존재의 촉수는 인류의 시간과 물질 기억의 총체로서 현재까지의 첨단이다. 지금의 나는 인류가 겪은 실패의 경험조차 진화의 계기로 삼아 구축된 인류의 전위다. 나는, 그 촉수 끝에 닿는 시간과 미정형(未定形)의 물질과 만나서 구성될 '나'는, 아직 도래하지 않은 미래이자 미지의 존재이다. 나는 살아 있는 동안 모든 역량을 다 바치고 실패를 거듭하면서도 감행하는 생존 투쟁과 실존의 의미를 궁구한다. "나는 내 안에서 저 과거 전체가 커 가는 것"을 바라보고 "아직 존재하지 않는 것밖에는 아무것도 죽지 않는다"는 예지를 얻는다. 인류의 시간과 물질의 기억은 결코 사라지거나 죽지 않고 내 신체의 기억에 오롯이 남아 있다는 것. 과거의 그 무엇도 죽지 않는다는 것. 다름 아닌 '나'를 통해 인류의 시간과 존재가 지속되고 미래의 시간과 미지의 존재가 개시된다는 것. 탄생의 기원과 죽음 이후를 기독교에 의지하지 않고 인류라는 물질 운동에 전적으로 의탁한다. 시인은 현재의 극단, 실존의 벼랑 끝에서 한 발 내딛는 바깥의 언어로 새로운 물질의 시간을 개시하는 전위이다. 시인은 인류에 대한 무한한 긍지를 발산하면서 스스로 전위적 존재의 탄생을 알레고리로 암시한다. 이상은 「행렬」에 관한 황현산의 강의에 기초한 것인데, 황현산은 무신론적 사유와 다신교적 상상력에 근거한 유물론자의 전위 행렬을 전개하고 초현실주의를 예고한 아폴리네르의 시적 위상을 자리매김한다.〔앞의 상징주의 시 강의에서도 「행렬」을 자료로 준비했으나 시간상 다루지 못했다.〕↓

행렬
—레옹 바이비 씨에게

기욤 아폴리네르

조용한 새 뒤집혀 나는 새야
허공에 깃을 트는 새야
우리의 땅이 벌써 빛을 내는 그 경계에서
네 두 번째 눈까풀을 내리감아라 네가 고개 들면
너는 지구가 눈에 부시다

그리고 나도 그렇다 가까이에서 나는 어둡고 흐리다
방금 등불을 가린 안개 한 자락
갑자기 눈앞을 가로막는 손 하나
너희들과 모든 빛 사이에 둥근 지붕 하나
그리하여 어둠과 줄지어 선 눈들 한가운데서
사랑스러운 별들로부터 나는 멀어지며 빛나리라

조용한 새 뒤집혀 나는 새야
허공에 깃을 트는 새야
내 기억이 벌써 빛을 내는 그 경계에서
네 두 번째 눈까풀을 내리감아라
태양 때문이 아니라 지구 때문이 아니라
마침내 어느 날 단 하나의 빛이 될 때까지
날이 갈수록 더욱 강열해질 이 길쭉한 불 때문에

어느 날
어느 날 나는 내 자신을 기다렸다
나는 내게 말했다 기욤 이제 네가 올 시간이다
마침내 나라는 사람이 누구인지 내가 알 수 있도록
다른 사람들을 아는 나를
나는 오관과 또 다른 것으로 저들을 안다
나는 저들 수천 사람을 재현하려면 저들의 발만 보면 그만이다
저들의 허둥대는 발 저들의 머리칼 한 오라기
아니 의사인 체하고 싶으면 저들의 혀
아니 예언자인 체하고 싶으면 저들의 아이들
선주들의 배 내 동업자들의 펜
장님들의 지폐 벙어리들의 손
아니 심지어 필체 때문이 아니라 어휘 때문에
스무 살 넘은 사람들이 쓴 편지만 보면
냄새만 맡으면 그만이다 저들 교회의 냄새
저들의 도시를 흐르는 강의 냄새

CORTÈGE
—À M. Léon Bailby

Guillaume Apollinaire

Oiseau tranquille au vol inverse oiseau
Qui nidifie en l'air
À la limite où notre sol brille déjà
Baisse ta deuxième paupière la terre t'éblouit
Quand tu lèves la tête

Et moi aussi de près je suis sombre et terne
Une brume qui vient d'obscurcir les lanternes
Une main qui tout à coup se pose devant les yeux
Une voûte entre vous et toutes les lumières
Et je m'éloignerai m'illuminant au milieu d'ombres
Et d'alignements d'yeux des astres bien-aimés

Oiseau tranquille au vol inverse oiseau
Qui nidifie en l'air
À la limite où brille déjà ma mémoire
Baisse ta deuxième paupière
Ni à cause du soleil ni à cause de la terre
Mais pour ce feu oblong dont l'intensité ira s'augmentant
Au point qu'il deviendra un jour l'unique lumière

Un jour
Un jour je m'attendais moi-même
Je me disais Guillaume il est temps que tu viennes
Pour que je sache enfin celui-là que je suis
Moi qui connais les autres
Je les connais par les cinq sens et quelques autres
Il me suffit de voir leurs pieds pour pouvoir refaire ces gens à milliers
De voir leurs pieds paniques un seul de leurs cheveux
Ou leur langue quand il me plaît de faire le médecin
Ou leurs enfants quand il me plaît de faire le prophète
Les vaisseaux des armateurs la plume de mes confrères
La monnaie des aveugles les mains des muets
Ou bien encore à cause du vocabulaire et non de l'écriture
Une lettre écrite par ceux qui ont plus de vingt ans
Il me suffit de sentir l'odeur de leurs églises
L'odeur des fleuves dans leurs villes

저들의 공원에 핀 꽃의 냄새
오 코르넬리우스 아그리파여 작은 개 한 마리의 냄새만 맡으면
그대의 퀼른 시민들과 동방박사들까지
모든 여자들에 관한 오해를 그대에게 불어넣어 준
우르술라의 수녀들까지 나는 정확하게 그릴 수 있다
사랑해야 할지 조롱해야 할지 그들이 가꾸는 월계수의 맛만 보면 된다
그리고 옷만 만져 보고도
추위를 타는지 아닌지 나는 더 묻지 않는다
오 내가 아는 사람들이여
저들의 발자국 소리만 들으면 나는
저들이 접어든 방향을 언제라도 지적할 수 있다
그것들 어느 하나만 있으면
나는 다른 사람들을 되살려 낼 권리가 내게 있다고 믿기에 충분하다
어느 날 나는 내 자신을 기다렸다
나는 내게 말했다 기욤 이제 네가 올 시간이다
그러자 흥겨운 발걸음으로 내가 사랑하는 사람들이 나아갔다
그 속에 나는 없었다
해초에 덮인 거인들이
탑들만이 섞인 그들 해저의 도시를 지나가고
이 바다는 그 심연의 광채와 함께
내 혈관에 피 되어 흘러 지금 내 심장을 고동치게 한다
뒤따라 땅 위에 수천 백인 미개 부족들이 나타났는데
저마다 손에 장미 한 송이를 들고 있었다
그리고 그들이 도중에 발명한 언어를
그들의 입이 전하는 대로 나는 배웠고 지금도 말하고 있다
행렬이 지나가고 나는 거기서 내 육체를 찾아보았다
갑자기 나타난 내 자신이 아닌 이 사람들이
하나하나 내 자신의 조각들을 가져왔다
탑 하나를 세우듯 조금씩 조금씩 나를 쌓아 올렸다
민족들이 쌓이고 내 자신이 나타났다
모든 인간의 육체와 모든 인간사가 형성한 나

지나간 시간들이여 운명한 자들이여 나를 형성한 신들이여
그대들이 지나갔던 것처럼 나는 지나가며 살 뿐이다
저 빈 미래로부터 눈을 돌려
나는 내 안에서 저 과거 전체가 커 가는 것을 본다

아직 존재하지 않는 것밖에는 아무것도 죽지 않는다
빛나는 과거 곁에서 내일은 색깔이 없다
그것은 노력과 효과를 동시에 완성하고
나타내는 것 곁에서 형체마저 없다

Le parfum des fleurs dans les jardins publics
Ô Corneille Agrippa l'odeur d'un petit chien m'eût suffi
Pour décrire exactement tes concitoyens de Cologne
Leurs rois-mages et la ribambelle ursuline
Qui t'inspirait l'erreur touchant toutes les femmes
Il me suffit de goûter la saveur du laurier qu'on cultive pour que j'aime ou que je bafoue
Et de toucher les vêtements
Pour ne pas douter si l'on est frileux ou non
Ô gens que je connais
Il me suffit d'entendre le bruit de leurs pas
Pour pouvoir indiquer à jamais la direction qu'ils ont prise
Il me suffit de tous ceux-là pour me croire le droit
De ressusciter les autres
Un jour je m'attendais moi-même
Je me disais Guillaume il est temps que tu viennes
Et d'un lyrique pas s'avançaient ceux que j'aime
Parmi lesquels je n'étais pas
Les géants couverts d'algues passaient dans leurs villes
Sous-marines où les tours seules étaient des îles
Et cette mer avec les clartés de ses profondeurs
Coulait sang de mes veines et fait battre mon cœur
Puis sur cette terre il venait mille peuplades blanches
Dont chaque homme tenait une rose à la main
Et le langage qu'ils inventaient en chemin
Je l'appris de leur bouche et je le parle encore
Le cortège passait et j'y cherchais mon corps
Tous ceux qui survenaient et n'étaient pas moi-même
Amenaient un à un les morceaux de moi-même
On me bâtit peu à peu comme on élève une tour
Les peuples s'entassaient et je parus moi-même
Qu'ont formé tous les corps et les choses humaines

Temps passés Trépassés Les dieux qui me formâtes
Je ne vis que passant ainsi que vous passâtes
Et détournant mes yeux de ce vide avenir
En moi-même je vois tout le passé grandir

Rien n'est mort que ce qui n'existe pas encore
Près du passé luisant demain est incolore
Il est informe aussi près de ce qui parfait
Présente tout ensemble et l'effort et l'effet

시집 『알코올』의 번역가 황현산(1945년 7월 1일~2018년 8월 8일)의 유고 비평집 『황현산의 현대시 산고』[난다, 2020]는 황현산 자신이 아폴리네르의 행렬을 지속시킨 "긍지의 현실주의자"이며 유물론자였음을 증명한다. 그는 '현대시 산고'['현대시 산고'는 2010년 가을호부터 『시와반시』에서 '황현산의 한국 현대시 산고'라는 제목으로 연재를 시작했다. 2회 게재 후 '현대시 산고'로 이름을 바꾸어 『문예중앙』에 연재했다.]를 연재하며 서문격으로 쓴 글에서 "만해(萬海)[한용운(韓龍雲, 1879~1944)]나 소월(素月)[김정식(金廷湜, 1902~1934)]은 없어진 사람들이 아니며, 저 고인들의 역사를 제 역사로 여기지 않는 젊은이는 젊은이가 아니다. 시가 가르쳐 준 바에 따르자면 그렇다."고 썼는데, 그것이 유물론자 황현산의 겸허한 긍지를 예증한다.

『현대시 산고』에서 무엇보다 주목해야 할 글은 번역과 관련된 「시를 번역하는 일」이다. 말라르메의 『시집』[문학과지성사, 2010]을 처음 한국어로 완역한 그는 그 글에서 자신은 다름 아닌 번역가이며 "번역가의 일은 벌써 시인의 일이라고 감히 말할 수 있다."고 「행렬」의 아폴리네르처럼 선언한다. 황현산은 프랑스어뿐만 아니라 모든 언어의 자의성과 지시적 기능으로부터 벗어나서 보편적 언어의 순수 이념을 실현하려는 말라르메의 시, 그 중에서도 가장 난해한 「yx 각운의 소네트(Sonnet en yx)」[이 책 본문 142쪽에 나오는 말라르메의 시 「제 순결한 손톱들이 그들 줄마노를……」를 후대 사람들이 별칭으로 부르는 제목.] 번역 과정을 제시한다.

에드거 앨런 포(Edgar Allan Poe, 1809~1849)가 "글을 쓰는 데 있어서 한 순간도 우연이나 직관이라고 할 수 있는 때가 없었다는 것, 즉 작품이 수학 문제의 정확성과 엄밀한 귀결로 결말을 향해 한 단계 한 단계 나아갔다는 것을 명확하게 밝히는 것이 나의 목표"라고 적시한 「작시의 철학(The Philosophy of Composition)」[(1846)]에 가장 충실한 제자 말라르메(Stéphane Mallarmé, 1842~1898). 그는 「yx 각운의 소네트」에서 가장 치밀하고 적확한 언어로 지시적 의미 바깥의 의미 불확정 언어를 창조함과 동시에 그 의미를 암시한다. 말라르메는 포의 작품을 프랑스어로 번역하고 추모시 「에드거 앨런 포의 무덤(Le Tombeau d'Edgar Poe)」(1876)까지 썼다. 「yx 각운의 소네트」도, 포의 단편 소설 「X투성이의 글(X-ing a Paragraph)」(1849)이나 시 「갈까마귀(The Raven)」(1845)와 그 영향 관계를 실증하지 않더라도 충분히 유추할 수 있다. 「X투성이의 글」은 식자공(植字工)이 X로 점철한 신문에서 드러나는 의미의 지연과 불확정성을 기술한다. 「갈까마귀」는 애상조와 감정의 고조를 위해 영어의 모음(or)을 각운으로 적극 사용한다.

「yx 각운의 소네트」는 말라르메가 'yx, ix[iks]'와 'or', 즉 x와 or의 각운으로만 완성한 소네트다. '줄마노(onyx)', '불사조(phénix)', '소라 껍질(ptyx, 또는 작은 주름)', '지옥의 강(styx)', '수정(nixe, 또는 물의 요정)', '붙박이다(fixe)'라는 프랑스어의 희귀한 각운 'iks'가 한 편의 시에 집약된 놀라운 시이다. 특히, 'ptyx'는 말라르메가 친구에게 프랑스어에 과연 존재하는가를 문의한 것으로도 유명하다. 그 의미는 어떤 사물의 이름을 가리키는데, '소라 껍질'로도 '작은 주름'으로도 확정할 수 없다. 'ptyx'는 의미의 미지수 x, 말라르메가 창안한 언어다. 언어는 의미를 확정하는 순간 지시성을 획득하여 기존 의미에 수렴되고 만다. 말라르메는 의미 결정을 거부하고 지연하면서 영원히 새로운 의미의 생성 과정에 놓여 있도록 'ptyx'를 배치한다. 그 이유로 한국어로의 번역뿐만 아니라 프랑스어의 의미 확정조차 불가능하며 그 시도는 실패가 예정된 시다. 다른 한편으로 영어의 'or'는, 프랑스어 '황금'의 의미를 지녔기에 x와 or가 교차하는 각운은 미지수에서 황금의 의미까지 교차하는 음악적 효과를 발생시킨다. 말라르메는 "우연이나 직관"을 거의 완전히 제거하고 각운의 음가(音價)가 낱말을 결정하도록 언어의 효과를 계산한 것이다. 시행의 배열은 앞에서부터가 아니라 각운의 뒤에서부터 구성되었음을 명백히 추론할 수 있다. 그 작법이 프랑스어의 비관습적 통사 구조의 문장을 발명했다. 그리하여 말라르메에게 각운은 시 자체다. 「yx 각운의 소네트」는 어떤 의미로도 확정할 수 없으면서 동시에 무한한 의미를 생성하고 있는 미지의 시다. "음악이, 만상에 존재하는 관계 전체로서, 충만하고 명증하게, 비롯해야 하는 것은, [···] 그 절정에 이른 지성의 말"[비평적 에세이와 산문시의 중간적 성격을 띤 선집인 스테판 말라르메의 『디바가시옹(Divagations) [여담(餘談), 소요(逍遙)]』(1897) 중에서 황현산 선생이 옮긴 「운문의 위기(Crise de vers)」에 나오는 구절이다.]이라면 「yx 각운의 소네트」가 그 음악의 정점이다.

　　　이상의 작시법과 시적 독해의 어려움을 전제하고 황현산은 세 번에 걸친 「yx 각운의 소네트」 번역 과정과 한국어 통사 구조로의 번역 실패를 기술하면서도 역설적으로 "시의 번역 불가능성이 그에 대한 번역의 필요성을 만들어 낸다."고 적는다. 그는 상투적 의미를 지시하는 언어의 발화 자체가 이미 실패임을 지각하고 있었음에도 시 쓰기를 멈추지 않던 말라르메를 상기한다. 황현산은 말라르메처럼 "자기 언어의 모든 상투적 성격을 누르고 한 시에 대한 대응 능력만을 남기려는 번역가의 작업"에 긍지를 표명한다. 실패해도 "자기 언어로 구체화하려는 노력으로 보편적인 '시'의 길에 한 걸음 더 가까워질 수 있다."는 번역가로서의 긍지와 문학 번역의 번역 가능성을 긍정한다. 그는 "비단 말라르메의 시뿐만 아니라, 시대를 넘어서서 읽어야 할 가치가 있는 모든 시는 늘 그것이 기대고 있는 언어의 뿌리를 흔들어, 보편적 언어의 전망에서 일상적 의식의 전도를 시도"했음을 기억한다. 그는 소월, 육사, 만해, 백석, 김수영, 김종삼, 전봉건, 최하림, 박서원, 발레리, 아폴리네르의 시를 다시 읽는다. 이들은 모두 '시대를 넘어서서' 한국어와 프랑스어의 일상적 언어와 의식을 전복하고 보편적 언어의 순수 이념을 시도한 시인들이다.

아폴리네르. 말라르메. 황현산. 아직 존재하지 않는 것밖에는 아무것도 죽지 않는다. 없는 것은 없다. 있지 않은 것이 있다. 지금, 있지 않은 황현산. 그가 번역하고 비평한 시인들. 지금, 우리와 함께 있다. [『현대비평』2021년 봄호.] ★

송승환 | 1971년 광주에서 태어나 2003년 『문학동네』 신인상에 시가, 2005년 『현대문학』 신인 추천에 평론이이 각각 당선되어 등단했다. 시집으로 『드라이아이스』(2007), 『클로로포름』(2011), 『당신이 있다면 당신이 있기를』(2019), 비평집으로 『측위의 감각』(2010), 『전체의 바깥』(2019) 등이 있다.

[8-5-2] **송승환**(宋承桓, 1971~) 〔시인, 문학 평론가〕

절대적 비순응주의의 비평과 '있는 그대로'의 번역
—문학 평론가 황현산 선생과의 만남

—이 글은『대산문화』2018년 가을호에 발표되었다. 황현산 선생님의 마지막 공식 인터뷰가 되었다.

황현산 선생님은 섬세한 언어의 비평가이자 탁월한 번역가일 뿐만 아니라 이제 우리 시대의 어른이며 스승으로 자리매김하였다. 최근 로트레아몽의『말도로르의 노래』와 산문집『사소한 부탁』을 동시에(2018년 6월) 출간하였다. 로트레아몽의『말도로르의 노래』(1868~1869)는 보들레르와 함께 현대시에 큰 영향을 미친 시집인데, 이번 황현산 선생의 정련된 언어를 통해 한국은 가장 신뢰할 수 있는 한국어 판본(문학동네)을 갖게 되었다. 아울러 많은 독자들에게 큰 울림을 주었던『밤이 선생이다』(난다, 2013) 이후 만 5년 만에 산문집『사소한 부탁』(난다)을 출간하였다. 이를 계기로 2018년 7월 5일, 작업실이 있는 경기도 포천으로 황현산 선생님을 찾아갔다.

송승환 : 안녕하세요? 맑은 자연의 공기와 물소리가 흐르는 포천 작업실로 찾아뵙게 되어 새롭고 반갑습니다.(웃음) 이 곳은 정릉 아파트와 다른 느낌이 있습니다. 어떤 계기로 작업실을 마련하셨는지요?
황현산 : 시간으로는 한 20여 년 되었습니다. 집사람이 도자기 작업실로 사용하다가 제가 번역하고 공부하는 작업실로 쓰고 있습니다. **송승환** : 특별히 이 곳에서 번역을 집중적으로 하신 이유가 있는지요?

황현산 : 번역 같은 작업은 누가 시켜서 하는 작업이 아니라 마음이 내켜야 하는 것이고 특히 마음에 평화를 가지고 있어야 하는데 이 곳은 평화를 누리기에 분위기가 좋습니다.

　　송승환 : 이번에 선생님께서 번역하신 로트레아몽의 『말도로르의 노래』는 한국 시에 선사해 주신 귀한 선물이자 한국의 문화적 유산이 될 것 같습니다. 그간 한국에서 읽을 만한 완역본이 없었기 때문입니다. 선생님의 번역을 통해 『말도로르의 노래』에서 동물들의 운동과 그 양태에 대한 세밀한 묘사, 그 문체에 깃든 음악적 울림을 들었습니다. 번역하면서 특별히 주목하신 점은 무엇이었는지요? **황현산** : 『말도로르의 노래』 특징 중의 하나는 역시 문체입니다. 내용이 글을 끌고 나가는 것이 아니라 문체가 문체를 끌고 나가고 또 문체가 내용을 끌고 나가는 것이 『말도로르의 노래』의 특징입니다. 저는 그 점에 착안하여 번역을 했는데, 특히 『말도로르의 노래』 같은 이런 글을 번역할 때는 있는 그대로 번역을 하지 않으면 아무 의미가 없어요. 아무런 노력한 흔적도 남지 않게 됩니다. **송승환** : 선생님께서는 전에도 번역은 직역과 의역의 문제가 아니라 '있는 그대로' 옮기면 된다고 말씀하신 바 있습니다. 그 뜻을 다시 한 번 말씀해 주실 수 있을지요? **황현산** : 사람들은 원저자의 뜻을 잘 전한다고 하면서 텍스트를 자기 마음대로 왜곡시키는 경우가 많습니다. 그런데 자기 마음대로 왜곡을 시키는데 그 왜곡이라는 것이 그 당시 기분이나 주관성에는 맞지만 시간이 지나면 금방 그 이야기가 아니었다는 생각이 들고, 자신이 번역해 놓은 것보다 해석의 여지가 더 많다는 것을 곧바로 느끼게 됩니다. 그래서 어색하게 보이건 문체가 이상하게 보이건, 어떤 경우에도 '있는

그대로', 쓰인 그대로 번역을 하는 것이 옳은 번역이라고 생각합니다.

송승환 : 시도 '있는 그대로' 쓰라고 하지만 그것이 참 어렵습니다. 선생님께서 말라르메의 『시집』을 번역하면서 해설에서 밝힌 바 있듯 어떤 지역 언어가 아닌, 우연에 갇히지 않는 필연과 보편적 언어를 지향하는, 그런 언어를 말씀하시는지요? **황현산** : 그렇습니다. 보통 사람들은 번역을 하면 원저자가 갑이고 번역자가 을이라고 생각하겠지만 실제로는 그렇지 않습니다. 원저자는 죽어 버리고 번역자가 자기 마음대로 번역을 합니다. 번역자가 그 원문에 수많은 횡포를 부리는 경우가 많습니다. 그런데 그렇게 하지 않고 '있는 그대로' 번역을 하면 그 '있는 그대로'의 번역에서 '보편 언어'가 생겨납니다. 사실 '있는 그대로' 번역해 놓고 보면 우리가 보통 갖고 있는 자국(自國)의 언어 습관이나 그 시대의 주관성에 의해서 이상하게 보입니다. 그 이상한 부분이 드러나는 때가 자기 시대의 주관성과 자기 시대의 습관, 언어의 타락, 이것을 넘어서는 순간이라고 생각합니다. **송승환** : 그렇다면 시인 말라르메가 개인의 주관성, 언어 습관, 언어의 고유한 특성을 넘어선 보편적 우주로서의 언어로 다가가고자 했을 때의 그것과 맞닿아 있는 번역이라고도 할 수 있을까요? **황현산** : '있는 그대로' 번역을 할 때 각자가 가진 해묵은 언어 습관들, 그리고 그 시대에 깔린 뿌리 깊은 주관성, 언어들을 갈라놓는 풍속이나 역사를 넘어서서, 언어 그 자체가 처음부터 가지고 있던 순수한 상태를 회복할 수 있다고 생각한 사람이 말라르메죠. **송승환** : 그것이 말라르메의 순수 언어로서의 '절대시'이자 동시에 보편 언어를 추구하는 것으로서의 번역이라고 받아들여도 될는지요? **황현산** : 네. 그렇습니다. 그 생각을 그대로 옮겨 담은 글이 발터 벤야민의 「번역가의 과제(Die Aufgabe des Übersetzers)」

⁽¹⁹²³⁾입니다.

송승환 : 로트레아몽의 『말도로르의 노래』 다섯 번째 노래, 3절에서
는 "내가 존재한다면, 나는 타자가 아니다."라는 문장을 만나게 됩니
다. 이 문장은 랭보의 "나는 타자다."와 어떤 관계를 맺고 있는지요?
황현산 : 랭보가 "나는 타자다."라고 말할 때는 "나는 무한한 변화의
가능성이 있다."는 말과 다른 말이 아닙니다. "나는 타자다."라는 말
은 '나는 무엇이든지 될 수 있다.'라는 말과 같습니다. 그런데 로트레
아몽이 이렇게 말을 할 때에는 전혀 다릅니다. 사르트르의 '존재가 본
질을 앞선다.'라고 말한 것과 비슷한 말이 됩니다. **송승환** : 그렇다면
말도로르가 대면하고 증오하는, 싸우려고 하는 창조주, '있는 자'로서
의 창조주, 그 '있는 자'로서의 타자라고 이해하는 편이 나을까요? **황
현산** : 네. **송승환** : 그렇게 놓고 보면 선생님의 번역과 비평 작업은 로
트레아몽의 '타자'보다 랭보의 "나는 타자다."에 더 가깝다고 보입니
다. 선생님께서는 어떤 계기로 '타자의 삶', "다른 삶들은 있는가"라
는 물음을 품고 프랑스 문학을 공부하시게 되었는지요? **황현산** : 젊
었을 때부터 제가 무슨 큰 생각을 갖고 살아 온 것은 아닙니다. 살다 보
니까 이렇게 되어 있는 것이지. 하지만 그 삶에서 늘 새로운 변화를 꾀
하고, 늘 새로운 지식을 갈구하고, 늘 새롭게 무엇을 만들어 보려고 하
는 노력을 했습니다. 특별하게 '타자가 되겠다.'라는 생각을 갖지는
않았습니다. **송승환** : 그럼에도 불구하고 선생님의 비평과 번역은 용
기와 희망을 주면서 후배 문인들과 젊은 세대에게 '다른 삶은 있다'고
읽힙니다. 특히, 『초현실주의 선언』^(황현산 번역·주석·해설. 미메시스. 2012)에 포함
된 해설 「상상력의 원칙과 말의 힘」에서 "초현실주의는 우리의 절대

적 비순응주의다."라는 문장과 평론집『잘 표현된 불행』^(문예중앙, 2012)에서 "시는 포기하지 않음의 윤리"라는 문장은, "삶은 다른 곳에 있다."고 하는, 하나의 태도로 읽혔습니다. 절대로 포기하지 않겠다는 이 삶의 태도는 언제부터 지니게 되었는지요? **황현산** : 아마 철들고 나서부터, 뭔가 다른 것이 되어 보고 싶고 뭔가 주어진 조건을 가지고 그것을 최대한으로 활용을 해서 살아야겠다, 라는 생각을 내내 해 왔습니다. 그러한 생각들이 그러한 말로 표현된 것 같습니다. **송승환** : 선생님의 번역과 비평의 배면에 흐르는 문장, '시는 끝까지 포기하지 않는다.'와 '다른 삶이 있다.'는 태도는 저희에게 큰 힘과 위안이 되고 있습니다. **황현산** : 거꾸로 이야기하면 시인들이 결국 그런 태도를 가졌으니까 그 태도를 내가 그들의 시에서 발견한 것이지요. **송승환** : 선생님께서 생각하시는 초현실주의에서 '비순응주의'와 결코 포기하지 않음으로서의 시의 윤리는 무엇을 뜻하며 서로 어떤 관계를 맺고 있는지요? **황현산** : 결국 시라고 하는 것은 사람이 자신의 갇혀 있는 상태를 깨뜨릴 수 있는가, 어떤 방식으로 깨뜨릴 것인가를 다룬다고 생각합니다. 그것을 깨뜨리는 어떤 징후가 있는가를 찾는 것이 시를 쓰는 작업이라고 생각합니다. 비평가는 거기에 묻어 가면서 같이 배우고 도와 가며 훈수도 하며 협력하여 작업을 하는 것이죠. **송승환** : 지금까지 선생님께서는 어떤 비평가도 주목하지 않던 시인들의 새로움에 주목하고 그 언어를 통해서 다른 삶, 다른 사유가 가능함을 보여 주고 격려해 주셨습니다. 왜 시인들이 지금의 언어와 다른 언어를 써야만 언어의 새로움 혹은 다른 삶의 가능성을 찾을 수 있을까요? **황현산** : 시의 본질이 거기에 있기 때문입니다. '시'라고 하는 것에서, 언어의 아주 작은 뉘앙스, 리듬, 이런 것들을 빼놓고 새로운 징후는 발견될 수 없다고 생각합니다. **송승환** : 『말도로르의 노래』는 장려한 문체가 돋보이는 첫 번째 노래부터 다섯 번째 노래까지 모두 흥미로웠습니다만, 특히, 짧은 소설이라고 쓴 여섯 번째 노래의 '파리의 거리' 묘사가 더욱 매력적이었습니다. 여기에는 산문 소시집 『파리의 우울』을 쓴 보들레르와의 영향 관계가 있을까요? **황현산** : 물론 당연히 영향 관계가 있죠. 산문시라는 면에서의 영향 관계만 있는 것이 아니라 보들레르가 품었던 여러 가지 인간과 신에 관한 온갖 종류의 의문, 인간 존재에 대한 의문, 이러한 모든 의문을 로트레아몽이 그대로 물려받았다고 생각해야 할 것입니다.

송승환 : 『밤이 선생이다』 이후 5년 만에 이번 산문집 『사소한 부탁』이 나왔습니다. 소감이 어떠신지요? **황현산** : 김민정 시인이 『밤이 선생이다』 이후의 글들을 묶는다고 해요. 그것이 읽을거리가 될까, 했는데 "묶어 놓으니까 재미있어요" 해서 "네가 알아서 해라", 그렇게 해서 나왔는데, 이번에 책으로 묶어 놓은 것을 보니까 그런대로 읽을 만하더라고요. **송승환** : 제 주변에서는 『밤이 선생이다』의 '우체국 장면'이 인상 깊었다는 사람이 많았습니다. 지금처럼 책을 쉽게 구하는 것과 선생님의 시대처럼 통관을 거쳐 어렵게 책을 구하는 것과 어떤 차이가 있을까요? **황현산** : 그 당시에는 책을 그렇게 어렵게 구할 수밖에 없어서 책이 품에 들어오면 안고 잤어요. 그리고 책을 읽을 때 씹어 먹을 것처럼 읽었지요. 요즘은 책들을 쉽게, 거의 노력을 하지 않고 구하게 되니까 옛날처럼 책에 대해서 그렇게 큰 정열이 없어졌어요. **송승환** : 표제로 삼은 글 「사소한 부탁」에서 "말 그대로 '사소한 부탁'이지만, 이들 지엽적인 부탁이 어떤 알레고리가 되기를 바라는 마음이

없지는 않다."라는 문장처럼도 그렇습니다만 언제부터 이렇게 완곡한 문체를 쓰게 되셨는지요? **황현산** : 완곡한 문체를 쓰기 시작한 것은 신문에 글을 쓰기 시작하면서부터입니다. 수많은 사람들이 읽고 전혀 다른 종류의 사람들이 읽기 때문입니다. 다른 종류의 사람들에게 한꺼번에, 내가 처음부터 독자들을 한꺼번에 설득하고 전하는 방법이 완곡하게 말하는 법이라는 생각이 들었죠. **송승환** : 선생님의 산문과 비평에는 완곡 어법과 더불어 알레고리의 특성이 있는 듯싶습니다. 선생님께 알레고리는 무엇일까요? **황현산** : 특별하게 그런 생각을 해 보지는 않았지만 추상적이면서 동시에 구체적으로 쓴다는 것이 제가 글 쓸 때의 모토입니다. 우선 추상적이라는 것은 글이 어린이한테 하는 말처럼 쉽게 읽히는 것을 방지하기 위해서입니다. 구체적이라는 것은 항상 사람들이 글을 자기 삶과 연결할 수 있게 만들어 주려 한다는 뜻입니다. 추상적이면서 구체적인 것, 두 가지 길을 한꺼번에 가게 하는 방법이 알레고리적 방법이라고 봅니다. **송승환** : 그래서 선생님이 쓰신 비평뿐만 아니라 신문의 짧은 글도 읽고 나면 질문으로 남아서 큰 감동과 생각할 거리를 주고, 독자들에게 많은 공감을 받고 있는 것이 아닌가 합니다. 저는 이 문장에서 오래 머물렀습니다. "언어는 사람만큼 섬세하고, 사람이 살아 온 역사만큼 복잡하다. 언어를 다루는 일과 도구가 또한 그러해야 할 것이다." 사소하지만 중요한 것으로서 언어에 대해 말씀 부탁드립니다. **황현산** : 우리가 사용하는 말들 중에서 거의 90%는 흘러가는 말입니다. 그런데 말을 할 때마다 내가 무슨 말을 하고 있다, 내가 무슨 말을 어떻게 하려고 한다, 라고 하는 것에 의식을 두기 시작하면 새로운 표현법이 만들어집니다. 또 그 언어와 일상적인 삶 사이의 깊은 관계도 파악하게 되고, 현실에 관한 새로운 측면, 새로운 모서리도 발견할 수 있다고 봅니다.

송승환 : 올곧이 상징주의와 초현실주의를 공부하고 번역해 온 선생님께서 동시대 사람들과 청년들에게 해 주고 싶은 말씀이 있다면 부탁드립니다. **황현산** : 상징주의와 초현실주의에만 특별한 목적을 두고 공부하거나 번역하지는 않았습니다. 그저 하다 보니 이루어진 것입니다. 그러나 상징주의나 초현실주의, 그 어떤 것이든 하다 보면 그것 자체가 지닌 주제를 깊이 파고 들어가면서 얻게 되는 일종의 인내라고 할까, 어떤 특별한 태도의 지혜라고 할까, 이런 것들이 연마되는 느낌을 갖습니다. **송승환** : 현재 보들레르와 랭보의 번역을 하고 계신 것으로 알고 있습니다. 앞으로 어떤 작업을 우선적으로 할 계획이신지요? **황현산** : 보들레르의 『악의 꽃』입니다. 번역은 끝냈고 주석을 붙이려고 하는데 힘에 부칩니다.〔2016년 민음사에서 출간된 보들레르의 『악의 꽃』은 재판 기준 126편 중 저명한 20편을 골라 번역한 선집이었다. 황현산 선생은 2018년 5월 5일에 다음과 같은 트윗을 남겼다. "오늘 보들레르의 『악의 꽃』을 모두 번역하고 1차 교정도 끝냈다. 『악의 꽃』은 원래 127편, 제3판을 준비하며 쓴 시 12편, 처벌시 6편, 이런 저런 시 17편을 합해 모두 162편이다. 이제 주석을 붙여야 한다. 1년쯤 걸릴 것이다."〕

창밖에서 물소리가 계속 흘러넘치고 있다.
선생님! 오랜 시간 가슴에 새기면서 흘러넘칠 말씀을 해 주셔서 감사합니다.〔2018년 7월 5일〕★

완전명랑 황현산
― 밤의 선생 3주기에 부쳐

〔1.〕

혜성같이 출판 시장에 나타나, 식자층은 물론 일반 시민 독
자들에게도 신드롬을 불러일으킨 문학 평론가 황현산의 첫 번째 에세
이집〔칼럼집 『밤이 선생이다』(난다)〕는 2013년에 출간되었다. 물론
당시 이미 선생은 한국 문단에서는 작가들의 절대적 지지를 받는 친구
이며, 대단히 신뢰받는 프랑스 시 번역가이자 연구자로 평가받는 학
계의 큰 스승이었다. 십수 년간 자신이 쓴 칼럼들을 묶은 이 책은 품 넓
은 사회적 안목, 미학적·철학적 사유의 깊이, 서늘하고 수려하기 이
를 데 없는 문장으로 한국 사회에 뜨거운 지적 반향을 불러일으켰다.

이러한 반향은 책이 출판되던 시기의 사회 상황과도 무관하
지 않았다. 제도 민주주의의 진전으로 시민적 삶의 사회적 형식이 안
착되었다고 생각하던 한국 사회는, 이명박-박근혜 정부로 상징되는
보수 정부 집권기를 경험하면서 역사의 큰 후퇴를 경험하였고, 당시
사회의 위기 의식은 극히 심화되었다. 이 책은 오래 전부터 당신이 써
오던 칼럼들을 엮은 것이었지만, 현실의 관성을 이루는 다양한 차원
들을 돌파하는 정신의 전위는 직면한 어둠의 현실에서 더 또렷하게 빛
을 발했다. 그 책은 첨예한 예술 정신이 참된 역사 인식과 다른 것이 아
니며, 시의 윤리와 민주적 삶에 대한 사회 비전이 분리된 것이 아님을
증명하는 훌륭한 예시가 되었다.

지적 성의가 깃든 성찰을 통해 가십과 스캔들과 냉소주의에 불과하던 막장 정치 현상들은 새로운 역사 서막의 변증법적 계기로 인식될 수 있었으며, 부조리한 삶의 일부거나 비극적 희생물에 불과하던 사회적 약자들은 미래의 씩씩한 주인공으로 이해될 수 있었다. 납득할 수 없는 문화의 관행들과 정치적 폭력에 염증을 느끼던 시민들에게 이 책이 큰 용기와 거짓 없는 위로가 되었음은 두말할 나위가 없다. 이후 촛불 시민 봉기에 의해 정치 권력이 탄핵당하고 새로운 정부가 출범할 때, 고 노회찬 정의당 대표가 청와대를 예방하면서 문재인 대통령 내외에게 이 책을 선물했던 일이 세간의 화제가 되었지만, 이미 2013년에 남성 패션 잡지 『GQ』는 선생을 추신수, EXO, 여진구, 이정재 등과 함께 올해의 남자로 뽑았다. 수려하고 진중하고 섬세하고 날카로운 문장이 미래의 비전을 껴안을 때 그 자체로 '힙'하기도 하다는 사실을 보여 준 흔치 않은 장면이었다.

[2.]

책의 출간 이후 황현산은 시민들에게 '밤의 선생'으로 불렸다. 하지만 선생은 당신이 문학 수업을 받기 시작한 최초부터 '밤'을 문학의 중심으로 껴안았던 분이었다. '밤'은 선생에게 친구이자 스승이었으며, 연인이었고 텍스트였으며, 생명의 에너지가 잠재된 바다였으며 너머를 예비하는 변증법적 현실이었다. 인간과 문화의 무의식도 미래의 시간도 거기에 있었다. 선생은 평생 밤에 글을 썼으며, 밤에 깨어 있었고, 밤을 꿰뚫어 보았으며, 밤에 감싸여 있었다. 교환 관계가 지배하는 노동하는 현실과 계약의 논리로 기워진 낮의 세계에서조차 그는 밤의 그림자를 보았으며, 낮보다 생생한 현실이 밤에 있다고 생각했다. 선생이 평생 번역하고 연구하고 강의했던 프랑스 시와 그가 각별히 애정을 쏟았던 한국 시인들도 그에게는 밤의 천사들이었다. 화가 파울 클레(Paul Klee, 1879~1940)가 "이미 죽은 자와 아직 태어나지 않은 자들 가운데에서 자신은 행복하다"고 했던 말을 참조한다면, 밤은 선생에게 그 '가운데'에 속하는 영토였다. 연약한 것, 작은 것, 섬세한 것, 목소리를 내지 못하는 것, 변방에 있는 것, 아직 자기 자리를 갖지 못한 것, 핍박받고 억압당하는 것, 희망의 모양을 갖지 못한 것, 역사에 등재되지 못한 것, 지금 시간에 속하지 않는 것들이 모두 밤의 영토에 있었다. 그러나 선생은 거기에서 김수영의 시에서처럼 바위를 부수는 꽃잎의 생명력을 보았고, 포기하지 않는 용기를 읽어 냈으며, '얼굴 없는 희망'을 감지했다. 선생이 펴낸 책 제목[『얼굴없는 희망 : 아폴리네르 시집 『알콜』 연구』(문학과 지성사, 1992)]처럼 당신의 평생 글쓰기 자체가 어쩌면 그 얼굴 없는 희망의 현시이자 실천이었다고 해야 할 것이다.

〔3.〕

평생 글을 써 온 작가이자 스승이었던 선생의 글 중 어느 하나를 꼽는다는 것은 어려운 일이지만, 그중에서도 개인적으로 특별히 인상에 남는 글이 없는 것은 아니다. 내가 평론가로서 선생을 떠올릴 때 가장 먼저 떠오르는 글은 한국인들에게 흔히 교과서 문학 작품으로 널리 알려진 이육사(李陸史, 1904~1944)의 시 「광야」에 대한 평론이다. 이 글은 1990년대 『현대시학』에 '이 작품을 어떻게 읽을까'라는 제목으로 연재되던 글 중 하나였는데, 이후 『잘 표현된 불행』(문예중앙, 2012)에도 실렸고, 약간의 해석적 보충을 더하여 『우물에서 하늘 보기』(삼인, 2015)에도 실렸다. 너무나 유명한 시이기에 실은 제대로 해석된 것이 없기도 하다는 전제를 깔고서, 선생의 글은 첫 연의 '하늘이 처음 열리'는 때와 마지막 연의 '다시 천고의 뒤'를, 그리고 역시 첫 연의 '닭 우는 소리'와 마지막 연의 '백마 타고 오는 초인'을 연결짓는 놀라운 해석을 시도한다. 이러한 연결의 중요한 근거를 이 글은 '천지 개벽'이란 단지 닭 우는 소리로 상징되는 자연의 시작만으로 가능한 것이 아니며, 인간의 개입을 통해서만이 완성될 수 있는 공동 작업이라는 관점에서 찾는다.

선생은 자연과 인간을 대립적으로도 지배-종속 관계로도 보지 않았으며, 그렇다고 동류의 것이라는 식의 낭만적 인식을 취하지도 않으면서, 그 둘을 우주적 진화를 위해 협력하는 관계로 보았다. 이글은 근대의 계몽주의나 기술주의적 사회 진화론을 수락하지 않으면서도, 인간의 노동과 실천을 존중하고 역사의 가능성을 긍정했던 선생의 태도를 감동적으로 보여 준다. 또 연구와 평론과 번역과 강의와 에세이를 모두 역사에 대한 실천적 개입이라고 생각했던 선생의 글쓰기 태도를 압축하고 있다. 무엇보다도 선생의 이 실천과 태도가 드러내는 바는 그의 글쓰기가 '미래'에 사는 글쓰기였다는 사실이다. 난 개항기 이후 시작된 한국 문학사를 통틀어 선생의 글을 한국어 문장으로 쓰인 가장 깊이 있고 보편적인 사유 중 하나라고 늘 평가해 왔는데, 이 깊이와 넓이는 그의 글이 미래로 개방되어 있다는 사실에서 나온다.

문학 영역을 넘어서서 시민들에게 황현산이라는 이름을 널리 알렸으며 동시에 시민들을 깊이 감동시키고 마음을 다독였던 글로, 나는 「삼가 노 전 대통령의 유서를 읽는다」(『한겨레』, 2009.5.28)를 우선 떠올린다. 이 '정치 칼럼' 역시 미래를 향해 열린 선생의 문학적 비전을 잘 보여 준다. 한국 현대사의 끔찍한 정치적 비극으로 국민들에게 큰 충격을 주었던 이 사태에 처해, 선생은 고 노 전 대통령의 유서에서 "운명이다"라는 글귀와 "작은 비석 하나만 세우라"는 글귀를 시적 긴장이 깃든 문장으로 읽었다. 이 글귀들에서 선생은 오욕으로 뒤덮인 한 정치인의 육신이 희생을 스스로 수락함으로써 패배주의 없는 운명을 결단하는 모습을 읽어 냈으며, 미래의 표지가 될 수 있다는 역사적 숭고미를 읽어 낸다. 현실의 비극에서 인간의 자유를, 오욕의 현실에서 다른 시간의 잠재성을 예감하는 선생의 해석은 정치의 현실을 시의 비전과 겹쳐 놓으면서, 우리 사회가 극히 예외적인 방식의 칼럼니스트를 갖게 되었다는 사실을 드러냈다. 이러한 특별한 칼럼들은 평생 직장이었던 고려대학교를 정년 퇴직한 후 집중적으로 쓰이면서 수많은 명편들을 남기게 되었는데, 제도 정치의 후퇴로 인해 한국 사회의 위기가 총체적으로 심화되던 시기였기에 그 글들은 더욱 큰 존재감을 발휘하였고 시민 사회에 매우 큰 인상을 남기게 되었다.

[4.]

　　나는 운이 좋게도 선생과 많은 시간을 나눈 사람 중 한 명이었다. 학부와 대학원에서 선생의 수업을 들었던 것은 물론이다. 대학원 수업의 경우는 이름이 알려진 시인들이 청강을 하러 서울에서 멀리 떨어진 지방에서 올라와 참석하는 일이 많았다. 학부 때나 대학원 때나 그 수업의 특징은 짧게 끝난다는 것이었다. 수업은 선생의 글쓰기 비슷했다. 나지막한 소리로 한 편의 시를 조용히 낭독하시고는 '여성적' 느낌이 나는 걸음걸이로 몇 걸음 좌우로 왔다 갔다 하면서 생각에 잠시 잠기다가 이내 말씀을 시작하셨다.

　　학자의 이론으로 강의하는 법이 거의 없었던 선생은 당신의 기억 속에 있던 어떤 촌부 얘기, 선생이 자라던 시골의 염전 얘기, 한 젊은이의 실패한 연애담, 당신의 성장 과정에서 본 아이들의 흥미롭고도 잔인한 습성, 구전 가요와 민담, 도시의 어떤 풍경 속의 찰나적 실루엣, 한 소설가의 작품 속 불행한 주인공 얘기, 친하게 지내는 시인의 어떤 특이한 습성, 당신의 생활 습관 등을 이야깃거리로 꺼내셨다. 조금은 사적으로 느껴지면서도 사사롭게 일상적이지는 않으며, 보편적으로 들을 수 없는 듯 진기하게 느껴지지만 특수하다고도 할 수 없는 얘기들을 들으며, 학생들은 이야기의 세계로 빠져들었다. 선생의 수업은 비의를 공유하는 이들의 공동체가 세워지는 시간 같았다. 그러다가 선생은 갑자기 시로 들어와 그 얘기들에 담긴 소망과 미움과 분노와 슬픔과 상처와 사랑과 열정이 그 날 수업 대상이었던 시에 담긴 패션(passion)과 다른 것이 아님을 환기시켰다. 선생은 그렇게 시와 나날의 삶, 예술과 역사, 시인과 민중, 이야기와 노래, 문학과 정치, 과거와 미래를 포개고 대질시키는 식으로 수업을 진행하셨다. 그리고 수업은 공식적 수업 시간이 아직 남아 있음에도 예기치 않은 대목에서 갑작스럽게 끝이 나곤 했다.

수업의 진행 과정은 어떤 면에서는 과격했으며, 어떤 면에서는 다사롭고 은밀했다. 행간과 여백과 메타포가 많았다는 점에서 시적이었던 그 수업은 단순한 정보 전달이 거의 없는 수업이었다. 평생 연구하고 번역하고 강의하셨던 프랑스 상징주의와 초현실주의는 세상에서는 난해하기 이를 데 없으며 온갖 오해와 왜곡의 이미지를 갖고 있는 괴팍한 이론으로 여겨지기도 하지만, 선생의 수업에 참여했던 학생들은 그것이 땅을 일구는 농부의 기도, 매일 기계와 씨름하는 일용 노동자의 희망, 어느 날 한 통의 크리스마스 카드를 받은 고아원의 아이가 문득 본 꿈과 다른 것이 아님을 추측할 수 있었다.

〔5.〕

한국 문학사 전체를 통틀어서 선생만큼 시인들에게 존경과 사랑을 받는 평론가가 몇이나 있었을까. 문학 평론가와 번역가들에게 선생은 탁월한 선배이자 존경받는 엄격한 학자이자 스승이었지만, 시인들은 당신을 '벗'으로 여겼다. 하지만 그 이전에 선생이 시인이라는 존재를 끔찍하게 존경하고 소중히 여겼다는 사실을 상기해야 한다. 선생은 시와 시인을 '텍스트'나 사물화된 연구 대상으로 보지 않았다. 선생은 시와 시인을 존재의 순결한 형태로 보았으며, 삶과 역사의 생생한 실천 양식으로 여겼다. 그래서 선생은 시인의 가면을 쓴 사이비 예술 권력과 시적인 인간을 늘 엄격하게 구분했다. 선생은 '문단'이라기보다는 '시의 공동체'를 사랑했으며, 평론은 그들의 존재론적 '희생'에 대한 무한한 경의의 표현이었다. 성의와 긍지를 다해 그 순결한 공동체의 잠재성을 세상에 드러내고 정치와 역사 안에 기입하려고 노력했다. 선생의 평론은 아름다우면서도 치열한 해석적 투쟁을 수행할 수밖에 없었다. 문학을 삶의 실재와 분리시키는 죽은 아카데미 담론과 행정 체계와 싸우면서 '시를 구해야 한다'는 목적 의식이 선생을 일생 동안 추동시켰다. 권위적인 전통 문학 담론으로 수용되지 못하거나 이해받지 못했던, 때로는 비난받기까지 하던 많은 작가들이 선생의 해석 투쟁을 통해 한국 문학사의 중심으로 초대되었다.

이와 관련하여 선생의 감수성과 존재 이해를 엿보았다고 여긴 특이한 개인적 에피소드가 있다. 선생은 나에게 밤에 늘 글을 쓰다가 아침에 잠들어 대낮에 일어나 생활하는 당신의 패턴에 관해 얘기하다가 다음과 같은 흥미로운 얘기를 해 주신 적이 있다. 선생은 특별히 신경 써야 하는 강의가 있는 날에는 그 직전에 사우나에 가서 몸을 씻으며 정신을 환기하는 습관을 가지고 계셨단다. 그런데 아침에 잠들어 대낮에 눈을 떠서 사우나에 가면 사우나는 비어 한가한데, 그 때 이 사우나의 이용객은 낮에 회사 다니는 사람들이 아니라 '밤일'을 하는 사람들이 많았다고 한다. 선생이 이용하는 사우나는 조폭들이 애용했다고 한다. 어느 날 선생은 사우나에서 온몸에 용 문신을 한 젊은 조폭의 문신을 보고 매료되어 그의 몸을 쓰다듬으며 "문신이 아름답군요" 했다고 한다. 누구도 제 몸에 손을 대기를 꺼려 하거나 두려워 했을 이 조폭은 선생의 느닷없는 손길에 처음에 깜짝 놀라다가 허리를 굽히며 "어르신, 멋지지요, 칭찬해 주셔서 감사합니다" 하며 오히려 인사를 건네더라는 것이었다.

　　나는 사적인 대화 자리에서 이 얘기를 들었는데, 그 순간 선생을 좀 더 깊이 이해하게 되었다. 마치 선생의 시 수업에나 나올 법한 이 에피소드는 무언가 독특하고 극단적인 것에 이끌리며, 거기에 이끌려 조금은 위험하고 무모해 보이는 행위를 도발하는 선생의 성격을 보여 준다는 점에서 당신 자신이 곧 '예술가'임을 드러낸다. 이 이끌림과 행위의 저변에는 존재에 대한 깊은 이해와 사랑이 있다고 해야 할 것이다. 도대체 누가 조폭의 문신을 '아름답다'고 인정할 것인가. 그 인정은 문신의 아름다움에 대한 인정이기 전에 그 문신을 아름답다고 여긴 조폭의 미의식에 대한 인정이며, 그 미의식을 제 몸에 새긴 조폭의 욕망 또한 한 '정상적' 욕망이라는 존재 긍정이다. 통속적 관점에서 이해받지 못했던 작가들의 말과 생각과 욕망이 이 문신과 다른 것이 아니며, 어쩌면 사회와 정치와 역사에서 '정상성'의 규정들로 이해받지 못하고 배척받고 억압받는 온갖 소망들이 이러한 종류의 것일지도 모른다. 그 평론이 지성적 논리를 넘어선 깊이와 낯선 아름다움을 갖게 되고, 그의 글이 감정에 호소하지 않음에도 불구하고 많은 독자들에게 쉽게 경험해 보지 못했던 차원의 정신적 위로를 줄 수 있었던 것은, 세상에 이해받을 수 없는 것은 없다는 존재 긍정에 바탕했기 때문이다.

[6.]

　선생은 신비주의에 의존하거나 감정에 호소하는 글을 쓰지 않았다. 하지만 당신의 글은 지성의 논리를 넘어서 독자에게 더 큰 섭리와 조우하는 시간을 제공하면서, 문장을 읽는 경험이 우리가 지금까지 알고 있는 좁은 세계를 다시 확인하는 일과는 다른 일임을 보여 주었다. 다시 말하건대 황현산의 글쓰기에서 그것은 역사가 개방되어 있다는 사실을 알려 주는 일이며, 미래를 미리 사는 자의 용기를 드러내는 일이었고, 존재를 수용하는 긍정성과 관련되어 있다. 나는 그걸 낙관주의와는 다른 차원의 '낙천성'이라고도 생각했다. 대책 없는 수용성으로서 낙관주의와는 달리, 낙천성은 존재에 열린 주체의 개방성을 파지(把持)[물건을 꽉 움켜쥠. 기억 작용의 과정으로, 경험에 의한 감각을 가지고 있다가 때때로 재현하는 작용]한다. 그래서 낙천성은 겸손하면서도 씩씩하고 명랑하다. 우리 시대가 '세월호'라는 비극을 맞았던 시기에 나와 했던 인터뷰에서 선생은 이 시대의 '행복'에 관해 말씀하면서, '명랑'의 윤리를 제안하신 적이 있다. 대략 이런 요지였다.

　"명랑하기 위해 노력해야 합니다. 어떤 사람이 명랑하다면 그는 존재의 비극과 약점과 결점을 자각하면서도 포기하지 않는 힘과 긍지를 갖고 있는 것입니다. 그는 혼자 주저 않지 않고 주위를 활기 있게 만들려는 에너지를 발산하면서 자신의 태도를 통해 다른 미래를 제안하고 있는 겁니다. 명랑은 어쩌면 예술이 지닐 수 있는 유희성 중에서 가장 멋있는 힘인지도 모릅니다."

나는 선생의 평생 글쓰기와 삶이야말로 명랑의 유희성을 드러낸 전범이었다고 생각한다. 학자로서 번역가로서 엄격했지만, 선생은 평생 '꼰대'인 적이 없었으며 허식이 없었고, 대신 늘 유머가 있었다. 촌철살인으로 정곡을 찌르는 말을 자유자재로 사용했지만, 존재를 깊은 곳으로부터 긍정하게 하는 화법으로 사소한 시민의 일상조차 역사적 가능성의 일부로 전환하려고 애쓰셨다. 수십만 팔로워를 지닌 선생의 트위터 계정이 진심한 애도로 뒤덮였던 것은 이 때문이다. 선생과 내가 나눈 마지막 대화는 병원에서였다. 이미 말을 하기 어려울 만큼 육체적 고통을 내장하고 있었지만, 선생은 평안한 얼굴빛을 잃지 않으며, 두 마디 말을 건네셨다. "함 선생, 준비하는 그 일(새 학교)은 잘 되고 있어?" "내가 병이 나으면 그 학교 이사장 할게." 선생은 글쟁이로 살면서도 무언가 다른 삶을 위한 사회적 실천에 골몰하고 있는 나에게 힘을 주려고 하셨다. 그 때 나는 다른 교육, 다른 학교를 만드는 일에 몰두하고 있었는데, 선생은 고통 속에서도 그 날 마지막 말로 내게 사람의 힘으로 미래를 열 수 있다는 긍정의 힘을 실어 주고 싶으셨던 것이다.

〔7.〕

병원에서의 만남 후 나는 하와이로 짧은 출장을 떠났고, 인적이 드문 황량한 화산 지대에서 지인이 서울에서 보내 온 문자 메시지로 갑작스러운 부고를 들었다. 당시 그 화산 지대는 불을 뿜고 있어서 마그마가 흘러내리며 지구상에서 최초의 땅을 생성하는 원시적 기운 속에 휩싸여 있었는데, 역설적이게도 원시적인 시간 그 땅에 있었기에, 선생님의 영혼과 깊고 충만한 대화를 나눌 수 있었다. 나는 선생이 지상을 떠나신 게 아니라, 밤의 정신으로 밤의 문장으로 지구에 우주에, 무엇보다도 역사 속에 여전히 현전해 계시다는 느낌을 받았다. 그리고 새 땅이 불 속에 다시 생겨나듯이, 다른 현신으로, 다른 문장으로, 다른 생각으로, 다른 인연으로, 존재는 다시 만나고 이어지고 연결된다는 사실을 깨달았다. 선생이 돌아가신 날 내가 선생과 그 땅에서 나눈 우주적 대화는 내가 일생을 통해 겪어 본 가장 깊고 슬프고 아름다운 신비 체험이었다. 부재의 감각은 너무나 생생했지만 그 밤의 한 가운데에서 나는 웃을 수 있었다. 선생이 시를 통해 늘 지각하고 있었고, 역사를 통해 예감하고 있었던 존재의 열림, 그 명랑한 기운이 나에게도 전해졌기 때문이다.

당신은 밤의 선생이었지만, 그 밤은 늘 명랑했다.

〔8.〕

이 책의 원고는 학자이자 평론가였던 황현산이 고려대학교에서 정년 퇴임 한 후 시민을 위한 '인문 활동가'로 적극 나섰던 때의 가장 빛나는 기록 중 하나이며, 선생의 일생에서 그의 육성을 직접 빌어 책으로 탄생한 유일한 강의록이다. 밤의 선생이었던 황현산은 '시민행성'의 큰스승이 되어 활동해 주기도 하셨는데, 이 강의는 '시민행성'에서 기획했던 시민 강의다. '황현산의 프랑스 상징주의 강의'라는 이름으로 2016년 1월에 사간동 시절 '시민행성'에서 열렸던 이 강의는, 일반 시민뿐만 아니라 문학 연구자, 시인들이 함께 강의실을 가득 메웠다. 당시 한국 사회는 정치 사회적으로 매우 참담하였고 깊은 우울증에 빠져 있었는데, 강의자와 청중이 모두 시의 우주 속에서 다른 시간을 엿보았던 '기도회' 같았다. 이 강의에는 근자에 작고한 최정례(1955~2021) 시인도 학생으로서 계속 참여했다. 그러나 지금 생각해 보면 이 기도회 역시 명랑했던 듯하다. 강의를 기획했던 나로서는 이런 강의록이 남게 되었다는 사실만으로도 '시민행성'이 탄생했던 몫을 다한 것 같은 생각이 든다. 당시 이 강의에 참여했던 증인이자 선생을 사사한 '제자'이자 동지였던 수류산방의 노고 덕택에 절정의 시기에 갑작스럽게 고인이 되신 선생의 마지막 강의록이 만 5년 만에 이렇게 빛을 보게 되었다. 덕분에 그 시간이 시의 유토피아를 증언하는 역사적 사건으로 되살아났다. 말 그대로 죽음을 이겨 낸 부활이다. 일생 동안 어떤 순간 어떤 자리에서도 강의와 글에 혼신을 다했던 선생만큼이나, 누군가의 말과 생각을 담고 기록하는 일에 늘 혼신을 다하는 수류산방에 의해 이 책이 탄생했다는 사실에는 시적 필연이 있다고 해야 할 것이다. 동지이자 친구이자 독자로서 수류산방에 깊은 감사 말씀을 드린다. ★

함돈균 | 작가. 문학 평론가로 시작했으나 지금은 존재의 다양한 차원을 경험하고 드러내는 여러 글을 쓰는 글쟁이가 되어 가고 있다. 20대 중반 이후 늘 황현산의 글과 함께 했으며, 스스로 황현산 선생을 사사한 제자라 여긴다. 40대 이후에는 글에서 드러냈던 뜻을 제도와 문화적 현실로 구현할 사회적 아이디어를 기획하고 실천하는 액티비스트로서의 삶을 병행하고 있다. 고려대학교 민족문화연구원 HK 연구교수를 지냈고 여러 기관에서 위원으로 활동했다. 새로운 시민 인문 교육에 대한 비전을 가지고 실천적 인문 공동체 '시민행성'을 만들어 이끌었고, 그 비전과 미래 교육에 관한 생각을 발전시켜 사회 디자인 학교 '미지행'을 동료들과 기획 중에 있으며, Pati 스승 및 인문연구소장을 거쳤다. 비평집『얼굴 없는 노래』(문학과지성사, 2009),『예외들』(창비, 2012),『사랑은 잠들지 못한다』(창비, 2016), 교양서『시는 아무것도 모른다』(수류산방, 2012),『사물의 철학』(세종서적, 2015),『코끼리를 삼킨 사물들』(세종서적, 2018),『순간의 철학』(난다, 2021), 교육 및 사회 혁신 대화집『교육의 미래 코칭이 아니라 티칭이다』(세종서적, 2017),『교육의 미래 컬처엔지니어링』(동아시아, 2020) 등을 펴냈다. 김달진문학상 젊은평론가상(2009)을 수상했다.

[8-7] 김민정(金珉廷, 1976~)〔시인〕

황현산 선생님에게 부치는 세 통의 편지

〔1.〕2019년 8월 7일 첫 번째 편지

8월이었는데

8월입니다, 선생님.

작년 8월 7일까지는 계셨는데

올해 8월 7일에는 안 계십니다, 선생님.

있다 없고

없는데 있음이

삶이고 죽음일까?

삶이고 죽음인가?

나 혼자 묻고

나 혼자 대답하는 일로

'생사'라는 것을 공부하게 만든 선생님.

그 1년이 꼬박 갔습니다. 선생님.

그리고 오늘입니다. 선생님.

선생님이 없으니까 나는

많이 슬플 줄 알았습니다.

그런데 문득 슬픔이

정확하게 어떤 감정이더라,

선생님을 좇아 사전을 찾고 있는 나였던 겁니다.

"서럽거나 불쌍하여 마음이 괴롭고 아프다."

그렇다면 내 감정은 슬픔이 아니었던 겁니다.

그러면서 선생님에 대한 내 감정의 요체가

'필요'라는 것을 알게 되었던 겁니다.

꼭 소용되는 바가 있음.

그런데 선생님 없음.

그래서 나 슬픔.

왜 황현산인가 하는 물음에

이렇게 답을 한 적이 있습니다.

"선생은 소통하는 법을 아는 학자였다.

선생은 책과 씨름하는 것만이 아니라

학문을 연마하는 것만이 아니라

사람과 씨름했고

세상사에 신음했고

그러므로 동시대를 살아가는 우리들에게

누구나의 선생으로

그 발걸음의 보폭을 맞춰 줄 줄 알았다.

살아 있는 누구나의 사전이었고

살아 있는 누구나의 선생이었으며

살아 있는 누구나의 아버지였고

살아 있는 누구나의 친구였던 이름 황현산."

선생님이라는 어른이 없어서 어려웠던 지난 1년.

나는 선생님의 이 문장을 자주 떠올렸습니다.

"잔인함은 약한 자들에게서 나올 때가 많다.

세상에는 울면서 강하게 사는 자가 많다."

울면서 강하게 사는 사람들.

어쩌면 그 힘으로 여기 많은 사람들이

모여 있는 것인지도요.

보고 계시지요?

고맙다, 하실 거죠?

안팎으로 평온들 하시라고

잘들 지내다 거기서 만나자고

특유의 그 소리 없는 웃음으로

안아 주세요, 선생님.

오늘은 좀 많이 보고 싶네요.

—2019년 8월 7일 MBC와 문학동네가 함께 만드는 낭독회 〈우리들의 읽는 밤〉 중 '황현산'을 읽는 밤에서.

[2.] 2020년 9월 28일 두 번째 편지

난다의 100번째 책이 나왔습니다, 선생님.

2011년 7월 7일 '난다'란 문패 걸었으니

그간 게을렀는가, 부지런했는가,

그 '책'이란 걸 두고는 판단이란 걸 못하겠습니다.

다만 느려지고 있는 건 분명한 듯합니다.

책을 모르겠어서,

책이 어려웠어서,

책 앞에서 망설이는 시간,

책 앞에서 도망치는 궁리,

그런 길어짐이 깊어지는 건 분명한 듯합니다.

제 감각의 무뎌짐,

제 감각의 불신,

주제 파악이 점점 되니까 뒷걸음질에 바빴던 저,

그러다 맞이한 난다의 100.

8월 8일 선생님의 2주기에 못 맞췄는데

이러려고 그랬나 세다 보니 오늘 100이어서

내 얼굴과 내 마음을 흰 백(白)으로 만든 100.

선생님은 기실 가서도 선생님이시구나, 압니다.

책으로부터 멀어지고자 등을 돌리던 저를

이렇게 붙잡아 앉히셨으니 말입니다.

이 원고 읽으면서 내내 환영처럼 본 것이

굵은 밧줄 같은 것이었는데,

그것이 내 얼굴을 후려치기도 했고

그것에 내 팔이 묶이기도 하였는데,

후에는 그것을 타고 오르는 재미 속에

똥꼬에 힘이 가고 힘을 주게 되니

제 속 근육이 단련되는 느낌이기도 하였습니다.

100에 흰 백(白)을 없는 마음.

선생님 덕분에

그 진심을 난다의 초발심으로 가지게 된 마음.

"설렘이 없는 시는 영검 없이 젯밥만 축내는 귀신과 같다."

선생님 덕분에

시의 초발심마저 챙기게 한 마음.

내 생일이기도 한 이 날에

선생님 책을 생일 선물로 가지게 해 주셔서

참말 고맙습니다, 선생님.

—2020년 9월 28일 황현산의 유고 평론 『황현산의 현대시 산고』를 펴내며.

〔3.〕 2021년 8월 2일 세 번째 편지

"죽음이 우리를 위로하고, 슬프다, 살게 하니.

그것은 인생의 목적이요, 유일한 희망.

선약처럼 들어올리고 우리를 취하게 하고,

우리에게 저녁때까지 걸어갈 용기를 준다"

보들레르의 이 시를

1년 넘게 병상에 누워 계신 아빠에게

오늘 저녁 읽어 드렸어요, 선생님.

다 듣고 나서 아빠가 제게 물었어요.
어쩌자는 얘기야?
한 치의 망설임도 없이 저는 답했어요.
살자는 얘기야.

수술이 끝난 엄마는 안 깨어나 초조한데
아빠는 팥이 들어간 빙수가 먹고 싶대서
그걸 사러 병원 밖으로 잠시 나와
길 건너 투썸플레이스에 가려고 횡단보도에 섰는데
'만물 조응'이라는 단어가 조롱이떡처럼
불쑥 튀어나오지 뭐예요.

"편지한다는 말이죠.
소통한다는 뜻입니다.
만물들이 서로 교류하고,
화응한다는 말입니다."

이르고 싶었던 모양입니다.
무참히 울고 싶었던 모양입니다.
살면서 일생의 단 하루쯤
뭉갠 진흙처럼 얼굴이 쥐어짜지고 싶은 날이
있기도 한 모양입니다.
그런 날이 바로 오늘이었던 모양입니다.
그리하여

"사랑도 미움도 없이
내 가슴이 그리도 아프네!"
베를렌에 기대게도 되는 모양입니다.

"어떤 설명도 정확할 수는 없습니다.
얘가 그랬으니까 그런 거지,
라고 할 수밖에 없는데요."
말라르메의 시를 얘기하신 대목을 읽다가
말라르메의 시가 아니라
선생님의 말에 주구장창 밑줄을 긋다가
"최초의 없는 상태로 다시 돌아가고 있습니다.
결국 침묵만 남습니다. (……)
마지막에는 아무것도 없이 침묵만 남게 되는 것이죠."
하시는 데서 '뺄셈의 시학'에 동그라미를 치다가
다시금 보들레르로 돌아오는 저를 발견할 수 있었습니다.

"낭만주의식으로 말한다면,
인간을 근본적으로 바꾸는 것은 세 가지가 있다고 합니다.
하나는 사랑입니다.
어떤 사람이 누구를 사랑하기 전과 후는 완전히 다릅니다.
누구를 사랑하면 세계관이 바뀝니다.
두 번째는 혁명입니다.
혁명 전의 세계와 혁명 후의 세계,
세상의 질서가 달라지요.

그리고 하나는 죽음입니다.

죽은 전은 우리가 알아요.

그러나 죽음 후는 모르죠.

그것은 완전히 다른 세상일 것입니다.

그 세상이 있는지 없는지조차 모릅니다.

그러나 가난뱅이들이 희망을 걸 수 있는 건

바로 그 죽음에 있단 말입니다.

다른 말로 하면 그 죽음이,

앞에서 말한 사랑과 혁명을 가져다준다고

이해해야 할 것입니다."

이제야 '감각'이라는 단어를

온전히 받아들이게도 되는 듯합니다, 선생님.

"감각이 우리 육체에 찍어 놓은 모든 흔적을 통해서

감각 너머의 세계를 본다는 것"

다시 말해,

"감각으로 느끼는 것, 그게 이 세상의 현실"이라는 말씀에

겨우 고개를 끄덕이게도 되는 듯합니다, 선생님.

짐작하시겠지만 제 공부가 턱없이 모자라

상징도, 전위도, 고전도 온전히 습득했을 리 만무하지만

그거 하나는 알아먹었다 싶어 가져갈 수 있겠다 싶어

유유히 책장을 덮는 깊은 밤입니다.

"이 세상의 현실을 가장 세밀하고 가장 깊이 있게 **느끼게** 되면

거기서부터 다른 세계를 볼 수 있는 어떤 능력을 갖게 됩니다."

다른 건 몰라도 그 '느낌' 하나는 자신이 있어
축 늘어졌던 손과 발에 절로 힘이 붙으니
우리가 왜 책을 읽어야 하는가 하는 근원적인 물음에
답으로 거기 계셔 주신다 싶으니까
손 한번 흔들어 보게도 되는 밤입니다.
다정한 정확함으로 논지를 이끌어 나가신
이 책의 시작부터 다시 펴 보게도 되는 밤입니다.

저 이거 몇 번쯤 하면 선생님과 만날까요?

—2021년 8월 2일, 수류산방에서 나올 〈아주까리 수첩 3〉 황현산의 『전위와 고전—프랑스 상징주의 시 강의』를 미리 보는 밤에

★

김민정 | 1976년 인천에서 태어났다. 중앙대학교 문예창작과를 졸업했으며 같은 학교 대학원에서 석사과정을 수료했다. 1999년 『문예중앙』 신인문학상에 「검은 나나의 꿈」 외 9편이 당선되어 등단했다. 시집 『날으는 고슴도치 아가씨』(열림원, 2005), 『그녀가 처음, 느끼기 시작했다』(문학과지성사, 2009), 『아름답고 쓸모없기를』(문학동네, 2016), 『너의 거기는 작고 나의 여기는 커서 우리들은 헤어지는 중입니다』(문학과지성사, 2019), 산문집 『각설하고,』(한겨레출판사, 2013) 등이 있다. 박인환문학상(2007), 현대시작품상(2016), 이상화시인상(2018)을 받았다. 문학동네출판그룹의 계열사 난다를 설립해 대표로 있다.

[9-1]　　**최은진**(崔銀眞, 1960~)〔가수〕

아주까리 수첩에 고이 적어 보내는 편지

　　선생님! 어디로 가셨나요. 도대체 지금쯤 어디에 계십니까. 선생님을 존경하고 사랑하던 사람들이 그리워 지금도 이렇게 묻곤 합니다. 다짜고짜 이 세상을 떠나시더니, 몇 개월 지난 어느 날 꿈 속에 나타나셨죠. 즐겨 쓰시던 도리구찌 모자[도리우치보(鳥打帽), 납작모자]를 눌러 쓰고 "잘 있었는가?" 하셨댔지요. 선생님, 저희는 잘 있습니다. 그렇지만 선생님이 가셨고 헌법재판소 골목을 지켰던 문화 공간 '아리랑'도 허물어졌고 그 뿐이던가요, 세상이 다 질병으로 아프네요. 우주가 다 적적한 것만 같았던 올해 초봄, 2월 새벽녘인가, 눈을 뜨는 순간 동시에 선생님의 정겨운 목소리가 다시 들렸지요. "집 한 채는 해 주겠네." 반가워 화들짝 깨고 보니 또 꿈이었어요. 이 무슨 말씀이신가 궁금할 뿐이었지요. 화창한 5월에 '아리랑'을 다시 열게 되면서 삼청동 초입에 근사한 하얀 집을 얻어 자리를 잡게 되고 나니 어렴풋이 알게 되었어요. 이마 한가운데 자국처럼 찍혀 있던 꿈들이 풀렸습니다.

　　선생님을 처음 뵌 건 선생님의 절친이신 김인환 선생님과 수류산방 식구들과 함께였어요. 헌법재판소 골목의 '아리랑'을 방문하셨죠. 저는 『풍각쟁이 은진』을 선물했고요. 그 뒤로 수류산방을 위한 모임, '낭창낭창'이 만들어졌더랬죠. 뒤풀이를 할 때면 모두가 '아리랑'에서 즐거운 시간을 가졌습니다. 그 때 선생님께서 그 어려운 프랑스어와 학문과 문학뿐만 아니라 음악을 무척 좋아하신다는 것을 알게 되었습니다. 조용필의〈바람이 전하는 말〉을 유난히 좋아하셨지요. 처음 담도암이 나타났다가 몸이 회복되었을 때 민어지리를 맞나게 잡수셨을 때도 그랬듯이, 늘 저희에게 음식에 대한 깊은 이해와 음식 재료의 출처를 가르쳐 주시곤 했어요. 지금도 잊어버릴 수 없는 가르침이에요. 덕자와 병어는 똑같이 생겼지만, 덕자는 깊은 바다에서, 병어는 얕은 물에서 산다는 것도 그렇게 배웠습니다. 저희 앞에서 얼굴을 마주볼 때면 자네는 남방계, 자네는 북방계 하고 설명해 가며 폭소를 터뜨리게 해 주셨습니다. 학문이 아닌 그런 이야기들도 선생님 앞에서 학문이 되었던 걸 보면, 아마 그 어려운 학문도 선생님 앞에서는 덕자와 병어처럼 알쏭달쏭하던 마디를 스르륵 풀어 놓지 않았을까요. 그렇게 보들레르와 발레리, 랭보에 대해 깊은 이해를 저희에게 주셨지요. 언제나 모든 주제에 대해서, 마주한 이들에게 같은 눈높이로 같은 마음결로 흥을 맞추어 흥미진진한 대화로 기쁨을 주시곤 하셨죠. 아, 달빛 밝은 '아리랑'의 밤들! 그러던 와중에 예술위원장을 맡으셔서 얼마나 반가웠겠어요. 한국 예술계가 꽃이 피려나 기대했건만 그 뒤로 병세가 악화되고 말았죠. 우리는 정말 건강하신 모습으로 다시 뵙기를 바랐습니다. 십 년 만이라도 더 사셨으면, 간절히 기도했어요.

　　슬픔만은 아니에요. 마지막으로 수류산방 박상일 방장님과 고대 병원에 문안 갔을 때 수류산방 기획으로 만들고 있던『헌법재판소』앨범 중에〈아주까리 수첩〉을 마침 녹음본으로 들려드릴 수 있었으니까요. 얼마나 안심이었는지요. 선생님이 목포에서 태어나고 자라셨고, 그 목포가 고향인 예인 이난영(李蘭影, 1916~1965) 선생님, 그의 오빠인 이봉룡(李鳳龍, 1914~1987) 선생님께서 만드신 노래 중 하나가〈아주까리 수첩〉이었습니다. 옛 가수 백년설^(白年雪, 1914~1980) 선생님께서 1940년대에 부르셨던 그 노래를 제가 다시 부를 수 있어서 영광이었어요. 북으로 간 시인 조명암^(趙鳴岩, 1913~1993) 선생님이 쓴 가사가 가슴에 푹 들어왔답니다. 선생님께서 병석에서도 좋아해 주시고 그 인연으로『헌법재판소』의 〈아주까리 수첩〉 소개글에 선생님의 비금도 이야기도 실리게되었지요. 그 날 병 간호를 하던 사모님께서도 선생님이 평소에 제 노래를 좋아하셨다고 하더니 장례식장에서 제 손을 붙잡으며 발인 날 그 노래 불러 주길 당부하셨죠. 〈아주까리 수첩〉, 이 노래를 부를 때면 목포 앞 바다 "꽃그림자 흔들리는 섬" 풍경이 눈 앞에 아련하게 펼쳐질 것 같곤 하답니다. 1940년대, 선생님이 어린날 보던 그 물결 바람결로요.

새로 문을 연 하얀 집 '아리랑'에서 아침마다 장미꽃에 물을 줍니다. 올해 꽃은 다 졌나 했어요, 그런데 말이죠, 지쳤던 녹색 잎이 물을 먹고 생생해지더니 다시 분홍과 노랑 꽃몽오리가 올라옵니다. 그 골목으로 선생님이 다시 오셔서 장미꽃도 보시고 창가에 앉아 음악을 들으며 시원한 맥주도 한 잔 하면 얼마나 좋을까요……. 선생님! 몹시 그립습니다. 저희들이 다시 모였을 때 잠깐이라도 왔다 가시면 안 될까요. 저희와 쎄쎄쎄! 한번 하고 가지 않으시겠어요? 그럴 수만 있다면. 저희 곁에 그렇게 계셔 주셨으면 얼마나 좋을까 하고 가슴에 손을 올려 봅니다. 선생님, 평안히 지내시고 밝은 빛에 계십시오. ★

최은진 | 근대기 노래를 현대적 감각으로 노래하는 예술인이다. 1집 앨범《아리랑 소리꾼 최은진의 다시 찾은 아리랑》(신나라레코드, 2003)과 2집 앨범《풍각쟁이 은진》(비트볼, 2013)을 통해 근대 가요와 만요, 다양한 아리랑을 복각해 알리는 데 힘쓰고 있다. 2004년부터 안국동 헌법재판소 옆에서 운영해 온 '문화 공간 아리랑'(현재는 삼청동으로 이전)은 홍상수 감독의 영화〈우리 선희〉의 배경이 되기도 했다. 2014년『머리에 꽃 이고 아리랑』(문학동네), 2018년에 3집 앨범＋책『헌법재판소』(수류산방)를 냈다.

[9-2]   김원식(金蕣植, 1956~)〔건축사가, 예술사가〕

한 건축인의 프랑스 상징주의에 대한 몇 가지 단상
—보들레르와 발레리를 중심으로

데카르트(René Descartes, 1596~1650) 이후의 프랑스 합리주의 전통에 기반을 두거나 그
에 반기를 든 지적 흐름은 현대의 형성에 다각적 영향을 미쳤다. 시라는 분야
에서 그 흐름을 어떻게 파악할 것인가에 대한 황현산 선생의『강의』를 접하면
서 다른 의견이 떠오르는 부분도 있다. 우선은 시 해석에서 프랑스식 표현이
라고 하기 어려운 감성적인 한국식 표현도 있었고 용어의 선택에서 일본어 번
역의 영향을 짐작할 수 있는 부분도 있었다. 내용 자체가 달리 옮겨져야 하지
않는가 하는 의문도 있다. 문외한으로서 조심스럽기도 하지만 온전히 이해가
되지 않을 때는 의구심을 감출 필요는 없을 것이다. 번역과 해석은 언제나 새
로운 해석을 요청한다.『강의』에서 논한 내용들에 대한 의문 제기일 수도 있
지만, 다양한 대화의 문이 열려 있음을 시사하는 계기가 될 수도 있을 것이다.

〔1.〕'초현실주의'라는 용어의 문제
내가 처음 접한 황현산 선생의 책은 앙드레 브르통(André Breton, 1896~1966)
의『초현실주의 선언(Manifeste du surréalisme)』(1924)이었다. 우선 한국에
서 오래 전부터 흔히 비판없이 쉬르-레알리슴(Sur-réalisme)을 '초현실주
의'로 옮기는 것에 문제성을 내포하고 있다고 생각해 왔다. 니체(Friedrich Nietzsche,
1844~1900)의『차라투스트라는 이렇게 말했다(Also sprach Zarathustra)』(1883)
에 나오는 위버-멘쉬(Über-mensch : Sur-homme)를 '초인(超人)'으로 옮
기는 것도 그리 정확치는 않은 것이다. 영어의 'over'나 'on'에 해당하는 프랑
스어의 'Sur-' 또는 그의 독일어 상동어 'Über-'는 하부에 존재하는 현실 및
인간에 보이지 않는 연결끈으로 묶인 상부 차원의 대상에 대한 접두어이다.
'Sur-réalisme'과 'Über-mensch'의 두 개념 모두〔한국말에서 초월을 뜻하
는 이 단어를 들었을 때 흔히 연상하게 되는 방향과는 다르게〕현실과 인간을
초월하여 단절된 세계나 완전히 이질적인 세계, 다른 페이지의 것이 아니라
현실 위에서 상상과 환타지가 현실과 동일 차원에서 만나는, 윗동네에서의 이

야기일진대 그것은 반드시 아랫동네가 전제되고 병존함으로 가능한 것이다. 앙드레 브르통의 책이 '초현실주의'로 번역됨으로써 간극이 더 넓어지지 않을지 우려가 되곤 한다. 지금으로선 원어 그대로 '쉬르-레알리슴'이라고 표현하는 게 나을지도 모르겠다. [황현산 선생은 초현실주의에 대해 이렇게 쓴다. "초현실주의자들이 현실의 모습이라고 부르는 것은 왜곡된 현실이 아니라, 오히려 현실의 사실성 그 자체라고 말할 수 있다."(황현산, 「역자 해설」, 『초현실주의 선언』) ; "현대 시에서 어떤 종류의 것이건 '다소간 멀리 떨어진' 사물의 병치는 모두 현실 뒤에 또 하나의 현실이 있다는, 말하자면 현실을 초과하는 현실이 있다는 믿음에 기초를 둔다."(황현산, 「〈오감도〉의 독서를 위하여―이상과 초현실주의」, 『13인의 아해가 도로로 질주하오』) ; 초인에 대해서는 이육사의 시 「광야」를 설명하며 다음과 같이 쓴 바 있다. "초인은 어떤 비범한 개인이 아니다. 그것은 모든 인간이 마땅히 그렇게 되어야 할 인간이며, 저마다 제 자유 의지로 행동하게 될 미래의 인류이다. 이 '초인'이라는 표현에는 고난의 극한에서 노래 부르기를 선택한 자신의 의지에 대한 시인의 자부심과 높은 정신적 경지를 확보할 미래의 인간에 대한 강렬한 기대가 겹쳐 있다."(황현산, 「광야에서 닭은 울었는가」, 『잘 표현된 불행』)]

[2.] Ad Verbum (한 마디 한 마디. 직역적으로) 몇 가지 제안

이 『강의』에서 다룬 시의 해석과 이해가 때때로 필자의 생각과는 다르게 등장하는 까닭에 일차적으로는 정확한 번역 여부를 분석하게 되었다. 특히 도시와 건축의 구체적인 대상이나 의미를 따질 수 있다. 예로써 보들레르(Charles-Pierre Baudelaire, 1821~1867)의 「백조―빅토르 위고에게(Le Cygne―a Victor Hugo)」몇 구절을 보자. | 먼저 "Et, brillant aux carreaux, le bric-à-brac confus"라는 행의 경우, 『강의』에서 이를 "유리창에 어지럽게 번쩍이던 골동품들을"이라고 번역하였지만 필자의 생각엔 '또, 포석(鋪石)의 번쩍임, 혼돈의 잡동사니'일 수 있다. 물론 프랑스 단어 'carreaux'에는 사각형 모양 격자를 한 판유리창이란 뜻도 존재한다. 하지만 이 대목은 폐허가 된 카루젤 광장의 광경을 묘사한다. 이 구절 바로 앞에서는 바라크, 대들보, 기둥, 잡초, 웅덩이, 돌덩이 등을 노래하는 것이다. 문맥상 구축물, 건조 환경 등을 열거할 뿐더러 당시 철거되고 있던 광장의 상황을 고려해 보건대, 보도 블록, 즉 포석을 가리키는 것이 더 적절하지 않을지 제안해 본다. 오스만의 파리 개조 이전에 카루젤 광장 등엔 일반인들의 주거 건물 단지가 들어차 있었다. 그리하여 마차가 순탄하게 달릴 수 있는 상태를 지니고 있지 못했다. 또는 황 선생의 의견에 동의하여 '빛나는 유리창'도 가능할 것이다. 더구나 철거 중에는 엉망진창인 광경이 벌어졌을 것이고 오랜 건물 등은 골동품으로 은유될 수도 있을 테니 말이다. 이런 경우엔 '그리고 창문의 번쩍임, 혼돈의 잡동사니' 등으로도 생각해 볼 수 있을 것이다. | 이어지는 문장(IV) "Là s'étalait jadis une ménagerie"에서는 'ménagerie'를 "동물 진열창"으로 옮기고 있다. 이에 대해서는 보완이 필요할 것이다. '메나즈리'는 『강의』 중에 진행된 설명처럼 과거 서구에서 간단한 이동식 전시대는 아니었다. 근대 이후의 서구, 특히 프랑스의 왕실은 권위와 자부심, 국가 위신과 풍요, 심오한 지적 호기심을 과시하기 위하여 희귀한 동식물을 확보하고 동식물원을 조성하고 전시하기 시작했다. 곧 온 유럽 왕실이 이런 움직임을 모방하기 시작했고, 거대한 동물원, 식물원, 온실은 궁에서 자리를 확고히 잡았다. 산업화의 영향으로 유리, 철재 등이 원활히 공급되자 유리재의 온실(serre) 등이 그와 어울려 기본적으로 필요한 건물이 되었고, 공연을 위한 서커스 시설 등도 점진적으로 접합된 것이다. 여러 배경을 고려할 때 이 시구는 '과거 거기엔 동물원이 있었다'로 옮길 수 있다. | "Auprès d'un tombeau vide en extase courbée"는 "빈 무덤 곁에 넋을 잃고 고개를 숙이고 있는 그대를"이라고 번역하고 있다. 그러나 'extase'를 수식하는 'courbée'는 고개를 숙이거나 허리를 굽혔다는 뜻이 아닌 '속박된, 억제된, 억눌린' 등의 뜻으로 번역해야 한다고 생각한다. 이 구절의 'en extase'는 단순히 '넋을 잃은 상태'를 의미하는 것이 아니라 황홀경에 빠진 상태, 법열의 상태이다. 그러므로 'en extase courbée'에서는 다음과 같은 상황을 감안해야 할 것이다. 첫째, 안드로마케는 거만한 피루스의 손에 떨어져 구속의 상태에 있고, 그러나 그를 속이고 그의 손길을 피하기 위한 핑계인 빈 무덤이 필요했다. 둘째, 종교적으로나 신화-문화적으로 볼 때, 비록 이 시의 배경이 고대 그리스이지만 서양에서 빈 무덤(tombeau vide)은 대표적으로 예수가 부활하여 시신을 찾을 수 없는, 성소가 된 무덤을 연상시킨다는 점이 있다. 이런 맥락 속에서 이 문장은 '빈 무덤가에서, 억눌린 황홀경에 빠져' 등으로 이해할 수 있을 것이라는 제안을 해 보고자 한다.

[3.] 상징주의 전후 시기의 파리, 건축과 도시

보들레르의 「백조─빅토르 위고에게」는 건축 분야에 종사하는 사람에게 더욱 흥미를 유발할 수 있다. 이 시가 작성되던 때엔 오스만(Baron Georges-Eugène Haussmann, 1809~1891)의 파리 개조 작업이 한창이었고, 보들레르는 이로 인한 결과물을 거짓 구축물로 보고 참담한 마음을 이 시를 통해 빅토르 위고에게 전달한다. | 그 전까지, 즉 앙시앙 레짐[ancien regime, 구체제(프랑스 혁명 이전의 체제)] 시대의 도시 계획이란 거의 매스(mass)처럼 조밀하게 충전(充塡)된 도시 내 지역들에서 삼각형[ex. 도핀 광장(Place Dauphine)], 사각형[ex. 방돔 광장(Place

Vendôme)] 등 기하학적 형태를 지닌 허의 공간을 도려내는 것, 즉 주거 지역 내 기념비적 광장을 만드는 방식이었다. 그러나 제2제정기에 이르러 오스만이 주도한 파리 개조 계획은 장애가 되는 성곽을 제거하고 조성한 대로(boulevard) 등 직선의 가로를 유기적으로 연결하는 방식이었다. 이로써 위생적인 도시를 위한 하수도 시설을 건설하고, 새로운 건물을 건설함과 동시에 통일성과 조화를 이루는 건물들로써 도시의 조경(paysage architectural)을 확보하고자 했다. 이 과정에서 보들레르 등의 지식인, 문화주의자 등이 문제시한 여러 사회적 물의가 뒤따랐음은 물론이다. 이 개조 속에서도 훼손되지 않고 보호된 부분들은 이전의 바로크식 정원과 도시 구조를 지닌 궁, 행정청, 그리고 앵발리드(Invalidses) 등 주요 건물들이었다. 앙시앙 레짐의 바로크식 도시 구조는 도시 내에서 이동할 때 극적인 시각 효과를 목표로 했고, 그 평면과 공간 구조는 프로그램을 규정해 버렸기 때문에 사람들은 그를 반드시 따라야만 했다. 그런데 이러한 도시 평면 설계 방식은 아이러니하게도 보들레르의 시 제목에 등장하는 '백조'의, 시 속에서 블록을 걸어 나오는 젖은 발을 연상케 한다. 삼지창 형상의 도로 구조는 다름 아니라 소위 '바로크식 거위 발(patte d'oie) 형식'에 근거하고 있다. 건축물과 정원, 도시의 공간 구성의 기본 원칙은 공간의 위계성, 그리고 줄줄이 이어지는 '바로크 연쇄 사슬(enchaînement baroque)'의 법칙에 주로 따랐다. 이 사슬의 법칙 속에서 새로이 등장한 오스만의 작업은 언뜻 기존의 구조물을 파괴하는 경우가 다반사라는 점에서 보수적 시각으로 볼 때는 위태롭게 느껴지기도 했지만 한편으로는 도시 구조를 한층 더 강화하는 결과를 내기도 했다. 개별 건물의 차원, 즉 상세로는 파괴와 삭제가 횡행했지만, 파리라는 거대 도시의 전체 구조는 한층 더 강한 위계를 지닌 단일 체계의 공간 구성물로 정비된 것이다. 오스만 이후 파리의 중심부는 바로크식 성격을 지닌 '루브르—콩코르드 광장—샹젤리

앙시앙 레짐 시대 도시 계획의 기초를 보여 주는 파리의 도핀 광장(Place Dauphine)(왼쪽)과 방돔 광장(Place Vendôme)(오른쪽).

베르사유(Versailles) 궁 배치도(1664~1665)에 나타난 거위 발(patte d'oie) 도로.

제―개선문(l'Etoile)―샹젤리제―라 데팡스'의 거대 축이 관통하게 됐다. |
이러한 구조는 과거 앙시앙 레짐 하의 투시도가 상징적으로 보여 주는 주체의
1점 시각, 즉 자아 중심 사상(ego-centrism)의 근간이 되는 데카르트식 시각
의 구현인 바, 상징주의 등의 흐름과는 병존이 거의 불가능했다. 보들레르를
위시한 시인들의 파리에서 파괴와 그로 인해 사라져 가는 문화·생활에 대한
염려와 의구심은, 명료성·합리성·투명성을 추구하던 새로운 도시의 건설을
위한 개조 움직임과는 화해하기 힘든 반권위적이고 비합목적적 성격을 띠었
다. 인간의 무의식과 우연성에 관련된 개념을 중시하는 이 흐름은 오히려 유
기적이고 적당한 혼돈과 우연에 더욱 친화적인 성격을 지닌다. | 도시를 보는
시각에서도 드러나듯, 상징주의가 지녔던 사상은 데카르트식의 명증성과는
매우 다른 궤를 따른다. 예를 들어 고전주의 사고에 따르면 사물의 인식은 그
사물 자체를 통한 것이다. 그러나 상징주의는 고정된 사물 자체가 아니라 일
어나는 현상, 그리고 우리들이 지닌 사물에 대한 이미지를 통해서 대상을 인
식하고 파악할 수 있다고 본다. 즉 칸트식 개념, 사고, 사상으로부터 고취된
주관주의에 의지한다. 자연스레 이러한 경향은 당시 새로이 등장한 심리학 개
념 및 사상과 연결되었고 거기에 잠재 의식의 영역이 채용되었다. | 그러나 또
한편 상징주의는 보들레르의 노래처럼 '코레스퐁당스(correspondances)'
의 테마를 택하고 있기도 하다. 이것은 가깝게는 고전적 성격이 강했던 르네
상스 시대 예술 원칙에서 그 원천을 찾을 수 있다. '세계의 조화(Harmonis
mundi)' 개념과, 알베르티(Leon Battista Alberti, 1404~1472) 등 건축 이론가들에게 균형
·조화 등을 의미하는 '콘치니타스(concinnitas)' 등이 그것이다. 하지만 상
징주의에 이르러서는 불변한 이성 중심적 사상으로부터 떠나 내적 실재, 존재
론적 실존을 중시하는 방향으로 흐른다. 감각적 외양과 심오한 리얼리티 사이
의 연관성, 더 나아가 감각적 외양들 사이의 유사성이 존재한다고 인정하게

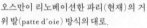

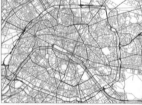

오스만이 리노베이션한 파리(현재)의 거
위 발(patte d'oie) 방식의 대로.

(왼쪽) 오스만의 파리 개조 후의 모습을 보여 주는 카유보트(Gustave
Caillebotte, 1848~1894)의 〈비 오는 날의 파리(Jour de pluie à
Paris)〉(1877). (오른쪽) 파리의 도로 지도.

되었다. 이러한 경향의 특징은 명증성을 추구하던 합리주의에 등을 돌리는 것으로 나타나, 한눈에 곧바로 파악되지는 않으나 그 대상의 유사성 내에서 드러나는 것에 더 많은 관심을 두게 된다.

〔4.〕 탈주(fugitif)와 우발, 그리고 영원과 불변

상징주의의 특성을 보여 주는 한 사례로서, 말라르메(Stephane Mallarmé, 1842~1898)는 대상물에 이름을 붙이는 것에 대해 부정적 태도를 견지했다. 그는 이름을 붙인다는 것을 시의 즐거움, 즉 시가 암시하는 바를 추측하는 것, 즉 꿈의 3/4을 제거하는 것으로 생각했다. 그에게 시란 일련의 해독을 통하여 조금씩 연상을 불러일으키고, 어떤 대상을 채택하여 그로부터 정신의 상태를 이끌어 내려는 것이다. 말라르메의 이런 생각으로 대표되는 상징주의 시의 성격은, 완고 불변을 추구하는 고전주의 사상에 정면으로 반한다. 또 우연성과 자유의 가능성이 제거된 전제적 컨트롤, 프로그램화된 공간성, 강제성에 가까운 동선을 압제하는 앙시앙 레짐 도시 구성의 이상과는 거리가 있을 수밖에 없다. | 이러한 배경을 파악하는 데 직접적인 도움을 주는 보들레르의 텍스트가 있다. 황현산 선생의『강의』에도 언급되듯, 보들레르가 추구하는 미학관이 잘 드러나는 글이다. 하느님, 영, 절대, 영원성, 불변, 필연으로 대변되는 고전성과 선험적 절대주의에 반해 행동하는 보들레르의 인간, 신체, 상대성, 과도적인 것, 우연성에 대한 강조 등은 서양식 이분법의 전형이기도 하다. 그가 추구하는 모더니티는 전자보다는 후자에 강세를 둔다. | "사실상 이것은 이성적, 역사적 이론을 확립할 수 있는 좋은 기회이다. 그리고 미가 산출해 내는 인상(impression)은 하나이지만 미란 언제나 필연적으로 이중적 구조물이라는 것을 보여 주기 위한 좋은 기회이다. 〔…〕 미는 그 양(量)을 결정하기가 지나치게 어려운 영원하고 불변하는 요소, 그리고 하나씩 교대로 또는 전체가 앙상블〔로 등장하는〕, 패션, 열정이 될 상대적, 상황적 요소로 구성된다. 이 두 번째 요소, 마치 하느님의 케이크를 감싸고 있는 듯한 재미있고, 기분 좋게 자극적인, 아페리티프(apéritif)와 같은 요소가 없다면 첫 번째 요소는 소화되지 않고, 가치가 없고, 부적합하며, 인간의 본성에 알맞지 않을 것이다. 나는 이 두 가지 요소를 포함하지 않은 미의 표본을 찾는 사람에 대해 항거한다. 〔…〕 예술의 이중성은 인간의 이중성으로부터 발생된 숙명적 결과다. 좋으시다면 영원히 존재하는 부분을 예술의 영으로, 가변적인 요소를 그 신체로 생각해 보시라. 〔…〕 그래서 그는 가고, 달리고, 탐색한다. 그는 무엇을

찾고 있는 것인가? 틀림없이 고독한 이 사람은 언제나 거대한 인간의 사막을 여행하며, 오로지 배회(徘徊)만 하는 사람보다 더 높은 목표, 더 일반적인 목표, 상황으로부터 발생되는 일시적 즐거움과는 다른 목표를 가지고 있다. 그는 […] 우리가 근대성이라고 부를 수 있는 것을 찾고 있다. 그에게 〔그것은〕 유행(mode)으로부터 역사의 내력(來歷) 속에 포함되어 있을 뭔가 시적인 것을 추출하는 것, 과도기적인 것으로부터 영원한 것을 추출하는 것을 말한다. […] 모더니티 그것은 과도기(transitoire), 탈주(fugitif), 우발, 예술의 절반이다. 그 나머지 절반은 영원과 불변이다."〔보들레르(Charles Baudelaire), 「현대 생활의 화가(Le peintre de la vie moderne)」, 『전집(Oeuvres complètes)』(Gallimard, tome II) 685~696쪽.〕

〔5.〕 폴 발레리의 시학과 건축관 : 포에시스와 포이에시스

건축가 르 코르뷔지에(Le Corbusier, 1887~1965)는 폴 발레리(Paul Valéry, 1871~1945)의 글, 편지 등을 자신의 저서에서 소개한다. 극도의 합리주의자, 데카르트주의자인 르 코르뷔지에에게 건축이란 수정처럼 맑은 절대적 성격의 명증성으로 이루어진 것이었다. 그러나 보들레르를 위시한 상징주의자들은 감성, 심리, 상황에 순응적인 태도를 지닌 문화주의자들이었고, 인간 중심적이자 상대주의적 특성을 상당 부분 보였다. 그런데 어떻게 차가운 이성주의자 르 코르뷔지에가 상징주의 시인 발레리와 교류를 가질 수 있었을까? 그 가능성을 열게 된 공감 요소는 무엇일까? 사실, 주지주의적 성격을 띤 발레리는 엄격한 사고를 지녔고, 공허한 기교나 혼란스런 무의식을 멀리하는 경향도 지녔다. 발레리는 증명 가능한 실증주의적 태도를 견지했고, 그 근본을 이룩한 것은 수학이나 과학 이론의 탐구였다. 발레리는 그가 사랑하게 된 첫 예술이 건축이었음을 그의 『수첩(Cahiers)』〔Cahiers I : 1973, Cahiers II : 1974, Cahiers(1894~1914) : 1987〕를 통해 전한다. 근본적으로 발레리는 차가운 이성주의자들과도 소통이 비교적 수월한 인물이었다고 느껴지는 것이다. | 시인으로서 발레리는 '순수한 나(le moi pur)'를 세상에서 유일하고 단조로운 존재로 말하는 반면, 동시에 '나는 내가 아니다(Je ne suis pas celui que je suis)'라고도 말한다. 후자는 상징주의자 랭보의 주장 '나는 타자다(Je est un autre)'를 연상시키며, 전자는 순수주의를 표방한 오장팡(Amédée Ozenfant, 1886~1966)과 르 코르뷔지에를 떠올리게 한다. 그러나 르 코르뷔지에의 '나'는 명증한 눈을 가지고 세상을 바라보는 관조자이며, 전형적이고 표준적인 인간을 목표로 한다. 발레리가 두 세계, 즉 자아와 타자, 주체와 객체를 자기 안에서 동시에 보는 것과 대조된

다. 발레리에게서는 자신 역시 관찰의 대상물이 된다. 스스로 비인격화됨으로써 당시 등장한 심층 심리학에 따른 분석 등에도 문을 열어 놓게 되는 것이다. | 예술가로서 발레리는 정신적 행위를 예술적 국면과 과학적 국면으로 분리하여 구분하지 않는다. 특이하게도 그는 그것을 '앎(le connaître)'과 '건설(le construire)'로 나눈다. 그에게 지적인 작업 역시 건축에 비유되며, 이때 '완성된 작업'보다는 '건설'이 더 비중을 지닌다. 그러므로 다음에 언급될 『에우팔리노스 또는 건축가(Eupalinos ou l'architecte)』⁽¹⁹²³⁾ 등에서도 그렇지만, 발레리는 선험적인 사변적 순이론이 아니라 구체적 프로세스에 적용할 실천적 도구 개념, 즉 실제를 골자로 삼는다. 예를 들어 작품 속에서 에우팔리노스는 사원의 미는 자기가 행복한 마음 가득 사랑한 코린트 소녀^{[비트루비우}

스(Vitruvius, 기원전 1세기경 로마 시대 건축 이론가)는 『건축술에 대하여(건축십서)(De Architectura)』에서 "도리아는 남성, 이오니아는 여성, 코린트는 처녀(소녀)에 해당하는 모습을 하고있다."고 했다.]의 수학적 이미지, 즉 비례에 있

다며 건축은 실제의 세계에 완전히 일치하여야 함을 주장한다. 발레리는 이를 연결시킬 수 있는 매우 시적인 개념 도구를 발견하고 이를 재창조하는데, 그것이 고대 그리스로부터 기원하는 '포에시스〔poesis, ποησις, 시작(詩作)〕'와 '포이에시스〔poiesis, ποίησις, 제작·생산〕'이다. | 서구에서 기술과 관련된 여러 용어(technic, technology 등)의 어원이 되는 '테크네(τέχνη)'는 원래 광범위한 의미의 '솜씨'를 뜻했다. 이것을 라틴어로 번역한 것이 '아르스(Ars)'가 되었고, 후에 여러 언어에서 '아트(Art)'로 변했다. 현대에 이 낱말에는 '기예 또는 기술'과 '예술'이란 이중의 의미가 병존한다. 테크네로부터 파생된 '텍톤(τέκτων)'은 목수 또는 건축가를 의미했다. 고대 그리스에서 텍톤은 '제작하는 활동'(construction)으로부터 파생해, 문학에서 창의적인 '포에시스'〔poesis, ποησις, 시작(詩作)〕와 이어지기도 했다. 포에시스는 물리적인 기술보다 영감이나 환상과 관련되었다. '만든다' 또는 '제작'의 의미를 지니는 이 말은 시(詩, poesy)의 어원이 되지만, 오로지 시의 제작에 한정된 의미로 쓰이게 된 것은 후의 일이다. 기억해야 할 사실은 발레리가 『포에틱에의 입문서(Introduction à la poétique)』⁽¹⁹³⁸⁾에서 예술 작품의 '시적'〔詩的, poétique ← ποησις(poesis)〕 국면과 '작시적'〔作詩的, poiétique ← ποίησις(poiesis)〕 국면을 구분하여 정의하고 논했다는 점이다. 에우팔리노스의 내용엔 이 두 국면이 면면히 흐른다. 르 코르뷔지에는 발레리의 『에우팔리노스 또는 건축가』가 전통적인 고대 그리스의 포에시스, 포이에시스, 테크네 등의 개념을 전제로 한 '시작(詩作)', 그리고 건물을 비롯한 무언가의

'건설하기' '~짓기'의 개념에 충실히 근거한 저작임을 간파한다. "기술은 시정(詩情)의 근본이다(Les techniques sont assiettes même du lyrisme)."라는 르 코르뷔지에의 경구는 건축·건설에서 기술적 측면, 외연하여 테크닉으로서의 건설이 예술적 건축으로의 승화에 기본이 된다는 발레리의 개념과 부합하는 것으로 여겨진다. 르 코르뷔지에는 자신의 저서 『건축 연감(Almanach d'architecture)』(1926)에서 발레리가 저술한 『에우팔리노스 또는 건축가』(1923)를 언급하기도 한다.

[6.] 에우팔리노스가 일깨우는 것 : 우연, 음색, 부단한 건설

플라톤의 대화편 『파이드로스(Phaidros, 〔영〕Phaedrus, 〔불〕Phèdre)』를 모방한 『에우팔리노스 또는 건축가』는 소크라테스와 파이드로스가 나누는 대화로 이루어진다. 제목에서 연상되는 것과 달리 역사 속의 특정한 문헌이나 실제 사건과는 아무런 연관이 없는 발레리가 만들어 낸 순수 창작물이다. 고대에 실제 '에우팔리노스'(Eupalinos, 기원전 6세기경)라는 인물이 존재하긴 했지만 그는 건축과는 거리가 먼 운하 기술자(건설자)였고, 발레리는 그저 그 이름을 차용하였을 뿐이다. | 내용을 간추리면 이렇다. 파이드로스는 죽은 자의 왕국에서 시간의 강에 대한 명상에 잠겨 있는 소크라테스를 만난다. 파이드로스는 소크라테스에게 '아르테미스(Artemis) 신전'을 건축한 건축가 에우팔리노스를 상기시키고, 에우팔리노스가 '건물이 노래하도록' 만드는 데 성공한 인물임을 알려 준다. 소크라테스는 흥미를 느껴 그를 죽음으로부터 불러낸다. 소크라테스와 에우팔리노스의 만남으로 시작된 대화는 미(美)에 대한 성찰, 그리고 그 성찰에 의해 미란 필연적으로 감성적 형태에 동화된다는 논리로 두 가지 예술 간의 유추를 발전시키는 것으로 이어진다. 그것은 건축과 음악으로, 이 둘만이 인간을 창조된 공간 전체로 감싸 덮으면서 인간을 인간 속에 가두는 예술이라는 답을 얻는다. 뒷부분에 이르러 소크라테스는 예술가가 아닌 철학자가 되기를 선택한 청소년기를 떠올린다. 그리고 소크라테스에게 영원히 후회의 대상인, 이루어지지 못한 자신의 모습인 반(反)-소크라테스의 이미지가 서서히 그의 회상 가운데 나타난다. 반-소크라테스가 되지 못함을, 즉 예술가가 아닌 철학자가 되었음을 후회하게 된 이유는 하느님의 임재를 가장 즉각적으로 찾을 수 있는 것은 말이 아닌 행동에 있다는 것, 그리고 그것을 너무도 늦게 깨달았기 때문이다. | 발레리가 창조한 대화는 종종 이리저리 방황하는 것처럼 보이지만, 항상 에우팔리노스가 견지하는 미에 대한 기본 논리를

그 중심에 두는데, 핵심이 되는 것은 목적을 달성하는 데 신체의 연루가 필연적이라는 점이다. 신체는 완성된 작품에서 그러하듯 개념 속에서 '작업에서 작품 자체의 일부'여야 한다. 가장 이상적인 예술로 건축과 음악이 거론되는 것도 이와 관련이 있다. 왜냐하면 두 예술은 관객을 완전히 둘러싸는 세계를 창조하기 때문이다. 이로써 신체가 작품 자체의 일부가 될 뿐더러, 중재자 없이 말한다는 장점을 지니게 된다. 영혼에서 영혼으로 이어지기에 의사 소통은 직접적인 것이 되고, 그 예술가는 '본질적으로 인간적인 오브제'를 생산할 수 있다. 이 대화는 소크라테스의 '너 자신을 알라'는 교리를 크게 뒤흔들고, 급기야 결론에 이르러 "건설(construire)을 해야만 했기에 나는 나 자신을 건설했다고 생각한다."고까지 언급한다. | 발레리가 르 코르뷔지에에게 보낸 편지 중 하나엔 다음과 같은 문장이 있다. "나는 종종 그 구조와 질이 모던 기계의 것과 같은 집을 꿈꾸었습니다. 청결함, 적절함, 형태의 순수성, 하다못해 재료의 순수성, 명확한 기능 그리고 명증성 강조〔…〕." 이러한 구절은 발레리가 르 코르뷔지에의 사상과 작업에 정통해 있었을 뿐만 아니라 르 코르뷔지에의 건축을 통해 자신의 신념을 확인하고 있음을 명확히 보여 준다. 발레리에게는 외견상 무표정하고 무감각한 이성의 정수(精髓) 역시 과정이 생략된 선험의 대상이 아니고 '건설'의 요소이며, 과정이다. 그리고 그 결과는 시정이 듬뿍 담긴 시(詩)가 될 수 있는 것이다. | 황현산 선생은『강의』에서 랭보(Jean Nicolas Arthur Rimbaud, 1854~1891)는 발레리가 될 수 있어도 발레리는 랭보가 될 수 없을 것이라며 두 작가의 특성을 지적하였다. 과연 그렇다. 시인보다는 사상가 또는 이론의 측면에서 더 비중 있게 다루어지곤 하는 발레리이기에 감성의 기준만으론 점수가 박해질 수밖에 없다. 높은 수학적 · 과학적 배경을 갖추고 과정을 중시하는 발레리는 인간 심리의 심층, 신체성, 타자성 등 요즘 화두가 되는 주제들에도 선구적 시각을 제시해 놓았다. 적어도 건축 분야에서는 발레리에게 그리 박할 이유는 없다. ★

김원식 | 1956년 서울에서 태어났다. 한양대학교 건축학과를 졸업하고 같은 대학원 석사 과정에서 건축 역사를 수학했다. 벨기에의 루뱅 카톨릭 대학교(l'Université catholique de Louvain) 예술사학과에서 석사 · 박사 학위를 받았다. 유럽에서 '김미상(Kim Misang)'이라는 필명으로 비평 활동을 했으며, 돌아온 후에는 한양대학교 건축대학원 교수, 단우도시연구소 소장, 오픈 아키텍처 스쿨 교장 등을 지냈다. 건축 역사가이자 예술사가로 건축과 미술, 무용 분야의 이론가 · 비평가로 활동한다.『모데나튀르(Modénature)―보자르 전통의 계승자, 르 코르뷔지에』(가제) 등 몇몇 책들의 출판을 준비하고 있다.

[9-3]　　**안치운**(安致雲, 1957~)〔연극 평론가〕〔호서대학교 연극학과 교수〕

최후의 강의, 최초의 목소리

〔1.〕

　　두 달 전, 수류산방에 출간할 책의 원고를 가지고 갔다. 돌아
올 때 들고온 것은 고 황현산(黃鉉産, 1945~2018) 선생의 유고, 프랑스 상징주
의 시에 관한 강의록이었다. 보들레르, 말라르메, 베를렌, 랭보, 로트
레아몽, 발레리 그리고 아폴리네르. 불어를 할 줄 안다는 이유로, 프
랑스 시를 제대로 알지도 못하는 내가 선생의 마지막 강의록 원고를
읽게 되었다. 이 나이쯤 되면, 전공과 관계없이 누군가의 유고를 읽게
되면 감동이 밀려온다. 생의 마지막에 한 강의, 그것은 한 편의 절규이
기도 하고, 유언이기도 할 것이다. 나는 선생의 목소리를 글로 읽은 첫
번째 독자였다. 선생의 마지막 강의록은 시인에서 시로, 시의 형태에
서 의미로, 나중에는 모든 것이 선생의 시선과 목소리로 옮겨가는 흔
적이기도 했다. 선생은 강의록에서 시인과 시를 소환했고, 독자는 강
의 내용을 통해 자신의 과거를, 기억을 불러들였다. 독자는 프랑스 시
인이 아니라, 그들이 쓴 시가 아니라 그 시인과 시를 말하는 선생의 숨
결을 찾고자 했다. 선생은 시를 읽으면서 어디에 계셨을까?
　　1980년, 학부 불문학과에 강의 나오신 서울대 김광남(金光南,
1942~1990) 교수〔김현(金炫)〕의 '불시 강독'을 수강했다. 그 때 프랑스 상
징주의 시들을 몇 편 읽었다. 군부 정권에 저항했던 때라, 강의는 휴
강이 많았다. 학교가 문을 닫고 휴강이 길어지면, 설악산 노적봉, 천
화대에 올라서 혹은 바위 아래 계곡에서 야영하며, 말라르메의 시 「인

사(Salut)」가운데, 이런 구절을 외치곤 했다. "고독에, 암초에, 별에 (Solitude, récif, étoile)……". 학기말 시험은 위에 언급된 시인들 가운데 로트레아몽을 빼고, 나머지 시인들의 시 한 편을 외워서 쓰는 것이었다. 폴 베를렌의 시「잊어버린 아리에타(Ariettes oubliées)」 에 나오는 "거리에 비 내리듯, 내 가슴에 눈물 내리네(Il pleure dans mon coeur comme il pleut sur la ville)"는 지금도 망설이지 않고 읊 을 수 있는 구절이다. 선생이 마지막 강의를 마칠 때 비가 왔을까? 선 생의 삶과 시는 어떻게 뒤섞였을까? 강의록을 읽으면서 이런 장면을 연상했다. 학과장이셨던 박영근(朴榮根, 1948~) 교수께서 연극을 전공하던 내게 유학을 권해 주셨다. 아마 타과 학생으로 수강한 이 과목의 성적 이 좋았던 이유였을 것이다. 이런 인연으로 상징주의 시인들의 고향 인 프랑스로 유학을 가게 되었다. 유학을 다녀온 후에는 김현 교수와 의 인연으로 '문학과지성사'에서 첫 번째 연극 평론집을 출간했고, 그 후에도 연극에 관한 여러 책을 낼 수 있었다.

고 황현산 선생의 마지막 강의록 내용은 젊은 날 프랑스로 유 학을 갈 수 있게 한 '상징적' 계기였다. 그 때 내 꿈은 랭보의 시「취한 배(Le bateau ivre)」에 나오는 구절처럼, "까마득한 고대의 연극 배우 들을 닮은(Pareil à des acteurs de drame très-antiques)" 사람이 되 는 것이었다. 은근슬쩍 "가혹한 사랑이 도취시키는 마비로 나를 부풀 렸다(L'âcre amour m'a gonflé de torpeurs enivrantes)"라고 말할 수 있는 바를 기대하곤 했지만, 이제는 모두 옛날이다.

〔2.〕
선생을 처음 뵌 것은, 1990년 가을, 김현 교수께서 돌아가신

다음, 목포 유달산에 있는 목포문학관 앞마당에 추모비를 세울 때였다. 서울에서 많은 사람들이 버스를 타고 갔다. 나는 임우기, 정과리, 김진석, 이광호, 채호기 등과 함께 뒷줄에 있었고, 선생은 김치수(金治洙, 1940~2014), 김병익 선생 들과 함께 앞줄에 계셨다. 베레모를 머리에 쓴 지역 작가들과 약간의 실랑이는 있었지만, 추모비 건립 행사는 예정대로 잘 마무리되었다. 목포여고 앞에 있던 식당에서 선생과 함께 식사를 했지만, 많은 이야기를 나눈 것은 아니었다. 나중에 선생께서 한국문화예술위원회 위원장이 되셨을 때(2017~2018)도 몇 번 뵌 적이 있었지만, 독대를 하거나, 많은 이야기를 나누지는 못했다. 선생께서 편찮을 때였다. 한번은 나주에 있는 한국문화예술위원회에서 회의가 열려, 위원장실로 가서 인사를 드리려 했는데, 위원장실은 텅 비어 있었다. 그 때 기억이 생생하다. 많이 아프시다고 들었다.

[3.]

얼마 후, 선생의 부음을 '문학과지성사' 편집부 직원이 알려주었다. 선생의 모습은 웃음짓는 어진 표정뿐이었다. 선생의 온화한 모습은 '문학과지성사'의 주주 총회가 열렸던 때나, 젊은 문인들과 술을 마시는 자리에서나 언제나 같았다. 선생의 웃음은 깊고, 사람을 대하는 태도는 융숭했다. 선생의 너그러운 표정을 배우고 싶었다. 돌아가신 후, 선생의 책을 다시 읽게 된 것은 한국 근대 연극사에서 친일 연극인 연구를 할 때였다. 논문 맨 앞에 한국 연극사의 견고하기 이를 데 없는 "제 아비의 역사를 고발해야 하는 심정(으로), 우리 모국어를 위한 참회의 형식[…]"(황현산, 『밤이 선생이다』(난다, 2013) 84쪽.)으로 이 연구를 시작했다고, 선생의 글을 인용해서 썼다. 선생의 글에 힘입어, 2차 세계 대전이 끝난 다음, 프랑스의 부역자 처벌 역사에서 볼 수 있는 것처럼, "깨끗한 손만이 훌륭한 국가를 만든다."는 것을 전제하면, 친일 연극인, 친일 연극을 청산하지 못한 한국 현대 연극사는 제대로 쓰이지 않은 역사라고 썼다. 그리고 선생의 글을 빌려, "그 작가들을 영원히 허위 속에 가둬 놓은 일이 되"〔황현산, 『밤이 선생이다』(난다, 2013) 84쪽.〕기 때문이라고 썼다. '작가의 윤리와 작품의 윤리를 구별해야 하는가'라는 문제 제기에 있어서는 "친일 작가들의 친일 행위는 그들이 애초에 지녔던 창조적 열망까지도 메마르게 만들었다."〔황현산, 『밤이 선생이다』(난다, 2013) 84쪽.〕 "개인의 윤리적 과오"를 넘어서서, "민족 수난사의 일부"임을 생각하면서, "우리 시대의 작가들이 아버지 세대의 친일 행위를 자신들 일로 참회하는 것도 실상은 나약한 개인들이 떠맡게 된 짐을 역사의 짐으로 여겨 함께 나눠 지자는 데 목적이 있다. 그 일은 물론 쉽지 않다."〔황현산, 『밤이 선생이다』(난다, 2013) 85쪽.〕라는 부분까지 인용했다. 선생의 용감한 글 덕분에 논문을 쓸 수 있었다.〔안치운, 「친일 연극 연구 정전 다시 읽기―서연호의 『식민지 시대 친일 연극 연구』와 유치진의 사례를 중심으로」, 『한국연극학』 77호, 2021년.〕 선생께서 돌아가신 지 2년이 지난 2020년 가을과 겨울 사이에 있었던 일이었다. 말라르메의 시 「에로디아드(Hérodiade)」에 나오는 구절처럼, 거짓 역사는 "내 입술의 벌거벗은 꽃(ô fleur nue de mes lèvres)"과 같은 거짓말이 아닌가!

〔4.〕

2021년 6월과 7월에 읽은 프랑스 상징주의 시에 관한 선생의 마지막 강의록은 8월에 이르러 이 글을 쓰는 것으로 마무리되었다. 그 사이, 1980년 처음으로 상징주의 시를 읽었던 때를 시작으로, 파리에서 유학하면서 고뇌하던 아름다운 시절로 돌아갈 수 있었다. 파리 5

구에 살면서 라틴 구역에 있는 소르본 대학에 다녔던 터라, 센 강 아래쪽에 있는 미라보 다리가 있는 곳을 자주 가지는 못했지만, 우연히 지명을 읽게 될 때면 연극과 등반에 미쳐 있던 내가 문학의 고향으로 돌아가는 경험을 할 수 있었다. 소르본 대학과 6년을 꼬박 지냈던, 투른느포르 길(Rue de Tournefort)에 있던 콩코르디아(Condordia) 정부 장학생 기숙사 주변은 선생의 강의록에 숱하게 인용된 작가들의 중심 거주지였다. 이 길의 위쪽에 사르트르, 푸코, 알튀세르 등 프랑스의 한 시대를 값지게 한 철학자, 작가들이 다녔던 고등 사범 학교(École Normale Supérieure)가 있는 윌므 길(Rue d'ulm)이 붙어 있다. 그리고 바로 옆에 바슐라르가 늘 산책하던 무프타르 길(Rue de Mouffetard)이 있었다. 맞아, 그런 시들을 읽었지 하면서, 프랑스 시와 시인들의 삶을 통하여 글쓰는 것을 동경했던 때를 되새길 수 있었다. 파리를 가로지르는 센 강, 그 아래 허름한 미라보 다리만 그랬을까? 프랑스 상징주의 시인들이 놀고, 몰려다녔던 몽파르나스, 몽마르트르 길과 로통드 카페(Café de la Rotonde)는 그냥 지나갈 수 없는 예술적 유혹이었고 피할 수 없는 역사적 자장이었다. 상징주의 시인들이 묻혀 있는 파리의 묘지는 발걸음으로 얼마나 가까운 곳이었던가! 길, 카페, 광장은 시인들의 글쓰기와 같은 피난처였으리라. 몇 년 전, 남불 몽펠리에 대학 기숙사에 머물 때, 주말이면 바닷가 세트(Sète)에 있는 폴 발레리의 묘지에 기차를 타고 갔었다. 그 곳은 발터 벤야민(Walter Benjamin, 1892~1940)이 나치를 피해 스페인으로 넘어가기 전, 마지막으로 걷던 길, '벤야민의 길(Le Chemin de Walter Benjamin)'이 시작되는 바뉠(Banyuls-sur-mer)과 그 길이 끝나는 포르부(Portbou)에 가깝기도 했다. 시를 쓰는 것이 '침묵하며 글쓰기'라면, 묘지는 침묵과 상실을 결합한 유적과 같으리라. 그리하여 시인이 걸었던 길과 누워 있는 묘지는 시의 망각, 시의 소멸과 싸우고 있다는 생각을 그 곳에서 했다.

　　　젊은 날 걸었던 길은 연극과 문학 그리고 삶을 이어 놓는 상징과도 같았다. 상징주의 시인들이 거닐고 살던 파리의 크고 작은 길들의 이름을 책에서, 글에서 볼 때면, 혹은 노래에서 듣게 되면 그 때 그 곳에서 멀지 않은 곳에, 같은 도서관에, 같은 카페에 있었다는 것이 생의 전율처럼 다가왔다. 과거는 단 한 번 있었던, 강렬한 추억이다. 그리고 문학이, 생이, 하나의 액정 화면처럼 흘러가는 것을 받아들여야 했다. 선생의 강의록을 읽을수록, 과거는 샘물처럼 용솟음쳤다. 시인과 시를 선별하고, 시와 시인을 잊히지 않도록 다시금 불러들이는 선생의 강의에서도 드문드문 그런 내용들이 샘물처럼 솟아나올 때면, 읽는 것을 멈추어야 했다. 눈을 감아야 했다. 영원히 눈을 감고 계신 선생은 지금 무엇을 기억하고 계실까? 존재했던 시인과 쓰인 시에 무엇이 부족해서 의미를 더하려고 했을까? 선생도, 프랑스 상징주의 시인과 시들도, 그것을 읽는 독자도 모두 현재 속에 있었다. 그런 이유로 선생의 강의록을 읽으면서 정지되어 있는 문학에서 다시 읽는, 미래의 문학으로의 경험을, 기억된 파리의 풍경에서 지금, 여기의 파리에 있는 경험을 줄곧 했다. 상징주의 시인들만 그대로 파리 시내를 걷고, 카페로 들어오는 것만은 아닐 것이다. 시를 가슴 깊이 새겨 음미했던 선생도 고향인 목포에서, 글쓰고 사셨던 서울에서, 전공인 프랑스 상징주의 문학의 근원이었던 파리에서, 그냥 그대로 계실 것이다.

　　〔5.〕

　　개인적 경험을 하나 덧붙이자. 파리에서 사람이 걸어다니는 아주 오래된 길과 사람이 모래알 같은 말들을 혀끝에서 쏟아 내는 광장 그리고 배가 다니는 물길인 운하에 대한 애착은 상징주의 시인들로부터 배운 것이지만, 이 경험은 나중에, 1907년 고종이 네덜란드 헤이그에서 열린 제2회 만국평화회의[만국평화회의(萬國平和會議) 또는 헤이그 회담(Hague Conventions)은 네덜란드 헤이그에서 1899년, 1907년, 2차례 열렸다.]에 참가하기 위해 특사 이상설(李相卨, 1870~1917), 이준(李儁, 1859~1907), 이위종(李瑋鍾, 이 블라디미르 세르게예비치, 1884~?)과 이들을 도울 호머 헐버트(Homer B. Hulbert, 1863~1949)를 비밀리에 파견하였던 헤이그 특사 사건을 공부할 때 큰 도움이 되었다. 헤이그 특사 세 분 가운데, 나이가 가장 어렸던 이위종 선생이 파리에서 공부했던 터라, 이위종 선생의 역사를 되밟는 데 큰 도움이 되었다. 몇 해 전 이위종 선생이 공부했던 학교들, 1900년 프랑스 상류층 자제들이 다녔던 '장송 드 사이 고등학교(Lycée Janson de Sailly)'를 비롯해서, 1902년 파리에서 27km 떨어진 '생 시르 육군 사관 학교(Ecole Speciale Militaire de Saint Cyr)'을 찾아가 보았다. 이위종은 1904년 이 사관 학교를 졸업하고 소위로 임관하여 파리의 151 연대 소대장으로 임명되었고, 러일전쟁의 발발로 부친 이범진(李範晉, 1852~1911) 주러시아 공사가 있던 상트페테르부르크로 떠났다. 그리고 1907년 헤이그 특사로 일제의 강탈과 수탈을 전 세계에 알렸던 인물이었다. 선생의 강의록 가운데, 아폴리네르가 1914년 1차 세계 대전 발발로 자원 입대해서 1916년 머리에 부상을 입고, 1918년 스페인 독감으로 사망한 것을 읽었을 때, 나는 이위종 선생이 1917년에 러시아 내전이 벌어지자 볼셰비키의 일원으로 볼셰비키 군에 가담해 싸웠고, 그 후 종적을 알 수 없게 된 바와 비교하게 되었다. 이위종 선생의 삶을 복원하는 것은 내 마음의 숙제로 남아 있다. 이처럼 길과 장소의 상징은 프랑스 상징주의 시로부터 배운 것이지만, 그 장면들이 우리가 외면했던 아픈 역사로 이어지기도 한다.

오늘날이 내게는 '낡은 세계'처럼 보일 때가 있다.

〔6.〕

끝으로, 선생의 강의록을 통해서 배운 바를 복습하고자 한다. 나는 이 원고를 읽은 것이지 교정한 것이 아니었다. 선생의 목소리에 그냥 빠져들어 따라갔다. 좋은 소리는 이끌림과 같은 복종을 낳는 법, 그 곳에 시가, 20세기 초의 파리가 그리고 선생의 목소리가 은밀하게 포개졌다. 잠시나마 강의 속으로, 강의를 듣는 학생으로 들어가고 싶은 때에는 얼굴 맑은 학생처럼 원고에 밑줄을 쳤다. 사라져 가는 목소리를 휘어잡으려 만년필을 쥐고 글을 쓰는 내 손이 보이지 않았다. 이 책 속 여러 시인들에 관한 강의록 가운데, 아폴리네르 강의에 선생의 농담이 가장 많이 담겨 있다. 아폴리네르가 선생의 전공인 덕분이기도 할 것이다. 이 참에 1981년, 열화당에서 나온, 파스칼 피아(Pascal Pia, 1903~1979)가 쓰고, 선생이 번역한 『아폴리네르(Apollinaire par lui-même)』를 서재에서 꺼내 다시 읽었다. 선생의 문학적 질문은 책머리글에 있었다. '시인이 무엇인가'. 아폴리네르의 시 「콜히쿰(Les Colchiques)」을 인용하면서, 선생이 쓴 구절 하나, "딸의 딸인 어머니 꽃, 눈시울 빛깔의 꽃", 선생의 답은 여기에 담겨 있다. "역사 속에서 자기를 찾으려는 자아에 대한 불안한 접근", 그것이 선생의 문학적 노정이었을 터이다.

선생의 강의록 가운데, 가령 이런 글귀를 보자. "몸 자체가 시인인 사람", 그러니까 글로서가 아니라 몸으로서 시인이라는 말은 그의 모든 것이 시가 되는, 시처럼 산, "세월이 가도 나는 남는"……
시와 시인에 대한 정의임에 틀림없다. 선생이 그러할 것이다. 또 이
런 글귀는 어떠한가? "인간의 호흡보다 더 좋은 구두점은 없다."—아
폴리네르가 한 말인데, 이런 말은 그냥 외우면 더할 나위가 없다. 더
러 선생께서도 이 시를 잘 모르겠다, 프랑스 사람은 더욱 모를 것이라
고도 했다. 이런 대목에 이르면, 강의록은 괄호 속에 '웃음'이라고 적
어 두었다. 그 날 그 자리 누가 먼저 웃었는지 궁금하다. 선생이셨는
지, 강의를 듣고 있던 수강생들이었는지 참으로 궁금하다. 결국에는
모두 웃었겠지만 말이다. 웃음은 공감의 최대값임이 틀림없다. 그렇
다. 시는 분석하기보다 외우면 더 좋다. "잃어버린 이 포도주, 취한 파
도(Perdu ce vin, ivres les ondes)!" 폴 발레리의 시「잃어버린 포도
주(Le vin perdu)」에 나오는 싯구절이다. 파도처럼 취하지는 않겠지
만 포도주를 마실 때마다 이 구절을 암송하면 시에 취할 것 같다. 발
레리가 쓴「발걸음(Les Pas)」이라는 시 가운데, "나는 그대를 기다리
며 살아 왔고, 내 심장은 그대의 발걸음일 뿐이기에(Car J'ai vécu de
vous attendre, Et mon coeur n'était que vos pas)"—나는 죽었다 깨
어나도 이런 시를 쓸 수 없을 것이다. 하여 그저 가슴 속 깊은 우물에
담아 놓고, 시도 때도 없이 꺼내서 목마름을 적시듯 외울 뿐이다. 이
책에 담긴 글은 선생의 목소리, 그것은 독자들의 가슴을 울리는 발걸
음과 같은 것이었으리라. 시와 함께 편히 영면하시길…… 〔인왕산녘에서.
2021.08.01.〕★

안치운 | 1957년 서울에서 태어났다. 중앙대학교 연극학과를 졸업하고, 프랑스 국립 파리 3대학(소르본 누벨 대학)에서 연극 교육과 제도론에 관한 논문으로 박사 학위를 받았다. 『추송웅 연구』(청하, 1980), 『공연 예술과 실제 비평』(문학과지성사, 1990), 『연극 제도와 연극 읽기』(문학과지성사, 1992), 『한국 연극의 지형학』(문학과지성사, 1998), 『옛길』(학고재, 1999), 『연극, 반연극, 비연극』(솔, 2002), 『연극 과 기억』(을유문화사, 2007), 『연극, 기억의 현상학』(책세상, 2016), 『우리들의 셰익스피어』(책세상, 2021) 외 많은 저서와 역서가 있다. 제1회 PAF 비평상(1996), 제1회 여석기연극평론가상(1997)을 받았 다. 한국연극학회 회장을 지냈으며 대산문학상을 비롯한 문학상의 심사 위원을 맡기도 했다. 연극 평론 가로 활동하며 호서대학교 연극학과 교수로 재직 중이다.

[9-4-1] **성우제**(成宇濟, 1963~) [언론인] [캐나다사회문화연구소 소장]

빛이 되어 떠난 독자들의 선생
—"나는 땀내가 나는 말들을 가장 좋아했다"

— 이 글은 『시사IN』 2018년 08월 23일자에 '성우제 편집위원'의 이름으로 게재된 것입니다.

2018년 8월 8일 황현산(黃鉉産, 1945~2018) 문학 평론가가 타계했다. '황현산의 글'을 문단 밖에서 접한 이들은 그를 문단 안으로 끌어들였다. 세상에 대한 깊은 통찰이 담긴 그의 글은 시간이 지날수록 빛을 발했다.

　　나는 별세한 황현산 선생(고려대 명예 교수·불문학)을 30년 넘는 세월 동안 만나 왔다. 첫 번째는 후배이자 제자로서였다. "춘천에 가서 현산이한테 배우고 오거라." 대학원 석사 과정 첫 학기이던 1986년 여름, 고려대 불문과 강성욱(康星旭, 1931~2005) 교수는 대학원생들에게 '이상한 명령'을 내렸다. 황현산 선생은 얼굴 한번 보지 못한 65학번 대선배였다. 대학원생 대여섯은 영문도 모른 채 일주일에 한 번씩 강원대를 찾아갔다. 춘천의 여름은 무더웠다. 물이 많은 도시라서 그렇다고 했다. | 황현산 교수의 강원대 연구실은 좁았다. 그 곳에서 황 교수는 수업료도 학점도 없는 이상한 수업을 하고 있었다. 이상한 점은 또 있었다. 황 교수의 성품이었다. 그 분은 다정다감하고 매사에 친절했다. 당시는 교수나 높은 선배들이 그 존재만으로도 어렵고 무서운 시절이었다. 선풍기 한 대 돌아가는 좁은 연구실에서 우리는 무

릎을 맞대고 땀을 흘리며 하루 종일 공부했다. 황 선생은 후배들이 준비를 덜 해 와서 버벅대도 목소리 한 번 높이지 않았다. 단어 하나에 막혀 우리가 머리를 쥐어뜯으며 고민하면 "이렇게 번역해 봐." 하고 예를 일러 주었다. 마치 열쇠 같았다. 우리말 단어 하나로 난해한 문장이 딸깍 소리를 내며 풀리는 느낌이었다. 2개월여 방학 내내 이루어진 그 수업은 내 평생 기억에 남아 있다. 수업 형식과 내용도 특별하지만 그보다 더 인상적인 것은 '황현산'이라는 선배이자 스승의 진면목이었다. 구체적이면서 유연했다. 우리는 그 분에게 매료되었다.

  두 번째로 선생을 만난 것은 기자로서였다. 내가 원(原)『시사저널』에 입사해 문화부에서 일하는 동안 황 선생은 강원대에서 고려대로 자리를 옮겼다. 1990년대 중반 황현산이라는 이름이 문단에서 자주 거론되었다. '황현산의 글'을 문단 바깥에서 접한 시인들이 자기 시에 대한 평론을 요청하며 그 분을 문단 안으로 끌어들였다. 한국 문단에서 보기 드문 평론가 데뷔였다. 40대 중반 늦깎이로 문학 비평을 시작했다는 것도 특이했다. 중년의 깊고 풍부하고 다양한 경험과 공부를 바탕으로 하는 선생의 평론은 시간이 지날수록 빛을 발했다. 시인 아폴리네르를 중심으로 프랑스 상징주의와 초현실주의 시를 연구한 선생은, 특히 젊은 시인들의 전위적이고 실험적인 시도를 줄곧 옹호하고 응원했다. | 선생의 글에서 가장 돋보이는 대목은 역시 구체성이다. 선생이 내놓은 문장은 단정하고 단단했다. 수입산 이론으로 범벅 되기 일쑤인 난해하고 추상적인 평문에 견주어, 선생의 글에는 일반 독자들도 어렵지 않게 이해할 수 있도록 하는 명쾌함이 있었다. 문학 작품을 섬세하고 친절하게 해설해 주는 평문이니 시인과 독자 모두

'황현산 스타일'에 열광했다. 10년 전 우리가 춘천에서 매료된 것과 비슷한 광경이었다.

　　　마지막으로 나는 평범한 독자로 선생을 만났다. 2013년 선생은 연구서나 번역서, 문학 평론집 같은 전문 서적이 아닌 일반 산문집으로 새로운 독자들을 만났다. 『밤이 선생이다』[난다]는 선생이 써 왔던 신문 칼럼을 묶은 책이다. 출판사가 제안해 교수 정년 퇴임 기념으로 펴낸 첫 번째 산문집이었다. 의외로 일반 독자들이 반응하기 시작했다. 30년 전 선생의 제자들이, 20년 전 문단의 시인들이 선생을 처음 만나고 환호한 것과 비슷했다. 가뜩이나 위축된 출판 시장에서 다름 아닌 인문학을 바탕으로 세상사를 읽은 산문집이 6만 부 이상 팔려 나간 것은 유례를 찾기 힘든 일이었다. | 선생의 글에 독자들이 적극적으로 호응한 까닭 역시 세상에 대한 깊고 구체적인 통찰 때문이었다. 선생의 산문 대부분은 누구나 공감할 수 있는 우리 주변의 사소하고 시시콜콜한 일을 이야기하는 것으로 시작된다. "글쓰기가 독창성과 사실성을 확보한다는 것은 바로 당신의 사정을 이해하기 위해 나의 '사소한' 사정을 말한다는 것이다."[『밤이 선생이다』] 독자들은 선생의 사소한 사정을 전해 들으면서 자기 스스로의 사정을 자연스레 돌아보게 된다. 선생의 글이 지닌 독창성은, 그렇게 돌아보아도 깊이 있게 반추하며 돌아보게 한다는 데 있다. 선생의 열렬한 팬 가운데 한 사람이었던 고 노회찬 의원의 독후감은 왜 많은 이들이 황현산의 글에 매료되었는지를 잘 보여 준다. "그의 글은 재미있고 유익하다. 그런데 불편해서 그냥 넘어갈 수가 없다. 그 다음 장으로 넘어가기 전에 나 스스로를 생각하게 만든다. 책을 다 읽고 나면 굉장히 커져 있는 나 자신을 발견하

게 된다."[국회방송 대담에서] | 문장은 밀도가 높다. "나의 편향에 관해 말한다면, 나는 순결한 언어들을 좋아했다. 내가 순결하다고 말하는 것은 사실과 부합한다는 뜻이다. [⋯] 나는 비명과 탄성을 좋아하지는 않았지만, 그것들이 배어나오는 말들이나 그것들을 힘주어 누르고 있는 말들을 좋아했다. [⋯] 나는 땀내가 나는 말들을 가장 좋아했다. 그 말들은 어김없이 순결하다."[말과 시간의 깊이] 황현산의 문장이 미문이라고 한다. 그런데 그것은 아름다워서라기보다는 명쾌하기 때문이다. 그가 고른 단어 하나하나에 수많은 비명과 탄성이 응축되어 있으니 문장의 울림은 단단하고 크고 깊다. | "30여 년에 걸쳐 쓴 글이지만 어조와 문체에 크게 변함이 없고, 이제나저제나 같은 방식으로 생각하고 있다는 것이 내가 보기에도 신기하다."[밤이 선생이다] 사제 관계로 시작해 30년 넘게 인연을 이어 온 내가 보기에도 그는 학자 · 평론가 · 지식인으로서 같은 방식의 일관된 길을 걸어 왔다. 학계 · 문단 · 출판계로 점차 활동 영역을 넓히며 제자 · 시인 · 일반 독자를 만나 왔으나 학문하는 태도와 사유하는 방법은 언제나 다름없이 깊고 구체적이었다. 그의 사유와 글에는 역설이 있다. 그는 부드러워서 날카로웠다. 피나 생채기를 내지 않으면서 문제의 본질을 있는 그대로 드러내는 방식이어서 그의 글은 시의성 있는 사회 비평이어도 두고두고 읽혔다.

황현산 선생을 아는 이들은 그를 이야기할 때마다 그의 스승 강성욱 교수를 떠올린다. 강성욱 교수는 2005년 작고 일주일 전까지 하루 10시간씩 책상 앞에서 공부하던 수도승 같은 학자였다. 나는 지금까지 저렇게 대단한 스승과 제자를 본 적이 없다. 스승이 뿌리였다면 제자는 그 뿌리가 피워 올린 아름다운 꽃이었다. 뿌리는 거대했으나 세상에 모습을 드러내지 않았다. 꽃은 뿌리로부터 자양분을 받아 세상을 밝히며 사람들에게 기쁨을 안겨 주었다. │ 황현산 선생이 보들레르를 시작으로 프랑스 상징주의 이후 시집 번역에 타계 직전까지 매달린 이유는, 스승의 유지를 받들기 위해서였다. ★

성우제 │ 경북 상주에서 태어나 서울에서 자랐고 고려대학교 불문학과와 같은 대학원 석사 과정을 졸업했다. 1989년 원(源) 『시사저널』에 창간 멤버로 입사해 문화부 등에서 13년 동안 기자로 일했다. 2002년 캐나다 토론토로 이주하고 패션업에 종사하면서 시사 주간지와 미술 전문지 등에 문화 예술 관련 글을 써 왔다. 캐나다 브루스 트레일을 운동 삼아 걷다가 우연한 기회에 경북 내륙 지방의 외씨버선길을 걷고 책을 쓰면서 도보 여행에 맛을 들였고, 2012년 11월에 완성된 제주 올레길 종주에 나서 길 위에서 꿈결 같은 나날을 보냈다. 재외동포문학상 소설 부문 대상(2005), 산문 부문 우수상(2007)을 받았다. 펴낸 책으로 산문집 『느리게 가는 버스』(강, 2006), 『커피머니메이커』(시사IN북, 2012), 『외씨버선길』(휴, 2013), 『폭삭 속았수다─성우제의 제주 올레 완주기』(강, 2014), 『'딸깍' 열어 주다─멋진 스승들』(강, 2016)가 있다. 현재 캐나다사회문화연구소 소장으로 있다.

강성욱 선생님

—이 글은 『'딸깍' 열어 주다—멋진 스승들』(강, 2016)에 게재된 것을 재수록한 것입니다.

〔1.〕 베일에 싸여 있는 '간지나는' 중년

내가 강성욱(康星旭, 1931~2005) 선생님을 처음 뵌 것은 대학에 입학하기 직전이었다. 1982년 1월 고대 문과대 건물 1층 맨 안쪽 방에서 면접 시험을 치렀다. 컴컴한 복도를 따라 양쪽으로 방들이 길게 늘어서 있고 방문에는 '○ ○ ○ 교수'라는 이름표가 붙어 있었다. 복도 맨 끝의 방 앞에서 내 차례가 오기를 기다렸으나 수험생으로서 그 방문의 이름표를 읽을 여유는 없었다. 나를 면접하는 분께 "누구시죠?"라고 물어 볼 수도 없었다. 분위기로 보아 불문과 교수 같았다. 내 아버지 연배의 품위 있고 점잖은 어른이었다. 짙은 감색 양복과 하얀색 와이셔츠가 눈에 들어왔다. 요즘 식으로 말하자면 한 마디로 '간지나는' 중년이었다. | 그 분은 낮고 굵은 목소리로 물으셨다. "불문과에는 어떻게 지원하게 됐니?" 내가 어떻게 답했는지는 기억나지 않는다. "들어오면 열심히 공부하거라"라는 말씀에 그저 "예" 하고 나온 것 같다. 그 분의 목소리가 부드러워서 그리 떨리지는 않았다. 나오면서 괜히 기분이 좋았다. | 입학을 했는데 그 분은 보이지 않았다. 신입생을 대상으로 하는 여러 행사에서는 물론, 강의실에서도 뵐 수 없었다. 우리 학번은 2학년이 끝날 때까지 이상하게도 강 선생님 강의를 들을 기회가 없었다. "강 선생님이 어떻고 저떻고……" 하며 선배들은 말이 많았다. 어떤 분이길래 저렇게 말들이 많을까 싶었다. 마치 베일에 싸여 있는 분 같았다. 우리 과 교수 여섯 분 가운데 유일하게 뵙지 못했지만 나는 강 선생님이 내가 면접 때 만났던 바로 그 분이라는 것을 직감했다. | 3학년이 되어 전공 선택으로 드디어 강성욱 교수 과목을 신청했다. 강의 제목은 '불시(佛詩) 연구'. '어려운 선택' 과목이어서 그런지 수

강하는 학생은 불문학에 관심이 있는 열댓 명이 전부였고, 그것도 군 복무를 마치고 온 복학생 선배들이 많았다. 강의 첫 시간. 역시 그 분이었다. 2년 전 모습 그대로였다. 낮고 굵고 느릿느릿한 말투도 똑같았다. 양복 색깔과 하얀 색 와이셔츠도 마찬가지였다.

〔2.〕 강박처럼 따라다니는 말씀 "따져 보거라"

선생님은 강단 위에서는 앉아서 말씀하셨다. 그러나 강단 위보다는 아래에 내려와 계실 때가 많았다. 학부 강의였으나 학생들이 돌아가면서 발표를 하는 것으로 수업이 진행되었기 때문이다. 선생님은 강의가 끝날 무렵에 우리와 함께 질문하고 과제를 내 주고 마무리를 하셨다. | 강의 중에 때로는 담배를 피우셨다. 연기를 빠짐없이 들이마시고 '후~' 하고 길게 내뿜는 모습이 멋졌다. 여러 번 뵙고 보니 선생님은 대단한 멋쟁이였다. 얼마나 근사해 보였으면, 선생님의 스타일이나 말투, 걷는 모습, 심지어 담배(은하수)까지 그대로 따라 하는 제자들이 생겨났다. 걸으실 때 두 손을 허리 뒤로 맞잡은 채 고개를 뒤로 조금 젖힌 듯한 모습이 독특했다. 멀리서 봐도 강 선생님을 금세 알아보았다. | 말씀을 하실 때마다 "어~"로 시작하는 것 말고도, "말해 보거라" "~은 찾아 봤니?" "그랬니?" "아무 것도 아니야" "형편없는 것들" 같은 것은 지금도 선명하게 기억나는 강 선생님의 독특한 말버릇이다. 말투와 억양이 독특해서 제자라면 누구나 한번쯤 따라해 보게 되는데, 흉내를 자주 내는 이들도 있었고 자기도 모르게 그 말투를 따라하는 제자도 있었다. 나중에 들으니 선생님은 1960년대 중반 일본에서 건너왔을 때 한국말을 처음 배우셨다. 그러나 일본식 억양이나 말투는 전혀 없었고, 우리말을 참 고급스럽게 구사하신다는 느낌을 주었다. | 그 중에서도 강 선생님 하면 가장 먼저 떠오르는 말씀은 "따져 보거라"이다. 강 선생님을 뵌 이후 '따져 보기'는, 학교를 떠난 지 30년 가까이 되는 지금까지도 마치 강박처럼 따라다닌다. 물론 강박의 강도는 아주 많이 약해졌지만 말이다. | 제대로 따져 보지 않고, 잘 알지도 못하면서 아는 척 설렁설렁 넘어가는 것을 강 선생님은 혐오하셨다. 그런 모습이 보이면 "형편없다"는 평가를 내리셨다. "형편없다"는 그 분이 내리는 최악의 평가로, 특히 선생님은 "형~"을 강하고 길게 발음하셨다. 그 때문인지는 몰라도 선생님이 형편없다고 하시면 이루 말할 수 없이 한심하고 초라해 보였다. | 금과옥조라 해야 할지, 강박이라고 해야 할지 모르겠으나 바로 그

'따져 보기' 때문에 나는 직장에 나와서도 적잖게 괴로웠다. 아무리 주간지 기사라고 해도, 논문이 아닌 이상 자료를 선별해 빨리 보고 빨리 요리할 줄 알아야 했다. 나는 그것을 잘 하지 못했다. 찾을 수 있는 자료는 모두 보아야 불안하지 않았다. 모르면 모를까, 있다는 것을 아는데 보지 않고 그냥 넘어갈 수는 없었다. 그 때문에 허구한 날 야근을 해야 했다. 남들은 '열심히 일한다'고 여겼겠으나 나에게는 이렇게 남모르는 괴로움이 있었다. 마감 직전 취재 자료를 정리하던 중에 중요한 관련 논문이 있다는 사실을 알고는 거의 미칠 지경에 이른 적도 있었다. 이쯤 되면 일종의 강박이었다고 할 수 있는데, 몇 년이 지나서야 나는 거기에서 조금 벗어날 수 있었다. | 학부에서 들었던 강 선생님의 첫 번째 강의 텍스트는 보들레르(Charles Pierre Baudelaire, 1821~1867) 시집 『악의 꽃(Les Fleurs du mal)』이었다. 그 학기에는 「여행으로의 초대(L'invitation au voyage)」라는 시를 가지고 강의하신다고 말씀을 듣고 '시 한 편을 가지고 그 많은 시간을 어떻게 채우나' 싶었다. 그러나 시 한 편을 끝내기에는 한 학기로도 부족했다. 시 한 편이 되었든 한 줄이 되었든 강 선생님 수업 시간에는 텍스트의 진도를 나간다는 개념이 없었다. | 첫 번째 수업이 끝날 즈음 "질문이 있으면 해 보거라"라고 말씀하셨다. 친구 김횐주가 손을 번쩍 들었다. 의외였다. 그즈음 횐주는 뒤늦게 뛰어든 학생 운동에 열중하느라 수업 시간에 거의 들어오지 않았다. 어쩐 일인지 그 시간에는 들어와 질문까지 했다. "지금 이 시를 보니까, 각 연의 단어들이 모두 단수로 끝나는데 왜 하나만 복수로 끝나는 겁니까?" 선생님은 횐주를 잠시 물끄러미 바라보더니 말씀하셨다. "어, 그거 좋은 질문이다. 네가 다음 시간까지 알아 오도록 하거라." 횐주는 이렇게 강 선생님한테 칭찬만 받아먹고는 다음 시간부터 강의실에 나타나지 않았다. | 학생들이 발표를 할 때 가장 중요한 것은 역시 '따져 보기'였다. 선생님은 "공부는 따지는 것이다"라고 말씀하시는 것 같았다. 발표를 할 때는 할 수 있는 한 이것저것 다 찾아보면서 집요하게 따져 봐야 했다. '여행으로의 초대'라는 시 제목의 번역은 적합한가, 그 이유는 무엇인가, 이 시어는 우리말로 어떻게 옮기면 좋을까, 또 그 이유는? 'Baudelaire'를 우리말로 적을 때 보들레르·보들레에르·보오들레르 가운데 무엇이 가장 적합한가, 그 이유는 무엇인가?…… | 시 한 편을 놓고도 따져볼 거리는 무궁무진했다. 단어 하나의 여러 뜻을 찾아 용례와 더불어 한 시간 내내 발표하기도 했다. 잘 따지려면 사전을 찾을 줄 알아야 했다. 사전도 하나짜리로는 부족해서 과 연구실에 비치된 10권이 넘어가는 전집을 찾아봐야 했다. 그렇게 큰 사전이 있다

는 사실을 처음 알고 놀라워도 했다.

〔3.〕 공부하는 방법 1 : 형식과 자세

강 선생님은 군대를 다녀온 복학생들을 퍽 좋아하셨다. 그 때문만
은 아니겠지만 선생님 강의를 듣는 복학생들이 동기생보다 많았다. 선배들
은 강의실 맨 자리에 앉아서 열심히 공부했다. 선배들은 학교 바깥 경험을 하
고 와서 그런지, 원래 말들이 많았는지 몰라도 우리보다 강 선생님께 말을 훨
씬 많이 했다. 선생님은 과 공식 행사에는 나오지 않았으나 작은 모임에서 제
자들과 자주 어울리셨다. 학부에서도 개강과 종강을 할 때면 수강생들과 저녁
모임을 가졌는데, 그 자리는 주로 복학생들이 주도해 만들었다. 아무리 사소
한 이야기를 해도 선생님이 "어, 그랬니?" 하면서 잘 들어 주셨다. 학부에서
선생님과 이런 자리를 자주 갖는 것은 다른 과에서는 흔치 않은 일이었다. |
강 선생님 학부 강의는 대학원처럼 시험이 없었다. 학부 때는 한 학기에 두 번
쯤 리포트를 제출했던 것 같다. 강 선생님 강의를 2년 동안 줄곧 들으면서 리
포트와 관련해 기억나는 일이 두 가지 있다. | 첫 번째는 분량. 리포트를 처음
낼 때 나는 원고지 10.2매를 썼다. 정해 주신 분량은 10매였다. 두 줄이 넘쳤을
뿐인데, 성적이 A에서 B＋로 한 단계 깎였다. 그 다음부터는 나는 어떻게 해
서든 양을 정확하게 맞추었다. 조금 모자라면, 중언부언을 해서라도 10쪽의
마지막 줄까지 채워 넣었다. 그것은 대학원 시절에도 계속되었다. 직장에 나
와서 그렇게 훈련한 덕을 많이 보았다. 내가 일한 잡지에서는, 미술부 기자가
디자인을 하고 기사 분량을 취재 기자에게 정해 주었다. 그것을 맞추느라 어
려움을 겪는 동료들이 적지 않았으나, 나는 분량 맞추기에 관한 한 이미 준비
된 기자였다. 그 때문에 편집부의 사랑을 많이 받았다. | 강 선생님 리포트와
관련한 두 번째 기억. 어느 날 수업이 끝날 무렵 선생님은 학생 두 명을 부르더
니 연구실로 오라고 하셨다. 두 명은 그 전 해인가에 다른 선배가 제출했던 리
포트를 함께 베꼈다고 했다. 그 이야기를 전해 듣고 나는 강 선생님이 '귀신 같
다'고 생각했다. | 그렇게 생각한 사람이 나만은 아니었던 것 같다. 대학원 선
배를 통해 들은 이야기가 있다. 고대의 어느 동료 교수가 책을 펴내기 전에 강
선생님께 먼저 보여 드렸다. 그 교수는 강 선생님의 촌평에 대해 이렇게 이야
기했다고 한다. "내가 확실하게 이해하지 못해 살짝 그냥 넘어간 부분을 강 선
생은 귀신같이 짚어 내더라." | 강 선생님은 '따져 보기' 말고도 공부와 관련

한 사소한 것들을 시시콜콜하게 알려 주었다. 카드 만드는 방법은 당신 카드를 직접 보여 주며 가르치셨다. 가장 기억에 남는 것은 종이 봉투를 이용해 자료를 정리하는 방법. 복사한 자료를 분류해 각각의 봉투에 넣되, 그 제목을 봉투의 접는 부분에 적으면 찾기 쉽다고 일러 주었다. 이후 나는 자료를 줄곧 그렇게 정리해 왔다. │ 선생님은 표정 변화가 거의 없고 음성을 높이시는 법이 없었다. 겉으로는 엄하고 딱딱하고 권위적으로 보여도 농담도 잘 하고 재미있는 상황을 곧잘 만들어 내셨다. 수업 시간에 보들레르의 연인이었던 잔느 뒤발에 대한 이야기가 나오자 어느 복학생이 "흑백 혼혈이라 육덕이 좋았겠죠?"라고 말했다. "와~" 하고 웃음이 터졌다. 선생님도 함께 웃으면서 그 선배에게 바로 과제를 내 주었다. "다음 시간에는 네가 '육덕'에 대해 조사하고 발표하도록 해라." 그 선배가 우리 소설에서 육덕의 용례까지 찾을 정도로 준비를 충실하게 해 오는 바람에, 프랑스 시 수업이 졸지에 국문과 수업처럼 변한 적도 있다. 그 수업은 30년이 지난 후에도 이렇게 기억에 남을 만큼 재미있었다. │ 지금 들으면 웃을 일이지만 1980년대 초중반에 여학생들이 치마 차림에 화장을 하고 다니는 것은 거의 금기에 속했다. 그런데 우리 과에 그런 후배가 두어 명 있었다. 강 선생님은 강의를 시작하면서 그 여학생들을 가끔씩 호명했다. 고개를 푹 숙이고 대답하면 선생님은 웃으며 한 말씀만 하셨다. "어, 그래. 왔니?" │ 겉으로 엄격하거나 권위적으로 보이는 어른들이 대하기에 의외로 편한 경우가 많다. 아랫사람으로서 예만 분명하게 갖추면 가장 편하게 대할 수 있는 어른들이 그런 분들이다. 늘 한결같기 때문이다. 내게는 강 선생님이 그랬다. 강 선생님의 제자 가운데 한 분인 황현산(黃鉉産, 1945~2018) 선생님은 "스승은 매사에 합리적이었다."고 말했다. 합리적이고 늘 한결같으시니 제자로서 어렵게 대할 분이 아니었다는 것이다.

〔4.〕 공부하는 방법 2 : 절차탁마의 밑그림

강 선생님은 일본에서 나고 자랐다. 일본 도쿄대 대학원 출신으로, 국내에 들어와 여러 대학에서 강의를 하며 '스카웃 제의'를 받았고 최종적으로 고대를 선택하셨다고 들었다. 고대 불문과는 1963년에 개설되었다. 강 선생님은 한국어를 그 때부터 배우기 시작했다. "한동안 도시락을 싸들고 극장에 다니며 한국 영화를 하루 종일 보셨다."는 전설 같은 이야기가 선배들한테서 흘러나왔다. │ 65학번으로서 부임 초기의 스승을 만났던 황현산 선생님은

"(강 선생님은) 한국에 10년쯤 살고 난 후 한국어를 능숙하게 사용하고, 가장 고급한 한국어로 글을 쓸 수 있게 되었다."고 전했다. 일본에서 나서 자란 재일 교포나 나이 들어 한국에 건너온 일본 사람들은, 우리말을 아무리 유창하게 구사해도 끝내 지우지 못하는 독특한 억양을 공통적으로 지니고 있다. 나는 예외적인 경우를 한 번 보았는데, 바로 강 선생님이었다. 선생님은 개성 있는 말투를 지녔으되 거기에서 일본 태생 사람 특유의 억양이 묻어난다는 느낌은 단 한 번도 받지 못했다. 선생님의 한국어 구사는 억양까지도 완벽했다. | "(강 선생님은) 일기는 여전히 일본어로 썼다. 당신이 타계한 후 장서를 정리하다 발견한 길고 짧은 메모들도 모두 일본어였다." 나는 황 선생님의 칼럼에서 이 내용을 보고 처음에는 조금 놀랐으나 곧 수긍할 수 있었다. 일본어를 가장 편한 언어로 사용했음에도, 당신의 한국어에서 일본식 억양이 조금도 묻어나지 않게 할 수 있었던 것은 다름 아닌 강 선생님이기 때문에 가능한 일이었다. 그 분의 '절차탁마의 수행력'을 감안한다면 어렵지 않게 이해할 수 있는 일이다. | 선생님은 1960년대 후반 문학 독서 서클인 '호박회[虎博會, 1965년 창설된 고려대 독서 토론회.김인환, 황현산도 그 회원이었다.]'의 지도 교수를 7년 넘게 맡아서 나이 차이가 얼마 나지 않는 제자들과 자주 어울리셨다. "강 선생님이 운이 좋았지. 똘똘한 제자들을 많이 만나셨으니까." 황 선생님이 웃으면서 전해 준 이야기이다. 그 똘똘한 제자 중에는 황현산 교수 말고도 국문과 김인환(金仁煥, 1946~) 교수가 있었다. | 1980년대 중반은 반정부 시위로 대학가가 몸살을 앓던 시절이었다. 교수 사회도 평안할 리 없었다. 1985년 전두환 정권 시절 교수들의 시국 선언이 고대에서 처음 나왔고, 1987년에는 4.13 호헌 조처에 반대하는 교수들의 시국 선언문이 또 고대에서 처음 채택되었다. 학생들은 내용 못지않게 우리 과에서는 어떤 분이 참여했느냐에 관심이 많았다. 겉보기에는 보수적이고 세상사와 담을 쌓은 채 공부만 할 것 같았던 강 선생님은 두 번 모두 서명하셨다. | 어지러운 정국으로 학내에서는 날이면 날마다 시위가 벌어졌다. 학부생들이 전반적으로 학과 공부를 소홀히 하던 때였다. 1984년 겨울 방학이 시작될 무렵 대학원생 선배가 학부 후배들을 몇몇 불러 모았다. 우리 과에 '문학반'을 만드니 함께 공부하자고 했다. 3학년 2학기를 마치고 대학원 진학을 준비하던 나에게는 반가운 소식이었다. | 선배는 못을 박듯이 말했다. "문학반은 대학원 준비반이 아니다. 우리끼리 공부를 제대로 해 보자는 거다." 나중에 들으니 문학반뿐만 아니라 어학반도 강 선생님의 지시로 만들어졌다. 대학원 선배들이 이끄는 문학반과 어학반은, 서클

도 학회도 아닌 묘한 공부 모임이었다. 어디에 소속된 것도 아니었다. 뛰어난 대학원 선배가 이끌어주는 바람에, 나는 문학반에서 많이 배웠다. 대학원 선배가 학부생 공부 모임을 이끈다는 것이 퍽 인상적이었다. 우리의 첫 교재는 바칼로레아(Baccalauréat, 프랑스 대학 입학 자격 시험) 모범 답안이었다.

[5.] 공부하는 방법 3 : 향연(饗宴)—학과의 형성 1

대학원에 진학해서는 내가 선배가 되어 학부생들과 함께 1년쯤 공부했는데, 강 선생님은 "잘 하고 있니?" 하고 가끔씩 물으셨다. 때로는 문학반에서 공부하는 우리와 술자리를 함께하셨다. 문학반이 오랫동안 잘 유지되었던 것은 강 선생님의 관심과 칭찬 덕분이었다. | 1980년대 후반 문학반에서 함께 공부한 이들 가운데 대학원에 진학해 박사 학위까지 받은 선후배들은 모두 교수로 자리를 잡았다. 그들이 박사 학위를 받았던 1990년대 후반은 인문학의 위기와 박사 실업 문제가 대학 사회의 이슈로 떠올랐을 때였다. 그런 악조건 속에서도 자리를 잡았다는 것은 신통한 일이었다. | 대학원 선배들은 대학원에 진학할 생각을 가지고 있다면 먼저 강 선생님께 말씀드리라고 조언했다. 4학년 1학기에 선생님 연구실로 찾아갔다. 대학 입학 면접 시험을 치렀던 바로 그 방이었다. 나는 선생님이 대학 입학 면접 때와 마찬가지로 "불문과 대학원에는 왜 오려고 하니?"라고 물어 보실 줄 알았다. 그러나 질문은 뜻밖이었다. "집에서 뒷바라지는 해 줄 수 있니?" | 그 해 11월 30일 대학원 입학 시험을 치르고 그 다음날 면접을 했다. 강 선생님 질문은 또 예상 밖이었다. "영어 시험은 잘 봤니?" 고대 대학원 영어 시험은 구질구질(어렵다기보다는)하기로 악명이 높았다. 영어 시험 커트라인을 넘지 못하면 전공 시험을 아무리 잘 봐도 미끄러졌다. | 대학 3~4학년 때 강 선생님 강의를 거의 다 들었으니, 나는 그 분에 대해 많이 안다고 여겼더랬다. 그런데 대학원에 들어가 보니 내가 모르던 세상이 있었다. 대학원 생활의 첫 행사는 정초의 세배였다. 대학원생들은 아침에 강남터미널 앞에 모여서 강 선생님 댁을 시작으로 이틀에 걸쳐 선생님 네 분 댁을 찾아다녔다. 세배 모임은 스승과 제자, 선배와 후배의 유대를 만들고 다지는 대학원 신년 행사였다. | 그 자리에는 다른 대학에서 가르치는 선배들과 프랑스 유학 중에 잠시 들어온 선배들이 나타나기도 했다. 대학원 신입생인 우리는 평소 말로만 듣던 선배들을 그 곳에서 만나 인사했다. 세배를 하러 갔으나 절을 한 기억은 없다. 사모님께서 수십 명 제자들에게 떡국

과 설 음식을 내 주셨다. 아침부터 술이 돌았다. 강 선생님의 새해 덕담은 당연히 공부에 관한 내용이었다. 선생님은 대학원 신입생들에게 "그래, 어떤 계획을 가지고 있는지 말해 보거라."라고 하셨다. 나는 너무 긴장을 한 나머지 엉뚱한 소리를 하고 말았다. | 오전 세배 모임이 다소 긴장된 분위기였다면, 저녁은 그 반대였다. 선생님들 댁에서 먹고 마시며 이야기하고 노래까지 하며 놀았다. 자정이 넘어서도 집에 갈 생각들을 하지 않았다. | 돌이켜 생각하면 세배 모임에 참석한 이들은 고대에서 불문학·불어학을 전문적으로 연구하는 프로페셔널 집단이었다. 강 선생님 댁에서 시작하는 세배 모임은, 선생님들께 새해 인사를 드리는 자리이기도 하지만 그 집단 구성원들끼리 서로 얼굴을 익히고 결속을 다진다는 의미가 더 컸던 듯하다. 나는 60년~70년대 학번 선배들을 그 자리에서 처음 만났다. | 강 선생님은 세배 모임뿐 아니라 공부하는 구성원들이 서로를 잘 알고 배려할 수 있도록 여러 가지 일을 만들고 시키셨다. 선생님이나 선배가 상을 당하면 대학원생들은 일반 문상객 이상의 구실을 했다. 선생님이나 높은 선배가 이사를 가면, 석사 과정 대학원생들이 가서 거들었다. | 그것은 대학원생을 부려 먹는 일이 아니었다. 나는 선생님 두 분, 선배 한 분의 이사를 도운 적이 있다. 우리는 서재의 책을 상자에 싸고, 풀어서 정리하는 일을 주로 했다. 강 선생님은 그 일을 하면서 책을 살펴보라고 하셨다. 나는 선생님들이 유학생 시절에 줄을 쳐 가며 보던 책과 오래된 사진들을 많이 구경했다. 내가 필요로 하는 책이 보이면 나중에 빌려 주십사 부탁하기도 했다. | 프랑스 유학 중에 잠시 귀국한 제자가 인사를 오면 강 선생님은 그 동안 공부한 것을 발표할 자리를 일부러 만드셨다. 강의실을 빌려 진행된 그 자리에는 우리 과 선생님들이 모두 오셨다. 강 선생님은 늘 맨 앞자리에 앉아 지켜보셨다. 대학원생은 반드시 참석해야 했고, 학부생들도 더러 와서 들었다. 우리 과에서만 볼 수 있었던 특별한 학술 모임이었다. | 우리는 어떤 선배가 어디에서 유학하는지, 어떤 공부를 하고 있는지 훤히 알았다. 강 선생님이 자주 말씀하셨기 때문이다. 유학 공부 중인 선생님 제자들은 프랑스 중세 문학 등 남들이 잘 하지 않는 전공을 선택했다. 강 선생님은 제자들이 "가장 어려운 길을 일부러 찾아서 간다."고 자랑하셨으나, 그 길을 일부러 찾아가게 한 분이 바로 강 선생님이라는 사실을 우리는 잘 알고 있었다.

[6.] 공부하는 방법 4 : 재료 파악—서지 작성

대학원에 들어가면 각자 자기 전공 작가를 정해야 했다. 나는 앙드레 지드(Andre Gide, 1869~1951)로 결정하고 김화영(金華榮, 1941~) 선생님 지도 학생이 되었다. 선배들은 강 선생님을 뵙고 내가 결정한 바를 말씀 드리라고 했다. 선생님을 찾아갔더니 "어, 그랬니? 김 선생이 이미 말했겠지만."이라면서 앙드레 지드에 관한 서지부터 작성하고 국내에 있는 책을 찾아 보라고 하셨다. │ 당시만 해도 불어 원서 구하기가 대단히 어려웠다. 강 선생님은 파리에 있는 서점 두 곳에서 오랜 세월 책을 주문해 오셨다. "○○○ 영감(서점 주인을 이렇게 부르셨다)이 책을 아주 잘 찾아……" 하고 흡족해 하시는 것을 여러 번 본 적이 있다. 책을 주문하실 때가 되면 선생님 연구실 조교가 대학원생들에게도 주문 목록을 받았다. 선생님의 '신용'을 우리가 활용하도록 배려한 것이다. 주문한 책이 도착하면 연구실 조교가 책값을 한꺼번에 모아서 보냈다. 가장 좋은 조건으로 책을 구하는 방법이었으나, 그마저도 몇 달씩 걸리는 바람에 주문한 책만 기다릴 수는 없었다. 게다가 그 가운데는 절판되었다는 것도 적지 않았다. │ "국내에 있는 책을 찾아 보라"는 말씀을 듣고 다른 대학 도서관을 뒤지기 시작했다. 다른 학교에 다니는 친구나 동생, 친척, 성당 후배들에게 'Gide, Andre'에 관한 목록을 적어 달라고 부탁했다. 서울대, 연대, 이대, 서강대, 성균관대 등 불문과가 설치된 지 오래된 학교에는 좋은 책들이 의외로 많았다. 교수들이 신중하게 선택해 주문한 책들이었다. 보물을 찾는 기분이었다. 국내에 있는 '앙드레 지드 서지 목록'을 만든 다음, 책을 빌리기 시작했다. 빌린 책은 복사하고 돌려 주었다. │ 강 선생님은 다른 대학이 보유한 진짜 '보물'에도 많이 알고 계셨다. 어떤 선배가 "강 선생이 알려 주셨다"면서 서울대 도서관에서 빌려온 책을 보여 주었다. 19세기 후반 파리에서 출판된 18세기 작가의 책이었다. 책에는 '경성제국대학 도서관'이라는 인장이 찍혀 있었다. 강 선생님이 경성제대 교수 출신의 일본인 학자에게 그 책에 대해 들으신 것이 아닐까 하고 우리는 짐작했다. │ 선생님은 대학원생들이 우리 대학 도서관을 적절하게 활용할 수 있도록 배려해 주시기도 했다. 교수는 고대 중앙도서관 폐가식 서고에 들어갈 수 있었다. 강 선생님이 그 곳에 가시는 날이면 연구실 조교가 연락을 해 왔다. 우리는 선생님을 따라 들어가 책들을 구경했다. 책장을 넘겨 가며 책을 살피는 것은, 목록으로만 보는 것과는 많이 달랐다. │ 선생님은 도서관 사서로 일한 적 있는 선배가 대학원에 들어와 조교를 맡게 되자 특명을 내리셨다. 고대 도서관에 있는 불어불문학 관련 책을 모두 조사하고 서지 목록을 작성하라는 것이었다. 선배는 학부생들의 도움을 받아, 몇 개월 동안 작업에 매달려『고려대학교 중앙도서관 불어불문학 관련 서지 목록』이라는 책자를 만들어 냈다. 그 목록 덕분에 우리는 도서관에 무슨 책이 있는지 쉽게 알 수 있었다. 인터넷으로 검색할 수 없던 시절에 나온 획기적 서지 목록이었다. 2년 후 내가 교양불어실 조교를 할 때, 강 선생님은 증보판을 만들라고 지시하셨다. 그 사이에 주문해 들어온 책이 많았다.

〔7.〕공부하는 방법 5 : 팩트와 실천력

이처럼 강 선생님은 대학원생 제자들의 '특기'를 파악하고 자주 '활용'하셨다. 어느 선배는 영어를 특별하게 잘 한다고 알려져 있었다. 대학원 수업 시간에 선생님은 영어로 된 비평문을 소개한 뒤 그 선배에게 그것을 읽고 발표하라고 하셨다. 스베덴보리(Emanuel Swedenborg, 1688~1772)의 신비주의에 관한 어려운 내용이었다. 내가 듣기에도, 그 선배가 번역과 발표를 쉽게 잘 했다. "강 선생님한테 칭찬 받았다."며 선배는 어린아이처럼 좋아했다. | 강 선생님은 자료와 사전 찾는 방법, 텍스트를 읽는 방법 같은 연구자로서 갖춰야 할 기본기를 대학원생 모두가 자연스럽게 익히도록 해 주셨다. '선수'로서 몸 만들기 같았다. 학부 때 들은 것은 맛보기였다. | 강 선생님이 강조하신 것 중의 하나는 사전이었다. 우리가 보아야 것들은『그랑 로베르(Le Grand Robert de la langue française)』『그랑 라루스(Le Grand Larousse de la langue française)』『리트레(Le Dictionnaire de la langue française de Littré)』『트레조르(Le Trésor de la langue française)』등 한 질이 10권이 넘는 대형 사전들이었다. 대학원 수업 시간에 "○○사전은 보았니?"라는 질문을 받기 마련이어서 하나하나 찾지 않을 수 없었다. | 당시에 이런 사전들은 말로만 들었을 뿐 구경하기도 어려웠다. 과 연구실이나 도서관에 한 질이 있을까 말까 했다. 비싼 가격 때문에 구입할 엄두도 내지 못했다. 강 선생님은 당시 한 질에 천만 원 가까이 하는 사전들을 거침없이 주문하셨다. 게다가 우리가 그것을 보유할 수 있도록 배려해 주셨다. 저작권 협약이 맺어지지 않았을 때였으니 가능한 일이었다. 선생님이 내놓으신 사전들을 복사 전문 업체가 한 장 한 장 뜯어 복사 · 제본했다. 우리는 선생님 덕분에 구경도 못하던 귀한 사전 복사본을 각자 구비할 수 있었다. 그 혜택은 전국 대학의 불어불문학 연구

자 모두가 누렸다. 원본이 어디에서 나왔는지 그들은 몰랐을 것이다. | 여러 종의 대형 사전에다, 문학 사전, 문법 사전, 동의어 사전에 백과 사전까지 갖추니, 내 방의 한 면이 사전으로만 가득 채워졌다. 큰 사전 한 질 가격이 복사 본인데도 20~30만 원씩 했으니 그 비용도 만만치 않았다. 그래도 원본에 비하면 터무니없이 싼 가격이어서 모두들 좋아했다. 나는 직장 생활을 한 지 5년쯤 지나 학교로 돌아갈 수 없다는 생각이 들 즈음 그 사전들을 대학원 후배들에게 모두 주었다. 강 선생님을 생각하면 그래야 할 것 같았다.

[8.] 공부하는 방법 6 : 여러 갈래 길

선생님이 학교에 나오시는 날은 월 · 수 · 금 요일이었고, 대학원 강의 시간은 언제나 금요일 오후 4시로 정해져 있었다. 선생님의 대학원 수업에서 수강 신청은 별 의미가 없었다. 대학원생은 수강 신청을 하든 말든 그 수업에 거의 다 들어왔다. | 들어오는 학생들의 성분은 다양했다. ① 강의를 정식으로 신청한 석 · 박사 과정 대학원생, ② 석 · 박사 과정에 있으나 강의는 신청하지 않은 불어학 전공자, ③ 대학원 수료는 했으나 논문을 쓰지 않은 강 선생님 지도 학생, ④ 강 선생님을 뵈러 온 제자들(다른 대학에서 가르치는 교수나 고대 강사), ⑤ 청강하러 오는 다른 과 대학원생, ⑥ 강 선생님 뵈러 와서 강의도 듣고 술자리에도 참석하는 다른 과 교수. | 보통의 대학원 수업이라면 ①로만 이루어지거나 ③이 가끔 추가된다. 그러나 강 선생님 수업만은 ①~⑥이 두루 섞였다. 조합은 늘 달랐다. ①만 있을 때도 있었고, ①~⑥ 전부 들어온 적도 있었다. ①의 경우 많아야 7~8명이었다. 그러나 선생님의 수업에는 평소 15명 정도가 참석했고, 때로는 연구실이 비좁을 정도로 사람이 많았다. | 대학원 석사 과정 중에 강 선생님 수업 시간에 배운 시는 『악의 꽃(Les Fleurs du mal)』에 수록된 「조응(Correspondance)」 한 편뿐이었다. 학부 때와 마찬가지로 텍스트의 진도를 나가는 것은 의미가 없었다. 논의는 끝없이 확장되고 깊어졌다. 신비주의나 프랑마소너리(Franc-maçonnerie, 프리메이슨 (Freemason)]에 관한 이야기가 몇 주에 걸쳐 진행되는가 하면, 시어 의미 파악 및 형식 문제의 논의가 끊임없이 이어졌다. | 준비해 온 복사 자료를 돌리면 강 선생님은 말씀하셨다. "모처럼 우제가 발표하게 되었구나. 시작해 보거라." 정적 중에 '촥~' 하고 종이 넘기는 소리가 났다. 그 긴장감은 이루 말로 표현할 수가 없다. | 수업은 발표와 질의 응답, 선생님 총평으로 끝났다. 발표

가 부실하면 다음 시간까지 이것저것 알아 오라고 이르셨다. 나는 그것을 야단치시는 것으로 받아들였다. 선생님은 언제나 특유의 낮은 목소리로 천천히 말씀하셨다. 그 낮게 가라앉은 목소리가 우리를 더 긴장하게 했다. 선생님은 수업 시간에 담배를 피기도 했고, 검은색 돋보기 안경을 벗고 손바닥으로 얼굴을 쓸어내리시곤 했다. | 강 선생님 강의는 해당 텍스트에 관한 수업이라기보다는 연구 방법론에 관한 것이었다. 이런 훈련을 받은 탓인지, 덕인지 불문과 대학원 문학 전공자들 가운데 4학기 만에 석사 논문을 써서 졸업한 사람이 거의 없었다. 박사 논문도 마찬가지였다. | 우리 과의 석사 논문 심사는 다른 곳에 비해 많이 엄격했던 것 같다. 지도 교수의 '지도'는 물론 심사 위원의 '심사'도 통과하기가 쉽지만은 않았다. 심사 위원 교수가 문제점을 지적해 논문이 반려되는 경우도 보았다. 지도 교수는 문제되는 부분을 고쳐서 다음 학기에 다시 제출하자고 했으나, 그 선배는 "힘들어서 더 이상은 못하겠다"며 돌아오지 않았다. | 내가 석사 논문을 제출하자 심사 위원 중의 한 분인 강 선생님께서 부르셨다. 선생님을 뵙고 나는 많이 놀랐다. "우제 덕분에 30년 만에 지드를 읽었구나." | 처음에는 내 논문 텍스트인『사전(私錢)꾼들(Les faux-monnayeurs)』을 읽었다는 말씀으로 알아들었다. 그러나 그것이 아니었다. 앙드레 지드 전집을 모두 보셨다는 말씀이었다. 강 선생님은, 석사 논문 한 편을 '지도'도 아닌 '심사'를 하려고 해당 작가의 전집을 찾아 읽는 그런 분이셨다. 다행스럽게도 선생님은 표현 몇 개만 잡아 주셨을 뿐 별다른 지적을 하지 않으셨다. 대신 "앞으로 어떻게 할 예정이냐?"고 물어 보셨다. 유학을 생각하고 있다고 했더니, 또 놀라운 말씀을 하셨다. "유학을 가더라도 고대 박사 과정에서 한 학기라도 하고 가거라. 그래야 나중에 임용될 때 유리하다." 강 선생님이 이런 말씀까지 하실 줄은 몰랐다.

〔9.〕 공부하는 방법 7 : 이 땅에서 서구 학문을 공부한다는 것

당시 우리 나라에서 나오는 논문을 보면 불어로만 인용문을 적는 경우가 많았다. 논문에서든 리포트에서든 강 선생님은 그렇게 하는 것을 금했다. 원문을 적고 그 아래에 우리말로 번역해야 했다. 우리 나라에서 한글로 쓰는 논문이었기 때문에 그랬을 것이다. 번역은 텍스트를 제대로 이해했는가의 여부를 알게 하는 바로미터가 되기도 한다. | 당시 각 대학 불문과에서는 연극 공연을 많이 했다. 불문과에서 만드는 연극이니 불어로 공연하는 것은 당연하

다고 여기는 분위기였다. 강 선생님의 생각은 달랐다. 우리 과에서는 반드시 번역극을 해야 했다. 내가 학부를 졸업할 무렵 공연을 한 번 했는데 대학원 석사 과정 전공자가 사르트르 작품을 번역했고, 그의 영문과 친구가 연출을 맡았다. | 원어 연극은 연극을 만드는 당사자들만의 잔치로 끝날 가능성이 높다. 청중과의 교감은 떨어질 수밖에 없다. 배우가 무슨 소리를 하는지 알아듣는 관객은 소수에 불과하다. 게다가 우리 식의 해석이 끼어들 여지가 별로 없으니, 공연을 하는 의미가 반감되게 마련이다. 제대로 따져 보면서 공연하려면 번역극을 해야 했다. 연극이 끝나자 강 선생님은 칭찬을 많이 하셨다. 이례적인 일이었다. | 학부나 대학원 수업에서 단어 하나를 가지고 끊임없이 따져드는 것의 최종 목표는 명확한 이해를 통한 우리말 번역이었을 것이다. 중요한 용어의 우리말 번역어에는 많은 의미가 담기기 마련이다. 강 선생님은 제대로 따져 보지도 않은 채 일본어 번역을 그대로 가져다 사용하는 행태에 대해 못마땅해 하셨다. 낭만주의라는 용어가 대표적이다. '낭만'은 문학 용어로서뿐만 아니라 일반적으로도 널리 사용되는 터여서, 거기에 이의를 제기하는 사람은 지금도 별로 없을 것이다. | 강 선생님은 일본 사람들이 'Romantisme'을 '낭만(浪漫)주의'로 번역한 데는 분명한 이유가 있다고 하셨다. 일본어 고유의 발음과 연관지어 설명하셨던 것 같다. "일본어와 우리말이 다른 만큼 우리가 낭만주의라고 부르기에는 무리가 있다. 낭만주의를 수용한다 하더라도 그 용어의 어원이 무엇인지 알고나 쓰자." 강 선생님은 낭만주의 대신 '로망주의'로 하자고 제안하셨고, 우리는 그대로 따랐다. 이 때문에 우스갯소리도 생겨났다. 우리 과 선생님들이 대학원 입학 시험을 채점할 때 이름을 볼 수 없어도 고대 출신들을 쉽게 알아 보신다고 했다. 고대 불문과 학생들만 '로망주의'라고 쓰기 때문이다. | 강 선생님이 'Discours'를 번역한 '담론' '담화'라는 용어를 거론하신 것도 기억난다. "이야기라는 쉬운 우리말을 놔두고 왜 굳이 일본 사람들의 어려운 번역어를 따라하는지 이해할 수 없다." 이밖에도 도미니크 랭세(Dominique Rincé, 1950~)가 지은 『프랑스 19세기 문학(La littérature française du XIXe siècle)』(고려대학교출판문화원, 2021) 『프랑스 19세기 시 (La poésie française du XIXe siècle)』(고려대학교출판문화원, 2021) 번역서를 황현산 선생님과 함께 내면서 흔히 '반항'이라고 옮기던 용어를 '이의 제기'로 번역한 것도 인상적이었다. '반항'과 '이의 제기'는 의미 자체가 다르다.

[10.] **공부하는 방법 8 : 향연(饗宴)―학과의 형성 2**

강 선생님을 기억하면 술자리 이야기를 빼놓을 수 없다. 선생님은 술을 퍽 즐기셨다. 대학원에 진학해 보니, 금요일 강 선생님 대학원 수업은 반드시 술자리로 이어졌다. 학교에서 다소 떨어진 이문동 외대 앞, 종암동, 신설동 등에 자주 가는 식당이 있었다. 선생님을 만나러 오는 제자들이나 다른 대학 교수들은 그 술자리에서 주로 선생님과 말씀을 나누었다. | 강 선생님과 함께하는 술자리는 수업의 연장이나 다름없었다. 이야기의 중심은 늘 공부였다. 불문과에서 벌어지는 많은 일들이 논의되는 자리이기도 했으나 모든 이야기는 결국 공부로 모아졌다. "우제는 요즘 무슨 책을 보고 있니?" 하고 갑작스럽게 물어보시는 경우가 많아서 늘 답을 준비하고 있어야 했다. | 선생님이 주도하신 주도(酒道)는 독특했다. 첫 번째 자리의 술 종류는 언제나 소주였다. 선생님은 아무리 좋은 안주가 있어도 손을 대지 않으셨다. 당신 잔에 술을 받고는 그것을 비우고 다른 사람에게 반드시 주셨다. 그 잔을 받은 사람은, 자기 잔을 비운 다음 선생님께 되돌려 드렸다. 참석자 대부분에게 그렇게 잔을 주셨고, 다른 사람들도 따라서 했다. | 나처럼 술을 못 먹는 사람에게는 그런 술잔 돌리기가 고역이었다. 선생님과 선배들이 잘 들지 않는 안주를 나 혼자 먹을 수는 없었다. 빈속으로 견뎌 내기 어려웠으나 그래도 술잔은 받고 되돌려 줘야 했다. 그렇게 하지 않으면 낙오라도 되는 줄 알고 기를 쓰고 마셨다. | 제자들은 취해도 강 선생님은 끝까지 똑같은 자세를 유지하셨다. 취한 모습을 뵌 적이 없다. 술 먹고 주정하는 제자들이 1년에 1~2명 등장했으나 선생님은 너그러우셨다. 그러나 아무리 취해도 그 분께 직접 '꼬장'을 부리지는 못했다. | 어디에서도 강 선생님이 목소리 높이시는 것을 본 적이 없다. 딱 한 번 크게 역정을 내신 적이 있는데, 바로 술자리에서였다. 불문과 연극이 끝나고 처음 갖는 대학원 술자리에서였을 것이다. 1986년 봄 불문과 대학원 개강 모임이어서 교수와 대학원생 들이 모두 모인 자리였다. 연극에 대한 칭찬이 오가던 중에 선생님 한 분이 이렇게 말씀하셨다. "나는 그 연극이 어렵더라. 무슨 말을 하는지 모르겠더군." 그 말이 끝나기가 무섭게 대본을 번역한 석사 과정 선배가 되받아쳤다. "선생님, 그건 말이죠, 선생님이 무식해서 그런 겁니다." 선배들한테는 건방지고 후배들 하고는 잘 놀던 선배였다. 모두가 아연실색. 냉기가 돌았다. 아무도 입을 열지 않았다. 그러기를 1분여. 가장 높은 어른인 강 선생님께서 역정을 내셨다. 그 선배를 혼내는 대신 그 선배의 선배들을 혼내

셨다. "너희는 선배라는 자들이 도대체 무엇하고 있는 거니? 저 형편없는 녀석 버릇 좀 가르치지 않고." 그 이후 분위기는 어떻게 흘러갔는지 모르겠다. 아무 일 없었다는 듯 술자리가 진행되었을 것이다. 강 선생님이 그 선배를 야단치신 것이 아니라 '보호'한다는 느낌이 들었다. | 강 선생님의 술자리에는 다른 과 교수들이 가끔씩 찾아왔다. 대부분 금요일 대학원 수업 이후의 술자리에 합류했으나 가끔 우리 수업을 같이 듣는 분도 있었다. 가장 자주 뵌 분은 국문과 김인환 교수였다. 김인환 교수 강의를 학부 때 많이 들었던 터라, 그 분은 내게 선생님이었다. 그런 분이 강 선생님 앞에서 제자로 돌변했다. 강 선생님은 우리 앞에서도 "인환아" "현산아"라고 부르셨다. 그 분들 역시 술자리에서 강 선생님과 공부와 관련된 이야기를 주로 나누었다. 점잖은 선생님이 제자가 되어 강 선생님께 하는 이야기도 재미있었다. "선생님, ○○과의 ○○○가요, 교수 휴게실에 와서 자기는 학생들 가르치는 것보다는 연구가 훨씬 더 중요하다고 하더라고요. 저는 그게 말이 안 된다고 생각해요……."

[11.] 공부하는 방법 9 : "집에 가서 샤워하고 책 보다가 자거라"

우리 과에서는 선생님들과 술자리를 함께하면 늘 '꼬띠자시옹(co-tisation)'^(각주럼), 쉽게 말하면 더치페이를 했다. 술자리 비용은 교수든 학생이든 관계없이 사람 숫자대로 정확하게 나누어 냈다. 학부생들과의 술자리도 예외는 아니었다. 강 선생님이 '꼬띠자시옹'을 특히 강조하셨다. 이렇게 해야 술자리를 계속 유지해 갈 수 있다는 말씀이었다. 그러나 바로 이어지는 두 번째 자리의 비용은 모두 선생님이 치르셨다. 이 또한 예외는 없었다. 강 선생님이 그렇게 하시니, 다른 선생님들과의 자리도 자연스럽게 그렇게 되었다. | 첫 번째 술자리는 소주병이 사람 숫자를 넘을 때쯤 끝났고, 두 번째 자리에서는 간단하게 맥주를 마셨다. 술자리가 끝날 무렵이면 강 선생님이 어김없이 하시는 말씀이 있었다. "집에 가서 샤워하고 책 보다가 자거라." 농담이 아니라 진지한 말씀이었다. 몇 번이나 그리 해 보려고 시도했으나 나로서는 불가항력적이었다. 샤워는커녕 세수만 하고 자도 다행이었다. | 선생님은 이런 말씀도 자주 하셨다. "하루는 자부심을 가지고 그 날을 시작하도록 해라. 그 다음날은 나 자신을 겸허하게 돌아보는 것으로 시작하고." | 한 번은 술자리에서 평소 안 하던 말씀을 하셨다. 그 날따라 참석자가 많지 않았다. "이번에 나온 이상문학상 수상작은 읽어 봤니?" 강 선생님이 한국 문학, 그것도 문학상에 대해 하

시는 말씀을 나로서는 처음 들었다. 내가 읽었노라고 대답했다. 선생님은 "어떻게 읽었니?"라고 묻고는 "좋은 결정이 아니었다."고 바로 말씀하셨다. 그작가는 그즈음에 최고로 꼽혔으나 이후 이런 저런 문제로 오랫동안 구설에 오르내렸다. | 지금 생각해도 강 선생님에 대해 이해할 수 없는 대목이 하나 있다. 우리 과 졸업생들은 대학 스승을 결혼식 주례로 모시지 못했다. 선생님들께 부탁을 해도 들어 주시지 않으니 지레 포기들을 했다. 불문과 졸업생들이커플이 되어 찾아와 아무리 졸라도 마찬가지였다. 이유는 강 선생님 때문이었다. 강 선생님은 다른 것을 몰라도 주례 부탁만은 절대 들어 주지 않으셨다. 그분이 "나는 주례 안 한다."고 선언하시니 다른 선생님들이 "나는 주례만 하는선생이냐?"라고 불평하는 것은 당연했다. | 강 선생님은 주례 부탁을 거절하는 대신에 졸업생이 청첩장을 들고 오면 반드시 참석해 축하해 주셨다. 어차피 결혼식에 참석하는데 왜 부탁을 들어주시지 않았는지, 지금까지도 미스터리로 남아 있다.

〔12.〕 하루 10시간 이상 책상에 앉는다는 원칙을 지키다

나는 캐나다로 이민을 올 즈음 선생님을 찾아뵙고 인사드릴 기회를놓쳤다. 마음에 걸려서 그냥 올 수도 없었다. 떠나기 이틀 전에 전화를 드렸더니 자동 응답기로 넘어갔다. 이후 몬트리올에 교환 교수로 왔던 선배가 토론토에 들렀다. 강 선생님께서 내가 남겨 놓은 인사말을 언급하시더라고 했다.뵙고 오지 못한 것이 못내 아쉬웠다. 선배는 강 선생님이 정년 퇴임을 한 후에도 제자들과 공부 모임을 만들고 "여전히 무섭게 공부하신다"고 전했다. 몇년 지나지 않아 부고를 들었다. | 제자들에게 언제 어느 자리에서나 공부에 대해 말씀하던 강 선생님 당신께서는 어떻게 공부해 오셨는지에 대해, 나는 한번도 생각해 본 적이 없었다. 수도원에서 용맹정진하는 수도승처럼 몰두하셨을 것이라고 짐작했을 뿐이다. 짐작은 하되 그 높이와 크기를 모르던, 우리에게는 그저 태산 같았던 스승에 대해, 스승을 가장 가까이에서, 가장 오래 모셔온 제자가 처음으로 쓴 글이 있다. 바로 황현산 선생님이 『경향신문』 칼럼(2015년3월6일자)에 쓰신 글이다. | "스승이 지닌 지식의 깊이와 절차탁마의 수행력은범인이 흉내내기 어려웠다. 교실 밖에서건 안에서건 공부와 관련되지 않은 이야기는 한 번도 한 적이 없었다. 세상을 떠나기 일주일 전까지, 하루에 열 시간이상을 책상 앞에 앉아 있는 것을 원칙으로 삼았고, 그 원칙을 지켰다. 잡무를

처리할 때는 다른 책상을 썼고 그 시간은 공부하는 시간으로 치지 않았다."│
2012년 봄, 한국에 갔다가 고대 불문과 교수로 있는 후배를 만났다. 예전에 강
선생님의 지시로 만든 문학반에서 2년 정도 함께 공부한 후배였다. "형, 강 선
생님 책 나왔어." 두꺼운 책을 불쑥 내밀었다. 『강성욱 교수 장서 목록』^{고려대학}
_{교출판부, 2012}. │ 선생님이 보시던 장서 2만여 권은 제자들이 정리해 고대 도서관
에 기증했다고 들었다. 그 중에는 보들레르의 시집 『악의 꽃』 초판본(1857년)
도 포함되어 있다. 그 책의 간행사에는 이렇게 적혀 있다. │ "강성욱 선생님은
〔…〕 그 깊은 지식과 높은 수행력으로, 공부하는 일이 제 길을 바로 밟기 어려
웠던 한 시대의 곧고도 외로운 사표가 되셨다. 고려대학교 불어불문학과가 그
실사(實事)의 학풍을 수립하기까지에는 당신의 준엄한 정신에 입었던 은혜
가 실로 컸다. 무엇보다도 보들레르 연구의 대가이신 선생님은 문학과 어학을
비롯하여 인문학의 모든 분야에 걸친 그 넓고 깊은 천착으로 제자들과 후학들
의 막힌 정신에 항상 새로운 광맥을 열어 놓으셨다. 정년을 맞으신 후에도 학
문과 생활 양면에서 항상 절대적인 염결을 실천하신 선생님은 당신이 기른 제
자들과 함께 한국어판 보들레르 전집을 간행하기 위해 각고의 노력을 기울이
셨으나 대업의 끝을 보지 못하고 2005년에 이승을 떠나셨다." ★ ↓

황현산 선생님(왼쪽편 가방 들고 있는 사람에 반쯤 가려진 이)이 경남대에서 강원대로 옮기셨을 때 강성욱 선생님(중간에 서 있는 이 바로 오른편 짙은색 정장 차림)과 고대 불문과 대학원 후배들에게 요즘 말로 한 턱을 '쏜다'고 하여 춘천으로 초대했을 당시(1985년)의 사진. 소양강댐 구경을 갔다고 한다. 강성욱 선생님은 황현산 선생님을 많이 자랑스러워하셨고, 저런 자리를 즐기셨다.〔사진 이병열 제공〕

황현산(왼쪽)과 성우제. 서울에서 황현산 선생님을 마지막으로 뵈었을 때. 고대 불문과의 절친 김훤주와 인사동에서 뵙고 식사 후 커피점에서 찍었다. 황현산 선생님은 커피를 대단히 좋아하셨고, 고대 정경대 후문에 있는 커피점 '보헤미안'의 단골이었다.

황현산 선생님

— 이 글은 『'딸깍' 열어 주다 — 멋진 스승들』(강, 2016)에 게재된 것을 재수록한 것입니다.

[1.] "춘천에 가서 현산이한테 배우고 오너라"

1986년 여름 불문과 조교가 우리에게 강성욱 선생님 말씀이라며 전해 주었다. '우리'는 고대 대학원 석·박사 과정의 불문학 전공자들이었다. 당시 석사 과정 첫 학기를 마쳤던 나는 많이 의아해 했다. 명색이 대학원생인데 방학 보충 수업을 하는 것도 아니고, 이게 뭔가 싶었다. 춘천에 가서 무슨 공부를, 왜 해야 하는지도 몰랐다. 우리에게 그런 말을 전하고 교재 준비 등 이런 저런 실무를 담당했던 조교 형도 정확한 이유는 잘 모르는 것 같았다. │ 그래도 "안 가겠다"고 내놓고 말하는 사람은 없었다. 강 선생님 말씀이니 특별한 사유가 없는 한 따르지 않을 수 없었고, 한편으로는 특별한 이유가 있겠거니 생각했다. 그냥 따라한다고 해서 손해날 일은 없을 것이라는 확신도 있었다. 춘천에 있는 강원대 불문과에 황현산 선생님이 교수로 부임한 지 몇 해 되지 않았던 때였다. │ 내가 학부 1~2학년 때는 강성욱 선생님이 베일에 싸인 분이었다. 대학원 들어가니 그런 분이 또 있었다. 황현산 선생님이었다. 대학원에서 말만 무성했을 뿐 그 분은 한 학기가 지나도록 한 번도 모습을 드러내지 않았다. 강 선생님이 "어, 현산이가 말이야"라고 말씀하실 때면 아버지가 동생들한테 "네들 형은 말이야"라고 하실 때의 자랑스러움 같은 것이 묻어났다. │ 고대 불어불문학과 65학번. 불문과 3회 졸업. 강 선생님의 지도로 석사 학위를 받고 시인 아폴리네르 연구로 박사 논문을 쓰는 중. 경남대 교수로 있다가 강원대로 자리를 옮겼다는 것. 내가 아는 황현산 선생님에 관한 정보는 이 정도가 전부였다. 그 분을 만난 적이 없으니 "현산이가 말이야"라고 말문을 여셨다는 것 외에는 강 선생님 말씀 중에서도 기억에 남는 것이 별로 없다. │ 그 해 여름, 대학원생 5~6명은 일주일에 한 번씩 청량리역에서 만나 춘천행 새벽 기차를 탔다. 춘천은 무더웠다. 나로서는 난생 처음 경험하는 아주 이상

한 더위였다. 춘천 주변에 호수가 많아 습도가 높아서 그렇다고 했다. | 강원대에 있는 황현산 선생님 연구실은 별로 크지 않았다. 좁은 공간에 책이 많아서 우리가 앉으니 서로 무릎이 닿을 지경이었다. 1980년대 중반에 에어컨이 있을 리 없었다. 선풍기 한 대 틀어 놓고 우리와 선생님이 둘러앉았다. 프랑스에서 학위를 마치고 돌아온 지 얼마 안 되는 김용은(1954~) 선배가 마침 강원대 교수로 부임해 있었다. 플로베르(Gustave Flaubert, 1821~1880)의 '수고(手稿, Manuscrit)'를 연구하면서 가장 어려운 길을 일부러 찾아갔다고 강 선생님이 늘 칭찬하던 여자 선배였다. 말로만 듣던 그 유명한 선배가 모임에 합류했다. 우리로서는 최고의 선배들을 모셔다 놓은 공부였다. | 공부는 대학원 수업과 똑같이 진행되었다. 다른 점이라면, 점심을 먹어 가며 하루 종일 했다는 것이다. 저녁 때는 으레 그렇게 해야 한다는 듯이 학교 밖으로 나가서 간단한 뒤풀이로 그 날을 마무리했다. 그리고 청량리행 막차를 탔다. 여름 방학 두 달 동안 매주 하루씩 그렇게 했다. 공부한 시간으로 따지면, 대학원의 한 학기 수업보다 훨씬 길었다. 말하자면 강도 높은 서머 스쿨이었다. 그러나 학점 같은 것도 없었고, 수업료도 없었다. 수업료는커녕 오히려 선생들이 학생들에게 밥과 술을 사 주기도 했다. | 텍스트로 삼은 책은, 19세기 중엽 보부상 같은 상인을 통해 인쇄물이 대중들 속으로 급속하게 퍼져 나가는 양상을 다룬 다소 딱딱한 연구서였다. 발표자가 자기가 맡은 분량을 요약해 발제하는 형식으로 수업은 진행되었다. | 처음 뵙기도 했거니와 수업 시간에 황 선생님과 함께 앉는 것도 처음인 나로서는 그 분을 보고 여러 모로 많이 놀랐다. 우리가 내용을 잘 파악하지 못해 쩔쩔 매면 황 선생님은 답답해 하는 대신 한 마디 슬쩍 거드셨다. 그것이 열쇠가 되어 잠긴 자물쇠 풀리듯 문제가 해결되는 경우가 많았다. 여러 함축된 의미를 지닌 불어 단어를 우리말로 똑떨어지게 옮길 수 있다는 것이 신기했다. 황 선생님은 그것을 절묘하게 찾아 냈다. | 영어의 'in'에 해당하는 불어의 'dans'을 두고 우리 모두가 고민했다. '~에'로 해도 안 되고 '~속으로'라고 해도 말이 되지 않았다. 하나 같이 머리를 쥐어뜯는 와중에 황 선생님이 "통해서라고 번역해 봐라"라고 말했다. 꼬여 있는 것 같던 문장이 신통하게도 잘 풀렸다. | 당대의 문화 배경과 지적 전통에 관한 풍부한 설명 또한 우리를 놀라게 하기는 마찬가지였다. 그렇게 황 선생님을 처음 만날 때부터 선생님으로 모시고 공부를 해서 그런지, 우리로서는 그 분을 선배보다 선생님이라고 부르는 것이 훨씬 자연스러웠다.

[2.] "최고의 고수는 가장 유연한 자이다"

　　선배님이든 선생님이든 그 분은 당신 연배의 다른 분들과 여러 모로 달랐다. 당시 선생님과 높은 선배 들은, 가까이 다가가기에 어려운 분들이 많았다. 그 분들이 실제로 엄하고 무서웠던 것이 아니라, 스승과 제자, 선배와 후배 들이 서로에게 편한 소통 방법을 제대로 찾지 못해서 그랬을 것이다. │반면 황 선생님은 살갑고 친절했다. 목소리도 다정다감했거니와 후배와 제자 들을 대하는 태도가 남달랐다. 발표자가 준비 부족으로 쩔쩔맬 때도 답답해 하거나 지적하지 않고, 적절하게 보완해 주셨다. 그것이 너무나 자연스럽게 이루어져서, 발표자가 자존심 상해 할 일은 없었다. 황 선생님은 늘 웃는 얼굴이었으며, 짜증이나 화를 내는 법이 없었다. 우리는 그 때 부드러움의 힘을 보고 느꼈다. 그 부드러움은 실력과 자신감, 유연성을 두루 갖춘 데서 연유하는 것이었다. 황 선생님이 펴낸 산문집『밤이 선생이다』(난다, 2016)에서 나는 이런 내용을 보았다. "문제는 결국 유연성인데 그것은 자신감의 표현과 다른 것이 아니다. 무협 영화 한 편만 보더라도 최고의 고수는 가장 유연한 자이다."│비록 두 달 정도에 걸친 공부였으나 우리는 그 때 많은 것을 얻었다. 어쩌면 황현산 선생님이라는 분을 알게 된 것이 우리에게는 가장 큰 성과였을지도 모른다. 당시에도 "무슨 연유로 제자도 아닌 우리에게 이렇게 잘 해주시나?" 하는 궁금증이 생겼다. 강 선생님 말씀 때문이겠거니 짐작은 하면서도 납득이 되지 않았다. 그 때는 질문할 기회를 찾지 못했는데, 최근에 만나 뵈었을 때 그 생각이 났다. 30년 동안 묵혀 온 궁금증을 풀고 싶었다. 황 선생님은 이렇게 답하셨다. "강 선생님이 후배들 불어 독해 실력 좀 키워 주라고 하시더라."│강 선생님의 의도가 '불어 독해 실력 향상' 정도였을까. 불어 실력이야 다른 데서도 충분히 키울 수 있었다. "현산이한테 가서 배우고 오너라."라는 말씀에는 '현산이에 대해 잘 알고 오너라'라는 뜻도 포함되어 있었을 것이라고 나는 믿는다. │황현산 선생님은 고대 불어불문학과 대학원이 배출한 첫 국내 박사이다. 물론 지도 교수는 강성욱 선생님이었다. 대학원 수업 시간에 강 선생님이 "현산이는 뛰어난 문학 평론가야."라고 말씀하신 적이 있다. 어떤 맥락이었는지는 잘 모르겠으나, 그 말씀을 듣고 '황 선생님이 언제 등단하셨나?' 하고 다소 의아해 한 기억은 남아 있다. 돌이켜 생각하면, 강 선생님은 제자가 나중에 한국 문단에서 평론가로서 어떤 글을 쓰며 활약하게 될지를 일찌감치 예감하신 것 같기도 하다. 아니면 그런 기대를 표명하신 것인지도 모르겠다. │그로부

터 10여 년이 지나 나는 문화부 기자로 일을 하면서 황 선생님을 다시 만났다. 1990년 박사 논문을 쓰고 그 논문을 『얼굴 없는 희망—아폴리네르 시집 '알콜' 연구』(문학과지성사, 1990)라는 단행본으로 펴낸 뒤였다. 황 선생님은 강원대에서 고대로 자리를 옮기면서 1990년대 한국 문단에 본격적으로 모습을 드러냈다. | 학교에서 연구하고 강의하던 황 선생님이, 평론가로 활동하게 된 계기가 퍽 특이하다. 『세계일보』 조용호 기자가 잘 정리한 짧은 글이 있다. "45세에 문화 예술진흥위에서 청탁한 200자 원고지 100장 분량이 호평을 받으면서 소문이 나기 시작해 자연스레 문학 평론가의 길로 접어들었다. 추천이나 등단 과정을 거친 게 아니라 비록 늦깎이이지만 순수하게 그의 글이 지니는 힘만으로 세상에 드러난 셈이다. 이후의 과정도 마찬가지다. 해외 유학파들은 일찍이 화려한 문단 앞자리를 장식했지만 그는 정작 70세 가까이 되어 어떤 문학 권력으로부터도 자유로운 독자들로부터 월계관을 받은 셈이다."(『세계일보』 2015년 8월 31일자) | 황 선생님의 글을 접하기 시작한 시인 · 소설가 들은 서둘러 그 분을 문단으로 모셔 들였다. 자기들의 작품을 누구보다 깊고 섬세하게 읽어 주는 평론가를 작가들이 환영하지 않을 리 없었다. | 기자로서 문화 예술 관련 기사를 쓰다 보니, 문예지 지면에서나 각종 문학 행사에서 황 선생님을 만날 일이 자꾸 생겨났다. 기사를 쓰면서 문화 현안에 대한 평론가의 의견을 필요로 할 때, 선생님은 가장 적절한 의견를 주는 전문가였다. 선생님의 코멘트는 다듬을 필요가 없었다. 요즘 황 선생님의 트위터에서 보듯 간결하고 명쾌해서 가감 없이 기사에 넣을 수 있었다. 선생님의 목소리는 여전히 다정다감했다. | 1998년 원(原) 『시사저널』에서 '올해의 책'(시 부문)으로 최정례(1955~2021) 시인의 『햇빛 속에 호랑이』(세계사, 1998 : 아침달, 2019)를 선정한 적이 있다. 그 때 황 선생님께 평을 부탁드렸더랬다. 다시 읽어 보니 이런 구절이 눈에 들어온다. "그(최정례 시인)는 사물을 만날 때 눈앞을 가로막는 시간의 표면을 뚫고 들어가, 기억 속에 쌓인 다른 모든 시간을 그 사물 속에 겹쳐 놓는다." | 내가 보기에, 이 대목은 황 선생님 글에 적용해도 맞는 말이다. 2000년대 들어 황 선생님이 시인들 사이에서 '인기인'이 되었다는 이야기가 들려 왔다. '기억 속에 쌓인 다른 모든 시간을' 시에서 풍성하게 읽어 주는 평론가를 시인들이 환영하지 않을 까닭이 없다. 40대 중반에 이르러 시작한 평론, 중년의 깊고 풍부하고 다양한 삶의 경험을 바탕으로 하는 평론은, 20~30대의 젊고 빛나는 감각으로 하는 것과는 많이 다르다.

[3.] "절묘한 해석으로써 '딸깍' 하고 열어 주는 느낌을 주다"

여름 방학 두 달 동안 강원대 선생님 연구실에서 공부를 할 때 우리가 받았던 느낌, 이를테면 풀리지 않는 문장을 절묘한 해석으로써 '딸깍' 하고 열어 주는 느낌. 2000년대 시인들은 자기 시를 읽어 주는 선생님에게서 그런 느낌을 받았을 것이다. | 문학 논문 및 비평과 관련 없는 글로는 처음 엮었다는 황 선생님의 산문집 『밤이 선생이다』에 수많은 독자들이 환호한 이유 또한 다르지 않을 것이다. 황 선생님의 칼럼은 주제는 무겁되 글은 어렵지 않다. "이것이다"라고 주장하거나 가르치려 들지 않는다. 그 글들은 우리와 함께 공부를 할 때처럼 "이렇게 생각해 보면 어떨까"라고 제안한다. | 황 선생님의 사회 비평은 날선 비판과는 거리가 있다. 비판을 해도 역사적 배경과 맥락을 살피면서 넓게 이해하고 두루 감싸는 쪽이다. 비판에도 품격이 있다. 바로 그 품격으로 말미암아 많은 독자들이 황 선생님 산문집에 그토록 열렬하게 호응했을 것이다. '21세기형 어른'이라는 말이 있다면 황현산 선생님은 거기에 가장 가까운 분이 아닐까 싶다. | 대학원 시절부터 우리는 '황현산은 강성욱 선생님의 작품'이라고 생각했다. 불문학 연구자이자 교수로서는 물론이거니와, 최근에 나는 믿기 어려운 이야기를 전해 듣고 '작품'이라는 생각이 틀리지 않았음을 확인했다. 강 선생님은 술자리를 마칠 때마다 제자들에게 말씀하셨다. "집에 가서 샤워하고 책 보다가 자거라." | 나는 그 말씀을 따르는 제자가 진짜로 있을 줄은 몰랐다. 어느 매체에 실린 글을 통해 알았다. 황 선생님 아드님은 말했다. "아버지는 학교에서 술자리를 끝내고 늦게 집에 오셔도 늘 2~3시간 동안 책을 보다가 주무셨다." | 황 선생님은 당신 스승을 수도승처럼 공부하신 분이라고 말했다. 하루 10시간은 책상 앞에 앉아 있던 그 스승을, 제자들은 우리를 낳고 키우면서 끊임없이 자양분을 제공하신 거대한 뿌리 같은 존재로 기억한다. 요즘 황 선생님을 보면 그 뿌리가 피워 올린 꽃 같다는 생각을 하게 된다. 그 제자는 스승이 평생의 업으로 삼았으나 그 끝을 보지 못한 한국어판 '보들레르 전집' 간행을 이어받아 진행해 나가고 있다. (2016년) ★ 황현산 선생님의 작고 소식을 듣고 나서 나는 몹시 울적하고 안타까웠다. 또한 그 분이 계속 해 온 보들레르, 말라르메 등 프랑스 상징주의 시인들의 시 번역이 중단된 것이 안타깝고 아까웠다. 어렵지만 반드시 해야 하는 그 작업, 제대로 된 보상이나 평가가 이루어지지 않으니 누구 하나 선뜻 나서려 하지 않는 그 일이 중단되었기 때문이다. 더군다나 '황현산 번역'이 말이다. (2021년 8월 8일) ★

프랑스 상징주의 시 강의
황현산
전위와 고전

黃鉉産

前衛.古典

HWANG Hyunsan

AVANT-GARDE and CLASSICS

Poetry Lectures on French Symbolism and Poets

2021

● 아주까리 수첩 **3** 황현산 전위와 고전 │ 黃鉉産 前衛.古典 │ HWANG Hyunsan
AVANT-GARDE and CLASSICS │ 강의ⓒ황현산 │ 텍스트ⓒ김인환, 김정환, 윤희
상, 이원, 송승환, 함돈균, 김민정, 최은진, 김원식, 안치운, 성우제, **수류산방** │ 채록 정
리, 편집, 주석 텍스트, 디자인ⓒ**수류산방** 〔심세중, 전윤혜, 김나영, 박상일〕 │ 도움
〔강훈구, 조연하〕 │ ● **Produced & Published by 수류산방 樹流山房 Suryusanbang**
│ 초판 01쇄 2021년 08월 31일 │ 02쇄 2022년 02월 04일 │ 값 29,000원 │ **ISBN** 978-89-
915-5585-3 03860 │ Printed in Korea, 2022.

9 788991 555853   03860

suryusanbang

● 수류산방 樹流山房 SuRyuSanBang │ 등록 2004년 11월 5일 (제300-2004-173호) │
〔03054〕 서울 종로구 팔판길 1-8 〔팔판동 128〕 │ **T.** 82 02 735 1085 **F.** 82 02 735 1083 │
프로듀서 **박상일** │ 발행인 및 편집장 **심세중** │ 크리에이티브 디렉터 **朴宰成＋박상일** │ 이
사 **김범수, 박승희, 최문석** │ 편집팀 **전윤혜** │ 디자인·연구팀 **김나영** │ 사진팀 **이지웅** │
인쇄 **효성문화**〔T. 82.(0)2.2261.0006 박판열〕

SURYUSANBANG A. 1-8 Palpan-gil 〔128 Palpan-dong〕, Jongno-gu, Seoul, KOREA │
T. 82 (0)2 735 1085 F. 82 (0)2 735 1083 │ Producer **PARK Sangil** │ Publisher & Editor
in Chief **SHIM Sejoong** │ Creative Director **PARK Jasohn＋PARK Sangil** │ Director
KIM Bumsoo, PARK Seunghee, CHOI Moonseok │ Editorial Dept. **JEON Yoonhye**
│ Design & Research Dept. **KIM Nayoung** │ Photography Dept. **LEE Jheeyeung** │
Printing **Hyoseong Co., Ltd** 〔PARK Panyoel T. 82 (0)2 2261 0006〕